삼 총 사 II

알렉상드르 뒤마

일신서적출판사

□ 주요 인물

타르타냥 가스코뉴의 귀족태생. 정직함과 뛰어난 지혜를 지닌 젊은 이로 근위 총사가 되기 위해 파리로 와서 사랑하는 보나슈 부인과 왕가를 위해 충성을 다한다.
아토스 소극적이며 사교를 싫어하는 성격이나 기품있는 외모와 인격의 소유자이다.
폴토스 아토스와는 달리 귀부인들과의 연애관계가 복잡하고, 허세를 잘 부리는 인물이지만 대담한 성격을 지녔다.
아라미스 사제가 되려다가 우연히 총사의 길로 들어서서 우정을 다하는 침착한 성품의 인물.
트레빌경 루이 13세의 신임을 받고 있는 장관으로서 근위 총사들을 깊은 애정으로 보살펴 주며, 왕과 왕비에게 충성을 다하는 곧은 인품의 인물이다.
보나슈 부인 앙느 왕비의 충직한 시녀이며, 잡화상인인 보냐슈의 아내이지만 다르타냥과 사랑하는 사이가 되고 위험에 빠지게 되는 아름다운 여인.
루이 13세 트레빌 경과 리슐리외 추기경 사이에서 뚜렷한 주관을 세우지 못하는 우유 부단한 성격의 전형적인 귀족정치 시대의 왕이다.
앙느 왕비 루이 13세의 아름다운 왕비로 버킹검 공의 사랑과 자신의 신분사이에서 갈등을 겪는다.
버킹검 공 영국의 덕망있는 젊은 재상으로서 앙느 왕비를 사랑하고 있다.
리슐리외 뛰어난 전략가이며 권세를 지니고 있는 추기경으로 트레빌 경이나 왕비와는 사이가 좋지 않다.

차 례

31. 영국인과 프랑스 인 ——— 5
32. 대서인댁의 오찬 ——— 15
33. 시녀와 마님 ——— 26
34. 아라미스와 폴토스의 채비 이야기 ——— 39
35. 밤에는 모든 고양이가
    회색으로 변한다 ——— 51
36. 복수의 꿈 ——— 62
37. 밀레이디의 비밀 ——— 72
38. 아토스가 한 발도 움직이지 않고
    채비를 끝낸 이야기 ——— 81
39. 환 상 ——— 93
40. 무서운 환영 ———105
41. 라 로셀의 공략 ———115
42. 앙주의 포도주 ———129
43. 빨간 비둘기집 ———140
44. 난로관의 효용 ———150
45. 부부의 장면 ———159
46. 생 제르베 보루 ———166
47. 총사의 밀담 ———175
48. 가정 사정 ———196

49. 숙　명 ——————214
50. 사숙과 제수의 회담 ——————223
51. 사　관 ——————232
52. 죄수의 첫날 ——————245
53. 죄수의 이틀째 ——————253
54. 죄수의 사흘째 ——————261
55. 죄수의 나흘째 ——————272
56. 죄수의 닷새째 ——————282
57. 고전 비극의 수법 ——————298
58. 탈　주 ——————307
59. 1628년 8월 23일의
　　포츠머드 사건 ——————318
60. 프랑스에서는 ——————331
61. 베튄의 카르멜파 수녀원 ——————338
62. 두 종류의 악마 ——————355
63. 물방울 ——————363
64. 붉은 외투의 사나이 ——————381
65. 재　판 ——————388
66. 처　형 ——————398
　　해　설 ——————417

31. 영국인과 프랑스 인

 약속한 시간이 되었기 때문에 네 사람은 각기 부하를 데리고 뤽상부르 궁 뒤의, 양을 방목하고 있는 공터를 향해 떠났다. 그곳에 당도하자 아토스는 그곳을 지키는 사람에게 약간의 돈을 주어 쫓아 버렸고 대신 부하들이 파수꾼의 역할을 맡았다.
 이윽고 매우 정숙한 한 무리가 역시 이 공터에 도착, 총사들 곁으로 다가왔다. 그리고는 영국식으로 각자 자기 소개를 했다.
 영국인들은 하나같이 훌륭한 명문 귀족들인만큼 이쪽의 이름들이 색달랐기 때문에 적잖이 놀랐을 뿐만 아니라 약간 불안해 하기까지 했다.
 세 사람이 저마다 이름을 대자 윈텔 경이 이렇게 말했다.
 「하지만, 이런 이름으로는…… 당신들의 혈통을 전혀 알 수가 없습니다. 이 따위 이름을 가진 분과는 모처럼의 기회지만 상대할 수가 없습니다. 흡사 목동의 이름과 비슷하니까요.」
 「쉽게 말해서, 대충은 짐작하셨겠지만 이것은 우리들의 가명입니다.」
 아토스가 이렇게 대답했다.
 「그렇다면 더 더욱 본명을 알고 싶습니다만…….」
 영국인이 말했다.

「요전에는 우리의 이름도 묻지 않고 내기승부를 하시지 않았습니까? 우리들의 말 두 필을 빼앗아 갔을 때의 이야기입니다만……」
「그건 사실입니다. 하지만 그것은 금전을 주고 받는 것이고 오늘은 피의 승부입니다. 도박은 어떤 상대와도 할 수 있지만, 결투는 신분이 동등한 자가 아니면 해서는 안 되니까요.」
「그것은 지당한 말씀이오.」
아토스는 이렇게 말하고 자기의 상대가 될 영국인을 한쪽으로 데리고 가서 자기의 본명을 귓속말로 알려 주었다.
포르토스와 아라미스도 그렇게 했다.
「이것으로 되었습니까? 나를 상대해도 신분에 지장이 없는 자라고 생각하시나요?」
「…… 충분합니다.」 하고 영국인은 아토스에게 허리를 굽혀 정중히 대답했다.
「그렇다면 한 마디 미리 양해를 구해 두겠습니다.」
아토스가 냉정하게 말했다.
「무슨 말씀이신지요?」
「당신은 내 본명을 듣지 않았던 것이 좋았다는 말씀입니다.」
「왜지요?」
「그 까닭은…… 세상에서는 나를 죽은 사람으로 알고 있습니다. 내가 여전히 살아있다는 사실을 알리지 않는 데는 그만한 까닭이 있기 때문이지요. 그래서 나의 그러한 비밀이 새지 않도록 하기 위해서 나는 부득이 당신을 죽이지 않으면 안 되니까요.」
영국인은 아토스가 농담하는 것으로 알고 잠시 얼굴을 살폈으나 아토스는 눈썹 하나 까딱하지 않았다.
「그럼 여러분, 준비는 되셨습니까?」 하고 아토스는 모두에게 소리쳤다.
「좋습니다.」
영국인과 프랑스 인은 일제히 대답했다.
「그럼, 준비!」 하고 아토스의 쩌렁쩌렁한 음성이 들렸다.

그 순간 여덟 개의 칼날이 석양에 번쩍 빛을 발했고 두 번이나 적이 된 사람들 사이에 걸맞은 격렬한 싸움이 벌어졌다.

아토스는 마치 검술 도장에라도 와 있는 듯한 침착성과 안정된 검술 솜씨를 보여 주고 있었다.

폴토스 역시 앞서 샹티에서는 방심했던 탓에 실수했다는 것을 생각했는지 오늘은 여간 신중하지 않았다.

시의 제3절을 완성하는 문제로 골몰해 있는 아라미스는 적잖이 서두르고 있는 것처럼 보였다.

아토스가 맨 먼저 적을 쓰러뜨렸다. 단지 한 번 찔렀을 뿐인데 그것은 그가 예고했던 대로 치명상이었다. 심장을 꿰뚫고 있었다.

뒤이어 폴토스가 적을 풀 위에 나뒹굴게 했다. 다리에 상처를 입은 영국인은 그 이상 저항을 하지 않고 검을 버렸기 때문에 폴토스는 그를 팔로 안아 일으켜 마차가 있는 곳까지 데리고 갔다.

아라미스는 맹렬히 적에게 덤벼들었기 때문에 상대는 오십 보 이상이나 주춤주춤 쫓기다가 냉큼 돌아서서 부하가 큰소리로 욕을 퍼붓는 것도 아랑곳하지 않고 도망치고 말았다.

다르타냥은 처음부터 공세를 취하지 않고 적당히 상대하고 있었으나 상대가 매우 지쳤다는 것을 알고는 검을 가로 휘둘러 적의 검을 공중으로 날려 버렸다. 무기를 빼앗긴 남작은 두세 걸음 후퇴하다가 그만 발이 미끄러져 쿵 하고 쓰러졌다.

그러자 다르타냥은 잽싸게 그 위에 타고앉아 목에다 칼끝을 댔다.

「당신을 죽이는 것은 간단하지만 목숨은 살려 두겠소. 당신의 제수씨를 위해서……」

다르타냥은 만족의 절정에 있었다. 예정해 둔 계획이 그대로 실현되고 있었기 때문이다. 전날 그의 얼굴에 이따금씩 떠오르고 있던 미소의 원인은 바로 이것이었다.

그러자 영국인도 이렇듯 협기가 있는 귀족을 적으로 해서 싸운 것에 대해 매우 기뻐했으며 다르타냥을 두 팔로 얼싸안았을 뿐만 아니라 다른 세 사람의 총사들에게도 여러 가지로 넉살스러운 찬사를 보냈다. 폴토스의 상대는 마차로 데려다 주었고, 아라미스의 적은 도망쳤으므로 남은 문제는――죽은 사람의 뒷처리뿐이었다.
 폴토스와 아라미스가 혹시 치명상을 입은 것은 아닐까 하고 옷을 벗기려고 하자 몸에 두르고 있던 띠 사이에서 커다란 지갑이 털썩 하고 땅에 떨어졌다. 그것을 다르타냥이 주워 윈텔 경에게 건네주었다.
 「이것을…… 어떻게 하라는 거죠?」
 「이 사람의 유족에게 전해주십시오.」
 다르타냥이 이렇게 말하자 그는
 「이 따위 사소한 것에 유족이 관심이나 갖겠습니까? 천오백 루이의 연수를 이어받을 판인데…… 이 지갑은 부하에게나 주십시오.」 했다. 그래서 다르타냥은 그것을 받아 호주머니에 넣었다.
 「그럼, 젊은 친구…… 라고 불러도 괜찮겠지요. 만일 원하신다면 오늘 밤에라도 크라릭 부인에게 소개해 드리겠습니다. 그 사람이 당신에게 호의를 가지게 된다면 다행이겠습니다만. 그 사람은 궁정에서 꽤 신망받는 사람이니까 앞으로 무언가 도움이 될지도 모릅니다.」
 이 말을 듣자 다르타냥은 기쁨으로 얼굴을 붉혔고 승낙했다는 표시로 목례했다.
 그러고 있는 사이에 아토스는 다르타냥의 곁에 가까이 와 있었다. 아토스는
 「그 지갑은 어떻게 할 셈인가?」 하고 귀에다 대고 속삭이듯 말했다.
 「곧 귀공에게 건네줄 셈이야.」
 「나에게? 그건 왜?」
 「왜라니? 귀공이 저 사내를 쓰러뜨린 게 아닌가. 전리품인 셈이지.」
 「내가 적의 소지품을 약탈할 것으로 생각하나? 귀공은 도대체 나를 어떻게 생각하는 거지?」

「싸움터에서의 관습이 아닌가. 결투 역시 그렇게 해서 나쁠 건 없지 않겠나.」

다르타냥은 이렇게 말했다.

「설사 싸움터라고 해도 나는 결코 그런 짓을 한 기억이 없다.」

폴토스는 그 말을 듣고 어깨를 으쓱했고, 아라미스는 잠시 입을 움직여 아토스의 말에 동의를 표했다.

「그렇다면 윈텔 경의 말대로 이 돈은 부하에게 주기로 하겠네.」

다르타냥이 이렇게 말하자

「그것이 좋겠군. 단 우리들의 부하가 아니고 상대 편 부하들에게 주자구.」

아토스는 이렇게 말하면서 그 지갑을 마부에게 던져 주었다.

「너와, 네 친구들에게……」

요즘같이 궁핍하게 생활하고 있는 사나이가 이렇듯 의젓한 태도를 취한 것에 대해서는 폴토스 역시 감동을 받았다. 이 프랑스 인의 관대성은 윈텔 경과 친구의 입을 통해 전해졌고 곧 여러 곳에서 평판이 자자하게 되었다. 물론 그리모, 무스크톤, 프랑셰, 바장 등은 이에 동감할 수 없었지만.

작별할 때 윈텔 경은 다르타냥에게 제수씨의 주소를 가르쳐 주었다. 그곳은 그 당시 인기가 있던 주택 지역인 로와이얄 광장 6번지로서 윈텔 경이 소개를 위해 함께 가겠다고 말했기 때문에 8시에 아토스의 집에서 만나기로 약속했다.

가스코뉴 청년의 머리는 밀레이디를 소개받는 일로 가득차 있었다. 애당초 이 여자가 자기의 운명 속에 뛰어들어온 불가사의한 경로가 머리에 떠올랐다. 다르타냥은 물론 이 여자가 추기관의 앞잡이의 한 사람이라는 것을 확신하고 있었지만 왠지 자신이 이해할 수 없는 어떤 물리칠 수 없는 힘에 의해 그쪽으로 끌려가고 있다는 것을 느꼈다. 다만 한 가지 마음에 걸리는 것이 있다면 그것은 그녀가 망의 도시와 도버에서 자신과 만났던 것을 간파할 경우에는 자신이 트레빌 경과 친한 사이라는 것, 따라서 왕에게 충성을 맹세하고 있다는 것을 익히 알게 될 것이고 그렇게 되면 현재 자신에게 유리한 입장이 훨씬 깎이고 말 것이다. 즉 이쪽에서 알고 있듯이 저쪽에서도 이쪽의 정체를 알게 된다면 밀레이디와 자기의 싸움은 막상 막하가 될 것이기 때문이었다. 한편 이 부인과 왈드 백작과의 사이에 일기 시작한 정사(情事) 문제에 대해서는 매우 외람된 이야기지만 우리들의 청년은 별로 마음을 쓰지 않는 것 같았다. 상대방 귀공자는 젊고 미남인데다 돈도 많고 추기관의 신임도 이만저만 두터운 게 아니다. 이런 식으로 몇 박자나 유리한 조건을 갖추고 있는 경쟁자인데도 말이다. 아무튼 이십 세의 청년이라는 점——특히 가스코뉴 출신이라는 점은 보통이 아닌 것 같았다.

다르타냥은 외출하기에 앞서 먼저 정성껏 몸치장을 한 다음 아토스의 집으로 갔다. 항용 하던 습관에 따라 그는 마음 속에 있는 생각을 아토스에게 모두 털어놓았다. 아토스는 잠자코 다르타냥의 말을 듣고 있더니 머리를 설레설레 혼들고는 약간 씁쓸한 표정으로 조심하라고 권했다.

「뭐야, 그토록 아름답고 마음에 든다고 입이 마르도록 칭찬하던 여인을 잃게 되니까 당장 다른 여자를 뒤쫓겠다는 건가?」

아토스의 이 말은 들은 다르타냥의 마음에 일침을 놓았다.

「난 보나슈 부인을 마음으로 사랑했던 거야. 이번의 밀레이디는 두뇌로 사랑하는 거구. 그 저택에 가는 것은 그 여자가 연출하고 있는 역할을 약간 탐색해 보고 싶어서야. 그것이 주된 목적이야.」

다르타냥은 이렇게 변명했다.

「역할이라고? 무슨 소리야. 지금까지 귀공이 한 말만으로도 충분히 짐작할 수 있다구. 그 여자는 틀림없이 추기관의 앞잡이야. 여자가 쳐놓은 덫에 귀공은 눈이 멀어 제발로 걸려들지도 모른다구?」

「여전히 귀공은 사물을 부정적으로만 생각하는군.」

「난 여자에겐 마음을 놓을 수 없는 기질인 걸 어떻게 하겠나. 난 벌써 충분한 희생을 지불했으니까. 특히 금발머리의 여인에겐 그렇다구. 밀레이디도 금발이라구 했지?」
　「정말 그렇게 아름다운 금발은 좀처럼 흔하지 않다구.」
　「위험하군, 다르타냥!」
　「아냐. 난 정말 호기심을 만족시키려는 것뿐이야. 만약 알고 싶은 것을 확실히 파악하게 되면 그땐 근접하는 것을 중지할 거구.」
　「그럼 내키는 대로 하게나.」 하고 아토스는 무뚝뚝한 표정으로 말했다.
　약속했던 시간에 윈텔 경이 나타났다. 아토스는 시간을 재고 있다가 다른 방에 들어가 있었기 때문에 그곳에는 다르타냥만이 있었다. 이미 8시가 되어 있었기 때문에 윈텔 경은 곧 다르타냥을 데리고 나갔다.
　산뜻한 마차가 아래에서 기다리고 있었고 두 필의 말은 훌륭했기 때문에 순식간에 로와이얄 광장에 도착했다.
　밀레이디 크라릭은 진지한 태도로 다르타냥을 맞았다. 저택은 더할 나위 없이 사치스러웠고 화려했다. 전쟁이 개시된다고 해서 대다수의 영국인이 프랑스를 떠났거나 또는 곧 떠나려 하고 있는 판국인데 최근에 이렇게 비용을 들인 것이 수상쩍었다. 영국인이 떠나는 이유와 이 부인과는 아무런 상관이 없는 것처럼 보였다.
　윈텔 경은 다르타냥을 소개하면서 이렇게 말했다.
　「이분은 나의 목숨을 손바닥 안에 쥐고 있으면서도 그렇듯 유리한 입장을 남용하려고 하지 않았으리만큼 협기 있는 사람이에요. 우리들은 이중의 원수 사이였는데도…… 사실, 나는 이분을 모욕했고 게다가 영국인이니까 말이오. 만일 당신이 나에게 우정을 가지고 있다면 이분에게 사례를 해주었으면 하오.」
　밀레이디는 가볍게 눈살을 찌푸렸다. 그와 함께 보일락말락한 어두운 그림자가 그 이마를 스쳤고 무어라고 표현할 수 없는 복잡한 미소가 입술에 감돌았기 때문에 그 표정을 본 다르타냥은 잠시 긴장했다.
　그러나 시숙 쪽은 아무것도 깨닫지 못한 듯했다. 윈텔 경은 밀레이디의 애완용 원숭이가 속옷을 잡아당겼기 때문에 원숭이와 장난치고 있었던 것이다.
「잘 오셨습니다. 오늘 있었던 문제에 대해서는 평생 고맙게 생각해야겠군요.」
이렇게 말하는 밀레이디의 상냥한 음성은 방금 보여 준 험악한 표정과는 너무도 판이한 대조를 이루고 있었다.
그러자 영국의 귀공자는 이쪽을 돌아보면서 결투의 상황을 자세히 말했다. 밀레이디는 긴장된 표정으로 그 이야기를 듣고 있었다. 얼굴에 나타나는 표정을 숨기려고 노력은 하고 있었지만 그 이야기를 좋아하지 않고 있다는 것이 역력했다. 얼굴에서는 핏기가 가셨고 의상 밑에서는 작은 발이 초조한 듯이 움직거리고 있었다.
윈텔 경은 그런 것에는 일체 무신경한 태도였고 이야기를 마치자 에스파냐 산 술과 잔을 담은 쟁반이 놓여 있는 테이블로 다가가서 두 개의 잔에다 술을 따르고 다르타냥에게 눈짓했다.
다르타냥은 함께 건배하지 않는 것은 영국인에게 불쾌감을 주는 것이라 생각하고 다가가서 잔을 들었다. 그는 그러면서도 밀레이디의 거동에 눈길을 주고 있었다. 그녀의 표정의 변화가 커다란 거울에 비쳐 잘 보였다. 보이지 않을 것이라고 안심하고 있는 그 얼굴에는 거의 흉포하다고 하리만큼 험악한 표정이 나타나 있었고 아름다운 치아는 질끈 손수건을 깨물고 있었다.
마침 그때 낯이 익은 아름다운 몸종이 들어왔다. 영어로 무언가 전하자 윈텔 경은 당황해 하는 태도로 다르타냥에게 급한 일이 생겨 먼저 돌아가지 않으면 안 되게 된 것을 사과했고 제수씨에게도 다르타냥에게 부디 자신의 실례에 대해 사과해 달라고 부탁했다.
다르타냥은 윈텔 경과 악수를 한 다음 밀레이디 곁으로 돌아왔다. 동작이 기민한 여자의 얼굴은 벌써 완전히 부드럽고 상냥한 표정으로 바뀌어 있었다. 다만 손수건에 점점이 남아 있는 붉은 얼룩으로 보아 피가 맺히도록 입술을 깨물었다는 것을 알 수 있었다.
그 입술은 산호처럼 아름다운 붉은빛이었다.

이야기는 좀전보다 활발해졌다. 밀레이디의 기분이 안정되었는지도 몰랐다. 윈텔 경은 자기의 손위 시숙에 지나지 않으며, 자기는 그 가족의 차남에게 시집갔으나 그 남편은 죽었으며 아이가 하나 있는데 만일 윈텔 경이 결혼하지 않는다면 이 아이가 경의 유일한 상속인이다──이런 이야기를 밀레이디는 했다. 그 이야기를 듣고 있는 다르타냥은 어떤 비밀을 덮고 있는 장막 같은 것을 느끼기는 했으나 그 장막 안에 있는 것을 똑똑히 꿰뚫어 볼 수는 없었다.

그리고 반 시간쯤 더 이야기하고 있는 동안 다르타냥은 밀레이디가 왠지 같은 프랑스 인으로 여겨지기 시작했다. 그 입술을 통해 나오는 순수하고 우아한 프랑스 어로 보아 의심의 여지가 없었다.

다르타냥은 넋을 잃은 듯 사랑한다는 뜻을 암시하는, 성의를 맹세한다는 그러한 말을 하고 있었다. 가스코뉴 청년의 얼빠진, 바보 같은 말에 밀레이디는 상냥한 미소를 보내고 있었다. 이윽고 떠나야 할 시간이 되었기 때문에 다르타냥은 작별 인사를 했고 완전히 만족스러운 기분으로 객실에서 나왔다.

계단에서 그 아름다운 시녀를 만났다. 다르타냥을 스치면서 아가씨는 홍당무가 된 얼굴로 몸에 닿은 실례를 사과했다. 그 사과하는 음성은 당장 용서하지 않고는 견딜 수 없으리만큼 상냥했다.

다르타냥은 다음날에도 찾아갔는데 전날보다 더 환대를 받았다. 오늘은 윈텔 경이 없었고 줄곧 밀레이디 혼자서 응대해 주었다. 그녀는 다르타냥에게 매우 관심이 있는 것 같았으며 출생지와 친구들에 관해 이것저것 묻기도 하고 지금까지 추기관을 위해 일한 적은 없었느냐고 묻기도 했다.

여러 차례 말했듯이 다르타냥은 스무 살의 청년으로서는 꽤 신중한 사나이였기 때문에 밀레이디가 이런 것을 물을 때마다 그녀에게 품고 있던 의혹이 불현듯 고개를 쳐들었다. 그래서 그는 추기관에 대해 입이 마르도록 칭찬했고, 만약 처음부터 트레빌 경이 아니라 카보아 경에게 접근할 기회가 있었다면 추기관의 경호사를 지원하는 것이었는데, 하고 애석해 하는 척 하기도 했다.

그러자 밀레이디는 곧 아무런 저의도 없는 것처럼 대수롭지 않은 투로, 당신은 영국에 간 적이 있습니까——하고 다르타냥에게 물었다.

다르타냥은 트레빌 경의 분부에 따라 새 말을 구하기 위해 간 적이 있었는데 그때 네 필의 말을 견본으로 가지고 돌아왔노라고 했다.

이 이야기를 듣고 있는 동안 밀레이디는 두세 번 입술을 깨물었다. 이 가스코뉴 청년은 호락호락 넘어가지 않을 사람이라는 표정으로.

전날과 같은 시간에 다르타냥은 작별 인사를 했다. 복도에서 또 케티를 만났다. 이것이 그 하녀의 이름이었다. 이 아가씨가 자신에게 호의를 보이고 있다는 것은 확실했으나 다르타냥은 마님 쪽에 온통 정신이 팔려 있었기 때문에 이쪽에는 마음을 쓸 여유가 없었다.

그 이튿날도, 또 다음날에도 다르타냥은 밀레이디의 저택에 나타났다. 그리고 그때마다 밀레이디의 환대는 우아했으며 조금도 소홀함이 없었다.

매일 밤 거실이나 복도, 또는 계단에서 귀여운 몸종과 만나는 것 역시 변함이 없었다.

그리고 케티의 이 안타까운 끈기에 대해 다르타냥이 깨닫지 못하고 있다는 것에도 변함은 없었다.

32. 대서인댁의 오찬

 결투에서 아주 훌륭한 솜씨를 보였던 폴토스는 대서인 부인이 약속한 오찬에 대한 것을 결코 잊고 있지 않았다. 다음날 1시경 무스크톤에게 막 솔질을 끝낸 옷을 입도록 한 뒤에 이중의 행복을 생각하고는 빙긋이 웃으면서 울스 거리를 향해 걸어갔다.
 그의 가슴은 사뭇 뛰고 있었지만 젊은 다르타냥과 같이 안절부절 못하는 연정 같은 것은 아니었다. 그의 피를 들끓게 하고 있는 것은 무엇보다도 물질적인 이해 관계였다. 기다린 보람이 있어 오늘 그 신비의 문턱을 넘어 코크날이 손때 묻은 은화로 차근차근 쌓아올린 미지의 계단을 이제부터 오르려는 참이었다.
 지금까지 몇 차례고 꿈에서 본 그 돈궤를 이제부터 직접 이 눈으로 보러 가는 것이다. 장방형으로 무거운 자물쇠가 채워진, 땅에 박힌 튼튼한 빗장이 걸려 있는 궤, 지금까지 그 이야기를 몇 번이나 들었던가. 그것을 오늘, 약간 매력이 가시기는 했어도 아직은 부드러운 부인의 손이 크게 뜬 그의 눈앞에서 열어 줄 것이다――.
 더구나 그처럼 재산도 가족도 없이 세상을 떠돌고 있는 고독한 사내, 여관과 요릿집과 선술집만을 드나들고 있는 무사, 그때그때 준비된 요리로 아무렇게나 배를 채우고 있는 식통(食通), 그러한 사람이 앞으로는 한 가정의 화평한 식탁에 앉아 안정된 주거의 편안함을 맛보면서 무어든 상냥한 보살핌을 마음껏 받으려 하고 있는 것이다. 이와 같은 뒷바라지를 받는 기쁨은 〈거친 자의 마음일수록 깊이 스며드는 법〉이라고 옛 무사들이 분명히 말하지 않았던가.

이제부터는 사촌동생이라는 명분으로 매일 그 식탁에 앉기 위해 갈 수 있는 것이다. 그리고 대서인의 노리끼리하고 찌푸린 얼굴을 약간만 풀어 준다든가 수습 서기에게 바셋, 박스 디스, 랑스크네(이것은 모두 카드놀이의 종류) 등의 비결을 전수해 주고 1시간의 수업료가 얼마라는 식으로 놈들의 매달 용돈 중에서 얼마간은 뜯어낼 수도 있지 않겠나 하고 차례로 연상해 보았다. 이것들은 모두 폴토스의 기분에 흡족한 것들뿐이었다.

이따금씩 폴토스의 머리에 그 무렵부터 대서인이란 자에 대한 세상의 좋지 않은 평판이 떠오르지 않는 것은 아니었다——손톱에다 불을 켜고, 먹는 것마저 아끼는 구두쇠. 그러나 그 대서인의 아내는 더러 경우에 맞지 않는 인색을 떨긴 해도 그러한 평판과는 달리 그런 대로 너그러운 편이었다.——물론 대서인의 아내로서 말이지만. 그래서 틀림없이 그 가정은 살맛이 날 것으로만 상상했다.

그 집 대문까지 오자 폴토스에게는 약간의 의심이 일어났다. 왠지 기분좋게 들어갈 수 있는 장소가 아니었다.——고약한 냄새로 가득찬 어두운 앞쪽의 통로, 점점 어두운 계단에는 격자를 통해 이웃집 안뜰로부터 희미한 빛이 비치고 있을 뿐이 아닌가. 이층에 올라가자 재판소의 문처럼 커다란 못을 박은 낮은 문이 있었다.

폴토스는 손가락으로 두드렸다. 그러자 원시림 같은 두발에 키가 크고 얼굴이 창백한 수습 서기가 나타났다. 그 사내는 힘을 나타내는 큰 체격과 신분을 말하는 총사대의 제복, 그리고 생활의 윤택함을 보여 주는 좋은 혈색, 이러한 것에는 무조건 경의를 표해야 하는 것으로 교육을 받고 있는 사람처럼 인사했다.

그 뒤를 따라 키가 좀더 작은 수습 서기, 그리고 그 뒤에는 키가 큰 사람, 마지막으로 십이,삼 세 가량의 서생이 나타났다.

32. 대서인댁의 오찬

총계 3인 반의 서생. 이것은 당시의 대서인 사무소로서는 꽤 위세가 당당한 편이었다.

총사가 오기로 약속한 것은 1시였는데 부인은 정오경부터 밖에다 신경을 모으고 있었다. 애인이 약속 시간보다 일찍 올 것을 그녀는 그 마음과 식욕에 기대하고 이제나저제나 하고 기다리고 있었던 것이다.

그래서 코크날 부인은 폴토스가 계단 쪽 문을 통해 들어오는 것과 거의 동시에 안의 문을 열고 나타났다. 부인의 모습이 보였기 때문에 폴토스는 마음을 놓았다. 서생들은 수상쩍은 눈초리로 흘끔흘끔 보고 있고 그의 쪽에서는 서생들의 높고 낮은 갖가지 머리의 기복을 잠자코 바라보고 있었다. 갑자기 적당한 말이 떠오르지 않았던 것이다.

「내 사촌동생이다.」 대서인 아내는 이렇게 말했다. 「자, 어서 들어오라구. 폴토스!」

그러자 서생들은 폴토스라는 이름을 듣고 깔깔댔다. 그러나 폴토스가 엄한 표정으로 돌아보자 그들의 얼굴은 그대로 굳어지고 말았다.

먼저 서생들이 있는 방과 사무실을 지나 대서인의 서재로 들어갔다. 사무실은 어두운, 서류들만이 가득한 방이었고 이 방을 나가면 오른쪽에 부엌, 이어서 오늘의 초대연이 벌어질 식당이 있었다. 이런 식으로 이어져 있는 방의 상태가 폴토스에게는 마땅치 않았다. 개방된 문을 통해 이야기소리가 그대로 들리지 않는가. 또한 지나면서 부엌을 들여다보자 부인에게는 창피한 것이었고 폴토스 자신은 크게 실망한 것이었지만, 그 식욕의 전당에 맛있는 요리가 있을 때에는 으레 볼 수 있는 활기라든가 사람들의 움직임도 전혀 볼 수가 없었다.

대서인은 오늘 이 방문에 대해 이미 알고 있었던 모양으로 폴토스의 모습을 보고도 전혀 놀라지 않았다. 총사는 뚜벅뚜벅 그 곁으로 다가가서 정중하게 인사했다.

「집사람과는 사촌 남매지간이라구요? 폴토스 씨.」

대서인은 등의자 위에 두 팔을 얹고 몸을 움직이면서 말했다.
검은 속옷으로 비실비실한 몸을 감싸고 있는 노인은 노랗게 말라 버린 몰골이었다. 단지 석류처럼 빛나고 있는 작은 눈과 축 처진 입언저리에만 생기 같은 것이 남아 있을 뿐이었다. 더구나 두 다리가 점차 뼈만 앙상한 몸을 운반할 수 없게 되었기 때문에 최근 5,6개월 전부터 이 대서인은 거의 아내가 하자는 대로 따를 수밖에 없었다.
사촌동생의 방문도 마지못해 승낙했을 뿐이었고, 만약 몸이 자유로웠다면 그는 폴토스 씨와의 인척 관계 따위는 전적으로 부인했을지도 모른다.
「네, 사촌 남매입니다.」 하고 폴토스는 조금도 망설이지 않고 대답했다. 어차피 주인으로부터 환영받으리라고는 기대하지 않았으니까.
「…… 여자 쪽에서…… 그렇지요 ? 」
대서인은 지체치 않고 이렇게 말했다.
폴토스는 그가 빈정거린다는 것도 모르고 다만 순진한 말로만 받아들였기 때문에 가볍게 웃었을 뿐이었다. 순진한 대서인이라는 것은 극히 드물다는 것을 잘 알고 있는 코크날 부인은 얼굴을 붉혔다.
코크날은 폴토스가 온 뒤로 떡갈나무로 만들어진 책상의 정면에 놓아 둔 커다란 장농 쪽에 불안한 시선을 보내고 있었다. 폴토스는 그 장농이 상상했던 모양과는 다르지만 분명코 돈궤일 것이라고 생각했다. 꿈 속에서 보았던 것보다 육 척이나 더 높은 것에 속으로 히죽이 웃었다.
코크날은 그 이상 가계(家系)에 관해 따지지 않고 그 불안한 시선을 장농 쪽에서 폴토스 쪽으로 옮기면서 이렇게 말했다.
「당신이 전쟁에 나가기 전에 한 번, 천천히 식사나 하러 오도록 초대할까. 어때, 부인 ? 」
이 구실은 폴토스의 위장에도 곧장 울려왔기 때문에 그 뜻을 확실히 알 수 있었다. 코크날 부인 역시 잘 납득했는지 곧 폴토스를 대신해서 대답했다.

「이 사람은 오늘 대접을 소홀히 하면 다시는 이 집에 오지 않을 것입니다. 만일 마음에 든다면 출발은 박두해 있고, 파리에 있을 수 있는 날짜도 짧기 때문에 우리 집에 올 수 있는 기회도 적으니까 떠나는 날까지 언제든지 올 수 있을 때 오도록 해주지 않으면 안 됩니다.」

「오, 이 다리! 내 다리는 도대체 어디에 있는 거야?」하고 코크날은 입 속으로 중얼대면서 잠시 미소를 지었다.

하마터면 식사에 대한 기대가 빗나가려고 했을때 재치있게 거들어 준 것에 대해 폴토스는 부인에게 고마움을 느꼈다.

곧 식사 시간이 되었고 모두는 부엌 다음에 있는 어둡고 커다란 식당으로 들어갔다.

서생들은 여느때에는 없던 향기로운 냄새를 맡았는지 군대식의 정확성을 가지고 각자의 의자를 붙들고는 언제든지 앉을 수 있는 자세로 그 턱언저리를 기분나쁘게 움직이고 있었다.

『어쩌면 이렇게 무례한 놈들일수가 있단 말인가! 만일 내가 주인이었다면 이렇게 무례한 놈들은 결코 용서하지 않았을 텐데. 정말 한 달 동안 아무것도 먹지 못한 표류자와 같지 않은가!』하고 폴토스는 세 사람의 걸신 들린 듯한 얼굴을 바라보면서 속으로 이렇게 생각했다. 가장 작은 꼬마는 물론 이 장엄한 식사에 같이 앉는 것이 허용되지 않았다.

바퀴가 달린 안락의자에 앉은 코크날을 부인이 뒤에서 밀고 들어왔기 때문에 폴토스는 냉큼 그 곁으로 가서 대신 식탁 옆에까지 밀고 갔다.

벌써, 문턱을 넘었을 때부터 대서인은 서생늘처럼 코와 턱을 우물우물 움직이고 있었다.

「허, 허어! 이 포타주는 맛이 있겠군!」

『도대체 이 포타주의 어디가 그렇게 다르다는 것일까?』

색깔이 나쁜 데다 양은 많으나 건더기가 전혀 없고 단지 형식적으로 약간의 빵 조각이, 마치 군도의 섬처럼 점점이 떠 있을 뿐인

국물을 보면서 폴토스는 속으로 중얼거렸다.
 코크날 부인의 미소를 신호로 모두 자리에 앉았다.
 먼저 주인에게 시중을 들었고 다음이 폴토스의 차례였다. 그런 다음 코크날 부인은 자신의 접시에다 묻히고난 다음 국물이 없는 빵 조각을 고대하고 있는 서생들에게 나누어 주었다.
 마침 그때 식당을 막고 있는 문이 삐걱삐걱 소리를 내면서 저절로 열렸는데, 폴토스의 눈에는 그 절반쯤 열린 문을 통해 그 식탁에 함께 앉을 수 없었던 꼬마 서생이 부엌과 식당에서 풍기는 이중의 냄새 속에서 혼자 정신없이 빵을 먹고 있는 모습이 보였다.
 포타주를 먹고나자 하녀가 닭찜구이를 들고 왔다. 이것은 완전히 파격적인 요리였기 때문에 회식자들은 모두 눈꼬리가 찢어질 정도로 눈을 크게 떴다.
 「부인! 당신은 친정붙이를 꽤 소중히 여기는군. 정말 오늘 나타난 이 사촌동생에 대한 대접이 너무 훌륭하거든!」
 대서인은 거의 비극적인 미소를 흘리면서 이렇게 말했다.
 가련한 수탉은 야위다 못해 속에서 뼈가 뚫고 나오려고 해도 끝내 뚫을 수 없는, 단단하고 억센 털이 나 있는 가죽으로 덮여 있었다. 이제는 노쇠해서 편안하게 죽으려고 횃대에 조용히 앉아있는 것을 무진 애를 쓴 끝에 찾아낸 것이 틀림없었다.
 『이건 정말 가엾은 일이로군. 나는 노인을 존경하지만 찜구이로 하거나 군고기로 한 것은 칭찬할 수 없으니까.』
 폴토스는 이렇게 생각했다.
 그래서 그는 주위에 있는 다른 사람들도 자기와 같은 생각일까 하고 주위를 둘러보았다. 아니나다를까, 그들은 다만 이 훌륭한 닭고기를 이글거리는 눈초리로 주시하며 군침을 삼키고 있었다.
 코크날 부인은 쟁반을 끌어당겨 두 개의 검은 닭다리를 익숙한 솜씨로 잘라 남편의 접시에다 올려 놓았다. 그런 다음 목을 잘라 머리와 함께 자신의 몫으로 하고, 폴토스에게는 날개를, 나머지는 그대로 하녀를 시켜 가져가게 해 버렸다. 그래서 닭은 거의 손도

32. 대서인댁의 오찬

대지 않은 채 폴토스가 주위의 서생들 얼굴에 나타난 실망의 표정을 관찰할 짬도 없이 모습을 감추고 말았다.

닭을 대신해서 누에콩 접시가 나왔다. 커다란 접시에 담긴 콩 속에서 양의 뼈가 몇 개, 짐짓 고기가 콩 속에 숨어 있는 모양으로 삐죽 나와 있었다.

그러나 서생들은 그 따위에는 속지 않았다. 그들의 슬픈 표정은 이제 완전히 체념으로 바뀌고 말았다.

코크날 부인은 이 요리를 꼼꼼한 주부다운 신중성으로 젊은 사람들에게 분배했다.

포도주가 나올 차례가 되었다. 코크날 씨는 작은 도자기병에서 젊은이의 잔에 각기 삼분의 일 정도씩 따르고 자기의 잔에도 거의 같은 양을 따랐다. 그런 다음 병은 폴토스와 부인 곁으로 돌려졌.

서생들은 삼분의 일정도 따라진 술에다 물을 탔다. 그리고 잔의 절반까지 마시고는 다시 물을 타는 식으로 몇 번이고 그 짓을 반복했다. 식사가 끝날 무렵에는 최초의 루비색이 완전히 황옥색으로 변해 있었다.

폴토스는 의기 소침한 표정으로 닭고기를 먹고 있었지만 테이블 밑에서 대서인 부인의 무릎이 자기의 무릎에 밀착해 왔을 때에는 오싹한 기분이 들었다. 몹시 인색하게 따라진 반잔의 술을 마시자 그것은 세련된 미각에는 결코 받아들여질 수 없는 몽트류 산의 하급 포도주임을 알았다.

코크날은 물을 타지 않은 포도주가 벌컥벌컥 단숨에 마셔지는 것을 보고는 한숨을 내쉬었다.

「폴도스! 이 누에콩을 솜 먹겠어요?」

이렇게 묻는 코크날 부인의 말은 『먹지 않는 것이 좋아요.』라는 신호처럼 들렸으므로

폴토스는 『그 따위 것을 먹을 수 있나.』라고 속으로 중얼대고는 「아닙니다. 모처럼 마음을 써 주십니다만…… 벌써 배가 불러서.」 말만은 이렇게 했다.

한동안 모두는 잠자코 있었고 폴토스는 어떻게 인사해야 좋을지 몰라 난감했다. 대서인은 몇 번이고
「아니, 부인! 아주 훌륭했다구. 오늘 점심 식사는 그야말로 영주의 요리였으니까. 참으로 잘 먹었군! 아, 이젠……」
코크날은 포타주를 먹었고 닭다리 두 개를 먹어치웠고 게다가 약간의 고기가 붙어 있던 양의 뼈도 씹었으니까.
폴토스는 여우에 홀린 것 같아 입수염을 꼬고 눈썹을 찌푸렸다. 그러자 코크날 부인의 무릎이 조금만 더 참으라는 듯이 지그시 눌러왔다.
이렇게 아무 말없이 식사가 끝났다는 것은 폴토스에게 있어서 도무지 이해할 수 없는 일이었지만 서생들에게는 분명한 의미를 가지고 있었다. 대서인이 눈짓을 하고 부인이 미소를 짓자 서생들은 슬며시 자리에서 일어나 냅킨을 접고 인사를 하고 나가 버렸다.
「자, 모두 먹은 것을 소화시키기 위해 가서 일들 하라구.」
대서인은 자못 점잖은 표정으로 말했다.
젊은이들이 나가 버리자 부인은 찬장에서 치즈 한 조각과 모과 잼, 아몬드와 꿀로 만든 과자 등을 내놓았다.
지나치게 대접한다는 얼굴로 코크날은 이마에 주름을 모았고, 폴토스는 먹을 것이 부족하다 싶어 입술을 깨물었다.
콩 접시는 어디 있나 하고 돌아보자 어느 틈엔가 사라지고 없었다.
「정말 굉장한 식사였다구. 그야말로 루크리우스가 루크리우스의 집에서 식사하는(루크리우스는 로마의 용장으로서, 식탁의 사치로 유명한 사람. 손님이 없기 때문에 집사람이 요리를 내어놓지 않았더니, '오늘 밤은 루크리우스가 루크리우스의 집에서 만찬하는 거다'고 호통쳤다고 한다.) 광경이었으니까.」
폴토스는 곁에 있는 술병을 보고 하다못해 빵과 치즈와 포도주로 식사를 할까 생각했다. 그런데 술이 없었다. 병은 비어 있었다. 코크날 부부는 모른 척하는 표정이었다.
『좋다! 이것으로 완전히 알게 되었다.』 하고 폴토스는 속으로

중얼댔다.

 그리고 체념한 채 한 숟가락의 잼을 핥고 코크날 부인이 손수 만든 치아 사이에 달라붙는 과자를 입에 털어 넣었다.

 『이것으로 겨우 고행은 끝났다. 만일, 이것으로 주인의 돈궤 안을 엿볼 수가 없다면…… 여지없이 실패한 것이겠지.』

 코크날은 이렇듯 과분한 요리를 먹은 후 잠시 낮잠을 자고 싶다고 했다. 폴토스는 그가 이곳에서 낮잠을 자기를 바랬지만 저주받은 대서인은 그런 폴토스의 바람은 아랑곳하지 않고 자신의 서재에 돌아가겠다고 했다. 그리고 그 장농 앞까지 데려다 주지 않는다고 투덜대면서 막무가내로 듣지 않았다. 그곳에 가서는 장농 곁에 신중하게 두 다리를 걸쳐 놓았다.

 부인은 폴토스를 다음 방으로 데리고 가서 화해에 관한 협의를 하기 시작했다.

 「일주일에 세 번 정도는 식사에 와도 좋아요.」

 「아닙니다. 그런 후의를 너무 받는 것도 안 됩니다. 그리고 지금은 준비 때문에 바쁘기도 하니까요.」

 「그렇군요. 참…… 난처한 채비 문제가.」 하고 부인은 신음하듯 말했다.

 「정말, 그렇습니다. 그 문제가…….」

 「한데, 그 채비라고 하시면 어떤 것이 필요하신가요? 폴토스 님.」

 「그거야 뭐…… 많은 것이 필요하지요. 총사라고 하면 뽑히고 뽑힌 의젓한 무사니까요. 때문에 경호사나 스위스 인 용병 따위에겐 없어도 되는 여러 가지 것이 필요하지요.」

 「하지만 그것을 좀더 자세히 말씀해 주세요.」

 「대략 계산해서…….」

 폴토스는 세밀하게 말하기보다 총액으로 결말을 보고 싶었다.

 부인은 겁먹은 표정으로 폴토스의 다음 말을 기다리고 있었다.

 「어느 정도면 될까요? 너무, 그렇게는…….」

 끝에 가서는 말문이 막혀 입을 다물고 말았다.

「뭐, 이천 오백 리블 정도만 있으면 족하겠지요. 만약 좀더 긴축한다면 이천 리블로도 어떻게 꾸릴 수 있지 않을까 생각하는데.」
「어머! 이천 리블이라구요? 그건 정말 한 재산이 아녜요?」
폴토스는 잠자코 가장 의미심장한, 떫은 표정을 지어 보였다. 폴토스의 그러한 표정이 무엇을 말하는 것인지 부인도 확실히 납득이 갔다.
「어떤 물건이 필요한가 물은 것은 내 쪽에는 일가 친척 중에 상인이 많고 여러 가지 편리한 길이 있기 때문에 물건을 사는 데 있어서 당신이 사는 것보다 훨씬 싼값으로 살 수 있지 않을까 생각했기 때문이에요.」
「아, 그런 생각에서였나요?」
폴토스는 이렇게 말했다.
「그래요. 그리고 당신은 말이 필요하시지 않나요?」
「네, 말도 필요합니다.」
「때를 맞춰 준비해 드릴 수 있을 거예요.」
「허, 그렇습니까?」하고 폴토스는 환한 표정으로 말했다.
「그럼, 말은 해결되었다 치고…… 다음엔 마구가 한 벌 필요합니다. 총사가 아니면 사지 않는 물건이 그 속에 여러 가지 들어 있지요. 금액으로 치면 고작 삼백 리블 정도겠지만.」
「삼백 리블…… 그 정도라면 좋아요.」하고 부인은 한숨을 쉬고 이렇게 말했다.
폴토스는 속으로 히죽이 웃었다. 두말할 나위도 없지만 안장은 버킹검 공이 기증한 것이 있지 않은가. 그래서 삼백 리블은 요령껏 자신의 호주머니에다 간직할 생각이었던 것이다.
「그 외에도 부하의 말과 여행용 가방이 필요하지요. 무기 문제는 걱정을 끼쳐 드리지 않아도 가지고 있으니까요.」
「부하의 말이라구요? 대단한 영주님이시군요!」
「날 그렇게 하찮은 사내라고 생각하셨습니까?」
「아니예요, 그게 아니예요. 하지만 굳이 말이 아니라도 모양이 근사한 노새라면 그런 대로 괜찮지 않을까 하는 생각이 들어요. 무스크톤에게는 귀여운 노새를 사 주는 것이……」
「그래요, 귀여운 노새라도 괜찮습니다. 당신이 그렇게 말하는 것도 지당하지요. 나는 전에 높은 에스파냐 제후의 부하가 모두 노새를 타고 있는 것을 본 적이 있으니까. 하지만 부인! 아무리 노새라고 해도 아름다운 장식과 방울은 달아야 한답니다.」
「알고 있어요.」
「그 다음은 가방 문제인데…….」
「네, 걱정하실 것 없어요. 남편이 다섯인가 여섯 개 가지고 있으니까요. 그 중에서 가장 좋은 것을 선택하시면 돼요. 남편이 여행할 때마다 가지고 가는 가방은 온 세계가 들어갈 만큼 크고…….」
「그래, 그 가방은 비어 있나요?」하고, 폴토스는 아무렇지도 않은 표정으로 물었다.
「네, 물론 비어 있지요.」
부인 역시 아무렇지도 않게 대답했다.
「아니, 내가 필요한 것은…… 속이 가득 차 있는 가방이거든요. 부인!」 그러자 부인은 또 한숨을 내쉬었다. 몰리에르가 아직 〈수전노〉의 장면을 그리고 있지 않을 때였다. 그래서 코크날 부인은 우선은 알바공(몰리에르의 유명한 5막의 희극《수전노》(手錢奴)의 주인공)의 선배격인 셈이었다.
이렇게 말을 주고받는 사이에 그런 대로 준비에 필요한 나머지 문제는 순차적으로 해결되어 갔다. 그에 따라 대서인의 부인은 팔백 리블을 현금으로 건네주었고 폴토스와 무스크톤을 화려하게 싸움 터로 싣고 갈 말과 노새를 따로 마련해 준다는 것으로 매듭을 지었다.
이렇게 약속하고나서 폴토스는 그 집에서 나왔다. 부인 쪽에서는 야릇한 추파를 던지면서 더 붙들려고 했으나 폴토스가 근무에 관해 자꾸 말했기 때문에 결국 대서인 부인도 폐하를 위해서는 양보하지 않을 수 없었다.
폴토스는 고픈 배를 움켜쥐고 집으로 돌아왔다.

33. 시녀와 마님

한편, 다르타냥은 양심의 가책과 아토스의 충고에 머뭇거리면서도 점차 밀레이디에게 연정을 느끼게 되었다. 그래서 그는 하루도 빠지지 않고 그녀의 집으로 비위를 맞추기 위해 갔다. 언젠가 머지않아 상대의 마음에도 반응이 있으리라는 것을 확신하면서.
 어느 날 밤, 역시 바람을 가르고 마치 황금의 비라도 기다리고 있는 사람처럼 서둘러 그녀의 집으로 갔던 그는 입구 언저리에서 몸종과 딱 마주쳤다. 그런데 케티는 두 손을 모아 인사할 뿐만 아니라 슬그머니 손까지 잡는 게 아닌가.
 『옳거니. 부인으로부터 무슨 전갈이 있는 모양이군. 직접 말하기가 거북하기 때문에 이런 식으로 밀회할 장소를 가르쳐 주는 것이겠지. 틀림없이……』
 다르타냥은 이렇게 생각하고 자랑스럽게 아름다운 시녀를 돌아보았다.
 「저…… 잠시, 드릴 말씀이 있습니다만.」 하고 시녀는 말을 더듬었다.
 「뭔데? 말해 보라구. 자, 듣고 있으니까.」
 다르타냥은 재촉했다.
 「이곳에서는 말할 수가 없습니다…… 이야기가 약간 긴 데다 혹시 누가 듣기라도 하면 곤란하니까요.」
「좋아! 그럼 어떻게 하면 되지?」
「저의 뒤를 따라와 주신다면……」 하고 케티는 겁먹은 듯이 말했다.
「어디든, 갈 테다.」
「그럼 부디 이쪽으로…….」
 케티는 다르타냥의 손을 잡은 채 어둡고 작은 뒷계단으로 데리고 가서 열다섯 계단쯤 올라간 다음 문을 열었다.
「자, 들어오세요. 이곳이라면 단둘이서 이야기할 수 있으니까요.」
「이것은 어떤 방이지?」
「제 방입니다. 저쪽 문으로 마님의 침실과 통하고 있습니다만, 하지만 끄떡없어요. 저쪽 방에선 엿듣지 못하니까요. 마님은 한밤중이 되지 않으면 취침하지 않으시거든요.」
 다르타냥은 방 안을 빙 둘러보았다. 그 방은 작았지만 깨끗이 정돈되어 있었다. 그러나 청년의 눈은 저도 모르게 밀레이디의 침실과 통하고 있다는 문 위로 자꾸만 쏠렸다.
 케티는 상대의 마음을 읽고는 한숨을 쉬었다.
「…… 당신은 우리 마님에게 사랑을 느끼고 있죠?」
「암, 그렇구말구. 말로 다 표현할 수 없을 정도로…….」
 그러자 케티는 다시 한 번 한숨을 토했다.
「…… 불쌍해요.」
「왜 불쌍하다는 거지?」
 다르타냥은 뜻밖이었다.
「왜냐고요? 마님은 당신을 조금도 좋아하지 않으니까요.」
「마님이 나에게 그렇게 말하라고 하던가?」
「아니예요. 그런 것은 아닙니다. 다만 난, 당신이 불쌍하다 싶어서…… 말씀드리기로 결심한 거예요.」
「그거 고맙군, 케티! 하지만 고맙다고 사례하는 것은 그 뜻에 대해서야. 왜냐하면 그런 것을 알려 주는 것은 썩 반가운 일이 아니니까.」
「…… 즉 제가 말씀드린 것을 믿지 않으시기 때문이겠죠.」
「나만이 아니고 누구나 그런 것은 믿고 싶지 않은 것이지. 자존심도 허락치 않고…….」
「그럼, 믿지 않으시는군요?」
「무슨 증거라도 있다면…….」
「이것을 어떻게 생각하시죠?」 하면서 케티는 품 안에서 작은 편지를 꺼냈다.
「나에게 주는 거야?」
다르타냥은 냉큼 그 편지를 받으면서 말했다.
「아닙니다. 다른 분에게…… 입니다.」
「다른 사람?」
「네.」
「누구야? 이름은?」
「수취인을 보세요.」
「왈드 백작님…….」
생 제르맹에서의 기억이 사랑으로 상기된 청년의 머리에 되살아났다. 케티가 깜짝 놀라는 것도 아랑곳하지 않고 냉큼 겉봉을 뜯었다.
「어쩜, 그런 짓을 하시지요?」
「아니, 괜찮아…….」
다르타냥은 개의치 않고 그 편지를 읽었다.

『요전의 편지에 대해서는 답장을 받지 못했습니다. 아직도 병중이신가요? 아니면 기즈 부인 댁의 야회에서 저에게 주셨던 그 눈길을 잊으신 것인가요. 좋은 기회입니다. 백작님, 부디 놓치지 마시길——.』

편지를 읽고난 다르타냥의 안색이 싹 변했다. 자존심이 송두리째

무너진 것이지만 자신은 사랑의 상처를 입은 것으로 여겼다.

「불쌍한 다르타냥 님.」

케티는 동정으로 가득찬 부드러운 음성으로 속삭이면서 청년의 손을 꼭 움켜쥐었다.

「동정해 주고 있군! 착한 아가씨.」

다르타냥은 이렇게 말했다.

「네, 정말…… 진심으로. 전 사랑이 어떤 것인가를…… 잘 알고 있으니까요.」

「사랑이 어떤 것인가…… 네가 알고 있다고?」

다르타냥은 그제서야 비로소 아가씨의 얼굴을 찬찬히 들여다 보았다.

「…… 네.」

「그래? 그렇다면 단지 동정만 해 주지 말고 마님에게 복수하는 것을 도와 주지 않겠나?」

「어떤 복수를 하실 생각이신데요?」

「마님을 손 안에 넣고 연적을 앞지르는 거지.」

「그런 일이라면 전 절대 도와드릴 수 없어요.」 하고 케티는 잘라 말했다.

「왜지?」

「두 가지 이유에서…….」

「어떤?」

「첫째, 마님은 결코 당신을 좋아하시지 않을 테니까요.」

「어떻게 그걸 알 수 있나?」

「당신은 그분의 마음을 아프게 했으니까요.」

「내가? 어떻게 내가 그 부인의 마음을 아프게 할 수 있다는 거지. 처음 만난 이래 나는 마치 노예처럼 순종하고 있지 않은가. 그 까닭을 말해 줘. 어서!」

「나는…… 제 마음을 밑바닥까지 환하게 들여다볼 수 있는 사람이 아니면…… 그런 말을 하기는 싫어요.」

다르타냥은 다시 한 번 케티의 얼굴을 지그시 바라보았다. 그녀의 얼굴과 몸에서는 많은 공작 부인이 그 몸과 바꾸고 싶을 정도로 싱싱한 젊음이 넘치고 있었다.

「케티! 나는 언제나 네 마음의 밑바닥까지 읽어 줄 테다. 그런 것은 걱정하지 않아도 된다.」

다르타냥이 이렇게 말하고 입을 맞추자 아가씨는 잘익은 사과처럼 얼굴을 붉혔다.

「아닙니다. 말은 그렇게 하시지만 당신은 저 따윈 좋아하지 않고 계십니다. 마님을 사랑하고 계시니까요. 아까 자신이 말씀하신 것처럼…….」

「그렇다면 두 번째 이유를 말해 주지 않겠나?」

「제 2 의 이유는…….」

좀전의 입맞춤과 청년의 표정을 보고 대담해진 케티는 과감하게 말했다.

「사랑 앞에서는…… 누구나 이기적이 되니까요.」

케티의 이 말을 듣고서야 다르타냥은 케티의 우울한 듯한 눈초리와 다음 방이나 계단과 복도에서 수없이 만났다는 것, 그때마다 손이 닿았고 안타까운 한숨이 새어나왔다는 것 등이 생각났다. 마님의 환심만을 사는 데만 골몰했던 그는 시녀의 그러한 몸짓을 묵살하고 있었던 것이다. 매를 쫓고 있는 자의 눈에 어찌 참새 따위가 들어올 까닭이 있겠는가.

그런데, 이제야말로 케티가 이렇듯 솔직하고 대담하게 고백한 사랑을 어떤 식으로 이용할 수 있겠는가──하는 것을 다르타냥은 순간적으로 생각했다. 왈드 백작에게 보내는 편지를 가로챈다는 것, 현장에서의 내통, 마님의 침실로 통하고 있는 케티의 방에 언제든지 자유로이 출입할 수 있다는 것. 이런 식으로 박정한 사내의 머리에는 어떤 수단으로든 밀레이디를 자기 것으로 하기 위해서 가련한 아가씨를 제물로 삼을 생각을 하고 있었던 것이다.

「좋아. 그렇다면…… 케티! 의심하고 있는 너에게 내 애정의 증거를 보여 줄까?」

「어떤 애정인가요?」

「내가 너에게 점차 느끼게 될 강한 애정 말야.」

「그럼…… 그 증거란?」

「오늘 밤, 여느때라면 마님에게 가서 보낼 시간을 너와 함께 지내기로 하면 어떨까?」

「어머, 정말인가요?」

케티는 손뼉을 치면서 기뻐했다.

「정말이고말고. (다르타냥은 안락의자에 털썩 앉았다.) 자, 이리 오라구. 너는 내가 지금까지 보아 온 중에서 가장 사랑스러운 몸종이라는 말을 해 줄 테니까.」

청년은 짐짓 진정인양 재치껏 이런 말을 했기 때문에 처음부터 그렇게 믿고 싶었던 아가씨는 그 말을 완전히 믿고 말았다——그러나 다르타냥이 의외로 벽에 부딪친 것은 아름다운 케티가 그렇게 호락호락 그의 뜻에 따르지는 않는다는 것이었다.

덤벼들고 거부하고, 이렇게 승강이질하는 시간은 빨리 지나가게 마련이다.

자정을 알리는 종이 울림과 동시에 밀레디의 방에서 초인종이 울렸다.

「어머! 큰일 났어요. 마님이 부르고 계셔요. 자, 어서 돌아가 주세요.」

다르타냥은 자리에서 일어나 나가는 척하면서 모자를 들고 계단 쪽 문으로는 가지 않고 커다란 장농 문을 열고 밀레이디의 의상과 잠옷 사이에 쪼그리고 앉았다.

「그런 곳에서 어떻게 하시게요?」

케티는 놀라면서 물었다.

다르타냥은 열쇠를 빼앗아 가지고 있었기 때문에 잠자코 장농 안에 틀어박히고 말았다.

「어떻게 된 거지? 초인종을 울려도 오지 않는 것은. 벌써 자고 있는 걸까?」
 밀레이디의 노기 어린 음성과 그에 이어 그녀의 방으로 통하는 문이 열리는 소리가 다르타냥의 귀에 들려왔다.
「네. 이제 곧……」
 케티는 잽싸게 여주인 앞으로 뛰어갔다.
 두 사람이 모두 침실로 들어갔지만 문은 열어둔 채였기 때문에 다르타냥에게는 시녀가 꾸중을 듣고 있는 소리가 들렸다. 얼마 후에야 노여움이 풀린 듯, 케티가 옷을 갈아입는 것을 돕고 있는 동안 이런 대화를 주고받기 시작했다.
「오늘 밤에는 그 가스코뉴의 젊은 사람이 오지 않았구나.」
「어머! 그분, 오시지 않으셨나요? 아직도 생각이 미치지도 않았는데 벌써 그렇게 마음이 바뀐 것일까요?」
「아냐. 그렇진 않을 거야. 틀림없이 트레빌 경이나 에살 후작의 일로 오지 못했을 거야. 난 확실히 알고 있거든. 그 청년은 이미 나의 포로가 된 거나 마찬가지라구.」
「그럼, 그분을 마님께서는 앞으로 어떻게 하실 셈인가요?」
「내가 하고 싶은 대로…… 걱정 말아, 케티! 그 사람과 나 사이에는 그가 깨닫지 못하고 있는 어떤 인연이 있었어…… 그 사람 때문에 난 추기관님의 신용을 상실할 뻔했던 일이 있었지…… 그래, 복수하지 않고서야.」
「저는 마님께서 그분을 좋아하시는 것으로만 여겼는데요.」
「그 사람을 좋아한다고? 당치 않은 소리…… 오히려 지긋지긋하다구! 윈텔 경의 생명을 손 안에 쥐고 있으면서도 죽이지 않은 그런 바보 같은 사나이를. 그래서 난 삼십만 리블의 연금을 혹 날리게 된 거 아냐?……」
「그렇게 되셨죠. 도련님은 백부님의 유일한 상속자이시고, 성년이 되실 때까진 마님께서 유산을 자유로이 사용할 수 있으셨을 테니까요.」
 보기에는 그렇듯 상냥한 미인의 입술에서, 그것도──평소에는 감추고 있는 날카로운 음성으로——자신의 가족인 사람을 왜 죽이지 않았느냐고, 그런 불평이 새어나오는 것을 듣고 다르타냥은 몸 속까지 떨리는 것을 느꼈다.

「그래서, 그 동안 벌써 복수를 해 버렸을 것이었는데…… 어떤 이유에서인지 추기관님께서 그 사람을 대범하게 상대해 주라고 하셨기 때문에…….」

「그래도 마님은…… 그분이 사랑하고 있던 젊은 여자는 조금도 참작하지 않으셨잖아요.」

「아, 그 잡화상인의 처 말야? 그 여자에 대해 그 사람이 아직도 기억하고 있는 것으로 생각하니? 정말 그것은 아무런 도움도 되지 않는 쓸모없는 복수였지!」

다르타냥의 이마에는 식은땀이 흘렀다. 더더욱 이 여자는 인간이 아니다.

그는 귀에다 신경을 모아 더 듣고 싶었지만 애석하게도 이미 옷을 갈아입는 일이 끝난 것 같았다.

「이젠 됐다. 네 방으로 가거라. 그리고 내일은 아까의 편지에 대한 회답을 받아오도록 해다오.」

「왈드 님 말씀인가요?」

「그래, 왈드 님의…….」

「그분은 정말 불쌍한 다르타냥 님과는 반대로 매우 행복한 분이시군요.」

「빨리 나가다오. 부질없는 말은 듣고 싶지 않으니까.」

다르타냥의 귀에 문이 닫히는 소리와 밀레이디가 자물쇠를 채우는 소리가 들려왔다. 케티도 이쪽에서 살며시 쇠를 채웠다. 그래서 다르타냥은 장농 문을 열었다.

「어머, 어떻게 되신 거예요? 안색이 창백해지시구…….」

케티가 속삭이자

「어쩌면 그렇게도 극악 무도한 여자란 말인가!」

다르타냥은 이렇게 말했다.

「쉿！ 조용히 하세요. 얼른 나가 주세요. 마님은 저 문 하나 뿐이기 때문에 이쪽 이야기를 모두 들을 수 있으니까요.」
「그러니까 더더욱 나가지 않을 테다.」
다르타냥이 말했다.
「어머！ 왜죠？」
케티는 얼굴이 빨개졌다.
「아무튼, 나간다 해도 좀더 있은 후에…….」
이렇게 말하면서 청년은 케티를 끌어안았다. 거부할 방도가 없었다. 떠들면 소리가 날 것이 아닌가. 케티는 다르타냥이 하는 대로 몸을 내맡겼다.

이것은 밀레이디에 대한 복수의 첫발이었다. 복수란 신들의 즐거움이란 말이 있는데 과연 그렇구나 싶었다. 그래서 이때 다르타냥에게 다소라도 부드러운 마음이 있었다면 이 새로운 사랑의 승리에 도취했을 것이지만——청년은 단지 야심과 자존심밖에는 가지고 있지 않았다.

그러나 여기에서 그를 위해 변명해 둘 것은——그가 케티를 이용하려고 했던 당초의 착상은 보나슈 부인에 관한 소식을 알아내기 위해서였다. 그런데 이 아가씨는 십자가를 걸고 그 문제에 관해서는 아무것도 모른다고 맹세했다. 여주인의 말로 미루어 생각할 수 있는 것은 숨겨진 진상의 절반도 되지 않는 막연한 것에 불과하지만——그러나 다만 그 부인이 죽지 않은 것만은 십중 팔구 보증할 수 있다는 것이었다.

밀레이디가 추기관의 신뢰를 잃을 뻔했다는 이야기에 관해서도 케티는 아무것도 몰랐지만 이 문제는 오히려 다르타냥 편에서 짐작이 가는 것이 있었다. 영국을 떠날 때 정선(停船) 명령으로 출범할 수 없는 배 위에서 밀레이디의 모습을 언뜻 보았던 것으로 미루어 볼 때 어쩌면 그 다이아몬드의 장식용 끈에 관한 문제와 관련된 것이 아닌가 싶었다.

그러나 그 말을 듣고 가장 분명히 느꼈던 것은 밀레이디가 자신에게 품고 있는 진짜 원한, 가장 뿌리깊은 증오는 시숙을 죽이지 않았다는 것, 바로 그것이었다.

다르타냥은 다음날 또 밀레이디의 집으로 갔다. 밀레이디는 매우 기분이 상해 있었다. 그것은 왈드 백작으로부터 답장이 없어서 초조해졌기 때문일 것이라고 다르타냥은 생각했다. 케티가 들어오자 밀레이디는 매정하고 무자비하게 호통쳤다. 케티의 눈은 다르타냥에게 『난, 당신 때문에 이런 곤경을 치루고 있는 거예요.』 이렇게 말하고 있었다.

그럭저럭 하는 사이에 밤이 깊었고 그렇게 되자 아름다운 암사자의 분노도 어느 정도 진정되었는지 다르타냥의 아첨에 미소를 지었고 손에 입맞추는 것도 허용했다.

다르타냥은 멍해진 머리로 그곳에서 나왔다. 그러나 그는 덮어놓고 사려를 잃는 사나이가 아니기 때문에 밀레이디의 기분을 맞춰 주면서 한 편으로는 약간의 계획을 세우고 있었다.

케티가 문에 서 있었기 때문에 또 어젯밤처럼 그녀의 방으로 올라갔다. 케티는 일을 태만했다는 이유로 밀레이디로부터 매우 호된 질책을 받았다. 밀레이디는 왈드 백작이 회답을 하지 않은 것이 이상해서 견딜 수가 없었다. 그래서 내일 아침 9시에 세 번째 편지를 쓸 테니까 그것을 가지고 가라는 분부를 케티에게 했다.

다르타냥은 시녀에게 내일 아침 그 편지를 자기에게 가져올 것을 약속받았다. 케티는 이제 애인의 말이라면 무엇이든 따르리만큼 분별을 잃고 있었다.

다음은 어젯밤의 재현이었다. 다르타냥은 다시 장농 속에 숨었고, 밀레이디는 케티를 불러 옷을 갈아입는 일을 끝내고는 문을 닫았다. 어젯밤과 같이 다르타냥이 집에 돌아온 것은 아침 5시였다.

11시에 케티가 찾아왔다. 밀레이디가 쓴 새로운 편지를 가지고. 이번에는 다르타냥과 다투려고도 하지 않았고 다만 하라는 대로 따랐다. 이제는 완전히 이 미모의 청년 귀족에게 몸과 마음을 바치고 있었다.

다르타냥은 편지를 뜯고 읽었다.

『나의 사랑을 고백하는 편지를 쓰는 것은 이것으로 세 번째 입니다. 네 번째에, 나는 당신을 매우 미워한다고 쓰지 않도록 조심하세요.
만약 그 동안의 태도에 대해 후회하신다면 심부름하는 아이가 당신에게 올바른 사죄의 방식을 가르쳐 드릴 것입니다.』

다르타냥은 이 편지를 읽는 동안 몇 번이나 안색이 바뀌었다.
「역시, 아직도…… 마님을 좋아하시는군요.」하고, 청년의 얼굴에서 시선을 떼지 않고 있던 케티가 말했다.
「그렇지 않아, 케티! 그것은 착각이야! 난 이제 그 사람을 좋아하고 있진 않으니까. 다만 멸시를 받았던 것에 대해 복수를 하고 싶을 뿐이라구.」
「네, 그 복수라는 것이 어떤 것인지 전 잘 알고 있지요. 당신 자신이 말씀하셨으니까요.」
「상관없지 않아, 케티! 어떤 일을 하든 내가 좋아하는 것은 너뿐이라는 걸 너도 분명히 알고 있으니까.」
「어떻게 그것을 알 수 있죠?」
「그 여자에게 내가 실컷 창피를 줄 테니까.」
케티는 살며시 한숨을 쉬었다.
다르타냥은 펜을 들고 다음과 같은 답장을 썼다.

『마님——
지금까지 두 차례의 편지가 과연 나에게 보내진 것인지 어떤지 마음 속으로 의심하고 있었습니다. 그럴 정도로 나는 이러한 행복에 걸맞는 인간이라고 믿어지지 않았던 것이지요. 게다가 몸도 아직은 회복되지 않고 있어서 회답을 주저하고 있었습니다.
하지만 오늘은 마침내 당신의 후의를 믿지 않으면 안 된다는 것을 알았습니다. 편지는 말할 것도 없고 심부름 온 시녀까지 내가 행복하게도 당신에게 사랑을 받고 있다는 것을 보증해 주었기 때문이지요.

　올바른 사죄의 방식은 심부름 온 사람으로부터 들을 필요도 없습니다. 내일밤 11시경 나는 자신의 죄를 사과하기 위해 직접 찾아뵙겠습니다. 하루라도 늦춰진다면 다시 당신의 분노를 사게 될 것으로 생각되니까요.

당신에 의해 가장 행복한
사람이 될 수 있는——
왈드 백작』

　이 편지는 가짜였고, 또 이런 짓을 하는 것은 악취미임에 틀림없다. 오늘날 우리의 도의심에서 본다면 타기해야 할 행위이기도 한 것이다. 그러나 그 당시는 오늘날처럼 행동을 조심하지 않아도 되었다. 그런 데다 다르타냥은 가장 중요한 문제에 대해 밀레이디가 배신하고 있다는 것을 그녀의 입에서 새어나온 말에 의해 알고 있었고, 따라서 존경하고 싶은 마음이 일지 않는 여자이기도 했던 것이다. 그러나 존경할 수 없다는 생각은 하면서도 이 여자를 향해 맹렬한 사랑의 욕망이 일고 있는 것은 사실이었다. 경멸에 찬 사랑, 사랑이라고 해야 할지 갈증이라고 해야 할지, 이를테면 그런 것이었다.

　다르타냥의 계획은 간단했다. 케티의 방에서 여주인의 침실로 숨어든다. 여자가 정체를 깨달았을 때의 놀라움, 수치, 공포, 그런 것으로 화풀이를 하자는 것이다. 실패할지도 모르지만 어쨌든 기회를 잡아 부딪쳐 보기로 하자. 이제 1주일이 지나면 전쟁이 개시되어 출발하지 않으면 안 되는 몸이다. 다르타냥에게는 참된 사랑을 천천히 시작할 수 있는 여유가 없었다.

　「자, 그럼 이것을 마님에게 건네주라구. 이것이 왈드 백작의 회답이니까.」

　봉함을 한 편지를 케티에게 건네주면서 청년은 말했다.

케티는 내용을 상상해 보고는 파랗게 질렸다.
「알겠어? 잘 들으라구. 어차피 이대로는 끝나지 않을 테니까. 네가 맨 처음의 편지를 잘못해서 왈드 백작의 부하에게 주지 않고 내 부하에게 건네 주었다는 것도, 그 후의 편지를 모두 내가 가로채서 개봉했다는 것도 언젠가는 모두 마님에게 들통이 나고 말거야. 그렇게 되면 마님은 널 쫓아내겠지. 아냐. 그 사람의 성격을 알고 있을 테지만 그것으로 끝낼 사람이 아냐.」
「그럼 어떻게 하죠? 도대체 내가 이런 위험한 짓을 하고 있는 것은 누구를 위해서죠?」
「나를 위해서지. 그건 잘 알고 있다구. 그리고 난 너에게 감사하고 있다구, 확실히.」
「그런데…… 이 편지에는 무어라고 씌어 있나요?」
「마님이 말해 줄거야.」
「역시, 당신은…… 나를 좋아하지 않는군요. 난 불행한 여자예요.」
이렇게 푸념하고 있는 여자를 언제나 손쉽게 속일 수 있는 말이 있다. 다르타냥은 케티가 가장 깊은 착각에 빠질 수 있는, 그러한 대답을 꾸며서 말했다.
그래도 아가씨는 밀레이디에게 그 편지를 건네줄 것을 결심할 때까지 오랫동안 울고 있었다. 그러나 결국 그렇게 하기로 결심을 한 것이다. 다르타냥의 바람은 그것으로 족했다.
오늘 밤 마님의 방에서 가급적 빨리 나와서 케티의 방으로 갈 것을 약속했다.
이 약속으로 케티의 가련한 기분도 마침내 진정되었다.

34. 아라미스와 폴토스의 채비 이야기

　네 사람의 친구는 각기 출전을 앞두고 채비에 착수했기 때문에 종전과 같이 규칙적으로 모일 수가 없게 되었다. 네 사람 중에서 누군가가 빠져도 모인 곳에서, 오히려 끼어들 기회만 있으면 아무 데서나 식사를 하게 마련이었다. 근무도 매우 바빠졌기 때문에 시간은 삽시간에 지나갔다. 다만 1주에 한 번씩 1시경에 아토스 집에 모일 것, 이것이 약속이었다. 즉 아토스는 그 자신이 선언한 것처럼 결코 집에서 밖으로 나오지 않을 결심이었기 때문이었다.
　마침 케티가 편지를 가지고 다르타냥 집에 왔던 것은 그 무렵의 일이었다.
　그래서 다르타냥은 케티가 돌아가자 곧장 페르 거리를 향해 걸음을 재촉했다.
　가서 보니 아토스와 아라미스가 몹시 번거로운 논쟁을 벌이고 있는 중이었다. 아라미스는 다시 사제복에 미련을 가지고 있는 것 같았다. 아토스는 언제나와 같이 별로 반대도 찬성도 하지 않았다. 누구나 자기의 자유 의지에 따르도록 하는 게 가장 좋다는 것이 그의 지론이었으니까. 그래서 그는 이쪽에서 요구하지도 않은 충고 따위는 한 일이 없다. 첫째 충고해 줄 것을 요구하더라도 한 번쯤으로는 응하지 않는다.

『사람은 대개의 경우 의견을 요구하더라도 그 의견에 따르려고 해서 요구하는 게 아니다. 더러 그 의견에 따랐다 하더라도 그것은 후에 책임을 덮어 씌울 사람을 만들어 두기 위해서인 거야.』
 아토스는 언제나 입버릇처럼 이렇게 말하곤 했다.
 다르타냥보다 조금 늦게 폴토스가 나타났다. 이것으로 네 사람이 모두 모인 셈이었다.
 네 개의 얼굴은 네 가지의 각각 다른 기분을 나타내고 있었다. 폴토스의 것은 안정을, 다르타냥은 희망을, 아라미스는 불안을, 아토스는 무관심을——.
 폴토스가 어느 지체 높은 부인 덕으로 가까스로 변통이 될 것 같다는 말을 하고 있을 때 무스크톤이 들어왔다.
 폴토스에게 잠시 귀가하기를 바란다고 말했다. 정녕 가지 않으면, 하고 짐짓 심각한 표정까지 짓는 게 아닌가.
 「준비 중인 물건은 집에 와 있나?」하고 폴토스가 물었다.
 「그렇기도 하고, 그렇지 않기도 하고……」
 무스크톤은 묘한 대답을 했다.
 분명히…… 말할 수 없나?」
 「어쨌든, 집으로 가 주시지요.」
 그러자 폴토스는 자리에서 일어나 모두에게 목례하고는 무스크톤의 뒤를 따라 밖으로 나갔다.
 얼마 후에 바장이 문간에 나타났다.
 「무슨 일로 왔나?」하고 아라미스는 항상 종교 쪽으로 마음이 기울었을 때 사용하는 조용한 말로 물었다.
 「집에 주인님을 만나고 싶다는 사람이 와 있기 때문에……」
 「…… 사람이라니, 어떤?」
 「거지입니다만.」
 「그럼 냉큼 동냥을 주고, 불쌍한 죄인을 위해 기도해 주십시오, 하고 보내도록 하라구.」
 「그런데, 그 거지가 기필코 주인님을 만나겠다고 해서……」

「혹시, 나에 관해 무슨 다른 말을 하고 있지는 않았나?」
「네, 말했습니다. 만약 아라미스 님이 모르고 계신다면 츌에서 온 사람이라고 말해 주십시오라고……」
「뭐, 츌에서? (아라미스는 순간 덜컥 놀라는 표정을 했다.) 그럼 귀공들, 실례지만 잠시 자리를 비우겠네. 그 사내는 내가 기다리고 있는 소식을 가지고 온지도 모르니까.」
이렇게 말하고는 허둥지둥 밖으로 사라졌다.
이제 아토스와 다르타냥만이 남게 되었다.
「저 친구들은 그런 대로 목적을 달성하게 된 것 같군. 어떻게 생각하나, 다르타냥?」
아토스가 이렇게 말했다.
「폴토스가 순조롭게 일을 진행시키고 있다는 것은 어렴풋이 눈치채고 있었지. 아라미스 쪽은…… 난 처음부터 그 사람 문제는 진심에서 걱정할 기분이 안 들었을 정도야. 한데, 아토스! 귀공이야말로 어떻게 할 셈인가? 그 영국인의 지갑은 당연히 귀공의 것이었는데 그렇듯 선심을 쓰고 말았으니.」
「난 그 사내를 일격으로 쓰러뜨린 것만으로도 가슴이 후련해졌던 거야. 영국인을 죽일 수 있었다는 것은 정말 하늘이 주신 선물이었거든. 한데 그런 놈의 지갑을 호주머니에 넣으면 그야말로 평생 가책을 받게 되지.」
「농담말라구, 아토스! 귀공은 언제나 심술꾸러기 같은 짓만 생각해 내는 사나이야.」
「그래, 그건 좋다구. 한데 어제 트레빌 경이 몸소 여기에 오셨을 때의 이야기로는 귀공이 추기관님이 특별히 돌봐 주고 있는 영국인들의 집에 자주 출입하고 있다고 하시던데 어찌된 영문인가, 그것은?」
「즉, 한 사람의 영국인 부인집에 출입하고 있는 셈이지. 그 왜 자주 이야기했던……」
「아, 그래, 그 금발의 여자라구 했던가? 내가 조심하라구 했지만 물론 귀공은 그런 충고를 듣는 사내가 아니거든.」
「하지만, 나는 그 까닭을 설명했지 않은가.」
「응, 귀공도 군자금 조달을 목적으로 하고 있는 것이라 했겠다? 분명히.」
「그것이 아니야. 그 여인이 보나슈 부인의 납치 사건과 어떤 관계가 있다는 증거를 잡았다구.」
「그렇군. 아니 잘 알겠네. 행방 불명인 여자를 찾기 위해 귀공은 다른 여자의 비위를 맞추고 있겠지. 그것은 대개의 경우 가장 멀리 돌아가는 길이야. 하지만 썩 재미있는 방법이긴 하지.」
다르타냥은 아토스에게 모든 것을 털어 놓을까 생각했다. 그러나 한 가지 문제가 그를 가로막았다. 아토스는 도덕상의 의리에 있어서는 이만저만 엄격한 사내가 아니다. 지금 다르타냥이 가슴 속에 간직하고 있는 밀레이디에 대한 계획에는 결벽한 친구의 찬동을 얻을 수 없는 것이 약간 포함되어 있었다. 그것을 생각한 청년은 입을 다물고 말았다. 원래 아토스는 대개의 경우 꼬치꼬치 캐묻는 것을 좋아하지 않는 사내이기 때문에 다르타냥의 이야기에도 그 이상은 결코 추궁하지 않았다.
그래서 다르타냥도 이쯤하고 다른 중요한 이야기도 없는 친구를 그대로 남겨 둔 채 아라미스의 뒤를 쫓으려고 했다.
찾아왔다는 사나이가 즐에서 왔다는 말을 듣자 그렇듯 허둥지둥 자리에서 일어나 바장을 따라간다기보다 그를 앞질러 씽씽 걸어갔던 사람이 아닌가. 따라서 그는 페르 거리에서 보지랄 거리의 자택까지 거의 단숨에 도착했다.
집에 돌아오자 과연 꽤나 재치 있어 보이는 작은 사나이가 넝마를 걸치고 기다리고 있었다.
「나에게 용무가 있다는 이가 당신인가요?」
총사가 이렇게 말하자
「아라미스 님을 만나고 싶습니다만 당신이 그분인가요?」
「그렇습니다. 나에게 건네줄 무슨 물건이라도 가지고 오셨나요?」

「네, 먼저 자수한 손수건을 보여 주신 연후에……」
「이것입니다. 자, 보십시오.」
 아라미스는 목에 걸고 있던 열쇠로 전복 조가비로 장식한 흑단의 작은 상자를 열었다.
「네 알았습니다. 딴사람을 밖으로 내보내 주시지요.」 거지사내가 말했다.
 사실, 이 거지사내에게 호기심을 가진 바장은 줄곧 주인의 뒤를 헐레벌떡 따라왔기 때문에 거의 동시에 집으로 돌아와 있었지만 이러한 수고도 허사로 돌아간 셈이었다. 거지가 다른 사람을 나가게 해 달라고 했기 때문에 주인은 당장 나가라고 눈짓을 했다.
 바장이 밖으로 나가자 거지는 주위를 예리한 눈으로 살펴본 다음 가죽띠가 느슨해진 넝마의 저고리를 열고 속옷 위쪽의 꿰맨 줄을 풀어 속에서 한 통의 편지를 꺼냈다.
 그 봉인을 보자 아라미스는 환성을 질렀고 그 글자에 입을 맞추었다. 그런 다음 공손히 봉함을 뜯었다.

『그리운 분에게——
 한동안 우리는 헤어져 있어야 할 운명이 되었습니다. 그러나 청춘의 아름다운 날이 다시는 돌아올 수 없는 먼 곳으로 사라진 것은 아닙니다. 싸움터에서는 충분히 의무를 다해 주실 것을 부탁합니다. 나는 다른 곳에서 저의 의무를 다할 테니까요. 이 심부름꾼이 건네주는 것을 받아 주세요. 아름답고 훌륭한 귀족으로서 의젓하게 싸워 주실 것, 당신의 검은 눈에 부드럽게 입을 맞추는 저를 때때로 생각해 주실 것을 열심히 빌면서——.
 안녕히 계세요라기보다 곧 다시.』

 거지는 여전히 꿰맨 줄을 풀고 있었다. 그리고는 더러운 옷 속에서 한 개 한 개 모두 백오십 피스톨의 에스파냐 금화를 꺼내서는 테이블 위에다 늘어놓았다. 그리고는 입구의 문을 열고 목례를 한 다음

아연해 하고 있는 청년이 무어라 말할 짬도 주지 않은 채 황망히 모습을 감추고 말았다.
아라미스가 그 편지를 재차 읽어 보자 추신이 있었다.

추신──당신께서 이 심부름꾼을 대접해도 좋습니다. 에스파냐의 귀족으로서 백작이니까요.』

「아, 황금빛 꿈! 아름다운지고. 인생이여! 그렇다. 우리는 아직 젊은 것이다. 그렇구말구. 아직 앞으로의 행복한 날이 기다리고 있는 것이다! 오, 당신에게, 나의 사랑도, 피도, 목숨도, 모든 것을 바친다! 모든 것을! 아름다운 나의 애인.」
그는 편지에다 정열을 담아 입을 맞추었고 테이블 위에서 번쩍이고 있는 금화에는 눈길도 주지 않았다.
바장이 조용히 문을 두들겼다. 이젠 밖에 있게 할 아무런 이유가 없었기 때문에 방 안으로 들어오게 했다.
방 안에 들어선 바장은 테이블 위에 놓여 있는 황금의 찬연한 빛에 망연 자실해져서 궁금해서 뒤쫓아온 다르타냥의 도착을 알리는 것조차 잊고 있었다.
다르타냥은 예의를 차릴 처지도 아니었기 때문에 바장이 전하는 것을 잊고 있는 사이에 성큼성큼 들어갔다.
「야, 어떤가? 아라미스! 만일 그 테이블 위에 있는 것이 츨에서 도착한 명품, 말린 자두라면 그렇듯 훌륭한 과일을 만든 과수원지기에게 나의 축사를 냉큼 전해 주게나!」
「착각하지 말라구. (아라미스는 여전히 신중한 태도로) 뭐, 이것은 그 한 음절로 쓰겠다는 시의 고료로 서점에서 보내온 거니까.」
「호오, 그렇겠군. 귀공의 서점 주인은 배짱이 여간 두둑하게 아니로군. 왠지 나에겐 그렇게밖에 생각되지 않는 걸.」
다르타냥은 어처구니가 없었다.
「뭣이라구요? 그 시라는 것이…… 이렇게 비싸게 팔리는 것입

34. 아라미스와 폴토스의 채비 이야기

니까요? (바장도 깜짝 놀랐다.) 히야! 이건 정말 알 수가 없는 것이군. 아니 주인님! 이제부턴 무어든 하고 싶은 것을 하도록 하십시오. 이제 곧 부아튀르 님과 방스라드 님처럼 되실 테니까요. 그분들이 나로선 더 좋습니다요. 시인이란 어쩐지 사제님과 비슷한 것이니까요. 아니, 아라미스 님! 부디 앞으로는 시인이 되어 주십시오.」

「바장! 넌 우리들의 이야기를 방해하고 있는 것 같구나.」

아라미스에게 핀잔을 받자 바장은 잘못했다는 것을 깨닫고 고개를 까딱 하고는 물러갔다.

다르타냥은 미소가 가득한 얼굴로

「자신의 작품을 그렇듯 금화로 바꿀 수 있다는 것은 정말 부럽군. 하지만 조심하라구. 옷에서 편지가 떨어질 것 같은데 없어지지 않도록 잘 간수하게나. 그 서점에서 보낸 편지겠지만.」

아라미스는 얼굴을 사뭇 빨갛게 붉히면서 편지를 밀어넣고 속옷의 단추를 단단히 채웠다.

「한데, 다르타냥! 이제부터 모두들 모여 있는 데로 가서 돈도 생겼으니 오늘 밤에 모처럼 함께 식사를 하고 싶은데 어떤가? 귀공들도 이제 곧 돈이 마련되겠지만……」

「그거 좋지. 그러고보니 오랫동안 식사다운 식사를 해 보지 못했는 걸. 그리고 오늘밤에 나는 다소 위험한 연극을 하지 않으면 안 되거든. 그러기 위해서라도 오래 묵은 부르고뉴의 술로 약간 기운을 돋구어 두는 것이 나쁘진 않을 테니까.」

「좋아! 오래 묵은 부르고뉴 술은 내가 맡겠다. 나 역시 그 술은 싫지 않으니까.」

찬연한 황금의 광채가 아라미스에게서 은둔의 기분을 완전히 불식해 버리고 있었다.

그래서 서너 개의 금화를 당장에 쓸 용돈으로 호주머니에 간직하고는 나머지를 그 부적과 같은 역할을 해 주고 있는 손수건이 들어 있는 작은 흑단 상자에다 넣었다.

두 사람은 먼저 아토스의 집으로 갔다. 아토스는 한 발도 외출하지 않겠다는 맹세를 엄수하기 위해 식사를 집으로 운반해 오도록 했다. 이 사나이는 요리에 관해서는 보통의 식도락 이상으로 자상했기 때문에 다르타냥과 아라미스는 모든 것을 그에게 맡기기로 했다.

그래서 이번에는 폴토스를 데려오기 위해 밖으로 나와 막 바크 거리의 모퉁이까지 왔을 때 저쪽에서 가엾은 표정을 한 무스크통이 노새와 말을 한 필씩 몰고 오는 것이 보였다.

다르타냥은 앗! 하고 소리를 질렀다. 거기에는 기뻐하는 심정마저 섞여 있는 것을 간과할 수 없었다.

「아니! 이건 내 노랑말이다. 아라미스! 저 말을 보라구.」

「호, 이건 지독한 말이군.」

「어떤가, 저 말을 타고 난 파리에 왔었다네.」

「무슨 말씀이십니까? 나리님은 이 말을 아십니까?」

무스크통이 물었다.

「색다른 털빛깔을 하고 있군. 이런 말은 처음 보는 걸.」

아라미스가 감탄하자

「분명히 그렇지. 난 이 말을 삼 에퀴를 받고 팔았는데 그것은 이 털빛깔에 대한 가치였던 게 틀림없어. 사실. 이 가죽을 제외하면 몇 푼도 되지 않을 테니까. 한데 무스크통! 도대체 이 말을 어떻게 입수했는가?」

「아닙니다. 이제 그 말씀은 하지 말아 주세요. 이건 완전히 그 공작 부인의 남편이 꾸민 악의적인 장난이니까요.」

「무슨 말이야. 그건?」

「즉, 이렇습니다요. 실은 어떤 지체 높은…… 공작 부인이라는 분이 (자세히 말씀드리는 것은 함구하라는 분부를 받고 있어서) 주인님을 돌봐 주고 있습니다만, 이번에도 꼭 전별품을 주겠다고 했지요. 그것이 에스파냐 산의 훌륭한 준마와 안달루시아의 노새로서 그것들은 아주 훌륭한 것이었다고 했습니다만. 한데 그 부인의 주인께서 그것을 알고는 그 두 필의 말을 도중에서 가로채고 그 대신 이렇듯 형편없는 것으로 **바꿔서 보낸 것이지요.**」
「그래서, 지금 네가 돌려주기 **위해서 가는 셈이군.**」
「그렇습니다. 약속했던 것과 **전혀 다른 이따위 형편없는 말을 받을** 순 없으니까요.」
「그렇겠군. 폴토스가 나의 노란말에 타고 있는 모습을 보고 싶지 않은 것은 아니지만. 그렇게 하면 내가 처음으로 파리에 왔던 그 때의 그리운 모습을 다시 한 번 볼 수 있을 테니까. 하지만 심부름을 방해해선 안 되지. 자, 무스크톤! 어서 가게나. 그런데 주인님은 집에 계신가?」
「계십니다. 하지만 매우 화를 내고 계시기 때문에…….」
이렇게 말하고 부하는 그랑 조귀스탱 강변 쪽으로 사라졌다. 한편 두 사람의 친구는 필연코 의기 소침해 있을 폴토스의 문을 두드리기 위해 다가갔다. 폴토스의 눈에는 그들 두 사람이 안뜰을 가로지르는 모습이 보였지만 왠지 문을 열려고 하지 않았다. 두 사람은 공연히 초인종을 누르고만 있었다.

그들과 헤어진 무스크톤은 계속 전진하여 퐁 뇌프 다리를 건너 두 필의 초라한 행색의 말을 잡아끌면서 울스 거리에 당도했다. 그곳에서 주인의 분부대로 말과 노새를 대서인댁 입구에 매어 놓았다. 그리고는 뒷일은 아랑곳없이 폴토스에게 분부대로 시행했다고 보고했다.

얼마가 지나자 아침부터 아무것도 먹지 않았던 두 필의 말은 입구의 작은 고리를 딸그락거리면서 소란을 피웠기 때문에 대서인은 수습 서기에게 도대체 이것이 누구의 말인지 근처에 가서 알아보라고 했다.

코크날 부인은 자기가 보낸 선물이라는 것을 당장 알았으나 왜 이런 식으로 돌아왔는지 납득이 가지 않았다. 이렇게 하고 있는 사이에 폴토스가 왔기 때문에 모든 사실이 밝혀졌다. 총사의 눈에 번뜩이고 있는 노기는 아무리 억제하고 있어도 마음 약한 애인을 떨게 하는 데 충분했다. 폴토스는 무스크톤으로부터 도중에서 다르타냥과 아라미스를 만났다는 것, 노란색의 말은 다르타냥이 파리에 처음 올 때 타고 왔던 베아룬 산의 말로서 삼 에퀴에 팔아 버린 하찮은 것이라는 것——등 모두 보고를 받고 있었다.

포르토스는 후에 생 마르로알 성당에서 만날 것을 대서인 부인과 약속하고는 그 집을 나왔다. 대서인은 포르토스가 돌아가려는 것을 보고 함께 식사할 것을 권했지만 총사는 충분히 위엄을 갖춘 자세로 거절했다.

질책을 각오한 코크날 부인은 마르로알 성당으로 달달 떨면서 나갔다. 그러나 포르토스의 위엄에 넘친 모습에는 완전히 뇌살당하고 말았다.

일반적으로 자존심에 상처를 입은 사내가 여자의 머리 위에 퍼부을 수 있는 욕설, 질책, 그러한 것을 모조리 동원하여 포르토스는 대서인 부인의 수그린 머리 위에다 산사태처럼 퍼부었다.

「하지만, 난…… 최선을 다했습니다만. 집에 오는 사람 중에 말을 팔고 사는 사람이 있는데 우리에게 빚을 지고 있는데도 좀체 갚지를 않기 때문에…… 그래서 빚 대신 그 말을 가졌던 것이지요. 그것은 아주 훌륭한 말이라고 했는데.」

「흥! 그 빚이 오 에퀴 이상이었다면 그 거간꾼은 분명 사기꾼인 거요.」

「가급적 싼 것을 찾으려고 하는 것은 그다지 나쁜 짓이라곤 생각지 않습니다만.」

「그건 그렇소. 하지만 싼 것만을 찾겠다는 근성을 가진 사람은 상대가 보다 돈을 아끼지 않는 친구에게 의존하는 것을 이러쿵저러쿵 말하지 말아야겠지요.」

이렇게 말하고 포르토스는 몸을 돌려 가려는 기색을 보였다.

「포르토스 님! 포르토스 님! (부인은 슬픈 목소리로 불렀다.) 제가 잘못했습니다. 잘 알았습니다. 당신과 같은…… 훌륭한 기사가 채비를 갖추는 데 값을 따지는 게 잘못이었습니다.」

그래도 포르토스는 못 들은 척하고 가려고 했다.

34. 아라미스와 폴토스의 채비 이야기

대서인 부인의 눈에는 애인이 빛나는 구름 위에서 지체 높은 귀부인에게 둘러싸여 있고 발밑에는 황금으로 가득찬 부대를 수북하게 쌓아 놓고 의젓하게 몸을 뒤로 젖히고 서 있는 모습이 떠올랐다——.

「제발 부탁이에요…… 폴토스 님. 조금만 기다려 주세요, 천천히 이야기하기로 해요…….」

「당신과 이야기하는 것은 재수가 없소.」하고 폴토스는 매정하게 말했다.

「하지만, 그럼 결국 무엇을 바라시는 거죠?」

「아무것도 바라는 게 없어요. 바라는 것이 있다고 해도 어차피 마찬가지 꼴이 될 테니까.」

대서인 부인은 폴토스의 팔에 매달려 고통스런 나머지 부르짖었다.

「폴토스 님! 난 이런 문제에 대해선 아무것도 모릅니다. 말이란 것이 어떤 것인지 나 같은 게 어떻게 알겠어요? 마구라 해도 그것이 무엇인지…….」

「그래서 모든 것을 나에게 맡기라고 했었는데. 게다가 당신은 절약해서 득을 보려고 했던 게 아니오? 말하자면 고리(高利)로 빚을 주려는 수법이지.」

「잘못했습니다. 꼭 보상해 드리겠어요, 폴토스 님!」

「어떻게?」

「우선 들어 보세요. 오늘밤 남편은 초대를 받고 슌 공작의 저택으로 갑니다. 아무래도 그 이야기라는 것이 두 시간 정도는 걸릴 것 같아요. 그러니까 집으로 와 주세요. 우리 둘이서 천천히 상의하기로 해요.」

「그렇다면 좋아요. 그래야 이야기가 통하는 거지. 귀여운 사람.」

「그럼, 용서해 주시겠죠?」

「글쎄, 좀더 두고 본 다음에.」

폴토스는 침착하게 대답했다.

이렇게 두 사람은 「그럼, 오늘밤에.」하고 서로 인사를 교환하고는 헤어졌던 것이다.

 『제기랄! 이제야 겨우 코크날 씨의 돈궤에 접근할 수 있을 것 같군.』 멀어져가면서 폴토스는 이렇게 생각했다.

35. 밤에는 모든 고양이가 회색으로 변한다

 포르토스에게도 다르타냥에게도 어서 왔으면 했던 밤이 드디어 왔다.
 다르타냥은 항용 그렇게 했듯이 9시경 밀레이디의 저택으로 갔다. 밀레이디는 그 날따라 기분이 매우 좋았고 전례없는 환대를 했다. 우리 가스코뉴 청년은 즉시 그 답장이 건네진 것에 대한 효과라는 것을 알았다.
 케티가 빙과를 가지고 들어왔다. 마님은 시녀에게도 상냥하였고 부드러운 미소를 던지고 있었다. 그러나——아가씨 쪽은 계속 침울한 표정이었고 마님의 부드러운 태도마저 눈에 거슬리는 모양이었다.
 다르타냥은 두 여인을 비교해 보면서 속으로 중얼댔다.
 『귀부인에게는 야비한 마음을 주고 시녀에게는 도리어 고귀한 혼을 주고, 정말 자연이란 뒤바뀐 짓을 잘도 하는군.』
 10시가 되자 밀레이디는 갑자기 안절부절하기 시작했는데 다르타냥은 그 이유를 잘 알고 있었다. 밀레이디는 시계를 보기도 하고 앉았다 섰다 하면서 다르타냥에게
 『당신은 매우 착한 분인데, 만일 지금 돌아가 주신다면 더욱 좋은 분이라고 생각하겠어요.』 이렇게 말하는 듯 미소를 몇 번이고 지어 보였다.

다르타냥은 자리에서 일어나 모자를 집어 들었다. 밀레이디의 손에 입을 맞출 때 청년은 상대의 손에 많은 힘이 들어가 있는 것을 느꼈다. 이것은 그에 대한 교태라기보다 나가 주는 데 대한 사례일 것이라고 생각했다.

『꽤나 그 사내를 좋아하는가 보군.』

다르타냥은 이렇게 혼자 중얼대면서 밖으로 나왔다.

케티는 대기실에도 복도에도 대문 곁에도 보이지 않았다. 다르타냥은 혼자서 계단을 올라가 작은 방까지 가지 않으면 안 되었다.

케티는 두 손으로 얼굴을 가리고 울고 있었다.

아가씨는 다르타냥이 들어오는 발소리를 듣고도 얼굴을 들지 않았다. 청년이 그 곁에 다가가서 두 손을 얼굴에서 떼어놓자 큰 소리로 울음을 터트리고 말았다.

다르타냥이 짐작했던 대로 밀레이디는 편지를 전해받자 너무나 기쁜 나머지 모든 것을 시녀에게 털어놓고 말았던 것이다. 그리고 심부름한 보상으로 돈지갑을 주기까지 했다.

케티는 거실로 돌아오자 그 지갑을 방구석에 팽개쳤다. 지갑은 입을 벌렸고 서너 개의 금화가 빠져나와 융단 위를 뒹굴었다.

아가씨는 다르타냥이 상냥하게 손으로 어루만져 주자 겨우 얼굴을 들었다. 그 얼굴이 너무나 애처롭게 변해 있는 것을 보고 다르타냥도 가슴이 덜컥했다. 아가씨는 입을 다문 채 무언가 애원하듯 두 손을 꼭 쥐었다.

아무리 냉혈한인 다르타냥일지라도 이렇게 잠자코 고뇌를 삼키고 있는 모습을 보고는 측은한 생각이 들지 않을 수 없었다. 그러나 그는 일단 자기가 세운 계획은 좀처럼 포기하지 않는 성격인 데다 특히 오늘밤의 계획에는 꽤나 집착하고 있었다. 그래서 케티에게는 이제와서 취소할 수 없다는 것을 분명히 말했고 이것은 다만 복수일 뿐이라는 점을 납득시키려고 했다.

그런데 이 복수극은 매우 쉽게 이루어졌다. 왜냐하면──밀레이디는 부끄러워서였던지 케티에게 방의 불을 모두 끄고 시녀의 거

35. 밤에는 모든 고양이가 회색으로 변한다

실까지 캄캄하게 하도록 분부했기 때문이었다. 새벽에 역시 어둠을 틈타 왈드 백작이 돌아간다는 계획이었다.

얼마 후 밀레이디가 침실로 들어가는 소리가 들렸다. 다르타냥은 잽싸게 장농 속으로 몸을 숨겼다. 그와 동시에 초인종이 울렸다.

케티는 냉큼 마님 방으로 건너갔다. 문은 닫혀 있었으나 벽이 얇았기 때문에 두 여인이 주고받는 이야기는 모두 귀에 들어 왔다.

밀레이디는 완전히 기쁨에 취해 있었다. 케티에게 왈드 백작과 만나고 온 것에 대해 계속해서 묻고 또 물었다. 편지를 어떤 식으로 받았는가, 어떻게 대답했는가, 얼굴의 표정은? 사랑하는 표정이 나타나 있었는가 어떤가. 그런 것들을 시시콜콜이 캐어물을 때마다 케티는 모기만한 소리로 대답하고 있었다. 그러나 마님 편에서는 케티가 곤혹스러워 하는 것을 조금도 깨닫지 못하고 있는 것 같았다. 행복이란 이렇듯 사람을 이기적인 것으로 만드는 것일까.

이윽고 백작이 올 시간이 임박했기 때문에 밀레이디는 방 안의 불을 완전히 끄게 하고 케티에게는 그녀의 거실로 물러가 있다가 백작이 오거든 곧 이곳으로 모시라고 분부했다.

케티가 기다리고 있을 짬도 실은 없었다. 장농의 열쇠 구멍을 통해 방 안이 온통 캄캄하다는 것을 확인한 다르타냥이 케티가 문을 닫으려고 하는 순간 숨어 있던 곳에서 뛰쳐나왔던 것이다.

「저건 무슨 소리지?」하고 밀레이디가 물었다.

「납니다. 왈드 백작⋯⋯.」

다르타냥이 낮은 소리로 대답했다.

『어쩜, 이게 무슨 짓이람. 자기가 약속했던 시간까지 기다리지도 못하고!』

케티가 이렇게 혼자 중얼댔다.

「어머, 그래요? (밀레이디의 음성은 약간 떨리고 있었다.) 왜 이쪽으로 오시지 않죠? 백작님! 내가 기다리고 있다는 것을 잘 아시면서⋯⋯.」

이 말을 듣고 다르타냥은 슬며시 케티를 밀어내고 침실로 들어갔다.

고통과 분노로 마음이 극도로 괴로운 경우가 있다면 그것은 아마도 연적인 사내가 속삭이는 사랑의 밀어를 그에 대신해서 잠자코 듣고 있어야 하는, 그런 입장일 것이다.

다르타냥은 뜻하지 않았던 고통스런 기분을 맛보았다. 질투심이 가슴을 쥐어뜯었다. 옆방에서 울고 있는 케티와 거의 동일한 고통에 사로잡히고 말았다.

「백작님, (밀레이디는 청년의 손을 꼭 쥐고 간드러지는 소리로 말했다.) 만나뵐 때마다 당신이 그렇듯 상냥한 눈으로 나를 보셨고 그렇듯 부드러운 말을 해주셨기 때문에 얼마나 기뻤는지 모릅니다. 나도 당신이 좋았으니까요. 그래요. 내일은 꼭 당신이 나를 생각해 주고 계시다는 증거품을 받고 싶어요. 그래 그걸 잊지 않으시도록. 자, 이것을 드리겠어요.」

그렇게 말하고 밀레이디는 반지를 뽑아 다르타냥의 손가락에 끼웠다.

이 반지가 밀레이디의 손가락에 끼어 있던 것을 다르타냥은 기억하고 있었다. 다이아몬드의 알로 테두리를 한 사파이어 반지였다.

다르타냥은 부지중에 그것을 돌려줄 몸짓을 했으나 밀레이디가 가로막았다.

「아닙니다. 이 반지는 나를 사랑하신다는 증거로 가지고 계셔 주세요. 그리고 이것을 받아 주시면 저를 위해서도 매우 도움이 되는 의미도 있으니까요.」

이렇게 말하는 밀레이디의 음성은 열기로 떨리고 있었다.

『이 여자는 참으로 신비에 가득차 있군.』 다르타냥은 속으로 중얼댔다.

그때 그는 이제 이쯤해서 거짓 탈을 벗고 자신의 정체를 드러내 보일까 하는 생각이 들었다. 자기의 이름을 밝히고 복수하기 위해서였다고——그 순간 밀레이디가 가만히 속삭였다.

「가엾게도 저 가스코뉴의 난폭자가 당신을 하마터면 살해할 뻔했다구요 ?」

그 난폭자는 바로 눈앞에 있지 않은가.

「…… 그래, 아직…… 상처는 아물지 않았나요 ?」

「네, 아직…….」

다르타냥은 대답이 궁해서 이렇게 말했다.

「좋아요. 당신의 원수는 틀림없이 갚아 드리겠어요. 내 손으로…… 실컷 골려주고나서.」

『이크, 이거 안 되겠군. 여기서 자백해선 안 된다.』다르타냥은 이렇게 생각했다.

이와 같은 대화에서 다르타냥이 침착성을 회복하는 데는 약간의 시간이 필요했다. 기괴한 것은 처음에 계획했던 복수심이 점점 사라져 버리는 것이었다. 이 여자는 불가사의한 어떤 매력으로 청년의 몸을 감싸고 말았다. 마음 속에서는 증오하는 기분과 격렬한 연정이 한데 섞여 용솟음쳤다. 이와 같이 상극된 감정이 하나의 마음 속에 함께 자리하고 일체가 되어 어떤 야릇한, 말하자면 악마적인 연모의 정으로 바뀔 수 있다는 것을 초심자인 청년은 아직 경험한 바가 없었다.

그러는 사이에 1시가 울렸다. 작별하지 않으면 안 된다. 다르타냥이 밀레이디의 곁을 떠날 때에는 가슴 속에 미련이 가득 남게 되었고 서로의 정열적인 작별 인사에서는 내주에 다시 만날 굳은 약속까지 교환되었다. 케티는 다르타냥이 떠날 때 잠시 이야기를 할 수 있을 것으로 기대했으나 밀레이디가 사내를 배웅하기 위해 어둠 속에서 줄곧 서 있었기 때문에 계단이 있는 곳에서야 겨우 작별하였다.

다음날 아침 다르타냥은 아토스의 집으로 달려갔다. 자신에게 일어난 사건이 너무나 기괴했기 때문에 기필코 친구의 의견을 듣고 싶어서였다. 그는 아토스에게 조금도 숨기지 않고 간밤에 있었던 일을 그대로 털어놓았다. 아토스는 이야기를 듣고 있는 동안 몇 번이고 이마를 찌푸렸다.

「그 밀레이디라는 여자는 실로 가증스런 여자같군. 하지만 아무리 그렇기로서니 귀공이 그 따위로 속여선 안 되지. 아무튼 이것으로 귀공은 목숨을 걸 원수를 만든 셈이라구.」
 이렇게 말하면서 아토스는 다르타냥의 손가락에 왕비로부터 받은 다이아몬드 반지 대신 빛나고 있는 사파이어 반지를 지그시 바라보고 있었다.
「이 반지를 보고 있군.」 하고 가스코뉴 청년은 이렇듯 훌륭한 선물을 손에 넣었다는 것을 약간 뽐내는 표정을 지었다.
「그래, 그것을 보고 우리 집에 전해져 오던 보석이 생각났거든.」
「어때, 아름답지?」
 다르타냥이 이렇게 말했다.
「훌륭하군! 그렇듯 아름다운 광택을 가진 사파이어가 이 세상에 두 개 있다는 것은 몰랐군. 이것은 그 다이아몬드와 교환했나?」
「아니. 이것은 그 아름다운 영국 부인의 선물이야. 오히려 프랑스 부인이라고 하는 편이 좋겠지. 아직 따져 보진 않았지만 분명히 프랑스에서 태어난 사람인 것 같거든.」
「이 반지를 밀레이디에게서 받았다는 거야?」
 아토스의 음성이 여느때와는 달리 흥분해 있다는 것을 알 수 있었다.
「그렇대두. 어젯밤 그 부인이 나에게 준 거니까.」
「그 반지를 잠시 보여 주게나.」
「자, 보라구.」
 다르타냥은 그 반지를 손가락에서 뽑았다.
 그것을 지그시 바라보고 있는 사이 아토스의 얼굴은 새파랗게 질렸다. 그리고 아토스는 반지를 왼손 무명지에다 끼어 보았다. 그러자 그것은 마치 그의 손가락에 맞추어 만든 것처럼 꼭 맞았다. 분노와 복수의 표정이 이 조용한 귀족의 이마에 순간적으로 스쳐 갔다.
「설마, 그 여자는 아니겠지. 그런데 어떻게 이 반지가 밀레이디

크라릭의 손으로 건너갔을까? 그렇다고 이렇게 흡사한 보석이 있다는 것은 있을 수 없는 일이고…….」

「귀공은 이 반지를 본 적이 있나?」

「…… 그렇게 생각했는데. 내가 아무래도 착각한 것 같아.」

이렇게 말하고 반지를 다르타냥에게 돌려주었지만 그 눈은 역시 보석에서 떠나지 않았다.

한동안 잠자코 있던 아토스가 말했다.

「보게나, 다르타냥! 그 반지를 귀공이 끼지 말든가, 아니면…… 최소한 보석만을 뒤집어 주지 않겠나. 그것을 보고 있으면 나는 어떤 음산한 과거의 기억이 되살아나서 말야. 그리고 더는 이렇게 귀공과 이야기할 기력조차 없어지니까……. 한데, 귀공은 무언가 나에게 의논하러 왔다고 하지 않았나. 앞으로 어떻게 해야 할 것인가에 대해 고민하고 있다던가…… 한데, 잠깐…… 그 사파이어를 한 번 더 보여 주게나. 내가 말한 보석에는 어떤 사고때문에 한 곳에 스친 자국이 남아 있을 테니까.」

다르타냥은 다시 반지를 뽑아 아토스에게 건네주었다.

아토스는 깜짝 놀라는 기색이 역력했다.

「자, 보게나. 이상하지 않은가.」

이렇게 말하면서 다르타냥에게 그 스친 흔적을 보여주었다.

「하지만, 아토스! 이 사파이어가 어떻게 해서 귀공의 것이 되었나?」

「어머니로부터 받은 거지. 어머니는 또 그 어머니로부터 물려받았고. 즉 아까도 말했듯이 이것은 우리 집에 옛부터 전승되어 온, 오랜 역사가 있는 보석이야. 결코 내 가족으로부터 외부의 손에 건너갈 까닭이 없는…….」

「그런데, 귀공은 이것을 팔았나?」

다르타냥은 약간 망설이면서 이렇게 물었다.

「아니.」 아토스는 묘한 쓴웃음을 머금고는 말했다.

「마치 어젯밤의 귀공의 경우처럼 어떤 사랑을 했던 밤에 그것을 주어 버렸던 거지.」
　이 말을 듣고 다르타냥은 깊은 생각에 잠기고 말았다. 밀레이디라는 여자의 이루 헤아릴 수 없는 어두운 마음의 심연을 들여다보고 있는 것 같은 생각이 들었기 때문이다.
　청년은 그 반지를 받아 손가락에는 끼지 않고 호주머니 속에 넣었다.
　「여보게 다르타냥! (아토스는 상대의 손을 잡고 말했다.) 내가 귀공을 무척 좋아한다는 것은 잘 알고 있겠지. 나는 만약에 나에게 자식이 있더라도 귀공 이상으로 귀엽게 생각하진 않을 것 같아. 그러니까…… 내가 하는 말을 믿어 주지 않겠나? 그 여자 문제는 단념하게나. 난 아직 그 여자를 만나진 않았지만 그녀는 구원받을 수 없는, 저주받은 여자라는 예감이 들어. 무언가 숙명적인 것을 간직하고 있는, 틀림없이 그런 여자라구.」
　「…… 지당한 말이야.」
　다르타냥도 고개를 끄덕였다.
　「그래, 나도 이젠 깨끗이 단념하겠어. 사실 나도 약간 기분이 나빠졌으니까.」
　「그럴 만한 용기가 과연 귀공에게 있을까?」
　「용기를 낼 테다. 지금부터 당장…….」
　다르타냥은 이렇게 대답했다.
　「응, 그래야지. 반드시 후에 생각하게 될 때가 있을 거야. (아토스는 마치 아버지와 같은 애정을 담고 가스코뉴 청년의 손을 잡았다.) 그리고, 귀공의 일생에 아직 막 들어왔을 뿐인 그런 여자가 불쾌한 흔적을 남기는 일이 없도록…… 이것이 무엇보다도 중요한 것이니까 말이지.」
　아토스는 이렇게 말하고나서 혼자 있으면서 생각할 것이 있다는 표정으로 다르타냥에게 머리로 목례했다.
　다르타냥이 집에 돌아오자 케티가 기다리고 있었다. 온 밤을 뜬 눈으로 지새웠기 때문에 그녀는 마치 한 달간이나 열병을 치른 사람처럼 초췌한 모습이었다.

　마님이 또 가짜 왈드 백작에게 심부름을 시켜서였다. 사랑의 기쁨에 완전히 도취돼 있는 밀레이디는 다음 밀회의 날짜를 알고 싶어 견딜 수가 없었던 것이다.

　케티는 안색이 달라지고 바들바들 떨면서 다르타냥이 회답을 쓰는 것을 옆에서 지켜보고 있었다.

　아토스의 의견에는 언제나 감동을 받게 되는 청년이었다. 좀전에 있었던 친구의 충고와 자신의 양심의 소리가 결합해서 다르타냥의 마음은 확실히 정해져 있었다. 이것으로 충분히 자존심도 살렸고 복수도 한 이상 밀레이디와는 앞으로 두 번 다시 만나지 않겠다는 결심이었다. 그래서 그는 펜을 들고 다음과 같이 썼다.

　　『다음 약속을 기대하지 마십시오. 건강을 되찾고나서 나는 이런 종류의 일이 매우 많아졌습니다. 지금은 정리하는 일에 쫓기고 있는 실정입니다. 언젠가 당신의 차례가 오면 반드시 이쪽에서 먼저 알려 드리겠습니다. 양해해 주십시오.

　　　　　　　　　　　　　　　　　　　　　왈드 백작』

　사파이어에 관해서는 한 마디도 언급하지 않았다. 이것은 밀레이디에 대한 무기로써 남몰래 가지고 있겠다는 것일까? 아니면——털어놓고 이야기해서, 그 출전에 대비한 채비를 위해 만일의 경우 자금으로 이용하기 위해 남겨 두자는 것일까——.

　어쨌든 그 당시 인간의 행동을 다른 시대의 척도로 잰다는 것은 약간 무리한 일이다. 지금이라면 체면을 소중히 여기는 사람에게 치욕으로 생각되는 일도 그 당시에는 예삿일이었기 때문에 아직 양가의 가독 상속을 받지 않은 자제들은 대개 정부들에 의해 길러졌다 해도 지나친 말이 아니다.

　다르타냥은 편지를 케티에게 보였다. 케티는 처음에는 무슨 말인지 잘 몰랐으나 다시 읽고는 좋아서 어쩔 줄 몰랐다.

그래도 아직 그런 행복이 진짜인지 믿을 수 없다는 표정이었기 때문에 다르타냥은 편지에 써 있는 것이 사실이라는 것을 확실한 말로 보증해 주지 않으면 안 되었다. 밀레이디의 신경질적인 성격을 생각하면 이런 편지를 가지고 돌아가는 데 따른 위험성을 상상하고도 남음이 있었으나 그래도 아가씨는 서둘러 로와이얄 광장의 저택으로 돌아갔다.

가장 성품이 온화한 여자일지라도 연적의 고통에는 무관심한 것이다.

밀레이디도 부랴부랴 편지의 봉함을 뜯었다. 그러나 처음의 한 마디를 읽자 그녀의 얼굴색은 확 달라졌다. 당장 그 편지를 갈기갈기 찢고는 불이 붙은 듯한 눈초리로 케티를 쏘아봤다.

「이 편지는 도대체 뭐야?」

「하지만, 그것이 답장입니다.」

케티는 바들바들 떨었다.

「바보 같은 소리 마라! 귀족쯤 되는 사람이 이런 편지를 부인에게 쓸 수 있다고 생각하니?」

그러고는 움찔 놀라는 얼굴로

「혹시…… 그 사람에게 발각된 것이나…….」

이렇게 중얼대다가 입을 다물었다.

밀레이디는 이를 뿌드득 갈았고 얼굴은 흙색이 되었다. 바람을 쏘이려고 창가로 가려 했으나 손을 앞으로 내민 채 발이 휘청이는 바람에 털썩 하고 안락의자에 쓰러지고 말았다.

케티는 기분이 나빠진 것으로 알고 곁으로 뛰어가서 속옷을 벗기려고 했다. 그러자 밀레이디는 벌떡 일어나면서

「무얼하는 거야? 왜 내 몸에 손을 대는 거지?」

「마님의 기분이 언짢은 것 같아서, 조금 편케 해 드릴까 했을 뿐입니다만.」

시녀는 여주인의 너무나 무서운 형상에 완전히 겁먹어서 대답했다.

「내가 기분이 나쁘다구? 이 내가? 닥쳐라. 날 그렇게 훌쩍훌쩍 울기나 하는 여자라고 생각해? 남에게 모욕을 당한 것으로 기분이 나빠지는 사람이 아니라구. 복수해 줄 뿐이야. 알겠니?」

이렇게 말하고 밀레이디는 케티에게 나가라고 눈짓했다.

36. 복수의 꿈

 그날 밤 밀레이디는 다르타냥이 여느때와 같이 찾아오면 곧 안내하라고 분부했다. 그러나 청년은 나타나지 않았다.
 다음날 케티는 또 청년의 집에 와서 전날의 상황에 대해 낱낱이 말해 주었다. 다르타냥은 빙긋이 웃었다. 밀레이디의 질투로 타는 분노――이것이야말로 자신이 노리던 복수가 아니던가.
 밤이 되자 밀레이디는 전날보다도 더 초조해 하였고 가스코뉴 청년의 일로 같은 분부를 반복하고 있었다. 그러나 기다린 보람은 없었다.
 다음날 케티가 다르타냥의 집에 왔을 때에는 지난 이틀처럼 기쁜 표정이 아니었다.
 다르타냥은 왜 그러느냐고 물었다. 그러자 아가씨는 잠자코 품에서 편지를 꺼냈다.
 필적은 밀레이디의 것이었다. 그러나 이번에는 수취인의 이름이 왈드 백작이 아니라 진짜 다르타냥으로 되어 있지 않은가.
 개봉하고 편지를 읽었다――.

 『다르타냥 님
 요즘처럼 친한 벗을 잊고 계시는 것은 대체 어쩐 일일까요?

36. 복수의 꿈

이제 곧 작별해야 할 날이 다가오고 있는데 나와 시숙이 기다린 보람도 없이 어제도 그제도 모습을 보여주시지 않으니 말입니다. 오늘밤에도 그렇게 될까요?

크라릭 부인』

「조금도 걱정할 것은 없다. 이런 편지가 오리라는 것은 미리 알고 있었으니까. 왈드 백작의 신용이 떨어지면 이쪽은 반대로 올라가게 마련이거든.」

「그럼, 당신은 오시겠어요?」

「알겠어, 잘 들으라구, 케티!」

청년은 아토스와의 약속을 깨는 것을 자신에게 변명하듯 말했다.

「이와 같이 확실한 호출장이 왔는데 가지 않을 수야 없지 않겠나. 만일 가지 않으면 밀레이디는 이상하게 생각할 테니까. 갑자기 방문하지 않는 이유를 모르니까 말이지. 만일 의심을 받게 된다면 그런 성격의 여자니까 어떤 복수를 할지 모르거든.」

「당신은 정말 언제나…… 곧잘 이유를 대는 데 명수니까요. 하지만 그렇게 해서 아무튼 그분의 비위를 맞추기 위해 오시는 거군요. 만일 그렇게 해서 진짜 이름으로, 진짜 얼굴을 보여 주고 그분의 호감을 사게 된다면 전보다 더 나쁜 일이 일어날지도 몰라요.」

아가씨에게는 어떤 일이 일어날지도 모르겠다는 예감이 드는 것 같았다.

다르타냥은 여러 가지로 타일러 케티를 안심시켰고, 밀레이디의 유혹에는 결코 넘어가지 않겠다고 약속했다.

그래서 편지에 대한 회답으로써, 후의에 대해 감사하고 곧 초대에 응하겠습니다, 이렇게 전하도록 했다. 답장을 글로 쓰는 것은 왠지 밀레이디에게 필적이 발각되고 말 것만 같아 할 수 없었다.

9시가 될 무렵 벌써 다르타냥은 로와이알 광장에 와 있었다. 대기실에서 기다리고 있던 하인들은 이미 주인으로부터 분부를 받고 있었는지 다르타냥의 모습이 나타나자 밀레이디에게 만날 수 있는지 어떤지 묻지도 않고 그 중의 한 사람이 전하기 위해 뛰어갔다.
「모시도록 해!」
밀레이디의 야무지고 날카로운 음성이 먼 곳까지 들려왔다.
다르타냥이 들어가자——.
「난 오늘 다른 아무도 만나지 않을 거다. 알겠니? 아무도…….」
하고 밀레이디는 밖으로 나가는 하인에게 말했다.
다르타냥이 호기심으로 가득찬 눈을 지그시 밀레이디에게 퍼붓자——그녀의 얼굴은 완전히 창백해 있었고 울었는지 잠을 자지 못한 탓인지 눈은 피로해 보였고 생기가 없었다. 일부러 등불의 수를 여느때보다 줄이고 있었지만 최근 이틀동안의 고뇌의 흔적은 아무래도 숨길 수가 없는 모양이었다.
다르타냥은 언제나와 마찬가지로 반가운 태도로 다가갔다. 밀레이디는 그를 맞는 데 온갖 정성을 다했으나 그 애교가 넘치는 상냥한 얼굴에도 흐트러진 마음을 드러내고 있는 것은 어쩔 수가 없었다.
다르타냥이 기분을 묻자
「…… 좋지 않아요. 매우 좋지 않습니다.」
이렇게 대답했다.
「그렇다면 이렇게 밤에 찾아오는 것은 잘못이었군요. 휴식하고 있는 것을 방해했으니까…… 그럼 실례하겠습니다.」
「아니, 아닙니다. 그대로 계세요. 다르타냥 씨! 계셔 주시는 편이 괴로움을 잊을 수 있으니까요.」
『허어, 지금까지 그렇게 상냥한 태도를 취해 준 적이 없는데. 자칫 잘못했다가는 큰일나겠군.』
다르타냥은 이렇게 생각했다.
밀레이디는 온갖 교태를 부리면서 이야기에 열을 올렸다. 말을 하는 동안에 아까까지 숨겨져 있던 평소의 눈빛이 다시 살아나기 시작했고 아름다운 뺨과 입술에는 혈색이 조금씩 되돌아왔다. 다르타냥은 전에 느끼고 있던 마녀의 매력을 다시 느끼게 되었다. 이미 사라졌다고 생각하고 있던 사람은 단지 잠들어 있었을 뿐 다시 가슴 속에 되살아났다. 밀레이디가 방긋 미소를 짓자——다르타냥은 이 미소를 위해서는 지옥에 떨어져도 좋다는 기분이 들기까지 했다.

오지 말았어야 했는데, 이런 생각이 일순 그의 머리를 스쳐갔다.

조금씩 밀레이디의 태도가 풀어지기 시작했다. 다르타냥에게 애인이 있는가 없는가를 물었다.

다르타냥은 될 수 있는 대로 감상에 젖은 표정을 지으면서 말했다.

「이건 정말…… 어쩜 그렇게 잔혹한 것을 물으십니까. 나는 당신을 만나고서부터 줄곧 당신만을 동경하고 당신만을 생각하면서 살고 있는 사나이가 아닙니까.」

「…… 그럼, 내가 그렇게도 좋으신가요?」

「내 입으로 꼭 그것을 말해야 하나요? 당신의 눈에는 그것이 분명히 비치지 않았던가요?」

「알고 있어요. 하지만 품위가 높은 분일수록 손에 넣기가 어렵거든요.」

「결코 일의 어려움을 두려워하는 내가 아닙니다. 딴은 불가능한 것이라면 상대할 수 없겠습니다만.」

「불가능한 일이란 아무것도 없을 거예요. 사랑이 진지하기만 하다면…….」

「…… 정말, 없는 것입니까?」

「없고말고요.」

밀레이디는 잘라 말했다.

『약간 상황이 달라졌군그래. 이 여자는 일시적인 기분으로 나와 사랑을 해 볼 심산인가? 나를 왈드 백작으로 알고 일전에 주었던, 사파이어를 또 나에게도 줄 셈인가?』

다르타냥은 마음 속으로 이렇게 반문해 보았다.

그는 의자를 밀레이디 쪽으로 접근시켰다.

「…… 그럼, 당신의 말씀대로 사랑을 하고 계신다면 그 증거로 무엇을 해 주실 건가요?」

밀레이디는 다시 수수께끼와 같은 말을 했다.

「하라고 하신다면 무어든 시험삼아 말씀해 보십시오. 어떤 일이든 다할 생각이니까요.」

「어떤 일이든?」

「네, 무어든!」

어차피 약속한다 해도 대단한 것은 아니겠다 싶어 다르타냥은 분명히 말했다.

「그렇다면 약간 의논할 게 있어요.」

이렇게 말하면서 이번에는 밀레이디도 자신의 안락의자를 다르타냥 쪽으로 바짝 잡아당겼다.

「자, 듣겠습니다. 마님!」

밀레이디는 잠시 주저했으나 끝내 결심한 듯

「나에게…… 원수가 있어요.」하고 불쑥 말했다.

「당신이? 이건 뜻밖이군요! 그런 일이 있을 수 있습니까? 당신처럼 아름답고 상냥한 분이!」

「아무리 미워해도 성이 가시지 않는 적이에요.」

「정말입니까?」

「날 모욕한 사나이니까. 이젠 서로 목숨을 건 원수지간이라고 생각해요. 그런데, 당신의 도움을 받을 수 있을는지?」

다르타냥은 더 이상 듣지 않고도 그녀가 하려는 말을 알 수 있었다.

「그렇게 하고말고요. 내 팔과 목숨은 당신에게 바치고 있으니까요. 나의 사랑과 마찬가지로…….」

「그럼, 당신이 그렇게 다정하고 믿음직한 분이시라면…….」

이렇게 말하다가 밀레이디는 입을 다물었다.

「…… 그럼, 어떻게 하는 겁니까?」

「그렇다면…… (밀레이디는 한순간 잠자코 있다가 다시 입을 열었다.) 이제 오늘부터는 불가능하다는 말은 하지 말아 주세요.」

「정말…… 기뻐서 어찌할 바를 모르게 말씀하시는군요.」

다르타냥은 무릎을 꿇고 그녀가 마음대로 하도록 내맡기고 있는 손에다 키스의 소나비를 퍼부었다.

『그 더러운 왈드에게 앙갚음을 해다오. 언젠가 그 다음은 네 차례가 되겠지만. 이중으로 어리석은 놈. 칼의 화신 같은 사나이!』
 밀레이디는 속으로 이렇게 중얼댔다.
『날 실컷 우롱한 끝에 이젠 자기 편에서 내 팔 안으로 뛰어 드는군! 흥! 어쨌든 기분 좋은 걸. 양의 탈을 쓴 무서운 여자! 이제 곧 내 손으로 죽이게 하려고 생각하고 있는 사나이와 둘이서 실컷 웃어 줄 테다.』
 다르타냥도 역시 속으로 이렇게 중얼댔다.
 ──그리고, 청년은 머리를 들었다.
「자, 무엇이든 말씀해 주십시오.」
「내가 한 말의 뜻을 아셨나요?」
「당신의 눈이 말하고 있는 것은 안다고 생각합니다.」
「그럼, 나를 위해 당신의 그 뛰어난 무술 솜씨를 발휘해 주세요.」
「네, 언제라도.」
「그럼 나는 그 사례로 어떻게 하면 좋을까요. 난 잘 알고 있어요. 사랑을 하고 있는 사람이라 해도 공짜로는 아무것도 해 주지 않는다는 것을.」
「내 소원은 오직 한 가지밖에 없다는 것을 잘 알고 계시지 않습니까? 나에게도 당신에게도 알맞는 오직 한 가지 것…….」
 이렇게 말하고 청년은 여자를 끌어당겼다. 여자는 조금도 거역하려고 하지 않았다──.
「어머, 빈틈이 없는 사람!」
 밀레이디는 웃으면서 말했다. 다르타냥은 여자의 불가사의한 매력으로 다시 소생하게 된 사랑에 열중했다.
「나는 내 행복이 마치 꿈만 같아서 곧 꿈처럼 사라져 버릴 것만 같은 느낌이 들어요. 그래서 서둘러서 내 것으로 해 버리고 싶었기 때문에.」
「그렇게 행복하다고 생각하신다면 그에 알맞게 해 주세요.」
「무어든 말씀하시는 대로 하겠습니다.」

「틀림없이?」
 밀레이디는 마지막으로 다짐을 받았다.
「당신의 그 아름다운 눈에 눈물을 흘리게 한 얄미운 놈의 이름을 말해 주세요.」
「내가 울었다는 것을 어떻게 아셨죠?」
「그 모습이 왠지……」
「나 같은 여자는 결코 울지 않는답니다.」
「그렇다면 좋습니다. 아무튼 이름을 말해 주세요.」
「…… 그 이름은, 내가 좀처럼 밝힐 수 없는 비밀이지만.」
「그래도 아무튼 그것을 듣지 않고는 아무것도 할 수 없으니까요.」
「네, 그건 그래요. 그러니까…… 내가 당신을 얼마나 신용하고 있는지 아시겠지요?」
「나는 이제 기쁨으로 가슴이 터질 것만 같습니다. 그래 어떤 이름인지……?」
「당신도 아시고 계실 거예요.」
「정말입니까?」
「네.」
「설마, 내 친구는 아니겠지요?」
 다르타냥은 짐짓 시치미를 떼고 꽁무니를 빼는 척해 보였다.
「만약, 당신의 친구라면 주저하실 거예요?」
 밀레이디의 눈에는 순간 겁을 주는 듯한 빛이 스쳤다.
「아니, 설사 형제라도……」
 다르타냥은 열에 들뜬 어조로 이렇게 말했다.
 청년은 막상 이렇게는 말했지만 별로 위험을 느끼고 있지는 않았다. 벌써 지명될 사람을 알고 있었기 때문에.
「난 당신의 성의가 어떻다는 것을 충분히 알았어요.」
 밀레이디가 말했다.
「…… 그 정도밖에 내 가슴 속을 인정해 주지 않으시는 것인가요?」

36. 복수의 꿈

「아니에요. 나는 당신이 좋아요. 매우 많이!」하고 밀레이디는 청년의 손을 잡았다.

뜨거운 감촉이 다르타냥의 온몸을 오싹하게 했다. 밀레이디의 몸을 태우고 있는 열기가 손에서 곧장 전해져 오는 것 같았다.

「당신이 나를 좋아하고 있고, 나 또한! 오, 이것이 진정이라면 이제 나는 미칠 것만 같군!」

그는 두 팔로 여인을 꼭 껴안았다. 다르타냥이 키스를 하려고 하자 피하려고는 하지 않았으나 저편에서 먼저 키스를 하려고는 하지 않았다.

여인의 입술은 싸늘했다. 다르타냥은 흡사 조각품을 안고 있는 것 같았다.

——그러나 기쁨은 전신을 마비시킬 정도로 강했다. 밀레이디도 어느 틈엔가 사랑의 정열로 들떠 있는 것처럼 느껴졌다. 왈드 백작의 죄를 거의 그대로 믿으려고까지 했다. 만약 왈드 백작이 지금 그의 손 안에 있다면 분명히 일격을 가해 죽여 버렸을지도 몰랐다——.

밀레이디는 지금이 가장 좋은 때라 생각하고

「그 이름은……」

「왈드겠죠? 알고 있어요.」

다르타냥은 앞질러 이렇게 말했다.

그러자 밀레이디는 청년의 두 손을 잡고 그 마음 속을 꿰뚫어 보려는 듯이 응시했다.

다르타냥은 공연히 지껄이고 말았다는 것을 깨달았다.

「네, 말씀해 주세요, 어떻게 그것을 알았는지?」하고 밀레이디는 매섭게 추궁했다.

「어떻게…… 알았느냐고 물으시는 겁니까?」

「그래요.」

「실은…… 어제 어느 집에서 왈드 백작이 당신에게서 받았다면서 반지를 나에게 보여 주어서 그것으로 알게 되었지요.」

「어쩜 그럴 수가!」하고 밀레이디는 거품을 토해내듯이 말했다.

그 독을 품은 욕설은 다르타냥의 가슴 속을 푹 찔렀다.
「…… 그래서 당신은 이 문제에 대해 어떻게 생각하시죠?」
「그래요, 그 치사스런 사내를 응징하도록 합시다.」
다르타냥은 동 자페 다르메니(17세기의 유머 풍자 문학가 스카론의 희극에 등장하는 인물)와 같은 표정으로 맹세했다.
「고마워요. 잘 말해 주셨어요. 믿음직한 사람. 그럼 언제 원수를 갚아 주시겠어요?」
「내일이라도, 아니 지금 당장이라도. 당신이 좋다면 언제든지 좋습니다.」
『지금 당장.』
밀레이디의 입에서 이런 말이 나오려고 했으나 그렇게까지 서두르는 것은 너무 야비한 것 같아 입을 다물고 말았다.
거기에다 이 복수역을 맡을 청년이 입회인 앞에서 백작과 불필요한 문답을 하지 않도록 여러 가지로 당부해 두지 않으면 안 될 일도 있다——이런 것을 생각하고 있는 동안 다르타냥이 한 마디로 마침내 결정하고 말았다.
「그럼, 내일 처치하기로 합시다. 만일 당신이 받은 치욕을 씻지 못한다면 나는 다시는 살아서 나타나지 않을 테니까요.」
「그런 일은 없습니다. 틀림없이 훌륭하게 원수를 갚아 주실 거예요. 문제 없어요. 저쪽은 그토록 비열한 사나이니까.」
「부인에게는 그럴지도 모릅니다. 그러나 사나이를 상대하는 것은 그렇게 간단한 게 아닙니다. 난 그 사람의 솜씨를 익히 알고 있으니까요.」
「하지만…… 그 승부에서 당신은 그다지 형세가 나쁘진 않았을 거예요.」
「승부란 것은 마치 창녀와 같은 것입니다. 어제는 잘해 주었지만 내일은 등을 보이는 경우가 있으니까요.」
「…… 그래서, 이번에는 겁이 나는 것인가요?」
「천만에, 결코 겁을 먹진 않습니다. 다만 그런 목숨을 건 승부를 하러 가는 데 희망 이상의 것을 아무것도 받지 못한다는 것은 다소 가혹하지 않을까요?」

밀레이디는 『오오, 그것?』하는 눈길을 보냈으나 곧 좀더 명백한 말로 상냥하게 대답했다.

「…… 당연한 말씀이에요.」

「아, 역시 당신은 다정한 분이야!」

「그럼, 이것으로 모든 이야기는 결정된 것이겠죠?」

「내가 바라고 있는 것만을 제외하고는…….」

「그렇다면 나의 사랑을 믿고 있으라고 하면 안 될까요?」

「하지만, 난 내일을 기다릴 수 없는 몸이니까요.」

「쉿, 조용히…… 시숙이 온 것 같군요. 그를 만나는 것은 불필요한 일이니까요.」

초인종을 누르자 케티가 들어왔다.

「이 문으로 나가 주세요.」

밀레이디는 청년을 비밀문 쪽으로 밀어냈다.

「그리고 열한 시경에 다시 한 번 와주세요. 그때 이야기를 계속하기로 해요. 케티가 이곳으로 안내할 테니까요.」

시녀는 이 말을 듣고 쓰러질 것만 같은 기분이 들었다.

「아니, 너 거기서 무얼 하고 있는 거니? 인형처럼 멍청히 서서. 얼른 손님을 안내하라구. 그리고 오늘밤 열한 시에…… 알고 있겠지?」

『밀회는 항상 열한 시로 정해져 있는 것 같군. 습관인가?』

다르타냥은 그렇게 생각하면서 밀레이디가 내미는 손에 연정을 담아 키스했다.

『아니, 멍청히 있어선 안 되겠어. 정말 저 여자는 보통내기가 아니야.』

다르타냥은 이렇게 혼자 중얼거리면서 케티의 푸념에는 제대로 대꾸도 하지 않은 채 저택을 나왔다.

37. 밀레이디의 비밀

 다르타냥은 케티의 유혹도 뿌리치고 그 방에는 가지도 않고 밖으로 나오고 말았다. 그가 그렇게 한 데는 두 가지 이유가 있었다. 하나는 케티의 푸념을 듣지 않겠다는 것이었고, 또 하나의 이유는 ——약간은 자기 마음을 반성하고 가능하면 그 여인의 심리도 검토해 보고 싶었기 때문이었다.
 물론 명백한 사실은, 다르타냥은 이제 정신없이 밀레이디에게 빠져들고 있고 여자 쪽에서는 조금도 좋아하지 않는 것 같다는 것이었다. 다르타냥도 여기에서 과감히 집으로 돌아가 편지에다 소상하게 지금까지의 일에 대해 털어놓고——자기와 어젯밤의 왈드 백작은 동일한 사람이니까 그가 자살이라도 하지 않는 한 왈드를 죽이는 것은 절대 불가능하다고 고백하는 것이 좋겠다, 일단 이렇게도 생각했다. 그러나 청년 역시 아직은 복수하겠다는 드센 소원을 충분히 성취한 것도 아니다. 자기의 이름을 속이지 않고 당당하게 이 여자를 자기 것으로 해보고 싶었다. 그리고 이 복수는 곰곰이 생각해 보면 꽤 즐거운 방법이기도 해서 쉽사리 단념할 수 없는 아쉬움이 있었다.
 로와이얄 광장을 오,륙 회나 돌았고, 십 보쯤 걷고는 밀레이디 저택의 미늘창에서 새어나오는 불빛을 살펴보았다. 여인은 오늘 밤엔

37. 밀레이디의 비밀

앞서의 밤처럼 침실에 들어가는 것을 서두르지 않고 있는 것 같았다.
 드디어 등불이 꺼졌다.
 그 등불과 함께 다르타냥에게 마지막으로 남아있던 한 가닥의 망설임도 사라지고 말았다. 전날 밤의 감미로운 기억이 선명하게 떠오르자 가슴이 고동치고 머리가 활활 타올랐기 때문에 그 길로 곧장 저택으로 뛰어들었고 케티의 방으로 단숨에 뛰어올라갔다.
 케티는 파랗게 질린 얼굴로 온몸을 바들바들 떨면서 애인을 막으려고 했다. 그러나 귀를 기울이고 있던 밀레이디는 다르타냥이 온 것을 알고 자신이 문을 열고는 말했다.
「들어오세요.」
 그 태도가 어리둥절하리만큼 대담했기 때문에 다르타냥은 자신의 눈과 귀를 의심할 정도였다. 왠지 꿈 속에서 하고 있는 괴기스런 행동에 말려들고 있는 기분이 들었다.
 그렇게 생각은 하면서도 역시 자석에 이끌리는 쇳조각처럼 밀레이디 쪽으로 다가갔다.
 문은 뒤에서 꽈당 하고 닫혔다.
 케티는 곧장 문으로 뛰어갔다.
 질투, 분노, 손상된 자존심 등, 모든 감정이 사랑의 포로가 된 케티의 마음을 갈기갈기 찢어 놓았고, 모든 것을 단숨에 폭로해 버릴까 하는 욕망에 사로잡혔다——그러나 자신도 이 음모에 가담했었다는 것이 탄로나는 날에는 끝장인 것이다. 그보다도 다르타냥이 어떻게 될 것인가——이 애인을 생각하는 마음이 결국 또 희생을 강요하는 것이었다.
 다르타냥은 마침내 소망을 이루었다. 오늘 밤에는 사랑을 받고 있는 것은 연적이 아니라 어쨌든 사랑하는 식으로 대접받고 있는 것은 그 자신이었다. 마음 속 깊은 곳에서 은근한 소리가 『너는 복수에 쓰이는 도구에 불과한 것이다. 이제 곧 네가 상대방 사나이를 죽여 줄 것을 기대하여 귀여움을 받고 있을 뿐이다.』
 이렇게 속삭였다. 그러나 자존심이라기보다는 자만심, 아니 끓어오르는 욕구가 이 은근한 소리를 침묵하게 했고 속삭임을 억누르고 말았다. 그리고 예의 자존심이 강한 이 가스코뉴 청년은 자기를 왈드 백작과 이것저것 비교해 보고 결국 나라는 인간이 어떻게 사랑을 받을 가치가 있겠는가, 하고 자신에게 자문하기까지 했었다.

이렇게 해서 찰나적인 관능의 환희에 완전히 몸을 맡겨 버리고 말았다. 밀레이디도 이젠 아까 공포를 느끼게 했던 무서운 마음씨를 가진 여자라고는 생각되지 않았다. 과격한 사랑에 완전히 도취했고 진심으로 모든 것을 허용하고 있다는, 그러한 상냥한 여자로 변해 있었다. 두 시간은 눈깜짝할 사이에 지나갔다.

마침내 사랑하는 남녀의 흥분이 가라앉았다. 다르타냥처럼 무아의 경지에 들어갈 이유가 없는 밀레이디가 먼저 정신을 차렸고, 청년에게 내일 왈드 백작에게 도전할 수단은 이미 결정되어 있느냐고 물었다.

그러나 다르타냥의 마음은 지금도 들떠 있었고 올바른 정신이 아니었다. 그래서 그만 섣불리 이젠 결투 따윈 생각할 시각이 아니라고 대답하고 말았다.

자신의 머릿속에는 오직 그것밖에 없다는 것을 이렇듯 냉담하게 말할 수 있었던 밀레이디는 뜻밖이라는 표정으로 더욱 다급하게 그를 몰아세웠다.

다르타냥은 처음부터 그런 할 수도 없는 결투 따윈 진심으로 생각하지 않고 있었기 때문에 화제를 바꾸려고 했지만 끝내 그럴 수가 없었다.

밀레이디는 그 더할 나위 없이 집요한, 강철 같은 의지로 계획을 세워 놓았던 이야기의 범위에서 청년을 도망치게 내버려두지는 않았다.

다르타냥은 차라리 밀레이디에게 왈드 백작을 용서해 줄 것, 잔학한 그 따위 요심을 포기하도록 권장하는 것이 옳은 태도라고 생각했다.

그러나 그런 말을 꺼내자 여자는 곧 바르르 떨고는 몸을 피했다.

「당신은 무서워졌나요?」

여자의 경멸하는 듯한 날카로운 음성이 어둠을 뚫고 불쾌하게 울려왔다.

「설마! 하지만 그 왈드라는 사내에게 도대체 무슨 죄가 있다는 것입니까?」

「어쨌든 그 사람은 나를 배신했습니다. 나를 배신한 이상 살려 둘 수는 없습니다.」

「좋아요. 그렇다면 살려 두지 않겠소. 당신이 그렇게 명령하고 있으니까.」

다르타냥의 말에는 굳은 결의가 담겨 있었다. 밀레이디도 그가 전적으로 성의를 다 바치고 있는 증거를 보는 느낌이 들었다.

곧 다시 여자는 청년에게 바싹 몸을 기댔다.

이날 밤이 그녀에게 얼마나 긴 밤이었는지 알 수는 없다. 다만 다르타냥이 아직 두 시간 정도밖에는 되지 않았을 것으로 생각했는데 이미 미늘창 사이로 밝은 빛이 스며들기 시작했고 이윽고 방 안을 휘뿌옇게 비치기 시작했다.

다르타냥이 돌아갈 채비를 하고 있는 것을 보고 밀레이디는 복수에 대해 다시 다짐을 받았다.

「걱정말아요.. 하지만 그 전에 한 가지 내가 확인해 두고 싶은 것이 있어요.」

「무언데요?」하고 밀레이디가 물었다.

「당신이 나를 사랑하고 있다는 것.」

「그 증거는 이미 보여 드리지 않았나요?」

「알았습니다. 그리고, 이제 나는…… 몸과 마음을 당신께 몽땅 바치고 있습니다.」

「고마워요. 믿음직스런 나의 연인. 내가 당신을 얼마나 사랑하는지 그 증거를 확실히 보셨으니까 이번에는 당신이 그 증거를 보여 주실 차례겠죠?」

「그렇죠. 하지만…… 만일, 나를 사랑하고 계신 것이 사실이라면 약간은…… 걱정이 되지 않습니까? 내 몸이…….」
「왜죠?」
「어떤 실수로 내가 크게 부상을 당한다든가, 살해될지도 모르니까요.」
「그런 일은 있을 수가 없어요. 당신만큼 용기가 있고 칼의 명수인 분이…….」
「그런 싸움을 하지 않고도 당신의 원한을 깨끗이 풀 수 있는 방법이 있는데.」
 그러자 밀레이디는 입을 다문 채 청년의 얼굴을 빤히 쳐다보았다. 새벽녘의 희미한 빛 속에서 본 여인의 투명한 눈빛이 왠지 섬뜩했다.
「…… 역시, 당신은 망설이고 계시군요.」
「아뇨, 결코 주저하는 게 아닙니다. 다만 저 왈드 백작을 당신이 이젠 좋아하지 않는다는 것을 알게 되니까 도리어 그 사내에게 동정이 가는 겁니다. 사내로서 당신의 사랑을 잃는다는 것은 다른 벌을 받는 셈이 되니까.」
「내가 그 사람을 사랑했다는 말을 누가 했지요?」
 밀레이디의 말은 힐난하는 투였다.
「적어도 이제는 당신이 그 사람 이외의 누군가를 사랑하고 있다고 생각해도 틀림은 없겠지요? 그러니까 반복합니다만 나는 그 백작이 불쌍합니다.」
 청년은 아양을 떨면서 이렇게 말했다. 그러자
「당신이?」하고 밀레이디가 물었다.
「그렇지요. 내가…….」
「왜 당신이 동정하시는 거죠?」
「그거야, 나만이…….」
「뭐라구요?」
「그 사내에게 죄가 없다는 것을 알고 있으니까…….」
「정말?」
 밀레이디는 믿을 수 없다는 표정을 지었다.

「좀더 자세히 말씀해 주세요. 당신이 하시는 말씀을 잘 이해할 수가 없으니까.」

밀레이디는 안고 있는 다르타냥의 얼굴을 정면에서 쏘는 듯한 눈으로 바라보고 있었는데 그 눈동자에는 차츰 열이 오르기 시작했다.

『그래, 역시 신사답게 행동하기로 하자.』

드디어 결심한 다르타냥의 입에서 이런 말이 새어나왔다.

「당신의 사랑을 이렇게 분명히 차지하게 되었다는 것을 안 이상…… 네, 그렇지요?」

「네, 완전히…… 자, 좀더 그 이야길…….」

「좋아요. 나는 지금 사랑으로 이와같이 들떠 있지만 한 가지 고백하지 않으면 안 될 문제가 가슴을 무겁게 내리누르고 있답니다.」

「고백하는 건가요?」

「만일 내가 당신의 사랑을 의심하고 있다면 이런 것을 고백하진 않습니다. 하지만 당신은 이제 분명히 나를 사랑하고 있는 겁니다. 안 그래요? 거짓이 아니겠죠?」

「몇 번 말해도 똑 같아요.」

「…… 그렇다면, 만약 사랑하는 나머지 내가 당신에게 어떤 잘못을 저질렀더라도 용서해 주시겠지요?」

「네, 아마…….」

다르타냥은 한껏 부드러운 표정을 짓고는 밀레이디의 입술에다 자기의 입술을 포개려고 했다. 그러나 여자는 슬며시 피했다.

「그 고백이란…… 어떤 것인가요?」

「당신은 요전 목요일에 역시 이곳에서 왈드 백작을 만났죠?」

「아니, 그런 일은 없어요. 절대로…….」

밀레이디의 음성은 침착했고 안색 하나 변하지 않았기 때문에 만약 다르타냥이 확증을 쥐고 있는 당사자가 아니었다면 사실을 의심했을지도 몰랐다.

「거짓말을 해서는 안 됩니다. 귀여운 여자. 아무런 보탬도 되지 않으니까.」
　다르타냥은 빙그레 웃으면서 말했다.
　「뭐라구요? 왜 그런 소리를? 어서 모든 것을 말해 주세요. 걱정으로 숨이 막힐 것만 같아요……..」
　「뭐 걱정할 것은 없어요. 난 결코 당신을 책망하려는 것은 아니니까요. 벌써 모든 것을 용서하고 있어요.」
　「어서, 다음 이야길!」
　「왈드 백작은 실은 자만할 수가 없는 겁니다.」
　「왜? 하지만 그 반지 이야기를 당신에게……..」
　「그 반지를 가지고 있는 사람은 사실은 납니다. 목요일의 왈드 백작과 오늘의 다르타냥은 같은 사람이니까……..」
　별로 깊은 뜻없이 이렇게 말한 청년은 다만 밀레이디의 수치심이 섞인 놀라움과 이윽고는 눈물에 녹아 버릴 가벼운 분노 같은 것을 기대하고 있었나. 그러나 그것은 매우 큰 오산이었고 착각이었다는 것을 곧 깨달았다.
　새파랗게 안색이 달라진 밀레이디는 무서운 형상으로 자리에서 일어나 다르타냥의 가슴을 툭 밀어 젖히고는 침대에서 뛰어 내렸다.
　이미 그 무렵 날은 훤히 밝아 있었다.
　다르타냥은 사죄할 생각으로 여자의 엷은 인도사라사의 실내복 자락을 붙들었다. 그러자 여자가 힘껏 뿌리치면서 도망치려고 하는 바람에——아뿔사 그만 삼베로 된 천이 찢어져 맨살 어깨가 드러났다. 둥글고 하얀 그녀의 한쪽 어깨에서 다르타냥은 무어라 형언할 수 없는 놀라움에 사로잡히면서 백합꽃 무늬의 낙인을 본 것이다. 그것은 형리의 손으로 찍힌, 영원히 지워지지 않는 그 저주스러운 낙인이었다.
　「이건…….」
　다르타냥은 저도 모르게 소리쳤고 여자의 엷은 옷에서 손을 뗐다. 그리고는 말을 잊은 채 멍하니 침대 위에 얼어붙고 말았다.
　청년의 공포에 질린 표정을 보고 밀레이디는 마침내 탄로났다는 것을 깨달았다. 완전히 보았을 게 아닌가. 나의 비밀, 나 이외에는 아무도 모르는 비밀을 이 사내가 알고 만 것이다——

뒤를 돌아 본 밀레이디는 벌써 성난 여자 정도가 아니라 상처받은 표범의 모습으로 바뀌어 있었다.

「뭐야! 이 비인간. 비열한 배신을 한 데다가 내 비밀까지 알아 버렸군! 이젠 정말 살려 둘 수 없다!」

이렇게 저주하면서 그녀는 화장용 탁자 위에 놓여 있는 쪽나무 세공의 작은 상자 쪽으로 뛰어가더니 떨리는 손으로 그 상자를 열고는 황금자루가 달린 예리한 단도를 꺼내 아직 반나체의 모습인 다르타냥을 향해 덤벼 들었다.

아무리 용감 무쌍한 청년일지라도 그 험악한 형상과 무섭게 부릅뜬 눈, 그리고 창백한 뺨과 피가 배어 있는 입술을 보고는 주춤하지 않을 수 없었다. 그는 기어오르려는 뱀을 피하는 몸짓으로 벽 쪽에 후퇴하여 땀이 배인 손으로 더듬어 검을 쥐자 곧 칼을 뽑았다.

그러나 밀레이디는 검을 무서워하는 기색도 없이 침대 위로 올라와 단도를 휘둘렀다. 자기의 목 밑에 칼날이 아슬아슬하게 스치는데도 그녀는 멈추질 않았다.

여자는 두 손으로 칼을 잡으려고 했지만 다르타냥은 그것을 잘 피하고 칼끝으로 그녀의 눈과 가슴을 위협하면서 가까스로 침대에서 내려왔다. 케티의 방 쪽에 나있는 문으로 도망칠 생각이었다.

그러고 있는 사이에도 밀레이디는 무섭게 울부짖으면서 정신없이 덤벼들었다.

점차 상황은 결투와 같은 형태로 뒤바뀌었기 때문에 다르타냥은 조금씩 안정을 되찾았다.

「아니, 훌륭하다구, 아름다운 마님. 하지만 적당히 진정하지 않으려오? 그렇지 않으면 그 아름다운 볼에 또 하나의 백합꽃을 붙여줄 테니까.」

다르타냥이 이렇게 말하자

「에잇, 얄미운 악당!」하고 밀레이디는 목청껏 소리쳤다.

다르타냥은 입구에 접근할 수 있는 틈을 엿보면서 수세를 취하고 있었다.
 여자가 전진하기 위해 쓰러뜨리기도 하고 또 청년이 몸을 엄호하기 위해 한쪽 끝에서부터 흔드는 가구들이 요란한 소리를 내는 바람에 저윽이 놀란 케티가 사잇문을 열었다. 처음부터 이 문을 노리고 있던 다르타냥은 이제 세 발짝 정도의 거리까지 접근해 있었기 때문에 케티가 그 문을 여는 순간 휙 몸을 날려 시녀의 방으로 뛰어들어갔고 케티가 자물쇠를 채우는 동안 자신의 몸으로 그 문을 힘껏 떠받쳤다.
 밀레이디는 저쪽에서부터 여자라고는 생각할 수 없는 힘으로 문짝을 부수려고 밀고 있었다. 그러나 그것이 불가능하다는 것을 깨닫자 단도로 문을 엉망으로 쑤셔대기 시작했는데 칼끝이 종종 판자 이쪽까지 관통하고 있는 것이 보였다.
 한 번 찌를 때마다 흉악한 욕설도 뒤따랐다.
「자, 어서. 케티! 날 이 집에서 나가게 해다오.」
 자물쇠가 채워지자 다르타냥은 낮은 음성으로 속삭였다.
「만약 우물쭈물하고 있다가는 저 여자가 하인에게 명령해서 날 살해해 버리고 말 테니까.」
「하지만, 그 모습으로는 밖으로 나갈 수 없어요. 마치 벌거벗은 것이나 다를 바 없으니까요.」
「과연 그렇군, (청년은 그제야 비로소 자신의 모습을 깨닫고) 그럼 아무거나 좋으니까 옷을 빌려 다오. 어서, 빨리 빨리. 아무튼 죽느냐 사느냐 하는 판이니까. 알겠지?」
 케티는 알고도 남음이 있었다. 서둘러서 꽃무늬가 있는 옷을 청년에게 입히고는 커다란 두건과 외투를 푹 뒤집어 씌웠다. 그런 다음 맨발에다 실내화를 신기고는 계단이 있는 곳까지 안내했다. 가까스로 시간에 댈 수 있었다. 문지기 사내가 문을 열려고 끈을 잡아당기는 것과 보기 흉한 모습의 밀레이디가 창가에 서서
「열면 안 돼!」하고 소리친 것이 거의 동시였기 때문이다.

38. 아토스가 한 발도 움직이지 않고 채비를 끝낸 이야기

　여인이 먼 곳에서 분한 듯이 위협하는 듯한 몸짓을 하고 있는 동안 청년은 힘껏 뛰었다. 그 모습이 보이지 않게 되자 밀레이디는 방 안에 실신하듯이 쓰러졌다.
　제정신이 아닌 다르타냥은 케티가 어떻게 되었는가도 잊은 채 파리의 절반을 줄곧 달렸고 아토스의 집 앞에 와서야 발을 멈췄다. 어지러운 머리, 박차를 거는 공포, 뒤쫓고 있는 사람들의 소리, 아직 이른 이 시각에 벌써 일터로 나가는 통행인의 욕설, 그 모두가 그의 발걸음을 재촉했던 것이다.
　안뜰을 단숨에 지나 아토스가 있는 삼층까지 뛰어올라간 그는 문이 부서지리만큼 세차게 두드렸다.
　그리모가 잠이 덜 깬 얼굴을 하고 문을 열었다. 그는 다르타냥이 뛰어드는 맹렬한 기세에 눌려 엉덩방아를 찧을 뻔했다.
　평소에는 말이 없는 이 사나이도 이때만은 입을 열었다.
　「이, 이건! 뭐야, 이 여인은? 무, 무슨 일이야. 더러운 년!」
　다르타냥은 두건을 벗고 외투 밑에서 손을 내밀었다. 입수염과 손에 들고 있는 파랗게 날이 선 칼을 보고서야 그리모는 그가 사내인 것을 알았다.

그러자 이번에는 완전히 자객이 뛰어든 것으로 생각하고는
「살려 줘요! 누구 나와 줘요! 살려 줘……」
이렇게 비명을 질렀다.
「조용히 해, 바보! 난 다르타냥이다. 모르겠나? 주인님은 어디 있나?」
「아, 당신이…… 다르타냥 님? 설마.」하고 그리모는 아연 실색했다.
「그리모! 너 누구와 이야기한 것 같았는데…….」실내복차림으로 방에서 나온 아토스가 말했다.
「아니, 주인님. 즈, 즉…….」
「닥쳐라.」
말하는 것이 금지되어 있는 그리모는 손가락으로 슬그머니 다르타냥을 가리켰다.
아토스는 그가 곧 친구인 것을 알았고 제법 냉정한 사람인 그도 차마 볼 수 없는 모습을 보고는 소리를 내어 웃었다. 삐뚤어진 두건, 신발 위로 미끄러져 내릴 것 같은 스커트, 말려 올라간 소매, 홍분으로 굳어진 입수염──.
「그렇게 웃고만 있지 말게나. 아니, 이건 정말 웃을 일이 아니란 말이야.」
다르타냥의 진지한 어조와 공포에 질려 있는 안색을 보고 가슴이 덜컥 내려앉은 아토스는 곧 청년의 두 손을 잡고,
「부상당했나? 얼굴이 창백한데.」
이렇게 걱정했다.
「그런 건 아냐. 실은 좀전에 무서운 일이 있었다구. 아토스 귀공은 지금 혼자 있나?」
「물론. 이 시각에 누가 왔겠나.」
「응, 알았어.」
다르타냥은 곧장 아토스의 방으로 뛰어들었다.
그 뒤에서 문을 닫고 아토스는 자물쇠까지 채웠다.

38. 아토스가 한 발도 움직이지 않고 채비를 끝낸 이야기

「자, 이야길 하게. 폐하께서 서거하셨나? 아니면 추기관님을 죽이고 온 건가? 귀공의 그 얼굴을 보니 예삿일이 아닌 것 같군. 자, 어서 말하라구. 걱정이 되어 견딜 수가 없으니까.」

「아토스! 지금부터 내가 하는 말은 실로 기괴한, 도저히 믿을 수 없는 이야기니까 그쯤 알구 들어 주게나.」

다르타냥은 여인의 옷을 벗고 속옷바람이 되어 이렇게 말했다.

「우선 이 실내복이라도 걸치게나.」 하고 총사는 자신의 것을 건네주었다.

다르타냥은 그것을 받아 손을 꿰려고 했지만 소맷부리를 엇바꾸는 등 아직도 흥분 상태가 가시지 않고 있었다.

「그래서?」 하고, 아토스가 독촉했다.

「응, 그런데……」

다르타냥은 아토스의 귀에다 입을 대고 속삭이듯 밀레이디의 어깨에 백합꽃 낙인이 있었다는 것을 말했다.

「아…….」

총사는 마치 가슴에 총탄이라도 맞은듯 부르짖었다.

「이봐, 귀공은 또 한 사람 쪽이 분명히 죽었다고 생각하나?」

「또 한 사람?」

아토스의 음성은 잘 들을 수 없을 만큼 낮았다.

「그래. 언젠가 귀공이 아미앙에서 말해 주었던 그 여자 말일세.」

아토스는 신음소리를 내고는 두 손으로 머리를 감쌌다.

「이쪽은 이십칠, 팔 세의 여자인데…….」

다르타냥은 계속해서 말했다.

「금발이라고 했지?」 하고 아토스가 물었다

「그래.」

「눈은 투명한 청색, 진귀하리만큼 투명하고…… 눈썹이랑 속눈썹은 검고?」

「그래.」

「키는 크고 날씬하고. 그리고 왼편 위의 송곳니 곁에 치아가 하나 모자라고.」
「그렇지.」
「백합꽃 낙인은 작고 색은 짙은 갈색으로 되어 있는데 무슨 가루로 문질러서 없애려고 한 것처럼 되어 있고……」
「그렇다구.」
「한데, 귀공의 여자는…… 영국인이라고 했잖은가?」
「모두가 밀레이디라 부르고 있지만 프랑스 인인지도 모른다구. 그런데다 윈텔 경은 실제 오빠가 아니고 시숙이라 하거든.」
「그 여자를 만나보고 싶군.」
「아냐, 아토스! 조심하는 게 좋아. 귀공은 그 여자를 죽이려 했다고 했잖은가. 그 여자는 반드시 복수할 여인이거든. 절대 겨냥한 걸 놓치지는 않아.」
「하지만, 만일 그 여자라면 아무 말도 하지 못할 거야. 자신의 본성을 고백하는 셈이 될 테니까.」
「아냐. 어떤 일이라도 하고도 남을 여자야. 귀공은 그 여자가 분노하고 있을 때의 형상을 본 일이 있나?」
「없어.」
「호랑이야. 암표범이라구. 아니 아토스! 나는 그 여자의 흉포한 복수를 우리 두 사람의 머리 위에 불러들였다고 생각하니까 어찌나 소름이 끼치는지……」
그래서 다르타냥은 그가 겪은 전후 사정에 대해 숨기지 않고 낱낱이 말해 주었다. 밀레이디의 발광한 듯한 분노, 죽이겠다고 날뛰던 모습 등을.
「그리고 보니 그건 위험하군. 하지만 다행히도 모레면 우리들은 파리를 떠나게 될 거야. 어쩌면 라 로셸로 가게 될 것 같애. 그렇게 떠나 버리면……」
아토스는 이렇게 말했다.
「귀공의 정체를 알게 되면 그 여자는 땅끝까지라도 쫓아갈 거야. 그러니까 그녀의 증오는 나혼자 떠맡게 해 주게나.」

「뭐라구, 나 같은 게 살해된다고 해서 그게 무슨 대수겠나? 귀공은 내가 목숨에 무슨 애착이나 미련이라도 가지고 있다고 생각하나?」

「아무튼, 그 여자의 신변에는 많은 무서운 비밀이 숨겨져 있는 것 같다구. 그녀는 분명히 추기관의 앞잡이라고 생각해.」

「그렇다면 더 더욱 조심하는 게 좋아. 그 런던에 갔던 사건으로 추기관이 귀공의 수완에 감복하지 않았다면 틀림없이 무섭게 증오하고 있을 거야. 그렇다고 귀공을 공공연하게 처벌할 수는 없고, 한 편으론 원한은 풀어야 할 거고. 어쨌든 이런 인연이니까 상대가 추기관이라면 상당히 조심해야 될거야. 외출할 때도 혼자서는 위험해. 식사하는 데도 조심하게나. 여하튼 모든 것에, 자기의 그림자까지도 조심해야 해.」

「다행히, 그 조심은 모레까지만 하면 돼. 일단 싸움터에 가면 적은 모두 사내들 뿐일 테니까.」

「우선 나는 맹세했던 칩거 생활을 파기하고…… 어디든 귀공을 따라 다니도록 하겠다. 집으로 가려면 데려다 주겠네.」

「아무리 가까운 곳이라 해도 이런 모습으로 돌아갈 수는 없지.」

다르타냥이 말했다.

「딴은 그렇겠군.」

아토스는 초인종 끈을 잡아당겼다.

들어온 그리모에게 다르타냥의 집에 가서 옷을 가져오도록 손짓으로 분부했다.

그리모는 잘 알았다고 신호하고는 곧 밖으로 나갔다.

「한데, 이래가지고는……」 아토스가 말했다. 「채비 문제는 더욱 순조롭지 않겠군. 귀공은 의복이고 뭐고 모두 밀레이디의 집에 두고 온 게 아닌가. 설마 나중에 보내 주진 않을 테고. 하긴 다행히 귀공은 그 사파이어는 가지고 있겠지만.」

「이 사파이어는 귀공의 것이야, 아토스! 가문에 대대로 전해 오는 반지라고 하지 않았나.」
 「그렇지. 가친의 말씀에 의하면(57쪽에서 아토스가 사파이어는 집안의 오랜 가보로서 모친은 그의 모친으로부터 전승되었다고 운운한 대목의 일절은 모순된다. 그러나 원문은 이대로이다. 영역에서는 이 대목을 '부친'을 '조부', '모친'을 '조모'로 바꾸고 있다.) 이천 에퀴로 샀다고 하더군. 어머니와의 혼례 때 보낸 선물의 하나였기 때문에, 나는 그것을 다시 어머니로부터 물려받았는데 소중한 유품으로 간직해 두지 않고 어리석게도 그 저주받은 여인에게 주고 말았으니…….」
 「그렇다면 이것은 귀공에게 돌려 주겠네. 소중한 것이니까.」
 「그 추악한 여인의 손을 거친 것을 나보고 받으라는 건가? 당치 않은 말이야. 이 반지는 이미 오염된 거라구. 다르타냥!」
 「그렇다면 처분하면 될 게 아닌가.」
 「어머니의 유품을 팔라구? 그거야말로 모독이지. 정말!」
 「그렇다면 전당포에라두 잡히는 거지. 그것으로 천 에퀴는 빌릴 수 있을 테니까. 그것만 있다면 당장 급한 불은 끌 수 있고 후에 돈이 마련되는 대로 찾으면 될 테고. 그렇게 하면 반지도 전당포를 거치게 되고 오염된 것도 정화되겠지.」
 아토스는 빙긋이 웃었다.
 「귀공은 좋은 사내야. 그 명랑성으로 언제나 침울한 우리들의 기분을 활짝 밝게 해 주곤 하거든. 좋아, 이 반지를 전당포에 잡히기로 하겠네. 그런데 한 가지 조건이 있어.」
 「어떤?」
 「그것은 오백 에퀴는 귀공에게, 나머지 오백 에퀴는 내가 갖기로 하는 거야.」
 「뭐야, 왜 그 따위 생각을 하고 있는 거야. 아토스? 나처럼 아직 경호사의 신분으로 있는 사람에게는 비용이 사 분의 일도 채 안 든다구. 안장을 처분해도 충분한 거지. 필요한 것이 무얼까? 프랑세의 말, 그것뿐인 걸. 그리고 나도 한 개의 반지를 가지고 있다는 걸 귀공은 잊고 있군.」

「그래도, 그 반지는 귀공에겐 소중한 거야. 나에게 있어서의 이 반지 이상으로 말이지. 그렇다고 생각하는데.」

「그건 그렇지. 유사시에 불행으로부터 구해 줄 뿐만 아니라 매우 위험한 때에 지켜 주는 힘도 가지고 있으니까. 값비싼 보석일 뿐 아니라 부적과도 같은 것이랄까.」

「무슨 뜻인지 잘은 모르지만 어쨌든 귀공의 말은 믿기로 하지. 그래서 우선 이 나의…… 라기보다 오히려 귀공의 반지를 처분하는 일인데. 어쨌든 거기에서 얻어지는 금액의 절반을 귀공이 받지 않는다면 난 이런 것은 센 강에다 던져 버릴 테야. 폴리크라테스의 경우처럼 물고기가 친절히 주어다 줄는지 어떨지는 의문이지만.」

「알겠네. 좋아, 그렇다면 귀공의 말대로 하겠네.」

다르타냥은 승낙했다.

마침 그때 그리모가 프랑세와 함께 돌아왔다. 주인의 안부를 걱정하던 부하는 그대로 앉아 기다릴 수가 없었기 때문에 자신이 옷을 가지고 온 것이다.

다르타냥은 얼른 옷을 갈아입고 아토스도 채비를 했다. 그리고 나가면서 그리모에게 잠시 무엇을 노리는 몸짓을 해 보이자 부하는 곧장 총을 들고 와서 수행할 채비를 했다.

포소와이율 거리까지 무사히 도착했다. 보나슈가 또 문간에 서 있다가 다르타냥에게 놀리는 듯한 눈초리를 던지면서

「여보십시오. 우리 집에 세 들어 사는 분! 빨리 가 보시라구요. 당신 방에서 젊고 아름다운 여자가 기다리고 있으니까. 여자란 도통 기다리게 하는 것을 싫어하니까요.」

그 말을 듣고 다르타냥은

「케티다!」

이렇게 말하고는 골목길로 뛰어들었다.

「당신은 나를 도와 준다고, 그분의 분노로부터 구해 준다고 약속하셨죠? 모두 당신 때문에 일어난 일이에요. 그러니까 그 약속을 잊어선 안 돼요.」

「걱정 말라구. 안심해, 케티! 그런데, 내가 도망친 후에 어떻게 되었지?」

「그걸 제가 어떻게 알겠어요! 마님의 소리를 듣고 하인들이 모두 달려왔지요. 마님은 완전히 정신이 돌아 버린 것 같았고 온갖 추한 욕설을 당신에게 퍼붓고 있었지요. 저는 요전에도 당신이 내 방에서 그쪽으로 들어가셨기 때문에 저도 당신과 배를 맞추고 있는 것으로 마님이 알고 있겠다 싶어 가지고 있던 약간의 돈과 중요한 것만을 챙겨 가지고 이렇게 도망쳐 나온 거예요.」

「딱하게 되었구나. 하지만, 난 너를 어떻게 해 주면 좋을까. 모레면 나는 파리를 떠나지 않으면 안 되는데……」

「어떻게든 좋을 대로 해 주세요. 파리에서 나도 떠나도록 해 주세요. 프랑스가 아닌 다른 곳으로 가고 싶으니까요.」

「그렇다고 너를 라 로셸의 전쟁터로 데리고 갈 수도 없는 일이고……」

다르타냥은 당혹한 표정을 지었다.

「네, 그건 안 되지요. 그래도 어딘가 시골의, 당신이 알고 계시는 귀부인댁에라도 소개해 주세요. 가령 당신의 고향 쪽의.」

「그런데 나의 고향에는 몸종을 둘 만한 귀부인이 없거든. 하지만, 좀 기다려 보라구. 약간 짚이는 데가 있으니까. 프랑세! 너 뛰어가서 아라미스를 불러와 다오. 곧 와 달라고 해. 중대한 일이 있다구 말야.」

「그것도 좋겠지만. (아토스가 옆에서 참견했다.) 저 폴토스 쪽에도 알아 볼 수 있는 곳이 있지 않겠나? 그 사나이가 곧잘 말하던 공작 부인이……」

「아냐. 폴토스의 공작 부인은 주인의 서생들에게 옷갈아 입는 일을 돕게 하거든. (다르타냥은 웃으면서 대답했다.) 거기에다 첫째 케티가 울스 거리 같은 데 사는 것을 싫어할 거야. 안 그래? 케티!」

「전 사는 곳이 어디든 상관없어요. 아무도 모르게 숨어 있을 수만 있다면.」

「그런데 케티! 이것으로 우리들은 앞으로 당분간 헤어지게 될 텐데…… 너는 이것으로 질투는 하지 않겠지만…….」
「다르타냥 님. 저는 곁에 있든 멀리 떨어져 있든 언제나 당신만을 생각하고 있을 것입니다…….」
「나도 그렇다구. 나도 언제까지고 잊지 않을 테다. 안심하라구. 하지만 잠시 물어보고 싶은 게 있어. 이것은 매우 중요한 문제니까 그리 알고…… 지금까지 그 집에 있으면서 너는 어느 날 밤에 유괴된 젊은 여자에 관한 이야길 들어본 적은 없었나?」
「잠깐만요…… 어머, 당신은 아직도 그 부인에 대해 생각하고 계신가요?」
「그게 아냐. 실은 내 친구 한 사람이 그 부인을 사랑하고 있어. 사실이야. 자 보라구. 여기 있는 아토스가.」
「내가?」
아토스는 뱀을 밟은 사람처럼 비명을 질렀다.
「그래, 귀공이 말야.」
다르타냥은 아토스의 손을 꼭 쥐면서 덮어씌웠다.
「아무튼, 우리들은 그 불쌍한 보나슈의 아내에 대해서 모두 걱정하고 있거든. 하긴 케티는 절대 남에게 말할 사람은 아니니까, 안 그래? 넌 알고 있지. 좀전에 들어올 때 대문에 서 있던 추한 사내의 아내라구.」
「아, 걱정되는 일이 생겼군요. 나, 그 사람에게 탄로나지 않았을까요?」
「뭣이? 탄로났다구? 너 그 사내를 알고 있었나?」
「두 번쯤인가 그 저택에 왔으니까요.」
「알겠다. 그게 며칠경이지?」
「벌써 십오, 육 일 전이었을 거예요.」
「과연 그렇겠군…….」
「그리고, 어젯밤에도 왔었거든요.」
「어젯밤?」
「네, 당신이 오시기 조금 전이었어요.」

「어떤가, 아토스? 우리들은 첩자들의 그물에 싸여 있는 것 같지 않은가. 그런데 케티! 저 사내에게 발각되었다고 생각하나?」
「난 저 사람을 보자 두건을 내리고 지나왔지만…… 이미 늦었을지도 몰라요.」
「아토스! 귀공은 아직 의심받고 있지 않으니까 잠시 내려가서 그 사내가 있는지 없는지 살펴보고 와 주지 않겠나?」
아토스는 내려갔다가 곧 다시 올라왔다.
「벌써 사라지고 없는 걸. 문은 닫혀 있고.」
「놈은 틀림없이 보고하러 갔겠지. 비둘기가 모두 둥지로 돌아왔다고.」
「그럼, 모두 날아가자구. 프랑셰만 이곳에 남아서 상황을 살펴보게 하는 게 좋겠네.」
아토스가 이렇게 말했다.
「잠깐! 아까 부르러 간 아라미스가 오면?」
「오 참! 아무튼 아라미스를 기다리기로 하지.」
그 때 마침 아라미스가 나타났다.
그래서 아라미스에게 사정을 설명하고 케티를 어디든 잘 알고 있는 귀부인의 저택에다 소개해 주는 일이 급선무라는 것을 납득시켰다.
그러자 아라미스는 잠시 생각하고나서는 약간 얼굴을 붉히면서 말했다.
「이것은 다르타냥! 귀공에게 있어서 매우 중요한 일인가?」
「평생 은혜는 잊지 않을 걸세.」
「그래. 보아트라시 부인이 그 친구로서 분명히 시골에 살고 있는 귀부인을 위해 누구든 신용할 수 있는 시녀를 소개해 주었으면 했는데, 이 아가씨의 신원을 귀공이 보증해 준다면…….」
「네. 뭐 저는…… 온 정성을 다해서 열심히 하겠습니다. 꼭 지금의 저를 파리에서 떠나게만 해 주신다면 그야말로…….」
「알았습니다. 매우 안성 맞춤이군.」 하고, 아라미스는 탁자 위에서

짤막한 편지를 쓰고 반지로 봉인을 한 다음 그것을 케티에게 건네주었다.
「그럼 여기에 있는 것은 피차 좋지 않을 테니까, 당분간 헤어져 있기로 하지. 다시 좋은 시절이 되면 반드시 만날 수 있을 테니까.」
다르타냥은 위로하듯 말했다.
「언제 어디서 만나든 저는 절대 변치 않고 당신만을 사모하고 있을 거예요.」
『믿을 수 없는 맹세다.』
아토스는 다르타냥이 케티를 배웅하기 위해 계단이 있는 쪽으로 간 사이에 혼자 이렇게 중얼거렸다.
그런 다음 세 사람의 친구는 4시에 다시 아토스의 집에서 모이기로 하고 프랑셰만을 집에 남겨 두고는 헤어졌다.
아라미스는 자기 집으로 돌아갔고, 아토스와 다르타냥은 그 길로 사파이어를 처분하기 위해 갔다.
청년이 예언했던 대로 이 반지는 간단히 삼백 피스톨을 조달할 수 있게 해 주었다. 그리고 상대방의 유태인은 만약 이것을 처분할 생각이라면, 훌륭한 귀걸이를 만들 수 있으니까 오백 피스톨까지 지불하겠다고 말했다.
아토스와 다르타냥은 제법 감식안을 가진 무사처럼 총사의 장식용구를 사 모으는 데 3시간도 채 걸리지 않을 만큼 척척 해냈다. 아토스는 대범해서 발톱끝까지 영주의 기질이 있어 마음에 드는 물건이 있기만 하면 값을 깎는 일 없이 상인이 부르는 대로 사곤 했다. 다르타냥이 주저하면 그때마다 아토스는 다르타냥의 어깨에다 손을 얹고는 빙긋이 웃어 보였다. 그렇게 되면 다르타냥도 상인을 상대로 값을 깎는 것은 자기와 같은 가스코뉴의 소귀족에게나 걸맞는 것일 뿐, 이렇듯 대제후의 풍채를 가진 사나이에게는 걸맞지 않는다는 것을 깨닫곤 했다.
총사는 아주 훌륭한 단다르사 산의 검은 말을 발견했다. 불을 토해 낼 것 같은 콧구멍, 훤칠하게 화사한 정강이를 가진 여섯 살짜리 말이었다. 자세히 살펴 보았지만 달리 결점은 없었다. 값은 천 리블이라고 했다.
 어쩌면 좀더 싸게 살 수도 있었으나 다르타냥이 말장사와 값을 흥정하고 있는 사이에 아토스는 백 피스톨을 쫙 책상 위에 늘어 놓았다.
 그리모에게도 피카르 산의 튼튼한 말을 삼백 리블에 사 주었다.
 그런데 이 말의 안장과 그리모의 무기를 구입하자 아토스의 몫인 백 오십 피스톨은 한 푼도 남아 있지 않았다. 그래서 다르타냥은 후에 받기로 하고 자신의 몫도 사용하도록 했다. 그러나 아토스는 대답 대신 어깨를 으쓱해 보이면서
 「그 유태인은 사파이어를 사는 데 얼마 준다고 했지?」하고 물었다.
 「오백 피스톨이라고 했지.」
 「그렇다면 이백 피스톨 더 받을 수 있군. 백 피스톨은 귀공에게, 나머지 백 피스톨은 내가 갖기로 하지. 꽤 좋은 값이니까. 다시 한번 그 사내에게 갔다와 주게나.」
 「그렇다면, 그…….」
 「그 반지는 나에게는 너무나 불쾌한 추억만을 안겨주니까. 그리고 전당포에서 찾기 위한 삼백 피스톨이란 대금을 앞으로 마련한다는 것도 결코 가능할 것 같지 않거든. 그렇게 하면 이천 리블 손해볼 뿐이야. 그러니까 다시 가서 그것을 아주 팔겠다고 하고 이백 피스톨을 받아 가지고 오게나.」
 「아, 아니, 좀더 잘 생각해서…….」
 「지금 현금은 매우 소중한 거야. 다소의 희생은 참고 견뎌야 하는 거야. 자, 다르타냥 빨리 가게나. 그리모가 총을 들고 수행해 줄 테니까.」
 반시간 후에 다르타냥은 이천 리블을 손에 넣고 무사히 돌아왔다.
 이렇게 해서 아토스는 가만히 있으면서 예기치 않았던 군자금을 손에 넣을 수 있게 된 셈이었다.

39. 환   상

  4시에 네 사람의 친구는 아토스의 집에 모였다. 채비에 대한 걱정은 이것으로 완전히 해소된 셈이었으나, 아직도 모두의 얼굴에 한줌의 어두운 그림자가 드리우고 있었는데 그것은 각자의 마음 속에 간직하고 있는 불안 때문이었을 것이다. 현재의 행복 뒤에는 흔히 앞으로 닥쳐올 불행이 숨어 있기 마련이라던가.
  별안간 프랑셰가 다르타냥 앞으로 된 두 통의 편지를 가지고 들어왔다.
  한 통은 세로로 얌전하게 접은 작은 편지. 녹색의 봉랍 위에 녹색의 나뭇가지를 입에 문 작은 비둘기가 날인되어 있었다.
  다른 한 통은 커다란 사각 봉서였고 그 위에 추기관님의 위압감을 주는 문장이 도사리고 있었다.
  작은 쪽 편지를 보고 다르타냥의 가슴은 뜨끔했다. 낯익은 필적이었기 때문이다. 다만 한 번 본 것뿐이었으나 그 기억은 마음 속에 선명하게 새겨져 있는 것 같았다.
  그래서 그는 작은 편지를 손에 들고 거칠게 봉함을 뜯었다.

  『다음 수요일 저녁 6시에서 7시 사이에 샤이요의 길을 걸어 주세요. 그곳을 지나가는 사륜마차 속에 신경을 써 주세요. 하지만 당신의 목숨, 당신을 사랑하고 있는 사람들의 목숨을 소중히 여기신다면 한 마디도 말해서는 안 됩니다. 당신의 모습을 한 번이라도 보고 싶은 나머지 어떤 위험이라도 무릅쓰려는 이 여자를 확인했다는 몸짓도 절대 하지 않으시도록.』

서명은 없었다.
「함정이다. 다르타냥! 가지 말게.」 하고 아토스가 충고했다.
「하지만, 필적이 기억에 있는 걸.」
다르타냥이 중얼댔다.
「그거야 가짜겠지. 요즘 여섯 시나 일곱 시라면 샤이요의 길은 인기척이 없어. 본디의 숲속을 가는 것과 다름없어.」
「그럼 우리 모두가 같이 가보면 어떨까? (다르타냥은 말했다.) 네 사람이 모여 있으면 설마 모두 죽이진 못하겠지. 게다가 부하들까지 데리고 말야. 말과 무기도……」
「새로 마련한 장비를 시험해 볼 기회이기도 하군.」
폴토스가 찬성했다.
「하지만 편지의 출처가 부인이고 다른 사람에게 보이기 싫다는 뜻이라면 저쪽에 수치를 안겨주게 되거든. 이성을 가진 자의 행위로서 좋지 않아.」
이렇게 말한 것은 아라미스였다.
「우리들은 뒤쪽에 물러나 있는 거지. 다르타냥만 앞으로 나가면 돼.」
폴토스가 말했다.
「그건 그렇지만, 돌진하고 있는 마차 안에서도 권총은 쉽게 쏠 수 있거든……」
「결코 맞진 않을 거야. 당장 그 마차를 추격해서 안에 타고 있는 놈을 조사해 보면 되는 거야. 한 사람이라도 더 많은 적을 처치할 수 있을 테니까 오히려 고마운 일이지.」
다르타냥은 장담을 했다.

「아주 지당한 말이야. 일전을 벌이기로 하자구. 새로 장만한 무기는 어차피 시험해 볼 필요가 있으니까 말야.」

「정 그렇다면 해 보는 것도 좋겠지.」 하고 아라미스도 항상 그렇듯 대범하고 부드러운 어투로 승낙해 버렸다.

「나도 반대하진 않겠다.」

아토스도 한 마디 했다.

「그럼 지금이 네 시 반이니까 여섯 시 반에 샤이요에 도착하려면 빠듯한 시간이야.」 다르타냥이 말을 이었다.

「첫째, 너무 늦으면 사람의 얼굴이 보이지 않으니까 사정이 나빠질 거야. 자, 서둘러 채비를 하자구.」

폴토스가 이렇게 재촉하는 것을 아토스가 만류했다.

「또 하나의 편지가 있다는 것을 잊어서는 안 돼. 이 봉인을 보면 이것도 꼭 개봉해 볼 가치가 있는 것 같아. 보게나. 다르타냥! 분명히 말해 두지만 귀공이 지금 호주머니에다 소중하게 간직한 작은 것보다 나는 이쪽이 훨씬 더 중요하다고 생각하고 있네.」

다르타냥은 얼굴을 붉혔다.

「좋아! 그럼 추기관님이 무어라고 해 왔는지 잠시 보기로 하자구.」

이렇게 말하며 개봉하고는 읽었다.

『에살 후작 소속 근위 경호사 다르타냥 님은 오늘 저녁 8시, 추기관 저택으로 출두하시기 바랍니다.

경호사장
라 우뒤니엘』

「허어! 이건 아까의 것과는 약간 취지가 다른데. 역시 불안한 호출장이로군.」 하고 아토스가 말했다.

「저쪽을 먼저 끝내고 이쪽으로 가겠다. 저쪽은 일곱 시, 이쪽은 여덟 시니까 시간은 충분히 있어.」

다르타냥은 혼자 이렇게 결정했다.
「아니, 나 같으면 가지 않겠다.」
아라미스가 고개를 저었다.
「예의바른 기사가 부인의 호출을 소홀히 할 수는 없지. 그러나 신중한 귀족이 재상의 호출에 불응하는 것은 어떻게든 변명할 수 있어. 특히 그쪽에 나가서 비위를 맞춰야 할 목적이 아니라면 말이야.」
「나도 아라미스와 같은 의견이야.」
폴토스가 맞장구를 쳤다.
「자, 내 말을 잘들 들어 주게나. 요전에도 카보아를 통해서 호출장이 왔던 것을 나는 묵살했었어. 그러자 그 다음날 그런 불행이 일어났던 거야. 콩스탕스가 행방 불명이 되었으니까. 아니, 어떤 일이 있든 오늘은 꼭 가기로 하겠다.」
「그렇게 결심하고 있다면 가는 게 좋아.」 하고 아토스가 말했다.
「그래도 바스티유 감옥은?」
「뭐. 귀공들이 구출해 주겠지.」
「그야 물론이지.」 하고 아라미스와 폴토스는 믿음직스런 기백과 가장 쉬운 것을 보증이라도 하듯 가볍게 고개를 끄덕였다.
「물론, 구출하지. 하지만 모레면 우리들은 출발해야 하니까 가급적 바스티유에는 들어가지 않도록 하는 것이 좋겠지.」
「그럼, 이렇게 하는 것이 어떨까? 이 사나이 곁을 오늘밤 내내 떨어지지 않기로 하자구. 추기관 저택의 대문마다 우리들 각자가 세 사람씩의 총사를 거느리고 지키고 있는 거다. 만일 창문을 닫은 수상한 마차가 나오면 잽싸게 습격한다. 요즘 한동안 우리들은 추기관 쪽의 경호사와 분쟁을 일으킨 적이 없거든. 트레빌 경은 이젠 우리들이 죽은 것이 아닌가 생각하고 계실지도 모르니까.」
아토스가 이렇게 말하자
「이거야말로 정말 귀공은 일군을 호령할 장군으로 태어난 거야. 어때, 모두 이 계획을 어떻게 생각하나?」 하고 아라미스가 다른 사람의 의견을 물었다.
「굉장한 발상이군!」
청년들은 이구 동성으로 찬성했다. 그러자 폴토스가 일어나서
「좋아. 그렇다면 내가 저택으로 뛰어가서 동지들에게 여덟 시경에 준비해 놓고 있으라고 말하고 오겠다. 모이는 장소는 추기관 저택 앞의 광장으로 하는 게 좋겠지. 그 사이에 귀공들은 부하에게 말을 준비하도록 해 주게나.」
「그런데 난 말이 없는데. 트레빌 경에게 한 필 빌려 오도록 하겠네.」
다르타냥이 이렇게 말하자 곧 아라미스가 가로막았다.
「그럴 필요는 없어. 내 말을 한 필 가지면 돼.」
「귀공은 도대체 몇 필을 가지고 있나?」
「세 필.」 하고 아라미스는 빙긋이 웃었다.
그러자 아토스가
「이봐, 아라미스! 프랑스와 나바르 양국을 통틀어 귀공만큼 말을 많이 가진 시인은 없어.」 하고 깔깔댔다.
「한데, 그렇게 세 필씩이나 가지고 뭘 어쩌자는 건가? 왜 세 필이나 샀는지 납득이 가지 않는군.」
「아니, 실은 그 중의 한 필은 오늘 아침 어느 저택에선지 모를 부하가 데리고 와서는 이것은 당신의 것이라는 거야. 주인으로부터 그런 분부를 받았다면서……」
「물론 여주인이겠지?」
다르타냥이 놀렸다.
「어쨌든 상관없잖아. (아라미스의 얼굴이 붉어졌다.) 아무튼 상대의 이름은 밝히지 말고 이 말을 내 마굿간에 넣어 두고 오라는 주인의 명령이었다지 뭔가.」
「그런 대우를 받는 것은 시인뿐이야.」
아토스가 진지한 표정으로 말했다.
「그래. 그럼 이렇게 하자구. 귀공은 그 중에서 어떤 것을 탈 셈

인가? 돈을 주고 산 편인가, 선물로 받은 쪽인가?」
「받은 쪽을 탄다, 물론. 다르타냥! 알고 있겠지만 어떻게 의리 없는 짓을……」
「무명의 기증자에 대해서는 할 수 없겠지.」하고 다르타냥이 꼬리를 달아 말했다.
「신비에 감싸인 기증녀에게……」
아토스도 농담을 했다.
「결국, 귀공이 돈을 주고 산 말은 불필요하게 된 셈이겠군?」
「정말, 그렇게 된 셈이지.」
「그 말은 귀공 자신이 선택했나?」
「매우 조심스럽게 선택한 거지. 기사의 안위를 좌우하는 것은 타는 말에 달려 있으니까.」
「좋아, 그렇다면 그 말을 산 값으로 나에게 양도해 주게나.」
「아냐, 난 귀공에게 거거 주려고 생각하고 있었어. 그 보충은 훗날 또 기회를 보아서 해 주면 되는 거니까.」
「어쨌든 값은 얼마였나?」
「팔백 리블이지.」
「그럼, 여기에 이 피스톨짜리 금화가 사십 개 있어. 귀공의 시에 대한 고료로 가져왔던 것도 분명 이 금화였지?」
「저런 저런! 오늘은 부자이군그래.」
「암 부자고말고. 큰 부자라구.」하면서 다르타냥은 호주머니 속에 있는 나머지 금화를 짤랑짤랑 소리내어 보였다.
「귀공의 안장을 총사 대기소에다 가져다 두도록 하게나. 말은 우리들의 것과 함께 이곳으로 데려오게 할 테니까.」
「알겠네. 그런데 이제 곧 다섯 시가 되니까 서둘도록 하자구.」
15분쯤 후에 폴토스가 훌륭한 에스파냐 산 말을 타고 페르 거리의 한 모퉁이에 나타났다. 무스크톤 역시 작기는 하지만 의젓한 오베르뉴 말을 타고 그 뒤를 따르고 있었다. 폴토스의 얼굴은 기쁨과 긍지로 빛나고 있었다.

그와 동시에 반대쪽 네거리에서 영국산 준마를 탄 아라미스가 경쾌한 모습으로 나타났다. 부하인 바장은 갈색말을 타고 메크랑브르 산의 아주 힘이 센 말을 뒤에 끌고 왔다. 이것이 다르타냥에게 양도하겠다는 말이었다.

두 사람의 총사는 집 앞에서 딱 마주쳤다. 아토스와 다르타냥은 창문을 통해 그 모습을 바라보고 있었다.

「야아! 귀공의 말은 과연 당당하군.」

아라미스 쪽에서 먼저 소리쳤다.

「응. 처음부터 이것을 받기로 약속했었지. 남편의 고약한 농간으로 그 따위 형편없는 말과 바꿔치기 했기 때문에 그 남편은 실컷 벌을 받았지. 나는 이것으로 만족이야.」

이윽고 주인들의 말을 끌고 프랑세와 그리모가 나타났다. 다르타냥과 아토스는 재빨리 아래로 내려와 친구들과 나란히 말에 올라탔다. 그리고 네 사람은 함께 출발했다. 아토스는 보석을 팔아 산 말을 타고, 아라미스는 애인이 보내 준 말을, 폴토스는 대서인 부인이 사 준 말을, 그리고 다르타냥은 행운——즉, 가장 좋은 애인——으로부터 얻은 말에 각각 올라타고서.

부하들은 그 뒤를 따라갔다.

폴토스의 예상대로 이 기마 행렬은 장관이었다. 만일 도중에서 코크날 부인이 에스파냐 산 말을 타고 있는 폴토스의 당당한 풍채를 보았다면 남편의 돈궤에서 피가 나는 출자를 한 것을 결코 후회하지 않았을 것이다.

루브르 궁 곁에서 네 사람은 생 제르맹으로부터 돌아오는 트레빌 경과 만났다. 트레빌 경은 일부러 모두를 멈추게 하고는 그 훌륭한 채비에 대해 입이 마르도록 칭찬했기 때문에 그들 주위에는 모여든 사람들로 인산 인해를 이룰 정도였다.

다르타냥은 마침 좋은 기회다 싶어 자기가 받은 커다란 붉은 색의 봉인 편지에 대해 트레빌 경에게 말했다. 또 하나의 편지에 대해서는 한 마디도 하지 않았던 것은 물론이었다.

트레빌 경은 청년이 그렇게 결심한 것은 잘한 것이라고 했다. 그리고 만일 내일이 되어 그의 모습이 보이지 않으면 손을 써서 반드시 찾아내겠다고 약속했다.

마침 그때 사마리텐의 시계가 6시를 알렸기 때문에 네 사람은 갈 곳이 있다면서 트레빌 경과 헤어졌다.

잠시 달려서 샤이요 거리에 도착했다. 벌써 해는 저물고 있었다. 마차는 연달아 지나갔다. 몇 발자국 떨어진 곳에서 친구들의 경호를 받고 있는 다르타냥은 마차가 지나갈 때마다 마차 안을 눈에 불을 켜고 들여다 보았지만 한 번도 눈에 익은 얼굴은 보지 못했다.

15분쯤 지나갔을 때, 주위가 거의 어둠에 묻혀 버렸을 무렵 세빌 가도 쪽에서 또 한 대의 마차가 나타나더니 쏜살같이 눈앞으로 다가왔다. 청년의 마음에 드디어 이것이다, 하는 어떤 예감이 들었고 자신도 놀랄 만큼 가슴의 고동이 심해졌다. 그러자 마차의 창문에 여자의 얼굴이 나타나 잠자코 있으라는 듯이, 또는 키스를 던지는 것 같은 손짓으로 입에다 두 개의 손가락을 댔다. 다르타냥의 입에서는 무의식중에 환성이 새어나왔다. 이 여자——라기보다 환상과 같이 휙 하고 지나가는 마차의 창문에서 순간적으로 본 얼굴은 보나슈 부인이었던 것이다.

금지되어 있었지만 다르타냥은 무의식적으로 말을 몰아 마차를 따라 잡았다. 그러나 창문은 벌써 엄중히 닫혀 있었고 얼굴 모습도 보이지 않았다.

다르타냥의 기억에

『당신의 목숨과 당신을 사랑하고 있는 사람의 목숨을 소중히 여긴다면 아무것도 보지 않았던 것처럼 잠자코——.』이렇게 편지에 씌어 있던 것이 생각났다.

그래서 그는 자기는 차치하고라도 이런 밀회를 하는 것으로 위험한 입장에 놓여 있는 그리운 여자를 위해서라고 생각하고 가까스로 참았다.

마차는 그대로 속력을 늦추지 않은 채 파리의 시내로 뛰어들 듯

39. 환　　상

사라지고 말았다.

　다르타냥은 그 자리에 망연히 서 있었다. 만일 그것이 보나슈 부인이었고 이렇게 해서 파리로 돌아온 것이라면 왜 이렇듯 어수선하게 눈과 눈만 교환할 뿐인, 공허한 키스를 보낼뿐 인, 그런 만남을 하지 않으면 안 되는 것일까? 그리고 만일 그것이 짐작했던 그 부인이 아니고 다른 사람이었다면(주변의 어둠으로 보아 잘못 볼 수도 있는 것이니까) 그거야말로 자기의 사랑을 이용해서 조작한 간계의 시초가 아닌가, 이렇게도 생각되었다.

　남의 눈에 띄지 않도록 한쪽에 숨어 있던 세 사람이 다가왔다. 세 사람은 모두 마차에서 얼굴을 내밀었던 여자의 얼굴을 보았다고 했다. 그러나 보나슈 부인을 본 적이 있었던 사람은 아토스 뿐이었다. 아토스는 그것은 확실히 그 여자의 얼굴이라고 했다. 그러나 다르타냥만큼 그 아름다운 여자의 얼굴을 보는 것에 정신을 빼앗기지 않았던 아토스는 마차의 안쪽에 다른 하나의 사나이가 있었던 것 같다고 했다.

　「…… 어쩌면」

　다르타냥은 입을 열었다.

　「저렇게 해서 그 여자를 이 감옥에서 저 감옥으로 옮기는 것이 아닌가 생각되는군. 하지만 그 여자를 도대체 어떻게 하려는 것일까? 그리고 다시 한 번 찾아 내려면 난 어떻게 하면 되는 것일까?」

　그러자 아토스가 무뚝뚝한 표정으로 대답했다.

　「이 세상에서 다시는 재회할 수 없다고 확실히 말할 수 있는 것은 죽은 사람뿐이야. 귀공도 생각나는 것이 있겠지만. 그러니까…… 귀공의 애인이 아직 죽지는 않았고 좀전에 본 것이 그녀였다면 반드시 언젠가는 다시 만나게 되겠지. 어쩌면…… (아토스는 타고난 염세적인 말투로) 이쪽에서 바라는 것보다 훨씬 빨리 만나게 될지도 모르지.」

　7시 반이 울렸다. 아까의 마차는 약속 시간보다 20분 정도 늦게 왔다. 그래서 모두는 다르타냥에게 다음의 행선지에 대해 말했고 지금이라도 내키지 않으면 중지해도 좋다고 했다.
 그러나 다르타냥은 일단 마음먹은 생각은 좀체로 포기하지 않는데다 호기심도 강한 사나이였다. 꼭 추기관 저택으로 가서 그쪽에서 무슨 말을 하는지 들어보기로 결심하고 있었다. 누가 뭐라 해도 물러설 생각은 없었다.
 이윽고 생 트노레 거리에 도착하자 추기관저 앞 광장으로 나오도록 당부해 두었던 12명의 총사가 일행이 도착하기를 기다리고 있었다. 그래서 그들 곁으로 가서 비로소 모두에게 사정을 말해 주었다.
 다르타냥은 근위 총사들 사이에서는, 머지않아 총사대에 들어올 사람으로서 낯익은 사람 이상으로 친밀하게 지내고 있었다. 벌써 들어가기 전부터 동료로서 대해 주고 있었다. 따라서 이곳에 동원된 이유를 알게 되자 모두 협력할 것을 쾌히 승낙했다. 뿐만이 아니었다. 이야기를 들은 바로는 추기관님이나 그 부하들에게 또 조금 장난을 하게 될 것 같다――고 하면 이들 귀족 청년들은 바라던 바라는 식으로 팔을 걷어부치고 나설 일이기도 했다.
 아토스는 모두를 3개조로 나누고 스스로 그 1개조의 지휘를 맡고, 나머지 2개조는 폴토스와 아라미스에게 각각 지휘를 부탁했다. 이렇게 해서 각조는 그 저택의 출구에 잠복하기 위해 떠났다.
 다르타냥은 혼자서 당당하게 정문으로 들어갔다.
 동료들의 응원으로 마음이 든든하기는 했으나 커다란 계단을 한 단씩 올라갈 때마다 약간 불안해졌다. 자신이 밀레이디에게 한 행동은 누가 뭐라도 배신 행위였고 그녀와 추기관과의 관계를 어느 정도 깨닫지 못한 바는 아니었다. 그리고 또 그렇듯 가혹한 타격을 안겨주었던 왈드 백작은 예하의 친근자 중의 한 사람이 아닌가. 추기관은 적에게는 가혹하지만 자기 편 사람은 지극히 소중히 여기는 사람이라는 것을 잘 알고 있는 다르타냥이었다.
 『만약 왈드 백작이 자기와의 경위에 관해 모조리 추기관에게 말했다치고, 그리고 그 사람에게 나라는 것이 들통났다면…… 그

39. 환　상

때는 이미 난 살아날 수 없는 운명이 되겠군.』하고, 다르타냥은 머리를 설레설레 저었다.

『그런데, 그렇다면 왜 오늘까지 방치해 둔 것일까. 그것은 즉 이런 것이겠지. 밀레이디가 그 간사한 말투로 나에게 대해 하소연한 것이리라. 그래서 드디어 이번에는 예하의 인내의 끈이 끊어지게 된 셈이겠지.

하지만 다행히도 동료들이 밑에서 기다리고 있으니까 그렇게 쉽게 나를 끌고 갈 수는 없을 테지. 그렇긴 하지만 트레빌 경 휘하의 총사가 아무리 뽑히고 뽑힌 사람들이라도 그것만으로는 이 추기관을 상대로 싸울 수는 없다. 이 사람은 프랑스 전체를 움직일 수 있는 막강한 권력을 가진 사람으로서 이 사람 앞에서는 왕비도 맞설 힘이 없고 폐하도 무기력한 실정이니까.』

여기까지 생각했을 때 다르타냥은 이미 대기실까지 와 있었다. 청년이 안내인에게 편지를 내밀자 곧 작은 방으로 안내하고는 자기는 훨씬 안쪽으로 들어갔다.

이 방에는 추기관 쪽의 경호사가 오,륙 명 있었는데, 모두 다르타냥의 얼굴을 알고 있었고 주사크에게 상처를 입혔던 것도 알고 있었기 때문에 그들은 의미 있는 미소를 띠고 이쪽을 바라보고 있었다.

그들의 그러한 미소마저 다르타냥에게는 불길한 징조처럼 여겨졌다. 그러나 웬만한 일로는 무서워하는 모습을 보이는 사나이가 아니었다. 고향에 대한 자존심으로 말하더라도 설사 마음의 한 구석을 불안한 느낌이 스쳐간다 해도 그것을 밖으로 드러내는 일은 결코 할 수 없는 오기가 있었다. 그래서 그곳에 있는 경호사들을 얕보는 태도로 한 손을 허리에 대고는 오만하게 서 있었다.

안내하는 사나이가 되돌아오더니 다르타냥에게 이쪽으로, 하고 신호했다. 안내를 받고 가는 청년은 경호사들이 무어라고 소근대고 있는 것을 등뒤에서 느꼈다.

복도를 지나 넓은 마루방을 곧장 건너가자 드디어 서재가 나왔다.

정면의 책상 앞에서 무언가를 쓰고 있는 사나이가 보였다.
 안내인은 청년을 거실로 안내하고는 아무 말 없이 물러갔다. 다르타냥은 선 채로 정면의 사나이를 천천히 바라보았다.
 처음에는 서류를 조사하고 있는 재판관 같은 사나이라는 느낌이 들었으나 자세히 살펴보자 그 책상을 향하고 있는 사나이는 손가락으로 운(韻)을 세면서 장단이 가지런하지 않은 글자의 행(行)을 쓰기도 하고 고치기도 하고 있었다. 즉 시를 쓰고 있었던 것이다. 얼마가 지난 다음 그 시인은 초고를 덮고 표지에다《미람 5막 비극》이렇게 쓰고는 조용히 얼굴을 들었다.
 그가 바로 추기관이었다.

40. 무서운 환영(幻影)

　초고 위에다 턱을 괴면서 추기관은 흘깃 청년의 얼굴을 쳐다보았다. 원래 이 리슐리외 재상의 눈만큼 날카롭게 꿰뚫어보는 눈초리는 결코 흔하지 않았다. 다르타냥도 자기에게 향해진 시선이 자신의 체내를 불처럼 지나가는 것을 느꼈다.
　그러나 별로 불쾌한 표정도 짓지 않고 예하의 생각대로, 라는 식의 태연한 표정으로, (그렇다고 별로 비굴한 모습을 보이지는 않고 말이다.) 기다리고 있었다.
　「자네가 베아룬 출신의 다르타냥인가?」하고 추기관이 마침내 입을 열었다.
　「그렇습니다.」
　「타르브라든가 그 근방에는 다르타냥 성을 쓰는 계파가 많은데 자네는 어느 집안인가?」
　「저는 금상 폐하의 부군 앙리 대왕을 따라서 종교전쟁에 나가 싸웠던 자의 아들입니다.」
　「역시 그랬었군. 그럼 지금부터 칠, 팔 개월 전에 고향을 떠나 입신양명을 위해 파리로 왔다는 젊은이가 바로 자네였군.」
　「네.」
　「자네가 망을 지날 때 그곳에서 무슨 사고가 있었다더군. 어떤 일이었는지 나는 모르지만. 요컨대 무슨……」
「그 사고라는 것은, 즉……」
다르타냥이 말하려고 하자
「아닐세. 그건 듣지 않아도 돼.」
추기관은 벌써 알고 있다는 투로 미소를 띠고 가로막았다.
「듣기로는 트레빌 경을 의지하고 있다는 이야기였는데……」
「네. 그런데, 그 망에서 발생한 저주받을 사고가 있는 동안에……」
「편지를 분실했다 ……는 것이겠지?」
추기관은 이렇게 앞질렀다.
「그건, 정확하게 알고 있다네. 그러나 트레빌 경은 인물을 감식할 수 있는 사람이니까 자네를 당분간 처남인 에살 후작의 경호대에 넣었고, 또 머지않아서 총사대에 넣어 주기로 약속했다는 거지.」
「예하는 무엇이든 잘 알고 계십니다.」
다르타냥이 대답했다.
「…… 그런데, 그때부터 여러 가지 사건이 일어났군. 그런 곳에 가지 않았다면 좋았을 것인데, 어느 날 사르트르 수도원의 뒤를 서성댄 적도 있었지. 그리고 동료와 함께 포르주의 광천에도 갔고, 다른 자는 도중에서 포기했는데 자네 혼자만 여행을 계속했지. 그것은…… 즉 자네는 영국에 용무가 있었기 때문이야.」
「예하! 제가 영국에 갔던 것은……」
당황한 다르타냥은 이렇게 말하려고 했다.
「윈저로 사냥하려고 갔었나. 아니면 그밖의 목적이 있었는지도 모르지. 하지만 그건 아무래도 좋아. 난 무엇이든지 알고 있으니까. 알아야 하는 것이 바로 내 직분이거든.…… 그런데 돌아와서 자네는 어느 고귀한 분을 만났는데 그때 받은 기념품을 그렇게 소중히 간직하고 있다는 것은 매우 기특한 일이야.」
다르타냥은 왕비로부터 받은 다이아몬드 반지에 손을 가져가서 황급히 보석을 안쪽으로 돌려 놓았지만 때는 이미 늦었다.
「그 다음날 카보아가 자네 집에 가서 이곳에 오도록 권했을 터인데

오지 않았지. 그것은 잘못한 거야.」
「실은 예하의 기분을 손상시킨 것으로 생각했기 때문에…….」
「어째서 그렇게 생각하는 건가? 자네처럼 영리하고 용감한데다 상사의 명령에 순종하고 있는 사람에게 어째서 기분을 상하겠는가. 칭찬할 필요가 있을지언정. 내가 언제나 벌하는 것은 명령에 순종하지 않는 사람이지 자네와 같이 잘 순종(지나칠지도 모르지만)하는 사람은 아니야. …… 자, 그 증거로 내가 오라고 했는데도 오지 않았던 날의 일을 생각해 보게나. 그날 밤 어떤 사건이 일어났는지 잘 생각해 보라구.」

그것은 보나슈 부인이 납치되던 밤이었다. 다르타냥은 소름이 끼쳤다. 그리고 또한, 지금부터 반시간 전에 그 여자가 자기 곁을 지나, 어쩌면 그것은 전에 체포했던 것과 같은 힘에 의해 어딘가로 끌려 갔을지도 모를 일을 생각해 보았다.

「어쨌든 오늘은…….」 하고 추기관은 말을 이었다.
「오랫동안 자네의 소문을 듣지 못했기 때문에 잠시 상태를 알고 싶었던 거라네. 거기에다 나는 자네로부터 약간 사례를 받아도 좋겠다 싶어서 말야. 그 동안의 여러 가지 사건에 대해 매우 관대하게 대해 주었다는 것을 자네도 다소는 짐작하고 있었을 테니까…….」

다르타냥은 정중하게 몸을 굽혔다.
「그렇게 한 것은 공정을 존중해서만이 아니고 내가 자네에 대해서 가지고 있는 복안이 있기 때문이기도 한 것이라구.」

다르타냥은 더욱더 의외의 말을 듣게 되었다.
「앞서 내가 불렀을 때 실은 이 말을 하려고 했었네. 하지만 자네가 오지 않았거든. 다행히 이제부터라도 늦지 않았으니까 지금 말하기로 하겠네. 우선 거기 앉게나. 그렇게 장승처럼 서서 이야기를 들을 만큼 가정 교육이 잘못된 사람은 아닐 테지.」

이렇게 가리켰지만 청년은 멍해 있었기 때문에 다시 상대가 손짓으로 가리킬 때까지 꼼짝도 하지 않고 있었다.

「아무튼 자네는 용감한 젊은이야. 신중하기도 하고. 신중하다는 것은 더욱 훌륭한 장점이지. 나는 총명하고 의기가 있는 사람이 좋거든. 뭐, 그렇게 걱정하지 않아도 된다구. 내가 말하는 의기란 용기를 뜻하는 거야. 한데 그렇듯 어린 데다 이제 겨우 세상에 나왔을 뿐인데 자네는 너무 많은 강적을 만들고 있어. 매우 조심하지 않으면 돌이킬 수 없는 결과를 초래하게 된다구.」

「적에게 있어서는 저 따윈 문제도 되지 않겠지요. 어쨌든 모두 강자인데다 강한 후원자가 붙어 있지만 저는 오직 저 혼자뿐이니까요.」

「그야 그렇지. 하지만 그 오직 한 사람이 굉장히 많은 일을 했더군……. 그리고 앞으로도 얼마든지 할 수 있을 것 같고. 나는 그렇게 믿고 있어. 자네가 현재 하고 있는 파란 만장한 생활도 좋지만 앞날을 생각한다면 뭔가 밀고 나가야 할 확실한 목표 같은 것이 필요하지 않을까. 애당초 파리에 들어온 최초의 목적이 무엇이었나? 마음껏 출세하겠다는 야심이 아니었나?」

「아무튼 분별없는 야망을 가지는 나이였기 때문에…….」

「분별없는 야망이라는 것은 단지 어리석은 자에게만 통용되는 말이지. 자네는 훌륭하고 총명한 사람이야. 어떤가…… 내 경호사대의 소위(少尉)직을 어떻게 생각하나? 그리고 전쟁이 끝나면 중대를 맡기기로 한다는 것에 대해서?」

「네?」

「승낙해 주겠지?」

「예하…….」

다르타냥은 당혹한 표정으로 말했다.

「아니, 거절하겠다는 것인가?」 하고 추기관은 빗나갔나 싶은 생각으로 물었다.

「저는 현재 근위의 경호사직에 있는 몸으로서 아무런 불만을 가질 까닭이 없는 이상…….」

「내 쪽의 경호사 역시 폐하의 경호사임에는 다를 바가 없다고 생각하네만. 프랑스 국내에서라면 어느 대에 들어가도 결국은 폐하에게 충성하는 것이 되니까.」
「제가 말씀드리는 것은 그런 뜻이 아닙니다만……」
「하아, 무슨 명분이 있어야 한다는 거로군. 알겠네. 좋아, 그 구실이라면 틀림없이 찾아 주겠네. 승진과 전쟁이 개시되었다는 것. 내가 기회를 제공한다는 것, 사회에 대한 체면은 이것으로 족하니까. 그런데, 자네 자신의 보신을 위해서는 확실한 비호를 얻어 놓지 않으면 안 될 만큼 사정이 급박하다는 것…… 사실, 자네에 대한 중대한 소송이 나와 있다네. 어쩐지 자네는 낮이나 밤이나 폐하에게 열심히 충성만 하고 있었던 게 아닌 것 같군.」
이 말을 듣자 다르타냥은 약간 얼굴을 붉혔다.
추기관은 서류철 위에 손을 얹고 이렇게 말했다.
「아무튼, 이렇듯 자네에 관한 서류가 와 있지만 나는 그것을 읽기 전에 자네와 이야기를 해 보고 싶었던 걸세. 자네는 매우 결단력이 풍부한 청년이고, 앞으로…… 열심히만 해 준다면 절대 손해는 보지 않을 거야. 잘 생각해서 결심해 주었으면 하네.」
「예하의 후의에 대해서는 무어라고 감사를 드려야 할지 모르겠습니다. 그리고 그 마음의 광대 무변한 넓이를 생각하면 저 따위는 더욱더 벌레처럼 작게 느껴집니다만. 여기에서 저의 거짓없는 진솔한 심정을 말씀드려도 좋다면…….」
다르타냥은 잠시 말에 뜸을 들였다.
「좋아, 말해 보게나.」
「그럼 말씀드리겠습니다. 저의 친한 친구들은 모두 근위의 총사와 경호사입니다만, 한편 저의 적은 모두가…… 어떤 숙명에서인지 추기관님의 편입니다. 그래서 만일 제가 예하의 말씀을 받아들일 경우에는 저쪽과 이쪽, 양쪽으로부터 미움을 받게 되지나 않을까 염려됩니다.
「…… 내가 권하는 것으로는 아직 직책이 부족하다고 생각하는 것인가?」
추기관의 입가에 약간 비꼬는 미소가 떠올랐다.

「결코 그런 것은 아닙니다. 오히려 과분하신 후의에 놀랄 뿐입니다. 저는 아직 그러한 천거를 받을 만큼의 일을 한 적이 없습니다. 이제 곧 라 로셀의 전투가 벌어지고 그땐 저도 예하의 눈이 미치는 곳에서 일하게 되겠습니다만 만일 다행히도 이번 싸움에서 눈을 끌 공훈이라도 세운다면 그 후에는 예하의 비호를 받는다 해도 다소는 명분이 서지 않을까 생각합니다. 무슨 일에나 시기라는 것이 있는 법입니다. 그렇게 되면 장래에는 슬하에 달려올 때의 명분〔大義名分〕이 생길지도 혹시 모르겠습니다만, 지금 이대로는 변절한 것으로 세간에서 생각한다 해도 어쩔 수 없습니다.」

「결국, 자네는 거절하겠다는 거로군.」

추기관은 불만스러운 듯이 말했지만 그 말 속에는 무언가 감탄하는 기분이 담겨져 있었다.

「그렇다면 좋을 대로 하게나. 미움도 우정도 지금의 기분 그대로······.」

「정말······.」

「아니, 잘 알았네. 나는 결코 나쁘게는 생각하지 않네. 하지만 말해 두겠는데······ 후의를 가지고 있는 사람을 비호한다거나 천거하는 것도 한계가 있는 걸세. 적에 대해서는 아무런 의리도 없는 셈이지만. 한데 한 가지만 충고해 두겠네. 앞으로는 매우 조심해야 할 걸세. 알겠나. 나는 일단 자네의 몸에서 손을 뗀 이상 이제 더는 자네의 목숨을 사려고는 하지 않을 테니까.」

「조심하도록 하겠습니다.」

청년은 늠름한 태도로 말했다.

「언젠가 앞으로 자네의 신상에 불행한 일이 일어난다면 이것을 생각해 주게나. 내 쪽에서 자네에게 접근하려고 했다는 것을 또 그런 불행이 일어나지 않도록 나는 가능한 모든 일을 했었다는 것을 말일세.」

「어떤 일이 일어나더라도 이번 후의에 대해서는 평생 잊지 않겠습니다.」

40. 무서운 환영   111

　다르타냥은 가슴에 손을 대고 공손히 몸을 굽혔다.
　「…… 그렇다면, 아까 자네가 말한 대로 싸움터에서 만나기로 하세나. 나는 자네의 일하는 모습을 지켜보겠네. 나도 그곳으로 가니까.」
　추기관은 그곳에 있는 훌륭한 갑옷을 가리키면서 이렇게 말했다.
　「그리고, 돌아와서…… 결말을 짓자구.」
　「예하, 부디 불쾌하게 해 드린 것을 용서해 주십시오. 제가 한 짓에 무사로서의 의지를 인정해 주신다면 부디 관대하게…….」
　「젊은이! 만약 내가 말한 것을 다시 한 번 되풀이해서 말할 기회가 있다면 반드시 말할 것을 약속해 둔다.」
　리슐리외가 마지막으로 한 말은 가공할 불안을 암시하고 있는 것 같아 다르타냥은 협박을 받는 것보다도 기분이 좋지 않았다. 그 말은 일종의 경고처럼 들렸기 때문이다. 추기관은 지금 청년이 빠져들려고 하는 불행에서 지켜 주려고 했던 것이다. 다르타냥은 입을 열고 무어라 대답하려고 했다. 그러나 추기관은 거만한 몸짓으로 그만 물러가라고 신호했다.
　다르타냥은 그곳을 나왔다. 입구가 있는 곳에서 기력이 빠져 실신할 것만 같아서, 하마터면 발길을 돌릴 뻔했다. 그러자 아토스의 엄격하고 진지한 표정이 눈앞에 어른거렸다. 만약 추기관의 요청을 승낙했다면 아토스는 다시는 손을 내밀어 주지 않을 것이다. 다시는 친구로 인정하지 않을 것이다.
　이러한 걱정이 결국 그를 가로막았다. 고매한 성격이 주위 사람에게 미치는 힘은 그토록 큰 것일까.
　다르타냥이 들어갔을 때와 같은 계단을 통해서 밖으로 나오자 문간에 아토스와 응원차 왔던 네 명의 총사들이 걱정을 하면서 기다리고 있었다. 다르타냥은 곧 한 마디 함으로써 모두를 안심시켰다. 그래서 프랑셰는 다른 문간에서 진을 치고 있는 사람들에게 주인이 무사히 나왔으니 더 기다릴 필요가 없다는 것을 알려 주기 위해 뛰어갔다.

아토스의 집으로 돌아오자 아라미스와 폴토스는 호출한 이유가 무엇이었느냐고 물었다. 다르타냥은 추기관이 기수로서 자기 편의 경호사대에 들어오지 않겠느냐고 권했으나 거절했다고만 말했다.
「그건 당연히 그래야지.」
폴토스와 아라미스는 이구 동성으로 이렇게 말했다.
아토스만이 무언가 깊은 생각에 잠긴 채 잠자코 있었는데 나중에 두 사람만이 있게 되자 비로소 이렇게 말했다.
「귀공은 옳은 일을 했다. 그러나 어쩌면 훗날 후회할지도 모르겠군.」
다르타냥은 한숨을 내쉬었다. 친구의 말은 어떤 불행이 너를 기다리고 있다고 속삭이고 있는 마음 속에 쩡하고 울렸기 때문이다.
다음날은 싸움터로 떠나는 채비로 하루를 보냈다. 다르타냥은 작별 인사차 트레빌 경의 저택으로 갔다. 이때에는 경호사대와 총사대와의 이별이 잠시 동안인 것으로 생각되고 있었다. 폐하는 그 날 안으로 제후회의를 열고 다음날로 출발할 예정이었기 때문이다. 따라서 트레빌 경은 청년에게 당장 필요한 것으로서 부탁할 것은 없느냐고만 물었고, 다르타냥은 주저하지 않고 채비는 모두 끝냈다고 대답했다.
밤에는 친한 사이인 에살 후작 소속의 경호사와 트레빌 경 휘하의 총사들이 모두 모여 주연을 베풀었다. 서로 잠시 동안의 이별을 아쉬워했다. 물론 활기찬 하룻밤이었던 것은 말할 나위도 없다. 마음에 걸려 있는, 앞날에 대한 불안을 날려 버리기 위해서는 실컷 자신을 잊고 떠드는 것이 오직 하나의 방법이었다.
다음날 아침, 첫번째 나팔소리에 따라 모두 흩어졌다. 총사들은 트레빌 경의 저택으로, 경호사들은 에살 후작의 저택으로──. 각기 장관이 부하를 인솔하고 루브르 궁에 집합, 폐하의 열병을 받았다.
왕은 안색이 좋지 않았고 건강도 좋지 않은 듯 평소의 거만한 태도가 많이 수그러들어 있었다. 왕은 전날 회의 도중에 발열했으나 싸움터에는 그 날 저녁 무렵에 출발하기로 결정해 놓고 있었다. 곁에 있는 시종이 여러 가지로 만류했으나 의기로서 불쾌한 것을 일소하겠다는 생각에서 열병도 시행한 것이다.

열병이 끝나자 경호사대만이 먼저 출발했다. 총사들은 폐하를 따라 가기 때문에 그곳에서 폴토스는 새로 마련한 훌륭한 몸차림으로 울스 거리까지 작별 인사차 갈 여유가 있었다.

대서인 부인은 새로 마련한 제복을 입고, 자기가 증정한 훌륭한 말을 타고 찾아오는 애인의 모습을 보자 그대로 서 있게 할 수가 없었다. 당장 말에서 내려 곁으로 오라고 신호했다. 정말 폴토스의 풍채는 훌륭했다. 박차가 울리고 갑옷은 화려했으며 검은 정강이를 씩씩하게 두들기고 있었다. 평소에는 그렇게 잘 웃던 서생들도 오늘만은 웃으려고 하지 않았다. 폴토스의 위용에 위압을 받고 있었기 때문이었다.

총사가 들어온 것을 보고 코크날 씨의 작은 회색눈은 그 화려한 옷차림에 대해 증오하는 빛을 보냈다. 그러나 마음 속으로 이번 싸움은 꽤 격전이 될 것이라고 사람들이 이야기하던 것을 생각하고 약간 위안을 받고 있었다. 폴토스가 전사하면 좋겠다고 생각하면서——.

폴토스는 그에게 다가가서 작별 인사를 했다. 코크날도 무운을 기원했다. 부인은 눈물을 억제할 수가 없었다. 그러나 이 부인은 원래 친족이나 인척에게는 정이 많았다. 그래서 그 문제로 지금까지 남편과 곧잘 싸웠을 정도니까 아무도 그 눈물에 대해 곡해하는 사람은 없었다.

막상 진짜 이별은 코크날 부인의 거실에서 이루어졌는데 그것은 실로 가슴이 찢어질 정도로 참담했다.

부인은 위태로울 정도로 몸을 창밖으로 내밀고 애인의 모습이 보이지 않을 때까지 손수건을 흔들었다. 폴토스는 이와 같은 슬픈 이별의 장면에는 꽤 익숙한 사람같이 가볍게 인사를 하고 있었으나 네거리를 돌아갈 때 잠시 모자를 벗어 이별의 표시로 그것을 흔들었다.

그 무렵 아라미스는 장문의 편지를 쓰고 있었다. 누구에게? 그 것은 아무도 모른다. 옆방에서는 그 날 저녁 츨을 향해 떠날 케티가 기다리고 있었다.

아토스는 예의 에스파냐 산 포도주의 마지막 한 병을 홀짝홀짝 마시고 있었다.

한편 다르타냥은 같은 대원들과 함께 행진을 계속하고 있었다. 포브르 생 탕트안까지 왔을 때 지금은 편한 마음으로 바스티유 감옥을 바라보기 위해 잠시 돌아보았다. 그는 다만 바스티유의 건물을 볼 생각이었으므로 갈색말을 탄 채로 두 명의 청년에게 자기를 가리키며 무언가를 지시하고 있는 밀레이디의 모습을 보지 못했다. 그 인상이 험악한 사내들은 곧 청년의 얼굴을 알아두기 위해 대열에 접근해 왔다. 사내들이 이 사람이냐고 눈짓으로 묻고 있는 데 대해 밀레이디는 고개를 끄덕이고 말을 몰아 자취를 감추고 말았다.

체격이 건장한 두 사람의 사내는 대를 따라갔다. 포브르 생 팅트안을 나서자 거기에서 고삐를 쥐고 기다리고 있던 부하로부터 말을 건네받자 두 사람은 모두 그 말에 올라탔다.

41. 라 로셸의 공략

    라 로셸 포위전은 루이 13세 시대에 있어서 가장 큰 정치적 사건의 하나였고 추기관이 기획한 최대의 군사 작전의 하나이기도 했다. 그래서 이 사건에 관해서는 약간 설명해 둘 필요가 있다고 생각된다. 특히 이 전쟁에 얽힌 두세 가지 사건은 우리의 이 이야기와 매우 밀접한 관계가 있기 때문에 생략해 버릴 수가 없다.
    이 전쟁을 기획했을 때의 추기관의 정책은 매우 깊은 것이었다. 따라서 먼저 그에 대해 약간 말하고 그 다음으로 역시 중요한 뜻을 가지고 있다고 생각되는 계획에 대해 언급하기로 한다.
    앙리 4세가 신교도에게 그들의 근거지로서 주었던 주요 도시 중 남아 있는 것은 라 로셸 뿐이었다. 그래서 끊임없이 내란과 외국과의 분쟁의 불씨를 만드는 이 칼뱅주의의 마지막 성채를 단숨에 괴멸시키자는 것이 첫째 목적이었다.
    신교도가 한 번 기치를 들고 일어날라치면 에스파냐 인, 영국인, 이탈리아 인 등 모든 나라에서 뜻을 이룰 수 없는 불만의 무리가 삽시간에 모여들었고 전 유럽에 세력을 펼칠 수 있는 단결을 조성하곤 했었다.
    다른 신교 도시가 멸망된 이래 별안간 중요성을 더하게 된 라 로셸은 이렇게 해서 내란과 야심의 중심지가 되고 말았다. 또한 이 도시의 항구는 영국에 대한 프랑스 왕국의 마지막 개항장이기도 했다. 이 항구를 프랑스의 영원한 적인 영국에 대해 폐쇄함으로써 추기관은 잔 다르크나 퀴즈 공의 위업에 견줄 만한 공적을 성취했다고 해도 과언이 아니다.

그렇기 때문에 저 신교도이면서 동시에 구교도이기도 했던. 바송피에르(이 사람은 신앙에 있어서는 신교도였으나 생 테스프리장(章)의 서훈자로서는 가톨릭이기도 했다.), 태생은 독일인이나 마음은 프랑스인이었던 바송피에르, 한 마디로 말해서 이 라 로셸의 공략에 있어서 한 사람의 지휘관이었던 이 사람은 같은 신교도였던 다른 제후를 인솔하고 싸우면서 이렇게 말했다고 한다.

「이 라 로셸을 빼앗는 것은 우리들로선 어리석은 짓이다.」

바송피에르의 생각은 옳았다. 레 섬의 포격은 후년 세벤느의 드라고나드(루이 14세 치하에 시행된 프랑스 남부 지방의 맹렬한 신교도 박해를 말한다.)를 예고하는 것이었고, 라 로셸의 함락은 이윽고 낭트 칙령(앙리 4세〔루이 13세의 부친〕는 국내의 신·구 교도의 싸움을 진압하기 위해 스스로 가톨릭교로 개종하는 한편 1598년 4월의 칙령으로 신교도에게 대폭적으로 자유를 부여했다. 라 로셸 등의 신교도 근거지인 무장 도시도 해방 지구로서 승인했던 것이다.) 폐지의 예언이기도 했으니까.

이와 같은 재상의 통일 정책은 역사적인 사실이지만, 역사 소설가는 정사에서 빠진——사랑을 하고 있는 인간, 질투에 불타는 연적의 사소한 공작 등도 소홀히 할 수는 없다.

리슐리외는 누구나 알고 있듯이 왕비를 사랑하고 있었다. 이 사랑이 정략상의 수단이었는지, 아니면 안느 왕비가 곧잘 주변 사람들에게 품게 했던 진심에서의 연모였는지는 아무도 모른다. 그러나 아무튼 이 이야기 속에서 이미 보았듯이 승리자는 버킹검 공이었다. 더구나 두, 세 가지의 경우, 특히 그 보석 사건에 있어서는 삼총사의 활약과 다르타냥의 용기 덕으로 추기관은 체면을 매우 손상한 것이었다.

따라서 리슐리외로서는 차제에 프랑스 왕국의 적을 격퇴한다는 목적 외에도 연적에 대한 원수를 갚겠다는 뜻도 있었던 것이다. 그 보복은 또한 화려한 프랑스 왕국의 전 무력을 손 안의 검처럼 쥐고 있는 인물에 걸맞는 것이 아니어서는 안 되었다.

영국을 이기는 것은 곧 버킹검을 이기는 것이 된다. 리슐리외는 그렇게 확신하고 있었다. 영국의 국위를 유럽의 여러 나라들이 보고 있는 앞에서 실추케 하는 것은 그대로 왕비의 눈앞에서 버킹검을 욕보이게 하는 것이니까.

한편 버킹검 공도 왕국의 명예를 내걸고 남몰래 추기관과 똑같은 야심으로 불타고 있었다. 공 또한 개인적인 복수였다. 지난날 사절로서 프랑스에 건너가려고 생각했을 때 끝내 소원을 풀지 못한 원한이 있었다. 그래서 이번에는 기필코 정복자로서 뛰어들 생각이었다.

결국 이렇게 보면 두 사람의 사랑에 빠진 사나이들 때문에 유럽 최강의 두 왕국이 바야흐로 싸우려고 하는 것이다. 그리고 그 승부의 목표는 안느 왕비의 눈길인 것이다.

처음에 기세가 좋았던 것은 버킹검 공이었다. 구십 척의 군함에다 약 이만 명의 군사를 싣고 예고없이 레 섬 가까이에 도착하여 이 섬에서 지휘하고 있던 트아락 백작을 습격하여 격전을 치룬 후 군사를 상륙시켰다.

이야기가 나온 김에 덧붙여 두지만, 이 싸움에서 샹타르 남작이 전사했다. 샹타르 남작은 생후 18개월 된 딸을 고아로 남겼다.

이 어린 딸은 후에 세비네 부인(17세기의 여류 문인(1626~1696). 라 파이에트 부인의 친구. 유명한 《세비네 부인의 편지》는 그리냥 백작에게 시집간 딸을 모델로 한 것.)이 되었다.

트아락 백작은 경호병사를 데리고 생 마르탱 성채까지 후퇴하고 백 명 정도의 병사를 라 프레라 일컫는 작은 요새에 보냈다.

이 사건이 추기관의 결의를 촉구하는 촉매가 되었다. 그래서 추기관은 왕이 몸소 공략전을 지휘하기 위해 출진하기에 앞서 그 선진으로서 황제(皇弟) 전하를 출발시켰고, 동원할 수 있는 모든 장병을 황제와 함께 단숨에 싸움터로 나가게 했다.

다르타냥이 참가한 것도 이 선발대였다.

왕 또한 회의가 끝나는 대로 계속해서 출발할 예정이었으나 갑자기 발열하게 되었다. 그래도 최초의 의향을 굽히지 않고 출발을 했으나 병세의 악화로 빌로아에 머물 수밖에 없었다.

폐하가 머물러 있는 이상 근위 총사들도 모두 머물러 있게 마련이었다. 따라서 단순한 경호사인 다르타냥은 당분간 친구인 아토스, 폴토스, 아라미스 등과 헤어져 있지 않으면 안 되었다. 이 작별은 처음부터 좋지 않게 생각했지만 만약 청년의 앞날에 기다리고 있는 위험을 미리 알 수 있었다면 그야말로 적잖은 불안을 안겨주었을지도 모른다.

그러나 어쨌든 1627년 9월 10일경, 라 로셀 전방에 마련된 진영에 도착할 때까지는 무사했다.

전황에는 아직 아무 변동이 없었다. 버킹검 공이 인솔하는 영국군은 레 섬을 점령한 후 생 마르탱과 라 프레의 성채를 공격했으나 아직 함락시키지는 못했다. 라 로셀에서 농성하고 있는 군사와의 싸움은 앙그렘 공이 도시 근교에 구축한 성채를 중심으로 2, 3일 전부터 개시되고 있었다.

에살 후작 휘하의 경호사는 미뉴에 주둔하고 있었다.

그런데, 다르타냥은 평소부터 총사대에 들아가는 데만 정신을 쏟고 있었기 대문에 같은 경호사대의 동료들과는 도리어 소홀했다. 그래서 대개는 외톨이였고 다만 깊은 생각에 잠기는 경우가 많았다.

그가 골몰하고 있는 문제는 결코 마음편한 것이 아니었다. 파리로 나온 이래 2년간 공적인 일에만 열중한 나머지 자신의 일신에 관해서는 사랑도 출세도 모두 변변히 진척된 것이 없는 상태였다.

출세 문제에 있어서는 추기관을 적으로 하고 말았다. 국내 제일의 유력자──첫째 왕부터도 그렇지만──모두가 그렇듯 떨고 있는 사람을 말이다.

이 사람에게 일단 걸렸다면 다르타냥 따위는 뼈도 추릴 수 없을 것인데도 지금까지 관대하게 보아 주고 있다. 이 관대한 조치는 남달리 명민한 다르타냥의 머리에는 무언가 장래에 작용하게 될 것이라는 점을 감지했어야만 했는데——.

 게다가 설상 가상으로 추기관만큼 무섭지는 않지만 왠지 마음을 놓을 수 없는 강적이 생겼다. 그것은 두말할 나위 없이 밀레이디이다.

 한편, 이러한 것의 대가로서 얻은 것은 왕비의 후의였다. 그러나 왕비의 후의는 그 당시로서는 도리어 화근이기도 했다. 첫째 그 비호의 힘이 약하다는 것은 샬레 경과 보나슈 부인의 경우에서도 충분히 알 수 있었다.

 이렇게 따져보면 다르타냥이 얻는 가장 확실한 것은 바로 그의 손가락에서 찬연히 빛나고 있는 오,륙천 리블의 값이 나가는 다이아몬드 반지뿐이라는 이야기가 된다. 더구나 이 다이아몬드 반지는 청년이 왕비가 준 감사의 징표로써, 장차 무언가 출세의 한 수단으로 삼을까 하고 남겨 둘 생각이라면 당분간은 버릴 수 없을 테니까 그야말로 발로 밟고 있는 작은 돌과 같은 것이었다.

 발로 밟은 작은 돌이라고 말했지만 지금 다르타냥은 앙탕의 마을에 있는 진영으로 통하는 아름다운 오솔길을 이런 생각에 잠기면서 혼자 걷고 있는 참이었다. 상념은 끝없이 이어졌고 해는 벌써 뉘엿뉘엿 저물어가고 있었다. 그때 낙조의 희미한 잔영 속에 저쪽 생울타리 뒤에 총구 같은 것이 반짝하고 빛난 것 같았다.

 눈치 빠르고 판단하는 데 명민한 다르타냥은 이런 곳에 아무 까닭도 없이 총구가 있을 까닭이 없고 또 그 총구를 들이대고 있는 사람에게 목표가 없을 까닭도 없다고 생각했다. 그래서 재빨리 도망치려고 앞을 보니 바위 뒤에서도 역시 한 자루의 총이 이쪽을 겨냥하고 있지 않은가.

 의심할 여지도 없이 매복이었다.

 청년은 뒤쪽에 있는 총을 힐끗 바라보고 그것이 자기에게 겨냥된 총구라고 느낀 순간 땅에 납짝 엎드렸다. 그와 동시에 요란한 총성이 울려퍼졌다. 빗나간 총탄이 머리 위를 바람처럼 날아갔다.

이젠 우물쭈물 하고 있을 때가 아니었다. 다르타냥은 벌떡 일어났다. 그와 동시에 다른 총구에서 날아온 탄환이 이제 방금 얼굴을 대고 있던 지면의 모래 위를 휙 하고 날렸다.

다르타냥은 만용을 과시하려는 사람도 아니었고 이러한 매복자를 상대로 무용을 과시할 필요도 없었다.

『이제 한 방만 더 오면 살 수 없을 거다.』

이렇게 생각되자 쏜살같이 진영을 향해 뛰었다. 발이 빠른 것은 고향에서의 자랑이었다. 그러나 처음에 발포했던 사내는 두 번째 총알을 장전할 짬이 있었는지 곧 다시 겨냥하고는 발포했다. 이번에는 정통으로 모자에 맞았고 십 보쯤 앞에 날아갔다.

다르타냥에게는 더할 나위 없이 소중한 모자였기 때문에 잽싸게 그것을 집어 숨이 차게 막사로 돌아와서는 주저앉고 말았다. 그는 아무에게도 말하지 않고 생각에 잠겼다.

이 사건의 원인은 세 가지로 추측할 수 있었다.

첫째 가장 보편적인 것은──농성하고 있는 시민의 잠복이었다. 적을 한 사람이라도 더 많이 죽인다는 것, 특시 그 호주머니 속에 돈이 잔뜩 들어 있는 지갑을 노린다는 것은 충분히 목표가 될 수 있는 일이다.

다르타냥은 모자를 들고 탄환의 흔적을 살펴보면서 고개를 흔들었다. 탄환은 보통 병사가 가진 총이 아니고 권총용이었다. 조준의 정확성으로 보아 왠지 보통 총은 아니라고 생각했는데 과연 그랬다. 이것은 추기관의 인사였는지도 모른다. 희미한 낙조의 잔영 덕으로 총구가 보였을 때 청년은 마침 추기관의 관대함에 대해 의심하고 있던 참이었다.

그러나 다르타냥은 또 머리를 흔들었다. 그 사람은 자기가 약간 손만 뻗으면 어떻게든 할 수 있는 사람에게 이런 짓을 할 사람은 아니다.

이것은 틀림없이 밀레이디의 복수라는 생각이 들었다.

그녀라면 이러한 가능성이 충분히 있었다. 그래서 저격한 사내의 얼굴과 복장을 기억해 보려고 했지만 너무 빨리 도망쳤기 때문에 자세히 살펴볼 짬이 없었다.

『아, 친구들은 어떻게 하고 있을까. 어디에 있는 거야, 지금은? 귀공들이 곁에 없으니까 불안해서 견딜 수가 없는 걸.』

그날 밤은 무서운 생각으로 지냈다. 서너 차례나 자객이 침상까지 숨어든 것처럼 착각하고는 벌떡 일어나곤 했다. 그러나 별일없이 밤이 지나가고 날이 밝았다.

그러나 다르타냥은 한 번 정도는 모면했지만 조만간 다시 저격당하게 될 것이라는 예감이 들었다.

그 날은 온종일 아무 데도 나가지 않았다. 날씨가 나쁘다는 것을 핑계 삼아서——.

다음다음날 9시에 군고(軍鼓)가 울렸다. 황제 오를레앙 공이 진영을 순시한 것이다. 경호사들은 모두 무장을 하고 모열했다. 다르타냥도 대열에 끼어 서 있었다.

얼마 후 에살 후작이 손짓을 했으나 다르타냥은 그가 착각한 줄 알고 잠자코 있었다. 그러나 다시 같은 몸짓을 하는 것을 보고 그는 대열에서 빠져 앞으로 나섰다.

「전하께서는 어떤 위험한 임무를 수행하러 갈 네 사람을 곧 선정하게 될 것이다. 그래서 마음의 준비를 하고 있도록 미리 귀띔해 두는 거다.」

「감사합니다.」

총지휘관의 눈에 띄게 될 절호의 기회를 얻는다는 것은 더할 나위 없는 행운이었다.

실은 어젯밤에 농성하고 있던 적의 군사들이 아군의 눈을 피해 몰래 나와서 토벌군이 이틀 전에 점령했던 산등성이의 요새를 탈환했다는 이야기였다. 그래서 이 요새의 상태를 정찰해야 할 필요가 있었던 것이다.

얼마 후 황제 전하는 소리를 높여 말했다.

「이 임무를 수행하기 위해서는 한 사람의 침착한 지휘자와 삼,사명의 결사대가 필요한데……」
 그러자 에살 후작이「지휘자는 여기 있습니다.」하고 다르타냥을 가리켰다.
「나머지 사,오 명의 용사도 전하께서 임무를 말씀하신다면 즉각 모일 것입니다.」
「나와 함께 전사할 각오가 돼 있는 쾌남아는 앞으로 나오라!」
 다르타냥은 검을 높이 들고 이렇게 소리쳤다.
 그 말을 듣고 동료인 경호사 중에서 두 사람이 냉큼 앞으로 나왔다. 그리고 두 사람의 병졸이 더 나왔기 때문에 당장 인원은 갖춰졌다. 나머지 지원자들은 신청순이라는 것을 이유로 거절했다.
 그 요새를 탈환한 다음 적병이 철수했는지, 아니면 수비병을 남겨 두고 있는지 그것을 확인하고 오는 것이 임무였다.
 다르타냥은 네 사람을 인솔하고 수로를 따라 전진했다. 경호사 두 사람은 다르타냥과 나란히 갔고 병사는 뒤따라 왔다.
 이렇게 쌓아 놓은 돌담에다 몸을 숨기면서 요새로부터 백 보쯤 되는 곳까지 왔다. 거기서 다르타냥이 뒤를 돌아보자 따라오고 있던 두 사람의 병졸은 온데간데 없었다.
 무서워서 도중에 멈추고 말았나 보군, 이렇게 생각하고 그냥 전진했다.
 낭떠러지의 모퉁이까지 오자 이제 보루까지는 육십 보의 거리였다. 한 사람의 모습도 보이지 않았다. 수비병은 없는 것일까——.
 세 사람의 결사대는 여기에서 더 전진할 것인가 어떻게 할 것인가 의논하고 있었다. 그러자 그때 전방의 돌 위에서 하얀 연기가 획 일면서 열 발 정도의 탄환이 다르타냥 등의 머리 위로 날아왔다.
 이것으로 상황을 알기에는 충분했다. 요새에는 적의 수비병이 있는 것이다. 목적을 달성한 이상 이곳에 더 머물러 있는 것은 무익한 위험만을 자초하는 것이다. 그래서 다르타냥과 두 사람의 경호사는 돌아서서 달리기 시작했다.
 수로의 모퉁이에서 경호사 한 사람은 총탄이 가슴을 관통하여 퍽 하고 쓰러졌다. 다른 한 사람은 무사히 빠져 나왔다.

다르타냥은 동료를 그대로 죽게 버려둘 수가 없었기 때문에 곁으로 가서 안아일으키려고 했다. 그러자 그 순간 두 방의 총성이 연이어 울렸고 한 발은 부상자의 머리에, 한 발은 다르타냥의 몸을 아슬아슬하게 빗나가 바위의 모서리에 부딪쳤다.

청년은 매섭게 뒤를 돌아보았다. 이 탄환은 수로의 모퉁이에서는 보이지 않는 요새에서 쏜 것이 아니었다. 그러자 다르타냥의 머리에는 도중에 모습을 감추었던 두 사람의 병졸이 떠올랐고 동시에 어제의 매복이 생각났다. 오늘은 기필코 정체를 밝혀 줄 테다, 이렇게 생각한 그는 방금 날아온 탄환에 맞은 척하고 동료 시체 위에 포개어 쓰러졌다.

그러자 곧, 두 개의 머리가 삼십 보쯤 떨어진 요새의 한 모퉁이에서 나타났는데 과연 아까의 병졸이었다. 그들 두 사람은 청년을 암살할 목적으로 따라왔고 그를 죽여 놓고 적탄에 맞아 죽은 것으로 꾸밀 생각이었다.

막상 쓰러지기는 했지만 부상만 당한 것인지도 몰랐기 때문에 그들은 그것을 확인해 보기 위해 다가왔다. 다행히도 다르타냥의 계략에 말려들어 총에다 다시 장전하지도 않고 있었다.

십 보쯤 앞까지 왔을 때 쓰러진 채 검을 꼭 쥐고 있었던 다르타냥은 벌떡 일어나 그들 앞을 가로막았다.

자객들은 이쪽 진영으로 도망쳤다가는 죄를 면할 수 없다고 생각했는지 적군 쪽으로 도망칠 낌새였다. 먼저 한 사람이 총을 거꾸로 들고 내리치려고 덤벼들었다. 다르타냥이 몸을 피하는 바람에 길이 뚫리자 그 사내는 얼른 요새 쪽으로 도망쳤다. 요새를 지키고 있던 적병은 무슨 목적으로 뛰어드는지도 모를 이 사내에게 당장 탄환을 퍼부었다. 그래서 그 사내는 어깨에 관통상을 입고 쓰러졌다.

이러고 있는 사이에 다르타냥은 다른 한 사람의 병졸을 향해 검을 휘두르면서 덤벼들었다. 삽시간에 승부는 끝이 났다. 상대는 장탄하지 않은 총 하나가 무기였다. 검은 쓸모가 없게 된 총구의 밑을 지나 그 사내의 허벅지를 세차게 찔렀다. 다르타냥은 곧 칼끝을 상대의 목에 들이댔다.
「제, 제발 목숨만은! 모든 것을 전부 자백할 테니까요.」하고 그 사내는 비명을 질렀다.
「그 자백한다는 것은 네 목숨과 바꿀 만큼 가치가 있는 것인가?」
청년은 사내의 팔을 거머쥐고 이렇게 호통쳤다.
「네…… 당신처럼 젊고 미남자로서, 출세하기 전의 목숨이 소중하다고 생각하신다면…….」
「뭣이 어째, 이놈! 누구의 명령으로 왔는지 어서 말해라.」
「어떤 분인지는 모릅니다만. 밀레이디라고 모두들 부르고 있는 부인이었습니다만…….」
「그 부인을 모른다면서 어찌 이름은 알고 있는 거냐?」
「제 짝과 잘 아는 사이였는데 그 자가 그렇게 부르고 있었기 때문에. 원래 저 친구가 직접 부탁을 받았던 것이고 나는 아닙니다. 저 친구의 호주머니에는 그 부인이 보낸 편지가 들어 있다고 했습니다만, 그 편지에는 당신에 관한 중대한 이야기도 써 있다고 하던데요…….」
「그렇다면 넌 어찌해서 저 자와 한 패가 되어 이런 짓을 했던 거냐?」
「저놈이 짝이 되어 달라고 부탁했기에 그만…….」
「대가는 얼마나 받기로 했나?」
「백 루이.」
「그래.」
청년은 피식 웃고는 말했다.
「그러고 보니 그 여자는 내 몸을 약간은 값어치가 있다고 생각했었군. 백 루이라고? 너희들 같은 건달에게 그 정도라면 큰돈이다. 이런 일을 맡는 것도 당연하겠지. 좋아, 목숨은 살려 준다. 하지만 한 가지 조건이 있다.」
「어떤?」

아직도 완전히 마음을 놓을 수 없는 사내는 덜덜 떨면서 물었다.
「네 짝의 호주머니에 들어 있다는 편지를 가져 오는 거다.」
「그렇지만…… 그것은 죽으러 가는 거나 다름없는 것입니다. 저렇게 총탄이 날아오는 곳으로 가라고 하십니까?」
「편지를 가지러 가든가, 아니면 내 손에 죽든가 어느 편이든 좋을 대로 하라.」
「부디 용서해 주십시오! 불쌍하다 생각하시고…… 저, 당신이 사랑하고 계시는, 죽은 줄로 생각하고 계시지만 아직 살아 있는 그 부인의 이름을 보아서라도…… 부디 용서를…….」
그 사내는 무릎을 꿇고 출혈로 인해 차츰 기력이 쇠약해지는 몸을 지탱하면서 애원했다.
「나에게 애인이 있다…… 그리고 그 사람이 죽은 줄 알고 있다는 등, 그런 것을 네가 어떻게 알고 있느냐?」
다르타냥의 안색은 갑자기 엄해졌다.
「제 짝이 가지고 있는 편지에 그런 이야기가…….」
「그렇다면 나는 더욱 그 편지를 손에 넣어야 할 게 아니냐. 더는 우물쭈물 하고 있을 수 없다. 만약 싫다면 나도 너 같은 추악한 사내의 피로 검을 더럽히고 싶진 않지만 어쩔 수 없다…….」
이렇게 다르타냥이 엄포를 놓자 부상한 사내는 벌떡 일어났다.
「자, 잠깐, 잠깐만 기다려 주십시오. 가겠습니다. 가구말구요…….」
그는 죽는 것이 무서운 나머지 용기를 내어 이렇게 말했다.
다르타냥은 상대의 총을 빼앗고 칼끝으로 그 사내의 허리를 찌르면서 짝의 시체 쪽으로 밀쳤다.
상처에서 나오는 피로 땅 위에 얼룩을 만들면서 파랗게 질린 몰골로 이십 보쯤 전방의 짝이 있는 곳까지 적병의 눈을 피하면서 기어가고 있는 모습이란 차마 눈으로 볼 수 없을 만큼 처절했다.
식은땀으로 범벅이 된 얼굴 가득히 너무나도 뚜렷이 나타나 있는 공포심을 보자 다르타냥도 가엾다는 생각이 들었다. 그래서 그는 경멸하듯

「좋다! 그럼 내가 비겁한 놈과 용감한 사람이 어떻게 다른가를 보여 줄 테다. 기다리고 있거라.」

다르타냥은 이렇게 말하고 주위를 살펴보면서 잽싼 발걸음으로 지형을 이용해 쓰러져 있는 사내 곁에까지 갔다.

그곳에서 몸을 수색할 것인가, 아니면 그것을 방패삼아 수로 안에 들어가 천천히 조사해 볼 것인가——.

다르타냥은 후자를 택하기로 결정하고 부상자를 어깨에 들쳐메었다. 그러자 그 순간 적이 다시 발사하기 시작했다.

약간 꿈틀거림과 함께 폭 하고 몸통을 관통하는 세 방의 탄환 소리, 단말마의 비명 등이 방금 전에 자신을 죽이려던 사나이 덕분에 이번에는 자신의 목숨이 구제되었다는 것을 깨닫게 했다.

참호까지 되돌아와서 그 시체를 죽은 사람처럼 창백한 사내의 곁에다 내려놓았다.

곧장 몸을 조사했다. 가죽 지갑, 사례로 받은 돈의 나머지가 들어 있는 돈지갑, 도박용 주사위와 단지——이것이 그가 몸에 지니고 있는 것의 전부였다.

청년은 돈지갑을 부상자에게 던져 주고는 서둘러 가죽 주머니를 열었다.

아무 가치도 없는 서류 속에 끼어 있는 다음과 같은 편지를 찾아냈다. 목숨을 걸고 가지러 갔던 것이 바로 이것이었다.

『당신은 여자의 행방을 놓쳤고, 그 여자는 지금 안전하게 어느 수도원에 숨겨져 있다. 그런 곳에 무사히 보내서는 안 되는 것이었는데, 그러니까 사내만은 실수하지 않도록 조심하시오. 그렇지 않으면 난 그냥 두지 않을 테니까. 내게서 받은 백 루이의 대가로 무서운 꼴을 당하지 않도록 조심하시오.』

서명은 없었다. 그러나 밀레이디가 보낸 편지임에 틀림이 없었다. 그래서 증거 물품으로써 압수하기로 하고 다시 수로 모퉁이에 몸을

41. 라 로셸의 공략   127

숨기고 부상자를 심문했다. 그 사내는 죽은 짝과 둘이서 라 비레트 문에서 파리를 떠나기로 된 젊은 여자를 도중에서 탈취할 것을 부탁받았으나 선술집에서 한 잔 마시고 있는 사이에 그 마차를 놓치고 말았다고 했다.

「그럼, 그 여자를 탈취한 다음 어떻게 할 셈이었나?」

다르타냥은 걱정이 되어 다그쳐 물었다.

「로와이얄 광장에 있는 저택으로 데리고 간다는 약속이었습니다.」

「응, 알았다. 바로 거기다. 밀레이디의 집이다.」

다르타냥은 중얼댔다.

마음 한 구석에서는 이 여자가 품고 있는 집요한 복수심을 생각하고 소름이 끼쳤다. 어쩌면 그렇게도 궁중 사정을 환히 알고 있는 것일까. 아마도 추기관으로부터 여러 가지 정보가 제공되고 있긴 하겠지만.

그러나 다르타냥은 이렇게 걱정은 하면서도 왕비가 감금되어 있는 감옥을 알아내고 거기에서 보나슈 부인을 구출해 준 것을 알고는 여간 기쁘지 않았다. 뜻하지 않게 날아든 호출 편지, 샤이요 길의 통과, 환상처럼 보았던 환영(幻影), 그제서야 모든 것을 납득할 수 있었다.

아토스의 말처럼 이것으로 보나슈 부인과 재회할 수 있다는 희망도 가지게 되었다. 수도원이라면 방도가 없는 것도 아니다——.

이렇게 생각하자 그의 마음은 다소 안정이 되었다. 다르타냥은 불안한 표정으로 눈치를 살피고 있는 곁의 사내를 돌아보면서 팔을 내밀었다.

「죽게 내팽개쳐 두진 않을 테니 안심해라. 나에게 매달려 우리 진지로 돌아가는 거다.」

「넷? 그럼 거기에서 교수형을 당하는 것은 아닐는지…….」

「걱정 마라. 이것으로 두 번, 네 목숨을 구해 준 거다.」

그러자 부상자는 무릎을 꿇고 생명의 은인인 다르타냥의 발에 키스를 했다. 그러나 다르타냥은 더 이상 적군 앞에서 우물쭈물하고 있을 마음의 여유가 없었기 때문에 상대를 재촉하여 일어섰다.

한 발 앞서 돌아왔던 경호사가 다른 동료는 모두 죽은 것으로 보고하고 있었다. 그러던 차에 청년이 무사히 돌아온 것을 보고는 모두 놀라는 한편 크게 기뻐했다.

다르타냥은 부상자의 칼에 찔린 상처에 관해서는 적당히 꾸며서 말했고, 경호사 한 사람의 전사와 매우 위험했던 상황만을 보고했다. 이 이야기는 매우 효과가 컸으며 진영 안에서는 온종일 그 이야기가 자자했다. 황제(皇弟) 전하로부터도 칭찬의 말씀이 계셨다.

모든 반군의 행위에는 마땅히 그에 걸맞는 보상이 있는 것처럼 다르타냥 역시 이 날 공적의 대가로서 상실했던 마음의 안정을 회복할 수가 있었다. 자기를 노리고 있던 두 사람의 적 중에서 한 사람은 죽었고, 나머지 한 사람은 위력으로 완전히 길들여 놓았기 때문이었다.

그러나, 그의 안심은 한 가지 사실을 반증하는 것이기도 했다.

그것은 다르타냥이 아직도 밀레이디의 성격을 모르고 있다는 사실이었다.

42. 앙주의 포도주

　전에는 중태였던 것으로 알려졌던 왕의 병세가 많이 호전되었다는 소문이 진영내에 파다하게 퍼졌다. 하루라도 빨리 왕은 싸움터에 나갈 것을 바라고 있었기 때문에 말에 탈 수 있을 정도로 회복되기만 하면 출발한다는 이야기였다.
　이러고 있는 사이에 조만간 앙그렘 공이라든가 바송피에르, 송베르 등에게 총지휘권이 옮겨질 것으로 알고 있는 황제 전하는 그다지 적극적인 활동을 취하고 있지 않았다. 다만 그날그날 해야할 일에나 신경을 쓸 뿐 레 섬을 점유하고 있는 영국군을 단호히 몰아내려고도 하지 않았다. 영국군은 프랑스 군이 라 로셸을 공략하고 있는 사이에 생 마르탱의 성채와 라 프레의 보루를 위협하고 있었다.
　다르타냥은 앞에서 말한 바와 같이 약간 안정을 회복하고 있었다. 눈앞의 위험이 일단 사라지고 불안의 암운이 걷혔다고 생각하는 데서 오는 그러한 안정이었다. 그래서 이제는 헤어진 친구들로부터 소식이 없다는 것만이 궁금할 뿐이었다.
　11월 초순 어느 날 아침——빌로아에서 발신된 편지를 받고 나서야 궁금했던 친구들의 소식을 알게 되었다.

　『다르타냥 님

아토스, 폴토스, 아라미스, 세 분 모두 저희 집에서 하룻밤 성대한 연회를 베푸셨습니다만 매우 기분이 좋은 나머지 너무 시끄럽게 떠들었다는 이유로 엄격한 이곳 지방관으로부터 며칠간의 금고를 선고받게 되었습니다. 그래서 이분들의 명령에 따라 이들 세 분이 애용하던 저희 집의 진귀한 앙주 포도주 열두 병을 귀하 앞으로 보내 드립니다. 이 술을 들면서 우리들의 건강을 축복해 달라는 이분들의 간곡한 말씀도 함께 전해 드리오니 그렇게 아시기 바랍니다.
근위 총사 전용 여관주인 고도 올림』

「정말 기쁘군! 그들은 그렇게 즐겁게 마시고 있을 때에도 날 못 잊어 하고 있었거든. 난 나대로 여러 가지 힘든 일을 겪는 동안에도 그들을 생각하고 있었지만. 좋다, 귀공들의 건강을 위해 실컷 마실 테다. 하지만 혼자 마신다는 것은 재미가 없어.」

그래서 다르타냥은 친한 경호사 두 사람을 찾아가서 뷜로아에서 도착한 앙주 포도주를 한 잔 하러 오지 않겠느냐고 초대했다. 한 사람은 그날 밤 다른 술자리에 초대를 받아 갔었고, 또 한 사람은 다음날 선약이 있다고 했기 때문에 다음다음날로 모임을 연기했다. 돌아온 다르타냥은 열두 병의 포도주를 소중히 보관해 줄 것을 주보에게 부탁했다.

주연을 베푸는 날이 되자 정오에 모이기로 약속했기 때문에 다르타냥은 아침 9시부터 만반의 준비를 위해 프랑셰를 바삐 움직이게 했다.

영광스럽게도 급사장의 소임을 명령받은 프랑셰는 모든 일에 소홀함이 없이 대임을 완수할 생각이었다. 그는 우선 그의 조수로서 그 날 초대받은 손님의 부하인 프로라는 사람과, 다르타냥을 암살하려고 했던 그 가짜 병졸을 쓰기로 했다. 이 사나이는 목숨을 살려준 이래 군대와는 원래 관계가 없었기 때문에 다르타냥의 부하──라기보다 프랑셰의 부하격으로 되어 있었다.

주연이 시작될 시간이 되자 두 사람의 손님이 나타났고 자리에 앉자 요리가 연달아 식탁에 차려졌다. 프랑셰는 하얀 천을 팔에 걸치고 심부름하기에 여념이 없었다. 프로는 포도주의 병을 따고, 브리즈몽(전날의 자객의 이름)은 식탁용 작은 잔에 그 술을 돌아가면서 따랐다. 운반하던 도중에 흔들린 탓인지 약간 흐려 있는 것 같았으나 그 최초의 한 병의 바닥에 남은 찌꺼기를 브리즈몽은 잔에다 따랐다. 다르타냥은 이 사나이의 건강이 아직도 회복되어 있지 않았기 때문에 그것을 마시게 해 주었다.
　손님이 포타주를 먹고 최초의 첫 잔을 막 입에 가져가려고 했을 때 루이 요새와 뇌프 요새에서 포성이 울려왔다. 경호사들은 이크 적군의 내습이다, 하고 검을 들었다. 다르타냥도 물론 그들과 행동을 같이 했다. 이렇게 해서 세 사람은 모두 자리를 차고 일어나 각자의 위치로 뛰어가려고 했다.
　그러나 주보 밖으로 나가기도 전에 포성의 이유를 알았다.『폐하 만세』『추기관 만세』환호성이 사방에서 일어났고 진고(陣鼓)소리가 울려 퍼지고 있었기 때문이다.
　사실, 앞에서도 말한 바와 같이 왕은 일각이라도 빨리 전지(戰地)에 도착하고 싶은 조급한 마음에서 숙영도 생략한 채 급행하여 왕족 전원과 일만 명의 원병을 거느리고 도착했던 것이다. 물론 그 앞과 뒤는 근위 총사들이 경호하고 있었다. 다르타냥은 경호사대의 대열에 서면서 친구 한 사람 한 사람과, 그리고 맨 먼저 이쪽을 발견한 트레빌 경에게 서둘러 인사했다.
　환영식이 끝나자 네 사람의 친구는 곧 서로를 껴안고 재회를 기뻐했다.
　「정말 귀공들은 때마침 잘 도착했어. 아직 음식이 식지 않았을 테니까. 안 그래?」하고 청년은 손님으로 온 두 사람의 경호사를 동료들에게 소개하면서 말했다.
　「허어, 이건 정말 막 연회를 시작하려던 참인 것 같군.」
　폴토스가 빙긋이 웃었다.

「이 술자리에 여자는 없겠지?」하고 아라미스가 말했다.
「이런 곳에 마실 수 있는 술도 있는 건가?」
아토스가 묻자
「하지만…… 귀공들이 보내 준 게 있다구.」
다르타냥은 대답했다.
「뭐라고, 우리들이 술을?」
아토스가 이상하다는 표정을 지었다.
「그렇다니까. 그대들이 보내 주지 않았나?」
「우리들이 술을 보냈다고?」
「그래, 저 앙주의 언덕에서 만들어지는 좋은 술이라고.」
「응, 그래. 그 술에 대해선 나도 알고 있지만.」
「귀공이 좋아하는 술이지.」
「그래, 딴은 샴페인과 샹베르탱이 없을 경우에 말이지만.」
「그 샴페인과 샹베르탱이 지금은 없으니까 있는 것으로 만족해 주게나.」
「뭐야. 일부러 앙주의 포도주를 주문한 거야? 호사스럽군.」하고 폴토스가 옆에서 한 마디 했다.
「일부러 마련한 것은 아니지. 귀공들의 주문에 의해 나에게 보내 온 거라구.」
「우리들의 주문?」하고 세 사람의 총사들은 이구 동성으로 반문했다.
「아라미스! 귀공이 보내도록 했나?」하고 아토스가 물었다.
「나는 아냐. 폴토스! 귀공이 그랬나?」
「아니. 아토스는?」
「모르겠는걸.」
「귀공들이 아니라면 여관 주인이겠지.」
다르타냥이 말했다.
「여관 주인?」
「그렇다구. 귀공들이 숙박하고 있던 총사의 지정 여관의 주인인 그 고도 말야.」
「그거야. 어디서 왔든 상관없으니까. 잠깐 맛이나 보자구. 그리고 맛이 좋으면 마시기로 하자구.」
폴토스가 서두르는 것을 아토스가 막았다.
「아니, 그런 내막을 모르는 술을 마셔선 안 돼.」
「그 말이 맞다. 그렇다면 귀공들은 고도에게 술을 보내도록 지시한 적이 없었나?」
다르타냥이 이렇게 물었다.
「없어. 그런데 술을 보내왔다는 거지?」
「이것이 함께 보낸 편지라구.」 하고 다르타냥은 편지를 꺼내 보였다.
「이것은 고도의 필적이 아니다.」
아토스가 이렇게 분명히 말했다.
「난 잘 알고 있다구. 출발 전에 여관의 계산서를 본 것도 나였으니까.」
「가짜 편지야. 우리들은 금고를 당한 적도 없다구.」
폴토스도 이렇게 말했다.
「다르타냥! 우리들이 어리석은 소동을 일으켰을 것이라고 믿었었나?」
아라미스까지 힐난하듯 말했다.
그러자 다르타냥의 안색이 싹 바뀌었고 바들바들 떨기 시작했다.
「이봐! 왜 그래? 걱정이 되어 견딜 수 없지 않은가?」 하고 아토스가 평소에는 없던 우려의 빛을 보이며 물었다.
「모두 어서 가보자구. 냉큼…… 걱정되는 일이 생겼어. 그럼 이것도…… 그 여자의 복수일까.」
다르타냥은 말했다.
그러자 이번에는 아토스의 얼굴이 파랗게 질렸다.
다르타냥은 주보 쪽으로 뛰어갔고, 세 사람의 총사와 두 사람의 경호사도 그 뒤를 따라 뛰어갔다.

식당에 들어간 다르타냥의 눈에 맨 먼저 비친 것은 마루바닥을 뒹굴면서 고통스러워 하고 있는 브리즈몽의 모습이었다.
프랑셰와 프로가 쩔쩔매면서 간호하고 있었으나 이미 절망적이라는 것은 확실했다. 얼굴이 온통 단말마의 고통으로 일그러져 있지 않은가.
「아! 어쩌면 그리도 무자비한 짓을 하십니까? 살려 주겠다고 해놓고서……. 날 독살하다니…….」
다르타냥의 모습을 보자 브리즈몽은 고통스러운 숨을 토하면서 이렇게 부르짖었다.
「내가? 내, 내가…… 무슨 소릴 하는건가?」
「당신이 그 술을 마시라고 하지 않았나. 그, 그렇게 해서 앙갚음을 하려고 했던 거지. 그, 그러니까 가혹하다고 말하는 거다.」
「그렇지 않아, 브리즈몽! 그게 아니야. 나는 맹세코 말하지만, 전혀…….」
「아니야. 하느님이 보고 계신다. 반드시 당신에게 천벌이 내린다…… 이, 이 내가 겪는 고통을 언젠가 당신도 겪을 때가 있을 거다!」
다르타냥은 죽어가는 사나이 곁으로 달려갔다.
「복음서에 걸고 맹세한다. 난 그 술에 독이 들어 있다는 것을 전혀 모르고 있었던 거야. 그리고 나도 하마터면 그것을 마실 뻔했어.」
「거, 거짓말…….」
이렇게 말하고 사나이는 마지막으로 몸부림치고는 숨을 거두고 말았다.
「무섭군! 아니 정말 무서운 일이군.」
아토스는 이렇게 중얼댔다. 그러는 동안 폴토스는 포도주의 병을 두들겨 부수었고, 아라미스는 사제를 부르라고 뒤늦게서야 지시하고 있었다.
「귀공들 덕분에 나는 또 목숨을 부지했군. 나만이 아니야. 이 사람들의 목숨도 구제된 거야. 그래 당신들은 (다르타냥은 경호사들에게) 부디 이 사건에 대해 입을 다물어 주시오. 지체가 높은 사람들이 관여하고 있을지 모르기 때문에 후에 누가 미치게 되면 안 되니까.」

「주인님! 나, 나도 목숨을 부지하게 되었습니다.」

프랑세가 사색이 된 얼굴을 하고 이렇게 말했다.

「뭐야, 넌 그 술을 네멋대로 마시려고 했었구나?」

「실은, 아주 조금만, 주인님의 건강을 축하하는 뜻에서…… 마침 그때 프로가 저쪽에서 부른다고 했기 때문에…….」

「저도 실은 이 사내를 쫓아 버리고 혼자서 슬그머니 마실 생각이었습니다만…….」

다르타냥은 정색을 하고 손님인 경호사들 쪽을 바라보면서 말했다.

「보시다시피 이런 상황이기 때문에 주연도 유쾌할 수가 없을 것입니다. 그래서 죄송하지만 오늘의 초대는 다른 날로 연기했으면 합니다만, 부디 양해해 주시길 바랍니다…….」

두 사람의 손님은 사과의 말을 듣자 쾌히 승낙하면서, 또 네 사람이 격의없는 이야기를 하고 싶어할 것으로 짐작하고 돌아갔다.

청년은 세 사람의 총사만이 남게 되자 서로 이건 예삿일이 아니라는 표정으로 얼굴들을 돌아보았다.

「우선 이 방에서 나가자구.」 하고 아토스가 말했다.

「시체와 함께 있는 것은 기분이 좋지 않으니까, 더구나 변사니까 말야.」

「프랑세! 이 시체는 네가 처리하라. 정중하게 매장해 주라구. 나쁜 짓을 하려고 했던 놈이지만 후회하고 있었으니까.」

다르타냥은 이렇게 지시했다.

「그리고 네 사람은 프랑세와 프로에게 뒷처리를 맡기고는 방에서 나왔다. 여관집 주인이 배정해 준 별실에서 삶은 달걀과 물로 식사를 했다. 그 물은 아토스가 직접 샘에서 길어 온 것이었다. 폴토스와 아라미스는 그간의 경위에 대해 간단한 설명을 들었다.
「다시 말해서…… 이젠 목숨을 내건 싸움이라는 거야.」
다르타냥은 아토스를 향해 이렇게 말했다.
아토스는 고개를 가로저었다.
「응. 이야기는 알겠다구. 하지만 분명히 그 여자라고 생각하나?」
「분명해.」
「나는…… 아직도 반신 반의야. 솔직히 말해서…….」
「그렇다면, 그 어깨에 새겨진 백합의 낙인은 뭐야?」
「역시 영국의 여인으로서 프랑스에 있는 동안 뭔가 나쁜 짓을 했기 때문에 그런 낙인이 찍혔을 테지.」
「아토스! 그 사람은 귀공의 여자였다구. 인상이 그렇게 빈틈없이 딱 들어맞지 않았나.」
다르타냥은 거듭 이렇게 주장했다.
「난, 그 여자는 이미 죽은 것으로밖에 생각할 수 없다구. 그렇게 목을 매달았으니까.」
이번에는 다르타냥이 고개를 갸우뚱했다.
「그렇다면 결국 어떻게 하면 되지?」
「아무튼, 이렇게 머리 위에 언제나 칼이 매달려 있는 상태에서 잠자코 있을 수만은 없지 않겠나? 이런 상태에서 벗어나지 않고서야…….」 하고 아토스가 대답했다.
「하지만, 어떻게?」
「잘 들게, 귀공이 그 여인과 다시 한 번 만나서 간곡하게 말하는 게 어때. 즉 〈화해하느냐 결판을 내느냐〉 그것을 담판하는 거지. 절대 당신의 비밀은 누설하지 않겠다고 맹세하는 거야. 그 대신 당신도 앞으로 이쪽에 대해 위해를 가하지 않겠다고 신명께 맹세해 주길 바란다, 만약 그렇지 않다면 나는 법무장관이나 폐하에게라도 직접 만나기 위해 가겠다. 관리를 불러 궁중 안에 진상을 폭로하고 당신이 낙인 찍힌 여자라고 고소하고 재판을 받도록 인도하겠다, 만약 석방된다면 내 이 손으로 어딘가의 거리 모퉁이에서 마치

들개처럼 죽여 버릴 생각인데 어떻게 할 테냐…… 이렇게 말하는 거지.」
「그 방법은 매우 마음에 들긴 하지만, 그런데…… 어떻게 그 여자를 만나야 하지?」
「우선 시기를 기다릴 것. 때가 오면 기회는 생기기 마련이니까. 기회라는 것은 마치 도박과 같거든. 많이 걸고 끈기있게 기다리는 자는 그만큼 많이 따게 되니까.」
「하지만, 이렇게 많은 자객과 독살자들에게 둘러싸인 채로 꾹 참고 있다가는…….」
「걱정 말라구. 지금까지 하느님이 지켜 주시지 않았나. 앞으로도 당분간은 지켜 주실 게 틀림없다구.」
「그야, 우리들은 좋지만. 우리들은 사나이이고 무엇보다 우리들은 처음부터 목숨을 걸고 있으니까. 하지만 그 사람은…….」하고 청년은 낮은 소리로 말했다.
「어떤 사람?」
아토스가 말했다.
「콩스탕스 말야.」
「옳거니, 보나슈의 아내 말이군? 그렇군. 지당한 말이야. 이거 미안하군. 난 귀공이 사랑하고 있다는 것을 깜박 잊고 있었으니.」
「그 죽은 사내의 호주머니에 있었다는 편지에 그 부인이 수도원에 들어가 있다고 써 있다는 이야기가 아니었나? (아라미스가 말했다) 수도원이라면 걱정할 것은 없다구. 이곳 싸움이 끝나는 대로 곧 내가 반드시…….」
「또 아라미스의 입버릇인 성직자에 대한 발심(發心) 이야기군.」
아토스가 앞지르자
「난 임시 총사니까…….」하고 아라미스는 조심스런 표정으로 말했다.
「실은 요즘 애인으로부터 편지가 없으니까 그럴 거야. 그런 것에는 신경을 쓸 필요가 없다구. 이 사내의 항상 하는 입버릇이거든.」

아토스는 다르타냥에게 소근댔다.
「그런 일이라면…… 내 생각으로 아무것도 아닌 것 같은데.」하고 폴토스가 참견했다.
「어떻게 말야?」
「수도원에 있다고 했지?」
「그래.」
「그럼, 전쟁이 끝나는 대로 그 수도원으로 가서 납치해 오면 되지 않겠나.」
「하지만 그 수도원이 어디에 있는 수도원인지도 모르고 있는 게 아닌가.」
「딴은 그렇군.」
폴토스는 의욕이 꺾였다.
「그렇지! 이제 생각이 났는데, (아토스가 말했다.) 그 여자를 수도원에 넣은 것은 왕비의 지시였다고 귀공이 말했지?」
「응, 아무래도 그런 것 같아.」
「그렇다면 폴토스의 힘을 빌리는 게 좋아.」
「어떻게 하라는 거지, 그것은?」
「예의 공작 부인이지. 귀공이 곧잘 말하는 후작 부인이든가, 공작 부인인가 하는 훌륭한 귀부인이 있지 않은가? 그 사람이라면…….」
「쉿!」하고 폴토스는 입술에 손가락을 대고 제지했다.
「아니야. 그 사람은 추기관 편인 것 같아. 그러니까 아무것도 모를 것으로 생각된다구.」
「…… 그렇다면, 상황을 알아보는 것은 내가 맡아두 좋아.」
아라미스가 조용히 말했다.
「뭐, 귀공이? 아라미스, 어떻게 알아 볼 수 있다는 거지, 귀공이?」
세 사람은 이상하게 생각하며 이구 동성으로 말했다.
「왕비 전속의 사제를 통해 알아보는 거야. 실은 그 사람과는 약간 친밀한 사이니까…….」하면서 아라미스는 얼굴을 붉혔다.

이렇게 해서 맡을 사람이 결정되자 네 사람의 친구는 식사를 마치고 저녁에 다시 만나기로 약속하고 헤어졌다. 다르타냥은 미뉴의 숙소로 돌아갔고, 세 사람의 총사는 각자의 숙소가 마련되어 있는 왕의 본진 쪽으로 갔다.

43. 빨간 비둘기집

 한편, 일각이라도 빨리 싸움터에 도착하고 싶어 서둘러서 왔던 왕은 도착하자마자 여러 가지 조처를 강구하려고 했다. 버킹검 공을 미워하는 문제에 있어서는 오히려 추기관보다 더한 왕이었다. 그래서 왕은 먼저 레 섬의 영국군을 소탕한 다음 계속해서 라 로셸에 대한 공략을 서둘러 시행하려고 했다. 그런데 바송피에르, 숑베르, 앙그렘 공들 사이에 내분이 일어났기 때문에 왕의 계획은 약간 실행이 늦어지게 되었다.
 바송피에르와 숑베르는 모두 원수이기 때문에 폐하의 대명 아래 전군의 지휘를 맡을 권한이 있는 것으로 생각하고 있었다. 그러나 추기관은 바송피에르는 원래 신교도였기 때문에 자기와 같은 종파인 영국군과 라 로셸의 농성군을 강경하게 공략할 수 없을 것으로 판단하고 이미 왕에게 권해서 부장으로 임명하고 있는 앙그렘 공을 선두에 세우려고 했다. 그 결과 바송피에르와 숑베르에게 다른 어떤 지휘상의 직책을 주지 않으면 이 사람들은 지체하지 않고 싸움터에서 철수해 버릴 태세였다. 바송피에르는 도시의 북쪽인 라 루에서 동피에르에 걸쳐 포진하였고 앙그렘 공은 동피에르에서 페리니에 걸쳐 동부에, 그리고 숑베르 경은 페리니에서 앙탕 일대의 남부에 진을 치고 있었다.

마지막으로 추기관의 숙소는 라 피에르 다리 근처인 모래 언덕 위에 있었고 조금도 보루 따위를 구축하지 않은 보통 건물이었다.
 이러한 배치에 의해 황제 전하는 바송피에르를, 왕은 앙그렘 공을, 추기관은 숑베르 경을 각각 감시하고 있었다.
 이 포진이 완성되자 마침내 섬에 있는 영국군을 토벌하는 일에 착수했다.
 형세에 대한 전망은 유리했다. 맛있는 것을 먹지 않으면 사기가 진작되지 않는 영국군은 소금에 절인 고기와 비스킷만을 먹기 때문에 이 무렵에는 병자가 많이 나오고 있었다. 거기에다 그 일대의 바다가 크게 거칠어졌고 작은 배들이 난파하지 않는 날이 없는 상태였다. 밀물 때가 되면 그와 같이 난파된 배의 파편들이 에기용 곶으로부터 보루가 있는 수로 가까이까지 무수히 밀려 오곤 했다. 그래서 토벌군이 가만히 진영에 있기만 해도 레 섬에 고집스럽게 버티고 있는 버킹검 공은 조만간 철군할 수밖에 없는 형편이었다.
 그러나 트아락 경으로부터 석진에서는 재공격의 채비를 끝냈다는 보고가 들어왔기 때문에 왕은 결전 명령을 내리기로 결심했다.
 작가는 여기에서 공략전 일지를 쓸 생각은 전혀 없다. 다만 중심적인 이야기에 필요한 사건만을 들어 기술할 생각이지만, 아무튼 왕에게는 뜻밖의 일이었고 추기관에게는 실로 회심의 성공이라고 할 수 있으리만큼 이 결전이 잘 풀려나갔던 것을 간단히 기술해 두기로 하겠다. 영국군은 한 발 한 발 퇴각하였고, 싸울 때마다 패했는데 로아 섬에 옮기는 도중 분쇄당했기 때문에 결국 이천 명의 군대를 남겨둔 채 배를 타지 않으면 안 되었다. 그 속에는 다섯 명의 대령과 세 명의 중령, 이백 명의 대위, 이십 명의 평귀족이 있었다. 또한 4문의 대포와 60개의 군기가 남겨졌는데 이것들은 클로드 생 시몽이 파리에 가지고 돌아가서 노트르담 사원내에 당당한 전리품으로서 장식하게 되었다.
 사은 찬가(謝恩 讚歌)가 진영 내에서 소리높이 합창되었다. 그 소리는 프랑스 국내 방방 곡곡에까지 울려퍼졌다.

이렇게 해서 추기관도 마침내 영국군 쪽에는 완전히 안심하고
라 로셸의 공략에만 전념할 수 있게 되었다.
 그러나 앞에서도 말한 바와 같이 안심은 잠시 동안의 일이었다.
 버킹검 공의 밀사인 몬테큐라는 사나이가 체포되어, 그에 의해
독일제국, 에스파냐, 영국, 로렌 제국간의 동맹 사실이 분명해졌다.
이 동맹의 목적은 물론 프랑스에 대항하는 것이었다.
 또한, 버킹검 공이 당황하여 도망치는 바람에 본영 안에 남아 있던
서류에서도 이 동맹에 대한 사실을 뒷받침하는 것이 있었다. 추기
관은 그 각서 중에서 이에 관해 슈블즈 부인, 다시 말해 왕비의
책략을 몹시 비난하고 있었다.
 여기에서 추기관의 책임은 매우 무겁게 되었다. 강력한 재상의
직책은 책임없이는 수행할 수가 없다. 따라서 추기관의 무한한 지
능이 주야로 쉴 사이 없이 유럽 여러 대국의 사소한 동정까지도
알아내기 위해 긴장된 활동을 하기 시작했다.
 추기관은 버킹검 공의 책동, 특히 그 증오는 익히 잘 알고 있었다.
이 프랑스를 위협하는 동맹에 성공하지 못한다면 자신의 위력은
하루아침에 빛을 잃는 것이 된다. 그들은 에스파냐와 오스트리아의
정책 대변자를 루브르 궁에 몇 사람이나 남겨 놓고 있을 것이었다.
프랑스의 재상, 한 나라의 이렇듯 뛰어난 재상인 리슐리외의 권위가
위협을 받고 있었다. 왕은 어린아이처럼 얼핏 보기에는 순종하고
있으나 마음 속으로는 어린아이가 교사를 싫어하듯 자신을 증오하고
있기도 했기 때문에 왕비와 황제의 개인적인 원한, 복수에 대해서
조금도 지켜 주려고 하지 않는다. 그렇다면 자신의 파멸은 틀림없는
일이다. 어쩌면 프랑스 전체도 그와 함께——아무튼 이와 같은 형
세에 대비하지 않으면 안 되는 것이다.
 그래서 밀사의 수가 날로 많아졌고 낮과 밤을 가리지 않고 이
라 피에르 다리 곁에 있는 숙소에 출입하기 시작했다.
 그러한 사자는 사제복이 몸에 잘 어울리지 않았고 성경만을 읽는
사람이 아니라는 것을 한눈에 알 수 있었다. 또는 시동의 옷을

43. 빨간 비둘기집

갑갑하게 입었고, 느슨한 반치마인데도 살집이 좋은 몸을 숨기지 못하고 있는 여자라든가, 손은 더러운데 발은 깨끗한, 한 눈에도 귀족임을 대번에 알 수 있는 농민 모습이라든가 그러한 인간들뿐이었다.

그 중에는 두세 번, 그다지 인상이 좋지 않은 사람의 출입도 목격할 수 있었다——왜냐하면 추기관이 하마터면 암살을 당할 뻔했다는 소문이 있었기 때문이다.

추기관의 적측(敵側)의 말에 의하면 이러한 서툰 자객을 방황하게 한 것은 도리어 추기관 자신의 고육지계였으며 이렇게 해서 일단 유사시에 역으로 이용할 수 있는 구실을 만들 속셈이었던 것이라고 했다. 그러나 재상의 말이나 그 적의 말도 그대로 받아들여 믿는 것은 금물이다.

아무튼 이러한 위험이 있었음에도 불구하고 추기관은(이 사람이 대담했던 점은 아무리 중상하는 사람이라도 모두 인정하고 있다.) 곧잘 야행을 했다. 그것은 앙그렘 공에게 중요한 지시를 하려고 가든가, 왕과 밀담해야 할 일이 있다든가, 또는 집에서 만나는 것을 싫어하고 밀사를 딴 곳에서 슬그머니 만나든가 하기 위해서였다.

한편, 공략전 쪽에서는 그다지 할 일이 없는 총사들도 진득하게 근엄한 자세로 있지 못하고 쾌활하게 놀러 다니고 있었다. 특히 우리들 편인 세 사람은 트레빌 경과 친밀하기 때문에 진영의 문이 닫힌 후까지 허가를 얻어 유유히 놀 수 있는 신분이었다.

어느날 밤——마침 다르타냥은 당번 날인 관계로 나가지 못했고, 아토스, 폴토스, 아라미스 등 세 사람만이 군마를 타고 외투로 몸을 감싸고는 한 손을 단총의 개머리판에 걸고 이틀 전에 아토스가 발견해 둔 라 자리 가도의 〈빨간 비둘기 집〉이라는 선술집에서 돌아오고 있었다. 진영으로 향하는 길을 매복한 자를 경계하면서 어슬렁어슬렁 보아날의 마을 가까이에 이르렀을 때 앞쪽에서 말발굽 소리가 울려왔다. 그러자 곧 세 사람은 접근하면서 길의 복판에 정지하고는 기다렸다. 이윽고 구름에서 벗어난 달빛 아래 모퉁이에 두 사람의 기사가 보였다. 저쪽도 이쪽 사람의 그림자를 보고 앞으로 나아갈 것인가 되돌아갈 것인가 주저하고 있는 눈치였다. 주저하는 모습을 보고 세 사람은 수상하게 생각했기 때문에 아토스가 두세 걸음 앞으로 말을 전진시키고는 예의 다부진 목소리로 불렀다.
 「누구냐, 거기 있는 것은?」
 「그쪽이야말로 누군가?」
 기사의 한 사람이 반문했다.
 「그런 대답은 없다. 누구냐? 대답하지 않으면 쳐들어갈 테다.」
 아토스는 고함쳤다.
 「분별없는 짓은 하지 않는 것이 좋을 거다.」
 그렇게 말한 소리는 지휘하는 것에 익숙한 듯한 늠름한 목소리였다.
 「밤 순시를 하고 있는 고관 같군. 도대체, 무슨 용무가 있기에 지나가려는 건가?」
 아토스는 다시 말했다.
 「그대는 누구인가? 대답하지 않으면 신상에 좋지 않을 거다.」
 여전히 거만한 말투이다.
 「근위 총사.」
 아토스는 약간 위압감을 느끼면서 대답했다.
 「소속은?」
 「트레빌 경 배하.」
 「좀더 가까이 와서 지금 여기에 있는 이유를 말하시오.」
 세 사람은 앞으로 나아갔다. 상대의 기사가 자기들보다 강력한 인간이라는 것을 느끼고 약간은 초연한 모습으로, 그리고 문답은 여전히 아토스에게 맡긴 채——.
 말을 건 쪽의 기사가 십 보쯤 앞으로 나왔다. 아토스는 폴토스와 아라미스에게 뒤에 있으라고 신호하고는 자기 혼자 앞으로 나갔다.
 「실례했소이다. 어떤 분인지 몰랐기 때문에. 하지만 보시다시피 우리들의 충실한 경호 태도는 인정해 주길 바라오.」

43. 빨간 비둘기집

「한데 이름은?」

기사는 외투의 소매로 얼굴을 감추면서 물었다.

「귀하야말로…… 우리를 이렇게 심문하실 수 있는 신분의 분이라면 그것을 밝혀 주길 바라오만.」

「이름을 말하게.」

반복하면서 기사는 외투의 소매를 치우면서 얼굴을 나타냈다.

「추기관님!」

총사는 망연했다.

「이름은?」

이것으로 세 번째의 질문이다.

「아토스.」

추기관은 부하를 불러 속삭였다.

「이 세 사람의 기사가 우리들을 따라와 줄 것이야. 내가 진영에서 빠져 나온 것을 남에게 알리고 싶지는 않지만, 이 사람들도 입밖에 내지는 않으리라고 생각한다.」

「우리는 귀족입니다. (아토스는 곁에서 말했다.) 명령만 하신다면 다음일은 걱정하실 것 없습니다. 비밀을 지키는 방법은 알고 있으니까요.」

추기관은 이 대담한 말에 날카로운 눈초리를 보냈다.

「꽤 분별을 잘해 주어서 황송하군. 하지만 잘 듣게나. 자네들에게 따라와 달라는 것은 의심하는 마음에서가 아니고 나의 경호를 부탁하는 걸세. 뒤에 있는 두 사람은 폴토스와 아라미스가 아닌가?」

「그렇습니다.」

아토스가 대답하고 있는 사이에 두 사람은 모자를 손에 들고 앞으로 나왔다.

「나는 모두를 잘 알고 있지. 그렇다구. 게다가 유감스럽게도 자네들이 전혀 내 편이 아니라는 것도 말이지. 하지만 용감하고 성실한 귀족이라는 것도 숨길 수 없는 사실이니까. 자네들이라면 신뢰할 수 있지. 그럼 아토스, 저 두 사람의 동료와 함께 나와 동행해 주게나.

이렇게 하고 가면 설사 폐하를 도중에서 만나뵙더라도 폐하에게 지지않는 경호를 거느리고 있는 셈이니까.」

세 사람의 총사는 말의 목에 닿을 만큼 머리를 숙여 목례했다.

「명예를 걸고 모시겠습니다.」

아토스는 말했다.

「예하는 우리를 데리고 가시는 것이 매우 좋으실 것 같습니다. 그것은 아까 이곳으로 오는 도중 인상이 수상한 자를 보았을 뿐만 아니라 〈빨간 비둘기 집〉에서는 같은 인상을 한 네 사람과 한바탕 싸우고 오는 길이기에……」

「뭣이, 한바탕 싸웠다고? 어떻게 된 것인가? 나는 싸움은 좋아하지 않는다. 자네들도 알고 있을 터인데.」

「네, 알고 있기 때문에 오히려 여기에서 예하께 그 사건을 말씀 드려 두는 것이 좋을 것으로 생각되어서……. 만약 타인의 입으로 우리들에게 죄가 있는 것처럼 전해지고 또 그 말을 그대로 믿으신다면 곤란하니까요.」

「한데, 그 싸움의 결과는 어떻게 되었나?」

추기관은 눈살을 찌푸렸다.

「여기 있는 아라미스는 팔에 가벼운 상처를 입었습니다. 뭐 이 정도의 부상이라면 내일 만약 전쟁이 있더라도 개의치 않고 나갈 수 있음에 틀림없습니다.」

「그러나 자네들은 모두 적에게 칼의 상처를 입고 가만히 있을 사람들은 아닐 텐데. 자, 분명히 말해 보게. 틀림없이 답례는 정확하게 했겠지. 고백해도 좋지 않겠나. 나는 특사를 내릴 수 있는 사람이니까.」

「저는…… (아토스는 말했다.) 검에는 손도 대지 않았습니다. 상대의 사내를 안아서 창밖으로 내던졌을 뿐. 하긴 (약간 주저하면서) 그 사내는 떨어지면서 다리를 골절한 것 같습니다만.」

「그렇겠군. 그럼 폴토스, 자네는?」

「예하. 저는 결투에 대한 금령을 잘 알고 있기 때문에 걸상을 들어 그 무뢰한의 한 사람에게 집어던졌습니다. 어쩌면 어깨의 뼈가 바스러지지 않았나 생각합니다.」

「알았다. 그럼 아라미스는 어떻게 했나?」

「저는 원래 싸우는 것을 좋아하지 않는 성격입니다. 그런데다, 이것은 예하께서 모르시는 일이라 생각합니다만 저는 가까운 장래에 사제직으로 복귀할 생각이기 때문에 우선 동료의 싸움을 만류하려고 했습니다. 그러자 난폭자인 한 사람이 비겁하게도 옆에서 이 왼팔에 상처를 냈던 것입니다. 그래서 나도 참을 수가 없어서 칼을 뽑았습니다. 상대방 사나이가 그것을 보고 다시 덤벼들었기 때문에 그 기세에 그만 자기가 내 칼에 찔린 것 같은 반응이 있었습니다. 털썩 쓰러진 것을 다른 두 사람의 동료와 함께 딴곳으로 운반해 간 것 같았습니다만……」

「무슨 꼴이람! 선술집에서 하찮은 입씨름의 결과가 세 사람의 사나이를 쓸모없이 만들어 놓다니! 아니, 여전히 뛰어난 솜씨들이야, 그대들은. 한데 대체 그 싸움의 원인은 무엇이었나?」

「그놈들은 모두 제 정신이 아닐 정도로 취해 있었습니다만, 그 술집에 오늘밤 한 사람의 부인이 도착했다는 것을 알고는 억지로 그 방에 침입하려고 했기 때문에.」 하고 아토스가 말했다.

「뭣이, 침입하려 했다고? 왜?」

「필연코 그 부인에게 난폭한 짓을 하려고 했던 것이겠지요. 맹세코 말씀드립니다만, 모두 술에 녹초가 되어 있었기 때문에.」

「그런데, 그 부인은 젊고 미인이었나?」

「글쎄요. 저희들은 전혀 보지 못했습니다만.」

「보지 못했다고? 아, 그래. 그렇다면…… 아냐. 여자의 위급을 구한 것은 잘 한 거다. 나도 지금부터 그 〈빨간 비둘기집〉에 가는 길이니까 귀공들의 이야기가 진실인지 어떤지 확인해 보겠다.」

「예하, 설사 살아나기 위해서라도 거짓을 말씀드릴 저희들이 아닙니다.」

「응! 나도 결코 의심하고 있지는 않다. 결코…… 한데(하고 화제를 바꾸어) 그 부인은 혼자 있었던 것 같군.」
「또 한 사람의 사내가 함께 방에 있었던 것 같습니다. 하지만 소란이 일어난 걸 알고도 전혀 밖으로 나오지 않은 것으로 보아 틀림없이 겁쟁이였을 것입니다.」
「경솔하게 판단하지 말라고 복음서는 가르치고 있다네.」
추기관이 훈계하듯 말했다. 아토스는 머리를 숙였다.
「그럼, 이야기는 잘 알았다. 지금부터 모두 따라와 주게나.」
세 사람의 총사가 뒤를 따르자 추기관은 다시 얼굴을 외투로 감싸고 말을 앞으로 나가게 했다. 십 보쯤 간격을 두고 네 사람의 사내가 뒤따랐다.
얼마 후 쓸쓸한 한 채의 여관 비슷한 집에 도착했다. 주인은 고관의 방문을 알고 있었던 듯 방해가 될 손님을 완전히 멀리하고 있었다.
대문 조금 못미처서 추기관은 시종과 세 총사에게 정지하라고 신호했다. 창 바깥문에 안장을 채운 말이 매어져 있었다. 추기관은 신호를 보내듯 세 번 두드렸다.
외투를 입은 사나이가 곧 나타나 추기관과 재빨리 몇 마디 주고 받는가 싶더니 말에 획 뛰어올라 슐제르의 방향, 즉 파리를 목표로 달려갔다.
「자, 이제 와도 된다.」 추기관은 말했다. 그리고 나서 총사들을 향해 「자네들의 이야기는 사실이었어. 그러니까 오늘밤의 만남에서 무언가 나쁜 일이 일어나더라도 내탓으로 생각지 않는 것이 좋아. 아무튼 이쪽으로 오게나.」
추기관은 말에서 내렸다. 세 총사도 그에 따랐다. 추기관은 말의 고삐를 시종에게 주었고 세 사람은 각각 창문에 매었다.
여관집 주인은 입구의 문지방에 서서 맞았다. 추기관은 머물고 있는 귀부인을 만나러 온 귀족이라는 명분으로 되어 있었다.
「아래층에 방은 없나? 이분들에게 한동안 나의 용무가 끝날 때까지 난로를 쬐이면서 기다리도록 하려는데.」
주인은 널찍한 방을 열어 보였다. 마침 거기에는 낡은 설치난로를 치우고 훌륭한 고정난로를 최근에 새로 만들어 놓고 있었다.
「여기가 비어 있습니다만.」
「이거면 된다. 그럼 모두 들어가라구. 그리고 잠시만 기다려 주게나. 반시간 이상은 걸리지 않을 테니까.」
 세 총사가 그 방으로 들어가는 사이에 추기관은 안내도 받지 않고 지체없이 계단을 올라갔다.

44. 난로관(煖爐管)의 효용

　별 생각 없이 타고난 협기와 모험벽에서 결국 세 사람은 추기관의 비호를 받고 있는 어떤 사람을 구한 것 같았다.
　그 사람이란 과연 누구일까? 세 사람은 재빨리 생각해 보았으나 짚이는 데가 전혀 없었기 때문에 폴토스는 주인을 불러 주사위를 가져오라고 당부했다.
　폴토스와 아라미스는 테이블을 사이에 두고 앉아 승부를 하기 시작했다. 그러고 있는 동안 아토스는 무슨 생각에 잠기면서 방 안을 서성이고 있었다.
　아토스는 그 방에 남아 있는 고정난로의 반쯤 망가진 연통 앞을 몇 번이고 오락가락 했다. 그 통의 한쪽은 이층 방으로 뚫려 있었다. 그 앞을 지나칠 때 사람의 이야기소리와 같은 것이 통에서 새어 나오고 있는 것을 알게 되었다. 그래서 아토스는 그 곁으로 다가 갔는데 그 찰나 어떤 중대한 것이라도 들었는지 다른 두 사람에게 조용히 하라고 손짓으로 신호하고는 그 통 앞의 입구에 웅크리고 앉아 귀에 신경을 모았다.
　『그럼, 밀레이디, 잘 들어 주게나. 이것은 매우 중요한 용무이니까. 자, 거기 앉아서 이야기 하지.』
　「밀레이디!」

44. 난로관(煖爐管)의 효용

아토스는 무의식중에 중얼댔다.

『말씀은 충분히 정신을 차리고 듣고 있습니다.』 여자의 음성이 총사의 몸에 오싹 소름이 끼치게 했다.

『영국인 승무원이 탄 작은 배가 한 척 라 샤랑트 강의 하구에서 당신을 기다리고 있을 거야. 선장은 물론 나의 심복이지. 내일아침 출범할 예정으로 되어 있어.』

『그럼 오늘밤 안으로 그곳에 가지 않으면 안 되겠군요.』

『지금 당장, 즉 내 지시를 잘 듣고서 말이지. 입구에 두 사람의 사내가 대기하고 있다가 당신을 경호한다. 내가 먼저 이곳을 나갈 테니까 당신은 삼십 분 정도 지난 다음에 출발하는 것이 좋아.』

『알겠습니다. 그럼, 임무에 대해 말씀해 주십시오. 예하의 신임은 앞으로도 절대 배신하지 않을 생각이니까 부디 분명히 알기 쉽게 말씀해 주세요. 착오를 일으키지 않도록.』

한동안 침묵이 흘렀다. 추기관은 지금부터 하려는 말을 신중히 음미하고 있는 것 같았다. 한편 밀레이디는 그 지령을 이해하고 분명히 머리에 새겨 두지 않으면 안 되겠다고 모든 주의력을 집중시키고 있는 것으로 생각되었다.

아토스는 그 사이에 두 사람의 친구에게 입구의 문을 안쪽에서 잠그고 곁에 와서 들으라고 지시했다.

두 사람은 의자를 가져다가 하나를 아토스에게 권하고는 머리를 한 곳에 모으고 귀를 기울였다.

『런던에 가 주었으면 한다. 런던에 도착하면 곧 버킹검을 만날 것…….』 또 추기관의 음성이 들려왔다.

『하지만, 그 다이아몬드의 장식용 끈 사건 이후 공작은 나를 의심해서 좀체 격의없이 대해 주시지 않습니다만.』

『그러니까 이번에는 그런 격의없는 이야기가 아닌 거야. 다만 솔직하고 성실하게 담판을 지으러 가면 되는 거요.』

『솔직하고 성실하게…….』 밀레이디는 잘 납득이 되지 않는다는 듯 반복해서 말했다.

『그래, 솔직하고 성실하게. 이 담판은 무엇보다 정정 당당하게 하는 것이 좋아.』

『매사 지시를 기다려서 그대로 시행할 생각입니다.』

『나의 용무라 말하고 버킹검 공을 만나서, 그 사람의 계획은 모두 내 쪽에 알려지고 있지만 전혀 놀라지 않는다. 만일 그쪽에서 그런 태도로 나온다면 나는 왕비를 이대로 가만 두지 않겠다. 이렇게 말해 주었으면 하오.』

『그런데…… 그 위협을 실행하는 데 있어서 예하는 승산이 있으신가요?』

『정확하게, 확증을 쥐고 있지.』

『그렇다면 그 확증을 저쪽에 약간 비쳐 준다면…….』

『좋겠지. 나는 공작이 필두 원수(筆頭元帥)부인 저택의 가장 무도회에서 왕비와 만난 것에 관한 보아 로베르와 보트류 후작의 보고를 발표해도 좋다고 생각하고 있다고 말하시오. 더욱 확실히 하기 위해 공작은 기즈 경이 입기로 되어 있던 몽고왕의 의상을 걸치고 그날 밤에 나타났었다는 것, 그 의상은 삼천 피스톨이라는 돈으로 공작이 양도받았던 것이라고 말해도 좋소.』

『알겠습니다.』

『그래도 의심하는 것 같으면 공작이 이탈리아 점성사의 복장을 하고 루브르 궁에 숨어든 밤의 일도 모조리 알고 있다고 말하시오. 그 사람은 외투 밑에 검은 점과 해골 모양이 있는 하얀 가운을 입고 있었다고 말이오. 이것은 만약 탄로났을 때 언제나 큰 사건이 있을 때마다 루브르 궁에 나타난다고 하는 백의(白衣)의 부인의 망령이라고 생각케 하기 위한 것이었오.』

『그것이 전부입니까?』

『아니지. 저, 아미앙에서의 사건도 모두 알고 있다고 말해도 좋소. 그리고 나는 그 사건을 소재로 해서, 즉 정원의 배경과 그날 밤의 주연 인물을 등장시켜 재미있는 작품을 구상하고 있다고 말이오.』

『그렇게 말하겠습니다.』

『또 우리는 몬테규를 체포해 놓고 있지. 몬테규는 지금 바스티유 감옥에 들어가 있소. 그 사나이의 몸에서 밀서는 발견되지 않았지만, 고문을 받고 그가 알고 있는 여러 가지 일을 자백했소. 아니……당사자가 모르는 사실까지도.』

『그건 잘 하셨군요.』

『마지막으로, 공작은 레 섬을 철수할 때 너무나 당황한 나머지 슈블즈 부인으로부터의 어떤 편지를 진중에 버려둔 채 갔는데 이것은 왕비의 안위에 매우 중대한 작용을 한다는 것. 즉 이 편지에 의하면 왕비는 폐하의 적에게 후의를 가지고 계실 뿐만 아니라 프랑스 왕국의 적과 밀모까지 꾸미고 계시다는 증거로써 명백한 것이니까. 어떤가. 내가 지금까지 말한 것은 모두 기억하고 있겠지?』

『원수 부인 저택의 무도회, 루브르 궁에서의 하룻밤, 아미앙의 사건, 몬테규의 체포, 슈블즈 부인의 편지…… 어떻습니까?』

『아니, 좋아. 그대로야. 당신은 매우 좋은 기억력을 가지고 있는 것 같군.』

『하지만, 그 정도로 설득해도 공작이 굴복하려 하지 않고 프랑스와 완강히 싸울 생각이라면 어떻게 하지요?』

『공작은 사랑에 미쳐 있어. 이젠 바보처럼 (추기관은 몹시 불쾌한 투로 말했다.) 옛날의 편력 기사 기질로 단지 애인의 상냥한 눈길을 얻기 위해서 이 전쟁을 일으킨 것이오. 이 전쟁을 계속할 경우, 도리어 의중의 부인에게 누가 미친다는 것을 개닫는다면 신중히 행동할 거요, 틀림없이.』

『그래도 만일 강하게 나온다면?』

밀레이디는 자신이 떠맡게 된 소임의 밑바닥까지 규명하려는 것처럼 집요하게 다짐을 받았다.

『강하게…… 그런 일은 없을 거야.』

『하지만 만일이라는 경우가 있으니까요.』

『만일 강하게 나온다면…… (추기관은 잠시 짬을 두고는) 끝내 고집스럽게 이쪽의 교섭에 응하지 않는다면 할 수 없지. 국가의 사정을 급변시킬 만한 무슨 사건에라도 기대를 걸어야겠지.』

『어떤 사건입니까. 역사상의 어떤 그러한 예를 제시해 주신다면 앞으로 나의 소임에도 보탬이 되지나 않을는지요?』

『그래. 그렇다면, 저…… 1610년에 앙리 4세 폐하가 현재의 공작과 같은 목적으로 오스트리아를 징계하기 위해 프랑돌, 이탈리아 지방을 침략하셨을 때, 그때 바로 그러한 사건이 일어나서 오스트리아의 위급을 구하지 않았었나. 오스트리아 황제에게 일어났던 행운이 우리 국왕을 위해 일어나도 좋지 않겠나.』

『추기관님이 말씀하시는 것은 저, 페로누리 거리의 암살 사건(1610년 앙리 4세는 광신자 라바이약에게 암살되었다.)인가요?』

『그렇지.』

『그 라바이약이 나중에 받은 무서운 극형을 생각만 해도 그와 같은 엉뚱한 짓을 흉내낼 자가 있을런지요.』

『어느 시대에나 어느 나라에나…… 특히 종교의 다툼이 있는 나라에서는 자진해서 순교자가 되고자 하는 광신자가 있는 법이야. 마침 생각이 났지만 요즘 영국의 청교도들이 버킹검 공을 매우 원망하고 사제들은 모두 그 사람을 반그리스도라고 떠들고 있다는 거야.』

『그래서…….』

『그래서 (추기관은 냉정하게 계속했다.) 즉, 우선 생각할 것은 아름답고 동작이 민첩한 여자로서 공작에 대해 어떤 원한을 품고 있는 사람을 발견하는 문제겠지. 그런 여자가 반드시 있을 거야. 공작은 소문난 호색한이니까 언제까지나 변치 않는 마음으로…… 따위의 맹세를 하고 사랑을 찾아 헤매고 있는만큼 그 바람기 버릇에 의해 원한의 씨앗을 허다하게 뿌리고 있는 것으로 생각해.』

『딴은 그런 여자가 있을 게 틀림없습니다.』 밀레이디도 냉정하게 대답했다.

『…… 그래서, 그러한 여자의 손에서 저 자크 클레망(도미니칸파의

44. 난로관(煖爐管)의 효용

사제. 1589년, 앙리 3세를 암살했다.)과 라바이약이 가진 것과 같은 단도가 광신도들에게 주어진다면…… 그것으로 프랑스는 구원받게 돼.』

『그렇습니다. 하지만 그 여자는 암살의 공모죄로 체포되겠지요.』

『라바이약과 자크 클레망의 공모자가 누구인지 밝혀진 예가 있소?』

『아닙니다. 그런 사람들은 틀림없이 너무나 높은 지위에 있기 때문에 조사할 수 없는 사람들이었겠지요. 재판소를 보통 사람을 위해 불사른다든가 하지는 않을 테니까요.』

『당신은 재판소에서 일어나는 화재는 보통의 원인에 의한 것이 아니라고 생각하고 있는 거요?』 추기관은 아무것도 아닌 것을 묻듯 덤덤하게 말했다.

『난, 단지 생각하는 것이 아닙니다. 다만 실례를 말씀드렸을 뿐입니다. 즉 내가 몽팡세 가문의 공주님이라든가 마리 드 메디시스 왕비님이었다면 이런 걱정은 하지 않을 것입니다만, 여하튼 나는 단지 크라릭 부인에 불과하니까요.』

『당연한 일이야. 그렇다면 당신의 소망은?』

『내가 앞으로 프랑스의 안전을 위해 하지 않으면 안 될 일체를 사전에 시인하고 있다, 그런 명령서를 받고 싶습니다.』

『하지만, 아까 말한, 공작에게 원한을 품고 있는 여자를 먼저 발견하지 않고서는…….』

『그것은 이미 발견했습니다.』

『거기에다 공공의 정의를 위해 도구가 되어 일할 광신자까지 말이오.』

『그것은 곧 발견될 것입니다.』

『그럼, 그것이 발견됐을 때 명령서를 넘겨주어도 늦진 않겠지?』

『지당하신 말씀이십니다. 내게 주어진 소임이 중요하다는 것만 마음 속에 새겨 두면 될 걸 괜히 공연한 말씀을 드린 것 같습니다. 즉 그 중요한 것은…… 버킹검 공에게, 그분이 여러 가지 위장을 사용하여 왕비에게 접근했다는 것을 추기관님은 잘 알고 계시다는 것. 루브르 궁에서 왕비가 이탈리아의 점성술사, 실은 버킹검 공을 만나신 확증이 있다는 것. 아미앙의 사건을 소설로 쓰실 생각이라는 것. 체포된 몬테규가 고문을 받고 심중에 있는 것을 모두 자백했다는 것. 마지막으로 공작의 진영에 남아 있던 슈블즈 부인의 편지, 이것이 필자만이 아니고 그 편지를 쓰게 했던 어느 분의 대사(大事)를 밝혀 주는 것이었다는 것…… 등을 하나하나 공작에게 고하는 것이겠지요. 그리고 만일 그분이 완강하게 뜻을 굽히지 않으면, 나의 소임은 다만 이상과 같은 것을 전하는 것에 한정되어 있으니까 나는 프랑스의 위급을 구하는 것과 같은 기적이 일어나기를 하느님께 기원할 수밖에 없다…… 는 것이겠지요. 예하, 이제 달리 당부하실 일은 없으신가요?」

『아니, 좋아, 그것뿐이다.』 추기관은 담담하게 대답했다.

『그렇다면 (하고 밀레이디도 아무렇지 않은 투로) 이렇게 예하 자신의 적에 대해 지시를 받았으니까 이번에는 나의 적에 대해서 말씀드리고 싶습니다만.』

『당신에게 적이 있다고?』

『네, 그 적으로부터 예하는 꼭 저를 지켜 주실 것으로 생각합니다. 왜냐하면 그것은 모두 내가 예하의 소임을 수행하는 과정에서 부득이 만든 적이니까요.』

『어떤 인간인데?』

『첫째, 저 보나슈의 아내인, 약간 성가신 여자입니다.』

『그 여잔 지금 망트의 감옥에 들어가 있어.』

『물론, 그곳에 있었습니다만 왕비가 폐하에게 명령서를 쓰시도록 해서 그것으로 그 여자를 어느 수도원으로 옮기셨습니다.』

『뭐, 수도원에?』

『그렇습니다.』

『어느 수도원이지?』

『그건 저도 모릅니다. 비밀이 잘 지켜지고 있기 때문에…….』

『꼭 알아내고야 말 테다. 나는.』

44. 난로관(煖爐管)의 효용

『그렇게 되면 예하는 그 여자가 있는 수도원을 나에게 가르쳐 주시겠습니까?』

『나쁠 거야 없지.』

『그럼 안심했습니다. 그리고…… 또 한 사람의 적이 있습니다.』

『누구지?』

『그 여자의 애인…….』

『이름은?』

『하지만, 예하는 이미 잘 알고 계시지 않습니까. (밀레이디는 분노로 음성을 떨었다.) 저, 우리들 두 사람에게는 악령과 같은 사나이! 예하의 경호사와의 싸움에서 근위 총사들에게 가세하여 이기게 했던 사나이, 왈드 백작에게 큰 상처를 입히고 그 다이아몬드의 일건을 보기좋게 실패케 했던 사나이, 더구나 보나슈의 아내를 납치했던 것이 나였다고 해서 내 목숨까지 노리고 있는 사나이입니다.』

『아, 그 사내라면 알겠다.』

『저 아무리 증오해도 부족한 다르타냥…….』

『그 사람은 용감한 사내야.』

『용감한 만큼 적으로서는 무섭습니다.』

『그 사내가 버킹검과 내통했다는 증거라도 있다면 좋겠지만.』

『증거라구요! 그런 것이라면 열이라도 입수해 보여 드리겠어요.』

『좋아! 그것이 가능하면 그 뒤는 문제가 없어. 그럼 그 증거를 가져 오시오. 곧 바스티유 감옥에 처넣어 버릴 테니까.』

『알겠습니다. 그런데 그 후에는?』

『바스티유에 들어가는 것으로 끝장이지. 그 후 따윈 없어. (추기관은 낮고 무시무시한 음성으로 말했다.) 나의 적도 당신의 적처럼 그렇게 간단히 처치할 수 있다면 좋으련만! 당신의 그러한 적이야말로 용서하는 것도 쉬운 것인데!』

『예하, 교환 조건입니다. 목숨 대 목숨, 사람 대 사람. 그, 나의 사람을 주신다면, 나도 다른 것을 드리겠습니다.』

『당신이 하는 말뜻은 잘 모르겠지만, 그리고 그것을 알고 싶지도 않지만…… 아무튼 나는 당신의 소망을 들어 주겠소. 그렇게 나쁜 사람이라면 당신의 소원대로 해 주겠소. 그 다르타냥이라는 청년이 그렇게 품행이 나쁜, 결투하기를 좋아하는 불성실한 사내라면…….』
『정말, 용서할 수 없는 비인간입니다.』
『그럼, 종이와 펜을 빌려 주오.』
『자, 부디…….』
한동안 추기관은 써야 할 문구를 생각하고는 이윽고 기록하고 있는 것으로 생각되었다. 이 대화의 내용을 한 마디도 빼놓지 않고 다 들은 아토스는 두 친구를 한 팔씩 잡고는 저만치 데리고 갔다.
「왜 이러는 거야? 이야기의 끝을 마저 듣지 않고?」
폴토스는 말한다.
「쉿? (아토스는 소리를 낮추어) 이제 중요한 것은 모두 들어 버린 거야. 더 듣고 싶거든 귀공들 맘대로 하라구. 하지만 난 이제 나가겠다.」
「나간다구? 하지만 추기관이 어디 갔느냐고 물으면 뭐라구 하지?」
「그쪽에서 묻기 전에 귀공들이 선수를 쳐서 아토스는 미리 길의 안전을 위해 나갔습니다고 말해 두라구. 여관집 주인의 말에 의하면 왠지 도중이 불안한 것 같아서라고 말야. 나도 추기관의 부하에게 한 마디 해 둘 테니까. 그 후의 일은 내가 맡지. 그러니 걱정하지 않아도 되네.」
「조심하는 게 좋아, 아토스.」
아라미스가 말했다.
「끄떡없어, 아다시피 난 당황해 하는 성격이 아니니까.」
폴토스와 아라미스는 다시 난로 곁으로 돌아갔다.
아토스 혼자 잽싸게 밖으로 나와 매어둔 말을 풀고는 부하에게 도중을 경계할 필요가 있다는 것을 간단히 납득시킨 다음 일부러 권총의 화승(火繩)을 조사해 보는 척하면서 검을 뽑아들고 진영을 향하는 길을 사정없이 달리기 시작했다.

45. 부부의 장면

 아토스의 예상대로 그로부터 얼마 후에 추기관이 내려 왔다. 총사들이 들어간 방문을 열자 폴토스와 아라미스는 곁눈질도 하지 않고 주사위놀이를 하고 있었다. 추기관은 곧 한 사람이 없다는 것을 간파했다.
 「아토스는?」
 「예하, 아토스는 여관 주인이 여기서 앞쪽 길에 대해 왠지 불안하다고 말했다고 하면서 한 발 먼저 확인하기 위해 갔습니다.」
 「그런데, 귀공들은 지금까지 뭘하고 있었나?」
 「전 아라미스로부터 오 피스톨 땄습니다.」
 「그럼, 지금부터 나와 함께 갈 수 있겠지?」
 「언제든지 지시에 따를 생각입니다.」
 「그럼 말이 있는 곳으로…… 꽤 늦어졌군.」
 부하는 입구에서 추기관의 말을 준비해놓고 기다리고 있었다. 조금 떨어진 곳에 두 사람의 사내와 세 필의 말이 그림자처럼 서 있는 것이 보였는데 이들은 밀레이디를 라 포앵트 보루까지 보내고 배에 타는 것을 확인하는 역할을 맡은 것이 분명했다.
 부하가 추기관에게 아토스에 관해 말한 것은 좀전에 두 사람의 총사가 한 말과도 일치했다. 추기관은 알았다는 식으로 고개를 끄덕이고는 왔을 때와 마찬가지로 마음을 쓰면서 귀로에 올랐다. 당분간 부하와 두 사람의 총사에게 경호를 받으면서 가고 있는 이 사람은 이제 접어두고 아토스 쪽으로 이야기의 방향을 돌리자.
 그는 백 보쯤 그대로 전진한 다음 누구의 눈에도 띄지 않는 거리까지 오자 말머리를 갑자기 오른쪽으로 돌려 약간 길에서 벗어난 숲속에 숨어 추기관 일행을 기다렸다. 이윽고 다른 총사의 모자와 추기관의 황금으로 테두리를 두른 외투의 가장자리가 눈에 띄자 그들을 네거리 저쪽까지 보내놓고 다시 여관으로 달려왔다. 곧 문이 열렸고 주인은 물론 그의 얼굴을 기억하고 있었다.
 「아까 왔던 분이 이층의 부인에게 중요한 것을 잊고 가셨다. 그래서 그것을 전하기 위해 돌아왔다.」
 「올라가십시오. 아직 방에 계십니다.」
 아토스는 가급적 발소리를 죽여 이층으로 올라가서 절반쯤 열린 입구에서 들여다보았다. 밀레이디는 모자를 쓰고 있는 중이었다. 아토스는 잠자코 방으로 들어가서는 뒷문에 자물쇠를 채웠다.
 자물쇠 채우는 소리를 듣고 밀레이디가 돌아보았다.
 문 앞에서 아토스는 외투로 몸을 감싸고 모자를 깊숙이 내려쓰고서 있었다.
 입을 다문 채 조각상처럼 태연히 서 있는 모습을 보고 밀레이디는 가슴이 덜컥 내려앉았다.
 「누구죠? 무슨 용무죠?」
 「응, 역시 그대였군.」 아토스는 중얼댔다.
 그리고 외투를 어깨에서 미끄러뜨리고 모자를 벗고는 밀레이디의 정면에 모습을 드러냈다.
 「날 알겠소?」
 밀레이디는 한 발 앞으로 나오다가 곧 뱀에게 물리기라도 한 것처럼 비실비실 물러섰다.
 「좋아요. 당신은 날 알아 본 것 같군.」
 「라 페르 백작!」 밀레이디는 새파랗게 질려서 몸이 벽에 부딪칠 때까지 뒤로 비실비실 물러섰다.

「그렇소. 분명히 라 페르 백작이오. 잠시 용무가 있어서 오늘은 저승에서 당신을 만나기 위해 왔오. 자, 앉아서 천천히 이야기합시다. 아까 추기관님이 말씀하신 것처럼……」

무서운 공포에 짓눌려 있는 밀레이디는 한 마디 말도 하지 못한 채 털썩 주저앉았다.

「당신이란 여자는 완전히 이 지상에 보내진 악마로군. 악마의 힘은 어떻게도 할 재간이 없다는 것, 그것은 나도 잘 알고 있지. 그러나 인간은 하느님의 도움으로 가장 흉악한 악마라도 물리쳤던 일이 몇 번이나 있었어. 당신은 이미 한 번 내 앞에 나타난 적이 있었지. 그때 나는 이젠 두 번 다시 일어서지 못하게끔 처치한 것으로 생각했었는데. 그런데 나의 착각이었을까, 아니면 지옥의 비법이 당신을 다시 소생시키기라도 한 것일까……」

밀레이디는 무서운 기억을 되살리는 이러한 말에 머리를 떨구고 신음하듯 한숨을 내쉬었다.

「그렇다. 지옥이 당신을 부활시킨 것이다. 지옥이 당신을 부유하게 했고 다른 이름을 주었으며 거의 딴사람과 같은 얼굴까지 준 것이다. 그러나 당신의 오염된 영혼과 몸에 찍힌 낙인만은 지울 수가 없었다.」

밀레이디는 튕기듯이 일어났고 그 눈에서는 번갯불과 같은 빛이 번뜩였다. 아토스는 그대로 앉아 있었다.

「당신은 내가 죽은 것으로 생각하고 있었겠지. 안 그런가 ? 내가 당신을 죽였다고 생각하고 있었던 것처럼. 실은 이 아토스라는 이름은 라 페르 백작을 감싸고 있었던 거야. 크라릭 부인이라는 이름이 안 드 브류이를 숨기고 있었던 것처럼 말이지. 당신의 존경할 만한 오빠가 우리들을 결혼시켰지. 그때 당신은 분명히 그런 이름이었던 것 같은데. 그러고 보니 우리의 운명은 아주 기묘하게 되어 있군. (아토스는 웃으면서 계속 지껄였다.) 지금까지 우리 두 사람이 살아 있었던 것은 서로 상대가 죽은 것으로 생각하고 있었기 때문이지.

그리고 추억이라는 것은 때론 견딜 수 없는 고통으로 되는 것이긴 하지만, 살아 있는 당사자를 보게 된 것보다는 그래도 견디기 쉬운 것이니까……」

「그래서…… (밀레이디는 억눌린 듯한 음성으로 말했다.) 도대체 누구의 부탁을 받고 이곳에 오신 거죠? 어떤 용건인가요?」

「분명히 말해 두지만 당신의 눈에는 보이지 않았겠지만 나는 당신의 거동에서 일각도 눈을 떼지 않고 있었어.」

「내가 한 일을 죄다 알고 있다고 말씀하시는 건가요?」

「당신이 추기관의 일을 하기 시작한 이래 오늘밤까지의 행동을 하나하나 날짜를 들어 말해 줄까?」

밀레이디의 핏기가 가신 입술에 믿을 수 없다는 투의 미소가 떠올랐다.

「그럼 말하겠다. 버킹검 공의 어깨에 있었던 다이아몬드의 장식용 끈에서 두 알을 절취한 것은 당신이었지. 보나슈의 아내를 납치한 것도 당신이고. 왈드 백작을 사랑하고, 그 사내로 착각하고 다르타냥을 방으로 끌어들인 것도 당신이야. 왈드 백작이 배신한 것으로 잘못 추측하고 연적의 손을 빌어 죽이려고 한 적도 있었지. 더구나 이 연적이 당신의 저주받을 비밀을 폭로했을 때 이번에는 이 사내를 두 사람의 자객의 손으로 죽이려고 했었다. 사살하는 데 실패하자 이번에는 가짜 편지를 첨부해서 독주를 보내어 친구가 보낸 것으로 생각하게 하려고 했지. 마지막에는 좀전에 이 방의, 현재 내가 앉아 있는 이 의자에 앉아 리슐리외 추기관에게 버킹검 공 암살을 구두로 약속하였고, 그 대가로 다르타냥을 죽이겠다는 약속을 하게 했다, 이게 모두 당신이 한 짓이야.」

밀레이디의 얼굴은 창백해졌다.

「당신은 사탄과 같은 사람……」

「그럴지도 모른다. (아토스는 냉담하게 대답했다.) 그러나 아무튼 이것만은 잘 듣길 바란다. 버킹검 공을 암살하든, 암살을 시키든 멋대로 해도 상관없다. 나는 그 사람과 친구도 아니고 더욱이 그는 영국인이니까. 그러나 다르타냥에 대해서는 손가락 하나 건드리지 않기 바란다. 그는 내 친구이자 내가 좋아하는 사나이니까. 나는 그 사내만은 몸을 바쳐 지킬 것이다. 만일 엉뚱한 짓을 한다면 맹세코 말하지만 그때야말로 당신의 악운이 끝장나는 때가 될 거야.」

「다르타냥…… 그 사람은 날 배신했어요. 그래서 살려 둘 수 없어요.」 밀레이디는 신음에 가까운 소리로 말했다.

「도대체, 배신하다니, 그런 것이 당신을 상대로 할 수 있는 일인가? 배신했으니까 살려 두지는 않는다?……」 아토스는 조소했다.

「살려 두진 않아요. 먼저 그 여자부터…… 다음엔 그 사내…….」 밀레이디는 되풀이해서 말했다.

아토스는 현기증이 일어나는 것 같았다. 이 여자를 앞에 놓고 있으면 조금도 여자를 상대하고 있다는 기분이 들지 않는다. 과거의 저주받을 기억──전에도 이 여자를 죽이려고 생각했었다. 그때의 흉포한 기분이 다시 혈맥을 들끓게 하면서 불타올랐다. 그래서 벌떡 일어나 허리의 권총을 뽑아 자세를 취했다.

밀레이디는 벌써 사색이 되어 있었고 소리치려고 하는 것 같았으나 혀끝이 경련을 일으켜 사람소리라고는 도저히 생각할 수 없는 신음소리가 새어나왔을 뿐이다. 어두운 담벽에 등을 붙이고 머리칼을 흐트러뜨린 채 우뚝 서 있는 형상은 보기에도 처참했다.

아토스는 천천히 권총을 들어올려 밀레이디의 이마에 아슬아슬하게 총구를 들이댔다. 그리고는 흔들리지 않는 결심과 불쾌하리만큼 냉정한 음성으로──.

「아까 추기관이 서명해서 건네준 종이를 이리 내놓으시오. 그렇지 않으면 가차없이 쏠 테니까.」

이것이 다른 사람이었다면 밀레이디도 협박에 호락호락 넘어가지 않았을지 모르지만 아토스의 성격은 너무나 잘 알고 있었다. 하지만 그래도 여자는 꼼짝도 하지 않았다.

「결심할 때까지 앞으로 일 초의 여유를 주겠다.」

상대편 얼굴의 긴장된 표정에서 밀레이디는 당장에라도 발사할 것 같은 분위기를 느꼈다. 그래서 당황하면서 가슴에다 손을 넣어 종이 쪽지를 꺼내 아토스에게 건네주었다.
 「이것이에요…… 당신에게 저주가 내리길.」
 아토스는 권총을 치우고 받아든 종이 쪽지가 진짜인지를 확인하려고 등불에 다가갔다. 펴서 읽자——.

 『이 종이 쪽지를 소지한 자가 한 짓은 나의 명령에 의해, 또한 국가의 이익을 위해 한 것이다.
1627년 12월 3일
리슐리외』

 「자, 그럼…….」 하고 아토스는 외투를 들고 모자를 고쳐 쓰면서 말했다. 「이렇게 해서 당신의 독니를 빼버렸으니 앞으로는 얼마든지 물어뜯어도 좋아.」
 마지막 말을 남기고 뒤도 돌아보지 않고 방에서 나갔다.
 입구에서 두 사람의 사나이가 말을 준비하고 기다리고 있었다.
 「귀공들은 아시다시피 예하의 명령이니까 저 부인을 지금부터 곧바로 라 포앵트 보루로 데리고 가서 배에 태울 때까지 절대 곁을 떠나지 않도록 하시오.」
 아토스가 말하는 것과 전부터 받고 있는 지시가 일치했기 때문에 두 사람은 알았다는 듯이 머리를 숙였다.
 그래서 아토스는 가볍게 말에 올라타고 쏜살같이 달려갔다. 다만 큰길은 피하고 사잇길을 따라 말을 몰면서 수시로 정지하고는 귀를 기울이곤 했다.
 ——그러자 얼마가 지났을 때 본도를 따라 수 필의 말이 달려오는 소리가 들렸다. 분명히 추기관 일행임에 틀림없었다. 마지막으로 과감하게 박차를 한 번 가하고는 관목이 우거진 수풀에 말을 헤엄치게 하면서 이백 보쯤 앞질러 본도로 나왔다.

「누구냐?」 저쪽 기사들로부터 소리가 들렸다.
「앞서 간 우리의 총사일 거다.」 추기관이 말한다.
「말씀하신 대로 접니다, 예하.」 아토스는 대답했다.
「아니, 아토스! 수고가 많았군. 여러 가지로 신세를 져서. 여러분, 고맙네. 이젠 진영에 거의 도착한 것 같다. 이제부터 자네들은 왼쪽 출구로 가는 게 좋아. 암호는 〈루아 에 레 Roi et Ré〉이다.」

이렇게 말하고 추기관은 세 사람에게 가볍게 머리를 끄덕이고는 부하를 데리고 사라졌다. 오늘밤은 진영에서 밤을 지낼 예정인 것이다. 그의 뒷모습이 사라지자 폴토스와 아라미스가 동시에 입을 열었다.

「이봐, 추기관은 그 여자에게 서류에 서명까지 해주었어.」
「알고 있어. 여기 가지고 있으니까.」 아토스는 태연히 대답했다.

그리고나서 세 사람 모두 보초에게 암호를 대는 이외에는 막사에 이를 때까지 한 마디도 주고받지 않았다.

집에 돌아오자 아토스는 무스크톤에게 프랑셰가 있는 곳으로 보내어 주인이 근무를 마치면 곧 총사의 막사로 오도록 전하게 했다.

한편, 밀레이디는 입구에서 대기하고 있던 사내에게 얌전히 끌려갔다. 추기관이 있는 곳으로 데리고 가라 하고는 사정을 모두 털어놓으리라 잠시 그런 생각이 머리에 스쳤으나——자기가 말을 하면 곧 아토스 쪽에서도 모든 것을 밝히고 말 것이 뻔했다. 아토스가 자기를 교살하려 했다고 말하면, 그쪽에서도 그 여자는 낙인이 찍혀 있다고 말할 것이 틀림없다. 그래서 지금은 잠자코 순순히 물러나고 언제나처럼 재치있는 솜씨로 이 어려운 소임을 훌륭하게 수행하고 완전히 추기관이 만족하게끔 처리한 다음 다시 복수를 요구하러 가는 편이 나을 것이라고 고쳐 생각했다.

그래서 밤새 계속 걸어서 아침 7시 라 포앵트 보루에 도착, 8시에 배에 올랐다. 그리고 9시에 추기관의 사략면장(私掠免狀)(전시, 적국의 선박에 대해 행한 것〔Lettre de marque〕)을 갖춘 그 작은 배(표면적으로는 바이용에 가는 것으로 되어 있다.)는 영국을 향해 출범했던 것이다.

46. 생 제르베 보루

다르타냥이 세 사람의 친구가 있는 곳으로 가자 모두 한 방에 모여 있었다. 아토스는 생각에 잠겨 있었고, 폴토스는 입수염을 비틀고 있었으며, 아라미스는 짙은 청색 비로드로 장정한 예쁜 기도서를 읽고 있는 중이었다.

「이봐, 귀공들이 날 부른 것은 무언가 중요한 일이 있어서겠지. 그렇지 않으면 난 모두를 원망할 거다. 어제는 밤새 적의 보루를 파괴하는 일에 동원되었거든. 그런 다음 충분히 휴식을 취하도록 해 주지 않는다면! 정말 귀공들도 같이 갔으면 좋았을 텐데. 굉장했었다구.」

「우리들은 다른 곳에 갔었어. 이쪽도 그다지 편한 것은 아니었다구.」

폴토스는 수염에다 특유의 놀을 주면서 말했다.

「큰소리 치지 말라고.」 아토스가 훈계했다.

「호오, 그럼 역시 무언가 있었군.」 아토스의 찌푸린 눈썹을 보고 다르타냥은 알았다는 표정을 지었다.

「아라미스.」 아토스가 말했다. 「귀공은 엊그제 파르파이 요정에 밥을 먹으러 갔었지?」

「아, 갔었지.」

「어떤 상태였나?」

「글쎄. 나로선 매우 못마땅한 식사였어. 정진일(가톨릭교에서는 정진일에는 고기 대신 생선을 먹는다.)이었는데 고기밖에 없더군.」

「뭐라구! 이렇게 바다가 가까운 곳인데 생선이 없다는 거야?」

「추기관님이 대방파제(리슐리외의 창의에 의해 라 로셸 항구에 축조한 것. 영국의 군선이 항구에 접근하지 못하게 하는 것이 목적이었다.) 공사를 시작했기 때문에 물고기는 모두 먼 바다로 도망갔다는 거야.」 아라미스는 이렇게 대답하고는 다시 기도서에 몰입했다.

「내가 묻고 싶은 것은 그런 것이 아니야. 그곳에서 귀공은 방해받는 일 없이 조용히 있을 수 있었는지 어떤지 그게 알고 싶은 거야.」

「분명히 방해하는 자는 없었던 것 같아. 아무튼 그런 뜻에서라면 그 파르파이 요정도 그리 나쁘진 않아.」

「그럼, 그리로 가자. 여기는 벽이 마치 종이처럼 얇으니까.」 아토스는 이렇게 말했다.

평소부터 이 친구의 태도에는 익숙해 있고 그 한마디, 한 행동, 약간의 눈짓에 의해서도 일의 중대함을 짐작할 수 있는 다르타냥은 아토스의 팔을 잡고 잠자코 밖으로 나왔다. 폴토스와 아라미스도 잡담을 하면서 뒤를 따랐다.

도중에 그리모를 만나자 아토스는 냉큼 따라오라는 신호를 하였고 그리모도 습관대로 잠자코 따라왔다. 이 사나이는 거의 말하는 것을 잊은 것처럼 보였다.

파르파이 요정에 도착했다. 아침 7시였고 겨우 날이 밝기 시작했다. 네 사람은 아침 식사를 주문하고 식당으로 들어갔다. 아무도 방해할 손님은 오지 않습니다라고 주인도 보증했다.

그런데 실은 시간이 매우 나빴다. 기상북——이 울리고 모두는 단잠에서 깨어나 아침의 습기찬 공기를 떨쳐 버리기 위해 이 작은 요정으로 한 잔 하기 위해서 오는 것이었다. 용기병(龍騎兵), 스위스 용병(옛날 스위스 인은 각국에 용병으로 고용되었다. 특히 왕정 시대의 프랑스에 많았는데 이 제도는 1830년에 폐지되었다.), 경호사, 총사, 경기병, 온갖 종류의 병사가 들며날며 모여들었다. 주인은 흐뭇했지만 모처럼 찾아온 네 사람으로서는 이만저만 낭패한 것이 아니었다. 그래서 안면이 있는 자들의 목례나 건배 농담에도 무뚝뚝한 표정으로 답하고 있었다.

아토스가 입을 열었다.

「정말! 이렇게 우물쭈물하고 있다간 싸움질이나 하는 것이 고 작이겠군. 그렇다고 지금 그런 짓을 하고 있을 시간은 없고. 이봐! 다르타냥! 어젯밤엔 어땠나? 그쪽 이야길 먼저 듣자구. 그리고 나서 이쪽 이야길 할 테니까.」

그때 마침 브랜디를 잔에 따라 홀짝홀짝 마셔가며 몸을 흔들면서 경기병 한 사람이 다가왔다.

「당신들은 어젯밤, 보루 밑의 참호에 가셨던 조인가요? 농성군과 한바탕 싸움이 벌어졌던 것으로 압니다만?」

다르타냥은 옆에서 말을 하는 방해자에게 대답을 해야 할지 어떨지 묻는 것처럼 아토스의 얼굴을 쳐다보았다.

「부지니 씨가 묻고 있지 않은가. 어젯밤의 상황을 말해 보게나. 이분들도 듣고 싶어 하고 있으니까.」아토스가 재촉했다.

「요새를 탈취하지 않았던가요?」맥주잔으로 럼주를 마시고 있던 스위스 용병이 물었다.

「그렇지요. 요행히…… 우리의 손으로.」다르타냥은 가볍게 목례하면서 대답했다.「또한 거기에다 보루의 일각에 화약통을 밀어 넣고 폭발시켰기 때문에 굉장히 큰 구멍을 뚫을 수 있었지요. 이미 통 이야기는 들으셨겠지요. 아무튼 그 보루는 어제 오늘 만든 것이 아닌 모양입니다. 그것으로 대개는 여러 곳이 결판이 난 모양입니다만.」

「한데, 그것은 어느 보루였나요?」

거위를 구우려고 검에다 꿰어 가지고 있는 용기병이 물었다.

「생 제르베 보루입니다. 그곳에 숨어 있던 농성병이 아군의 인부를 괴롭히고 있었기 때문에……」

「전투의 양상은? 격렬했었나요?」
「네. 우리편은 다섯 명이 당했고, 적도 열 명 정도 죽었을 것입니다.」
「Balzampleu!」 추악한 욕설이라면 독일어도 지나칠만큼 많이 알고 있는 스위스 인은 벌써 프랑스 어로 욕하는 습관이 붙어 있었다.
「하지만……(경기병이 참견했다.) 적은 오늘 아침 다시 보루를 수선하기 위해 병사를 보낼지도 모르겠군.」
「그건 그럴지도 모릅니다.」 다르타냥은 대답했다.
「한번 내기를 해볼까.」 갑자기 아토스가 말했다.
「뭐, 내기…… 흠, 그거 재미있겠군.」 하고 스위스 용병이 대꾸했다.
「어떤?」 경기병이 물었다.
「잠깐 기다려 주게. 나도 끼어 주길 바라네.」 용기병은 내기라는 말을 듣고 꼬챙이 대신으로 쓰고 있던 검을 난로 안에 내려놓았다. 「이봐, 주인! 국물받이 접시를 가져 오게. 이 굉장한 새고기의 기름을 한 방울이라도 버리는 것은 너무 아까우니까.」
「히야. 정말이군. 거위의 기름, 꽤 맛이 좋거든.」 스위스 인이 또 반말을 했다.
「그럼, 그 내기에 대한 설명을 듣기로 하자구. 아토스 씨! 말해 주구려.」 용기병이 적극적으로 나왔다.
「좋아요. 부지니 씨! 나도 당신을 상대로 내기를 하고 싶습니다. 즉…… 여기 있는 세 사람의 동료, 폴토스, 아라미스, 다르타냥과 이 내가 지금부터 생 제르베의 보루에 가서 그곳에서 식사를 합니다. 그리고 한 시간을 버티고 있을 수 있느냐 없느냐 하는 것입니다. 시계를 보면서 말이지요. 적이 아무리 우리를 쫓아내려고 덤벼들어도 말입니다.」
폴토스와 아라미스는 그제서야 이야기의 뜻을 눈치채고는 얼굴을 마주보았다. 다르타냥은 아토스의 귀에 입을 대고
「그런 짓을 하면 우리들은 개죽음을 당하게 돼.」
「아냐, 위험한 것을 말한다면 여기에 잠자코 있는 편이 훨씬 더

위험한 거야.」 아토스는 대답했다.
「딴은, 재미있는 내기가 될 것 같군그래.」 폴토스는 의자에서 뒤로 몸을 젖히고는 입수염을 꼬았다.
「아니, 맘에 들었다. 합시다. (부지니는 동의했다.) 그렇다면 거는 물건을 먼저 결정하지 않으면……..」
「당신들은 네 사람, 우리들도 마침 네 사람이오. 그럼 여덟 사람이 마음껏 먹을 수 있는 만찬으로 하는 것이 어떨까?」
「좋습니다.」 부지니는 찬성했다.
「그것 좋지.」 하고 용기병이 말했다.
「좋다.」 스위스 인도 찬성했다.
이 이야기를 잠자코 듣고 있던 또 한 사람의 사내도 알았다는 투로 고개를 끄덕였다.
「여러분! 식사 준비가 다 되었습니다.」 주인이 알리려고 왔다.
「좋아! 그것을 이리로 가져 오라구.」
주인은 아토스의 지시대로 했다. 아토스는 그리모를 불러 방 구석에 놓여 있는 손바구니를 가리키면서 지금 가져온 고기 등을 냅킨에 싸라고 눈짓했다.
그리모는 곧 야외에서 할 식사인 것으로 납득하고 손바구니에다 고기를 가득 넣고 또 포도주 병도 쑤셔 넣고는 손에 들었다.
「도대체 어디서 잡수시려고요?」 주인은 의아스러운 표정이다.
「어디서 먹든 상관할 바 아니야. 지불만 하면 되지 않겠나.」
이렇게 말하고 의젓하게 이 피스톨을 탁상에 던졌다.
「거스름돈…… 드릴까요?」
「필요없다. 그 대신 샴페인을 두 병 더 넣어 두라고. 그리고도 남는다면 그것은 냅킨 대금이다.」
주인은 당초의 생각이 빗나갔다는 표정이었으나 곧 샴페인 대신 앙주 술병을 슬그머니 넣는 것으로 충당했다.
「부지니 씨! 당신의 시계를 내 것에다 정확하게 맞춰 주시기 바랍니다.…… 아니 그것보다 내 것을 당신 것에 맞추기로 합시다.」

46. 생 제르베 보루

아토스가 그렇게 말하자

「알았습니다.」 경기병은 호주머니에서 다이아몬드로 테두리를 두른 훌륭한 회중시계를 꺼내어

「정각 일곱 시 반.」

「이쪽은 일곱 시 삼십오 분. (아토스는 대답했다.) 즉 당신 것보다 오 분 빠르다는 것을 잘 기억해 두겠습니다.」

그리고는 어리벙벙하고 있는 동석자들에게 잠시 목례한 다음 네 사람은 생 제르베 보루쪽을 향해 거침없이 걷기 시작했다. 뒤에서 손바구니를 든 그리모가 행선지도 모른 채 따라왔다. 평소의 습관에 따라 그것을 확인해 보려고도 하지 않는 것이다.

우리 쪽 진영의 범위 안에 있는 동안 네 사람은 한 마디도 주고받지 않았다. 어쨌든 내기라는 바람에 결과가 어떻게 될까 궁금해서 따라오는 구경꾼은 많이 있었다. 그러나 드디어 둘러친 참호의 선을 넘어 넓다란 들판으로 나오자 대체 이것은 무슨 필요에서 하는 것인지 조금도 알 수 없던 다르타냥은 그 까닭을 물어도 괜찮겠지 하고 생각했다.

「그럼 아토스, 이쯤에서 이제부터 어디로 가는 것인지 가르쳐 주지 않겠나?」

「알고 있지 않은가. 보루에 가는 거다.」

「하지만 그곳에는 무엇하러 가는 건가?」

「아까 말한 대로 아침 식사를 하러 가는 거야.」

「왜 파르파이 요정에서 먹으면 안 되는 거지?」

「우리들은 중요한 이야길 하지 않으면 안 된다. 거기에서는 방해꾼이 저렇듯 우글우글해서 어디 오 분간인들 천천히 이야기할 수 있겠나. 저기라면 (아토스는 보루를 가리키면서) 아무도 방해하러 오지는 않을 테니까.」

「아무리 그렇기로…… (날렵하고 사나운 성격에 이상하게도 딱 결합된 신중성으로 다르타냥은 고개를 갸웃했다.) 그렇다면 해안의 모래밭 쪽 어딘가에 남의 눈에 띄지 않는 장소가 있을 것으로 생각하는데.」

「그런 장소에서 네 사람이 모여 소곤소곤 말하고 있으면 반드시 누군가가 발견하고 곧 추기관의 귀에 우리들이 밀담한 것이 들어가게 되는 거야.」

「그렇구말구. 아토스가 말한 대로야. Animadvertuntur in desertis (사막에 있어도 사람의 눈은 있다―라틴 어)」아라미스가 말했다.

「사막이라면 나쁘진 않겠지만, 발견하지 않으면 안 된다.」 폴토스도 옆에서 한 마디했다.

「사막이라 해도 머리 위를 지나가는 새가 없는 곳은 없을 게고, 물에서는 물고기가 뛰고, 구멍에서는 토끼가 뛰어나오지 않는다고 장담할 수도 없지. 새도 물고기도 토끼도 완전히 추기관의 편이 되어 있다고 나는 생각하거든. 그러니까 우리의 계획대로 하는 것이 좋아. 그리고 이제와서 후퇴한다는 것도 체면상 불가능하다. 내기를 한 거야. 전혀 결과를 예상할 수 없는 내기 말야. 이것이라면 진짜 동기에 대해 아무도 알 수 없다고 나는 보증한다. 내기에서 이기려면 한 시간 동안 저 보루에서 버티고 있어야 한다. 적군이 공격해 올지도 모르지만, 만일 공격해 오지 않는다면 우리들은 그 사이에 남이 엿들을 걱정없이 느긋하게 이야기할 수가 있지. 설마 저 보루의 벽에 귀는 없을 테니까. 만약 공격해 온다면, 그래도 역시 이야기는 할 수 있거든. 거기에다 틈틈히 방어를 해서 공명을 세울 수도 있는 거야. 어때, 멋진 일이 아닌가.」

「그건 좋지만 총알 한 방쯤은 틀림없이 먹게 되겠지.」 하고 다르타냥이 말했다.

「가장 무서운 것은 적의 탄환이 아니라는 것을 귀공도 요즘 깨달았을 터인데?」

「그러나, 그런 일이라면 어쨌든 총을 준비해 오는 것이었는데.」

「폴토스! 귀공은 바보 같은 사내군. 그 따위 불필요한 짐을 왜 가지고 오는 거지?」

「적의 면전에 나가는데 훌륭한 총과 열두 발의 실탄과 연호(煙硝) 상자를 가지고 가는 것이 왜 불필요한 것인지 난 모르겠군.」

「그러고보니 아까 다르타냥이 하고 있던 이야길 귀공은 듣지 않은 것 같군.」
「다르타냥이 뭐라고 했지?」
「어젯밤의 공격에서 우리 편이 칠,팔 명 당했고, 적도 그 정도의 수가 죽었다고……」
「그래서?」
「소지품을 가지러 갈 짬이 없었던 거야. 어때, 안 그래? 다른 급한 일이 있었으니까.」
「그래, 어떻게?」
「즉, 그 전사자의 총과 탄약을 쓰자는 거야. 네 정의 총과 열두 발의 탄환 정도가 아니고 열다섯 정의 총, 백 발 이상의 실탄이 널려 있을 테니까.」
「아토스, 장해!」 아라미스가 칭찬해마지 않았다.
폴토스도 만족한 듯 머리를 숙였다.
다르타냥은 아직도 납득할 수 없다는 얼굴이었다.
어쩌면 그리모도 청년과 같이 납득하지 못했는지 모르겠다. 모두가 보루 쪽으로 줄곧 걸어가고 있는 것을 보고 (지금까지는 반신반의했던 것이다.) 슬그머니 주인의 소매를 잡아당겼다.
「어디로 가는데요?」 하고 몸짓으로 물었다.
아토스는 보루를 가리켰다.
「하지만, 그런 짓을 하면 목숨이 몇 개가 있어도 모자랄 것입니다.」 그리모는 여전히 몸짓으로 말했다. 아토스는 입을 다문 채 눈과 손가락을 하늘을 향해 올렸다.
그리모는 손바구니를 땅에 놓고 머리를 흔들면서 그곳에 주저앉고 말았다.
아토스는 혁대에서 권총을 뽑아 도화선이 붙어 있는가를 확인하고나서 차분히 자세를 취하고는 총구를 그리모의 귀 옆에 접근시켰다.
그러자 그리모는 용수철처럼 벌떡 일어났다.

아토스는 손바구니를 들고 앞에서 걸으라는 신호를 했고 그리모는 명령에 따랐다.

이 일순간의 몸짓에서 그리모가 얻은 것은 그 위치가 맨 뒤에서 선두로 옮겨졌다는 것뿐이었다.

보루에 도착하고나서 네 사람은 뒤를 돌아보았다.

우리 편 진영의 입구에 삼백 명 이상의 병사가 모여 이쪽을 보고 있었다. 약간 떨어진 한 무리 속에 부지니와 용기병, 스위스 용병, 또 한 사람의 내기 동료가 서 있는 것이 보였다.

아토스는 모자를 벗어 검 끝에 걸고는 하늘높이 흔들었다.

저쪽 관중도 그 인사에 응답하면서 이쪽에 들릴 만큼 커다란 환성을 질렀다.

그 후 네 사람의 모습은 그리모가 맨 먼저 들어가 있는 보루 속으로 사라졌다.

47. 총사의 밀담

 아토스의 예언대로 보루에는 적과 이쪽 편을 합해서 십이 구의 시체만 있었다.
 그리모가 식사 준비를 하고 있는 동안에 이 일행의 지휘자격인 아토스가 말했다.
 「자 모두, 이 총과 탄약을 모으자구. 일을 하면서 이야기는 충분히 할 수 있으니까. 이 망자들(하고 가리키면서)은 물론 들을 수 없겠지.」
 「이건 바깥 수로에 던지는 게 좋겠네. 물론 호주머니를 잘 조사하고 말이지…….」 하고 폴토스가 말했다.
 「그것은 후에 그리모가 할 거야.」
 「그럼, 그리모에게 조사하도록 하고 어서 벽 저쪽으로 팽개쳐 버리자구.」
 다르타냥이 이렇게 말하는 것을
 「아니야, 그렇게 안 하는 게 좋아. 이들 시체는 우리들에게 도움이 될지도 모르니까.」 아토스는 만류했다.
 「시체가 도움이 된다구? 터무니없는 소릴 하는군.」 폴토스는 어이없다는 표정을 지었다.
 「〈성급한 판단은 하지 말라.〉 이것은 복음서의 가르침이라고 했는데 추기관님도 그렇게 말했다구. (아토스는 침착했다.) 총은 몇 자루인가?」
「열둘.」 아라미스가 대답했다.
「탄환은?」
「백 발 정도.」
「마침 안성 맞춤이군. 좋아. 장탄을 하자구.」
네 사람은 그 일에 착수했다. 장탄이 끝남과 동시에 그리모는 식사 준비가 끝났다고 알렸다.
아토스는 고개를 크게 끄덕여 보인 다음 일종의 고추가루 단지 모양을 손짓으로 해 보였다. (고추가루 용기는 그 모양이 같은 성벽의 감시대의 뜻이기도 하다.) 그리모는 얼른 보초를 서라는 것으로 납득했다. 아토스는 무료함을 달래라는 뜻에서 빵과 고기 조각과 포도주 한 병을 들려 보냈다.
「그럼, 이제부터 식사를 시작하자구.」
네 사람의 친구는 땅바닥에 터키 인이나 돌을 자르는 석공들처럼 책상다리를 하고 앉았다.
「이제는 타인의 귀가 곁에 없으니까 빨리 그 이야기라는 것을 듣고 싶군.」 다르타냥이 말했다.
「어때? 유쾌한 것과 공명과, 일석 이조의 기회를 잡았다고 귀공들은 생각지 않나? (아토스는 입을 열었다.) 기분 좋은 산책을 했고, 이렇게 훌륭한 요리가 눈앞에 있고. 그리고 아득한 저 먼 곳에서는 이 총안을 통해 보면 알 수 있듯이 오백 명이나 되는 인간들이 우리를 미치광이쯤으로 생각해서인지, 아니면 영웅으로 생각해서인지 어쨌든 감탄하고 있거든. 둘다 비슷비슷한 것이지……」
「그래서, 그 이야기란?」 다르타냥은 또 재촉했다.
「이야기라구? 그건 말야. 어젯밤 나는 밀레이디를 만났다구.」
다르타냥은 마침 잔을 입가로 가져가던 찰나였는데 밀레이디란 이름을 듣자 손을 어찌나 떨던지 그것을 내려 놓지 않으면 쏟아질 것만 같았다.
「귀공의 전처……?」

「쉿! (아토스가 입을 막았다.) 이 친구들에겐 아직 가정 사정에 대해 털어놓지 않았다는 것을 잊어서는 안 돼. 내가 만난 것은 밀레이디야.」

「어디서?」

「여기서 약 이십 리쯤 떨어진 곳, 〈빨간 비둘기집〉이라는 작은 여관에서지.」

「그렇담 이제 난 살아날 수 없겠군.」 다르타냥이 말했다.

「아니야. 아직 그렇게 비관하지 않아도 되네. 그 여자는 지금쯤 이미 프랑스의 해안을 떠나 있을 테니까.」

다르타냥은 후유 하고 한숨을 내쉬었다.

「그런데, 그 밀레이디인가 하는 여자는 어떤 인간이야?」 폴토스가 옆에서 물었다.

「굉장한 미인이지. (아토스는 포도주를 한 모금 맛보고는). 음, 괘씸한 주인 놈! 샴페인이라 하고는 앙주 술을 넣었군. 그것으로 우리들을 속인 줄로 생각하다니, 한심한 놈이야. 실은, 그 미인이 처음엔 다르타냥에게 여러 가지로 친절히 해 주었는데, 이 사나이가 무슨 배은 망덕한 짓을 한 모양이야. 그래서 여자는 복수하려고 한 달 전에는 자객을 매복시켜 죽이려 했고, 팔 일 전에는 독살하려고 했는데, 바로 어제는…… 추기관에게 이 사내의 목을 달라고 청원한 거야.」

「뭐? 내 목을 추기관에게 달라구?」 다르타냥의 얼굴이 새파래졌다.

「그렇다구. 그것은 신에게 맹세코 거짓이 아니야. 내 귀로 들었으니까.」 폴토스가 말했다.

「나도 들었다구.」 하고 아라미스도 거들었다.

다르타냥은 낙담한 것처럼 팔을 축 늘어뜨리고는

「그렇다면 이 이상 바둥거려도 소용이 없겠군그래. 차라리 자살함으로써 결말을 내는 편이 좋겠지…….」

「그거야말로 어리석은 짓이지. 점점 더 우리의 손에 맞지 않는 결과를 가져오게 되니까.」
「하지만, 어차피 내가 도망칠 길은 없는 게 아닌가. 그런 강자를 적으로 가지고서야. 처음에는 망에서 만난 수수께끼의 사나이. 다음에는 내가 깊은 상처를 안겨주었던 왈드 백작, 그리고 비밀을 들춘 밀레이디, 마지막으로 원한을 사게 된 추기관…… 이런 실정이니까.」
「뭐 괜찮다구. 마침 적은 네 사람이 아닌가. 우리들도 네 사람. 즉 일 대 일의 승부인 거야. 자, 저걸 보게. 그리모가 무슨 신호를 하고 있는데, 어쩌면 별도의 적이 나타난 것 같군. 그리모! 왜 그래? (아토스는 소리쳐 불렀다.) 다급한 경우이니까 특별히 말하는 것을 허락해 준다. 그러나 가급적 간결하게 말해야 한다. 뭐가 보인다는 거냐?」
「적의 1개 부대가.」
「몇 사람 정도냐?」
「이십 명.」
「어떤 놈들이야?」
「십육 명의 인부와 네 명의 병사.」
「거리는?」
「오백 보.」
「좋다! 아직은 이 새고기를 먹고 귀공의 건강을 위해 한 잔 할 시간은 있다구, 다르타냥!」
「자네의 건강을 위해!」 폴토스와 아라미스가 말했다.
「그럼, 나도 한 잔, 나의 건강을 위해! 하지만 귀공들이 이렇게 애를 써서 축복해 준다 해도 나의 건강에는 별로 도움이 될 것 같지 않네만.」
「뭐, 걱정말게나. 신은 위대한 거야. 마호메트교의 신자들의 말처럼 말이지. 앞으로의 일은 완전히 신의 손 안에 달려 있는 것이니까.」
이렇게 말하고 아토스는 단숨에 술잔을 비우고는 벌떡 일어났다. 그리고는 가까운 곳에 있는 총을 들고 총알이 있는 곳으로 갔다.

폴토스, 아라미스, 다르타냥도 그대로 따랐다. 그리모는 뒤로 물러나서 장탄하는 역할을 지시받았다.

조금 후에 적의 모습이 보였다. 그들은 도시와 보루를 연결하고 있는, 수로가 된 좁은길을 따라 오고 있었다.

「뭐야. 저따위 곡괭이와 삽과 풀을 베는 괭이를 가진 이십 명 정도의 건달같은 사내들, 저 따위를 우리가 상대할 수 있겠나. 그리모가 돌아가라고 신호했더라면 좋았을 거야. 그렇게 했더라면 틀림없이 돌아가 버렸을 건데.」

「글쎄, 나는 그렇지는 않을 것 같이 생각되는 걸. 저렇게 결연한 모습으로 이쪽을 향해 오고 있으니까. 거기에다 인부 외에 네 사람의 의젓한 병사와 대장인 사내가 총을 가지고 있어.」 다르타냥이 말했다.

「우리들의 모습을 보지는 못했겠지.」 하고 아토스가 돌아보며 말했다.

「솔직히 말해서 나 역시 저렇듯 약해 보이는 시민을 총으로 쏜다는 것은 싫군그래.」 아라미스가 고백했다.

「이교도를 동정하다니 나쁜 사제군.」 폴토스가 놀렸다.

「아니 아라미스의 말은 지당한 거야. 내가 한 번 경고해 주겠다.」 이렇게 말하고 아토스가 그곳을 떠났다.

「이봐! 어쩔 셈인가? 총알을 맞게 돼.」

다르타냥이 걱정하는 것으로 아랑곳하지 않고 아토스는 두 손에 총과 모자를 들고 보루의 갈라진 곳으로 올라갔다.

「거기 오고 있는 분들에게 약간 말하겠다.」 갑자기 나타난 사람의 모습에 놀라 보루에서 오십 보 정도 떨어진 곳에 우뚝 멈춰선 인부와 병사의 일행에게 아토스는 소리쳤다. 그리고 정중하게 목례하고는 말을 계속했다. 「우리들은 이 보루 안에서 지금 아침 식사를 하고 있는 중이다. 아시다시피 대개의 경우 아침 식사 중에 방해를 받는 것처럼 불쾌한 일은 없는 것이다. 그래서 귀공들에게 부탁하는 것이네만, 굳이 이곳에 용무가 있다면 우리들의 식사가 끝날 때까지 기다리든가, 아니면 다음에 다시 왔으면 한다. 만약 귀공들에게 반기(叛旗)밑을 떠나 우리와 함께 프랑스 국왕의 건강을 위해 잔을 들겠다는 솔직한 기분이 솟지 않는다면 그렇게 하라는 말이지만…….」
「아토스! 조심해라! 놈들이 총을 겨냥하고 있는 것이 보이지 않는가.」 다르타냥이 소리쳤다.
「알고 있다. 알고 있다구. 상대는 총 따위 만져 본 적도 없는 시민인 거야. 결코 맞출 가망은 없는 것이니까.」
그렇게 말하고나자 곧 네 개의 총에서 발사한 탄환이 아토스의 근방에 떨어졌다. 하지만 한 방도 맞지는 않았다.
그와 거의 동시에 이쪽에서 네 발의 탄환이 날아갔다. 이것은 공격수보다 조준이 정확했던 모양으로 세 사람의 병사가 털썩 쓰러졌고 인부 한 사람이 상처를 입었다.
「그리모! 총을 바꿔라.」 아토스는 여전히 보루 위에 선 채로 고함쳤다.
그리모는 곧 지시에 따랐다. 한편 다른 세 사람도 다시 장탄했고 두 번째 사격이 이어졌다. 지휘자인 사내와 또 두 사람의 인부가 즉사하였고 나머지는 혼비 백산해서 도망치기 시작했다.
「자, 돌격!」 아토스가 호령했다.
네 사람은 일제히 보루에서 뛰어나와 적이 있던 곳까지 뛰어가, 쓰러진 병사의 총 네 정과 대장의 단창을 거두었다. 그리고 패주병이 도시까지 줄곧 뛰면서 도망쳐 가는 것을 확인하고는 전리품을 가지고 보루로 철수했다.
「그리모! 총에는 탄환을 장전해 두어라. 그리고 우리들은 식사를 하면서 다시 이야기를 계속하기로 하자구. 그런데 어디까지 이야기했더라?」
「난 잘 기억하고 있다구.」 다르타냥은 밀레이디의 행방이 가장 궁금했다.
「그 여자는 영국에 간 거야.」 아토스는 말했다.
「가는 목적은?」

「버킹검을 자신의 손으로, 아니면 남의 손을 빌어 암살하기 위해서이지.」

다르타냥은 놀람과 분노가 섞인 탄성을 질렀다.

「어쩌면 그렇게 비인간적인!」

「어쨌든 그 문제에 대해선 나는 마음에 두지 않고 있는 거야. 어이, 그리모. 넌 일이 끝났으면 저 전리품으로 가져온 단창에다 냅킨을 달아 보루 위에다 세워 두어라. 라 로셸의 반군 놈들에게 이곳에 있는 것은 폐하의 충성스럽고 용감한 사졸들이라는 것을 잘 볼 수 있어 좋을 테니까.」

「어째서 귀공은 버킹검 공이 암살되는 것 등은 마음에 두지도 않는다고 말하는 겐가? 공작은 우리들에게 호의를 가지고 있는 사람이야.」

「공작은 영국인이고, 그 공작과 우리들은 현재 싸우고 있지 않은가. 그 여자가 공작을 어떻게 요리하든 나에겐 비어 있는 술병처럼 관심이 없는 것이라구.」

이렇게 말하면서 아토스는 마지막 한 방울까지 잔에 따르고는 빈 병을 획 하고 앞에다 내던졌다.

「잠깐, 난 버킹검 공을 그렇게 냉담하게 생각할 순 없다. 그 사람은 우리에게 훌륭한 말을 준 사람이기도 하니까.」

「게다가 훌륭한 안장까지 말이지.」

폴토스는 지금도 그 안장의 장식용 끈을 외투에 달고 있었다.

「신은 죄인의 회개를 바라고 있는 거지 죽음은 아니다.」 아라미스까지 이렇게 말했다.

「아멘. (아토스는 그에 답했다.) 정말, 귀공들이 그런 생각이라면 이 문제는 다시 생각하기로 하자구. 하지만 지금 가장 중요한 것은, 보게나 다르타냥! 귀공도 같은 생각인 것으로 믿지만, 그 여자가 추기관에게 떼를 써서 손에 넣은 서명한 종이 쪽지인 거야. 그것으로 그 여자는 귀공, 아니지, 우리들 모두를 깨끗이 처치하고, 자신은 벌을 받지않고 흐뭇한 표정을 짓고 있을 수가 있는 것이지. 그것을 먼저 탈취하지 않으면 안 돼.」

「정말 그 여자는 악마와 같은 년이군.」 폴토스는 아라미스가 자르고 있는 새고기 쪽으로 접시를 내밀면서 이를 갈았다.

「그럼, 그 서명된 종이는? 그 종이는 아직 그 여자의 손에 있는가?」 다르타냥이 물었다.

「아니야. 정확하게 내 손으로 건너와 있지. 솔직히 말해서 약간 힘은 들었지만.」

「아토스! 고맙네. 귀공에게는 이것으로 몇 차례 목숨을 구원받았는지 셀 수가 없을 정도군.」 다르타냥은 자신도 모르게 부르짖었다.

「그럼, 그때 우리 곁을 떠났던 것은 여자를 만나기 위해서였군.」 아라미스는 기억해 내면서 말했다.

「그렇지.」

「그래서 그 추기관이 건네준 종이는 가지고 있나?」 다르타냥은 물었다.

「이거야.」

아토스는 제복의 주머니에서 그 귀중한 종이 쪽지를 꺼냈다.

다르타냥은 떨리는 것을 숨길 여유도 없는 손으로 펴서 읽었다.

『이 종이 쪽지를 소지한 자가 한 짓은 나의 명령에 의해, 또한 국가의 이익을 위해 한 것이다.

1627년 12월 3일
리슐리외』

「과연, 이것은 사면장으로서 더할 나위 없는 것이군.」 아라미스가 말했다.

「찢어 버리자구.」 자신의 사형 선고를 읽는 것과 같은 기분으로 보고 있던 다르타냥은 말했다.

「천만에, 천만에. 이것은 소중하게 간직하고 있지 않으면 안 된다.

아무리 돈을 많이 쌓아가지고 온다 해도 나는 이것을 내어주지 않을 작정이니까.」아토스는 당황해 하면서 다르타냥을 막았다.

「그럼, 앞으로 그 여자는 어떻게 할 생각일까?」청년의 마음에서는 아직도 불안이 가시지 않는 것 같았다.

「그거야, (아토스는 태연히) 그 여자는 곧 추기관에게 편지를 써서 아토스라는 괘씸한 총사에게 폭력으로 여행증을 빼앗겼다고 보고하겠지. 그리고 거기에다 덧붙여서 이 사내와 다른 두 사람, 폴토스와 아라미스도 이래저래 처치해 버리는 것이 좋겠다고 꾀를 가르쳐 주겠지. 추기관도 그날 밤 도중에서 만났던 것은 이들 패거리였다고 기억해 낼 테고. 그래서 먼저 다르타냥이 체포되고…… 혼자서 지겹지 않도록 해 주겠다는 심정에서 우리도 바스티유로 보내지는 것이 순서가 아닐까.」

「처, 천만에. 농담 말라구」폴토스가 말했다.

「난 농담 따윈 하고 있지 않아.」

「아무튼 그 집념이 강한 밀레이디라는 여자의 가느다란 목을 죄는 편이 이 신교도를 괴롭히는 것보다 훨씬 죄가 가볍지 않을까 하고 나는 생각한다구. 이 친구들은 우리가 라틴 어로 부르는 찬송가를 프랑스 어로 노래한다는 것 외에는 그다지 죄도 없는 것 같으니까 말야.」

「사제의 의견은?」아토스가 침착한 자세로 물었다.

「난 폴토스의 의견에 찬성한다.」아라미스는 곧 대답했다.

「나도 그렇다구.」다르타냥도 덧붙였다.

「하긴 먼 곳으로 쫓아 버린 것이 다행이었다구. 솔직히 말해서 나 역시 그런 여자가 가까이에 있다는 건 기분이 좋지 않거든.」

폴토스가 이렇게 말하자

「프랑스에 있거나 영국에 있거나 나에겐 역시 거추장스럽다구.」아토스가 중얼댔다.

「나로선 이제 그 여자가 어디에 있든 불안한 거야.」다르타냥은 이렇게 말했다.

「귀공! 그 여자를 붙들었으면서 왜 바다에 던지든가, 목을 졸라 죽이든가 하지 않은 건가? 두 번 다시 오지 않는 것은 죽은자뿐인데 말야.」
 포르토스가 의아하게 생각하는 것에 대해 아토스는 다르타냥 혼자밖에 모르는 어두운 미소를 띄우면서
 「그렇게 생각하나? 포르토스!」하고 말했다.
 「…… 나에게 약간 생각이 있네.」다르타냥이 별안간 말했다.
 「어떤 건네?」
 「적입니다요.」그때 그리모가 소리쳤다.
 네 사람은 황급히 일어나서 총을 잡았다.
 이십여 명 남짓이 전진해 오고 있었다. 이번에는 인부 따위가 아니라 어엿한 병사들뿐이었다.
 「진영으로 철수하는 게 어떨까? 인원수가 비슷하지 않은 것 같으니까.」포르토스가 말했다.
 「그렇게 할 수 없는 이유가 세 가지 있지. 첫째, 우리는 아직 식사가 끝나지 않았고, 둘째는 아직 중대한 상담이 남아있다. 그리고 셋째는 약속한 시간보다 아직 십 분이 이르니까.」
 「아무튼, 전략을 짜 두자구.」아라미스가 제의했다.
 「간단한 거야. 적이 착탄 거리에 들어오면 곧 발사한다. 그래도 전진해 오면 다시 쏜다. 탄환이 바닥날 때까지 쏘는 거야. 그리고 남은 병사가 보루를 공격해 오면 그들이 수로에 들어갈 때까지 기다렸다가 이 흔들흔들 하는 보루의 벽을 놈들의 머리 위로 쓰러뜨린다…….」
 「과연! 아니, 아토스. 귀공은 분명히 대장의 재목이야. 저 훌륭한 대 전술가인 척하고 있는 추기관 따윈 귀공의 발밑에도 미치지 못할 걸세.」포르토스가 칭찬해마지 않았다.
 「모두, 효과가 없는 짓은 피하는 거다. 각자 한 사람씩 조준해서.」아토스가 주의를 주었다.
 「난 과녁을 정했다.」다르타냥.

47. 총사의 밀담

「나도 조준하고 있다.」 폴토스.
「이쪽도 괜찮다.」 아라미스.
「쏴랏!」
아토스의 지휘 아래 네 개의 총구에서 불이 일었다. 그 순간 네 사람이 쓰러졌다.
곧장 진고가 울려퍼졌고 공격수가 돌격의 보조로 전진해 왔다. 그런 다음에는 다만 난사의 빗발이었지만 조준은 빗나가지 않았다. 그러나 이쪽의 세력이 약하다는 것을 알고 있는지 반도의 무리는 조금도 기세가 꺾이지 않은 채 뛰어 오고 있지 않은가.
세 방에 두 사람 꼴로 쓰러졌지만 살아 남은 병졸은 조금도 보조를 늦추지 않았다.
보루 밑에 왔을 때 적은 아직 십오 명 정도 남아 있었다. 최후의 일제 사격을 받았으나 전혀 굴하지 않고 텅빈 수로에 뛰어들어 벽을 기어오르려고 했다.
「자, 단숨에 처치해 버리자구. 벽이다! 벽이다!」
네 사람에다 그리모도 힘을 합해 총의 개머리판으로 벽의 커다란 일각을 밀기 시작했다. 두꺼운 벽은 바람에 밀린 것처럼 휘었고 토대에서 벗어나 마침내 요란한 소리를 내면서 수로 속으로 무너져 내렸다. 동시에 커다란 비명이 올랐고 토사의 연기가 하늘을 덮었다.
「최후의 한 놈까지 압살되었을까?」 얼마 후 아토스가 입을 열었다.
「그렇게 되었다고밖엔 생각할 수 없군.」 다르타냥이 끄덕였다.
「아니야. 저걸 보게나. 다리를 절면서 도망가는 놈이 있다구.」
폴토스의 말대로 두세 명의 병사가 흙과 피로 뒤덮인 가엾은 몰골로 움푹한 길을 따라 도시 쪽으로 도망치고 있는 것이 보였다.
아토스는 시계를 꺼내 보았다.
「좋아! 이제 꼭 한 시간이다. 이것으로 내기는 이긴 거다. 하지만 약간은 여유를 보여 줘야지…… 그리고 다르타냥의 생각이라는 것을 아직 듣지 않았으니까 말야.」

총사는 평소와 같은 침착성을 되찾고 다시 남은 음식 앞에 앉았다.
「나의 생각?」 다르타냥은 뜻밖이라는 표정을 지었다.
「그래, 아까 생각한 것이 있다고 했으니까 말야.」
「아, 생각났군. 이거야. 즉 내가 다시 영국으로 건너가서 버킹검 공을 만나 보는 것이 어떨까 하는 건데.」
「그건 안 돼.」 아토스는 냉엄하게 말했다.
「왜 안 된다는 거지? 요전에도 그렇게 해서 갔지 않았나?」
「그땐 그랬지. 하지만 그때는 나라와 나라가 전쟁은 하고 있지는 않았어. 버킹검 공은 이쪽의 편일망정 적은 아니었거든. 지금 그런 일을 해 봐. 귀공은 반역죄로 몰린다.」
다르타냥은 이치에 맞는 말에 밀려 한 마디도 못했다.
「나에게…… 생각난 것이 있는데」 이번에는 폴토스가 말했다.
「근청! 폴토스의 생각을 위해.」 하고 잠자코 듣고만 있던 아라미스가 말했다.
「구실은 어떻게 하든 귀공들이 생각하기로 하고, 내가 트레빌 경에게 요청해서 휴가를 받는 거야. 밀레이디는 나를 모를 게 아닌가. 그래서 저쪽의 허를 찔러 어떻게든 접근하는 거지. 그리고 일단 붙들리게 되면 즉시 목을 졸라 버린다.」
「음, 폴토스의 생각은 그다지 나쁘지 않은 것 같군.」 아토스가 중얼댔다.
「왜 여자를 죽이는 건가! 아니, 그건 안 돼. (아라미스는 당황한 투로 만류했다.) 이 나에게도…… 아니, 나에게 아주 좋은 생각이 떠올랐어.」
「그걸 말해 보게나. 아라미스.」 아토스는 이 젊은 총사의 의견을 존중하고 있는 것 같았다.
「왕비에게 먼저 알려 드리지 않으면 안 된다고 생각한다.」
「딴은, 그렇겠군! 그것이 좋겠다.」 다르타냥과 폴토스의 입에서 일제히 같은 말이 새어나왔다.
「왕비에게 알려 드린다구? (아토스는 고개를 갸웃거렸다.) 어떤 방법으로 말인가? 우리에게 궁중에 아는 사람이라도 있다는 건가?
진영내에서 아무도 모르게 사자를 파리까지 보낼 수 있다고 생각
하나? 이곳에서 파리까지는 무려 천오백 리나 된다구. 보낸 편지가
앙주에 도착하기도 전에 우리들은 지하 감옥에 처넣어지고 말 것
이네.」

「편지가 무사히 왕비의 손에 들어갈 수 있도록 하는 일은……
(아라미스는 얼굴을 붉혔다.) 내가 맡기로 하겠네. 슬에 내가 아는
사람으로 영리하게 일을 해 줄 사람이…….」

아토스가 빙긋이 웃는 것을 보고 아라미스는 입을 다물었다.

「아토스! 귀공은 역시 반대겠지. 이 방법에 대해서도?」다르
타냥이 곁에서 물었다.

「아냐, 전적으로 반대하는 것은 아니지. 다만 아라미스에게 하고
싶은 말은 우리에게 있어서 진영을 떠나는 것은 불가능하다는 거야.
그렇다고 다른 사람에게 맡길 수도 없지. 우리 외에는 아무도 안심할
수가 없거든. 사자를 보내고나서 두 시간 후에는 추기관님의 앞잡
이인 누군가가 그 편지의 문구를 암기해 버리고 말 거다. 그리고
아라미스도, 그 〈영리하게 일을 해 줄 사람〉도 모두 체포되고 말
것이란 거지.」

「그런데다 (폴토스가 덧붙였다.) 그렇게 해서 왕비의 힘으로 버킹검
공은 구할 수 있을지 모르지만 우리들쪽은 조금도 구원받을 수
없거든.」

「음, 폴토스의 말은 매우 중요한 점을 지적했군.」다르타냥이
말했다.

「아니, 도시 쪽에서 들려오는 저 소리는 뭐지?」아토스가 돌아다
보았다.

「진군의 북소리 같군.」

네 사람은 가만히 귀를 기울였다. 분명히 진고의 울림이 귀에
전해져 왔다.

「드디어, 1개 연대의 적이 진격해 오는 모양이군.」아토스가 말

했다.
「1개 연대를 맞아 싸울 생각은 없을 테지.」
「왜 없다는 식으로 말하나? 난 기운에 넘친다. 적의 전병력이라도 맞아 싸울 기분이라구. 다만 애석한 것은 열두 병 정도 술을 더 준비하지 않았다는 것이야.」
「이봐, 북소리가 점점 가까워지고 있다구.」 다르타냥이 주의했다.
「멋대로 가까워지게 내버려 두는 거지. (아토스는 태연했다.) 도시에서 여기까지 십오 분은 걸리는 거리야. 우리들이 진지로 돌아가는 것보다 어차피 시간은 더 걸릴 거야. 일단 이 장소를 나가면 다시는 이렇게 좋은 장소를 발견할 수 없을 게다. 잠깐 나에게 좋은 생각이 떠올랐어.」
「어서 듣자구.」
「먼저 그리모에게 급한 용무를 지시해 주고나서.」
아토스는 부하를 불렀다.
「그리모, (아토스는 보루 안에 쓰러져 있는 시체를 가리키면서) 이놈들을 가지고 가서 보루의 벽에다 세워 두는 거다. 그리고 의젓하게 모자를 씌우고 총을 가지게 하구 말이지.」
「훌륭해!」 다르타냥은 손뼉을 쳤다.
「귀공, 알았나?」 하고 폴토스.
「넌 알았겠지?」
아라미스가 말하자 그리모는 잠자코 고개를 끄덕였다.
「자, 이것으로 됐다. 내 생각이라는 것을 말하기로 한다.」 이렇게 말하고 아토스는 다시 자세를 바로했다.
「그런데, 어떤 일인지 나는 분명히 알고 싶어.」 폴토스는 아직도 납득이 가지 않았다.
「몰라도 되는 거야.」
「그렇구말구. 먼저 아토스의 생각을 듣자구.」 다르타냥과 아라미스가 이구 동성으로 말했다.
「저 밀레이디라는 악마와 같은 여자에게는 시숙이 있다고 했지.

다르타냥 ? 」

「그렇지. 난 알고 있어. 그 사람은 제수씨를 그다지 좋아하지 않는 것 같다는 것도 알고 있다구.」

「그래도 좋아. 싫어한다면 그쪽이 더 사정이 유리한 거구.」

「그렇다면 마침 안성 맞춤이겠군.」

「나는…… 그리모가 하고 있는 일이 무슨 의미가 있는지 알고 싶다구.」 폴토스가 다시 중얼댔다.

「폴토스, 잠자코 있으라니까.」 아라미스가 제지했다.

「그 시숙의 이름이 뭐라고 했지 ?」

「윈텔 경.」

「지금 어디에 있나 ?」

「전쟁이 일어난다는 소문을 듣자 곧 런던으로 돌아갔지.」

「좋아. 이것으로 안성 맞춤인 사람이 생긴 거다. 그 사람에게 사정을 알리지 않으면 안 된다. 제수씨가 누구를 암살할 것 같으니까 눈을 떼지 말고 감시하도록 부탁하는 거다. 런던에도 틀림없이 이곳의 마들로네트(옛날 파리에 있었던, 윤락 생활에서 갱생한 여성을 수용한 성 마들렌파 수도원.)나 부인 감화원 같은 곳이 있다고 생각하네. 그런 곳에 그 여자를 넣도록 하는 거야. 그렇게 되면 우리들도 안전하니까.」

「그곳에서 그 여자가 나올 때까지는 말이지.」 다르타냥이 말했다.

「이봐, 다르타냥. 귀공의 욕심은 지나치다구. 이것으로 이젠 나의 지혜를 모두 쥐어짠 거야. 바닥을 뒤집은 것이나 다름없다구. 이 이상은 아무것도 없어.」

「아무튼 그것이 최상책이라고 나는 생각한다. 왕비와 윈텔 경에게 동시에 알려 주는 것이 좋을 것 같군.」 아라미스가 이렇게 말했다.

「그런데, 츨과 런던에 보내는 편지는 누구에게 가져 가도록 하나 ?」

「난 바장을 보증한다.」 하고 아라미스가 말했다.

「내 집에 있는 프랑셰도」

「그렇군. 우리들이 진영을 떠날 순 없지만 부하라면 상관없겠군.」 폴토스도 말했다.
「그러니까 오늘 당장 우리들이 편지를 써서 돈을 주어 출발하게 하자구.」
「돈을 준다구? 귀공은 돈이 있는 거야?」
아토스가 이렇게 말하자 네 사람이 모두 얼굴을 마주보았다. 모처럼 환해지려던 이마를 다시 한 조각의 그림자가 어둡게 했다. 그때 다르타냥이 소리쳤다.
「이봐, 저걸 보라구. 저곳에서 꿈틀대고 있는 빨갛고 검은 점은 뭔가. 연대라고 아토스는 말했지만 저것은 무서운 대군이다.」
「그렇군. 드디어 왔군그래. 비겁한 놈들이다. 북도 나팔도 울리지 않고 다가온 것 같군. 이봐, 그리모! 아직 끝나지 않았나?」
그리모는 끝났다는 신호를 하였고, 열심히 지혜를 짜면서 세운 시체를 가리켰다. 어떤 자는 총을 세우고 있고 어떤 자는 조준하고 있는 자세, 또는 검을 뽑고 있는 등 가지각색이었다.
「아주 잘 만들었군. 너의 상상력도 훌륭하구나.」 아토스는 감탄하는 투로 말했다.
「뭐가 뭔지 아직도 잘 모르겠군.」 폴토스는 여전히 투덜대며 말했다.
「아무튼 먼저 출발하자구. 곧 알게 될 테니까.」 다르타냥은 안정이 되지 않았다.
「잠깐, 그리모에게 식사한 것을 치우게 하자구.」
「허어, 빨강과 검은 반점이 눈에 띄게 커졌군. 나도 다르타냥의 말에 동의한다. 이젠 더이상 우물쭈물하고 있을 순 없는 거다.」
「나 역시 퇴각하는 것에 반대하진 않는다. 내기는 한 시간이었는데 벌써 한 시간 반이나 되었으니까. 이젠 돌아가도 상관이 없는 거다. 자, 빨리 나가자구!」
그리모는 손바구니를 들고 먼저 뛰쳐 나갔다. 네 사람도 연달아 밖으로 나갔는데 십이 보쯤 나갔을 때

「이런, 이건 안 되겠는걸.」 아토스가 걸음을 멈추었다.
「뭔가 잊은 것이라도 있나?」 아라미스가 물었다.
「깃발이야. 대기(隊旗)를 적의 손에 넘겨 줄 순 없다구. 설사 그 기가 냅킨이라 할지라도.」

그렇게 말하고 아토스는 다시 보루로 뛰어들어 대 위에 올라가 기를 거두었다. 그때 마침 라 로셀 군은 탄환이 도달하는 거리에 와 있었기 때문에 갑자기 나타난 만용의 사나이에게 이건 잘 됐다 생각하고 격렬한 사격을 가했다.

아토스는 빙그르르 돌아 적에게 등을 돌리고 아군의 진영 쪽에 목례하고는 기를 흔들어댔다. 양쪽에서 성난 소리와 찬탄하는 소리가 동시에 일어났다.

다시 적탄이 비오듯 하고는 냅킨에 세 군데 구멍이 뚫려 마침내 진짜 군기처럼 되었다. 진영에서 일제히 『내려오라, 내려오라!』 하고 고함치는 소리가 들렸다.

그제서야 아토스가 내려왔기 때문에 조마조마했던 동료들은 후유 하고 겨우 마음을 놓았다.

「자, 뛰자구, 아토스. 뛰자구. 이젠 돈을 제외하고는 모두 찾았으니까 여기서 죽으면 아무 보람이 없잖은가.」 다르타냥은 이렇게 말했다.

그러나 아토스는 아무리 곁에서 재촉해도 유유 자적한 태도로 걸음을 빨리하지 않았기 때문에 할 수 없이 다른 사람도 그와 나란히 걸었다.

그리모와 손바구니는 그와는 상관없이 치달아 모두 착탄 거리를 벗어나고 있었다.

곧바로 격렬한 난사가 뒤에서 들려왔다.
「저건 뭐야? 무얼 노리고 있는 거지? 이곳에는 전혀 날아오지 않고 있지 않은가.」 폴토스가 의아해 했다.
「저 시체를 쏘고 있는 거야.」
「하지만 죽은 사람이라면 반응이……」

「없는 거지. 그래서 놈들은 복병이라도 있지 않을까 해서 주저하고 있는 거야. 척후병을 보내고서야 비로소 장난이었다는 것을 알게 되겠지. 그런 짓을 하고 있는 사이에 우리는 무사히 탄환이 미치지 않는 곳에 도착할 수 있을 거구 말야. 무턱대고 서두르다가 늑막염을 앓을 필요가 없다는 것은 말하자면 이런 거라구.」

「이제야 알겠네.」 폴토스는 비로소 밝은 얼굴이 되었다.

「그럼 됐다구……」 아토스는 이렇게 말하고 어깨를 으쓱했다.

얼마 후 다시 사격하는 소리가 들려왔다. 이번에는 탄환이 네 사람의 발밑에 있는 자갈에 튕겼고 귀 곁을 바람을 가르면서 날아갔다. 적은 마침내 보루를 탈환했던 것이다.

「꽤나 얼빠진 놈들이군. 우리가 쓰러뜨린 것은 몇 명이지? 열두 명인가?」 아토스가 물었다.

「열다섯 명 정도일 거야.」

「벽 밑에 깔린 놈은?」

「팔,구 명이었지 아마.」

「그에 비해 이쪽은 찰과상 하나 없다는 거군. 아니 그렇지도 않군. 다르타냥! 그 손은 어떻게 된 건가? 피가 흐르고 있지 않은가?」

「아무것도 아니야.」

「유탄인가?」

「아니.」

「그럼 뭔가?」

전에도 말했지만 아토스는 다르타냥을 어린아이처럼 돌보고 있기 때문에 그 우울하고 무관심한 것 같은 성격이 이 젊은이에게만은 아버지와 같은 배려를 나타내곤 했다.

「스쳐서 껍질이 벗겨진 거라구. 반지 낀 손가락이 돌벽 사이에 끼었던 거야. 그래서 껍질이 약간 찢어졌을 뿐이야.」

「반지같은 것을 가지고 있으면 자칫 그런 일이 일어나는 거야.」 아토스는 그것 보라는 투로 말했다.

「그래, 그래! 다이아몬드가 있다. 다이아몬드 반지가 버젓이 있는데 돈 걱정 따윌 하다니.」하고 폴토스가 큰소리로 말했다.
「딴은!」하고 아라미스도 생각난 듯이 말했다.
「폴토스, 기특하군! 귀공의 이번 착상은 그리 나쁘지 않아.」
「그렇지. (폴토스는 아토스의 찬사로 기분이 좋아져서) 다이아몬드가 있으니 팔면 되는 거야.」
「하지만…… 이것은 왕비님으로부터 받은 거야.」다르타냥은 말했다.
「그렇다면 더 더욱 명분이 선다. (아토스는 계속해서 설득한다.) 왕비가 애인인 버킹검 공을 구하는 거니까, 이보다 더 합당한 이유는 없다. 그리고 왕비는 편을 들고 있는 우리들도 구하시는 거다. 이것도 지극히 도덕적인 거구. 다이아몬드는 팔기로 하자구. 사제는 어떻게 생각하나? 폴토스의 의견은 알았으니까.」
「내 생각은, (아라미스는 약간 볼을 붉히면서) 그 반지는 애인으로부터 받은 것이 아니다. 따라서 사랑의 증표가 아니니까 다르타냥이 그걸 처분하는 것에는 지장이 없겠지…….」
「정말, 멋있군. 과연 신학 바로 그 자체와 같은 말이 아닌가. 그래서 결국 의견으로서는…….」
「다이아몬드를 파는 거야.」아라미스는 대답했다.
「좋아, 다이아몬드를 처분하겠다. 그리고 더 왈가 왈부할 것은 없다.」다르타냥은 시원스런 음성으로 승낙했다.
아직도 사격은 계속되고 있었지만 네 사람은 이젠 안전지대를 걷고 있었기 때문에 라 로셀 군은 다만 자위를 위해 쏘고 있는 것에 불과했다.
「폴토스가 좋은 말을 해 주어서 마침 잘 되었군. 벌써 진영에 왔으니까 말야. 이제부터는 이 문제에 관해서는 한 마디도 하지 않기다. 저렇게 저쪽에서 보고 있다. 이제 곧 곁에 와서 헹가래치겠지.」
과연, 진영내는 큰 소동이 일고 있었다. 이천 명 이상이나 되는 사람들이 무슨 연극이라도 구경하듯 네 사람의 대담한 거동을 지켜보고 있었다. 물론 이 만행의 참뜻은 아무도 추측할 수 없었다.

근방에는 온통 『근위 만세!』 『총사 만세!』의 함성밖에 들리지 않았다. 부지니는 맨 먼저 뛰어와서 아토스의 손을 잡고 내기에 자신이 패했다는 것을 솔직히 시인했다. 용기병과 스위스 병이 다음에 다가왔고 그 후에는 대의 모두가 몰려왔다. 축사와, 악수와 포옹이 끊이지 않았고 적의 얼빠진 짓을 비웃는 욕설이 언제까지고 멎지 않았다. 너무나 소란이 컸기 때문에 추기관은 반란이라도 일어났는가 해서 경호장인 라 우디니엘을 시켜 알아보라고 했다. 그래서 그 사건은 감격에 들뜬 말로 전해졌다.
 「왜들 그랬나?」 추기관은 라 우디니엘이 돌아오기를 고대하고 있던 모양으로 다급하게 물었다.
 「이렇습니다. 근위 총사 세 사람과 한 사람의 경호사가 부지니님과 내기를 하고는 생 제르베 보루에 가서 아침 식사를 하면서 두 시간이나 적을 방어하고 있었던 것 같습니다. 적은 다수의 사상자를 냈다는 이야깁니다.」
 「그 세 사람의 총사 이름은 알아 보았나?」
 「아토스, 폴토스, 아라미스입니다.」
 「언제나 그렇듯이 또 그 세 사람이군!」 추기관은 중얼댔다. 「그리구, 경호사는?」
 「다르타냥입니다……」
 「또 그 젊은 난폭자군! 아냐, 이건 어떻게 해서든 그 네 사람을 이쪽 사람으로 만들지 않으면 안 되겠다.」
 그날 밤 추기관은 트레빌 경에게 진중의 어디에서나 화제가 분분한 오늘 아침의 공명에 대해 이야기했다. 트레빌 경은 네 사람으로부터 직접 사건의 경위를 소상히 듣고 있었기 때문에 그것을 그대로 ——냅킨 깃발에 관한 에피소드까지 말해 주었다.
 「재미있군. 어떻소이까, 트레빌 경. 그 냅킨을 나에게 주지 않겠습니까? 그 천에다 황금의 백합을 세 개 수놓게 해서 당신의 총사대의 작은 깃발로서 드리겠소이다.」
 「예하, 그렇게 되면 경호사 쪽에 약간 미흡한 데가 있는 것 같아

안 됐다는 생각이 듭니다만. 다르타냥은 우리 대가 아니구 에살 후작 소속인 자니까요.」

「그렇다면 차라리 그 젊은이를 당신의 편에 넣는 것이 좋지 않겠소? 그들 네 사람의 사이가 그토록 좋은데 같은 대에 근무하도록 하지 않는 것은 불합리하지요.」

그날밤 안으로 트레빌 경은 이 기쁜 소식을 세 사람의 총사와 다르타냥에게 전했고 다음날 오찬에 오도록 초대했다.

다르타냥은 기쁨으로 들떠 있었다. 이 세상에서의 그의 유일한 꿈은 총사가 되는 것이었기 때문이다.

세 친구도 기쁨을 함께 해 주었다. 다르타냥은 흥분으로 사뭇 얼굴을 빨갛게 물들이고는 아토스에게 이렇게 말했다.

「정말 아토스. 귀공은 굉장한 착상을 해 주었어. 귀공 자신도 그렇게 말하고 있었지만, 이렇게 공명도 얻게 되었고, 더욱이 중요한 이야기를 우리끼리만 할 수 있었으니 말야.」

「그 이야기도 앞으로는 경계할 것 없이 이곳에서 할 수 있을 것 같아. 왜냐하면 신의 가호로 우리들은 앞으로 추기관 편이라고 사람들이 생각하게 될 것 같으니까 말야.」

역시 그날 밤 다르타냥은 인사차 에살 후작을 예방하고 승진에 관해서 이야기했다.

평소 다르타냥을 특별히 돌봐주고 있던 후작은 이 기회에 요망사항이 있으면 무엇이든 사양말고 말하라고 했다. 이렇게 대를 옮기는 데는 몸차림 등 비용이 많이 들기 때문이었다.

다르타냥은 사양했다. 그러나 좋은 기회라고 생각했기 때문에 그 다이아몬드를 돈과 바꾸고 싶으니 값을 감정해 주도록 의뢰하고 돌아왔다.

다음날 아침 8시경 에살 후작의 하인이 다르타냥의 처소에 와서 칠천 리블의 금화가 든 주머니를 건네주었다.

이것이 왕비가 준 다이아몬드의 값이었던 것이다.

48. 가정 사정

 아토스는 『가정 사정』이라는 말을 용케 생각해 냈다. 가정내의 사정이라면 추기관도 간섭할 수 없을 것이다. 그 누구의 참견도 용인되지 않는 사적인 일이다. 스스로 생각하고 처리해도 좋을 것이 아닌가.
 이렇게 해서 아토스는 구실을 찾아냈다.──가정 사정.
 아라미스는 착상을 얻었다──부하.
 폴토스는 방법을 생각해 냈다──다이아몬드.
 평소에는 네 사람 중에서 가장 발상이 풍부했던 다르타냥만이 아무것도 생각해 내지 못했다. 밀레이디라는 이름을 듣고나서부터 이 청년은 완전히 무기력해졌던 것이다.
 아니지, 이렇게 말하는 것은 잘못이다. 그는 다이아몬드를 살 사람을 발견했으니까.
 트레빌 경이 베푼 오찬은 유쾌했다. 이젠 다르타냥도 의젓하게 제복을 입고 나왔다. 이것은 아라미스와 몸의 치수가 같기 때문에, 그리고 아라미스는 예의 시 고료를 받았을 때 무어든 둘씩 만들어 놓고 있었으므로 선뜻 한 벌을 친구에게 양도해 준 것이었다.
 오찬이 끝난 후 네 사람은 다시 아토스의 숙사에 모여 상담을 계속하기로 약속하고 헤어졌다.

다르타냥은 그 날 온종일 영내를 돌면서 총사의 제복을 자랑했다. 밤에는 다시 약속한 시간에 네 사람이 모였다. 결정할 것은 이제 이것밖에 없다.

밀레이디의 시숙에게 써 보낼 편지의 내용.

츨의 영리한 사람에게는 어떻게 쓸 것인가.

이 두 통의 편지를 가지고 갈 부하는 누구로 정할 것인가.

모두 자기의 부하를 천거했다. 아토스는 주인이 입을 꿰맨 솔기를 풀어 주지 않으면 절대 입을 열지 않는 그리모의 조심성을 역설하였고, 폴토스는 보통 체격을 지닌 사람이라면 네 사람 정도는 거뜬히 때려눕힐 수 있는 무스크톤의 완력을 자랑했다. 아라미스는 바장의 뛰어난 수완을 세세히 피력하며 칭찬해마지 않았고, 마지막으로 다르타냥은 앞서 영국까지 건너 갔을 때의 프랑셰의 성실하고 근면했던 행동을 모두에게 상기시키면서 그 용감성을 역설했다.

이 네 사람의 장점은 장시간에 걸쳐 이런저런 말이 많았고 화려한 경합을 보였다. 이 양상에 대해서는 잠시 지면을 할애하기로 한다.

아토스가 말했다.

「사실을 말하자면 사자가 될 사람은 이 네 가지 장점을 모두 갖추고 있지 않으면 안 되는 거다.」

「하지만, 그렇게 요긴한 부하가 어디 있겠나?」

「아무 데도 없지. 그건 잘 알고 있어. 그러니까 그리모로 결정하자는 거야.」

「무스크톤이 가야 해.」

「바장이 좋다구.」

「프랑셰를 보내 주게나. 그 사내는 용기가 있는 데다 영리하거든. 이것으로 네 가지 조건 중에서 두 가지는 갖춘 셈이니까.」

「모두에게 말하지만 (아라미스가 말했다.) 중요한 것은 우리 네 사람의 부하 중에서 누가 가장 신중하고 가장 강하고 가장 민첩하고 가장 용감한가, 그것을 알아내는 것이 아니야. 가장 중요한 것은 누가 가장 돈에 욕심이 없느냐 하는 것을 알아보는 것이라구.」
「아라미스가 하는 말은 깊이 음미해 볼 가치가 있다. (아토스가 고개를 끄덕였다.) 그들의 장점을 따지기 전에 단점을 조사해 보는 쪽이 중요한 거야. 사제, 귀공은 과연 심리 연구가답군.」
「그렇지. (아라미스가 계속해서) 즉, 성공하는 것은 말할 것도 없이 중요하지만, 실패하지 않는 것이 더 중요하기 때문에 그런 방향에서 부하를 일하게 하지 않으면 안 될거야. 만약 실패한다면 부하들이 아닌 우리들의 목이……。」
「아라미스, 좀더 낮은 쇼리로 말하게나.」
「그래…… 부하보다 그 주인, 즉 우리 모두의 문제이기 때문에 하는 말이지만, 부하는 우리를 위해 목숨을 바칠 각오가 되어 있을까? 나는 아니라고 생각해.」
「아니, 나의 프랑셰는 충분히 그럴 것으로 생각하는데.」 다르타냥은 말했다.
「그러니까. 그 선천적인 충실성에다 편히 살 수 있을 정도로 많은 돈을 주어 보라구. 그렇게 하면 두 배의 신뢰성을 보여 줄 테니까 말야.」
「아냐. 그렇게 해도 어차피 우리들은 속을 것이 뻔하다구.」 이렇게 말하는 아토스는 사건에 관해서는 언제나 낙천가이지만 인간에 관해서는 반드시 비관주의자였던 것이다.
「돈에 팔리면 놈들은 뭐든지 약속한다. 그리고는 중도에서 무서운 나머지 아무것도 할 수 없게 되는 거야. 체포되면 틀림없이 고초를 겪게 된다. 그렇게 되면 고스란히 자백하고마는 식이지. 그러니 잘들 생각해 보라구. 영국에 가려면 (아토스는 음성을 떨구었다.) 추기관파의 밀정과 앞잡이가 우굴우굴하고 있는 프랑스 전국을 가로질러야 할 판이야. 배를 타려면 허가장도 있어야 하고, 런던에서 길을 물으려면 영어도 어느 정도 알아야 해. 아무래도 이것은 어려울 것 같아.」
「아냐. 조금도 그런 게 아니라구.」 일이 실현되기를 몹시 갈망하고 있는 다르타냥은 승복하지 않았다. 「어렵기는커녕 나는 오히려 쉬울 것으로 생각한다구. 물론 그 영국에 보내는 편지 속에 말야. 남의 눈에 띄는 노골적인 일이라든가 추기관의 나쁜 짓이라든가……..」

「더 낮은 소리로.」 아토스가 다시 주의를 주었다.

「책모라든가 국가의 비밀이라든가, 그런 것을 그대로 썼다면 우리들은 틀림없이 능지 처참을 당하겠지. 하지만 아토스, 귀공이 말하지 않았나. 가정의 용무로써 윈텔 경에게 편지를 쓰는 것이라고. 그리고 밀레이디가 런던에 도착하면 우리들에게 위해를 가할 수 없도록 만들어 버린다…… 단지 그 목적으로 편지를 쓰는 것이라고 하지 않았나. 그러니까 나는 우선 이런 말로 쓰면 된다고 생각해.」

「딴은…….」 아라미스는 이야기를 듣기도 전에 비평가다운 표정이 되었다.

「『근계, 친근한 분에게』…….」

「저런 저런, 영국 사람에게 그렇게 쓰는 건가 ?」 아토스가 말했다. 「훌륭한 서두야, 다르타냥. 단지 그렇게 쓴 것만으로도 귀공은 수레에 몸을 찢기기보다 사지가 찢기는 형벌을 면치 못할 테지만.」

「그럼, 『근계』만으로 하지.」

「『각하』라고 써도 좋지 않겠나.」 아토스는 꽤나 예의 범절이 까다로웠다.

『각하, 뢱상부르 뒤쪽의 산양을 방목하던 공터를 기억하고 계십니까.』」

「호오 ! 뢱상부르라구. 왕태후에 대한 풍자로 생각할지 모르겠군. 이거 묘한 걸.」 아토스가 말했다.

「그럼 간단히 이렇게 하지. 『각하, 내가 귀하의 목숨을 구해 드린 그 어느 작은 공터에서 있었던 일을 기억하고 계십니까.』」

「알겠나, 다르타냥. 그런 식이라면 귀공은 평생 만족할 만한 편지는 쓸 수 없어. 『귀하의 목숨을 살려 드린』이란 뭔가. 설사 그런 일을 했더라도 예절을 지키는 사람끼리 후에 그런 말을 해서는 안 되는 거야.」

「아, 귀찮은 사나이군! 귀공에게 잔소리를 들으면서 써야 할 편지라면 난 차라리 쓰지 않겠네.」 다르타냥은 포기하고 말았다.
「응, 그러는 편이 좋겠다. 귀공은 총과 검을 다루고 있으면 돼. 그쪽이라면 훌륭하니까. 하지만 펜은…… 사제에게 양보하는 게 좋아. 이 사나이의 영역이니까 말야.」
「그래, 그래. 아라미스에게 맡기라구. 이쪽은 여하튼 라틴 어로 논문을 쓰는 사내가 아닌가.」 폴토스도 말했다.
「좋아. 그렇게 하지. 그럼 아라미스. 편지를 만들어 주게나. 하지만 아주 간결하게 부탁하네. 그렇지 않으면 이번엔 내가 곁에서 잔소릴 할 테니까.」
「바라는 바야.」 아라미스는 시인답게 자신에 찬 얼굴로 대답했다. 「난 전부터 이따금씩 그 여자의 악평을 들은 적이 있었는데 추기관과 이야기하고 있는 것을 듣고 이젠 확증을 잡았거든.」
「큰소리로 말하지 말게.」 아토스가 나무랐다.
「그렇지만, 자세한 것은 속속들이 모르니까 말야.」 하고 아라미스는 덧붙였다.
「나 역시 그렇다구.」 하고 폴토스도 말했다.
다르타냥은 잠시 아토스와 잠자코 얼굴을 마주보았다. 조금 후에 생각에 잠겨 있던 아토스는 순간적으로 안색이 파랗게 변했으나 사양할 것 없다는 식으로 고개를 끄덕였다. 그래서 다르타냥은 이야기해도 좋다는 신호로 받아들였다.
「그럼, 이렇게 하자구. 편지의 요령은 말야…… 『각하, 당신의 제수씨는 극악 무도한 여자로서, 지난날 당신의 상속자 문제로 당신을 죽이려고 획책한 적이 있습니다. 그러나 원래 이 여자는 당신의 죽은 동생과 결혼할 수 없는 처지였지요. 이 여자는 이미 프랑스에서 결혼한 몸이었기 때문에, 그 후…….』」
다르타냥은 말이 막혀 힐끗 아토스의 얼굴을 살폈다.
「남편으로부터 추방당한 몸이었고…….」 아토스가 대신 첨가했다.
「더구나 형벌의 낙인까지 찍히고 있습니다.」

「진짜야, 그건? 시숙을 죽이려 했다고?」
폴토스는 놀랐다.
「그렇다니까.」
「전에 결혼한 적이 있었나?」
「그렇다구.」
「그래서 그 남편이 여자의 어깨에서 백합꽃 도장이 찍혀 있는 것을 발견했다는 건가?」하고 폴토스는 놀랍다는 듯이 재차 물었다.
「그렇다구.」
이 세 번의 『그렇다구』를 말한 것은 아토스였고, 그 하나하나는 음울한 어조로 가득차 있었다.
「그 백합꽃을 본 것은 누구야?」아라미스가 거듭 물었다.
「다르타냥과 나라구. 시간적으로 본다면 나와 다르타냥이라고 하는 것이 맞겠지만.」아토스는 대답했다.
「그런데, 그 무서운 여자의 전남편은 아직 살아 있는 건가?」하고 아라미스가 물었다.
「아직 살아 있지.」
「분명히?」
「분명하다.」
냉랭한 침묵이 한동안 이어졌고 그러는 사이에 각자는 저마다의 성격에 따라 상이한 인상에 충격을 받고 있었다.
얼마 후 아토스가 먼저 침묵을 깼다.
「지금, 다르타냥이 한 말은 매우 요령이 좋다구. 우선 그런 식으로 쓰는 거야.」
「찬성하지만, (아라미스가 말했다.) 그런데 이것은 어지간히 복잡한 편지야. 법무장관이라도 이런 것을 쓰라면 곤란할 거야. 조서를 간추리는 데는 꽤 솜씨가 좋은 그 사람도 말야. 하지만 좋다구. 한동안 잠자코들 있어 주게. 어떻게든 써 볼 테니까.」
이렇게 말하고 아라미스는 펜을 들고 한동안 숙고한 다음 여자와 같은 화사한 필적으로 10행 정도의 편지를 써 냈다. 그리고는 부드러운 음성으로 힘 미디 한 마디를 세심하게 다듬었다는 투로 읽어 내려갔다.

『각하——

이 서면을 드리는 본인은 지난날 당페르 거리의 작은 공터에서 귀하와 검을 교환하는 영광을 가진 바 있었습니다. 그 후 귀하께서 보여 주신 깊은 후의를 생각한 나머지 이제 충심으로 경고를 보내기로 했습니다. 귀하가 상속자로 생각하고 계시는 근친인 한 부인에 의해 이미 두 차례나 위해를 받을 뻔하셨다는 것이 우리들에 의해 판명되고 있습니다. 이것은 이 부인이 영국에서 결혼하기에 앞서 프랑스에서 기혼자였다는 사실을 모르고 계셨기 때문에 그렇게 된 것으로 생각합니다만, 그러나 근일 중에 발생할 세 번째의 재난은 어쩐지 모면하기가 어렵지 않을까 걱정이 되어 견딜 수가 없습니다. 귀하의 근친자는 라 로셀에서 영국을 향해 어젯밤 떠났습니다. 상륙에 즈음하여서는 충분히 감시하는 것이 중요할 것으로 생각됩니다. 또한 이 부인의 가공할 성분을 아시고 싶으시면 그의 왼쪽 어깨를 주의해서 조사해 보시길.』

「훌륭해, 이것은 걸작이야 ! (아토스는 칭찬해마지 않았다.) 귀공은 폐하의 대필도 할 수 있는 사내야. 이것으로 윈텔 경도 충분히 조심하겠지. 물론 이 편지가 제대로 도착했을 때에 말이지만. 만약 잘못해서 이것이 추기관의 손에 들어간다 해도 이것이라면 우리들에게 누는 미치지 않는다. 그러나 부하가 샤텔로까지 가서 런던에 갔다 온 것처럼 위장하면 곤란하니까 상금은 절반만을 건네주고 나머지는 답장과 교환하기로 하자구. 이봐, 다이아몬드 가지고 있나 ?」 아토스가 물었다.

「그보다도 좋은 것을 가지고 있다구. 현금을 말야.」

이렇게 말하고 청년은 돈주머니를 테이블 위에다 던졌다. 황금 소리에 아라미스는 눈을 크게 떴고 폴토스는 으쓱 몸을 떨었다.

아토스 혼자만 태연한 자세였다.
「주머니 속엔 얼마가 들어 있나?」
「십이 프랑짜리 금화로 칠천 리블 있다.」
「칠천! 그 아주 작고 너절한 다이아몬드가!」 폴토스는 눈을 휘둥그렇게 떴다.
「틀림없겠지. 이렇게 확실한 실물이 있으니까. 다르타냥이 비상금을 보탰을 리는 없고.」 하고 아토스가 보증했다.
그래서 다르타냥이 모두에게 말했다.
「지금까지 이야길 해 왔지만 왕비님에 대해서는 조금도 생각지 않았던 것이 아닌가. 조금은 버킹검 공의 무사를 생각해 보는 것이 어떨까. 그 정도는 해도 괜찮을 것 같은데.」
「지당한 말이다. 그러나 이것은 또 아라미스의 담당인 거야.」
아토스로부터 이런 말을 듣고 아라미스는 약간 얼굴을 붉혔다.
「그래. 어떻게 하면 되는 건데?」
「아무것도 아니지. 또 하나 이번에는 츨에 있는 영리한 사람에게 편지를 쓰는 거야.」
아라미스는 다시 펜을 들고 생각하기 시작했다. 그리고 만들어진 것을 곧 모두에게 읽어주었다.
「『친애하는 사촌 누이동생에게……』」
「아니, 그 영리한 사람이 귀공의 사촌 누이동생이란 말인가?」
「먼 친척 동생이야.」
「그래. 좋아 좋아. 사촌 누이동생으로 좋아.」
아라미스는 읽어나갔다.

『친애하는 사촌 누이동생에게——
프랑스의 행복을 위해, 왕국의 적에게 겁을 주기 위해 신이 지켜 주시는 추기관님은 라 로셀의 이교도들을 마침내 단번에 분쇄하려 하고 계신다. 영국의 바다의 원군도 두려워서 항구에 접근하지 못하고 있는 실정이다. 버킹검 공도 곧 어떤 큰 사건에 방해를 받아 이들을 돕기 위해 오지는 못할 것이라고 나는 믿고 있다. 추기관님은 옛날이나 지금이나, 아니 장래에도 불세출의 훌륭한 정치가이시다. 만일 태양이 방해가 된다면 그 빛마저 없앨 힘도 이분에게는 있을 것이다. 이러한 기쁜 소식을 빨리 당신의 언니에게 알려 드렸으면 한다. 그 저주받은 영국인이 죽는 꿈을 나는 꾸었다. 검이었는지 독이었는지는 잊었지만 아무튼 분명한 것은 그 사람이 죽는 꿈이었다는 것이다. 너는 나의 꿈이 언제나 들어맞는다는 것을 잘 알고 있겠지. 그러니까 머지않아 나는 너를 다시 만날 수 있게 되리라는 것을 기쁘게 여기고 있다.』

「훌륭하군 훌륭해. 귀공은 시인의 왕이야, 아라미스! (아토스는 감탄했다.) 정말 묵시록도 무색한 애매 모호한 표현이야. 더구나 복음서와 같은 진실성이 있다구. 그럼 받는 사람의 이름을 써 주게나.」
「그건 아무것도 아니지.」
아라미스는 우아하게 종이를 접고 그 위에다 썼다.
『마리 미숑 님. 재봉사 즐.』
세 사람은 서로 얼굴을 쳐다보면서 웃었다. 한 대 얻어맞았다는 표정으로.
「그럼……」 하고 아라미스가 말했다.
「이것으로 마침내 잘 알았겠지만 이 편지를 즐까지 가지고 가는 사람은 아무래도 우리 집 바장이 아니고서는 조건이 나빠. 사촌 누이동생은 바장밖에 모르기 때문에 그 사내가 아니면 안심할 수 없을 테니까. 다른 사람으로서는 잘 되지 않을 거야. 그리고 바장은 제법 야심을 가진 자이고 학자거든. 역사 같은 것도 읽고 있다구. 식스트 칸이 목동에서 몸을 일으켜 법왕이 되었다는 등의 이야기도 알고 있어. 그리고 그 사내는 나와 마찬가지로 언젠가 사제가 되고 싶어 하니까 법왕, 적어도 추기관 정도는 되고 싶어 할지도 모른다구. 그렇듯 대망을 가진 사람이 좀체 실수를 저지를 걱정은 없는 셈이지. 만일 체포되더라도 자백하는 것보다는 순교자를 본받을 테니까.」

48. 가정 사정   205

「좋아 좋아.」다르타냥은 말했다. 「그쪽은 기꺼이 바장에게 양보했다. 그런데, 이쪽에는 프랑셰를 한 번 고려해 주었으면 한다. 그 사내는 전에 밀레이디의 집에서 몽둥이로 얻어맞고 쫓겨난 적이 있었거든. 그 사나이는 기억력이 좋으니까 만일 이것이 보복할 수 있는 좋은 기회라고 한다면 죽는 한이 있어도 하려고 할 거다. 아라미스, 만약 츨쪽이 귀공의 담당이라고 한다면, 런던쪽은 아무래도 내가 맡아야 할 거야. 그러니까 꼭 프랑셰를 쓰도록 해 주게나. 그 사내는 그뿐만이 아니고 전에 나와 함께 런던에 간 적이 있기 때문에 London, sir. If you please.(런던은 어느 쪽입니까?) My master lord d'Artagnan.(나의 주인 다르타냥 경) 따윌 곧잘 말한다구. 이 점은 안심할 수 있는 거야.」

「그렇다면 프랑셰에게 갈 때 칠백 리블을 주고 돌아오면 칠백 리블, 바장에게는 처음에 삼백 리블, 돌아온 다음에 같은 금액을 준다는 식으로 하는 것이 좋겠다. 그러고도 오천 리블이 남는다. 일단 우리들이 천 리블씩 차지해서 마음대로 쓰도록 하고 남은 천 리블은 비상시의 자금, 공동의 자금으로서 사제가 맡아 둔다. 이렇게 하는 것이 어떻겠나?」

「아토스는 정말 네스톨처럼 말하는군. 네스톨이란 모두 알겠지만 그리스 제1의 현자거든.」 아라미스는 감탄했다.

「좋아, 그럼 결정됐다. (아토스는 마무리를 지었다.) 프랑셰와 바장이 사자로서 떠난다니까 말인데 사실 나도 그리모가 곁에 있는 편이 좋거든. 그놈은 완전히 나의 방식에 익숙해진 놈이니까. 떠나보낼 수 없다구. 거기에다 어제의 활동으로 꽤 지쳤을 테니까 여행하게 하는 것은 무리일지도 모르고.」

그리고나서 프랑셰를 불러 지시 사항을 설명해 주었다. 전부터 다르타냥에게 약간 듣고 있었던 일이었다. 다르타냥은 공로가 되는 것이라 설득했고, 다음에는 돈 문제, 마지막에는 위험한 일이라는 순서로 납득시켰다.

「편지는 옷의 솔기 속에 넣고 가겠습니다. 그리고 붙들리면 곧 삼켜 버리겠습니다.」
　프랑셰는 이렇게 말했다.
　「그러나 그렇게 해서는 사자로서의 구실을 할 수 없지 않겠나.」
　「오늘밤 그 편지의 사본을 하나 써 주신다면 내일아침까지 외워 두겠습니다.」
　다르타냥은 『어떤가?』하는 표정으로 친구들의 얼굴을 바라보았다.
　「그런데, 너는 윈텔 경이 있는 곳에 가는 데 팔 일, 이곳으로 돌아오는 데 팔 일, 합해서 십육 일의 기간밖에 없는 거다. 출발 후 십육 일째의 저녁 여덟 시까지 돌아오지 않으면 돈은 주지 않겠다. 여덟 시 십오 분일지라도 소용없다, 알겠나?」
　「그럼, 시계를 하나 사 주십시오.」
　「이것을 주겠다. (아토스는 언제나 배포가 커서 선뜻 자기의 시계를 풀어 주었다.) 그 대신 열심히 잘 해라. 만일 네가 한 마디라도 지껄이거나 쓸데없는 소리를 하거나 시간을 낭비한다면 너를 이토록 믿어주고 있는 주인님의 목이 그 즉시로 날아가는 거니까. 나도 말해 두지만, 만일 너의 잘못으로 다르타냥에게 불행한 일이 일어날 경우에는 풀 속을 뒤져서라도 너를 찾아내어 그 배에다 커다란 구멍을 뚫어 줄 테다.」
　「저, 절대로……」프랑셰는 의심받고 있다는 역겨움과 침착하게 그런 말을 하고 있는 아토스의 위협에 겁을 먹고 떨었다.
　「나 역시 너를 산 채로 가죽을 벗겨 줄 테다.」폴토스가 눈알을 홀끔 굴렸다.
　「그만, 됐습니다.」
　「나는 야만인이 하는 것처럼 불에다 지글지글 태울 것이다.」아라미스마저 부드러운 말로 덧붙였다.
　「이젠 됐습니다……」
　프랑셰는 금방 울기라도 할 것 같았다. 계속해서 무서운 협박을 받은 것에 겁이 났는지, 아니면 네 친구의 사이가 그렇게도 좋은

48. 가정 사정

것에 감동해서 눈물을 머금었는지 그것은 상상에 맡기기로 한다.
 다르타냥은 사자의 손을 잡았다.
「알겠나, 프랑셰. 이 사람들은 모두 나에 대한 우정에서 이런 말을 해 주는 거다. 마음 속으로는 너를 귀엽게 여기고 계시는 거다.」
「네, 주인님. 실패하면 넷으로 몸을 잘라도 좋습니다. 설사 넷으로 몸이 잘려도 그 한쪽씩이 절대 지껄이지는 않을 테니까요.」
 그렇게 해서 프랑셰는 다음날 아침 8시에 출발하기로 결정했다. 이것은 앞에서 말한 바와 같이 그날 밤 안으로 프랑셰가 편지를 암기해 버려야했기 때문이다. 이렇게 결정되었기 때문에 12시간 정도 여유가 생겼다. 즉 16일째의 밤 8시에 돌아오면 되기 때문이다.
 그 날 아침, 다르타냥은 말을 타려고 하는 프랑셰를 조용히 불렀다. 청년은 공작에게 품고 있는 호의를 끝내 잊을 수가 없었다.
「그 편지를 윈텔 경에게 건네줄 때 이렇게 말해 주기 바란다. 『버킹검 공작님의 신변에 충분히 주의해 주십시오. 암살하려고 하는 음모가 있으니까요.』라고. 알겠나. 이것은 매우 중요한 거다. 그래서 너에게 이것을 맡기는 것은 동료들에게도 비밀이고 편지에도 쓸 수 없는 일이기 때문이다.」
「알겠습니다. 아무튼 내가 얼마나 신용을 받게 되는지는 일단 지켜봐 주십시오.」
 그렇게 말하고 이십 리 앞의 정거장까지 달려갈 훌륭한 말에 올라탄 프랑셰는 뛰는 속도로 출발했다. 총사들의 거듭된 협박으로 마음은 평온하지 않았으나 그런 대로 용감한 출발이었다.
 바장은 다음날 아침 츨을 향해 떠났다. 이것은 8일 후에 돌아올 약속으로——.
 사자를 떠나보낸 후 네 사람의 긴장된 모습과 경계 상태는 더 말할 나위가 없었다. 남들이 무슨 말을 하고 있으면 그것을 엿들었고, 추기관의 행동을 감시했으며, 출입하는 파발꾼에 대해서 일일이 신경을 썼다. 불의의 호출을 받고 덜컥한 적도 한두 번이 아니었다. 네 사람은 무엇보다도 자신의 신변에 마음을 놓을 수가 없었다.

밀레이디는 한 번 모습을 나타낸 이상 더는 편안히 잠을 잘 수 없게 하는 환상과도 같은 것이었다.
　8일째 아침, 바쟁이 건강한 얼굴에 싱글벙글 웃음을 띄우면서 파르파이 요정으로 들어왔다. 네 사람은 마침 아침 식사 중이었지만 저쪽에서는 미리 짜놓았던 말을 사용하여
　「아라미스 님! 사촌 누이동생으로부터의 회답입니다.」
　네 사람은 환희의 눈초리를 서로 교환했다. 이것으로 일의 절반은 성공한 셈이다. 딴은 이쪽은 가깝고 쉬운 것이었지만.
　아라미스는 거칠고 서툰 글씨로 쓴 편지를 받자 웃으면서
　「딱한 아가씨군. 언제까지구 미숑은 보아트르 씨처럼 글씨를 잘 쓰진 못할 것 같군.」
　「누군가요, 그 미숑이란?」 네 사람과 잡담 중이었던 스위스 인이 물었다.
　「아니, 아무것도 아니요. 내가 매우 귀여워하던 재봉사 아가씨지요. 그래서 약간 추억삼아 자기가 쓴 편지를 보내라고 했더니…….」
　「하하! 그 아가씨가 그 글씨의 크기만큼 귀부인이었다면 당신은 꽤나 염복이 많은 분이었을 텐데! 안 그래요?」
　아라미스는 편지를 읽고나서 아토스에게 건넸다.
　「자, 이것을 읽어 보라구.」
　아토스는 잠시 훑어보고는 주위 사람의 의혹을 일소하기 위해 소리를 내어 읽었다.

　『당신도, 언니도, 나도 모두 해몽하는 데는 선수라구요. 그래서 공연히 걱정한다든가 하는 일도 있지요. 하지만 당신의 그 꿈은 틀림없이 〈꿈은 마음의 탓〉이라는 그런 꿈이라고 생각해요. 그렇다면 좋으련만. 안녕. 건강하세요. 그리고 종종 소식 전해 주세요.

아그라에 미숑

(작가의 부주의로 이 후에는 아그라에라는 이름이 마리로 바뀌었다.)』

「꿈이라니, 도대체 어떤 꿈인가요?」 곁에 다가온 용기병이 물었다.
「그래, 그 꿈, 어떤 것인가요?」 하고 스위스 인도 궁금해 했다.
「아니, 잠시 내가 꾼 꿈이야길 했기 때문에.」 아라미스는 말했다.
「그래요. 흔히 꿈이야길 하는데 난 한 번도 꿈을 꾼 적이 없거든.」
「당신은 행복한 사람이오. 나도 그렇게 말할 수 있는 몸이 되고 싶군.」 아토스는 자리에서 일어나면서 말했다.
「한 번도, 결⋯⋯코, 결⋯⋯코.」 아토스 같은 사람에게 부러움을 산 것을 스위스 인은 꽤나 자랑스럽게 여기는 것 같았다.
다르타냥은 아토스가 곁에 서서 머뭇거리는 것을 보고 자신도 일어나서 팔을 잡고 밖으로 나갔다.
폴토스와 아라미스는 용기병과 스위스 인의 허튼 소리를 상대해 주기 위해 그대로 남았다.
바장은 그 길로 짚단 위로 올라가서 잠을 잤다. 스위스 인보다 상상력이 풍부한 이 사내는 법왕이 된 아라미스가 자기에게 추기관의 모자를 수여하고 있는 장면을 꿈꾸었다.
이렇게 바장이 무사히 돌아와서 후유 하고 안도의 숨을 내쉬기는 했으나 네 사람의 불안은 아직 그 일부가 제거되었을 뿐이었다. 기다리다 지쳐 버린 마음으로 보내는 하루란 그 얼마나 긴 것인가. 특히 다르타냥에게는 하루가 48시간 정도로 느껴져 견딜 수가 없었다. 배로 여행하는 데 많은 시간이 소요된다는 것도 잊은 채, 다만 밀레이디의 힘만을 과장해서 생각하고는 걱정하고 있었다. 그는 이 악마와 같은 여자에게는 그와 비슷하게 초인적인 힘을 가진 보좌역이 붙어 있는 것처럼 상상하였다. 사소한 소리만 나도 자기를 체포하러 온 것이라고 생각해 버리곤 했다. 프랑세가 체포되고 자기들과 대질시키기 위해 연행되어 온 것이라고 생각해 버렸다. 그뿐만이 아니었다. 출발 전에는 그렇듯 절대적이었던 이 피카르디

태생의 부하에 대한 신뢰가 날이 갈수록 엷어지기도 했다. 이러한 불안이 너무나 컸기 때문에 차츰 폴토스와 아라미스에게도 옮아갔다. 태연한 자세로 끝까지 침착성을 유지한 것은 아토스뿐이었다. 그만은 신변에 조금도 위험을 느끼지 않는 사람처럼 평소와 다름없는 태도를 보이고 있었다.

드디어 16일째가 되자 불안은 이제 역력히 다르타냥 등의 얼굴에 나타나게 되었고 진득하게 자리에 앉아 있을 수가 없어 프랑셰가 돌아오는 쪽의 길을 유령처럼 헤매었다.

「정말, 귀공들은 제대로 된 의젓한 사내가 아니군. 마치 어린아이가 아닌가. 단지 한 여자를 그렇게 무서워 하다니! 결국 어떻게 된다는 건가? 감옥에 들어가게 된다는 것인가? 뭐, 그까짓 감옥쯤 힘들이지 않고 나올 수 있는 거라구. 보나슈 부인도 구출되지 않았나. 목이 잘린다는 것인가? 하지만 이렇게 매일 싸움터에서 그보다도 훨씬 무서운 일에도 태연하게 맞서고 있지 않은가. 생각해 보라구. 언제 총탄에 발을 다치게 될지도 모른다구. 사형 집행인에게 목이 잘리는 것보다 외과의에게 허벅다리를 잘리는 편이 훨씬 더 아플 것으로 나는 생각한다네. 제발 그렇게 너무 걱정 말게나. 이제 두 시간 정도만 지나면, 아니, 네 시간…… 여섯 시간, 좀더 늦어지더라도 프랑셰는 돌아올 거라구. 약속하고 갔지 않은가. 그놈은 고지식한 사내니까 약속을 위반하는 일은 절대 없을 것이라고 나는 믿고 있네.」

「하지만 돌아오지 않는다면?」 다르타냥이 말했다.

「돌아오지 않는다면, 그야 무슨 사정 때문에 늦는 것이겠지. 말에서 떨어졌는지도 모르고 말야. 배 위에서 당황한 나머지 곤두박질쳤는지도 모르고, 너무 빨리 뛰었기 때문에 폐렴을 일으켰는지도 모르지. 거기에다 불의의 사고라는 것도 있을 수 있지 않은가? 인생이란 그와 같은 불쾌한 사고와 재난이 염주알처럼 이어지는 것이라구. 그 염주를 웃으면서 손가락으로 넘겨가는 것이 철인인 거야. 모두들 나를 본받아 다소 철인이 되게나. 그리고 식탁에

48. 가정 사정

앉아 술을 마시는 것이 좋다. 이 샹베르탱 포도주 잔을 통해 보면 미래는 모두 장미빛으로 보이거든.」

「그것도 좋지만, 난 요즘 새 술을 마시려고 하면 모두 밀레이디로부터 보내온 것 같아 마시고 싶은 생각이 나지 않는다구.」 다르타냥이 이렇게 말했다.

「꽤나 말이 많은 사내로군. 그렇듯 아름다운 여인을 말야!」 아토스는 중얼댔다.

「낙인 찍힌 여자야!」 폴토스가 체면도 생각지 않고 웃었다.

아토스는 움찔 놀라면서 땀을 닦듯 이마에 손을 댔다. 그리고는 초조한 듯한 몸짓으로 끝내 자기도 일어섰다.

그럭저럭 하는 사이에 해가 저물었다. 밤이 오는 것은 평소보다 늦은 것 같았으나 그러나 밤은 마침내 오고야 말았다. 주점에는 손님이 몰려왔다. 다이아몬드를 처분한 돈을 나누어받은 아토스는 짬만 있으면 파르파이 요정에 뿌리를 내리고 있었다. 예의 부지니는 약속한 대로 굉장한 요리를 대접해 주었는데 그 후 아토스는 이 사나이를 좋은 노름상대로 삼고 말았다. 그래서 오늘도 둘이서 내기승부를 하고 있는 사이에 7시가 울렸다. 담당하고 있는 부서에 증원하기 위해 보초가 밖으로 나갔다. 7시 반에 귀영의 북이 울렸다.

「이젠 다 틀렸군.」 다르타냥은 아토스의 귀에다 속삭였다.

「졌다고 하겠지.」 아토스는 침착한 자세로 호주머니에서 사 피스톨을 꺼내어 테이블 위에다 늘어놓았다. 「자아, 귀영 시간이다. 그만 돌아가서 자자구.」

아토스는 다르타냥과 그곳을 나왔다. 아라미스는 폴토스와 팔을 끼고 뒤에서 따라왔다. 아라미스는 시의 한 구절을 중얼거리고 있었으며, 폴토스는 이따금 자포 자기로 입수염을 두세 개씩 잡아당기고 있었다.

「주인님, 외투를 가져 왔습니다. 오늘밤은 추워지는 것 같아서.」

「프랑셰다.」 다르타냥의 음성은 기쁨으로 떨고 있었다.

「프랑셰다.」 폴토스와 아라미스도 반복했다.

「과연, 프랑셰로군. (아토스는 말했다.) 별로 놀랄 것은 없다구. 여덟 시에 돌아온다고 약속하고 갔으니까. 그래, 지금 마침 여덟 시가 울리고 있군. 프랑셰! 기특하구나. 너는 꽤나 고지식한 사내야. 만약 지금의 주인을 떠나게 된다면 나에게 와서 봉사하는 것이 어떻겠나?」

「천만의 말씀입니다. 나는 다르타냥 님의 곁을 떠날 생각이 추호도 없습니다.」

이렇게 말하면서 프랑셰는 다르타냥의 손 안에 종이 쪽지를 쥐어주었다.

다르타냥은 생각같아서는 출발했을 때처럼 프랑셰에게 입을 맞춰주고 싶었지만 길거리에서 부하에게 그런 친밀성을 보이는 것은 남의 눈에 띌 것이라 생각하고 그만두었다.

「답장이 왔다구.」 청년은 친구들에게 말했다.

「그것 잘 됐군. 숙사에 돌아가서 읽어 보자구.」

손에 쥐고 있는 종이 쪽지로 다르타냥은 손바닥이 타는 것 같아서 무의식중에 걸음이 빨라지려고 했다. 아토스는 그의 팔을 잡아 겨드랑이에 끼었다. 그래서 청년도 친구의 보조에 맞춰 걸을 수밖에 도리가 없었다.

겨우 숙사에 돌아와서 램프에 불을 켰다. 프랑셰가 입구에 서서 밖을 감시하고 있는 사이에 다르타냥은 떨리는 손으로 봉함을 뜯고 고대했던 답장을 폈다.

알맹이는 반 줄밖에 없었다. 영국식 서체로 쓰여진 순 스파르타 식의 간결한 문구——.

『Thank you, Be easy.』

즉 『고맙소. 안심하시길.』 이라는 뜻이었다.

아토스는 편지를 다르타냥의 손에서 빼앗아 램프에 다가가 불을 붙였다. 그리고 그것이 깨끗이 재가 될 때까지 놓지 않았다.

그러고나서 프랑셰를 불러

「그럼 이것으로 약속한 칠백 리블을 주겠다. 하지만 이것밖에 안 되는 종이 쪽지를 가지고 오는 데는 그다지 힘이 안 들었겠군:」하고 말했다.

「그렇습니다만, 저는 저 나름대로 그것을 소중히 숨겨서 가져오느라고 얼마나 고생했는지.」프랑세는 말했다.

「이야기 해 보게나.」다르타냥은 재촉했다.

「좀처럼 간단히 말할 순 없습니다요.」

「좋아 좋아, 그렇겠지. (아토스가 말했다.) 이미 소등을 알리는 나팔소리가 울렸으니까 여기만 무한정 불을 켜 놓고 있으면 의심받게 돼.」

「그래, 그럼 잠을 자도록 하자구. 프랑세, 너도 푹 자도록 해.」 다르타냥이 이렇게 말하자

「정말, 주인님. 이렇게 잘 수 있는 것은 십육 일만에 이것이 처음입니다요. 」하고 프랑세는 대답했다.

「나도 그랬다구.」다르타냥은 후유 하고 안심한 표정으로 말했다.

「나도 그렇다네.」하고 폴토스가 말하자

「나도야.」라며 아라미스가 맞장구쳤다.

「그래? 한데 솔직히 말하면 나 역시 그래.」아토스도 이렇게 말했다.

49. 숙   명

 한편 배 위에서는 분노에 사로잡혀 제정신이 아닌 채 붙들린 암사자처럼 계속해서 울부짖고 있던 밀레이디가 바다 속에 뛰어들어 해안까지 헤엄쳐 갈 생각에 사로잡혀 있었다. 다르타냥에게 모욕을 받았고, 아토스에게는 공갈 협박을 받고도 복수 한 번 하지 못한 채 프랑스를 떠나야 한다는 것은 자신으로서는 생각조차 할 수 없는 일이었다.
 이윽고, 이와 같은 흉포한 기분이 쌓이고 쌓여 자제할 수 있을 것 같지 않았기 때문에 모든 것을 각오하고나서 선장에게 해안 쪽에 자신을 내려 줄 것을 간곡히 부탁했다. 그러나 선장은 영불 양국의 군용선으로 오인을 받게 되어 있어 마치 새와 쥐 사이에 끼어 있는 박쥐와 같은 난처한 입장을 한시바삐 벗어나 영국으로 돌아가고 싶은 심정이었기 때문에 그와 같은 여자의 변덕에 따를 별난 생각은 가지고 있지 않다고 말했다. 그리고 추기관님으로부터 간곡하게 부탁받은 이 여자 손님을 해상이 평온하고 프랑스 인이 승낙만 한다면 부르타뉴의 어딘가의 항구, 로리앙이든 부레스트든, 어디든지 내려 주어도 좋다고 약속했다. 그러나 지금 당장은 풍향이 나쁘고 바다도 거칠기 때문에 배는 바람을 피하면서 우회하여 사항(斜航)하고 있는 형편이었다. 샤랑뜨를 출발한 지 9일째가 되어서야

49. 숙 명   215

　고통과 분노로 창백해진 밀레이디의 눈에 피니스테르(부르타뉴의 서북단)의 쪽빛으로 물든 연안이 겨우 비치기 시작했다.
　프랑스의 이 벽지를 가로질러 추기관 곁에 가려면 적어도 3일은 걸릴 것이었다. 그리고 상륙하는 데 하루를 가산하면 4일——지금까지 소비한 9일을 가산하면 모두 합해서 13일이 낭비되는 셈이다. 이 13일 사이에 런던에서는 얼마나 많은 중요한 사건이 일어났는지 모른다. 틀림없이 추기관은 아무런 보람도 없이 되돌아온 자기의 모습을 보고 화를 낼 것이다. 그래서 자기의 호소를 들어 주기는커녕 타인이 자기를 비난해오면 도리어 그것을 택할 기분이 될 것만 같다, 이렇게 생각한 밀레이디는 로리앙, 부레스트를 지날 때에도 선장에게 조르는 것을 삼가했다. 상대방 역시 일부러 이쪽에 관심을 표하지 않고 모르는 척하고 있었다. 그래서 밀레이디는 그대로 항해를 계속하였고 프랑세가 포츠머드에서 프랑스를 향해 출발한 바로 그 날에 추기관의 밀사는 역시 이 항구에 입항한 것이었다.
　도시는 이상한 활기로 들끓고 있었다.——네 척의 대군선이 최근 건조되어 지금 막 진수식이 거행되고 있었다. 황금으로 장식하고 다이아몬드와 보석으로 언제나와 같이 눈이 부시게 몸차림을 한 버킹검 공이 어깨까지 늘어진 하얀 깃털로 장식한 모자를 쓰고 제방에 서 있었다. 공의 둘레를 마찬가지로 현란하게 장식한 막료들이 에워싸고 있었다.
　영국에도 태양이 있다는 것을 생각나게 하기라도 하듯 드물게 개인 하루였다. 빛은 여리었으나 그래도 빛나는 태양이 지평선에 기울고 있었고 하늘과 바다를 불꽃의 줄기로 물들여 도시의 낡은 탑과 집 위에 잔영을 던지며 불에 타듯이 빨갛게 유리창에 반사되고 있었다. 밀레이디는 육지가 가까워짐에 따라 더욱더 생생하게 향기가 짙게 느껴지는 바다의 공기를 호흡하면서 전방에 보이는, 자기가 파괴해 버리려고 왔던 군비의 장대함, 약간의 황금 주머니만을 가지고 여자의 가냘픈 팔 하나로 그와 싸우려고 왔던 군세의 강대함을 바라보았다. 그리고 자신을 앗시리아 인의 진영에 단신으로 숨어 들어 전차와 말과 병사와 무기의 엄청난 집합을 인제든 자기의 손 하나로 연기처럼 없애버릴 것이라고 생각해 왔던 저 유태의 여장부 유디트와 비교해 보는 것이었다.

드디어 배는 입항했다. 그리고 닻을 내리려고 하자 한 척의 무장한 커터가 순시선과 같은 모습으로 다가와 거룻배를 내렸다. 여기에는 한 사람의 사관과 선원장, 여덟 명의 조타수가 타고 있었다. 거룻배는 배의 사다리에 접근하였고 사관 한 사람이 올라왔다.

사관은 한동안 선장과 이야기한 다음, 가지고 온 서류를 보였다. 곧 선장의 명령에 따라 승무원과 선객 일동이 갑판에 모였다.

이러한 일종의 점호가 시행되고 사관은 배의 출발점, 항로, 정박지 등에 관해 자세하게 심문하였다. 선장은 순순히 그에 응답했다. 그런 다음 사관은 모인 인원을 한 사람씩 점검했는데 밀레이디 앞에서는 걸음을 멈추고 유독 세밀하게 살폈다. 그러나 말은 하지 않았다.

그리고는 다시 선장 옆으로 돌아가서 두세 마디 속삭이자 선장은 이제 이 배는 앞으로 일체 이 사내의 명령에 따르게 된다고 선원들에게 전했다. 배는 다시 항진하기 시작했다. 여전히 작은 커터는 그 6문의 포구로 위협하면서 배 곁에 바싹 붙어서 갔다. 내려진 거룻배도 배의 수로에 따라 거대한 덩어리 곁에 있는 하나의 점과 같이 뒤를 따라왔다.

사관이 말똥말똥한 두 눈으로 바라보았을 때 밀레이디도 물론 상대를 탐색하는 눈으로 마주보았던 것은 두말할 나위가 없다. 그러나 타고난 날카로운 통찰력도 이때만은 전혀 무감동한 표정에 부딪쳤을 뿐이다. 사관은 이십오,륙 세의 사나이였는데 얼굴이 희고 약간 움푹하니 들어간, 투명한 파란 눈의 청년이었다. 고상한 입매가 뚜렷하고 반듯한 윤곽 안에 야무지게 닫혀 있었다. 선이 강한 턱은 영국인 하층민의 얼굴에서는 단지 고집이 센 것밖에 나타내지 않는 그런 의지의 힘을 보여주고 있었다. 이마는 시인, 정열가, 군인 등에 걸맞는 약간 뒤로 처진 형이었으나 짧고 엉성한 머리카락으로 덮여 있었고 그 머리카락은 턱수염과 같이 아름답고 짙은 갈색이었다.

49. 숙　　명

　항구에 완전히 들어왔을 무렵에는 해도 완전히 기울고 있었다. 안개가 어둠을 더욱 짙게 하였고 선착장의 불빛 주위에는 달무리처럼 희미한 원이 그려져 있었다. 밤공기는 눅눅하니 차가웠고 어쩐지 서글픈 정취를 자아내게 했다.
　강한 성격인 밀레이디도 왠지 온몸이 떨리는 것을 느꼈다.
　사관은 밀레이디의 짐을 묻고는 그것을 거룻배로 가져가게 한 다음 밀레이디에게 자신의 손을 내밀어 상륙하는 것을 도우려고 했다.
　밀레이디는 상대를 바라보면서 주저하고 있었다.
「당신은 누구신가요? 나에게 매우 친절히 해주십니다만.」
「나의 제복을 보시면 아실 텐데요. 나는 영국 해군의 사관입니다.」 하고 청년은 대답했다.
「하지만, 영국 해군의 사관은 영국의 항구에 도착하는 동국인에게 항상 이와 같이 친절하시고 일부러 상륙하는 것까지 도와 주시나요?」
「그렇습니다. 습관이니까요. 친절에서가 아니고 경계하기 위해서지요. 전시에는 외국인은 모두 지정된 여관으로 보내고 그 신원이 확실하게 판명될 때까지 그 계통에서 감시하는 것으로 되어 있습니다.」
　말은 정중하였고 조금도 침착성을 잃지 않은 투였다. 그러나 밀레이디는 아직 완전히 납득할 수 없었다.
「하지만 나는 외국인이 아니예요.」 포츠머드에서 맨체스터에 걸쳐 이만큼 순수한 영어는 들을 수 없을 것으로 생각되리만큼 사투리가 섞이지 않은 말투로 말했다. 「내 이름은 크라릭입니다. 그런데 이렇게…….」
「이와 같은 조치는 모두에 대한 것이니까 모면할 순 없습니다.」
「그렇다면 따르지요.」
　사관에게 손을 잡히고 밑에서 기다리고 있는 작은 배 쪽으로 사다리를 내려가기 시작했다. 사관은 커다란 외투가 깔려 있는 고물

위에 밀레이디를 앉히고는 자기도 곁에 앉았다.
「저어라!」
 명령과 함께 여덟 개의 노가 바닷물에 잠겼고 일제히 다만 하나의 소리를 내면서 젓기 시작했다. 거룻배는 미끄러지듯이 수면을 달리기 시작했다.
 5분 후에 육지에 닿았다. 사관은 가볍게 제방으로 뛰어올랐고 곧 밀레이디에게 손을 내밀었다.
 마차가 대기하고 있었다.
「저 마차는 우리들을 위한 것인가요?」 밀레이디는 물었다.
「그렇습니다.」 사관이 대답했다.
「여관은 먼가요?」
「도시의 반대쪽이니까요.」
「알겠어요.」
 밀레이디는 결심한 듯이 마차를 탔다.
 사관은 짐을 마차의 뒤쪽에 싣는 것을 확인한 다음 밀레이디의 곁에 앉고는 문을 닫았다.
 그러자 갈 곳을 말하지 않았는데도 마부는 마차를 달리게 했고 곧 도시의 거리 속으로 들어갔다.
 이렇듯 묘한 마중을 받은 밀레이디는 자연 여러 가지 것을 생각지 않을 수 없었다. 그래도 사관은 아무런 말도 하고 싶지 않은 표정이었기 때문에 손으로 턱을 괴고는 이것저것 머리에 떠오르는 상상을 하나하나 음미하고 있었다.
 그러다가 15분쯤 지났을 때 길이 먼 데에 약간 의심이 생겨 창밖의 모습을 내다보았다. 인가가 하나도 보이지 않았다. 어둠 속에 서 있는 나무들이 그림자처럼 나란히 스쳐갈 뿐이었다.
 저도 모르게 오싹하고는——.
「이제 여기는 도시가 아니군요?」
 젊은 사관은 잠자코 있었다.
「분명히 행선지를 말씀해 주시지 않으면 난 여기서부터 더는 가지 않겠습니다. 아시겠어요?」

 그렇게 말해도 아무 대꾸가 없다.

「어쩜! 너무해요. 살려 줘요! 누구 없어요!」밀레이디는 소리를 질렀다.

 물론 대답하는 소리도 없었고 마차는 전속력으로 치달았다. 사관은 조각상처럼 꼼짝도 하지 않았다.

 밀레이디는, 한 번 그것으로 지그시 노려 보기만 하면 상대가 견딜 수 없어 하는 그 선천적인 무서운 형상, 어둠 속에서도 빛을 발산하는 분노의 눈동자로 사관을 노려 보았다.

 그러나 사관은 까딱도 하지 않았다.

 밀레이디는 문을 열고 밖으로 뛰어내리려고 했다——.

「조심하십시오. 뛰어내리면 생명을 잃게 되니까요.」사관이 처음으로 냉랭하게 말했다.

 밀레이디는 이를 갈면서 자리에 앉았다. 이번에는 사관 쪽에서 약간 자세를 굽혀 여자 쪽을 들여다보고는 좀전까지 그렇게 아름답던 얼굴이 분노로 일그러져 있는 것을 보고는 놀라는 것 같았다. 낌새를 살피는 데 약삭빠른 여자는 이렇게 해서 마음 속까지 드러내는 것은 불리하다고 생각하고 얼굴 표정만은 애써 침착하게 했다. 그리고 애달픈 음성으로——.

「부탁입니다만, 나를 이렇게 가혹하게 대하는 것은 당신 자신인지, 정부인지…… 아니면 나의 적이 시키는 것인지, 분명히 말씀해 주세요.」

「아무도 가혹하게 대하고 있지 않습니다, 부인. 이런 조처는 영국에 상륙하는 사람이라면 누구에게나 취해지는 것이니까요.」

「그럼, 당신은 내가 누구인지 알고 계신가요?」

「뵙는 것은 처음입니다.」

「그러면 당신은 나에게 아무런 적의도 가지고 있지 않으신가요. 틀림없이?」

「조금도. 네, 맹세해도 좋아요.」

사관의 말에 담긴 막힘없는 침착성과 부드러운 어조에서 밀레이디는 다소 안심할 수 있었다.
얼추 1시간쯤 지난 후에야 겨우 마차는 철격자 앞에서 멈추었다. 그 격자의 저쪽은 움푹한 길이 엄숙한 모양의 쓸쓸한 성 쪽으로 통하고 있었다. 차바퀴가 모래 위를 달리는 소리에 섞여 절벽에 부딪쳐 부서지는 파도로 생각되는 커다란 소리가 귀에 들려 왔다.
마차는 두 개의 마치를 지나 사각으로 된 어두운 안뜰에서 멎었다. 그러자 곧 마차의 승강문이 열리고 사관은 밖으로 뛰어내려 손을 내밀었다. 밀레이디는 그에 매달려 이젠 꽤 가라앉은 마음으로 내려섰다.
「뭐라 해도 나는 역시 죄수의 신분같군요.」 밀레이디는 주변을 돌아보고 사관에게 될 수 있는 한 상냥한 미소를 보내면서 말했다. 「하지만 그것도 곧 끝날 것 같군요. 나의 양심과 당신의 부드러운 태도가 보증하고 있으니까요.」
애교있는 이러한 인사에도 사관은 대꾸하지 않았다. 잠자코, 혁대에서 군선의 선원장이 사용하는 은으로 된 작은 호각을 꺼내 세 번, 각각 다른 음색으로 불었다. 그러자 몇명의 사나이가 나타나 거친 숨을 토하고 있는 말을 풀었고 마차를 헛간으로 끌고 갔다.
그러고나서 사관은 전과 다름없는 침착함과 바른 예절로 여자를 집 안으로 안내했다. 여자도 이제는 미소를 띠고 팔을 잡고는 낮은 문을 지나갔다. 그곳은 훨씬 위쪽에 등불을 단 둥근 천장으로부터 돌 계단에 이어져 있었다. 튼튼한 문 앞에서 발을 멈추고 청년은 가지고 있는 열쇠로 육중한 소리와 함께 그것을 열었다. 이것이 밀레이디에게 배정된 방이었다.
죄인은 슬쩍 그 방의 구석구석까지 돌아보았다.
방의 모양새는 감금하기 위한 것이라 할 수도 있고, 그렇지 않은 것 같기도 했다. 다만 창의 격자와 문밖에서 채울 수 있는 자물쇠가 감금실처럼 생각하게 했다.
순간, 이 여자의 드물게 볼 수 있는 강한 기력이 온몸에서 빠져나가고 말았다. 덜컥 팔걸이의자 위에 쓰러져서는 팔짱을 끼고 고개를 떨구었다. 자기를 재판할 사람이 당장 눈앞에 나타날 것으로 체념하고 기다리고 있는 것 같았다.

그러나 아무도 들어오지 않았다. 다만 두세 명의 선원 같은 사나이가 여행용 가방과 짐상자를 가져와서는 방 구석에 놓고 잠자코 나갔다.

그러는 사이에도 사관은 여전히 냉정하게 침묵한 채 감독만을 하고 있을 뿐이었고 지시도 손으로 하든가 호각만을 쓰고 있었다. 이 사나이와 부하 사이에는 언어라는 것이 없거나 불필요하게 된 것 같았다.

마침내 참을 수가 없게 된 밀레이디는 입을 열었다.

「부탁이에요. 도대체 이것이 어떻게 된 것입니까? 나의 불안한 심정을 어떻게 좀 해 주세요. 앞으로 아무리 무서운 일이 일어난다 하더라도 그것이 무엇인지 알기만 한다면 나는 견딜 수 있는 용기를 가지고 있어요. 여기는 어딘가요? 그리고 나는 왜 이리로 오게 되었나요? 이런 격자와 자물쇠가 있는 문 안에서 이래도 나는 자유로운 몸이라고 할 수 있는 것인가요? 붙들려 있는 것인가요? 무슨 죄를 범했나요?」

「당신은 당신에게 배정된 방에 계시는 겁니다. 나는 당신을 배까지 마중나가고 이 성에 안내하라는 명령을 받았습니다. 이 명령을 나는 수행했을 뿐이지요. 병사로서의 엄격함을 지키면서, 또한 귀족으로서의 예의를 다했다고 생각합니다만. 즉 나의 소임은 적어도 지금으로서는 이것으로 다한 것이고 다음 일은 다른 분과 관계가 있는 것입니다.」

「그럼, 그 다른 사람이란 누구인가요? 그 사람의 이름을 말해 주실 수는…….」

마침 그 때 계단 쪽에서 박차를 절그럭거리는 소리가 들려왔다. 사람의 음성이 들리고 또 사라지더니 이윽고 입구에 다가서는 한 사람만의 발소리가 울려왔다.

「마침 그분이 오셨습니다.」 사관은 이렇게 말하면서 자신은 입구 옆으로 비켜 통로를 열어 주고는 공손한 자세를 취했다.

동시에 문이 열렸다. 한 사나이가 입구에 나타났다.

모자도 쓰지 않고 검을 허리에 차고는 손수건을 손가락 사이에 쥐고 있었다.

밀레이디는 어둠 속에서 불쑥 나타난 이 그림자가 기억에 있는 것 같았다. 한 손을 의자 위에 걸친 채 들여다보듯이 얼굴을 앞으로 내밀었다.

그러자 그 사나이는 가만히 다가왔다. 등불이 만들고 있는 원주 안으로 그 모습이 들어옴에 따라 밀레이디는 저도 모르는 사이에 몸을 뒤로 뺐다.

「어쩜! 시숙님, 당신이신가요?」 밀레이디는 소리를 질렀다.

「그래요. 나라구요…….」 윈텔 경은 예의와 비꼬는 투를 섞은 것 같은 목례를 하면서 대답했다.

「하지만, 이 성은?」

「이것은 내 것이에요.」

「이 방은?」

「당신의 것이지요.」

「그럼, 나는 당신에게 감금당한 셈이군요!」

「네, 대충.」

「폭력으로 이런 짓을 하다니 부끄럽지도 않나요?」

「그렇게 거창하게 말할 것 없어요. 자, 앉아요. 마음을 가라앉히고 이야기합시다. 시숙과 제수의 사이답게…….」

그러고나서 입구 쪽에서 지시를 기다리고 있는 사관을 돌아보고

「이것으로 됐네. 수고 많이 했네. 그럼 여기는 우리 두 사람만 있게 해 주게나. 알겠지, 펠톤.」

50. 시숙과 제수의 회담

 윈텔 경이 입구의 문과 미늘창을 닫고는 의자를 바싹 가까이에 가져오는 동안 밀레이디는 멍하니 상상의 깊은 골짜기에 빠져 있었는데 그제서야 비로소 지금까지 추측도 할 수 없었던 경위가 확실히 떠올랐다. 자기가 누구의 손에 걸렸는지 전혀 짐작조차 할 수 없었던 것이다. 원래 시숙은 사람이 좋은 귀족, 천성적인 사냥꾼, 분별없이 내기승부를 하고 여자에게는 대담한 사내, 그런 사람이라고는 알고 있었지만 책모에 있어서는 보통 이하의 재능밖에 가지고 있지 않은 터였다. 그런 사람이 어떻게 자기의 도착을 미리 알고 손쉽게 체포할 수 있었던 것일까? 그리고 왜 붙들었을까?
 추기관과의 밀담이 외부에 새었을 것이라는 것은 아토스의 말투를 보아 넉넉히 짐작할 수 있었다. 하지만 벌써 거기에 대해 의표를 찌르는 대책이 이렇게 민첩하게 짜여졌을 것이라고는 도저히 믿을 수가 없었다.
 오히려 그것보다는 이전에 영국에서 벌였던 책모가 들통난 것은 아닐까, 문득 그런 생각이 났다. 그 다이아몬드를 절취한 것이 자기라는 것을 버킹검 공이 알고는 그에 대해 보복을 하는 것이라고……. 그러나 버킹검 공은 여자에 대해서는 그렇게 가혹한 보복을 하지 않는 사람이다. 특히 상대가 질투의 심정에서 그랬을 경우에는.

그러나 우선 이 추측이 가장 사리에 맞는 것 같았나. 원인은 과거의 것이지 앞으로의 문제에 관한 것은 아닐 것이다. 아무튼 무엇보다도 지략이 풍부한 적의 손에 떨어지는 것보다 이 다루기 쉬운 시숙의 손에 걸렸다는 것은 더 이상 바랄 수 없는 행운이라고 생각되었다.
「네, 이야기하기로 해요.」
애교마저 담은 투로 이렇게 말했다. 어쨌든 대화를 함으로써 앞으로 취할 방침을 정하는 데 필요한 지식을 찾기로 마음을 정했다.
「결국 영국에 올 결심을 하신 거로군. 전에는 두 번 다시 이 나라에는 발을 들여놓지 않겠다고 그토록 굳은 결심을 몇 번이고 밝혔던 당신이었는데.」
밀레이디는 다른 질문으로 거기에 답했다.
「무엇보다도 우선 내가 도착한다는 것, 그것만이 아니고 입항하는 날짜, 시각까지 알 정도로 어떻게 감시하고 계셨는지 말씀해 주세요.」
윈텔 경도 제수가 취하고 있는 것 이상으로 좋은 방법이 없다고 생각했는지 같은 작전으로 나왔다.
「그럼 당신도 일부러 영국에 올 마음이 생기게 된 까닭을 말해 주시오.」
「난, 당신을 만나고 싶었으니까요.」 이 대답이 다르타냥의 편지로 시숙의 머리에 싹튼 의심을 더욱더 굳히는 효과로 작용했는지도 모르고 밀레이디는 이렇게 말했다.
「뭐라구, 나를 만나고 싶어서 ?」
「그렇고말고요. 만나기 위해서지요. 왜죠 ?」
「그러면 나를 만나는 것 이외에는 아무 목적도 없나요 ?」
「네, 아무것도.」
「그럼 결국, 나만을 만날 목적으로 바다를 건너 왔다는 것이로군요.」
「당신만……..」
「이건 놀랍군. 얼마나 다정한 마음일까요..」

「나는 당신의 가장 가까운 친척이 아니던가요?」 밀레이디는 진심이 담긴 듯이 말했다.

「그리고 나의 오직 한 사람의 상속인이기도 한 셈이지요. 안 그래요?」 윈텔 경은 지그시 상대의 눈을 바라보면서 말했다.

아무리 자제하려고 해도 역시 밀레이디는 자꾸 몸이 떨리는 것을 억제할 수 없었다. 마침 윈텔 경은 그 말을 하면서 한 손을 제수씨의 팔 위에 놓고 있었으므로 그 떨림이 분명히 전해지고 말았다.

정말 이 일격은 숨통을 끊는 결정타와도 같았다. 밀레이디의 머리에 맨 먼저 떠오른 것은 케티가 불필요한 이야기를 했다는 것이었다. 그리고 다르타냥이 시숙의 목숨을 살려 주었다는 것을 알고 노골적으로 불쾌한 표정을 지어 보였던 경솔함도 생각해 냈다.

「난 무슨 말인지 잘 모르겠어요. 왠지 당신이 하시는 말씀에 숨겨진 뜻이라도 있는 것인가요?」 밀레이디는 공백을 메꾸기 위해 아무튼 상대에게 이야기를 시켜보자는 마음에서 이렇게 말했다.

「천만에 천만에. (윈텔 경은 바보스런 표정으로) 당신이 그렇게 해서 나를 만나려고 영국에 돌아 오셨다. 나도 당신의 기분을 알아차렸다기보다는 그렇지 않을까 짐작되는 바가 있고 해서, 밤중에 항구에 도착하시는 불편을 덜어드리고 상륙을 돕기 위해 부하를 마중 보냈던 거지요. 마차를 준비해서 그것으로 나의 성으로 모신 셈이구요. 나는 이곳에 매일 오니까 서로의 편리를 생각해서 의젓하게 방도 준비해 놓고. 이 정도의 일에 무슨 의심나는 점이라도 있나요?」

「아니오, 없습니다. 하지만 모를 것은 나의 도착을 당신이 알고 있었다는 것입니다.」

「그건 아무것도 아니지요. 당신이 타고 온 배의 선장이 입항할 때 항해 일지와 승무원 명부를 작은 배로 보냈던 것을 보지 못했나요? 나는 이 항구의 총독이니까요. 그러한 장부는 나에게 가지고 오게 마련이지요. 그 명부에 당신의 이름이 있는 것을 보고 나는 아까 말한 당신의 기분, 왜 이런 위험한, 더구나 나쁜 계절에 배여행을 개의치 않고 오게 되었는지를 깨닫고, 얼른 그 작은 배를 맞기 위해 마중을 보냈던 것입니다. 그 다음의 이야긴 할 필요도 없겠지요.」

밀레이디는 윈텔 경이 거짓말을 하고 있다는 것을 확실히 알 수 있었기 때문에 더욱 섬뜩했다.

「시숙님, 아까 내가 도착했을 때 그 부두에 계신 분은 버킹검 공이 아니셨던가요?」

「그렇습니다. 공작입니다. 딴은 그분의 모습이 눈에 띄었겠지요. 아무튼 당신은 그분에 대한 소문이 분분한 나라에서 오셨으니까. 프랑스에 대해 준비하고 계시는 군비 문제로 당신과 친밀한 추기관이 매우 걱정하고 있다던데.」

「나와 친밀하다구요?」 윈텔 경이 이런 사정까지 알고 있다는 것은 정말 뜻밖이었다.

「친밀하지 않나요? (남작은 아무렇지도 않은 표정으로 말했다.) 그렇지 않다면 큰 실례를 했군요. 나는 그런 것으로만 생각했기 때문에. 하지만 공작 문제는 뒤로 미루고…… 모처럼 진지해진 이야기를 계속하도록 하지요. 당신은 나를 만나기 위해 왔다고 했는데…….」

「네.」

「그리고 나는 당신을 소중한 손님으로서 매일 만나겠다고 말했었지요?」

「난 언제까지 이곳에 있어야 하나요?」 밀레이디는 다소 불안해진 듯 물었다.

「이 방이 마음에 들지 않나요? 무엇이든 필요한 것이 있으면 말해 주세요. 곧바로 가져다 드릴 테니까.」

「그렇지만, 몸종도 하인도 없고…….」

「뭐 그런 거야 전부 조달해 드리지요. 당신의 첫 남편은 당신에게 어떤 생활을 하게 했는지 말해 주시오. 나는 당신에게는 시숙에 불과하지만, 그와 똑같은 생활을 할 수 있도록 해드릴 테니까요.」

「최초의 남편!」 밀레이디는 놀란 눈을 뜨고 윈텔 경을 지그시 쏘아 보았다.

「그래요. 전의 프랑스 인 주인 말이지요. 나는 내 동생에 대한 이야기를 하는 것이 아니요. 아무튼 당신이 그런 사람을 잊어 버렸다고 하더라도 상대 편은 확실히 살아 있으니까. 내가 그 사람에게 편지를 써 보내면 그쪽에서 여러 가지 것에 대해 가르쳐 주기도 할 테고.」

 밀레이디의 이마에서 싸늘하게 식은땀이 흘렀다.
「저를 놀리고 계시는군요.」 하고 억압당한 음성으로 말했다.
「그렇게 생각됩니까?」 남작은 일어서서 뒤로 한 발 물러나면서 말했다.
「당신은 나에게 부끄러운 생각을 하게 하고는 그것을 보면서 흐뭇해 하고 계시는 거예요.」
 여자는 경련하는 두 손으로 의자의 팔을 밀어붙이고 손목으로 몸을 지탱하고는 엉겁결에 말했다.
「당신을 부끄럽게 한다구! 도대체 그런 일이 가능한 일이라고 생각하시오?」 윈텔 경은 경멸에 찬 목소리로 대답했다.
「그렇고말고요. 당신은 술에 만취한 사람이든가 아니면 미치광이든가 둘 중의 하나예요. 나가 주세요. 그리고 몸종을 하나 보내 주세요.」
「여자는 입을 조심하지 않는 법입니다. 어때요? 내가 하녀 대신이 되어 드리는 게. 그렇게 하면 당신의 비밀도 친척끼리만으로 막을 수 있을 텐데.」
「무슨 실례의 말씀을.」
 밀레이디는 용수철처럼 팔짱을 끼면서, 한 손으로 벌써 칼자루를 잡고 있는 남작에게 덤벼들었다.
「좋아 좋아, 당신이 사람을 죽이는 버릇이 있다는 것도 알고 있다구. 하지만 나는 그다지 얌전하게 당하고 있지는 않을 겁니다. 상대가 당신일지라도……..」
「그럴 거예요. 여자를 상대로 거친 짓을 하는 비겁한 자에게서 흔히 볼 수 있으니까요.」

「그럴지도 모르지. 하지만 나도 할 말은 있는 거요. 당신 몸에 거친 손길이 닿는 것은 이것이 처음은 아니었을 테니까.」

남작은 천천히 손을 뻗어 밀레이디의 왼쪽 어깨를 가리켰다.

밀레이디는 신음하는 소리를 내고는 암표범처럼 방 구석으로 뒷걸음질쳤다.

「흥, 실컷 울부짖는 게 좋아. 하지만 물어뜯지는 않도록 하길 바란다. 말해 두지만 그것은 당신을 위하는 것이 못 될 테니까. 여기에는 유산 상속의 수속을 미리 해 주는 대서인도 없고 아름다운 죄수를 구출하기 위해 나에게 도전할 편력의 기사도 없으니까. 다만 내 형제인 윈텔 경에게 중혼(重婚)의 죄를 숨기고 들어온 뻔뻔스런 여자를 재판하기 위한 재판관은 준비되어 있지. 이 재판관들이 언제든지 형집행인을 보내어 당신의 양쪽 어깨를 같은 것으로 만들어 줄 것이오.」

밀레이디의 눈은 번갯불과 같은 빛을 발하였고 그에 놀란 남작은 무기 하나 가지고 있지 않은 여자 앞에 있고 더욱이 남자인데다 무장도 갖추고 있는 몸이면서도 오싹하고 냉기가 온몸에 파고 드는 것을 느꼈다. 하지만 말은 중단하지 않고 오히려 점점 더 열을 띠게 되었다.

「그렇소. 당신이 내 동생의 유산을 이어받은 데다 이번에는 내 것도 상속하려고 하는 것은 꽤나 기분좋은 일이라는 것은 잘 알고 있소. 그러나 밝혀 두지만, 나를 죽이거나 살해하거나 내 쪽에서는 이미 그에 대한 대비를 해놓고 있단 말이오. 내 재산의 일 페니일지라도 당신 손에는 들어가지 않도록 되어 있소. 첫째, 당신은 대략 백만에 가까운 재산을 가지고 있으니까 그것으로 충분하지 않소? 당신은 다만 나쁜 짓을 하는 즐거움을 위해 아무래도 그만둘 수 없다는 말이요? 만약 내 동생의 기억에 오점을 남기고 싶은 것이 아니라면 당신은 윗분이 정한 지하 감옥에서 시체를 썩히든가 타이번의 선원들에게 좋은 구경거리가 되는 것이 좋다고 생각하오. 나는 당신에 대해 잠자코 있어 줄 것이오. 그러나 지금의 감금만은 얌전히 참아

주지 않으면 안 되겠소. 앞으로 이십 일쯤 지나면 나는 군대와 함께 라 로셀을 향해 떠나오. 출발하기 전날 한 척의 배가 마중하러 와서 당신을 남양에 있는 식민지로 데리고 가기로 되어 있소. 나는 그 모습을 확인해 둘 작정이요. 또한 당신 곁에는 당신이 조금이라도 영국, 아니 유럽으로 돌아가려고 모반할 마음을 일으키면 한 방으로 사살해 버릴 감시인을 붙여 둘 생각이요.」

밀레이디는 불꽃을 토할 것 같은 눈을 크게 부릅뜨고 잔뜩 긴장하여 듣고 있었다.

「그러니까, (윈텔 경은 말을 계속했다.) 그때까지 당신은 이 성에 있어야 하오. 이곳의 벽은 두껍고 문도 튼튼하고 격자는 끄떡도 하지 않소. 게다가 그 창 밑은 바다까지 쭉 절벽으로 되어 있소. 나에게 생명을 바치고 있는 부하들이 이 방의 주위를 지키고 안뜰로 통하는 모든 통로를 감시하고 있소. 운좋게 뜰까지 갔다고 하더라도 아직 철책을 세 겹이나 지나지 않으면 안 되오. 그리고 입구는 매우 엄중하오. 만약 조금이라도 탈주를 의심케 하는 행동을 하게 되면 사살해도 좋다고 허용하고 있소. 당신을 죽인들 어떻겠소. 영국의 법정은 오히려 수고를 덜어 주었다 해서 고맙다고 할 것이오. 허어 ! 당신의 표정을 보니 침착을 되찾고 안심한 것 같군. 십오 일, 이십 일이라고 ?…… 그 정도의 날짜가 있다면 그때까지는 (이 영리한 나니까) 어떻게든 좋은 지혜가 생각날 것이다.…… 그렇게 생각하고 있군그래. 이십 일이나 있다면 틀림없이 도망칠 수 있다…… 고 마음 속으로 말하고 있겠지. 좋아, 해 보라구.」

핵심을 찔린 밀레이디는 얼굴에 고통 이외의 다른 표정이 나타나는 것을 억제하려는 듯 손톱이 파고들 정도로 손가락을 꼭 쥐었다.

윈텔 경은 계속했다.

「내가 부재중에 이곳에서 다만 한 사람 지시해 줄 사관은 당신도 알고 있는 그 청년이오. 그가 명령을 충실히 지키는 사내라는 것은 당신도 이미 알았겠지. 당신이 포츠머드에서 여기까지 오는 도중 그 사내와 이야기해 보려고 여러 가지로 애를 썼다는 것을 나는 잘 알고 있소. 어땠소? 대리석의 조상일지라도 그 사람 이상으로 무표정하게 잠자코 있을 수 있겠소? 당신은 지금까지 많은 사내를 자신의 매력으로 유혹했던 사람이오. 그리고 유감스럽게도 그 유혹은 언제나 성공했소. 하지만 이번에 한 번 그 청년을 상대로 시도해 보시오. 잘 된다면 그때야말로…… 나는 당신을 악마라고 분명히 말해줄 테니까.」

그리고는 입구로 다가가서 거칠게 문을 열었다.

「펠톤을 불러다오. 잠시 기다려 주시오. 그 사내를 소개할 테니까.」

둘 사이에 이상한 침묵이 흘렀다. 그리고 그 정적 속을 다가오는 침착한 발소리가 들렸다. 그러자 곧 어두운 복도에 사람의 그림자가 보였다. 그 젊은 사관이 문턱 옆에 서서 남작의 지시를 기다리고 있는 모습이었다.

「들어오게, 존. 그 문을 닫고 들어와.」 윈텔 경은 불렀다.

사관은 들어왔다.

「자, 이 여자를 잘 보게나. 이렇게 젊고 아름답고 이 세상에서 가질 수 있는 모든 매력을 지니고 있는 것처럼 보이지? 그런데 이 여자는 실로 무서운 귀녀(鬼女)야. 이십오 세라는 나이가 될 때까지 이 나라 법정에서 일 년간 기록하는 것과 같은 정도의 죄를 거듭해 온 사람이거든. 목소리는 얼마나 상냥한 사람일까를 생각케 하고, 윤기 있는 아름다운 얼굴은 끌어당기는 좋은 미끼야. 그리고 이 훌륭한 육체는 자신이 낚은 사내의 정욕을 틀림없이 만족시켜 주지. 이 점은 인정해도 좋은 거지만 이 여자는 곧 자네도 유혹하려고 할 거야. 아니 죽이려고 할지도 모르지. 나는 자네를 궁지에서 건져 사관으로 만들었다. 다시 말할 필요도 없겠지만 한 번은 목숨을 살려 준 적도 있어. 나는 자네에게는 후원자라기보다 친구이고 은인이 라기보다 부친과도 같아. 이 여자는 나에게 위해를 가할 것을 획책하고 영국에 왔어. 나는 용케 이 독사를 붙들었지. 그래서 자네를 부른 것은 이렇게 말하기 위해서야. 펠톤, 나를 지켜다오, 라기보다 너 자신 이 여자를 조심해라. 이 여자가 올바른 형벌을 받게 될 때까지 소중하게 맡아 주겠다고…… 맹세해 주기 바란다. 나는 자네의 말을 신뢰한다. 자네의 성실성을 너무나 잘 알고 있으니까.」
 「남작, 지시대로 시행할 것을 나는 맹세합니다.」 청년은 시원스런 눈매에 마음 속으로부터 솟아 오르는 증오를 짙게 담고 대답했다.
 그 눈길을 밀레이디는 체념한, 기특하다는 모습으로 받아들이고 있었다. 그 아름다운 얼굴에 떠오른 이때의 표정만큼 유순해 보이는 것은 상상할 수 없었다. 윈텔 경의 눈에도 아까 덤벼들던 광폭한 여자가 거기에 있다고는 도저히 믿을 수가 없을 정도였다.
 「이 여자를 이 방에서 내보내서는 안 돼. 누구와도 연락케 하는 것은 엄금. 말 상대는 자네뿐이다. 그것도 자네가 상대를 해 주고 싶다는 기분이 되었을 때의 이야기지만.」
 「알겠습니다. 저는 이미 맹세를 했으니까요.」
 「그럼, 부인. 하느님에게 이 이상 거역하지 않도록 노력하세요. 지금까지 있었던 것은 인간의 손으로 재판을 받았으니까.」
 밀레이디는 이 재판에 억눌린 것 같이 푹 고개를 떨구고 있었다. 윈텔 경은 펠톤에게 가볍게 목례를 하고 밖으로 나갔다. 청년은 뒤를 따라가 입구의 문을 닫았다.
 잠시 후 복도에는 허리에 큰 도끼를 차고 손에는 총을 들고 순시하고 있는 수병의 육중한 발소리가 들려 왔다.
 밀레이디는 한동안 그 자세를 취한 채 움직이지 않았다. 열쇠구멍을 통해 엿보고 있지 않을까 해서였다. 이윽고, 약간 고개를 들자 그 얼굴은 복수에 불타고 있는 험악한 분노의 형상을 하고 있었다. 냉큼 뛰어가서 입구의 문에다 귀를 대고 창 밖을 내다보았고 되돌아오자 커다란 팔걸이 의자에 쓰러져 그대로 생각에 잠겼다.

51. 사 관

한편, 추기관은 영국으로부터의 소식을 고대하고 있었으나 들어오는 것은 모두 재미없고, 험악한 정보뿐이었다.

라 로셸의 공략전은 진척되었고 다양한 조치, 특히 모든 배를 항구에 접근시키지 않는 대방파제를 건조했기 때문에 전황은 갑자기 유리하게 전개되었으나 포위전은 아직도 장기간 계속될 형세였다. 이것은 왕국의 군대로서는 매우 불명예스러운 것이었고 추기관으로서는 매우 곤혹스러운 일이었다. 추기관으로서는 이미 루이 13세와 안느 왕비를 불화케 할 이유는 없었지만──그것은 이미 되어 있었다──현재 사이가 좋지 않은 바송피에르 경과 앙그렘 공을 어떻게 화해시킬 것인가 하는 어려운 문제가 있었던 것이다.

황제(皇弟) 쪽은 전쟁의 서전만을 담당한 후에는 뒷처리를 추기관에게 일임하고 있었다.

도시 쪽에서는 완강한 저항을 하고 있는 시장의 노력에도 불구하고 항복을 꾀하는 반란이 일어났다. 시장은 곧 반도를 교수형에 처했기 때문에 이것으로 불온분자도 체념하고는 아사(餓死) 농성을 결심했다. 목을 졸리는 것보다는 그렇게 하는 것이 급박하지 않고 일말의 희망도 있다고 생각한 것이리라.

공략군 측의 진영에서는 이따금 농성군 측에서 버킹검에게 보내는 밀사와 버킹검 쪽에서 보내는 첩자 등이 체포되었다. 어느 쪽에 대해서도 판정은 간결했고 추기관의 입에서 『교수』라는 한 마디만 새어나올 뿐이었다. 형장에는 왕도 임석했다. 왕은 걱정스런 표정으로 와서는 잘 보이는 자리에서 그 모양을 자세히 구경하고는 돌아가곤 했다. 이것으로 약간은 기분이 풀리는 것 같았지만 그래도 역시 지겨워하였고 말끝마다 파리로 돌아가겠다고 했다. 그래서 만약 적의 밀사와 첩자가 체포되지 않는다면 아무리 추기관이 지혜를 짜낸다 해도 비위를 맞출 재간은 없을 것이라고 생각되었다.

시일은 경과했으나 라 로셀의 사람들은 좀체 항복하지 않았다. 최근에 체포된 밀사가 가지고 있던 편지에는 이제 도시도 마침내 힘이 다한 데까지 왔다고 버킹검에게 호소하고 있었다. 그러나 그 말미에 『귀하의 원군이 15일 이내에 도착하지 않으면 우리들은 항복할 수밖에 없다』고는 쓰지 않고 『원군이 15일 이내에 도착하지 않으면 그 후에 도착한다 하더라도 우리의 아사한 시체가 늘어서 있을 것이다.』라고 써 있었다.

농성군은 오직 버킹검이 도착할 것을 기대하고 있었기 때문에 공은 그들의 구세주였다. 그래서 만일 공에게는 기대할 수 없다는 것을 어떤 방법으로든 명백하게 알게 되었을 때는 그 기력은 단번에 좌절되고 말 것이 뻔했다.

그래서 추기관은 공작이 원군을 인솔하고 오지 않는다는 보고가 올 것을 이제나저제나 하고 초조하게 기다리고 있는 셈이었다.

도시를 단숨에 무력으로 탈취해 버리자는 계책은 여러 차례 어전회의에서 논의는 하면서도 언제나 회피하고 있었다. 첫째, 농성군은 쉽게 공격해서 탈취할 수 없다는 것이 사실이었고, 거기에다 추기관은 누가 뭐라 해도 같은 프랑스 인끼리 그와 같은 결전으로 서로 피를 흘린다는 것은 국내 정책상 60년의 후퇴를 뜻하는 것이라는 점을 이해하고 있었다. 이 시대 사람으로서 드물게도 추기관은 진보적인 두뇌를 가진 사람이었다. 사실, 라 로셀의 도시를 침략하여 삼,사천 명이 넘는 결사의 신교도를 학살한다는 것은 이 1628년대에 있어서 1572년의 성 바르텔미(1572년 8월 23일의 심야에 자행된 프랑스 국내의 신교도 대학살. 국왕 샤를 9세의 모친, 카트린 메디시스가 부추긴 것이라 한다. 8월 24일은 성 바르텔미의 축제일이기 때문에 이런 이름이 붙여졌다.)의 대학살을 되풀이하는 것밖에 되지 않는다. 게다가 열렬한 구교도인 왕 자신이 결코 싫어하지 않을 것 같은 이 방법은 장군들의 『군량 공격 이외에는 함락하지 않는다』는 의견 앞에 결국 통과되지 않았다.

추기관의 머리에서는 그 파견된 무서운 밀사의 문제로 한시도 불안이 떠나지 않았다. 이 사람도 뱀처럼 되기도 하고 사자처럼 용맹해지기도 하는 여자의 비정상적인 성격은 알고 있었다. 나를 배신한 것일까? 아니면 죽은 것일까? 아무튼 내 편이 되든 적의 편이 되든 대단한 사고가 없고서는 잠자코 있을 여자가 아니다. 그렇다면 그 사고란 무엇일까? 그것은 전혀 짐작할 수가 없었다.

그러나 그러면서도 밀레이디의 활동에는 신뢰하고 있었다. 추기관은 이 여자에게는 자기의 빨간 외투로 덮어 줄 수밖에 없는 어두운 과거가 있을 거라는 것을 간파하고 있었다. 이렇게 자기 외에는 지켜 줄 사람이 없는 여자라면 이제는 분명히 자기의 것이라고 생각할 수도 있었다.

그래서 추기관은 전쟁 쪽은 혼자의 힘으로 계속하고 예기치 않았던 성공은 다만 요행으로 생각한다는 방침을 세워놓고 있었다. 그래서 라 로셸 군에 대해 군량 공격을 개시할 목적으로 만들게 했던 대방파제의 구축에 박차를 가했고 그 사이에 그렇듯 궁핍과 수많은 영웅적인 미담을 간직한 라 로셸의 도시에 신경을 쏟았다. 그러자 그의 정치적인 선배인 루이 11세(추기관 자신은 로베스피에르의 선배라고 할 수 있겠지만)의 말을 상기하고 『통치하기 위해 분할한다』는 트리스 탕(15세기의 사람. 루이 11세에 봉사하였고 헌병 사령관으로서 가혹하고 준엄한 단속을 시행했다.)의 좌우명이 머리에 떠올랐다.

앙리 4세가 파리를 공격했을 때에도 성벽 밖에서 식량을 던져 넣었던 것이 아닌가. 추기관은 라 로셸의 성내에 지휘자들이 얼마나 많은 부정한 짓을 하고 있는가에 대해 쓴 전단을 투입하도록 했다. 밀은 풍부하게 있는데도 지휘자들이 독점하고는 일반에게 분배해 주지 않는다는 등등. 성내에서는 노인과 아녀자는 어떻게 되든 상관없다. 방어하는 장년의 남자들이 약화되지만 않는다면, 하는 것이 표어처럼 되어 있었다. 적도 표어를 가지고 있었다. 지금까지는 맹목적으로 이 규율에 따라왔지만 투입한 전단은 효과를 나타냈다. 싸우고 있는 사나이들에게 그 노인과 아녀자는 자기의 부친이고 처자라는 것을 상기시킨 것이다. 같은 궁지에 몰린 사람들이 일치된 결의를 취하려면 차별 대우를 하지 않고 고통을 함께 나누는 것이 당연한 것이다, 라는 식으로 반성하기 시작한 것이다.

이윽고 많은 시민이 제각기 왕군과 평화 교섭을 열려고 하는, 말하자면 바라던 형세로까지 발전하게 되었다.

이렇게 해서 추기관은 자신의 계획이 드디어 열매를 맺게 되었다는 것을 알고 속으로 빙긋이 웃고 있을 때였다. 포츠머드에서 온 라 로셀의 한 사나이가 엄중한 감시를 하고 있는 왕군의 진영을 어떻게 통과했는지——신만이 안다. 무사히 성내로 돌아와서 이제 8일 이내에 출범하려고 하고 있는 당당한 함대를 이 눈으로 보고 왔노라고 보고했다. 거기에다 버킹검 공으로부터 시장 앞으로 프랑스에 대항하는 대동맹이 마침내 결성되어 프랑스 왕국은 머지않아 영, 독, 에스파냐 각국의 군대에게 일제히 침략될 것이라는 통지까지 왔다. 이 편지는 도시의 각 광장에서 대중들에게 낭독되었고 거리마다에는 그 사본이 나붙었다. 화친을 신청하려던 자들도 중지하고 이제 곧 오리라는 원군을 단호히 기다리기로 결의했다.

뜻하지 않았던 사건으로 모처럼 맑아지려던 리슐리외의 마음은 다시 어둡게 닫혀졌고 그 눈은 본의 아니게 다시 바다 저쪽으로 불안스럽게 향해질 수밖에 없었다.

이러고 있는 동안 사실상의 총지휘관의 속이 타고 있는 것도 아랑곳하지 않고 왕군의 장병은 느긋한 나날을 보내고 있었다. 식량은 풍부하고 금전도 부족함이 없었다. 대(袋)와 대가 서로 대담

성과 쾌활성을 경쟁하고 있었다. 첩자를 잡아 교수형에 처하고 제
방과 바다 쪽에 위험을 무릅쓰고 나돌아다니는 장난을 생각해 내고는
곧 태연하게 실행하는, 그렇게 보내고 있는 하루하루가 오히려 짧게
느껴졌다. 그 하루의 해가 길게 느껴지는 것은 다만 굶주림과 불안에
떨고 있는 농성군과 그들을 포위하고 있는 추기관 뿐이었다.

　수시로 추기관은 그 허름한 기사차림을 하고 공사의 상태를 불
안한 눈으로 순시했다. 프랑스 국내의 방방곡곡에서 기술자를 불러
이 공사를 시키고 있었으나 작업이 전혀 진척되고 있지 않는 것만
같았다. 그런 때 트레빌 경 휘하의 총사 중 한 사람을 만나게 될때면
곁에 다가가서는 상대를 지그시 바라보고 그것이 우리의 네 친구
중의 한 사람이 아니라는 것이 확인되면 다시 생각에 잠긴 눈을
딴 데로 돌리곤 했다.

　어느 날, 반군과의 화해에 대한 희망도 희박해지고 영국으로부터의
소식도 없어서 마음이 어둡게 닫혀진 추기관은 아무런 목적도 없이
외출을 했다. 다만 카유작과 라 우디니엘 두 사람만을 데리고 모
래밭을 따라 갔다. 가슴 속의 심원한 책모를 광대한 해면의 넓이에다
용해시키면서 조용히 말을 몰고 가자 어느 틈엔가 작은 언덕 위에
도착했는데, 그 위에서는 하나의 울타리가 보였고 모래 위에 배를
깔고 누워 있는 일곱 사람의 사나이가 이 계절에는 드문 햇볕을
태평스럽게 즐기고 있었다. 일곱 사람의 주변에는 빈 병이 즐비했다.
두말할 나위도 없이 그 네 사람은 우리들의 총사인데 그 중의 하나가
어디서 받았는지 편지를 읽고 있는 것을 모두 들으려고 하던 참인
것 같았다. 패나 중요한 편지인 듯 카드와 주사위는 북 위에 팽개쳐져
있었다.

　다른 세 사람, 코릴 주의 병 마개를 따려고 하는 것은 두말할
나위도 없이 부하들의 얼굴이다.

　위에서도 말한 바와 같이 오늘 추기관의 기분은 별로 좋지 않았다.
그리고 이 사람이 이런 식이면 그 불쾌한 기분을 더욱 배가시키는
것은 무엇보다도 다른 사람이 흥겨워 하고 있는 모습을 보는 것

이었다. 여기에는 타인이 쾌활한 것은 자신이 우울해 있기 때문이라고 생각하는 이 사람의 나쁜 버릇도 가세했다. 라 우디니엘과 카유작에게 정지하라고 신호하고 자신은 말에서 내려 깔깔대고 있는 수상쩍은 사내들에게 다가갔다. 마침 모래였기 때문에 발소리는 들리지 않았는데 생울타리에 숨어서 뭔가 이야기의 요점이라도 도청할 수 있지 않을까 생각했다. 울타리에서 십 보쯤 떨어진 곳에 오자 가스코뉴 사투리가 귀에 들어왔다. 이들이 총사라는 것은 이미 알고 있었으나 다른 세 사람은 『막역』이라고 일컫고 있는 세 친구, 아토스, 폴토스, 아라미스임에 틀림없을 것으로 단정했다.

그래서 더욱더 이야기의 내용을 알고 싶어진 것은 두말할 것도 없었다. 추기관의 눈은 이상한 빛을 띠었고 살쾡이와 같은 걸음걸이로 울타리를 따라 접근했다. 그런데 무슨 뜻인지 알 수 없는 막연한 음성이 두세 마디 들리는 순간 울려퍼지는 한 소리가 있어 총사들을 돌아보게 했다.

「사관!」하고 고함친 것은 그리모였다.

「이놈아, 너 뭐라고 지껄이고 있는 거냐.」팔꿈치로 땅을 짚고 일어난 아토스가 무서운 눈초리로 그리모를 엎드리게 했다.

그리모는 그대로 말을 할 수가 없게 되어 다만 손가락으로 울타리 쪽을 가리키며 추기관 일행이 그곳에 있음을 알려 주었다.

네 사람은 벌떡 일어나 공손히 경례를 했다.

추기관의 얼굴은 예사롭지 않은 노기를 띠고 있었다.

「총사 제공들도 그런 식으로 신변을 호위하고 있는 것 같군. 영국군이 육지를 따라 공격해 올 우려라도 있다는 건가, 아니면 자신들을 고위 고관쯤으로 착각하고 있는건가?」

「예하……」아토스는 대답했다. 다른 사람이 쩔쩔매고 있을 때 평소의 냉정과 대귀족다운 침착성을 잃지 않는 것은 항상 아토스뿐이었다.

「예하, 총사들은 근무 중이 아닐 때나 혹은 근무를 마쳤을 때는 술도 마시고 주사위를 굴리기도 하는 것입니다. 그리고 그들도 부하에 대해서는 고관이라고 말해도 지장은 없을 게 아닙니까.」
　「부하? 옆을 지나가는 사람을 일일이 주인에게 일러바치는……이것은 이미 부하가 아닐 게다. 보초인 거지.」
　「하지만 그와 같은 경계를 하지 않았다면 예하께 인사를 드리고 또한 우리들 네 사람이 이렇게 함께 모일 수 있도록 마련해 주신 데 대해 사례말씀을 드릴 기회를 놓쳤을지도 모릅니다. 다르타냥, (아토스가 불렀다.) 마침 귀공이 바라고 있던 좋은 기회다. 어서 인사드려.」
　아토스는 언제나 위기에 처했을 때에 발휘하는, 그 조금도 당황하는 기색이 없는 침착성을 보이면서 이렇게 말했다. 더구나 고귀한 사람에 비해서도 손색이 없는 엄격한 예절을 갖추고——.
　다르타냥은 다가가서 두세 마디의 사례말씀을 더듬거리면서 중얼댔으나 추기관의 못마땅해 하는 눈초리를 대하자 말끝을 흐리고 말았다.
　「그래, 그건 어떻든 상관없지만, 아무튼…… (추기관은 최초에 마음먹었던 대로 본론에 들어갔다.) 아무튼 장관도 아닌 귀공들이 특권이 있는 부대에 속해 있다는 것을 기화로 대제후와 같이 행동하는 것은 좋지 않다. 규율은 만인에게 평등한 것이니까.」
　아토스는 추기관이 할 말을 다 할 때까지 기다렸다가 찬동하는 표시로 공손히 머리를 숙여 보인 다음 입을 열었다.
　「예하, 우리들도 결코 규율을 망각한 것은 아닙니다. 다만 지금은 근무 중이 아니기 때문에 자유로이 하고 싶은 대로 해도 좋은 것으로 생각했던 것입니다. 만약, 다행히도 예하로부터 무엇이든 특별한 명령을 받게 된다면 즉각 그에 따를 생각입니다만. 그래서 보시다시피 (심문에 약간 기분이 상했던 아토스는 이마를 찌푸리면서 말했다.) 언제든지 응할 수 있도록 무기도 이렇게 갖추고 외출했습니다.」
　그러면서 카드와 주사위가 위에 팽개쳐져 있는 북 곁에 세워놓은 네 정의 총을 가리켰다.
　「이렇게 암행하시는 분이 예하이신 줄 알았다면 물론 저희들이 마중하러 나갔을 것입니다.」 그제야 다르타냥이 옆에서 한 마디 했다.
추기관은 입수염과 입술 끝을 지그시 깨물었다.
「이렇게 한가할 때마다 부하를 데리고 네 사람이 함께 모여 있는 모습이 도대체 어떻게 보일 거라고 생각하나? 네 사람의 음모자로밖에는 보이지 않는다구.」
「그렇습니다, 예하. 정말 말씀 그대로입니다. 저희들은 음모를 꾸미고 있는 중이었습니다. 단, 농성군에 대해서.」
이번에는 추기관이 이마를 찌푸렸다.
「딴은 모사들의 모임이군. 당신들의 머릿속을 읽을 수 있다면 필시 우리들이 모르는 여러 가지 비밀로 가득차 있을 거다. 읽는다는 말이 나왔으니 하는 말이지만, 내가 오는 것을 보고 어딘가에 숨겨 버린, 무슨 편지를 읽고 있는 것 같았는데…….」
아토스의 얼굴에 일순 붉은빛이 감돌았고 한 걸음 추기관 쪽으로 다가섰다.
「그렇다면 저희들은 진짜로 혐의를 받고 있는 것 같군요. 정말 이것은 정식으로 심문을 받고 있는 것과 다름이 없습니다. 만일 심문이라면 부디 혐의 내용을 설명해 주십시오. 그렇지 않다면 저희들도 짐작을 할 수가 없으니까요.」
「심문이라 하더라도 다른 사람 같으면 일일이 나의 질문에 대답할 수 있었을 거다.」
「아무쪼록 의심되시는 점을 하문해 주십시오. 무엇이든 숨김없이 대답해 드리겠습니다.」
「아라미스, 자네가 좀전에 읽다가 숨긴 편지는 대체 무엇이지?」
「여자 편지입니다.」
「그렇겠군. 그런 종류의 편지는 무턱대고 보여 달랄 수는 없겠지. 하지만 고해사에겐 보여 주어도 괜찮겠지. 알다시피 나는 그 자격이 있는 사람이니까.」
「예하.」 얼굴에 나타난 심상치 않은 기색에 도리어 기분 나쁜 침착성을 보이면서 아토스가 말했다.

「이것은 여자의 편지입니다만 마리옹 드 로름(루이 13세때의 유명한 미인. 리슐리외에 반항하여 처형된 생 마르와도 친했다. 빅토르 위고의 5막극이 있다.)에게서 온 것도, 에기용 부인(공작 부인. 리슐리외의 조카딸.)에게서 온 것도 아닙니다.」

추기관의 얼굴은 순식간에 창백해졌고 눈에서는 번갯불과 같은 빛을 뿜었다. 그리고는 갑자기 험한 눈으로 카유작과 우디니엘 쪽을 돌아보았다. 그 동작을 간파하고 아토스는 놓아 둔 총 쪽으로 한 걸음 다가갔다. 다른 세 사람의 눈도 약속이나 한 듯이 그쪽으로 향했다. 추기관 쪽은 세 사람, 총사는 부하를 합해 일곱 사람이었다. 아토스들에게 만약 실제로 불온한 계획이 있었다면 더욱 위험한 입장이었다. 그것을 직감한 순간, 이러한 일에는 익숙한 자유 자재로운 변전의 몸짓으로 노골적으로 나타났던 노기는 순간 부드러운 미소 속에 용해되고 말았다.

「아니, 알겠다. 자네들은 밝은 데서는 대담하고 어두운 곳에서는 충실한 아주 훌륭한 젊은이들이로군. 타인을 그렇게 정신을 차려 보호하고 있는 이상 자신을 보호하려는 것도 무리는 아니지. 언젠가의 밤에 빨간 비둘기집까지 경호해 준 것은 결코 잊지 않겠다. 오늘도 가는 길에 위험이 있다면 다시 한 번 부탁하고 싶지만 그런 염려는 없으니까 여기 있으면서 나머지 술을 마저 마시고 놀면서 편지도 끝까지 읽어 보도록 하라구. 그럼, 또……」

추기관은 카유작이 끌고 온 말에 올라타자 손을 가볍게 흔들고는 사라졌다.

네 사람은 한 마디도 하지 않은 채 잠시 그대로 서 있었다.

얼마 후 그들은 서로 얼굴을 마주보았다. 그들의 얼굴에는 모두 불안한 그림자가 감돌고 있었다. 추기관은 우정에 넘친 인사를 남기고 갔지만 내심은 격분으로 가득차 있었다는 것을 의심할 여지가 없었기 때문이다.

아토스만은 경멸을 담은 남자다운 미소를 흘리고 있었다. 추기관의 모습이 사라지고 음성도 들릴 염려가 없어지자,

「그리모가 너무 늦게 발견했기 때문이야.」 개운치 않은 기분을 아무에게나 던지고 싶은 폴토스가 말했다.
 그리모는 무언가 변명을 하려고 했으나 아토스가 손가락을 들어 입을 다물게 했다.
「귀공은 편지를 건네줄 생각이었나? 아라미스!」 다르타냥이 물었다.
「나는 결심하고 있었지. 만약 끝내 내놓으라고 하면 한 손으론 편지를 내밀면서 다른 한 손으론 검을 들어 힘껏 찌를 생각이었어.」
「그러리라고 생각했지. (아토스는 고개를 끄덕였다.) 그래서 내가 곧 사이에 끼어든 거야. 그 따위로 말을 하다니 추기관은 정말 덜된 인간이야. 마치 언제나 아녀자만을 상대하고 있는 사람 같거든.」
「아토스, 나는 귀공에게는 완전히 감복했다. 하지만 우리들이 하는 방식은 좋지 않아.」
「좋지 않다구? 어째서? 도대체 우리들이 호흡하고 있는 이 공기는 누구의 것인가? 이 눈앞에 펼쳐져 있는 바다는 누구의 것인가? 우리들이 누워 있던 이 모래톱은? 귀공의 애인에 관해서 쓴 이 편지는? 모두 추기관의 것인가? 그 사람은 완전히 이 세계는 내 것이다라는 투의 얼굴을 하고 있었어. 귀공은 또 뭐야? 말도 제대로 하지 못하고 멍청하니 서 있기만 하구. 마치 눈앞에 바스티유 감옥의 환상이 솟아 있고 메두사(그리스 신화에서 미네르바 신을 노하게 했기 때문에 아름다운 머리가 뱀으로 변하게 된 여인. 그의 눈을 본 자는 돌이 된다고 하는 무서운 몰골의 여인.)가 돌로 바꿔 놓은 것 같은 상태였다고. 사랑한다는 것이 어째서 음모인가? 귀공은 추기관에게 감금당한 여자를 사랑하고, 또 그 여자를 그 사람의 손에서 탈환하려고 생각하고 있겠지. 즉 추기관을 상대로 한판 승부를 하고 있는 셈이야. 그 편지는 곧 귀공의 수단이야. 자기의 수단을 상대에게 보여 주는 놈이 어디 있어? 그런 일은 있을 수 없어. 알고 싶으면 그쪽에서 생각하면 되는 거야. 이쪽은 이쪽대로 적의 수단을 살피기만 하면 되는 거구.」

「과연 귀공의 얘기는 논리적이야, 아토스.」 다르타냥은 사뭇 감동하고 있었다.
 「어쨌든 지금 있었던 일은 이제 잊기로 하고, 아라미스가 사촌 누이에게서 온 편지를 계속해서 읽는 것이 좋겠다.」
 아라미스는 편지를 호주머니에서 꺼냈고, 세 사람은 그 곁으로 다가갔다. 부하들은 다시 술병 둘레에 모였다.
 「아까는 한 줄인가 두 줄 읽었을 뿐이었어. 다시 한 번 처음부터 읽어 주지 않겠나?」
 다르타냥이 말하자
 「알겠다.」 아라미스를 고개를 끄덕이고 읽기 시작했다.

 『그리운 오빠——언니가 그 귀여운 하녀를 카르멜파 수도원에 넣었기 때문에 난 어쩌면 스토네에 가게 될 것 같습니다. 그 아가씨는 이젠 체념하고 있습니다. 아무리 노력해도 다른 곳에서는 영혼의 안식을 얻을 수 없다고 해서. 하지만 만일 집안 사정이 잘 정리되면 나중의 문제야 어찌됐든 그 아가씨 문제로 걱정하고 있는 사람들의 곁으로 돌아올 것입니다. 그때까지 별로 부자유한 생활도 하고 있지 않으니까요. 오직 바라고 있는 것은 애인으로부터의 편지인 것 같아요. 물론 이런 것은 엄중한 그곳의 격자 안으로는 좀체로 들어갈 수 없는 것입니다만. 나는 지금까지도 종종 보여 드렸듯이 솜씨가 좋기 때문에 그 소임을 맡아서 해 드려도 좋습니다. 언니도 거듭거듭 당신께 고맙다는 말을 하고 있습니다. 매우 걱정을 했다고 합니다만, 저쪽에 만일을 위해 사자를 보낼 수 있었기 때문에 지금은 마음이 안정되었다는 이야기입니다.
 그럼 안녕히, 가급적 많은 편지 주세요. 안심하고 쓸 수 있을 때 말예요. 아셨죠?   안녕.
마리 미숑』
 「아라미스, 고맙네. 어떻게 사례를 해야 할지! (다르타냥은 뛸 듯이 기뻤다.) 그리운 콩스탕스 ! 이제야 당신의 소식이 들어왔군. 무사히 수도원으로…… 스토네에 있는 셈이군. 아토스, 스토네가 어디에 있지 ?」

「로렌 쪽이지. 알사스 국경에서 몇 십리 떨어진 곳이야. 전쟁이 끝나면 그리로 잠시 가는 것도 좋아.」

「전쟁도 곧 끝날 것 같다구.」 폴토스가 말했다.

「오늘 아침, 또 적의 첩자를 체포했는데, 그놈 말에 의하면 성내에서는 이젠 구두의 가죽까지 먹고 있는 실정이라네. 가죽을 다 먹고나면 다음엔 구두바닥 차례야. 그것도 없어지면 다음엔 사람끼리 서로 잡아먹을 수밖에 다른 방도는 없을 테지.」

「불쌍한 놈들이군.」 아토스는 보르도의 상급품을 한 잔 쭉 들이키고는 말했다.「구교 쪽이 가장 유리하고 기분 좋은 종파라는 것을 놈들은 모르고 있는 거야. 하지만 좋다구. (혀를 차면서) 아무튼 용기는 있는 놈들이야. 그런데 아라미스는 어떻게 할 셈인가 ? 그 편지를 호주머니에다 간직해 둘 건가 ?」

「아니. 아토스의 말대로 편지는 불에 태워 버리지 않으면 안 돼. 태운다 하더라도 추기관의 일이니까. 잿속에서라도 판독할 수 있는 지혜가 있는지 모르겠지만.」 다르타냥은 이렇게 말했다.

「분명코 있을 거다.」

「그럼 어떻게 하는 것이 좋지 ?」

폴토스가 묻고 있는 동안에 아토스는 그리모를 손짓해서 불렀다.

「그리모, 잠시 이리 와봐.」

그리모는 일어서서 지시에 따랐다.

「너는 아까 허가 없이 지껄였다. 그 벌로서 이 편지를 삼켜 버려라. 단, 그 대신 이 포도주를 한 잔 마시게 해 줄 테다. 자아, 이것이 편지다. 꼭꼭 씹어 삼켜라.」

그리모는 빙긋이 웃었다. 그리고는 잔에 가득히 부어지는 술을 지그시 바라보면서 편지를 찢어서 삼켰다.

「장하다 ! 자, 이번엔 이것을 마셔라. 고맙다는 말은 하지 말고.」
 아토스가 건네준 보르도의 술잔을 그리모는 잠자코 입으로 가져갔다. 그런데 그렇게 마시고 있는 동안 하늘로 향해졌던 눈이 암묵리에 말하고 싶다는 기분을 나타내고 있었다.
 「추기관님에게 그리모의 배를 열어 볼 수 있는 지혜가 없는 한 이것으로 우선은 걱정이 없어진 셈이다.」
 아토스는 이렇게 말했다.
 한편 이러고 있는 사이에 추기관은 입 속으로 무언가를 중얼대면서 개운치 않은 기분으로 산책을 계속하고 있었다.
 『어떤 일이 있어도 저 네 녀석을 우리 편으로 끌어들이지 않으면…….』

52. 죄수의 첫날

 프랑스의 해안 지방에 눈길을 주고 있는 동안 잊고 있었던 밀레이디의 문제로 슬슬 돌아가기로 하자.
 그녀는 줄곧 어두운 생각에 잠겨 있었다. 자신이 내던져진 이 구렁텅이에서 탈출의 광명은 완전히 두절되어 버린 것 같았다. 이 여자로서는 처음으로 의심을 하게 되고 불안을 느끼게 되었던 것이다.
 두 번이나 실패의 고배를 마시게 되었고 두 번이나 본성이 드러났으며 급기야는 적의 함정에 빠지고 말았다. 그리고 이렇게 두 번씩이나 마치 신이 파견한 파마동자(破魔童子)와 같은 사람에게 패한 것이다. 다르타냥은 악의 화신과도 같은 이 여자를 아주 훌륭하게 정복해 버린 것이다.
 그로 인해 사랑의 약점에 찔려 자존심을 훼손당했고 야심의 밑바닥까지 긁히고 말았다. 그뿐만이 아니었다. 부를 상실당했고 몸의 자유가 구속되었고 목숨까지 위협받고 있다. 게다가 자신을 감추고 있던 가면이 벗겨졌고 그것을 유일한 힘으로 믿고 있던 방패마저 빼앗기고 만 것이다.
 다르타냥은 한 번 사랑했던 사람을 반드시 미워하듯 그녀가 증오하고 있는 버킹검에게 리슐리외가 왕비를 위협할 재료로 삼고 있던 위난을 모면케 해 주었다. 강한 성격의 여성답게 분방한 정열을 쏟았던 왈드 백작으로 둔갑했던 것도 다르타냥이었다. 일단 알려진 이상 살려 둘 수 없는 비밀을 쥐게 된 것도 다르타냥이었다. 마지막으로 드디어 복수를 하기 위해 입수한 백지 위임장마저 빼앗겼고 도리어 자신이 이렇게 체포되어 욕된 보타니 베이(오스트레일리아의 시드니 가까이에 있는 만으로서 영국인은 1787년에 이곳에 수형자 이민을 시도했으나 후에 폐지했다.)라든가 인도양의 타이반, 아니면 다른 어딘가의 유배지로 보내지게 된 신세가 된 것도――모두 다르타냥 때문이었다.

이제 이것은 명명백백한 일이었다. 그 사람을 제외하고 자기에게 이렇듯 뜨거운 굴욕의 물을 마시게 할 인간이 또 있을까? 불가사의한 운명으로, 하나하나 폭로했던 무시무시한 비밀을 윈텔 경에게 들려 줄 수 있는, 그야말로 유일한 인간이었다. 그 사내는 시숙과는 아는 사이이니까 틀림없이 편지를 보냈을 것이다.

밀레이디는 격렬한 증오심으로 온몸을 떨었다. 인기척이 없는 방의 한쪽 구석에 비치해 놓은 불꽃과 같은 눈동자, 가슴을 세차게 뛰게 하는 호흡과 함께 이따금씩 새어나오는 둔한 신음소리가 이음울한 고성(孤城)의 깎아지른 듯한 바위에 부딪쳐 산산조각으로 부서지는 파도소리와 뒤섞였다. 이 요부(妖婦)의 머릿속에서는 보나슈 부인과 버킹검, 특히 다르타냥에 대한 거창한 복수 계획이 끝없이 꼬리를 물고 펼쳐지고 있었다.

복수하기 위해서는 먼저 내 몸이 자유스럽게 되지 않으면 안 된다. 자유스럽게 되기 위해서는 벽을 파괴하든가 격자를 부수든가 마루바닥에 구멍을 뚫어야 한다. 만일 사내가 끈기있게 실행한다면 성공할 수도 있는 일일지 모르나 연약한 여자의 팔은 공연히 초조할 수밖에 없는 것이다. 첫째, 그런 일을 하려면 시간이 소요된다. 몇 달, 몇 년이라는―― 그런데 지금 자기에게는 단지 10여일의 여유가 있을 뿐이다. 저 시숙인 옥리(獄吏) 윈텔 경의 말에 의하면.

그래도 그녀가 만약 사내였다면 어쨌든 시도해 보았을 것이다.

그리고 잘 해 냈을지도 모른다. 하늘이 사내를 뺨칠 정도의 강한 혼을 감싸는 데 이렇듯 나약하고 부드러운 육체를 부여한 것은 얼마나 큰 오산이었던가!

따라서 감금 초기에는 고뇌도 격심했다. 억누를 수 없는 분노의 경련이 여자의 연약함을 준 자연을 향해 원망하고 호소하는 것 같이 보였다. 그러나 그러는 사이에 미치광이와 같은 분노를 억제하고 몸을 떨게 하던 신경의 흥분도 가라앉아 지친 뱀이 휴식을 취하듯 지그시 고개를 떨구고 생각에 잠기기 시작한 것이다.

『아니다. 이렇게 흥분하는 것은 바보 같은 짓이다.』 이렇게 중얼대고는 거울을 들여다 보았다. 아직도 활활 타고 있는 눈이 그 모습을 비추듯이 비쳤다. 『떠들면 안 된다. 떠드는 것은 약점을 보이는 것이다. 그런 방식으로 나는 지금까지 성공한 적이 한 번도 없었다. 그래도 상대가 여자라면 다른 여자보다는 내가 우위일지도 모른다. 그러나 지금 싸우고 있는 상대는 사내뿐인 것이다. 그들에게 있어서 나는 연약한 여자에 지나지 않는다. 여자로서 싸우자. 내 힘은 그 연약함 속에 있는 것이다.』

그래서 생각대로 움직일 수 있는 그 얼굴에 갖가지 변화를 시도하는 식으로 눈코를, 굳어진 분노의 표정으로부터 가장 상냥한 교태를 간직한 미소까지, 여러 가지로 만들어 보았다. 또한 자신의 얼굴에 가장 알맞는 머리 모양을 능숙한 솜씨로 정돈하고는 만족스러운 듯이 중얼거렸다.

『걱정없다. 나는 역시 미인이다.』

벌써 밤 8시가 가까웠다. 밀레이디의 눈에 처음으로 침대가 있는 것이 보였다. 한동안 잠을 자는 것이 머리를 쉬게 할 뿐만 아니라 아름다운 용모를 유지하는 데에도 도움이 된다고 생각했다. 그런데 잠자리에 들어가기 전에 문득 좋은 생각이 떠올랐다. 이제 이곳에 온지 1시간이나 지났으니까 곧 식사를 가져올 것이다. 시간을 허비해서는 안 된다. 오늘밤부터 감시의 역을 맡고 있는 사람의 성격을 조사해서 계획의 출발점으로 삼는 것도 나쁘지는 않다——.

입구에 불빛이 다가왔다. 감시인이 온 것이다. 일어나 있던 밀레이디는 얼른 의자에 몸을 던지고 머리를 뒤로 젖히고는 아름다운 머리카락을 풀어헤치고 드러난 가슴을 레이스 밑에 내보이면서 한 손은 가슴에, 또 한 손은 늘어뜨린 채 조용히 기다렸다.

자물쇠를 따고 문이 삐거덕 열리면서 사람의 발소리가 들렸다.
「이 테이블은 거기 놓게.」하고 펠톤은 말했다.「촛대를 가져 오고 파수는 교대시켜라.」

이 명령하는 어조에 의해 밀레이디는 자기를 뒷바라지하는 사람이 역시 감시하는 사나이, 이 사관의 부하라는 것을 알았다.

명령은 침묵 속에서 재빨리 시행되었고 규율의 정확성이 느껴졌다.

지금까지 밀레이디 쪽에 시선을 주지 않았던 펠톤은 비로소 돌아보면서

「응, 자고 있군. 마침 잘 됐다. 잠에서 깨면 식사하겠지.」
이렇게 말하고 나가려고 하자

「아니, 사관님. 이 여자는 자고 있지 않습니다.」곁에 다가왔던 부하가 소리쳤다.

「뭣이. 자고 있지 않아? 그럼 어떻게 하고 있는 거야.」

「기절하고 있습니다. 얼굴이 창백하고 옆에 다가가도 숨소리가 들리지 않습니다.」

「과연.」펠톤은 자신이 서 있는 곳에서 여자를 보고는 말했다.「남작에게 알려 드리고 오너라. 그리고 이런 경우엔 어떻게 처치해야 좋을지 여쭤 보도록.」

부하가 나간 다음 펠톤은 마침 입구곁에 있던 의자에 앉아 묵묵히 기다리고 있었다.

밀레이디는 여자가 곧잘 하듯이 눈꺼풀을 내리깔고 잠든 체하면서 길다란 속눈썹 사이로 보는 것이 아주 능숙했다. 살짝 엿보니 펠톤이 등을 보이고 앉아 있는 것이 보였다. 대략 10분쯤 그렇게 엿보고 있었지만 이 마음을 놓은 것 같은 감시인은 한 번도 돌아보려고

하지 않았다.

그녀는 이제 곧 윈텔 경이 와서 이 옥리를 또 격려하리라고 생각했다. 최초의 시도는 실패했다. 그러나 아직은 방책에 자신이 있는 여자답게 마음을 고쳐먹고 머리를 약간 들고는 눈을 뜨고 약한 한숨을 토했다.

「아니, 정신이 들었군요. 그럼 난 여기 더 있을 필요가 없겠군. 만일 무슨 용무가 있으면 초인종을 눌러 주시오.」

「아, 얼마나 괴로웠는지.」 밀레이디는 옛이야기에 나오는 마녀처럼 마음을 녹이는, 아름다운 목소리로 중얼댔다.

그리고는 안락의자에 일어나 앉았는데 그것은 자고 있을 때 보다도 더욱 매혹적인 모습이었다.

펠톤은 일어섰다.

「하루 세 번, 식사를 가져옵니다. 아침은 아홉 시, 그리고 낮 한 시와 밤 여덟 시입니다. 만약 이 시간이 마음에 들지 않으시면 편리한 시간을 말씀해 주십시오. 그대로 하겠습니다.」

「하지만…… 난 이 쓸쓸한 방에 줄곧 혼자 있지 않으면 안 되나요?」

「이 근처에 있는 여자 한 사람이 내일 성으로 오게 되어 있는데, 그 여자는 언제든지 희망하실 때에 올 것입니다.」

「그건 고맙군요.」 밀레이디는 얌전하게 대답했다.

펠톤이 가볍게 목례를 하고 막 입구로 다가가서 문지방을 넘으려고 할 때 윈텔 경이 연락하기 위해 갔던 부하를 거느리고 복도에 나타났다. 한 손에는 각성용 향수병을 들고 있었다.

「어떤가? 어떻게 된 건가? (여자가 일어나 있고 펠톤이 밖으로 가려 하고 있는 것을 보고 웃음을 띠우면서) 죽은 부인이 벌써 소생했나? 펠톤. 너는 얕보여서 신파극의 제 1 막을 구경하게 됐군그래. 이제 다음 막은 얼마든지 계속되겠지만…….」

「어쩌면 그렇지 않을까 해서 주의하고 있었습니다. 그러나 상대는 여자이기 때문에 예절을 알고 있는 사내로서 부인에 대해 상대방보다도 오히려 자기를 위해 취해야 할 경의를 표했을 뿐입니다.」
 밀레이디는 오싹 몸서리쳤다. 펠톤의 말이 혈맥에 얼음처럼 스며들었기 때문이다.
「그럼 저 재치껏 풀어헤친 아름다운 머리카락도, 저 드러낸 하얀 살결도, 애수띤 눈초리도 전혀 자네를 유혹할 힘이 없었군그래.」
원텔 경은 웃었다.
「조금도. (청년은 냉정한 어조로) 안심하십시오. 나를 유혹하는 데는 여자의 수단과 교태로는 불가능하니까요.」
「그렇다면 이 여자에게는 다른 방법을 생각하도록 하고 빨리 식사하러 가자구. 정말 이 여인은 소문난 꾀쟁이니까 말야. 심파의 제 2 막은 곧 보게 될 거야.」
 이렇게 말하고 윈텔 경은 펠톤의 팔을 잡고 너털웃음을 터트리면서 가 버렸다.
「반드시 방법은 찾아내고야 말 테다. 기억해 두라구. 과녁을 벗어난 작은 새! 사제의 옷을 입는 편이 어울리는 바보 같은 사관!」
밀레이디는 입 속으로 중얼거렸다.
 입구에서 윈텔 경은 돌아보고
「뭐, 실패했다고 해서 식욕까지 잃을 건 없으니까. 이 병아리와 생선요리를 들라구. 명예를 걸고 독 따윈 넣지 않았으니까. 나는 내 집 요리인을 신뢰하고 있거든. 그 사내는 나의 상속인이 아니니까 끄떡없지. 안심할 수 있어요. 그러니까 나를 본받아 맘껏 해 보라구. 안녕. 또 이 다음번 기절했을 때!」
 밀레이디는 더 이상 참고 견딜 수가 없었다. 손은 의자 안에서 덜덜 떨렸고 이를 갈았으며 눈은 두 사람이 닫은 문 위에서 한동안 못박혀 있었다. 겨우 혼자가 되었다는 것을 깨닫자 다시 절망적인 발작이 일어났다. 눈을 테이블 위로 굴려 거기에 작은 칼이 있는 것을 발견하자 뛰어가서 꼭 쥐었다. 그러나 곧 낙담했다. 칼은 둥글고 보들보들한 은의 세공품이었다.
 아직 완전히 닫히지 않고 있는 입구에서 너털웃음이 새어들었고

52. 죄수의 첫날

다시 문이 열렸다.

「하하핫! 어때? 펠톤! 내가 한 말이 무슨 뜻인지 알았겠지. 저 움켜쥔 작은 칼로 자네를 노린 거라구. 알겠나? 저렇게 해서 맘에 들지 않는 사람은 어떻게 해서든 처치해 버리는 것이 저 여인의 버릇이거든. 내가 자네 말대로 했더라면 저 작은 칼도 강철의 날이 붙은 놈이었을 거다. 그렇게 되었더라면 어떻겠나. 펠톤 씨는 이미 이 세상 사람이 아니었을 걸. 숨통을 단칼에 찔렀을 테니까. 그 다음에는 돌아가면서 차례로 당하는 거지. 저 칼을 잡고 있는 훌륭한 솜씨를 잘 봐 두는 게 좋다구.」

그 말 그대로 아직도 밀레이디는 떨리는 손에 진지한 모습으로 작은 칼을 꼭 쥐고 있었으나 이 말, 즉 극도의 조롱을 듣고는 완전히 힘도 기운도 빠져서 손이 느슨해졌고 칼은 맥없이 아래로 굴러떨어졌다.

「잘 알겠습니다. 지당하신 말씀입니다. 내가 착각하고 있었습니다.」 펠톤은 밀레이디의 가슴에 울릴 만큼 깊은 혐오감을 내뱉듯이 말했다.

그리고나서 두 사람은 밖으로 사라졌다.

이번에는 밀레이디도 귀에다 신경을 모으고 발소리가 복도의 저쪽으로 사라지는 것을 확인했다.

『이젠 글렀다. 상대는 구리나 돌로 만든 조각상처럼 빈틈을 곳이 조금도 없는 인간들뿐이니까. 그리고 이쪽 생각을 완전히 간파하고 있어서 내 무기를 써먹을 방도가 없다——.

하지만 저 사내들이 생각하고 있는 것처럼 낙착된다는 것은 아무래도 생각할 수 없는 일이다.』

실상 이 마지막 반성, 즉 본능적으로 다시 소생해 오는 희망은 밀레이디를 나약한 기분에 언제까지고 그렇게 갇혀 있게만 하지는 않았다. 밀레이디는 식탁에 앉아 음식에 약간 손을 대었고 에스파냐 산 포도주로 입술을 적시었다. 그러자 원기가 다소 되살아나는 것 같기도 했다.

취침하기 전에 그녀는 자기 앞에 있던 사내들의 말과 동작, 걷는 방식, 특징 등 온갖 것을 생각해 내어 그것들을 해부하고 연구했다. 그 세밀한 관찰의 결론으로 얻어진 것은 여기 두 사람의 박해자 중에서 펠톤 쪽이 그래도 조종하기 쉽다는 것이었다.

하나의 말이 유독 그녀의 머리에 맴돌았다.

『만약, 자네의 말대로 했더라면……..』 윈텔 경은 분명히 그렇게 말했었다. 즉 펠톤은 그녀에게 호의를 보이는 말투를 썼기 때문에 그것을 윈텔 경은 용납하지 않았던 것이다.

『약하든 강하든 간에 저 사내는 한 점의 희미한 빛과 같은 동정심을 가지고 있을 것이다. 이 희미한 빛을 활활 타게 해서 나는 그 사내의 온몸을 태워 버릴 수 있는 불을 만들면 되는 것이다.

다른 한 사람은 나를 잘 알고 나를 무서워하고 만일 내가 도망치면 어떻게 될 것인가를 뻔히 알고 있기 때문에 아예 상대하지 않는 것이 상책이다. 그러나 펠톤 쪽은 세상을 모르는 순진한, 몸가짐도 단정한 청년인 것 같으니까 이쪽은 손에 넣을 방법이 있을 것이다.』

이렇게 생각한 밀레이디는 잠자리에 들어가 입가에 미소를 띄운 채 잠들었다. 그 잠든 얼굴을 누가 보았다면 머지않아 닥쳐올 축제일에 머리에 쓸 화관(花冠)을 꿈꾸고 있는 소녀처럼 생각했을 것이다.

53. 죄수의 이틀째

 밀레이디는 꿈에 다르타냥이 마침내 체포되고 자신이 그를 처형하는 데 입회하고 있는 장면을 보았다. 입가에 떠오른 귀여운 미소는 즉 형리의 칼에서 떨어지고 있는 저주받은 피를 보고서 기쁨에 들떠서 짓는 미소였다.
 희미한 희망에 위안을 받아 편안히 잠들고 있는 죄수와 같은 꿈을 꾸었던 것이다.
 다음날 이 방에 사람이 왔을 때 밀레이디는 아직 잠자리에서 일어나 있지 않았다. 펠톤은 복도에서 밀레이디가 잠에서 깨어나기를 기다리고 있었다. 그는 어제 약속한 대로 하녀를 데리고 왔는데, 하녀는 밀레이디가 눈을 뜨자 침상 곁으로 다가가서 용무는 없느냐고 물었다.
 밀레이디는 평소부터 얼굴이 창백했기 때문에 처음 보는 사람을 속일 수 있었다.
 「나 열이 있어요. 어젯밤엔 밤새 자지 못했기 때문에 매우 기분이 언짢아요. 당신은 어제 왔던 사람보다 친절해 보이는군요. 지금 나에게 소망이 있다면 그것은 다만 이렇게 조용히 누워 있고 싶다는 거예요. 단지 그것뿐이에요.」
 「의사를 부를까요?」 하녀가 물었다.

펠톤은 잠자코 듣고 있었다.
　밀레이디는 사람을 더 많이 부르면 동정하는 사람을 많이 모을 수도 있겠으나 그만큼 윈텔 경의 감시도 엄중하게 될 것이라 생각했다. 첫째 의사는 곧 꾀병이라는 것을 간파할는지도 모르고 어제의 실패 이후 다시 한 번 그런 조롱을 당하는 것은 참을 수 없었다.
　「의사를 부른다구? 아니, 그건 안 돼요. 어제도 저 사람들은 내 병은 연극이라고 했으니까. 오늘도 같은 말을 할 거에요. 이젯밤부터 부르려고 했다면 그런 여유는 있었겠지만.」
　「그럼 당신은 어떤 간호를 받고 싶으신가요?」 답답해진 펠톤이 말했다.
　「그런 것을 내가 어떻게 알겠습니까? 난 단지 괴롭다는 것을 알 뿐…… 어떻게든 해 주세요. 나로선 마찬가지니까.」
　「남작님을 불러 올까요?」 펠톤이 귀찮아져서 말했다.
　「아니, 그러지 마세요. (밀레이디는 당황하여 만류했다.) 그 사람만은 제발 부르지 마세요. 이제 기분은 나쁘지 않습니다. 이젠 좋아졌으니까 부르지 마세요.」
　그 말소리가 너무나 격하여 마치 애원하는 듯한 말투였기 때문에 펠톤은 결국 끌리듯 방으로 들어갔다.
　『어머, 들어 왔군.』 밀레이디는 생각했다.
　「만약 당신이 진짜로 아프시다면 의사를 부르겠습니다. 꾀병을 부린다 해도 어쩔 수 없지요. 아무튼 우리들 쪽에서는 가책받을 일이 없으니까요.」
　밀레이디는 잠자코 아름다운 얼굴을 베개에 파묻고는 울음을 터트리고 말았다.
　펠톤은 평소의 냉정한 눈으로 지그시 바라보고 있다가 흐느낌이 곧 멎지 않는 것을 보고는 밖으로 나갔다.
　하녀도 그 뒤를 따랐다. 그러나 윈텔 경은 모습을 나타내지 않았다.
　『조금씩 머리가 맑아져 온다』 부지중 떠오르는 기쁨을 감추기 위해 침구에다 얼굴을 묻고 밀레이디는 슬그머니 중얼댔다.

2시간쯤 경과했다.

『이젠 슬슬 기분이 좋아져도 좋을 때다. 일어나서 오늘의 일을 해 두지 않으면 안 된다. 이제 열흘밖에 남지 않았고 오늘밤이 되면 만 이틀이 경과한 것이 된다.』

오늘 아침 펠톤은 하녀를 시켜서 아침 식사를 가져왔었다. 빈그릇을 내가기 위해 들어오면 그때 다시 펠톤을 만날 수 있으리라 생각했다.

과연, 펠톤이 나타나서는 밀레이디가 식사에 손을 댔는지는 보지도 않고 식탁을 치우도록 명령했다.

하녀가 나간 뒤에도 펠톤은 손에 책을 한 권 든 채 앉아 있었다.

밀레이디는 난로 곁의 의자에 순교를 기다리는 처녀처럼 조용히, 아름다운 얼굴로 앉아 있었다.

펠톤이 다가와서

「당신과 마찬가지로 구교신자인 윈텔 경은 당신이 기도의 자유를 빼앗기고 있는 것은 정녕 괴로울 것이라 생각하시고 당신이 날마다의 미사를 올리는 것을 허락하십니다. 그래서 이 기도서를 놓고 갑니다.」

펠톤이 밀레이디 곁의 책상 위에다 그 소형 책을 놓는 모습과 『미사』라는 말을 하는 투, 그리고 그 말을 하면서 나타낸 경멸하는 듯한 미소 등에 마음이 쓰였던 밀레이디는 슬며시 얼굴을 들었다.

이때 비로소 이 청년의 너무나도 칙칙한 복장, 대리석과 같이 매끄럽기는 하면서도 완고하고 바보스런 느낌을 주는 이마에서 그녀는 지금까지 영국 왕의 궁정과 프랑스 왕의 궁중에서 흔히 보았던 그 음침한 청교도의 한 사람인 것을 알았다.

그러자 그녀는 일생의 운명을 걸어야 할 위기에 임해서 천재만이 경험하는 그 번개 같은 영감을 받았다.

『미사』라는 단어를 발음할 때의 말투와 펠톤의 모습을 언뜻 보고 그녀는 이 자리에서 해야 할 대답의 중요성을 확실히 깨달았던 것이다.

곧 타고난 날카로운 기지에 의해 해야 할 말이 떠올랐다.

「내가 『미사』를? 저 타락한 구교도인 윈텔 경은 내가 다른 교파라는 것을 잘 알고 계실 텐데! 틀림없이 이것도 함정이겠지요.」

밀레이디는 청년의 어조에 담겨져 있던 것과 똑같은 경멸의 빛을 충분히 담아서 이렇게 말했다.

「그럼 당신의 교파는?」 자제하려고 노력은 하면서도 펠톤은 뜻밖이라는 표정을 숨길 수 없었다.

「그것은 내가 내 자신의 신앙 문제로 충분히 고통을 겪은 뒤에 말하기로 하죠.」밀레이디는 고조된 기분을 노골적으로 나타내면서 대답했다.

펠톤의 눈길은 밀레이디가 지금 한 말이 어떤 효과를 나타냈는가 충분히 말해 주고 있었다.

그러나 펠톤은 입을 다문 채 꼼짝도 하지 않았다. 다만 눈만이 말하고 있었다.

「나는 적의 손에 붙들려 있습니다. (그녀는 청교도다운 열정을 가장하고 계속했다.) 신께서 나를 구원해 주시든가, 내가 신을 위해 목숨을 바치든가, 둘 중의 어느 하나이다……. 윈텔 경에게는 그렇게 전해 주세요. 그리고 이 책은, (손에는 대지 않고 더러운 것처럼 손가락으로 가리키면서) 도로 가지고 가서 당신이 사용하시는 것이 좋겠지요. 당신도 윈텔 경의 악랄한 일을 돕고 있는 사람으로서 그 사람과 같은 사교의 신자일 테니까요.」

펠톤은 잠자코 책을 들고 생각에 잠기면서 밖으로 나갔다.

윈텔 경은 저녁 5시경에 모습을 나타냈다. 온종일 생각해서 확실한 방책을 세운 밀레이디는 이제 조금도 열등 의식을 느끼지 않는 태도로 그를 맞았다.

남작은 밀레이디의 정면의 의자에 앉아 두 다리를 아무렇게나 난롯가에 뻗으면서 말했다.

「이번엔 개종(改宗)에 관한 미치광이 소리로 나왔더구먼?」

「무슨 말씀인가요?」

「요전에 만난 후 종파를 새롭게 바꾸기라도 한 것인가, 아니면 세 번째로 신교도인 남편이라도 가지게 된 건가?」

「분명히 말씀해 주세요. 난 무슨 뜻인지 전혀 모르겠으니까요.」

「즉 당신은 종교라는 것과 전혀 인연이 없는 사람이 아니오. 아니 그러는 편이 차라리 낫지.」 윈텔 경은 조롱했다.

「그것은 오히려 당신 이야기입니다.」 밀레이디도 냉정하게 대답했다.

「나에겐 어떻게 되든 상관없는 일이오.」

「일부러 무종교라는 것을 고백하지 않으서도 당신의 비행과 죄악을 보면 잘 알 수 있으니까요.」

「호오, 나의 비행을 말씀하시는군! 메사리느 비(로마 황제 크로디우스의 비. 음탕한 것으로 유명하다.), 아니 맥베스 부인(셰익스피어의 비극 《맥베스》 중의 인물. 남편 맥베스의 살인을 냉정하게 돕는, 전형적으로 냉혹하면서도 큰 야심을 가진 여자.)! 혹시 내 귀가 잘못 들은 것이 아니라면 당신도 꽤나 뻔뻔스런 사람이군.」

「남이 듣고 있으니까 그런 엉뚱한 말을 하시는군요. 옥리와 하인들에게 나를 나쁜 사람으로 생각하게 하려고……」

「옥리! 제법 시적인 표현을 하시는군. 어제의 희극이 오늘밤은 비극으로 바뀌었군. 어쨌든 앞으로 팔 일이 경과하면 당신도 정착할 곳에 정착하게 되고 나도 이 일에 매듭을 짓게 되니까.」

「부끄러움을 모르는, 신을 두려워 하지 않는 일이지요!」 밀레이디는 정당한 재판을 요구하는, 억울한 죄인과 같은 분노를 나타냈다.

「어쩐지 이 여자는 마침내 정신이 돈 것 같군. 아무튼 마음을 좀더 진정시키시오. 청교도 부인. 그렇지 않으면 진짜 감옥에 넣을 거요. 에스파냐 술이 약간 지나쳤던 것 같군. 그렇지요? 그렇다고 걱정할 건 없소. 그 술에 취했다면 다른 이상은 없으니까. 곧 깰거요.」

윈텔 경은 당시의 기사답게 그다지 품위가 없는 잡스런 말을 남기고 사라졌다.

문 뒤에 있던 펠톤은 한 마디도 놓치지 않았다.

밀레이디의 예상은 그대로 적중했던 것이다.
『어떻게 생각해도 좋다. 효과는 점점 나타나게 되는 거다. 이제 너는 피할 수 없는 지경이 될 때까지는 그것을 알 수 없을 거라는 것뿐이다. 바보 같은 놈……』
 다시 조용해졌고 2시간이 지나자 식사를 가져왔다. 밀레이디는 기도를 하고 있었다. 황홀경에 빠진 듯 소리가 나도 깨닫지 못했다. 펠톤은 방해를 해서는 안 된다고 부하에게 신호했고, 거기에 준비해 온 것이 놓여지자 발소리를 죽이면서 밖으로 나갔다.
 밀레이디는 밖에서 아직도 엿듣고 있을 것으로 생각했기 때문에 끝까지 기도를 했다. 그리고나서 일어나 식탁으로 가서 아주 조금 먹었고 마시는 것은 물만으로 했다.
 1시간 후에 치우기 위해 사람이 왔으나 펠톤은 오지 않았다. 너무 자주 오는 것이 무서워진 것일까——.
 밀레이디는 벽 쪽을 향하고 빙긋이 웃었다. 그 미소 속에 어떤 표정이 숨어 있었는지, 그것을 보기만 해도 그 승리에 도취된 기분을 충분히 엿볼 수 있었다.
 반시간쯤 후 이 옛성 안이 정적에 묻히고 다만 창밑의 파도소리만이 들리게 되었을 때 그녀는 그 아름다운 목소리로 당시 청교도들에게 사랑받고 있던 찬송가의 첫 구절을 부르기 시작했다.

  주여. 당신은 우리를 버리시지만
  그것은 우리를 시험하기 위한 것.
  이윽고 그 맑은 손길을 펴사
  우리들의 공로를 기뻐해 주소서——

 그다지 좋은 문구는 아니다. 그러나 사람들이 알고 있듯이 청교도는 시를 별로 자랑하고 있었던 것도 아니다.
 노래하면서도 밀레이디는 귀에 온 신경을 모으고 있었다. 파수꾼의 한 사람이 입구에 화석처럼 서 있었다. 노래의 효과는 그것으로 짐작할 수 있었다.

그래서 밀레이디는 더욱더 정성을 들여 계속 노래했다. 그 음향은 멀리 성안의 천장에 메아리쳐서 옥리의 마음을 완화시키는 것 같았다. 문간에 서 있는 파수꾼은 어쩌면 구교도인지도 모르지만 노래의 매력을 뿌리치지 못하고 문너머로 소리쳤다.

「부인, 그 노래는 장송가처럼 음산하군요. 이곳에 이렇게 파수를 보고 있는 데다 그런 노래를 듣게 되면 더는 견딜 수가 없단 말요.」

「이봐! 잠자코 있어.」 귀에 익은 펠톤의 음성이 들렸다. 「너는 왜 쓸데없는 참견을 하나? 이 부인의 노래를 중지시키라는 명령을 받았나? 나는 너에게 잠자코 파수를 보고 있다가 도망치면 쏘라고만 지시했다. 명령대로 파수를 보고 있다가 도망치면 쏘면 돼. 명령 이외의 짓을 해선 안 돼.」

그 순간 밀레이디의 얼굴에 화색이 돌았으나 그것은 일시적이었고, 곧——밖의 음성은 귀에 들어오지 않는 것처럼 온갖 매력을 기울여 노래를 계속했다.

　　이 비탄, 이 괴로움,
　　귀양도 감옥도 나를 막진 못하리
　　나에게 젊음과 기도가 있으니——
　　나의 고뇌를 헤아리시는
　　하나님만 내 곁에 계시면——

감정에 떨며 멀리 울려 퍼지는 맑은 목소리가, 찬송가의 정돈되지 않은 어구에도 청교도의 귀에는 지금까지 들어보지 못한 정취를 안겨주고 있었다. 펠톤의 귀에는 불꽃 속의 세 사람의 헤브라이 인을 위로한 천사의 소리처럼 시원스럽게 울렸다.

　　그래도 구원의 날은 오리라
　　하나님은 정의롭고 강자시니

우리의 바램이 끝나는 날에도
아직 순교와 죽음은 기다리고 있는 것을──

온갖 비통한 마음을 담은 이 노래는 젊은 사관의 마음을 끝내 뒤흔들어 놓고 말았다. 그는 느닷없이 문을 열었다. 밀레이디는 청년이 평소와 조금도 다름없는 창백한 얼굴이긴 하나 그 눈이 거의 제정신이 아닐 정도로 불타고 있는 것을 보았다.
「왜 당신은 그런 소리로 노래하는 거죠?」
「죄송합니다.」 밀레이디는 솔직히 대답했다. 「난 이런 노래를 이곳에서 부르면 안 된다는 것을 깜박 잊고 있었습니다. 당신의 신앙에 지장이 있으셨겠지요. 용서해 주세요. 모르고 한 짓이니까요……..」
이때 밀레이디의 아름다움은 비할 데가 없었다. 종교적인 황홀에 젖고 있는 그 얼굴은 펠톤에게 아까 그 음성을 들은 천사를 눈앞에 보는 것 같은 착각을 불러일으켰다.
「그래요. 당신의 음성은 이 성 안에 있는 사람의 마음을 흔들어 놓으니까요.」
올바른 정신이 아닌 청년은 앞뒤가 맞지 않는 말을 하고 있었다. 밀레이디는 상대의 마음 속에 깊이 스며들 수 있는 그런 시선으로 그를 지그시 바라보았다.
「…… 중지하겠어요.」 음성에 첨가하고 있던 온갖 교태를 자태에다 가득 담고, 눈을 내리깔고 체념한 듯한 표정을 지었다.
「아닙니다. 그런 뜻이 아니예요. 다만 좀더 낮은 목소리로 노래해 주세요. 특히 밤에는요.」
이렇게 말한 펠톤은 이제 이 여자에게 언제까지나 엄격한 태도를 취할 수 없다는 것을 느끼고 복도로 뛰어 나갔다.
「못하게 한 것은 잘한 것입니다. 그 노래를 듣고 있으면 정말 머리가 이상해집니다. 하지만 곧 익숙해지겠지요. 어쨌든 좋은 음성을 가진 여자예요.」 부하인 파수꾼이 이렇게 말했다.

54. 죄수의 사흘째

 펠톤은 다가왔다. 그러나 여전히 경계하는 기색이다. 좀더 붙들어 두지 않으면 안 된다. 혼자서만 이곳에 있게 해야 한다.
 그 방법은? 밀레이디는 아직 막연하게밖에는 알 수가 없었다. 그뿐만이 아니다. 이쪽에서 말을 할 수 있기 위해서는 저쪽에서 더 많이 지껄이게 하는 것이 필요하다. 밀레이디는 자기의 가장 큰 매력은 음성에 있다는 것을 잘 알고 있었다. 인간의 소리로부터 천사의 소리까지 온갖 가락을 자유로이 만들 수 있는 목이 있는 것이다.
 그러나 어떠한 유혹의 시도에도 실패할 우려가 있었다. 펠톤의 경우는 보통 경계하고 있는 것이 아니니까. 그래서 그녀는 청년의 동작, 말의 구석구석까지, 아무렇지도 않은 시선, 몸짓, 한숨이라고도 생각되는 호흡의 상태까지 세심한 주의를 기울이기 시작했다. 즉 재치 있는 배우가 주어진 첫 배역을 차근차근 공부하는 그런 방식이었다.
 윈텔 경 쪽은 훨씬 다루기가 쉽다. 이미 전날 밤부터 이쪽은 복안이 마련되어 있었다. 입을 다물고 새침해 있을 것, 이따금 경멸하는 태도와 말로써 상대를 초조하게 하여 격렬한 행동을 하도록 유도해서 이쪽의 완전히 체념한 모습을 눈에 띄게 할 것——등이다.

그렇게 하면 펠톤의 눈에도 띄게 될 것이다. 어쩌면 아무 말도 하지 않을지 모르지만 아무튼 눈으로 볼 것은 틀림없다.

아침에, 언제나와 같이 펠톤이 왔다. 밀레이디는 아침 식사를 준비하고 있는 동안 아무 말도 하지 않았다. 밖으로 나가려고 할 때 한 줄기 광명 같은 것이 나타났다. 저쪽에서 무언가 말을 하고 싶어하는 모습이었다. 입술을 옴죽거렸으나 그대로 말을 삼키고는 나가 버렸다.

정오경에 윈텔 경이 왔다.

꽤 맑게 개인 겨울날이었다. 엷은 햇살이 창의 격자를 통해 비치고 있었다.

밀레이디는 창문을 통해 바깥을 바라보며 문이 열리는 것도 모른 척하고 있었다.

「흥, 희극과 비극을 번갈아가며 하더니 오늘은 우울한 장면을 연출하고 있군.」

밀레이디는 대꾸를 하지 않았다.

「그래, 알겠소. 당신은 자유의 몸이 되어 저 해안을 거닐고 싶다는 생각이겠지. 배를 얻어 타고 저 에메랄드 색 바다 위를 달리고 싶다고 생각하고 있군. 그리고 육지든 해상이든 그 간악한 수단으로 나에 대한 보복의 방책을 강구했으면 하겠지. 하지만 이제 조금만 참으면 돼요. 나흘만 지나면 해변에도 내려설 수 있고 해상도 자유로이 갈 수 있게 해 줄 테니까. 당신이 바라고 있는 이상으로 자유롭게. 어쨌든 나흘 후에 영국은 당신을 처치할 수 있을 테니까.」

밀레이디는 두 팔을 깍지끼고 아름다운 눈을 하늘로 돌렸다.

「하나님. 이 죄 많은 사람을 용서해 주시옵소서. 내가 이미 용서했듯이.」

「멋대로 기도하라구. 저주받은 여인. 결단코 용서할 수 없다고 마음먹은 사람을 위해 그렇게 기도하다니 제법 친절한 마음씨군.」

윈텔 경이 밖으로 나가는 순간 밀레이디는 문틈으로 안을 들여다보던 시선을 재빨리 거두고 황급히 몸을 감추는 펠톤의 모습을 보았다.

 밀레이디는 무릎을 꿇고 기도하기 시작했다.

 「하느님, 당신은 내가 왜 이와 같은 고초를 겪고 있는가를 알고 계십니다. 부디 저에게 고초를 이길 수 있는 힘을 주십시오.」

 문이 살며시 열렸다. 여자는 아무것도 깨닫지 못한 듯 목메어 흐느끼고 있었다.

 「복수를 하시는 하느님, 선한 마음의 하느님. 저 사람의 무서운 계획이 성취되는 것을 그대로 눈감아 주시겠습니까?」

 이렇게 말하면서 비로소 펠톤의 발소리를 깨달은 듯 이렇게 무릎을 꿇고 있는 것을 부끄러워 하는 투로 얼굴을 붉혔다.

 「기도하시는 것을 방해하고 싶진 않습니다. 부디 그대로……」 펠톤은 진지한 음성이었다.

 「내가 기도하고 있다는 걸 어떻게 아셨죠? 아닙니다. 나, 기도 같은 것은 하고 있지 않습니다.」 밀레이디의 음성은 흐느낌으로 막혀 있었다.

 「당신은 나에게 사람이 하느님 앞에 이마를 조아리고 있는 것을 방해할 권리가 있다고 생각하시는 겁니까? 천만의 말씀입니다. 특히…… 죄를 범한 사람이 회개하는 것은 당연한 일이니까요. 그 죄가 어떤 것이든 하느님 앞에 선 사람의 모습은 나에겐 깨끗한 것으로 보입니다.」

 「내가 죄를? (밀레이디는 마지막 심판을 하는 천사의 마음도 누그러뜨릴 수 있을 것 같은 미소를 가득 담고) 죄가 있는지 없는지는 하나님만이 알고 계십니다. 이와 같은 죄수의 몸이 되어…… 라고 말씀하시겠지요. 순교자를 사랑하시는 하나님은 때로는 결백한 사람에게 감옥의 고통을 주시는 것이니까요.」

 「당신이 죄인이든 순교자이든 어쨌든 기도는 더욱더 중요하겠지요. 나도 그 기도에 마음을 함께 해 드리겠습니다.」

 「당신은 정의로운 분이에요……」 밀레이디는 그 발밑에 몸을 던지면서 말했다. 「나는 더 이상 견딜 수가 없습니다. 이 고초를 견디면서 나의 신앙을 지키지 않으면 안 될 이때에 이젠 힘이 다하려 하고 있습니다. 절망에 빠져 있는 여인의 소원을 들어 주세요. 당신은 거짓말을 듣고 계십니다. 하지만 그것은 어떻게 되든 상관 없습니다. 나의 오직 하나의 소원을 이루어 주신다면 나는 이 세상에서나 저 세상에서나 당신을 축복할 테니까요.」

「그것은 남작에게 말씀해 주십시오. 나는 다행히도 남을 용서한다든가 벌한다든가 하는 소임을 가진 사람이 아닙니다. 그러한 책임은 나보다 훨씬 높은 지위에 있는 사람에게 맡겨져 있기 때문에……」

「당신에게, 당신에게만…… 말하고 싶어요. 나를 괴롭히고 나를 부끄럽게 하는 일을 돕기보다 내 이야기를 들어 주세요.」

「그러한 수모를 받지 않으면 안 될 일을 당신이 한 이상, 하느님께 제물을 바치는 마음으로 그것을 견디지 않으면 안 됩니다.」

「무슨 말씀을 하시는 겁니까? 역시 당신은 나의 마음을 모르시는군요. 내가 수모라든가 고초라고 말하는 것은 이 형벌, 즉 감옥과 죽음의 문제를 뜻하는 게 아니예요. 그런 것은 나에겐 아무래도 좋은 것인데……」

「오히려 내 쪽이 당신이 무슨 말씀을 하고 있는지 잘 모르겠는 걸요.」

「다시 말해서 모르는 척하고 계시는 거죠.」 밀레이디는 의심하는 듯한 미소를 보냈다.

「아니, 그렇지 않습니다. 병사의 명예, 그리스도 교도의 신앙을 걸고……」

「어머, 그럼 당신은…… 윈텔 경이 나를 어떻게 하려고 하는지 모르고 있나요?」

「모릅니다.」

「설마…… 하지만 당신은 그분의 심복이신데.」

「난 절대 거짓말은 하지 않습니다.」

「하지만 그 사람의 노골적인 태도에서 살펴보려고만 하면 곧 알 수 있는 일이에요.」
「나는 살펴보려고 하는 따위의 짓은 절대 하지를 않으니까요. 저쪽에서 털어놓으시는 것을 기다리고 있을 뿐입니다. 윈텔 경은 당신 앞에서 말씀하신 것 이외에는 무엇 하나 나에게 말씀하신 적이 없습니다.」
「그럼 (밀레이디의 음성에는 믿을 수 없을 정도의 진실성이 담겨 있는 것처럼 보였다.) 당신은 그 사람의 공모자가 아니었나요? 당신은 그 사람이 나에게 이 세상에 둘도 없는 오욕을 입힐 생각이라는 것을 몰랐나요?」
「그것은 당신의 착각일 것입니다. 윈텔 경은 그런 비인간적인 짓을 하실 분이 아닙니다.」 펠톤은 얼굴을 붉히면서 말했다.
『잘 됐군. 그것이 무엇인지도 모르면서 이 사람은 벌써 비인간적이라는 말을 들먹이고 있군.』 밀레이디는 속으로 중얼댔다.
그리고는 소리를 내어——.
「극악 무도한 사람과 친근한 사람은 어떤 짓이라도 할 수가 있으니까요.」
「극악 무도한 사람이라니 누구 말씀입니까?」
「이 영국에 그와 같은 가혹한 이름으로 불러도 좋은 사람이 두 사람이나 있을까요?」
「당신은 조르주 뷔리에 공을 말씀하시는 겁니까?」 펠톤의 눈이 순간 번쩍하고 빛났다.
「사교를 믿는 사람들, 신앙이 없는 귀족들이 버킹검 공이라면서 존경하고 있는 그 사람이지요. 내가 말하는 사람이 누구인가를 알기 위해 이렇게 번거롭게 둘러서 말을 하지 않으면 안 되는 영국인은 한 사람도 없는 것으로 생각합니다만.」
「그 사람에게는 벌써 신의 손길이 닿고 있을 것입니다. 당연히 받아야 할 천벌을 언젠가는 모면할 수 없을 것으로 생각합니다.」
펠톤의 이 말은 당시 구교도 측에서마저 강청자, 독재자, 방탕아 따위의 악명으로 불렸고, 청교도 측에서는 이미 아무 거리낌도 없이 사탄이라 말하고 있던 그 사람에 대해 영국인 모두가 품고 있던 반감을 솔직하게 말한 것에 불과했다.

「하느님...... 내가 그 사람에게 마땅히 벌을 내리시도록 바라는 것은 나 혼자만의 복수를 위해서가 아니고 한 나라 국민 전체의 구원을 위해서입니다.」

「당신은 그 사람을 알고 계십니까?」 펠톤은 물었다.

『이제야 겨우 저쪽에서 말을 걸어 왔다.』 이렇게 생각하자 밀레이디의 마음은 기쁨으로 터질 것 같았다.

「네, 알다 뿐이겠습니까! 그이로 인해 내가 얼마나 불행한 일을 당했는지…….」

고통의 발작에 사로잡힌 듯이 밀레이디는 팔을 비틀었다. 펠톤은 벌써 자제력을 잃을 것만 같은 의구심을 느껴서인지 입구를 향해 걸어갔다. 그 모습을 지그시 바라보고 있던 여인은 곧 쫓아가서 막았다.

「부탁입니다. 부탁이니까 내 말을 들어 주세요. 남작이 안전을 위해 내게서 빼앗아 간 그 작은 칼, (그 사람은 그것으로 내가 어떻게 할 것인지를 알고 있기 때문에) 부디 잘 들어 주세요. 그 작은 칼을 제발 소원이니까 잠시 동안이라도 좋으니 저에게 돌려 주세요. 부탁입니다. 이렇게 당신의 무릎에 매달려 애원합니다. 절대 나는 당신에게 악의를 가지고 있는 것은 아닙니다. 당신만은 정의롭고 좋은 분, 나를 구해줄지도 모를 사람이라고 느끼고 있습니다. 부디 잠시 동안만 그 칼을 돌려 주세요. 곧 문간의 구멍을 통해 반환해 드리겠습니다. 그것으로 나의 명예를 구해 주시는 것이 되니까요.」

「자살할 생각인가요? 자살!」 펠톤은 여자의 손을 뿌리치는 것도 잊고 무서운 듯이 말했다.

「아, 이 사람에게 이런 비밀이 알려지고 말았으니 이젠 끝장이야! 어떻게 한담.」 밀레이디는 소리를 낮추어 중얼대면서 바닥에 주저앉았다.

펠톤은 선 채로 망설이고 있었다.

『아직도 의심하고 있는 것 같군. 내 방식이 모자랐던 걸까.』밀레이디는 이렇게 생각했다.

잠시 후 복도에 발소리가 났다. 그것은 윈텔 경인 것 같았다. 펠톤은 곧 입구 쪽으로 다가갔다.

밀레이디는 쫓아가서

「말하지 말아요. 지금 내가 한 말은 저 사람에게 하지 말아 주세요. 그렇지 않으면 나는 이제 끝장…… 당신의.」

발소리가 다가왔기 때문에 여자는 입을 다물었다. 그리고 격렬한 공포의 몸짓으로 그 아름다운 손을 펠톤의 입에 대려고 했다. 펠톤이 급히 밀어내는 바람에 밀레이디는 길다란 의자 위에 쓰러질 뻔했다.

윈텔 경은 밖을 그냥 지나간 듯 발소리가 그대로 멀어지는 것이 들렸다.

펠톤은 파랗게 질린 채 한동안 귀를 기울이고 있었지만 발소리가 완전히 사라지자 꿈에서 깨어난 사람처럼 크게 숨을 내쉬고는 황급히 방을 나갔다.

청년의 발소리가 윈텔 경과는 반대쪽으로 멀어져가는 것을 들으면서 밀레이디는『이것으로 너는 이제 내 것이다.』하고 속으로 중얼댔으나 곧 다시 얼굴을 붉히고는——.

『만약 그 이야길 남작에게 한다면 완전히 실패하는 거야. 남작은 내가 자살 따윈 하지 않으리라는 걸 벌써 알고 있으니까 일부러 자기가 보는 앞에서 작은 칼을 건네주게 할 것이다. 그렇게 되면 이것이 모두 희극이었다는 것이 밝혀지고 만다.』고 생각했다.

그런 다음 거울 앞으로 가서 자신의 모습을 비춰 보았다. 이때만큼 아름답게 보인 적은 없었다고 생각될 정도로 아름다웠다.

『걱정없다. 그 사람은 고자질 따윈 절대 하지 않는다.』

밀레이디는 살며시 미소를 지었다.

저녁때 식사를 가져왔을 때 윈텔 경이 따라왔다.

「내가 이곳에 있는 동안 당신과 만나는 것은 절대 피할 수 없는 일인가요? 이렇게 불필요한 고통을 덜어 줄 수는 없는 것인가요?」

밀레이디가 이렇게 말하자
「뜻밖의 말씀을 하시는군. 하지만 당신은 자기 스스로 오늘은 몹시 밉게 보이는 그 입으로 영국에 온 것은 오직 나를 만나기 위해서였다. 그 때문에 배멀미, 폭풍, 체포, 온갖 위험을 무릅쓰고 온 것이라고 말하지 않았던가요? 그래서 이렇게 나는 오는 거지요. 오히려 환영을 받고 싶어서. 게다가 오늘은 약간 까닭이 있소.」
밀레이디는 몸서리를 쳤다. 펠톤이 고자질을 했다고 생각했다. 지금까지 예사롭지 않은 경우를 수없이 경험해 온 이 여인도 이때만큼 심한 동요를 느낀 적은 없었다.
잠자코 의자에 앉아 있자 윈텔 경도 의자를 가져다가 그 옆에다가와 앉았다. 그리고 호주머니에서 종이 쪽지를 한 장 꺼내고는 천천히 폈다.
「보십시오. 내가 내 손으로 쓴 이 여권 같은 것을 잠시 당신에게 보여 주려고 온 거요. 이것은 앞으로 당신이 해 주어야 할 생활에 대한 지시서가 되는 거요.」
그리고는 밀레이디를 보고 있던 눈을 서류 쪽으로 돌리고 읽기 시작한다.
「『위의 사람을······ 연행하라.』 장소의 이름은 아직 쓰지 않고 비워 두었소. 만일 당신에게 어딘가 희망하는 곳이 있으면 말해 주기 바라오. 런던에서 만 리쯤 떨어진 곳이라면 당신의 희망을 들어 줄테니까요. 그럼 계속 읽겠소·······
『프랑스 왕국의 법정에 의해 낙인형을 받은 후 사면된 샤로트 박송······ 이 자를······ 에 연행할 것. 이 사람은 그곳에 정주하고 삼십 리 이상 멀리 가서는 안 된다. 탈주를 기도할 경우에는 사형에 처해도 좋다. 이 사람의 거주, 음식물의 비용으로서 하루 오 실링씩을 지급할 것.』」
「그 명령서는 애써 만드셨지만 나에겐 필요치 않을 것 같군요. 다른 사람의 이름으로 되어 있으니까.」
「이름? 당신에게 다른 이름이 있었던가요?」

「나에겐 당신 동생의 이름이 있습니다.」
「그건 틀려요. 동생은 당신의 두 번째 남편이오. 최초의 남편은 아직도 살아 있소. 그 사람의 이름을 말해 보시오. 샤로트 박송 대신 그 이름을 써 주지. 어때? 싫어요? 잠자코 있군. 좋아, 그렇다면 당신은 샤로트 박송이라는 이름으로 기입되는 것이 좋은 거요.」
밀레이디는 다시 입을 다물고 말았다. 다만 이번에는 생각이 있어서가 아니라 무섭기 때문이었다. 윈텔 경이 출발을 서두르게 하고 이 지시서는 당장 시행될 것이라고 생각했다. 마음이 일순간 캄캄해졌을 때 얼핏 눈에 띈 것은 그 서류에는 아직 서명이 되지 않고 있다는 것이었다. 저도 모르게 심중의 기쁨을 밖으로 드러내고 말았다. 그러자 윈텔 경도 곧 그것을 깨닫고는
「그렇군. 당신은 서명을 눈으로 찾고 있는 거군. 그리고 그것이 없는 것을 보고는 아직 끄떡없다, 위협을 하기 위해 이런 것을 보여 주고 있는 것에 불과하다고 속으로 생각하고 있는 모양이군. 하지만 그것은 착각이오. 이 서류는 내일 버킹검 공에게 보내기 때문에 모레면 공작의 서명과 도장을 받아 돌아오는 거요. 그로부터 이십사 시간 후에는 (내가 보증하지만) 공작에게 이 명령이 마침내 실행에 옮겨진 데 대해 내 쪽에서 보고가 가게 될 거요. 그럼 이만. 내가 말하려고 온 것은 이것뿐이오.」
「나의 대답은 이와 같은 폭력 사태, 가짜 이름으로 사람을 귀양 보내는 것은 파렴치의 극치라는 것입니다.」
「당신은 본명으로 교수형을 받고 싶다는 건가요? 알다시피 중혼죄에 대해 영국의 법률은 엄중하니까. 사양말고 말해 보시오. 설사 나와 동생의 이름이 이것으로 세상에 공개되어 시끄러워진다고 하더라도 나는 당신을 속시원히 처치하기 위해서 일체 괘념치 않을 작정이오.」
밀레이디는 입을 다문 채 죽은 사람처럼 얼굴이 창백해졌다.
「아니, 알았소. 역시 당신은 외국으로 가는 편이 좋겠지. 젊은이에게 여행은 약이라는 옛 속담이 있는 것을 알고 있소. 정말 당신의

생각은 지당한 거라구. 살아 있다는 것은 나쁘지 않지. 나도 그렇게 생각하니까 당신의 신세는 지고 싶지 않은 거야. 그래서 남은 문제는 오 실링 운운한 조건인데, 이것은 약간 인색하다고 생각하겠지. 즉 이것은 말이지. 당신이 파수꾼에게 뇌물을 준다든가 하지 못하게 하기 위한 것이라구. 하긴 그것이 아니더라도 당신은 그 아름다운 얼굴이 있으니까. 만약 당신이 펠톤을 상대했다가 실패한 것에 염증을 내지 않는다면 그 수법을 맘대로 구사하라구.』

『펠톤은 발설하지 않은 것 같다. 아직은 희망이 완전히 단절된 것은 아니다.』밀레이디는 속으로 중얼거렸다.

「그럼 이만. 내일, 사자가 출발한 것을 알려 주기 위해 다시 오겠소.」

윈텔 경은 자리에서 일어나 짖꿎은 인사를 남기고는 사라졌다.

밀레이디는 후유 하고 한숨을 토했다. 아직 나흘이 남아 있다. 나흘이라면 펠톤을 농락하는 데는 충분할 것이다.

그러나 한 가지 걱정되는 문제가 그녀의 머리에 떠올랐다. 그것은 윈텔 경이 명령서의 서명을 버킹검 공에게 받기 위해 보내는 사자의 역을 펠톤에게 지시한다면, 하는 것이었다. 그렇게 되면 모처럼의 기회를 놓치게 될 것이다. 유혹을 성공시키기 위해서는 지금이 가장 중요한 때가 아닌가.

그러나 아무튼 한 가지 일이 매우 마음을 든든하게 해 주었다. 그것은 펠톤이 아까 있었던 일을 입 밖에 내지 않았다는 것이었다.

밀레이디는 윈텔 경의 협박으로 흩어진 모습을 보이지 않으려고 테이블에 앉아 식사를 했다.

그리고는 전날 밤처럼 무릎을 꿇고 소리를 내어 기도를 하기 시작했다. 또 파수꾼이 멈춰서서 귀를 기울이고 있었다.

잠시 후 복도에서 가벼운 발소리가 들려왔다.

『그 사람이다!』

그래서 어젯밤 그토록 펠톤의 마음을 흔들어 놓았던 찬송가를 다시 부르기 시작했다.

그러나, 여자의 부드러운 목소리가 아무리 아름답고 가락이 훌륭하고 마음을 뒤흔들듯 울렸어도 입구의 문은 열리지 않았다. 작은 창의 격자 너머로 흘깃 던진 밀레이디의 눈에 청년의 타는 듯한 눈초리가 비친 것 같기도 했다. 그러나 그것은 환각이었는지 진짜 모습이었는지 아무튼 안으로 들어오는 것만은 자제할 수 있는 것 같았다.

이윽고 노래가 끝나고 잠시 후에 밀레이디는 깊은 한숨과 같은 것을 들은 것 같았다. 그리고는 아까와 같은 가벼운 발소리가 미련을 남겨 둔 채 멀어져 갔다.

55. 죄수의 나흘째

 다음날 펠톤이 들어갔을 때 밀레이디는 의자 위에 서서 손에 삼베 손수건의 찢은 조각으로 꼰 노끈을 들고 있었다. 펠톤이 문을 여는 소리에 밀레이디는 잽싸게 의자에서 뛰어내렸고 끈을 뒤에 감추려고 했다.
 청년은 평소보다 더 얼굴이 창백하였고 밤에 잠을 자지 못한 듯 눈이 빨갰다.
 그러나 그 눈썹 사이에는 지금까지 보지 못했던 엄격함이 도사리고 있었다.
 밀레이디가 의자에 앉자 그쪽으로 천천히 다가와서는 부주의에서인지 아니면 고의에서인지 밀레이디가 들고 있는 노끈의 한쪽 끝을 손으로 잡았다.
 「이것은 뭐죠?」 냉랭한 음성이다.
 「이것? 아무것도 아닙니다.」 밀레이디는 능숙하게 애수 띤 표정을 짓고 미소지었다.「갇혀 있는 사람에게 있어서 지루하고 따분한 것 같이 괴로운 일은 없지요. 그래서 그저 심심풀이로 이런 끈을 만들어 본 것 뿐이에요.」
 펠톤의 시선은 좀전에 밀레이디가 앉아 있던 안락의자 뒤쪽의 벽 언저리로 향했다. 그러자 그 머리 위쪽에 의상이나 무구를 걸어

두기 위한 금박을 한 고리가 있는 것이 눈에 띄었다.
 그는 자기도 모르게 몸서리를 쳤다. 그 몸서리치는 모습이 눈을 아래로 깔고 있는 여자에게 확실히 느껴졌다.
「의자 위에 서 있던 것은 무슨 까닭이었나요?」
「왜 그런 것을 묻는 거죠?」
「그냥…… 알고 싶어서지요.」
「그렇게 심문하듯 묻지 말아 주세요. 우리들 그리스도 교도는 아시다시피 거짓말 하는 것이 금지되어 있으니까요.」
「좋습니다. 그렇다면 말씀드리지요. 당신은 머리에 떠오른 무서운 계획을 실행하려고 하셨던 것입니다. 생각해 보지 않았습니까? 신은 거짓을 금하는 것과 마찬가지로 자살이라는 것도 엄격하게 경고하고 있다는 것을.」
「우리들 인간이 박해를 당하고 자살과 오욕의 막다른 골목에 서 있게 된 경우에는…… (밀레이디의 음성은 확신에 차 있는 것 같았다.) 하느님도 틀림없이 자살하는 것을 허락하십니다. 이 경우 자살이라 해도 하나의 순교니까요.」
「당신의 말씀은 전혀 납득할 수 없군요. 좀더 자세히…….」
「내가 자기의 불행에 대해 이야기를 해도 당신은 만들어 낸 이야기라고 생각하겠지요. 내가 하려고 생각한 것을 말하면 곧장 저 박해자에게 알리기 위해 달려 가겠지요. 그만두겠습니다. 그리고 이렇듯 불행한 죄수인 여자가 살아 있든 죽든 당신에겐 아무 상관이 없는 것입니다. 당신은 내 몸이 있기만 하면 되겠지요. 내 시체를 내놓고 그것이 나라는 게 증명된다면 그것으로 당신의 소임은 끝나겠지요. 그 이상의 소망은 없는 것이니까. 아니지요, 차라리 그러는 편이 당신의 공로가 될지도 모르니까요…….」
「나의? 왜? 내가 당신의 생명과 교환해서 무언가…… 설마 그런 것을 생각하지는 않으시겠지요?」
「내가 하고 싶어하는 대로 하도록 해 주세요. 상관하지 말아 주세요. (밀레이디는 조금씩 흥분의 빛을 나타내면서) 무인(武人)이라는 것이 누구나 야심가겠지요? 당신은 중위군요. 머지않아 있을 나의 장례에는 대위가 되어 입회해 주시겠지요.」

「도대체 내가 당신에게 무슨 짓을 했을까요? (펠톤은 멈칫거리면서 말했다.) 나에게 그렇게 책임을 묻는 것과 같은 어조로 말하는 것은? 이제 며칠만 있으면 당신은 이곳을 떠나게 됩니다. 그렇게 되면 나는 당신의 목숨을 감시하지 않아도 될 테니까 좋을 대로 하십시오.」

「결국…… 신앙인이고 정의로운 사람이라고 내가 생각했던 당신은 오직 한 가지 일밖에 바라고 있지 않은 거군요. 그것은 내가 죽는 문제 따위로 책임을 추궁당하는 일이 없도록 하자는…….」

「나는 감시할 것을 명령받고 있습니다. 그러니까 임무를 완수할 뿐입니다.」

「그 임무가 어떤 것인지 당신은 충분히 알고 계시나요? 막상 죄가 있다고 해도 이렇게 가혹한…… 만약 사실 무근이라면 신께서는 그 임무를 어떻게 이름지으실까요?」

「나는 군인입니다. 따라서 명령에 복종할 뿐입니다.」

「신께서 심판하시는 날에 맹인인 형리와 부정한 재판관으로 구별할 수 있을까요. 당신은 내가 육체가 죽는 것은 안 된다고 하면서 내 영혼을 죽이려고 하는 사람의 앞잡이가 되어 있어요.」

「그러나 반복해서 말합니다만 당신은 그런 위험에 협박을 당하고 있지는 않습니다. 윈텔 경의 마음은 내가 내 자신의 마음처럼 보증합니다.」

「가장 현명한, 가장 신의 마음에 가까운 사람들도 자신의 마음을 보증하는 것은 불가능한 것인데, 타인의 마음을 이러쿵저러쿵 말하다니 참으로 어리석군요. 연약하고 불행한 사람을 괴롭히기 위해 강하고 행복한 사람 편을 드는 당신은 냉혹한 사람이에요!」

「그런 일은 없습니다. 나는 당신을 자유로이 해 드릴 힘도 없지만 당신에게 위해를 가할 힘도 없는 인간입니다.」

「그럴지도 모르지요. 하지만 나는 목숨보다도 소중한 명예를 잃을 것 같습니다. 펠톤 씨. 내가 그런 치욕을 당할 때에 당신이 신 앞에,

인간 앞에 책임이 없다고 말하도록 내버려두진 않겠어요.」

제아무리 냉정하고 또 냉정을 가장하고 있는 펠톤도 이미 자기를 포로로 하고 있는 어떤 숨은 힘에 더는 저항할 수 없었다. 이 아름다운, 맑은 환상과 같이 살결이 흰 여자를 눈앞에 보며 눈물에 젖어 슬퍼하고 어떤 때는 위협하는 것처럼 육박해 오는 모습을 보고 있다는 것은, 그 아름다움과 고통의 매력에 사로잡혀 있다는 것은, 펠톤과 같은 환각자에게는 너무나 강한 자극이었다. 불타는 것 같은 신앙의 치열한 상상력으로 가득찬 두뇌, 격렬한 천상의 사랑과 인간에 대한 증오에 불타고 있는 마음으로서는 더 이상 인내하기가 힘들었다.

밀레이디는 상대의 마음이 혼란해 있는 것을 간파했다. 이 젊은 광신자의 혈맥을 불태우고 있는 모순된 격정이 손에 잡힐듯 느껴졌다. 그러자, 마치 적이 붕괴되는 것을 보고 있던 교묘한 장군이 환성을 올리면서 진격하듯 그녀는 벌떡 일어섰다. 그리고 수녀처럼 아름답고, 순교의 처녀 같은 열정을 보이면서 팔을 내밀고 하얀 목덜미를 내보이면서 머리칼을 흐트러뜨리고 가슴 위에서 얌전하게 여민 옷에 한 손을 대고는 이미 청년의 마음을 어지럽게 한 그 눈을 더욱더 빛내면서 앞으로 다가갔다. 그리고는 목소리를 떨면서 노래하기 시작했다.

　　바르(Baal, 페니키아 인의 신. 사교의 신을 뜻하는 데 사용한다.)에게 희생물을 바쳐라
　　사자에게 고상한 시체를 던져라
　　신은 그대를 회개케 하시리니
　　나는 깊은 못에서 신을 부르리

이상하게 마음을 울리는 노래소리에 펠톤은 화석이 된 것처럼 그 자리에 얼어붙고 말았다.

「당신은 도대체 누구죠? 어떤 분이죠? 신께서 보내신 여자인

가요. 아니면 지옥에서 온 사람인가요. 천사인가요, 악마인가요. 당신의 이름은 에로아(뷔니의 시에 나오는 그리스도의 눈물에서 태어난, 마음씨 고운 천사와 같은 여성)인가요, 아니면 아스타르테(고대 유태인에게 숭상되던 여신으로서 인간을 제물로 썼다.)인가요?」 청년은 손을 꽉 쥐고 울부짖었다.

「글쎄, 당신에게는 어떻게 비칠지 모르겠군요. 하지만 나는 천사도 악마도 아니예요. 이 지상에 태어난 사람의 딸이에요. 그리고 당신과 같은 신앙을 가진 자매인 거죠?」

「그렇군요. 알겠습니다. 아직껏 의심하고 있었지만 이제 이것으로 확실히 믿겠습니다.」

「믿어 준다구요! 그렇게 말하면서도 역시 윈텔 경의 앞잡이 노릇을 할 생각이겠지요. 믿으면서 나를 저 적의 손에 넘겨줄 작정인 거죠. 영국의 적, 신의 적의 손에! 사교와 음탕으로 이 세상을 오염시키고 있는 인간, 저 저주받은 사르다나팔(전설적인 인물. 밧시리아의 왕이라고 한다. 극단적인 향락주의자.)과 같은 사내에게. 어리석은 사람이 버킹검 공이라 부르고 신앙을 가진 자들로부터는 반그리스도라고 불리우고 있는 그 사내에게……」

「당신을 버킹검 공에게 넘기다니…… 그것은 도대체 무슨 말입니까?」

「그들은 눈이 있어도 보지 못하고 귀가 있어도 듣지 못하리니.」

「아, 그렇다.」 펠톤은 마지막 의혹을 털어 버리듯이 땀이 밴 이마에 손을 가져갔다.

「그렇다. 매일밤 꿈에서 듣던 음성은 이것과 같았다. 나의 잠못 드는 영혼에 호소하던 천사의 얼굴은 완전히 이것과 같았다.『쳐라. 영국을 구하고 네 자신을 구하라. 그렇지 않으면 너는 신의 마음을 평안케 하지 못한 채 이 세상을 떠나게 될 것이다.』 좀더 이야기해 주십시오. 이제부터는 당신의 이야기를 잘 이해할 수 있으니까.」

날카로운 환희의 미소가 밀레이디의 눈에 휙 지나갔다.

그 요상한 빛에 쩔린 펠톤은 그야말로 상대 여자의 마음 속 깊은

55. 죄수의 나흘째

곳을 들여다 본 것 같이 오싹했다.

 그 순간 윈텔 경으로부터 들은 훈계가 마음에 떠올라 한 걸음 뒤로 물러서서 얼굴을 떨구었다. 그러나 눈은 이 불가사의한 여성에게 끌린 듯 도저히 뗄 수가 없었다.

 밀레이디는 그 주저하는 뜻을 착각할 여자는 아니었다. 뜨거워진 척하면서도 냉정을 잃지는 않았다. 펠톤이 무언가 대답하기 전에 다시 자기의 흥분했던 좀전과 같은 어조로 하기 힘든 대화를 계속해 나가지 않으면 난처해진다. 밀레이디는 두 손을 축 내려뜨리고 말았다. 지금까지의 영감(靈感)의 열정이 식고 다시 연약한 여자의 마음으로 돌아오기나 한 것처럼——.

「아니예요. 나는 역시 유디트처럼은 되지 못합니다. 신께서 건네주시는 검은 나의 손엔 너무 무겁습니다. 그러니까 역시 죽는 것으로써 치욕을 모면케 해 주세요. 나는 죄를 범한 사람처럼 용서해 달라고도 하지 않을 것이고, 이교도처럼 복수를 구하지도 않습니다. 죽게 내버려 두세요. 다만 그것만을 바랄 뿐입니다. 부탁입니다. 무릎을 꿇고…… 부디 조용히 죽도록 해 주세요. 나의 임종 때의 숨결로 구원해 주신 분을 축복할 테니까요.」

 그 탄원하는 상냥한 음성, 겁먹은 듯한 침통한 두 눈에 끌려 펠톤은 다시 곁으로 다가갔다. 조금씩 이 마녀는 마음대로 몸에 걸치고 벗을 수 있는 분장——우아함, 상냥함, 눈물, 보는 이가 헤아날 수 없는 불가사의한 매력을 다시 몸에 지니게 되었던 것이다.

「…… 나는 슬프게도 한 가지 일밖에는 할 수가 없습니다. 당신이 죄없이 박해를 받고 있다 하더라도 단지 동정하는 것밖에는! 윈텔 경은 당신에 대해 매우 나쁘게 생각하고 계시지만, 당신은 그리스도교도이며 나와는 같은 신앙의 자매지요. 나는 점점 당신에게 끌려가는 것 같습니다. 배신자인 불신자들만 모여 있는 이 세상에서 오로지 저 은인 한 사람에게만 마음을 바치고 있는 나인데! 하지만 부인, 이렇게 아름답고 깨끗한 모습인 당신이 윈텔 경에게 이런 고초를 당해야 하다니, 도대체 당신은 무슨 나쁜 짓을 저질렀던 것일까요?」
「그들은 눈이 있어도 보지 못하고 귀가 있어도 듣지 못하리니.」 밀레이디는 말로 표현할 수 없는 고뇌에 찬 음성으로 반복했다.
「하지만, 그렇다면…… 부디 까닭을 말해 주십시오.」
「나의 부끄러운 것을 말하라고 하시나요? (밀레이디는 얼굴을 붉혔다.) 어떤 사람의 죄가 한쪽 사람에게는 수치라는 것은 흔히 있는 일이 아닐까요? 나의 그러한 수치를 여자의 입으로, 사내인 당신에게…… 아닙니다. 할 수 없습니다. 결코…….」 수줍어하는 투로 손을 아름다운 얼굴에 댄다.
「이 나라면, 형제인 나에게라면…….」
밀레이디는 오랫동안 상대의 얼굴을 지그시 바라보았다. 그 표정을 청년은 자신을 의심하는 것이라고 생각했지만 사실은 상대를 관찰하는 시선이었고 특히 매혹하는 수단이었던 것이다.
펠톤은 끝내 두 손을 꼭 쥐고 간청하는 태도를 보였다.
「그럼…… 나의 형제에게라면 고백해도 좋다고 생각합니다.」 밀레이디는 이렇게 말했다.
그때 윈텔 경의 발소리가 들렸다. 오늘은 전날처럼 지나쳐가지 않고 파수꾼과 두세 마디 말을 주고받고는 곧 입구의 문을 열고 그 모습을 나타냈다.
밖에서 이야기하고 있는 사이에 펠톤은 재빨리 몸을 뺐기 때문에 윈텔 경이 들어왔을 때에는 여자로부터 몇 걸음 떨어진 곳에 서 있었다.
남작은 천천히 들어와서 탐색하는 눈으로 두 사람의 남녀를 지그시 노려 보았다.
「꽤 오랫동안 이곳에 있는 것 같군, 존. 이 여자가 자신이 했던 나쁜 짓에 대해 하나하나 이야기라도 해 주었나. 그렇다면 시간이 길어지는 것도 무리는 아니지.」
펠톤은 꼼짝도 하지 않고 서 있었다. 밀레이디는 지금 곤경에 처한 펠톤을 도와 주지 않으면 자기의 계획이 좌절되고 만다고 생각했다.

「당신은 죄수가 도망치지나 않을까 그것만 걱정하시는 것 같군요. 이 기특한 감시인에게 아까 내가 무엇을 부탁했는지를 물어 보십시오.」

「부탁했다구?」 남작은 의아스러운 듯이 말했다.

「그렇습니다.」 당황한 청년이 곧 가로채고는 말했다.

「무슨 일인가, 그것은?」

「창구를 통해 작은 칼을 넣어 달라는 것이었습니다. 사용하고는 곧 반환하겠다고 하면서……」

「그럼, 이 방에 누군가 숨어 있는 인간이라도 있고 이 상냥한 부인이 그를 죽이고 싶다고 말하던가?」 윈텔 경은 언제나 그렇듯이 야유하는 투로 말했다.

「그 사람은 바로 납니다.」 밀레이디는 대답했다.

「나는 당신에게 미국으로 가든가 처형을 당하든가 어느 한 쪽을 선택하라고 말했는데. 아무래도 곧 처형을 하는 것이 좋겠는걸. 끈 쪽이 작은 칼보다 더 확실할 테니까.」

펠톤은 안색을 바꾸면서 한 발 앞으로 나왔다. 아까 밀레이디가 손에 끈을 들고 있던 것이 발각되었다고 생각했던 것이다.

「말씀하신 대로예요. 나도 그것을 생각하고 있었거든요. (그리고는 억눌린 음성으로) 또 생각할지도 모릅니다.」

펠톤은 온몸이 오싹해 오는 것을 느꼈다. 어쩌면 윈텔 경에게도 그 거동이 보였던 것임에 틀림없다.

「조심하는 게 좋다, 존. 나는 너를 충분히 신뢰하고 있지만 경계하라구. 전에도 말했을 것이다. 그래, 용기를 내게나. 이제 사흘만 지나면 이 여자도 우리 곁에서 떠나게 된다. 그렇게 가 버리면 이제 아무에게도 폐가 없을 테니까.」

「이 말을 들으셨나요?」 밀레이디는 소리를 높여 말했다. 이 말은 남작에게는 신을 향해 부르짖고 있는 것으로 받아들여졌으나 펠톤은 자기에게 한 말이라고 생각했다.

청년은 고개를 떨군 채 생각에 잠겨 있었다.

남작은 그의 팔을 잡고 어깨너머로 밀레이디 쪽을 노려 보면서 나갔다.

『아니, (문이 닫히자 밀레이디는 중얼댔다.) 내가 예상했던 것보다 일이 빨리 진척되고 있지는 않군. 윈텔 경은 평소의 우둔함과는 달리 매우 신중성을 보여 주고 있어. 복수란 이런 것이다. 복수하겠다는 욕망은 어쩌면 이렇게도 인간을 철저하게 교육시키는 것일까. 펠톤도 아직 주저하고 있다. 저놈은 그 철없이 날뛰는 다르타냥과는 전혀 다르다. 청교도가 맹목적으로 열애하는 것은 오로지 처녀뿐인 것이다. 두 손을 모으고 기도하는 거다. 총사는 성숙한 여자와 사랑을 한다. 팔을 끼고 사랑을 하는 거다.』

그러나 이렇게 생각하면서 밀레이디는 초조한 심정으로 기다리고 있었다. 이날 안으로 다시 한 번 펠톤이 얼굴을 보여 주지 않을 턱이 없다고 생각했기 때문이다. 1시간쯤 지나자 문 저쪽에서 낮은 음성이 들렸고 이어서 문이 열리면서 펠톤의 모습이 나타났다.

청년은 뒤에 있는 문을 열어 둔 채 뚜벅뚜벅 들어와서는 밀레이디에게 조용히 신호했다. 얼굴은 예사로운 상태가 아니었다.

「왜 그러세요?」 밀레이디는 물었다.

「조용히 들으세요. (낮은 소리로 말했다.) 파수꾼은 조심하기 위해서 저쪽으로 쫓아 버렸습니다. 아무도 엿듣지 못하게 하기 위해서…… 지금 나는 남작으로부터 무서운 이야기를 듣고 왔습니다.」

밀레이디는 할 수 없다는 식으로 쓸쓸한 미소를 띠우고는 고개를 좌우로 흔들었다.

「당신이 악마인지 아니면 나의 은인인지, 부친과 같이 생각하고 있는 남작이 귀축(鬼畜)인지 나는 모릅니다. 당신과는 나흘 전부터 알게 된 사이고, 남작은 이 년 전부터 친밀하게 지내온 사이입니다. 이 두 사람 중 어느 편에 붙어야 할지 망설이고 있습니다. 내가 지금부터 하는 말에 놀라지 마십시오. 나는 어떻게 하든 정확한 진상을 알고 싶습니다. 오늘밤 자정이 넘어서 다시 한 번 이곳에 오겠습니다. 그때 내 마음을 분명히 하게 해 주십시오.」

「아닙니다. 그것은 안 됩니다. 펠톤 씨. 당신에게는 너무나 큰 희생이라는 것을 나는 잘 알고 있습니다. 나는 기왕 버린 몸, 당신마저 말려들게 할 수는 없습니다. 내가 죽으면 모든 게 분명해지겠지요. 죄수인 여자의 말보다 잠자코 있는 시체 쪽이 당신의 마음에 강하게 호소할 테니까요.」

「그런 식으로 말하지 말아 주십시오. 내가 지금 온 것은 당신이 자기 자신의 목숨을 손상시키는 일은 절대로 하지 않겠다고 나에게 약속해 주었으면 했기 때문입니다.」

「약속하지 않겠어요. 나만큼 약속에 충실한 사람은 없으니까요. 만일 일단 약속한다면 그걸 지켜야만 하는 괴로운 처지에 놓이게 되니까요.」

「좋아요. 그럼 내가 다시 한 번 만나러 올 때까지, 그때까지만 약속을 해 주십시오. 이번에 왔을 때 생각을 바꾸지 않으신다면 그땐 어쩔 수 없습니다. 나는 아무 말도 하지 않으렵니다. 그리고 당신이 부탁하신 칼을 건네드리겠습니다.」

「알겠습니다. 그럼 기다리고 있겠습니다. 당신을 위해서……」

「맹세해 주십시오.」

「우리들의 신 앞에서 나는 맹세합니다. 이것으로 됐습니까?」

「고맙습니다. 그럼 오늘밤에……」

이렇게 말하고 펠톤은 허겁지겁 방에서 나가 문을 닫고는 파수꾼의 단창을 손에 들고 감시에 임하고 있는 모습으로 서 있었다.

파수꾼이 돌아오자 펠톤은 창을 돌려 주었다.

그때 작은 창구에 다가선 밀레이디의 눈에 미친 듯이 십자를 긋고 바쁜 걸음으로 복도에서 멀어져가는 청년의 모습이 보였다.

이윽고 그녀는 원래의 장소로 돌아가 냉랭한 경멸의 미소를 입가에 떠올렸다. 그리고 지금까지 배우지도 않은 방법으로 좀전에 맹세했던 신의 이름을 조소하듯 반복하고 있었다.

『어리석은 광신자! 나의 신이라고? 나의 신은…… 이 나 자신인 거다. 그리고 나의 복수를 도와주는 그 인간도……』

56. 죄수의 닷새째

 어쨌든 이것으로 밀레이디의 책모는 절반 이상 성공을 거둔 셈이었으므로 점점 더 용기가 배가했다.
 유혹에 약한 보통남자를 내것으로 만드는 일은 아무것도 아니다. 궁정의 호색적인 풍속에 다소나마 물든 상대라면 어렵지 않게 함정에 빠뜨릴 수 있었다. 밀레이디에게는 육체의 저항을 무력하게 할 만한 미모와 온갖 지적인 장애를 극복할 수 있는 재능이 있었다.
 그러나 이번의 경우는 상대가 멋을 모르는, 무감각하다고 해도 좋을 만큼 근엄으로 굳어진 사나이였다. 종교와 평생의 금욕 생활은 펠톤을 예사로운 유혹에는 까딱도 하지 않을 만큼 무감각한 인간으로 만들어 놓고 있었다. 이 광신으로 뜨거워진 머릿속에는 엉뚱한 계획과 격렬한 사고가 소용돌이치고 있어서 사랑이라든가 방탕이라든가 물욕 따위는 끼어들 틈이 없었던 것이다. 그래서 밀레이디는 우선 위장된 도덕심을 가지고 자기를 악한 자라고 교육받은 이 사나이의 생각에 틈을 만들고, 이어서 미모에 의해 그 순진한, 세상물정을 모르는 마음에 숨어 들어 갔던 것이다. 즉 이 가장 힘든 상대를 대상으로 하여 자기도 몰랐던 방법을 충분히 실험할 수 있었던 것이다.
 그러나 아직도 그 초저녁 동안에는 운명과 자기 자신에게 절망을 느끼는 일이 몇 번이고 있었다. 물론 그러한 경우에도 신의 도움을 호소한다는 따위의 마음은 조금도 일지 않았다. 그녀는 도리어 악령에 대한 신앙을 가지고 있었다. 인간 생활의 구석구석까지 뿌리를 내리고 있는 그 거대한 힘, 그것에 의하면 저 아라비아의 우화(천일야화)에 있듯이 석류 열매 한 알에서도 세계가 만들어진다는 그 악마의 힘이다.

펠톤에 대한 작전이 마련된 밀레이디는 다음날의 준비를 해 두어도 좋다고 생각했다. 이젠 이틀 앞으로 닥친 버킹검의 서명이 도착하면, (그 지시서에는 가짜이름이 기재되어 있고, 그것이 자기라는 것을 모르고 있는 만큼 버킹검은 덮어놓고 서명할 것만 같다.) 남작은 즉시 그녀를 배에 태워 버릴 것이다. 일단 그렇게 해서 유형이 되면 그늘의 여자가 하는 유혹의 수단이 얼마나 무력해지는가를 그녀는 알고 있었다. 밝은 날에 아름다운 모습이 비춰지고 있는 몸가짐이 단정한 여자, 귀족적인 체취를 풍기는 부인에게는 도저히 맞설 수 없다. 비참한 유형에 처해지더라도 아름다움에는 변함이 없겠지만 다시 위세있는 자리로 돌아가는 데는 지장이 있다. 현실적인 재간이 있는 사람답게 밀레이디도 자기의 성질과 기능에 알맞은 환경을 잘 알고 있었다. 가난한 생활에는 견딜 수 없다. 비천한 신분은 자기의 힘의 태반을 죽이고 말 것이다. 밀레이디는 여왕 사이에 끼어야만 비로소 여왕이 될 수 있는 기질의 여자였다. 남의 위에 서더라도 자기 만족의 기분이 우선 필요하기 때문에 비천한 자를 다만 마음대로 부리고 있는 것은 즐겁다기보다 오히려 굴욕이라고 느끼는 여자였다.

물론 그 유형에서 돌아올 수는 있을 것이다. 이 점에 대해서는 조금도 의심하지 않았다. 그러나 그렇게 될 때까지 얼마나 많은 시간이 걸릴 것인가. 밀레이디와 같이 가만히 있지 못하는 야심가인 여자에게 있어서는 올라가는 것을 하지 않고 지내는 나날은 살아 있는 보람도 없는 나날이었다. 그렇다면 내려가는 쪽의 세월은 무엇이라고 해야 좋겠는가. 헛되이 보내는 1년, 2년, 아니 3년……

그것은 영원이라 해도 좋았다. 다르타냥이 승리에 도취하고 행복을 얻고, 그 친구들까지 모두 왕비로부터 그 동안의 공로에 의해 보상을 받고 의기 양양해 있을 때 돌아온다──그것은 밀레이디의 성격상 생각만 해도 견딜 수 없는 일이었다. 이것저것에 생각이 미치자 그녀 속에서 광란하는 폭풍우는 점점 더 거세어져서 만일 그 격렬한 힘이 일순간이라도 그 육체에 머물 수 있다면 방의 벽을 꿰뚫었을 것이라고 생각되었다.

그러나 가장 마음에 걸리는 것은 무엇보다도 추기관의 문제였다. 그 의심많고 세심한 추기관은 그 후 자기로부터 소식이 끊어진 것을 어떻게 생각하고 있을까. 추기관은 현재의 그녀에게 있어서 오직 한 사람의 지지자, 방패일 뿐만 아니라 출세를 위해, 장래의 복수를 위해 소중한 거점인 것이다. 그녀는 이 사람의 성격을 잘 알고 있었다. 만약 아무런 성과도 없이 돌아간다면 아무리 피치못할 사정과 자신이 겪은 고초에 대해 누누이 설명해 보았자 냉정하게, 그 힘과 날카로운 재기를 가진 회의자의 차가움으로『적의 술수에 빠진 게 잘못』이라고 말할 것임에 틀림없을 것이다.

그래서 밀레이디는 전신의 힘을 모아 지금 빠져 있는 밑바닥에 비치고 있는 유일한 광명으로 생각되는 펠톤의 이름을 계속해서 중얼댔다.

그럭저럭 하는 사이에 시간은 흘렀다. 1시간마다 시종은 생각난 듯이 종을 울려대곤 했다. 청동의 울림은 갇혀 있는 자의 마음에 강한 소리로 메아리쳤다. 9시에 윈텔 경이 찾아와서는 창과 격자를 빙 돌아가며 살펴보았고 마루바닥과 벽, 난로와 문간까지 조사했다. 그러는 동안 밀레이디와는 한 마디도 하지 않았다.

어쩌면 두 사람 모두 정세는 이미 헛소리를 한다든가 도움도 되지 않을 분노를 보인다는 것을 허용할 수 없을 정도로 절박했다는 것을 느끼고 있었던 것이리라.

「좋아. 이것으로 당신은 오늘밤엔 도망가지 못할 것이다.」

남작은 이렇게 말하고 나갔다.

10시에 펠톤이 야경꾼을 데리고 왔다. 밀레이디는 발소리로 그가 왔음을 알았다. 이제는 애인의 마음을 헤아리듯 그것을 알 수 있었다. 그러면서도 이 마음 약한 광신자가 싫었고 몹시 경멸하고 있는 것이다.

아직 약속한 시간이 아니기 때문에 펠톤은 들어오지 않았다.

2시간 후 자정의 시종이 울렸고 야경꾼은 교대했다.

약속한 시간이 된 것이다. 밀레이디의 마음은 어쩔 수 없이 두근거리기 시작했다.

교대한 파수병은 복도에서 오락가락하고 있었다.

10분쯤 지나서 펠톤이 왔다.

밀레이디는 귀를 기울였다.

「어떤 일이 있어도 이 입구를 떠나서는 안 된다. 알았나. 어젯밤에는 아다시피 파수 보는 사나이가 잠시 이곳을 비우고 있었기 때문에 남작님으로부터 호된 꾸지람을 들었다. 그러는 동안 내가 대신 서 있어 주었지만.」

「네. 알고 있습니다.」 파수병은 대답했다.

「그러니까 엄중히 감시하고 있도록. 나는 이 방 안을 다시 한 번 살펴보고 나오겠다. 저 부인은 자살할 위험이 있기 때문에 잘 감시하라는 명령을 받고 있는 거다.」

『잘 됐군. 저 근엄한 입으로 거짓말을 했다.』

밀레이디는 혼자 중얼댔다.

파수병은 다만 히죽이 웃으면서

「이건! 중위님, 나쁘지 않은 소임을 맡으셨군요. 저 여자의 침대 속까지 들여다보아도 좋은 것이라면······.」

펠톤은 얼굴이 빨개졌다. 다른 경우라면 그 따위 농담을 하는 부하를 벌했겠지만 질책이 입에서 나오기에는 양심의 소리가 너무 강했다.

「만일 내가 부르거든 들어 오고, 누가 오거든 나를 불러라.」

「알았습니다, 중위님.」

펠톤은 들어왔다. 밀레이디는 일어서며
「어머, 오셨군요.」
「온다는 약속이었기 때문에 왔습니다.」
「다른 약속도 있었을 텐데……..」
「뭡니까? 그것은.」 충분히 자제하고 있을 터인데도 청년은 무릎이 떨리고 이마에 땀이 배는 것을 느꼈다.
「당신은 작은 칼을 가지고 와서 이야기 뒤끝에 놓고 가겠다고 약속하셨지요?」
「그에 대해서는 더 말하지 말아 주십시오. 어떤 경우에도 신의 자녀인 인간에게 자살의 기회를 준다는 것은 있을 수 없는 일입니다. 나는 그런 무서운 죄는 결코 범하지 않겠다고 고쳐 생각했습니다.」
「어머, 고쳐 생각하셨다구요?」 여자는 경멸하는 웃음을 머금고는 의자에 앉았다. 「그럼 나도 고쳐 생각하겠어요.」
「무엇을 말입니까?」
「약속을 지키지 않는 사람에겐 아무것도 말할 필요가 없다고…….」
「그것은…….」 펠톤은 낮은 소리로 중얼댔다.
「돌아가시면 되잖아요. 난 이야기하지 않을 테니까.」
「작은 칼은 가지고 있습니다.」 펠톤은 호주머니에서 약속한 대로 가져온 칼을 꺼냈다. 그러나 여자에게 건네주는 것은 아직 주저하고 있었다.
「보여 주세요.」
「어떻게 하시렵니까?」
「곧 돌려 드리겠습니다, 틀림없이. 그것을 이 테이블 위에 놓고 당신은 그 칼과 나 사이에 있어 주세요.」
펠톤이 내미는 작은 칼을 받아 든 밀레이디는 조심스럽게 칼날을 살펴보았고 자신의 손가락으로 만져보았다.
「좋아요. (칼을 돌려 주면서) 이거라면 분명히 칼날도 달려 있고 당신은 믿을 수 있는 사람이에요.」

56. 죄수의 닷새째

 펠톤이 그것을 테이블 위에 놓는 것을 밀레이디는 지그시 바라보고 있다가 만족의 표시로 고개를 끄덕였다.
「그럼, 지금부터 잘 들어 주세요.」
 그런 말은 할 필요도 없었다. 젊은 사관은 여자 앞에 서서 그녀가 하려는 말을 고대하고 있었으니까.
「펠톤 씨. (밀레이디는 우울한 어조가 되었다.) 만일, 당신과 같은 피를 나눈 자매가 이런 이야기를 당신에게 한다면 어떨까요……. 아직 나이가 어리고, 불행하게도 아름답게 태어난 나를 무서운 함정에 빠뜨리려고 했던 자가 있었습니다. 나는 저항했지요. 나의 둘레에 함정과 폭력의 여러 가지 것이 쌓여 갑니다. 그래도 계속 거부했습니다. 상대는 내가 믿는 종교, 내가 존경하는 신을 내가 구원을 요청하면서 부르짖었다고 해서 모독했습니다. 그래도 계속 거부했습니다. 그러자 이번에는 온갖 치욕을 안겨주어 나의 영혼을 훼손하고 내 몸을 더럽히려고 하는 것입니다. 마침내…….」
 밀레이디는 잠시 침묵했다. 그 입술 위로 슬픈 미소가 떠올랐다.
「마침내…… 어떻게 됐나요?」펠톤은 재촉했다.
「내가 끝까지 저항하는 바람에 자신의 욕심을 채울 수 없게 된 그는 그날 밤 음료수에 마약을 탔습니다. 식사를 마친 나는 조금씩 이상한 나른함을 느꼈습니다. 나는 아무런 의심도 없었지만 어떤 막연한 불안에 사로잡혀 졸음을 이기려고 했습니다. 일어나서 창가로 다가가 구원을 청하려고 했지만 다리는 벌써 자유롭지 않았습니다. 천장이 위에서 떨어져내려 그 밑에 깔릴 것만 같았습니다. 팔을 들고 무어라고 크게 소리치려고 했지만 입에서는 분명치 않은 소리가 나올 뿐이었습니다. 온몸이 마비되어 나는 어떻게도 할 수가 없었습니다. 의자에 앉으려고 했지만 그것도 안 되고, 겨우 무릎을 꿇고 기도하려고 하자 혀가 굳어졌습니다. 하느님의 눈에도 보이지 않고 귀에도 들리지 않는 것이겠지요. 끝내 마루바닥에 쓰러져 죽음과 같은 잠에 빠지고 말았습니다.
 이렇게 잠에 빠져 있는 동안 무슨 일이 일어났고, 그것이 얼마만큼 계속되었는지 조금도 기억에 없습니다. 다만 한 가지 생각나는 것은 정신이 들자 나는 화려한 장식을 한 둥근 방 안에서 자고 있었다는 것입니다. 빛이 천장의 밝은 창에서 비치고 있을 뿐 그밖엔 입구라는 것이 보이지 않았습니다. 화려한 감옥이라고나 할까요.

나는 내가 있는 장소, 그러한 세밀한 상황을 분명히 인식할 때까지 꽤 많은 시간이 걸렸습니다. 아직도 머리를 찍어 누르고 있는 졸음 뒤의 흐릿한 안개를 떨쳐 버리려 해도 떨쳐 버릴 수가 없었습니다. 머리의 밑바닥에는 지나왔던 장소, 마차 소리, 내가 기진할 때까지 허우적댔던 무서운 꿈을 꾸고 난 후의 지각이 희미하게 앙금처럼 남아 있었습니다. 하지만 그런 것은 어둡고 흐려 있어서 경험 속의 것이 아닌 것 같기도 하고, 또 한 편으로는 이상하게도 내 몸에 달라붙어 있는 것 같기도 했습니다.

한동안 너무나 이상했기 때문에 계속해서 꿈을 꾸고 있는 것과 같았습니다만 비틀거리면서 일어나자 옷은 옆의 의자 위에 놓여져 있었습니다. 언제 그것을 벗고 잤는지 아무리 생각해도 기억이 나지 않습니다. 그러자 조금씩 얼굴이 제풀에 붉어지는 것 같은 저주스러운 사실이 눈앞에 떠올랐습니다. 나는 내 집에 있는 것이 아니다, 광선의 상태로 보아 벌써 저녁때가 가까운 것 같다, 내가 잠에 취한 것은 전날 저녁때였다, 그렇다면 그때부터 대략 이십사 시간이 지났다, 그 긴 수면 사이에 무슨 일이 일어난 것일까?

서둘러 옷을 입었습니다. 손발이 뜻대로 움직여지지 않는 것은 아직도 마취에서 깨어나지 않은 증거일 것입니다. 이 방은 여자의 방처럼 생각되었습니다. 아무리 호사스런 취미를 가진 여자라도 이 이상의 것을 바라지는 않을 정도로 훌륭한 방이었습니다.

어쩌면 이 방에 유폐된 여자는 내가 처음은 아닐 것입니다. 감옥이 아름다우면 아름다울수록 나의 공포는 커질 뿐이었지요.

분명히 감옥입니다. 나가려고 해도 나갈 수가 없으니까요. 입구가 어디 있는지 찾으려고 주위의 벽을 구석구석 손으로 더듬어 보았지만 단단한 벽만 만져질 뿐 빙빙 맴돈 끝에 피로함과 무서움으로

의자 위에 쓰러지고 말았습니다.
 그러는 사이에 밤이 되고 말았습니다. 불안은 커져만 갈 뿐이고 조용히 앉아 있을 기분도 아니었습니다. 한 발만 걸어도 정체 모를 위험이 도사리고 있는 것만 같았습니다. 전날 밤부터 아무것도 먹지 않았는데 공포 때문에 시장하다는 것도 잊고 있었습니다.
 무엇 하나 시간을 알려 줄 만한 것은 없었지만 일곱 시나 여덟 시 무렵인 것 같았습니다. 마침 사월이라서 캄캄했으니까요.
 별안간 문이 삐거덕 하는 소리에 덜컥 가슴이 내려앉았습니다. 천장의 유리창 위에서 밝은, 둥근 등이 강한 빛으로 방 안을 비추었습니다. 내 눈에 한 사람의 사내가 몇 발자국 떨어진 곳에 서 있는 것이 보였습니다.
 동시에 완전히 갖추어진 두 사람 몫의 저녁 식사를 차려놓은 테이블이 마법처럼 방 한복판에 나타났습니다.
 일 년 전부터 줄곧 나를 박해해 왔었고 나를 욕보일 것을 계획해 왔던 사내였습니다. 그의 입에서 새어나온 첫마디에 전날 밤 그가 목적을 달성했다는 것이 분명해졌습니다.」
 「어쩌면 그렇게도 가증스런!」
 「그렇습니다. 아무리 증오해도 성이 풀리지 않는 사내! (기괴한 이야기에 말려들어 입술을 떨고 있는 청년을 지그시 바라보면서 밀레이디는 말했다.) 잠든 틈을 이용해서 내가 모르는 사이에 안겨준 모욕을 후에 이런 식으로 나에게 알도록 해 주기 위해 나타나는 그런 사내입니다. 그리고 나의 사랑과 교환 조건으로 부(富)를 분배하겠다는 것이었습니다.
 여자의 마음을 쥐어짜서 나는 온갖 욕설을 상대에게 퍼부었습니다. 그런데도 사내는 이런 말에 익숙해 있는지 가슴에다 팔짱을 끼고 빙긋이 웃으면서 침착하게 듣고 있었습니다. 그리고는 내 말이 모두 끝났다고 생각했는지 곁에 다가오려고 했습니다. 나는 식탁으로 뛰어가 작은 칼을 들고 내 가슴에 대고는
 한 발짝이라도 나에게 접근하면 그땐 당신은 나를 욕보인 죄에다

살인죄까지 짓게 되는 거예요.
 어쩌면 나의 눈, 음성, 전시의 동작에 아무리 흉칙한 인간이라도 감동시킬 진실성이 있었던 것이겠지요. 상대는 발을 멈추고
 ──당신이 죽는다구? 아니 아니, 당신은 단지 한 번 행복을 맛본 것만으로 잃기에는 아까운 사람이야. 그럼, 안녕, 아름다운 연인! 당신의 기분이 좋을 때를 기다렸다가 다시 찾아 오겠소.
 이렇게 말하고 휘파람을 불자 지금까지 방을 비추고 있던 둥근 등이 올라가고는 꺼졌습니다. 나는 어둠 속에 남겨졌고, 문이 열리고 또 닫히는 소리, 이어서 다시 빛이 내려왔는데 나는 혼자가 되어 있었습니다.
 이때의 견딜 수 없는 기분을 무어라 말해야 좋을까요. 아직 자신의 몸에 대해 다소 의심하고 있던 것이 완전히 밝혀지고 저주받을 사실이 선명하게 남았습니다. 내가 싫어하고 경멸하고 있는 사내에게 마음대로 하게 했다는 것, 무슨 짓이라도 능히 할 수 있는 비도덕적인 사나이에게……」
「한데, 그 사람은 대체 누구입니까?」 펠톤이 물었다.
「나는 의자에 앉아 사소한 소리에도 무서워 떨면서 밤을 지샜습니다. 한밤중께 불이 꺼졌기 때문에 암흑 속입니다. 그러나 그 밤은 아무 일도 일어나지 않고 지나갔습니다. 날이 밝자 식탁은 없어졌고 다만 작은 칼은 내 손에 남아 있었습니다.
 그 작은 칼, 이것이 이젠 유일한 희망입니다.
 지쳐서 쓰러질 것 같았습니다. 눈은 잠을 못자서 아픕니다. 한 순간도 잘 수 없었던 것입니다. 날이 샜기 때문에 마음이 안정되었고 소중한 작은 칼을 베개 밑에다 숨기고는 침상에 누웠습니다.
 잠에서 깨자 식탁은 또 정확하게 차려져 있었습니다.
 이번에는 불안하기는 하면서도 사실 배가 고팠습니다. 만 이틀간 아무것도 입에 넣지 않았으니까요. 나는 빵과 과일을 약간 먹고나서 음료수에는 마약이 들어 있었다는 것을 생각하고 식탁 위의 것에는 손도 대지 않았습니다. 화장대 위에 있는 대리석으로 된 수도꼭지

곁으로 가서 컵에다 물을 받았습니다.
 그러나, 이렇게 조심을 했지만 불안은 떠나지 않았기 때문에 나는 줄곧 떨고 있었습니다. 그렇게 해서 그 날도 무사히 넘어갔습니다.
 식탁에 있던 컵은 몰래 절반쯤 비워 두었습니다.
 또 밤이 찾아왔습니다. 내 눈은 조금씩 어둠에 익숙해졌고, 식탁이 바닥 밑으로 내려가는 것을 알았습니다. 얼마가 지나자 그것은 다시 위에 식사를 싣고 떠올라 왔습니다. 그러자 곧 위에 있는 등에 불이 켜지고 방 안은 금세 환하게 밝아졌습니다.
 나는 수면제가 들어갈 수 없는 것만을 골라서 먹기로 했습니다. 달걀 두 개와 과일을 조금. 그리고는 그 수도꼭지로 가서 물을 받아 마셨습니다.
 조금 마셨더니 아침에 마신 것과 맛이 다른 것 같았습니다. 혹시, 하는 의심이 머리에 떠올라 마시는 것을 중지했습니다. 그러나 이미 컵의 절반은 목을 넘어 간 뒤였습니다.
 나머지는 얼른 쏟아버렸습니다. 이마에서 땀이 배어 나왔습니다.
 틀림없이 누군가 아침에 내가 이 수도꼭지에서 물을 받아 마시는 것을 보았겠지요.
 반시간쯤 지나자 어제와 같은 조짐이 일어났습니다. 다만 이번에는 절반 정도의 양이었기 때문에 곧바로 정신을 잃지는 않았습니다. 완전히 잠들지는 않고 마치 비몽사몽하는 상태여서 주변에서 일어나는 일은 알 수 있었습니다. 그래도 몸이 마음대로 움직이지 않는 것은 마찬가지였습니다.
 기다시피 침상으로 다가가서 나에게 남겨진 유일한 호신용인, 그 작은 칼을 잡으려고 했습니다. 그러나 아무리 애를 써도 베개가 있는 곳까지 갈 수가 없었습니다. 무릎의 힘이 빠지고 손은 침대의 다리를 붙들었을 뿐…… 나는 이제 틀렸다는 것을 깨달았습니다.」
 펠톤의 얼굴은 비참하리만큼 창백해졌고 온몸에 경련이 일듯 부르르 떨고 있는 것이 보였다.
 「더욱 무서운 것은, (밀레이디는 지금 그것과 같은 공포에 휩싸여 있는 것처럼 허둥대는 음성으로 계속했다.) 그것은 이번의 경우 다가오는 끔찍한 일에 대한 의식이 분명히 있었다는 것입니다. 몸은 잠들어 있고 마음만은 깨어 있다는 것, 눈도 보이고 귀도 들린다는 것. 물론 모두가 꿈 속에서 일어난 것 같은 의식이지만 그렇기 때문에 더욱 무서웠지요……

다시 어둠 속에 둥근 등이 조금씩 올라갔고, 꼭 두 번이었지만 벌써 귀에 익은 삐걱거리는 문소리가 들렸습니다. 누군가가 다가오는 낌새. 나는 버둥거렸고 소리를 치려고 했습니다. 온갖 의지의 힘으로 일어서려고까지 했습니다만 곧 그대로 쓰러져서…… 어쩔 수 없이 무서운 사내의 품속으로.」

「그건 어떤 사내입니까. 말해 주십시오.」 청년은 참을 수 없다는 듯이 말했다.

밀레이디는 이야기의 한 구절마다 세심한 주의를 기울여 부추겨 올린 청년의 고통의 정도를 한눈에 알아 볼 수 있었다. 그러나 그 고통에는 조금도 마음아파할 필요는 없었다. 이 사나이에게 안타까운 생각을 하게 하면 할수록 그만큼 복수의 기운은 무르익어 가는 셈이니까. 그래서 상대의 고통스러운 호소도 귀에 들어오지 않는양 아직 대답할 때가 아니라는 듯이 이야기를 계속했다.

「…… 그러나 이번에는 그 사내 앞에 있는 것은 정신을 잃고 마음의 기능도 잃은 시체는 아니었어요. 좀전에 말했듯이 몸은 말을 듣지 않았으나 위험의 의식은 분명히 있었어요. 그래서 이제 있는 힘을 다해서 싸웠습니다. 약해질 대로 약해졌지만 꽤 오랜 시간 거부했던 것 같습니다. 사내가 이렇게 말하는 것이 들렸으니까요.

──청교도인 여자는 고약하군. 좀체 관리의 손으로 당해낼 수 없다고 들었지만, 사랑에는 좀더 약할 줄 알았는데.

하지만 전력을 다한 그와 같은 저항도 그렇게 오래 계속되지는 않았고 힘도 다하고 말았습니다. 그리고 그 날 상대가 이용한 것은 나의 수면이 아니라 실신이었던 것입니다.」

펠톤은 이제 신음하는 것 같은 숨을 토하면서 듣고 있었다. 대리석과 같은 이마에 땀이 흐르고 옷 속에 숨어 있던 손은 어느새 가슴을 쥐어뜯고 있었다.

「정신이 들었을 때 맨 처음 생각한 것은 베개 밑에 숨겨 둔 작은 칼을 잡는 것이었습니다. 몸을 지키는 데는 도움이 되지 않았을망정 최소한 아깝지 않은 목숨을 끊는 데는 도움이 되게 하기 위해서였지요.

그런데 그 작은 칼을 손에 쥐었을 때 어떤 무서운 생각이 떠올랐던 것입니다. 나는 당신에게는 무어든 모두 말하겠다고 맹세했습니다. 그래서 이젠 아무것도 숨기지 않겠어요. 진실을 말하기로 약속한 이상…….」

「그 사나이에게 복수하려는 생각이 들었겠지요. 그렇지요?」하고 펠톤은 성난 기색으로 말했다.

「네, 그래요. 이런 생각은 교리에 어긋나는 것이겠지만. 그런 생각을 나에게 불어넣은 것은 어쩌면 우리 주변에 도사리고 있는 영혼의 적, 악마의 소리겠지요. 그래요, 펠톤 씨. (밀레이디는 무서운 죄의식에 시달리고 있는 듯이) 그런 생각이 한 번 머리에 떠오르자 나는 도저히 떨쳐 버릴 수가 없었습니다. 내가 오늘날 이런 벌을 받고 있는 것도 그와 같은 깊은 죄악을 생각했던 업보겠지요. 틀림없이.」

「좀더 이야길 계속 해 주십시오. 어서 복수를 성취하는 이야기를 듣고 싶습니다.」

「네. 나는 빨리 소원을 이루고 싶었습니다. 그 사내는 다음날 밤에도 반드시 올 것으로 생각했습니다. 낮 동안 무서울 것도 없었습니다. 그래서 아침 식사 때는 제대로 마시고 먹어 두었습니다. 저녁 식사는 먹는 척만 해 둘 생각으로.

그리고 아침 식사 때의 물을 한 컵 받아서 숨겨 두었습니다. 무어라 해도 마시는 물이 없다는 것이 가장 괴로웠으니까요.

낮에는 아무 일도 없이 지나갔고 나의 결심만이 점차 강해질 뿐이었습니다. 그러나 겉으로는 애써 아무렇지도 않은 척하고 있었습니다. 어떤 구멍을 통해서 감시를 하고 있을지도 모릅니다. 그래도 내 입술에서는 이따금씩 미소가 떠올랐습니다. 그 미소가 무엇을 생각하는 데서 떠오르는 것인지 그것은 도저히 이야기하기가…….」

「다음을 이야기해 주십시오. 보시다시피 이렇게 귀를 기울이고 듣고 있습니다.」

「…… 밤이 되었습니다. 같은 일이 일어났습니다. 어둠 속에서 저녁 식사가 나왔고 등불이 켜져서 나는 저녁 식사를 하기 시작했습니다.

다만 과일만을 먹었고 주전자에서 따르는 척하고는 실은 아침에 남겨 두었던 물을 마셨습니다. 누가 엿보더라도 알 수 없도록 재치있게 했습니다.

식사 후 전날 밤처럼 몸이 마비된 척 위장하고는 이번에는 피로와 위험에 익숙한 것처럼 침대로 가서 옷을 벗고 아무렇게나 잤습니다.

작은 칼을 베개 밑에 준비하고 잠든 척하고는 그 칼자루를 꼭 쥐고 있었습니다.

두 시간 정도 지났는데 아무런 낌새도 없었습니다. 오늘밤에야 말로——오지 않는 것이 도리어 불안해졌습니다.

마침내 등불이 천천히 천장으로 올라가 버리자 방 안은 캄캄해졌습니다. 나는 어둠 속에서 눈동자를 번뜩이고 있었습니다.

십 분쯤 지나자 귀에는 내 심장이 뛰는 소리 외에 어떤 소리가 들려 왔습니다.

『오면 좋겠다.』 그때 나는 하늘에 기원했습니다.

귀에 익은 문이 열리고 닫히는 소리. 두꺼운 융단을 깔아 놓고 있는 데도 마루가 삐걱거리는 발소리. 어둠을 뚫고 하나의 그림자가 이쪽으로…….」

「빨리 말해 주십시오. 당신의 말 하나하나가 용해된 납처럼 나를 태우는 것 같습니다.」

「그래서 나는 전신의 힘을 긴장시켰습니다. 복수, 아니, 올바른 심판을 내릴 때가 왔다는 것을 느꼈습니다. 자신을 저 유디트에 비교하면서 작은 칼을 손에 쥐고 몸을 가다듬어⋯⋯ 상대가 팔을 뻗어 더듬으려고 하는 찰나 비통하게 부르짖음과 동시에 가슴의 한복판을 겨냥하고 찔렀습니다.

 아무리 미워해도 성이 가시지 않는 사내! 그는 모든 것을 간파하고 있었던 듯 속에 미늘옷을 입고 있었기 때문에 칼은 들어가지 않았습니다.

 ──허어, 내 목숨을 없앨 셈이군. 그는 이렇게 말하고는 내 손목을 비틀어 칼을 빼앗아 버렸습니다.

 ──증오라기보다 망은이다. 자, 좀더 침착해지는 게 좋아. 나는 이젠 안정되었을 것으로 생각했는데. 나는 힘으로 여자를 붙들어 두는 폭군과는 다르다. 당신은 내가 어떻게 해 주든 끝내 싫다는 거군. 그러리라고 생각은 하고 있었지만 이것으로 분명히 알았어. 내일 이곳에서 나가게 해 주겠다.

 나의 소망은 이제는 상대의 사내가 죽여 주는 것뿐입니다.

 ──정신 차리세요. 내가 이곳에서 나가면 당신의 추행은 세상에 밝혀질 테니까.

 ──어떤 일인지 말해 보라구.

 ──그러지요. 나는 모든 것을 세상에 호소할 거예요. 당신이 하신 무례, 이 따위의 가혹한 응징, 이 비밀의 방에 대한 것, 모두를요! 당신은 높은 지위에 있는 분이지만 당신 위에는 또 왕이 계십니다. 그 위에는 또 하느님이 계십니다.

 상대는 끝내 분노의 모습을 나타냈습니다. 얼굴 표정은 변하지 않았지만 내 손을 쥐고 있는 팔이 바르르 떨렸습니다.

 ──그렇다면 여기서 내보낼 순 없소.

 ──네, 그래도 좋아요. 내가 고통받았던 장소가 그대로 묘지가 되는 것이 좋다고 생각합니다. 네, 여기서 죽겠어요. 살아서 말하는 것보다 죄를 질책하는 망령의 말 쪽이 얼마나 무서운가를 알게 해줄 테니까요.

 ──칼은 다시는 주지 않겠다.

——죽을 용기가 있는 사람이라면 누구나 쉽게 취할 수 있는 방법은 있습니다. 단식하고 죽겠습니다.
　——어떤가. 그 따위 싸움보다 화해하는 편이 좋지 않겠나. 이제부터 곧 여기서 나가게 해 주겠다. 그리고 당신이 영국의 루크레치아 같은 몸가짐이 단정한 여자라는 것을 세상에 선전해 줄 테다.
　——나는 당신을 섹스토스(고대 로마의 동정녀 루크레치아를 범한 섹스토스 타르퀴누스. 루크레치아는 그 후 자살한다.)와 같은 사람이라고 선전할 작정입니다. 신께 호소한 대로 사람에게도 호소하겠습니다. 만약 루크레치아와 같이 피로써 소장에 서명하지 않으면 안 된다고 하더라도 나는 서명하고야 말겠습니다.
　——알겠소. 그렇다면 이젠 할 수 없지. 아무튼 당신은 여기 있어도 나쁘지 않게 대우해 주겠소. 부자유스럽게는 하지 않겠소. 단식해서 죽는다면, 그것도 당신의 자유겠지만.
　그렇게 말하고 나갔습니다. 고통보다도 복수하지 못한 부끄러움에 시달리고 있는 나를 남겨두고.
　사내는 약속을 지켜 다음날에는 낮에도 밤에도 끝내 모습을 나타내지 않았습니다. 나도 약속대로 마시고 먹는 것을 끊었습니다. 다만 온종일 기도를 드리고 있었던 것은 하느님도 나의 자살을 허락해 주시리라고 생각해서였습니다.
　이틀째 되는 날 밤 문이 다시 열렸습니다. 나는 바닥에 쓰러져서 이제 기력이 다한 것 같았지만 소리를 듣고는 한 손으로 몸을 일으켰습니다.
　——어떻소. (그렇게 말한 것은 내가 그렇게도 저주해마지 않던 그 사람의 소리였지요.) 약간 마음이 누그러졌소? 잠자코 있겠다는 약속을 하고 자유로워지겠다는 마음이 생기지는 않았소? 어떻소, 나는 부드러운 영주라오. 나는 청교도는 싫어하지만 공평하게 대해 줄 셈이오. 특히 아름다운 청교도 여신자에게는 말이오. 자 십자가에 맹세하고 잠시 약속해 주지 않겠소? 그 이상 아무 말도 하지 않을 테니까.

──십자가에 맹세하고 나는 어떤 약속도, 어떤 협박도, 어떤 모진 시련도 내 입을 막을 수는 없다는 것을 분명히 맹세합니다. 만약 이곳에서 나가면 인류 전체를 향해 당신에게 복수하겠다는 것을 십자가에 걸고 맹세합니다.

나는 몸을 일으키고 당당하게 말했습니다.

──어리석은 짓은 안 하는 게 좋을 거요. (상대는 지금까지와는 달리 엄한 어조로 말했습니다.) 이쪽에는 절박한 경우에만 쓰는 최후 수단이 있소. 그것으로 당신의 입을 막을 수도 있고 당신이 무슨 말을 지껄여도 남들이 믿지 않게 할 수도 있는 거요.

나는 온몸의 용기를 다해서 크게 웃었습니다.

상대는 마침내 필사적인 싸움이라고 깨달은 듯

──어쨌든, 오늘밤과 내일 하루의 여유를 주겠소. 잘 생각해 보시오. 만일 입을 다물겠다고 약속하면 부(富)와 세평(世評), 명예까지도 얻게 될 테니까. 만약 끝내 입을 열겠다면 평생 씻을 수 없는 치욕을 각오하는 게 좋을 거요.

──당신이!

──이것은 평생 씻을 수 없는 영구적인 치욕인 거요.

──당신 어떻게 그런 짓을! (나에겐 이 사내가 미쳤다고밖에는 생각되지 않았습니다.)

──그렇소. 내가 하는 거요.

──이젠 저리 가세요. 내가 당신의 눈앞에서 벽에다 머리를 부딪치는 것이 싫다면 나가 주세요.

──좋소. 그럼 내일밤이오.

──네, 내일밤.

나는 쓰러질 듯하여 양탄자를 물어뜯으면서 분노를 삭였습니다……」

펠톤은 옆에 있는 가구에 몸을 지탱하고 있었다. 밀레이디는 이제 이야기를 채 끝내기도 전에 기력이 다해 버린 것 같은 펠톤의 모습을 악마와 같은 얼굴로 바라보고 있었다.

57. 고전 비극의 수법

 귀를 기울이는 청년의 모습을 한동안 그렇게 살펴본 다음 밀레이디는 다시 말을 계속했다.
「사흘 가까이나 그렇게 음식을 섭취하지 않았기 때문에 그 고통이란 이루 다 말할 수 없는 것이었습니다. 때때로 머리에 희미하니 안개 같은 것이 끼고 눈앞이 캄캄해졌습니다. 현기증이지요.
 밤이 되었을 무렵에는 나는 완전히 탈진이 되어 걸핏하면 실신했습니다. 그럴 때마다 나는 이제 죽을 때가 가까워진 것으로 생각하고 하느님께 감사를 드리곤 했습니다.
 그렇게 실신하여 꿈 속을 헤매고 있을 때 문이 열리는 소리가 들려 퍼뜩 공포가 되살아났습니다.
 그 사나이가 들어왔습니다. 뒤에는 가면을 쓴 사내가 따르고 있었고 그 자신도 가면으로 얼굴을 숨기고 있었지만 발소리와 음성으로 알 수 있었습니다. 지옥이 인간의 불행을 위해 이 사나이에게 부여했다고 생각되는 그 거만한 태도로 알 수 있었습니다.
 ——어때, 약속할 결심이 되었소?
 ——청교도가 고집이 세다는 것은 당신 자신의 입으로도 말씀하시지 않았던가요? 나의 대답은 요전에 이미 말했습니다. 당신에 대해 지상에서는 인간의 심판, 천상에서는 신의 심판을 끝까지 요

구할 생각이라고.
　——끝까지 그렇게 뻣댈 생각인 모양이군.
　——나의 맹세는 하느님의 귀에까지 미칠 것입니다. 지상의 모든 사람들에게 당신의 죄악에 대한 증인이 되어달라고 하겠어요. 내 오명을 씻어 줄 사람이 발견될 때까지 말예요.
　——당신은 몸을 파는 여자요. (사내는 무서운 음성으로) 매춘부가 받아야 할 형벌을 받도록 해 줄 테요. 당신이 호소하겠다는 세상 사람들의 면전에 그 형벌의 자국을 드러내 놓고, 그리고 자신이 결백하고 미치광이도 아니라고 주장할 수 있다면 어디 해 보시오.
　그리고는 뒤따라온 사내에게
　——네 소임을 수행하라. 하고 말했습니다.」
　「그, 그 사내는 누굽니까, 그 이름을 말해 주십시오. 그 이름을!」
　펠톤은 이제 자기를 잊고 있었다.
　「그러자 형리는, 무언가 무서운 것을 예감하고 울며 거부하는 나를 붙들어 바닥에 쓰러뜨렸습니다. 눈물 때문에 소리도 나오지 않게 되어 거의 정신을 잃은 채 불러도 소용없는 하느님의 이름만 애타게 부르고 있던 나는, 별안간 고통과 수치로, 나로선 있을 수 없는 소리를 질렀습니다. 빨갛게 달군 인두가 내 어깨에 대어졌던 것입니다.」
　펠톤은 신음소리를 냈다.
　「바로 이것입니다. (밀레이디는 여왕처럼 교만하게 일어섰다.) 보세요. 악인의 희생이 된 때문지 않은 처녀에게 이 무슨 가혹한 고통을 안겨주는 것일까요. 사람의 마음이 얼마나 흉악한가를 아시겠습니까. 이제부터는 이러한 성질을 가진 사람의 사악한 박해의 앞잡이가 되지 않도록 조심하십시오.」
　밀레이디는 옷을 벌려 가슴을 가리고 있던 하얀 삼베 속옷을 찢고는 분노와 수치로 얼굴을 붉히는 척하면서 그 아름다운 어깨에 언제까지고 지워지지 않고 남아 있는 처참한 낙인을 보였다.
　「하지만…… 그것은 백합꽃의 표시가?」

「이것이 결국 비겁하고 사악한 수단인 것입니다. 영국에서 하고 있는 것과 같은 낙인을 찍는다면 그것은 어느 법정에서 받은 것인가를 증명할 필요가 있겠지요. 내가 전국의 법정에 호소라도 한다면……. 그래서 프랑스의 낙인을. 이렇게 해두면 나는 이제 영낙없이 죄의 낙인을 찍힌 여자로서 통하게 됩니다.」

이제 펠톤은 견딜 수가 없었다.

얼굴은 창백해졌고 이 무서운 고백에 깊은 타격을 받았다. 그리고 여자의 아름다움에 현혹되어 꼼짝도 하지 않고 서 있었다. 이런 일을 이토록 솔직하게 말할 수 있는 태도가 도리어 고상한 것으로도 생각되었다. 그는 초기의 그리스도 교도가 여러 국왕의 박해를 받아 투기장에서 천민들의 음탕한 눈요기거리가 되고 있는 순결한 순교의 성녀 앞에서 그렇게 한 것처럼 무릎을 꿇었다. 그의 눈에서는 낙인이 사라지고 다만 아름답고 숭고한 모습만이 남아 있는 것이었다.

「용서해 주십시오. 부디 용서해 주십시오.」 펠톤은 제정신이 아닌 사람처럼 중얼거렸다.

밀레이디는 그 눈을 보고 확실히 읽을 수가 있었다. 『사랑』을.

「무엇을 용서하라는 거죠?」

「당신을 괴롭히는 사람의 편을 들었던 것을 말입니다.」

밀레이디는 손을 내밀었다.

「이렇게 아름답고 젊은 당신을!」 펠톤은 그 손에 키스를 퍼부었다.

여자는 한 번 바라보는 것만으로도 노예를 왕으로 만들어 버릴 수도 있는 눈길을 지그시 상대에게 보냈다.

펠톤은 청교도였다. 그는 여자의 손을 놓고 발끝에 입을 맞추려고 했다.

이제는 이 여자를 사랑하고 있는 것을 넘어 숭배하고 있었다.

발작이 진정되자 밀레이디는 가까스로 냉정을 되찾았다. 노출했던 살갗은 다시 조심스럽게 감추어졌지만 그것은 도리어 상대의 마음을 끌어당기기 위한 술책에 지나지 않았다.

「이제 내가 바라는 것은 단지 한 가지입니다. 당신을 괴롭힌 그 진짜 사나이의 이름을 알고 싶습니다. 그 사나이는 한 사람입니다. 또 한 사람은 사용된 도구에 불과하니까요.」

「뭐라구요? 그 이름을 내 입으로 말하라구요? 그렇다면 당신은 아직도 깨닫지 못하고 있나요?」 밀레이디는 놀란 듯이 말했다.

「그럼…… 역시, 역시 그 사람인가요? 그 사나이! 증오해야 할 인간은…….」

「그렇습니다. 영국을 교란하고, 올바른 신앙인을 박해하고, 많은 부인의 정조를 빼앗은 비열한 사내. 타락한 마음에 솟는 한때의 야욕을 충족시키기 위해 이 나라 안에 무수한 피를 흘리게 했고, 오늘은 신교도를 보호하는가 하면 내일은 또 배신하는 그런…….」

「버킹검이다! 역시 버킹검이야!」 펠톤은 비통한 소리로 부르짖었다.

밀레이디는 그 이름을 듣자 부끄러워 견딜 수 없다는 듯이 두 손으로 얼굴을 감쌌다.

「이 깨끗한 부인을 괴롭힌 것이 버킹검이었다니! 더구나 신은 이 사내를 박살내지 않고, 사람들로부터 존경을 받는 높은 지위에 앉히고 우리들을 마음대로 박해할 수 있는 힘을 부여하고 계신다!」

「신은 스스로 돕지 않는 자를 돕지는 않습니다.」

「그래도 저 사내의 머리 위에 극악인만이 받게 되는 천벌이 내리는 것은 신의 뜻임에 틀림없어요. 신의 심판이 있기 전에 먼저 인간의 힘으로 복수하는 것을 바라시는 겁니까?」 펠톤은 더욱 열을 올렸다.

「사람들은 모두 그 사람을 두려워 하고 못 본 체하고 있습니다.」

「아닙니다. 이 나는…… 결코 무서워 하지 않습니다. 못 본 체하는 따위의 행동은 할 수가 없습니다.」

밀레이디의 마음은 악마적인 기쁨으로 물결쳤다.

「하지만 아무리 그렇기로 내 은인인 윈텔 경까지 어떻게 이런 일에 관계하고 계실까요?」 펠톤은 의아해 했다.

「그것은 이렇지요. 비열한, 마음이 오염된 인간이 있는가 하면

한 편에는 고귀한 성품을 가진 사람도 있는 법입니다. 나에게는 한 사람의 약혼자가 있었는데 서로 좋아하고 있었지요. 마치 당신과 같은 따뜻한 마음의 소유자였습니다. 나는 그 사람을 만나 모든 것을 고백했습니다. 나를 잘 알고 있는 사람이었기 때문에 조금도 의심하지 않았습니다. 훌륭한 귀족으로서 모든 면에서 버킹검 공과 맞먹는 사람이었지요. 나의 고백을 듣는 그 사람은 아무 말도 하지 않고 다만 검을 들고 외투로 몸을 감싸고는 그 길로 버킹검 공의 저택으로 갔습니다.」

「…… 잘 알겠습니다. 그런 사내를 상대하는 데는 검보다도 단도 쪽이 걸맞는 거지만.」 펠톤은 말했다.

「버킹검 공은 그 전날 에스파냐로 가는 사절로서 출발한 뒤였습니다. 당시, 아직 황태자로 계셨던 영국왕의 비로서 그 나라의 왕녀를 맞기 위해 상담을 하러 갔던 것이지요. 그래서 나의 약혼자는 허탕을 치고 돌아와서…… 그 사내가 없기 때문에 당분간 복수는 연기하는 수밖에 방도가 없소. 그러나 아무튼 우리는 결혼합시다. 당연히 그렇게 해야 하니까. 그리고 아내와 자기의 치욕을 씻는 의무는 윈텔 경이 반드시 맡을 테니까, 라고 말했지요.」

「윈텔 백작!」 펠톤은 깜짝 놀라는 것 같았다.

「그래요. 이제는 모든 것을 알게 되셨겠죠. 버킹검 공은 일 년 가까이나 돌아오지 않았습니다. 그가 귀국하기 팔 일 전에 윈텔 백작은 갑자기 죽고 말았지요. 나를 유일한 상속자로 남기고……. 도대체 어떻게 된 것일까요? 하느님은 아마도 알고 계시겠지요. 나는 아무도 탓하고 싶지는 않으니까요.」

「어쩌면 그렇게도 기괴한!」

「백작은 형에게는 아무 말도 하지 않고 죽은 것입니다. 저주스러운 비밀은 당사자인 죄인에게 당연한 벌이 내릴 때까지, 끝까지 숨겨둘 생각이었으니까요. 당신의 은인은 자기의 형제가 나와 같은 가난한 아가씨와 결혼하는 것을 못마땅하게 생각했습니다. 나는 나대로 상속에 대한 기대가 어긋난 데에 불만을 품고 있는 그가 그다지 믿음직하지 못하다는 생각을 가지고 있었습니다. 그래서 저는 영국을 떠나 프랑스로 갔습니다. 평생 그곳에서 살 작정이었지요. 그러나 나의 재산은 모두 영국에 있었습니다. 전쟁이 시작된 뒤로는 통신의 길이 끊어져서 즉시 부자유스럽게 되어 부득이 돌아오지 않을 수 없게 되었기 때문에 겨우 엿새 전에야 포츠머드에 도착한 것입니다.」

「그런데……」

「그런데 버킹검 공은 어찌어찌해서 나의 귀국을 알게 된 것 같습니다. 그리고 전부터 나에 대해 달갑지 않게 생각하고 있던 윈텔 경에게 나에 대한 이야기를 하고는 저것은 음란한 짓을 한 여자로 낙인 찍힌 인간이라고 했겠지요. 나를 감싸줄 남편은 벌써 이 세상에는 없습니다. 윈텔 경은 믿는 편이 형편상 좋기도 하여 곧 버킹검 공의 이야기를 그대로 믿고 말았습니다. 그래서 나를 체포하도록 해서 이곳으로 끌고 와서는 당신에게 감시를 시키고 있는 것입니다. 다음 이야기는 다 아시겠지요. 이제 모레면 나는 이곳을 떠나 먼 나라로 추방됩니다. 무서운 인간들이 있는 곳으로 귀양가는 거지요. 얼마나 잘 짜놓은 계략입니까! 나의 명예도 일생도 이젠 구제받을 수 없는 것이 되겠지요. 이것으로 아무래도 내가 살아 있을 수 없다는 까닭을 아셨나요? 자, 빨리 그 작은 칼을 주세요.」

이렇게 말하고 밀레이디는 이제는 힘이 다해 버린 것처럼 아주 약하디 약한 몸짓으로 청년의 품 안으로 쓰러졌다. 사랑과 분노와, 그리고 지금까지 맛보지 못했던 관능의 쾌감에 취해 있던 청년은 정신없이 여자의 몸을 안았다. 그리고 아름다운 입술에서 새어나오는 숨결에 몸을 떨었고 파도치고 있는 가슴 언저리가 닿자 야릇한 기분에 휩싸이면서 팔을 힘껏 죄었다.

「아니, 안 됩니다. 당신은 당신의 결백함을 증명하고 훌륭하게 사는 것입니다. 적과 싸워 이기고 끝까지 살아남지 않으면 안 됩니다.」

밀레이디는 곁눈질로 보면서 약간 청년을 밀쳐내는 것처럼 했지만 펠톤은 곧 매달려 마치 기원하듯이 반복했다.
「죽고 싶어요! 아무리 생각해도…… 치욕을 당하는 것보다는 죽고 말겠어요.」 여자는 눈동자와 목소리를 촉촉하게 적시면서 말했다.
「안 돼요. 복수를 하고, 그리고 당신은 깨끗하게 사는 거예요.」
「나는 자신에게 다가오는 사람을 모두 불행하게 만드는 여자예요, 펠톤 씨. 상관하지 말아 주세요. 그냥 이대로 죽게 해 주세요.」
「그렇다면, 함께 죽읍시다.」 청년은 그렇게 말함과 동시에 입술을 여자의 입술에다 격렬하게 밀어붙였다.
그때 문 두드리는 소리가 났다. 밀레이디도 상대를 힘껏 밀어냈다.
「누가 옵니다. 엿들었겠지요. 이젠 틀렸어요, 우리는…….」
「아니, 저것은 순시가 온 것을 파수병이 알려 주기 위해서 온 것입니다.」
「그럼, 어서 입구로 가서 당신이 문을 열어 주세요.」
펠톤은 그 말에 따랐다. 이제 그의 마음에는 이 여자밖에는 없는 것이다.
순시병을 대동한 하사가 문밖에 서 있었다.
「무슨 일인가?」
「큰소리가 들리면 문을 열라고 하셨기 때문에. 하지만 열쇠를 주시는 것을 잊으셨기 때문에 무엇인지는 모르지만 커다란 소리가 들렸고 문은 안에서 잠겨 있어서 하사관님을 부른 것입니다.」 파수병은 그렇게 대답했다.
「…… 즉 그런 까닭에서 왔습니다만.」 하사도 말했다.
펠톤은 홍분했기 때문에 아무 말도 못하고 있었다.
이 장면을 자기가 수습해 주지 않으면 안 되겠다 싶었던 밀레이디는 테이블로 뛰어가서 펠톤이 거기에다 놓아둔 작은 칼을 들고는
「왜 당신은 내가 죽으려는 것을 만류하시는 거죠?」 하고 순간적으로 말했다.

「위험해!」펠톤은 여자의 손에서 번쩍하는 작은 칼을 보고 소리쳤다.

마침 그때 복도에서 비웃는 소리가 들려왔다.

소리를 들은 남작이 실내복 차림으로 검을 들고 뛰쳐나와 문 앞에 우뚝 서 있었다.

「딴은, 이것으로 마침내 연극도 막을 내릴 때가 됐군. 어떤가, 펠톤. 내가 말한 대로 여러 가지 미친 대사가 이어지지 않던가? 그러나 걱정할 것은 없어. 어차피 피는 흘리지 않을 테니까.」

밀레이디는 여기서 무언가 진지한 표적을 펠톤에게 보여 주지 않으면 이젠 끝장이라고 생각했다.

「그것은 당신의 착각입니다. 피는 흐르지요. 그 피보라가 그것을 흘리게 한 사람들에게 튕기면 좋으련만……」

펠톤은 앗 하고 소리치면서 여자에게 달려 들었다. 그러나 이미 늦었다. 밀레이디는 자신을 찌르고 있었다.

작은 칼은 다행이랄까, 재치가 있었다고나 할까, 당시의 여인들이 가슴 부위에 넣고 있던 쇠로 된 가리개에 닿아 옷을 찢고는 미끄러져 들어가 살과 늑골 사이를 엇비슷하게 지나갔던 것이다.

밀레이디의 옷은 곧 피투성이가 되었다.

밀레이디는 푹 쓰러졌고 기절한 것 같았다.

펠톤은 칼을 빼앗고는

「그토록 주의하고 있었습니다만 끝내 죽이고 말았습니다.」하고 침울한 목소리로 말했다.

「걱정말게, 펠톤. 죽진 않는다. 악마란 그렇게 쉽사리 죽는 게 아니야. 걱정하지 말고 내 방에 가서 기다리고 있게.」

「하지만……」

「가라구. 내가 명령하는 거다.」

펠톤은 할 수 없이 복종했다. 그러나 나갈 때 작은 칼을 슬그머니 호주머니에다 넣었다.

윈텔 경은 밀레이디를 뒷바라지하고 있는 하녀를 불러 줄곧 정신을 잃은 상태인 여자를 맡기고는 밖으로 나갔다.
 그러나 말은 그렇게 했지만 혹시 상처가 깊을지도 모른다는 우려 때문에 곧 의사를 불러오도록 지시했다.

58. 탈　주

　윈텔 경의 예상대로 밀레이디의 상처는 깊지 않았다. 그래서 모두 밖으로 나가고 하녀가 서둘러 옷을 벗기려고 하자 빠끔히 눈을 떴다.
　그러나 아직은 쇠약과 고통을 가장하고 있지 않으면 안 되었다. 물론 그것은 밀레이디로서는 아무것도 아니었다. 하녀는 그대로 믿어 버려 아무래도 그날 밤은 밤새껏 옆에서 간호해야겠다고 고집했다.
　하녀가 곁에 있더라도 밀레이디는 멋대로 여러 가지 생각을 할 수는 있는 것이다.
　펠톤은 이제 의심하지도 않고 믿어버린 것 같았다. 마침내 이쪽 사람이 된 것이다. 지금 막상 천사가 나타나서 밀레이디에 대해 죄가 있는 여자라고 한다면 청년은 오히려 천사를 악마의 사자라고 생각했을 것이다.
　밀레이디는 슬그머니 미소를 지었다. 지금으로서는 펠톤이 유일한 희망이자 구원의 길이었던 것이다.
　그러나 윈텔 경이 청년의 태도를 의심하고 앞으로 그쪽도 감시하게 될지도 모른다——이런 걱정은 있었다.
　새벽 4시경 의사가 도착했다. 그러나 이미 밀레이디의 상처는 유착해 있었기 때문에 방향이나 깊이도 조사해 볼 수가 없었다. 다만 맥박 상태로 보아 대단한 것은 아니라는 것을 알았다.

아침이 되자 밀레이디는 밤에 한잠도 자지 못했으니까 약간 자지 않으면 안 되겠다고 하면서 하녀를 돌려 보냈다.

한 가지 기대하고 있는 것이 있었다. 그것은 펠톤이 아침 식사 때 올 것이라는 것이었다. 그러나 펠톤은 전혀 모습을 보이지 않았다.

걱정하고 있었던 일이 실제로 일어난 것일까. 펠톤은 남작에게 의심을 받고 드디어 이 최후의 순간에 자기를 버리지 않으면 안 되게 된 것일까. 이제 앞으로 하루밖에는 여유가 없다. 윈텔 경은 23일에는 배에 태운다고 예고했는데 지금은 22일 아침이 아닌가.

그러나 그녀는 마지막 희망을 버리지 않고 저녁 식사 시간까지 기다렸다.

아침은 먹지 않았으나 점심 식사는 정확하게 정해진 시간에 운반해 왔다. 그 때서야 파수병의 제복이 달라져 있다는 것을 깨달았다.

용기를 내어 펠톤의 소식을 물어보니 지금부터 1시간 전에 말을 타고 어디론가 갔다는 대답이었다.

남작은 성 안에 있느냐고 묻자 그렇다고 대답했다. 그리고, 죄인이 무언가 할 이야기가 있다면 즉시 알리라는 명령을 받고 왔다는 것이었다.

밀레이디는 매우 쇠약해 있으니까 혼자 있게 해 달라고 말했고 파수병은 식사 준비를 하고는 밖으로 나갔다.

펠톤은 이렇게 해서 멀리 격리되었고 파수를 맡고 있던 수병들도 모두 바뀐 것이다. 그것은 더욱더 펠톤이 의심받고 있다는 것을 말해 주고 있었다.

이것은 밀레이디에게는 숨통이 끊기는 것과 같았다.

혼자가 되자 벌떡 일어났다. 상처가 깊은 것으로 위장하고 누워 있었던 침대는 타고 있는 불의 침대와도 같이 느껴졌다. 입구 쪽을 바라보자 작은 창이 있는 곳에 판자가 못으로 박아져 있었다. 남작은 틀림없이 여인이 이 창구를 통해 요상한 수단으로 파수병을 유혹할지도 모른다고 생각했을 것이다.

58. 탈 주

　밀레이디는 도리어 빙긋이 웃었다. 어떤 형상이 되더라도 이것이라면 밖에서 엿볼 걱정이 없었기 때문이다. 그래서 울 안에 넣어진 암호랑이처럼 방안을 광란에 가까운 모습으로 왔다갔다하기 시작했다. 만일 그 작은 칼이 손 안에 있다면 이젠 자살 따위가 아니라 이번에는 남작을 죽이려고 생각했을 것이다.
　6시에 윈텔 경이 왔다. 온몸을 빈틈없이 무장하고 있었다. 지금이 순간까지 밀레이디가 호인인 귀족으로 생각하고 있던 사나이는 완전히 사람이 바뀌어서 손톱만큼의 빈틈도 없는 옥리가 되어 있었다. 모든 것을 속속들이 알아내고 예측해 버리는 것이다.
　남작은 흘깃 밀레이디를 쳐다보고 그 마음 속을 확실히 읽었다는 표정을 지었다.
「그렇군. 하지만 오늘은 당신에게 살해당하지 않을 생각이오. 당신에게는 무기가 없고 이쪽은 이렇게 준비하고 있으니까. 당신은 저 고지식한 펠톤을 슬슬 유혹하기 시작했더군. 그리고 당신의 유혹에 그 사나이는 빠져들어 가고 있는 것 같았어. 하지만 나는 그가 유혹의 구렁텅이에 빠지도록 내버려둘 순 없었소. 이제 두 번 다시 그 사내는 이곳에 오지 않소. 이젠 끝장이오. 당신도 간단한 짐을 꾸려 두시오. 내일은 드디어 출발하니까 말이오. 나는 당초 이십사 일이 예정이었지만 역시 일은 빠를수록 좋은 것이라고 고쳐 생각했지. 내일 정오에는 그 명령서에 버킹검 공의 서명이 붙어 돌아오는 거요. 배를 타기 전에 당신이 어느 누구와도 말을 하면 그 즉시 쏘라고 명령했소. 배에 탄 후에도 선장이 허가하기 전에 말을 하게 되면 바다에 던져지게 될 거요. 그럼 이만. 오늘 말할 것은 이것뿐이니까. 내일은 드디어 작별 인사를 하기 위해 오리다.」
　이렇게 말하고 남작은 방을 나갔다.
　밀레이디는 입술에 경멸하는 웃음을 가득 담고 그 긴 협박의 말을 듣고 있었지만 마음 속에서는 분노의 태풍이 몰아치고 있었다.
　저녁 식사가 나왔다. 밀레이디는 힘을 길러 두지 않으면 안 될 것 같은 기분이 들었다. 오늘밤 안으로 어떤 일이 일어날지도 모른다.

폭풍이 일 것만 같은 하늘에는 암운이 치닫고 멀리에는 번개마저 번쩍이고 있는 예사롭지 않은 낌새가 보였다.
　10시경이 되자 마침내 폭풍이 불기 시작했다. 밀레이디는 미칠 듯한 자기 마음에 합치하는 것 같은 자연의 광란하는 모습을 보고 마음의 위안을 얻었다. 자기 마음의 분노처럼 하늘에는 뇌성이 울리고 있다. 나뭇가지를 구부리고 잎을 날리면서 미쳐 날뛰는 바람은 자기 이마의 머리칼까지 흩날려 버리고 가는 것 같았다. 밖의 폭풍에 호응하여 큰소리로 외쳐 보았다. 그러나 그 소리는 대자연의 울부짖음 속에 곧 파묻혀 버렸다. 자연의 노호(怒號)도 절망에 신음하고 있는 듯 들려 오는 것이다——.
　별안간 유리창을 두드리는 소리가 들렸다. 번갯불이 격자 저쪽에 있는 사내의 얼굴을 비쳤다.
　여자는 창으로 달려가서 문을 열었다.
　「펠톤 씨! 아, 살았다!」
　「그렇습니다. 조용히 하세요. 이 격자를 잘라서 끊을 때까지는 시간이 필요하니까 복도의 창에서 보이지 않도록 조심하세요.」
　「아아, 역시 하느님이 도와 주신 증거예요. 때마침 저 창을 판자로 막아 버렸으니까요.」 밀레이디는 기쁜 듯이 말했다.
　「그거 잘 됐군요. 하느님이 그들을 어리석게 만들어 준 것이겠지요.」
　「그럼, 난 어떻게 하면 되죠?」
　「아무것도 하지 않아도 됩니다, 아무것도. 다만 창을 닫고 잠을 자고 있도록 하세요. 아무튼 옷을 입은 채로도 좋으니까 침대에 들어가 있다가 일이 끝나면 창의 유리를 다시 두드리겠습니다. 그런데 당신은…… 나를 따라 오실 수 있겠습니까?」
　「네, 네.」
　「당신의 상처는?」
　「아픕니다. 그렇지만 걷는 것은 문제없어요.」
　「그럼 신호를 하면 언제든지 갈 수 있도록 준비해 두세요.」

58. 탈　　주

밀레이디는 창을 닫고 등불을 끄고는 펠톤이 말한 대로 침대 속에 들어가 몸을 웅크렸다. 폭풍의 울부짖음 속에서 줄로 격자를 자르는 소리가 들렸다. 번갯불이 번쩍할 때마다 유리창에 청년의 그림자가 비쳤다.

숨을 죽이고 이마에 땀을 흘리면서 복도에서 소리가 울릴 때마다 가슴을 두근거리면서 곧 죽을 것만 같은 생각으로 초조하게 기다렸다. 1년이나 흐른 것 같은 그러한 시간이 있는 법이다.

1시간쯤 지나자 펠톤이 다시 창을 두드렸다.

밀레이디는 벌떡 일어나 창을 열려고 갔다. 격자 두 개가 제거되어 겨우 사람 하나가 빠져나갈 정도의 간격이 만들어져 있었다.

「준비는?」 펠톤이 물었다.

「됐어요. 무얼 가지고 가는 것이 좋을까요?」

「돈입니다. 만약 가지고 있다면……」

「네. 있어요. 소지품에는 손을 대지 않았으니까.」

「그거 잘 됐군요. 나는 배를 빌리는 데 돈을 다 써 버렸기 때문에.」

「그럼, 이것을……」 밀레이디는 금화가 가득 담긴 주머니를 건네주었다.

펠톤은 주머니를 받아 벽 아래로 던졌다.

「그럼 가겠습니까?」

「좋아요.」

밀레이디는 안락의자 위에 올라가 상반신을 창 밖으로 내밀었다. 청년의 몸은 새끼줄 사다리를 타고 공중에 매달려 있었다.

그것을 본 밀레이디는 곤혹스런 표정을 지었다.

「그러리라고 생각했지요.」 펠톤이 말했다.

「아니예요, 끄떡없어요. 난 눈을 감고 내려갈 테니까요.」

「당신은 날 신뢰할 수 있습니까?」

「새삼스럽게 그런 말을……」

「두 손을 깍지 껴 주세요. 그러면 안전해요.」

펠톤은 여자의 양쪽 손목을 손수건으로 묶고 그 위에 다시 끈을 걸었다.
「어떻게 하시는 거예요?」 밀레이디는 약간 놀라서 물었다.
「이렇게 해서 당신의 팔을 내 목에다 거는 거죠. 그리고 다음엔 걱정하지 말고……」
「하지만 이렇게 하면 내 무게 때문에 당신이 비틀대고 두 사람 모두 떨어져 가루가 될 거예요.」
「걱정 말아요. 난 뱃사람이니까요.」
지금은 망설이고 있을 때가 아니었다. 밀레이디는 두 팔을 펠톤의 목에 걸고 창 밖으로 나왔다.
펠톤은 천천히 사다리를 한 단 한 단 내려갔다. 얽힌 두 개의 몸무게에도 불구하고 바람은 두 사람을 몹시 흔들거리게 했다.
갑자기 펠톤이 정지했다.
「왜 그래요?」 밀레이디가 물었다.
「쉿! 발소리가 들린 것 같아요.」
「들킨 거군요.」
한동안 잠자코 있은 다음
「아니, 아무것도 아니었어요.」 펠톤이 말했다.
「하지만, 무슨 소릴까요?」
「순시가 야경이 다니는 길로 향하는 중입니다.」
「그 길이 어디죠?」
「우리들의 바로 아래입니다.」
「그럼 들키겠어요, 틀림없이.」
「번갯불만 번쩍이지 않으면 문제없어요.」
「사다리의 아래쪽을 지나게 되면?」
「다행히도 이 사다리는 짧아서 여섯 자 정도 지면에서 올라와 있습니다.」
「아, 이쪽으로 오고 있어!」
「쉿!」
두 사람은 지상 이십 척 되는 곳에 숨을 죽이고 매달려 있었다.

58. 탈 주

그 바로 밑을 순시병들은 흥겹게 웃으면서 지나갔다.

숨막히는 순간이었다.

순시가 지나가고 발소리와 이야기소리가 점점 멀어져 갔다.

「이젠 살았습니다.」

펠톤이 이렇게 말하자 밀레이디는 한숨을 내쉬고는 그만 정신을 잃고 말았다.

펠톤은 계속 내려갔다. 사다리 밑까지 도달해 이제 더는 발걸이가 없어졌을 때 이번에는 손으로 매달렸다. 마지막에는 손목의 힘으로 매달려 발을 땅에 댔다. 그리고는 몸을 굽히고 던져 두었던 주머니를 찾아 입에다 물었다.

그런 다음 밀레이디를 두 팔로 안고 급히 순시가 간 곳과는 반대 방향으로 뛰어갔다. 이윽고 야경의 통로를 벗어나 바위 사이를 빠져서 해안에 도착하자 호각을 불었다.

같은 신호가 응답하고 5분 후에는 네 사람의 사나이가 탄 작은 배가 나타났다.

작은 배는 가능한 한 물가에까지 접근하려고 했으나 물이 얕아 기슭에는 닿을 수가 없었다. 펠톤은 귀중한 짐을 남의 손에 맡기고 싶지 않은 마음에서 허리까지 물에 적시고 말았다.

다행히 폭풍은 멎기 시작하고 있었다. 그러나 해상은 아직도 거칠어서 작은 배는 파도 위에서 호두 열매처럼 부대끼며 표류했다.

「본선으로. 힘껏 저어요.」 펠톤이 말했다.

네 사람의 사내는 있는 힘을 다해 노를 젓기 시작했다. 파도가 높기 때문에 노가 걸핏하면 허공을 갈랐다.

그래도 성으로부터 점점 멀어져 갔다. 이것이 중요한 것이다. 어둠은 한없이 깊어 배에서 언덕은 거의 분간할 수가 없었다. 따라서 언덕에서 배를 발견하기란 더 더욱 곤란할 것임에 틀림없었다.

약간 먼 바다에서 검은 점이 흔들리고 있었다. 이것이 목표의 범선이었다.

목표물을 향해 네 사람의 조타수가 힘껏 저어 접근해 가고 있는 사이에 펠톤은 여자의 손을 결박하고 있는 끈을 풀고 손수건을 벗겼다.
 그리고는 바닷물을 한 웅큼 떠서 여자의 얼굴에 뿌렸다.
 밀레이디는 가벼운 숨을 토하고 눈을 떴다.
「여긴 어디예요?」 곧 이렇게 말했다.
「이젠 걱정 없습니다.」 청년은 대답했다.
「살아났어요? 아아, 살아났군요, 정말. 이 하늘, 이 바다! 내가 호흡하고 있는 이 시원한 공기! 아…… 고마워요, 펠톤 씨, 고마워요.」
 청년은 여자를 가슴에 끌어안았다.
「이 손은 왜 이럴까요! 마치 손목이 꽉 죄는 도구로 죄어진 것 같아요.」
 이렇게 말하고 밀레이디는 팔을 들어 올렸다. 애처롭게도 손목에는 상처가 나 있었다.
「가엾게도!」 펠톤은 그 아름다운 손을 보고 고개를 저었다.
「아니, 아무것도 아니예요. 이젠 괜찮아요. 난 모두 생각이 났어요.」
 그리고나서 밀레이디는 눈으로 주위를 살폈다.
「여기 있습니다.」 펠톤은 발로 지갑을 쿡 찌르면서 말했다.
 그러는 사이 범선의 바로 곁에까지 다가갔다. 당직 선원이 말을 걸었고 작은 배에서 대답했다.
「이것은 어떤 배인가요?」 밀레이디가 물었다.
「당신을 위해 고용해 둔 것입니다.」
「어디로 가는 겁니까?」
「어디든 당신이 가고 싶은 곳으로. 다만 도중, 나를 포츠머드에서 내려 주기만 하면 됩니다.」
「포츠머드에 무슨 용무가 계신가요?」
「윈텔 경의 명령을 수행하러 갑니다.」 펠톤은 음산한 미소를 띄우고 말했다.
「어떤 명령이지요?」

58. 탈　주

「알고 계시지 않습니까?」

「모릅니다. 아무쪼록 말씀해 주세요.」

「그 사람은 나를 수상쩍게 생각하고 앞으로는 당신을 직접 감시하겠다고 말씀하셨습니다. 그리고 나를 대리로서 당신의 유형 명령서에 버킹검 공의 서명을 받아 오도록 파견한 것입니다.」

「그러나 당신을 의심하고 있다면 어째서 그 명령서를 당신에게 건네주는 것일까요?」

「내가 그 서류의 내용을 알 까닭이 없지 않습니까?」

「딴은. 그래서 당신은 포츠머드에 가시는군요.」

「우물쭈물하고 있을 순 없습니다. 내일은 이십삼 일, 버킹검 공은 내일 함대를 인솔하고 출발하니까요.」

「그 사람이 출발하게 되면 ……..」 밀레이디는 평소의 신중함을 잊고 이렇게 지껄이고 말았다.

「괜찮아요. 그 사람은 출발하지 않을 것입니다.」

밀레이디는 기쁨으로 온몸이 떨리기까지 했다. 청년의 가슴 밑바닥을 이 한 마디로 확실히 읽을 수가 있었기 때문이다. 버킹검의 죽음이 선명하게 그곳에 기록되어 있었다.

「펠톤 씨…… 당신은 마치 유다 마카베(B.C 200년경에 태어난 유태국의 해방자로서 군인. 시리아 군에 승리하고 로마에 원조를 청했으나 끝내 B.C 160년에 패배하고 말았다.)처럼 훌륭한 분입니다. 당신이 죽을 때에는 나도 반드시 함께 죽겠어요. 내가 지금 할 수 있는 말은 오직 이것뿐…….」

「쉿! 이제 도착했습니다.」

그의 말대로 그들이 탄 배는 범선 곁에 갖다 대놓고 있었다.

펠톤은 먼저 사다리를 올라가 밀레이디에게 손을 내밀었다. 파도가 사납기 때문에 선원들이 몸을 받쳐 주었다.

곧 두 사람은 갑판으로 올라갔다.

「선장, 내가 말해 둔 사람이 바로 이 부인입니다. 프랑스로 무사히 보내 주셨으면 합니다.」

펠톤이 말하자
「천 피스톨이라는 약속이었지요?」
「선금으로 오백 피스톨 건네드렸습니다만.」
「분명히.」 선장은 고개를 끄덕였다.
「나머지 절반은 여기에 있습니다.」 밀레이디는 금화주머니에 손을 대면서 말했다.
「아니, 난 계약을 정확하게 지키는 사람입니다. 이 젊은 분에게 나머지 오백 피스톨은 부로뉴에 도착하고 나서 받겠다고 약속했으니까.」
「잘 도착할 수 있을까요?」
「보증합니다. 내가 잭 버틀러라는 게 거짓이 아닌 이상, 틀림이 없습니다.」
「그래요? 만약 그 약속대로 해 주신다면 오백이 아니고 천 피스톨 드리겠어요..」
「이거 굉장하군! 이렇게 좋은 손님이 종종 와 주신다면 더 바랄 것이 없지요, 그야말로.」
「아무튼, 우선 포츠머드에 배를 닿게 해 주세요. 이것도 약속이니까.」 펠톤은 이렇게 말했다.
선장은 거기에 대답하는 대신 재빨리 필요한 준비를 했다. 그리고 아침 7시경 이 작은 범선은 지정된 만에 닻을 내렸다.
이 항해를 하고 있는 동안 펠톤은 지금까지 있었던 일을 모조리 말해 주었다. 런던으로는 가지 않고 이 범선을 고용했다는 것, 그리고 돌아와서 돌의 틈새에 구두못을 박아 발의 미끄럼을 막으면서 벽을 기어 올랐고 끝내 격자가 있는 곳까지 도달하여 사다리를 붙들어 맸다는 것. 그 후의 일은 밀레이디가 잘 알고 있는 것이다.
밀레이디 쪽에서는 펠톤에게 계획의 실행을 격려하려고 했다. 그러나 청년의 입에서 새어나온 최초의 몇 마디로 이 광신의 젊은 이의 마음은 격려해 주기보다는 오히려 달래 주는 것이 필요하다는 것을 알았다.

밀레이디는 펠톤이 돌아오는 것을 10시까지 기다린다, 10시까지 돌아오지 않으면 그대로 출발한다는 것을 약속했다.

  그리고 청년이 자유의 몸이 되면 프랑스로 가서 베튄(프랑스의 동북부, 바 드 카레 지방에 있는 도시. 벨기에와의 국경에 가깝고 릴의 서남쪽에 위치해 있다. 제1차대전으로 도시의 절반이 파괴되었다.)의 카르멜파 수도원에서 만난다는 앞으로의 일도 정해 두었다.

59. 1628년 8월 23일의 포츠머드 사건

펠톤은 밀레이디의 손에 입을 맞추고 마치 산책하러 나가듯 아무렇지도 않은 모습으로 나갔다.

얼핏 보기에 평소와 조금도 다르지 않았다. 다만 눈 속에 열의 반사와도 같은 이상한 미광이 빛나고 있었다. 이를 악물고 말투는 무슨 험악한 것을 마음에 숨기고 있는 사람처럼 무뚝뚝해 있었다.

육지로 향하는 거룻배 위에서는 줄곧 밀레이디 쪽으로 얼굴을 돌리고 있었다. 밀레이디도 보이지 않게 될 때까지 환송했다. 두 사람 모두 추격자에 대한 것은 걱정하지 않고 있었다. 9시까지는 밀레이디의 방에는 아무도 들어가지 않았고 성에서 런던까지 오려면 아무래도 3시간은 족히 걸린다.

펠톤은 육지에 올라가자 낭떠러지 위에 이어져 있는 작은 언덕을 올라갔다. 거기에서 밀레이디에게 마지막 인사를 보낸 다음 드디어 도시로 향했다.

백 보 정도의 길은 내리막으로 되어 있었고 범선의 마스트도 더 이상 보이지 않게 되었다.

그곳에서 정면으로 반 마일 정도 거리가 있어 보이는 포츠머드를 향해 뛰기 시작했다. 탑과 집이 아침안개 속에 희미하게 보였다.

포츠머드의 저쪽 해상은 배의 마스트로 덮인 채 잎이 떨어진

59. 1628년 8월 23일의 포츠머드 사건

겨울의 포플러 가로수처럼 바람에 흔들거리고 있었다.

펠톤은 바삐 걸어가면서 최근 10년간의 반성과 오랜 세월 청교도의 환경 속에 있었던 덕택으로 알게 된 잭 6세와 찰스 1세, 2대의 총신(寵臣)에 대한 진위(眞僞)가 엇갈린 갖가지 비난을 회상하고 있었다.

이 재상의 공공연한 죄, 세인의 눈에 띄고 있는 죄, 이렇게 말하는 것이 허용된다면 유럽으로 흐르는 죄――그것을 지금 밀레이디에 의해 밝혀진 사적인 죄에 비교한다면, 이 양면의 버킹검 중에서 죄가 무거운 것은 오히려 세인이 모르고 있는 쪽일 것이라고 생각되었다. 즉 이상야릇한, 일찍이 느껴보지 못했던 뜨거운 연정이 그에게 밀레이디가 그려보였던 공상의 죄악을 확대경을 통해 보듯 키워서 보여 주는 것이었다.

뛰어가고 있기 때문에 피가 더욱더 뜨겁게 머리로 솟구쳐 올랐다. 사랑스러운, 거의 성녀처럼 청순하게 보이는 여자를 무서운 복수의 위험 속에 혼자 버려둔 채 왔다는 생각, 전날 밤부터의 흥분과 피로, 그런 것이 더욱더 그의 마음을 흥분시켰다.

8시경에 포츠머드에 도착했다. 시민들은 모두 일어나서 분주하게 움직이고 있었다. 거리와 항구에서는 진고(陣鼓)가 울리고 있었다. 배를 타는 병사들이 해안 쪽으로 내려갔다.

펠톤은 땀과 먼지를 뒤집어쓰고 해군 본부 앞까지 왔다. 평소에는 창백한 얼굴이 더위와 분노로 상기되어 있었다. 위병이 쫓아 보내려고 했기 때문에 펠톤은 담당 사관을 불러 달라고 해서 가지고 온 편지를 보였다.

「윈텔 경으로부터의 급한 용무입니다.」

윈텔 경의 이름은 공작의 가장 친근한 사람으로서 누구나 알고 있었기 때문에 사관은 펠톤을 들어오라고 했다. 펠톤 자신도 해군 사관의 제복을 입고 있었던 것이다.

펠톤은 건물 안으로 들어갔다.

현관에 들어섰을 때, 역시 먼지를 뒤집어쓴 한 사람의 사나이가 기진 맥진해서 무릎을 꺾은 말을 입구에다 버려두고 숨이 찬 모습으로 들어오는 것이 보였다.
 펠톤과 이 사나이는 동시에 공작의 근시 파토리스에게 말했다. 펠톤은 윈텔 경의 이름을 말했으나 또 한 사람의 사내는 누구라는 이름을 대려고 하지 않고 공작에게 직접 말씀드리고 싶다고만 했다. 두 사람 모두 앞을 다투었다.
 파토리스는 윈텔 경과 공작은 항상 요담을 하고 있는데다 친근한 사이이기도 한 것을 알고 있었기 때문에 이름을 댄 쪽을 급한 대로 우대했다. 그래서 또 한 사람 쪽은 기다리지 않으면 안 되었는데 그것이 불만이라는 표정이 얼굴에 역력히 나타나 있었다.
 근시는 펠톤을 커다란 객실을 가로질러 안내했다. 그 방에는 마침 스비즈 공에게 인도되어 온 라 로셀의 대표자들이 대기하고 있었다. 버킹검 공의 거실로 들어가자, 공작은 막 욕탕에서 나와 몸차림을 마치려던 참이었다. 언제나 그러했듯 몸치장에는 꽤 정성을 들였다.
 「윈텔 경으로부터의 사자, 펠톤 중위입니다.」 파토리스는 고했다.
 「윈텔 경에게서? 들여 보내시오.」
 펠톤은 들어갔다. 버킹검 공은 사치스런 실내옷을 긴의자에 던지고 진주를 전면에 장식한 짙은 청색 비로드의 속옷을 갈아입는 중이었다.
 「왜 남작은 자신이 오지 못했던 건가? 아침부터 기다리고 있었는데.」
 「문안드리지 못하는 것을 매우 유감스럽게 여기신다면 각하의 관용을 바란다는 전언이십니다. 성내의 감시 때문에 외출을 할 수가 없다면서…….」
 「그렇겠군. 아니 알고 있어. 지금 여자를 한 사람 감금하고 있다더군.」
 「마침, 그 여자 문제로 말씀드리고 싶습니다만.」
 「좋아. 들어보자.」
 「실은 이 문제는 각하 한 분께만 말씀드리고 싶습니다.」

59. 1628년 8월 23일의 포츠머드 사건

「파토리스, 잠시 나가 있게. 하지만 초인종이 들리는 곳에 있어야 해. 곧 부를 테니까.」

파토리스는 나갔다.

「자, 이젠 아무도 없다. 그대의 이야기란?」 공작은 재촉했다.

「앞서 윈텔 경은 각하에게 편지를 드려 샤로트 박송이란 한 부인의 유형 명령에 서명을 청원하셨던 것으로 압니다만.」

「그렇다. 나는 그 명령서를 가져오든가 보내오든가 하면 곧 서명하겠다고 답장을 해 두었다.」

「이것입니다.」

「어디……」

공작은 그것을 펠톤의 손에서 받아들고는 재빨리 읽었다. 그리고 틀림없이 청원했던 것이라는 걸 알자 테이블 위에 놓인 거위펜을 들고 서명하려고 했다.

「실례입니다만……」 펠톤은 불쑥 가로막았다. 「공작께서는 그 샤로트 박송이라는 것이 여자의 본명이 아니라는 것을 알고 계십니까?」

「아, 알고 있다.」 공작은 펜을 잉크에 적시면서 대답했다.

「그럼 본명도 아시는지요?」 펠톤은 숨이 찬 음성으로 물었다.

「알고 있다.」

공작은 펜을 종이 가까이로 가져갔다. 펠톤은 안색이 변했다.

「…… 본명을 아시면서 역시 거기에 서명하십니까?」

「하지. 알기 때문에 더욱더 한다고 해도 좋다.」

「그래도 나는 (펠톤의 음성은 점점 더 경직되어 갔다.) 각하가 그 부인이 윈텔 부인이라는 것을 설마……」

「잘 알고 있어. 자네가 그걸 알고 있다는 사실이 도리어 이상하게 생각되는데……」

「거기에 서명하시고 가책을 받지는 않으실는지요?」

버킹검은 오만한 태도로 청년을 쏘아 보았다.

「이상한 말을 하는군. 그 따위 질문을 해도 좋다고 생각하는가?」

하긴 대답은 부드럽다만.」
 버킹검은 이 청년은 윈텔 경의 사자로서 온 이상 이것도 경의 의사로서 묻는 것이려니 생각했다.
「조금도 가책은 받지 않는다. 윈텔 부인이 무서운 죄를 범한 여자라는 것은 윈텔 경도 나와 마찬가지로 잘 알고 있을 터. 유형으로 처치하는 것은 오히려 관대한 편이지.」
 공직은 다시 펜을 서류 위로 가져갔다.
「거기에 서명해서는 안 됩니다!」펠톤은 한 발 앞으로 다가서며 말했다.
「서명해선 안 돼? 왜지?」
「충분히 숙고하셔서 그 부인에게 올바른 판정을 내리시기 바랍니다.」
「올바른 재판을 하라면 곧장 처형장으로 보내야 할 거야. 그 여자는 그 정도로 흉악하니까.」
「각하. 그 부인은 천사와 같은 사람입니다. 당신도 그것을 아시고 계실 것입니다. 부디 그 사람을 사면해 주십시오.」
「이건 뭐야! 나에게 그 따위 말을 하다니 정신이라도 돌았나?」
「공작님, 용서해 주십시오. 나는 이제 이렇게밖에 말할 수가 없습니다. 충분히 자제하고 있습니다. 하지만 각하가 하시려는 것을 다시 한 번 생각해 주십시오. 너무 도가 지나친 일을 하지 않으시도록……」
「뭐라구? 이거 잠자코 들을 수가 없군. 자네는 나를 협박하기 위해서 온 건가.」버킹검은 어안이 벙벙했다.
「아닙니다. 나는 청원하고 있는 것입니다. 가장자리까지 찬 병은 한 방울의 물이 첨가되더라도 곧 넘쳐버리고 맙니다. 아무리 사소한 과실이라도 너무나 많은 죄를 거듭한 사람의 머리 위에는 천벌이 내리는 것이니까요.」
「펠톤 중위! 당장 여기서 나가 근신하고 있게.」
「아닙니다. 내가 말하는 것을 끝까지 들어 주십시오. 당신은 그

청순한 처녀를 욕보이셨지요. 그 죄의 보상을 위해서도 석방하는 것이 당연합니다. 나는 그 외의 것은 아무것도 요구하지 않습니다.」

「요구라구?」 버킹검은 청년의 입에서 나온 말이 이상하다는 듯이 바라보았다.

「공작…….」 지껄이면 지껄일수록 펠톤은 점점 더 기가 살아났다. 「영국의 국민들은 모두 당신의 만행을 원망하고 있습니다. 당신은 왕의 위세를 남용하였을 뿐만 아니라 오히려 침범까지 하고 계십니다. 당신은 인간에게나 신에게나 미움을 받고 있는 것입니다. 신은 가까운 장래에 벌을 주시겠지만 오늘은 이 내가 맛을 좀 보여 주겠오.」

「무슨 소릴 하는 거야. 더는 참을 수가 없다!」 버킹검 공은 노기를 띠고 입구로 걸어가려고 했다.

펠톤은 그 길을 가로막고

「아닙니다. 나는 다만 진지하게 청원하는 것입니다. 윈텔 부인의 사면장에 서명해 주십시오. 당신이 그토록 괴롭혔던 부인이라는 것을 생각하시고…….」

「물러가라. 그렇지 않으면 사람을 불러 감옥에 가둘 테다. 그래도 좋은가?」

「그렇게는 못 하겠습니다.」 펠톤은 공작과 은으로 장식한 원탁 위에 있는 초인종 사이로 잽싸게 끼어들었다. 「잘 생각해 주십시오. 당신은 이미 신의 손에 잡힌 몸이니까.」

「악마의 손이라고 말할 생각이겠지. 어리석은 놈!」 버킹검 공은 남이 들을 수 있도록 큰소리로 말은 했지만 아직 누구를 부르려고는 하지 않았다.

「서명을…… 윈텔 부인의 사면장에 서명해 주십시오.」 펠톤은 종이 쪽지를 그의 면전에 들이댔다.

「강제로 그런 일을! 정신이 돌았나? 이봐, 파토리스!」

「하지 않으시겠습니까?」

「절대로.」

「절대로라구요?」
「누구 없느냐!」 공작은 크게 소리치고는 검이 있는 곳으로 뛰어갔다.
그러나 펠톤은 칼을 뽑을 여유를 주지 않았다. 밀레이디가 자살하려고 했던 그 작은 칼이 호주머니에 들어 있었다. 그것을 들고 단숨에 공작에게 덤벼들었다.
마침 그때 파토리스가 고함치면서 방으로 뛰어들었다.
「각하, 프랑스에서 편지가……..」
「뭣, 프랑스에서?」 버킹검은 그 편지를 보낸 사람에게 잠시 정신을 빼앗겨 순간 눈앞의 상황에 대해 잊어 버렸다.
펠톤은 그 사이에 뛰어들어 공작의 옆구리를 작은 칼의 자루까지 깊이 찔렀다.
「앗! 비겁한 놈! 너는 나를…….」
「큰일이다!」 파토리스는 고함쳤다.
펠톤은 주위를 돌아보고 열려 있는 문을 발견하고는 옆방으로 뛰어들었다. 이곳에는 앞서 말한 것처럼 라 로셸의 일행이 대기하고 있었다. 그 방을 횡하니 지나 계단이 있는 곳으로 나갔다. 그러나 맨 아랫단에서 윈텔 경과 딱 머리를 맞부딪치고 말았다. 안색이 변하고 손과 얼굴에 혈흔이 낭자한 청년을 본 윈텔 경은 곧 목에 달려 들었다.
「이런 일이 있을 것으로 짐작했다. 그러나 그만 한 발 늦고 말았군. 분하다, 분해!」
펠톤은 아무 저항도 하지 않았다. 남작은 청년을 경호 병사에게 인계했다. 펠톤은 우선 바다가 바라보이는 작은 발코니로 끌려갔다. 그렇게 한 다음 윈텔 경은 버킹검 공의 거실로 뛰어들었나.
한편 공작과 파토리스의 부르짖는 소리를 듣고 펠톤이 대기실에서 만난 앞서의 사내도 당황한 몸짓으로 뛰어왔다.
공작은 안락의자 위에서 떨리는 손으로 상처를 누르고는 누워 있었다.

59. 1628년 8월 23일의 포츠머드 사건

「라 폴트인가. 라 폴트, 그분의 용무로 왔나?」고통스런 음성으로 이렇게 물었다.

「네, 그렇습니다. 근소한 차이로 늦고 말았습니다……」안느 왕비의 충실한 시종은 대답했다.

「잠자코 있으라. 라 폴트! 남이 들으면 곤란하다. 파토리스. 아무도 이곳에 들이지 말라. 아, 그분의 소식을 나는 듣지 못하게 될지도 모른다. 이제 곧 죽을 것 같다……」이렇게 말하고 공작은 정신을 잃었다.

이러고 있는 동안 윈텔 경, 진정하러 온 대표자들, 원정군의 장군들, 버킹검 집안의 근시들이 우르르 방으로 몰려 들어왔다. 도처에서 절망의 탄성이 일어나고, 이윽고 저택 안을 흐리게 했던 비보의 울림은 온 도시로 퍼져 갔다.

한 발의 포성이 어떤 변괴가 일어났음을 알렸다.

윈텔 경은 머리를 쥐어뜯기라도 할 것처럼 하고 있었다.

「아, 그만 한 발 차이로, 이 얼마나, 얼마나 불행한 일이……」

그 날 아침 7시경, 성의 창에 새끼줄 사다리가 늘어져 있다는 보고가 있었다. 곧 밀레이디의 방으로 뛰어갔으나 벌써 텅 비어 있었다. 창은 열려져 있었고 격자는 절단되어 있었다. 그 순간 다르타냥의 사자가 말한 경고가 머리에 떠올랐고 공작의 안위가 걱정이 되어 곧장 마굿간으로 뛰어갔다. 자신의 말에 안장을 얹을 새도 없이 마침 그곳에 있는 아무 말에나 뛰어올라 쏜살같이 달려와 겨우 여기까지 와서 계단을 오르려는 순간 아까와 같이 펠톤과 마주쳤던 것이다.

그러나 공작은 아직 숨이 끊어져 있지는 않았다. 잠시 후 정신이 들어 눈을 떴다. 주위 사람들의 얼굴이 차츰 또렷해졌다.

「파토리스와 라 폴트 두 사람만 있게 하고 모두 나가 주지 않겠나. (이렇게 말한 다음) 오, 윈텔 경. 당신은 오늘 아침, 이상한 미치광이를 보내 주었더군. 그 사내가 나를 이 지경으로 만든 걸세.」

「공작, 나는 평생 후회해도 부족할 것입니다……」남작은 고개를 떨구고 말했다.

「아니, 그렇진 않아, (버킹검은 손을 내밀면서) 이 세상에 다른 사나이로부터 사후(事後)에도 애석하게 여겨지는 사나이는 좀체로 없는 거야. 아무튼 잠시 여기는 우리들만 있게 해 줄 수 없겠나.」
 남작은 흐느끼면서 물러났다.
 방에는 부상한 공작과 라 폴트, 파토리스가 있을 뿐이었다.
 의사를 찾고 있었으나 찾을 수가 없었다.
「반드시 낫게 되십니다, 공작님. 반드시…….」 안느 왕비의 충실한 시종은 안락의자 앞에 무릎을 꿇고 몇 번이고 되풀이했다.
「편지에는 무어라고 써있나? 어떻게 쓰고 계신가? 어서 읽어 다오.」 침대보를 빨갛게 물들이면서도 공작은 고통을 참고 그리운 사람의 편지를 듣고 싶어했다.
「그, 그래도…….」
「읽어요. 보다시피 나는 이제 우물쭈물하고 있을 수 없는 인간이 아닌가.」
 라 폴트는 봉함을 뜯고 서면을 공작의 눈에 접근시켰다. 그러나 공작의 눈은 그것을 읽을 힘도 없었다.
「읽어다오. 이젠 보이지 않는다. 어서…… 그렇지 않으면 일부러 보내 주신 편지를 듣지 못하고 죽을지도 모른다.」
 라 폴트는 거절할 기운도 없이 읽어내려갔다.

 『공작──
  당신을 알게 된 이후 나는 당신에 의해, 그리고 당신 때문에 적잖이 괴로워했습니다. 그런 내가 지금 간절히 바라고 있는 것은……. 만일 당신이 내 마음의 안정을 바라신다면 이번에 계획하고 계신 프랑스에 대한 대규모의 준비를 중지해 주십시오.
  표면상으로는 종교상의 이유라고 하나 속마음은 나에 대한 당신의 사모가 원인인 것처럼 세간에서 떠들고 있는 이 전쟁을 중지해 주십시오.
  전쟁은 프랑스에게나 영국에게나 커다란 불행을 가져다 줄 뿐만 아니라 또 당신 자신에게도 뜻하지 않은 위해가 미칠지도 모릅니다. 그와 같은 일이 있게 되면 나는 평생 마음 편할 날이 없을 테니까요.

　모쪼록 신변에 조심해 주십시오. 내가 당신을 적국의 사람이라고 생각하지 않아도 될 날이 오면 그때부터 나를 위해 소중한 것이 될 그 목숨을 위해.

　　　　　　　　　　　　　　　　　　안느』

버킹검은 남은 기력을 다해 이 편지를 듣고 있었다. 이윽고 읽기를 끝내자 무언가 쓴 실망을 맛본 것 같은 목소리로
「달리 무슨 전하는 말씀은 없었나?」하고 물었다.
「계셨습니다. 왕비는 공작님이 충분히 신변을 조심하시도록, 암살의 기미가 있는 것 같다고 하시면서……」
「그 외에는?」 버킹검은 초조한 듯이 말했다.
「또한 왕비님은 언제나 당신을 사모하고 계신다는 것을 전하라고도.」
「그래? 신은 축복받으소서! 그렇다면 내가 죽으면 그분도 생판 타인의 죽음이라고는 생각지 않으시겠지.」
라 폴트는 흐느껴 울었다.
「파토리스. 저 다이아몬드가 들어 있는 작은 상자를 가져다 주게.」
파토리스는 그것을 들고 왔다. 라 폴트는 흘깃 보고 그것이 왕비의 것이었음을 알았다.
「그리고 그분의 머리글자가 진주로 새겨져 있는 그 하얀 공단의 종이끼우개를.」
파토리스는 그 말에 따랐다.
「자, 라 폴트. 내가 그분에게서 받은 기념품은 이것뿐이다. 이 작은 상자와 두 개의 편지. 이것을 왕비님께 돌려 드리기 바란다. 그리고 마지막 추억으로서……(자기의 주변을 돌아보면서) 이것을 함께……」
이렇게 말하고는 무엇을 찾는 것 같았지만 벌써 시력이 약해진

눈은 아직도 피에 물들어 있는 펠톤의 작은 칼을 가까스로 발견했을 뿐이었다.
「이 작은 칼을 곁들여서 보내 주게.」 공작은 라 폴트의 손을 꼭 쥐었다.
그리고는 종이끼우개를 작은 상자의 밑에다 넣고 작은 칼도 그곳에 떨구어 넣었다. 눈은 벌써, 말도 할 수 없다는 듯이 라 폴트를 바라보았다. 그리고 마지막 경련으로 몸을 떨고는 의자에서 아래로 미끄러져 떨어졌다.
파토리스는 큰 소리로 울음을 터뜨렸다.
버킹검 공은 다시 한 번 미소를 띄우려고 했다. 그러나 이미 그 힘은 다했고 그 의지만이 사랑의 마지막 입맞춤처럼 얼굴에 남았다.
이때 공작의 주치의가 안색이 달라져서 달려왔다. 벌써 기함(旗艦)에 타고 있었기 때문에 거기까지 부르러 갔던 것이다. 주치의는 공작의 곁으로 다가가서 손을 쥐고 한동안 잡고 있다가 그것을 놓았다.
「이젠 방법이 없습니다. 운명하셨습니다.」
「운명? 운명하셨다구?」 파토리스는 비통하게 소리쳤다.
그 소리를 듣고 모두가 방으로 들어왔다. 여기저기서 울음소리가 터져나왔다.
윈텔 경은 버킹검이 숨을 거둔 것을 보자 곧 발코니에 억류되어 있는 펠톤 곁으로 갔다.
「배은망덕한 놈! 네가 지금 무슨 짓을 저질렀는지 알고 있는 게냐?」
청년은 버킹검이 죽은 후 오히려 안정을 되찾고 있었다.
「복수한 것입니다.」
「바보 같은! 너는 저 마녀의 앞잡이로 이용당한 것이다. 이제 그 여자의 나쁜짓도 이것을 마지막으로 끝장을 내주지 않고서는…….」
「무슨 말씀을 하시는지 나는 잘 모르겠습니다. 내가 공작을 죽인 것은 이전에 두 번이나 대위로 진급할 것을 거부했기 때문입니다. 그 부당한 처사에 대해 보복한 것뿐입니다.」 청년은 침착하게 대답했다.

윈텔 경은 그 냉정한 태도에 망연 자실한 채 주위의 경호 병사를 물끄러미 바라보고 있었다.

펠톤의 늠름한 얼굴 위에 이따금씩 일말의 암운이 드리웠다. 무슨 소리를 들을 때마다 이 고지식한 청교도는 자기와 함께 죽기 위해 자수해 오는 밀레이디의 발자국소리와 목소리가 들려 오는 것만 같았던 것이다.

갑자기 그는 몸을 떨었다. 그 눈은 자기가 있는 발코니에서 바라다보이는 해상의 일점에 지그시 빨려들고 있었다. 배의 승무원다운 날카로운 시선으로, 보통 사람이라면 여느 범선이 파도 사이에서 흔들리고 있다고밖에는 생각되지 않는 곳에서 프랑스를 향해 전진하고 있는 그 배의 돛을 식별한 것이다.

갑자기 그의 안색이 변했고 죄어드는 가슴에 저도 모르게 손을 댔다. 배신당한 것을 깨달은 것이다.

「마지막 소원입니다만……..」 하고 그는 남작에게 말했다.

「뭐냐?」

「지금 몇 시일까요?」

남작은 시계를 꺼냈다.

「아홉 시 십오 분 전이다.」

밀레이디는 약속보다 1시간 반이나 일찍 출발한 것이다. 사건을 알리는 포성이 울리자 곧 닻을 올리게 했던 것이다.

배는 말끔히 개인 푸른 하늘 아래 벌써 해안에서 멀어져 가고 있었다.

『모두가 신의 뜻인 것이다.』 청년은 광신자답게 체념하고 속으로 이렇게 중얼거렸지만 그의 눈동자는 목숨을 바치려고 했던 여자의 하얀 환상이 그 위에 보이는 것 같은 그 작은 배에서 떠날 줄을 몰랐다.

윈텔 경은 청년의 눈의 향방을 추적하고는 그 고통의 표정을 살피고 있었는데, 마침내 모든 것을 짐작한 듯한 표정으로 이렇게 말했다.

「우선 너에게 먼저 벌을 내리겠다. 그러나 나는 죽은 동생의 영혼에 맹세코 또 한 사람의 네 공모자도 절대로 용서하지 않을 테다.」

펠톤은 잠자코 고개를 떨구었다.

그리고나서 윈텔 경은 황급히 계단을 뛰어내려가 항구를 향해 걸음을 재촉했다.

60. 프랑스에서는

재상의 죽음을 알고 영국왕 찰스 1세가 맨 먼저 걱정한 것은 이 흉보에 의해 라 로셀의 농성군이 낙담할 것이라는 사실이었다. 리슐리외의 각서에 의하면 영국왕은 되도록 오랫동안 이 암살을 비밀로 해 두려고 노력했다는 것이다. 그를 위해 국내의 항구를 모두 폐쇄하였고 버킹검의 지휘하에 있던 군대가 출발을 끝낼 때까지 어떤 배도 출항시키지 않도록 엄명했다. 그리고 버킹검을 대신해서 왕 자신이 원정군의 출발을 지휘하기로 했다.

한편 만일의 경우에 대비하기 위한 조처로서 귀국하려던 덴마크의 사절과 인도 상선을, 프레싱 항으로 끌고 갈 예정이었던 네덜란드 대사까지 붙들어 두었다.

그러나 이와 같은 명령은 사건이 발생한 지 5시간 후, 즉 오후 2시경에 내려졌기 때문에 그때에는 이미 두 척의 배가 항구에서 떠나 버린 뒤였다. 그 하나는 두말할 나위도 없이 밀레이디가 타고 있는 배였다. 밀레이디는 사건을 어느 정도 예상하고 있었기 때문에 기함에 조기가 올라가는 것을 보고는 더욱더 확신을 가졌던 것이다.

또 한 척의 배는 누가 탔으며 왜 출발했는지에 관해서는 나중에 이야기하기로 하겠다.

한편, 이런 사건이 일어나고 있는 동안 라 로셀의 진영에서는 무엇

하나 변한 것은 없었다. 다만 왕은 마침내 따분하고 답답해서 이번 생 루이의 축제일에는 미행으로 생 제르맹으로 가서 지내리라 생각하고 있었다. 그래서 추기관에게 이십 명의 총사를 경호원으로서 데리고 가겠다고 양해를 구했다. 왕이 곁에 있으면 그 따분하고 답답한 것이 자신에게도 감염될 것만 같은 추기관은 쾌히 승낙했고, 왕은 9월 15일경에는 귀진(歸陣)할 것을 약속했다.

추기관으로부터 통지를 받은 트레빌 경은 곧 여행 채비를 했다. 그리고 전부터 이유는 알 수 없으나 그 네 사람이 파리에 돌아가고 싶어한다는 것을 알고 있었기 때문에 일행에 끼워 주기로 했다.

네 사람의 청년은 트레빌 경으로부터 귀향 통지를 받은 최초의 사람이었다. 그래서 다르타냥은 자기를 총사조에 편입시켜 준 추기관의 천거를 기쁘게 생각했다. 만약 그렇지 않았더라면 총사들이 출발하더라도 자기는 역시 진중에 머물러 있지 않으면 안 되었을 것이다.

파리에 돌아가고 싶은 기분을 부채질한 것은 두말할 것도 없이 보나슈 부인이 앙숙인 밀레이디와 베튄의 수도원에서 만날지도 모를 위험을 생각했기 때문이었다. 그래서 아라미스는 우선 그 츨의 재봉사 아가씨에게 다시 편지를 띄워 보나슈 부인이 수도원에서 나와 로렌이나 벨기에에 가서 몸을 숨길 수 있도록 왕비로부터 허가를 받도록 해 줄 것을 부탁했다. 답장은 시간이 걸리지 않았다. 10일 정도 후에 아라미스는 이런 편지를 받았던 것이다.

『그리운 사촌오빠에게——

　당신이 공기가 나쁘다고 걱정하고 계셨던 저 베튄의 수도원에서 우리 집 몸종을 데려와도 좋다는 언니로부터의 허가가 있었습니다. 그 허가의 말씀을 언니께서는 기꺼이 당신에게 보내실 것입니다. 언니는 그 아가씨를 매우 귀여워하고 계셔서 장래의 문제도 많이 걱정하고 계시는 것 같습니다. 그럼 안녕.

　　　　　　　　　　　　　　　　　　　마리 미숑』

다음의 허가서가 동봉돼 있었다.

『베튄 수도원장은 이 서장을 지참한 사람에게 이쪽의 소개와 비호 아래 입원한 견습 수녀를 인도하기 바람.

안느

1628년 8월 10일 루브르에서』

왕비를 언니라고 부르는 재봉사 아가씨와 아라미스가 친척간이라고 했기 때문에 모두들 얼마나 유쾌하게 여겼는지는 상상에 맡긴다. 아라미스는 포르토스의 무례한 놀림에 대해 두세 번 얼굴을 붉힌 다음 앞으로 이 문제에 대해서는 한 마디도 말을 해서는 안 된다고 입을 막고, 만약 약속을 깬다면 앞으로 사촌 누이동생을 이런 일에 가담시키는 것은 일체 사양하겠다고 했다.

그래서 세 사람도 다시는 마리 미숑에 관해서는 말하지 않기로 약속했다. 용무는 이것으로 충분했기 때문이었다. 즉, 보나슈 부인을 수도원에서 구출할 수 있는 명령서가 손에 들어 왔으니까. 그러나 이 서면도 그들이 라 로셸의 진지, 즉 프랑스의 벽지에 있는 한 그다지 쓸모가 없었다. 그래서 다르타냥은 중요한 용건이라고 고백하고 트레빌 경으로부터 휴가를 받지 않으면 안 되겠다 생각하고 있었는데, 그때 마침 운 좋게도 위와 같은 통지가 다른 세 사람에게도 동시에 왔던 것이다. 왕이 이십 인의 총사를 경호로 하여 파리에 미행하시고 자기들이 그들 속에 끼게 되었던 것이다.

기쁨은 컸다. 재빨리 부하들이 짐을 꾸려가지고 먼저 출발하였고 다음날 아침 모두는 출발했다.

추기관은 폐하를 슐제르에서 모제까지 배웅하였고 그곳에서 두 사람은 돈독한 우정을 교환하고는 작별했다.

23일까지는 파리에 돌아 가야 한다고 해서 길은 재촉하면서도 원래 따분하고 답답한 기분을 푸는 것이 목적인 왕은 곳곳에 머물면서 까치 사냥을 즐기곤 했다. 이 놀이의 즐거움은 륀(프랑스의 원수. 루이 13세의 어릴 때 친구로서 젊은 왕의 신임을 받아 국정을 위임받았으나 후에 리슐리외가 이와 바뀌었다. 슈블즈 부인의 전 남편이다. [상권 프롤로그 참조])으로부터 배웠는데 왕은 언제까지고 잊지 않았던 것이다. 이 것을 이십 인의 총사 중 십육 인까지는 좋은 기분 전환이라 해서 기뻐했다. 그러나 네 사람은 좀이 쑤셨다. 특히 다르타냥은 귀 속에서 끊임없이 무슨 소리가 울리는 것만 같아 안절부절 했다.

「그것은 누군가가 어딘가에서 귀공에게 말을 하고 있기 때문이야. 어느 훌륭한 귀부인이 그렇게 말하면서 나에게 가르쳐 준 적이 있다구.」

폴토스가 그런 투로 설명했다.

겨우 23일 밤이 돼서야 일행은 파리에 도착했다. 왕은 트레빌 경에게 사례하고 부하들에게 나흘간의 휴가를 주는 것을 허가했다. 단 공적인 장소에 나가는 것은 엄금, 이것을 범하는 자는 바스티유로 보낸다는 조건부였다.

맨 처음 휴가를 얻은 것은 두말할 것도 없이 예의 4인조였다. 그뿐만이 아니다. 아토스는 트레빌 경에게 청원하여 나흘이 아니고 엿새의 휴가를 얻었고, 거기에다 이 엿새에 이틀밤을 첨가할 수 없도록 했다. 왜냐하면 그들은 24일 저녁 5시에 출발하고, 또한 특별한 호의로 트레빌 경은 휴가의 개시를 25일 아침으로 해 주었던 것이다.

「왠지, 이러한 사소한 일에 너무 야단을 떠는 것 같군.」 여전히 일에 의심을 갖지 않는 다르타냥은 말했다. 「이틀이면, …… 그리고 갈아 타는 말을 두세 필 줄곧 탄다면, (뭐, 돈은 있으니까.) 나는 충분히 베튄에 갈 수 있다구. 그리고 수도원장에게 왕비의 편지를 보이고 저 귀중한 사람을 데려올 수 있어. 로렌과 벨기에 등이 아니라 이 파리에 말이야. 이쪽이 몸을 숨기기에는 좋거든. 특히 추기관님이 라 로셀에 있는 동안에는. 그리고 마침내 이곳으로 돌아오게 되면 그때야말로 절반은 그 사촌 누이동생의 조언과, 절반은 그 반을 위해

진력한 데 대한 사례로서 왕비에게 여러 가지로 청원해서 선처해 주시도록 할 수 있을 거야. 어쨌든 귀공들은 이곳에 꾹 눌러 있는 게 좋아. 공연한 고생을 할 필요는 없다구. 나와 프랑셰 둘이서도 너끈히 할 수 있는 일이거든.」

아토스는 그에 대해 침착하게 대답했다.

「우리들도 돈은 있다. 나는 그 다이아몬드의 잔금을 아직 완전히 마셔 버리지는 않았고, 폴토스와 아라미스도 완전히 먹어 치우진 않았을 거다. 그러니까 우리들도 말 세 필이나 네 필쯤은 갈아 탈 수 있을 거야. 다르타냥, 잘 생각해 보라구. (아토스의 목소리는 청년을 오싹하게 하리만큼 어두웠다.) 그 베튄의 도시란 추기관이 저 어딜 가나 불행을 뿌리고 다닌다는 저주받은 여인과 회합을 약속한 바로 그 장소야. 만약 귀공이 상대해야 할 사람이 네 사람의 사내라면 나는 귀공을 혼자서 보내겠다. 하지만 상대가 그 여자인 이상 우리들 네 사람이 함께 가기로 하자구. 거기에다 우리들의 부하를 합쳐서 이것으로 충분한 인원이 된다면 다행이지만.」

「아토스, 위협은 그만두라구. 도대체 무얼 걱정하고 있는 거야?」 다르타냥이 말하자

「모든 일이 다.」 아토스는 무뚝뚝하게 대답했다.

다르타냥이 동료들의 얼굴을 돌아보자 어느 얼굴에나 모두 아토스와 같은 깊은 불안의 빛이 감돌고 있었다. 그래서 그대로 입을 다문 채 말을 몰아서 길을 재촉했다.

25일 저녁, 일행은 아라스에 도착했다. 여관〈금파관〉(金把館) 앞에서 다르타냥이 말을 멈추고 한 잔 하려고 했을 때, 안뜰로부터 거기서 갈아 탈 말을 바꾼 듯한 한 사람의 기사가 나타났다. 파리로 가는 길을 향해 달리기 시작했다. 정문 앞을 지날 때 바람에 날려 8월인데도 입고 있는 그 외투가 확 열렸다. 동시에 모자가 날아가려는 것을 기사는 당황해서 손으로 잡고는 꾹 눌러 썼다.

이 사내를 아까부터 주시하고 있던 다르타냥은 파랗게 질렸고 손에 들고 있던 잔을 떨어뜨렸다.

프랑세는 놀라면서

「주인님, 왜 그러십니까? 아, 여보세요. 여러분…… 와 주세요. 우리 집 주인님의 기분이 좋지 않은 것 같습니다.」

다른 세 사람이 뛰어오자 다르타냥은 기분이 나쁘기는커녕 말이 있는 곳으로 뛰어가고 있었다. 그것을 입구에서 가까스로 멈추게 하고는

「왜 그러나? 어딜 가는 건가, 안색이 달라져 가지구?」

「그놈이다, 그놈이라구. 그놈을 쫓게 해다오!」 청년은 분노로 얼굴이 창백해졌고 이마에서는 땀이 흐르고 있었다.

「누구 말인가? 그놈이란?」

「바로 그 사내다.」

「어떤…….」

「그 저주받을 놈, 나의 악령과 같은 놈이야. 뭔가 좋지 않은 일이 일어날 때, 반드시 내 앞에 나타나곤 하는 놈이지. 처음 만났을 땐 그 무서운 여자와 함께였어. 내가 아토스를 화나게 했을 때 추적해 온 것도 그놈이었다구. 보나슈 부인이 유괴되던 날 아침에 본 것도 저놈! 저 사내를 보았어. 분명히 그렇다구. 바람으로 외투가 날린 순간 흘깃 보았으니까.」

「설마…….」 아토스는 어두운 표정을 지었다.

「빨리 모두 말에 타자구. 그놈을 쫓아가서 붙들지 않으면…….」

「글쎄, 잠깐. (아라미스가 멈추게 했다.) 그러나 저 사내는 우리와는 반대 방향으로 갔어. 그리고 저쪽은 새로운 말로 막 바꿔 탔고, 우리들의 말은 지금 지쳐 있어. 즉 따라잡을 가망이 도저히 없고 공연히 말만 더욱 지치게 할 뿐이야. 저 사내는 내버려 두고 여자 쪽을 구출하기로 하자구. 다르타냥.」

「이봐요, 여행하는 나리! 당신의 모자에서 이런 쪽지가 떨어졌다구요! 여보세요!」 마굿간의 하인이 미지의 사내 뒤를 쫓아 달리기 시작했다.

「이봐 잠깐, 그 쪽지를 반 피스톨에 사겠다.」 다르타냥이 소리쳤다.

「정말이십니까. 이거 고맙군요. 네, 이것이.」

하인은 싱글벙글 웃으면서 안뜰로 돌아갔다. 다르타냥은 쪽지를 폈다.

「그건 뭐야?」 모두 곁에 모였다.

「단지 한 마디뿐인 걸.」 다르타냥은 말했다.

「그렇군. 한데 그것은 도시나 마을의 이름같군그래.」 아라미스가 말했다.

「『아르망티에르』……(폴토스가 읽었다.) 아르망티에르라니 난 모르겠는 걸.」

「그 도시인지 마을인지의 이름을 쓴 건 분명 그놈의 필적인가?」

「글쎄, 이 쪽지는 소중히 간직해 두자. 혹시 나중에 쓸모가 있을지 모르니까. 자, 빨리 말에! 말에 타자구!」

다르타냥은 다른 사람들을 재촉했다. 그래서 네 사람은 다시 베튄을 향해 달리기 시작했다.

61. 베튄의 카르멜파 수녀원

 대죄를 범한 자에게는 언제나 온갖 장애와 위험을 잘 빠져나가는 일종의 운명이 붙어 있다. 섭리가 드디어 더는 볼 수가 없어 그 악운이 끝나는 곳을 기록해 둔다――그때까지는 계속 그러했다.
 밀레이디의 경우도 그러했다. 영불 두 나라의 함선 사이를 교묘하게 빠져나와 아무런 사고도 없이 부로뉴에 도착하고 말았다.
 포츠머드에 상륙했을 때는 라 로셀에서 프랑스의 박해를 피해 온 영국 부인으로 되어 있었으나 이번 부로뉴에서는 포츠머드에서 영국인의 증오로 견딜 수 없는 고초를 당하여 도망쳐 온 프랑스 여자로 자신을 숨기고 있었다.
 밀레이디에게는 언제나 가장 유효한 여권이 있었다. 미모와 의젓한 상류부인다운 풍채와 돈을 쓰는 데 있어서도 너그러웠다. 손을 잡고 입을 맞추는 항구의 늙은 감독의 붙임성 있는 미소와 상냥한 태도 덕으로 정식 조사도 받지 않고 거뜬히 빠져나온 밀레이디는 이 부로뉴에서는 잠시 한 통의 편지를 우편으로 부치기만 하면 볼일은 끝나는 것이다.
 그 편지란――

 『라 로셀 진중에서.

리슐리외 추기관님,

　예하는 마음을 편안히 가지시기를. 버킹검 공작은 프랑스를 향해 출발하지 않을 것입니다.

부로뉴, 25일 저녁
밀레이디 드 ☆☆☆

　추신──예하의 의향에 따라 이제부터 베튄의 수녀원으로 가서 그곳에서 지시를 기다리겠습니다.』

　그 말대로 밀레이디는 그날 밤 안으로 목적지를 향해 떠났다. 도중에서 날이 저물어 작은 여관에서 하룻밤을 보내고 다음날 아침 5시에 그곳을 나와 3시간 후에는 베튄에 도착했던 것이다.

　사람들에게 카르멜파 수녀원을 묻고는 곧 그 문 안으로 들어섰다.
　원장인 수녀가 맞았다. 밀레이디가 추기관의 의향을 알리자 원장은 방 하나를 주었고 식사 준비를 시켰다.

　이것으로──과거의 일체가 이미 눈앞에서 깨끗이 사라진 것 같았다. 그 눈에는 이미 미래의 일에만 쏠려 있었고, 그 유혈 사건에서 교묘한 작용을 한 것에 대한 보상으로서 추기관이 반드시 생각해 줄, 화려한 입신의 문제가 오직 마음에 그려질 뿐이었다. 언제나 이렇듯 새롭게 타올라 온몸을 불사르는 불가사의한 정열은, 이 여자의 생활에 하늘을 치달으면서 때에 따라 감청색, 진홍, 또는 폭풍의 흑색 등 갖가지 빛깔로 아로새겨졌고 지상에는 다만 죽음과 황폐의 그림자만을 남겨놓고 가는, 저 구름의 움직임과 같은 것을 부여하고 있었다.

　식사가 끝났을 때 원장은 새로 온 숙박인과 세상이야기가 하고 싶었던 것이다.

　밀레이디는 이 수녀의 환심을 사고 싶었다. 그리고 그것은 이 약삭빠른 여자로서는 아주 쉬운 일이었다. 되도록 붙임성있게 굴고 여러 가지 변화에 찬 좌담이나 아름다운 용모에 어울리는 애교로 원장의 마음을 사로잡아 갔다.
 귀족의 딸이었던 원장은 유독 궁중의 이야기를 재미있어 했다. 그런 이야기는 이런 벽지에는 좀체 들려오지 않았고, 설사 들려온다 하더라도 이 속세와 떨어져 있는 수녀원의 두터운 벽을 결코 통과하지는 못했다.
 한편, 그와 같은 환경에서 5,6년이나 줄곧 생활해 온 밀레이디는 궁정의 복잡한 사정에는 도통하고 있었다. 그래서 상대의 기분을 감지하자 재빨리 프랑스 궁중의 여러 가지 풍습과 일상생활, 그리고 오로지 왕을 갈망하는 사람들의 움직임 등을 소상하게 이야기하기 시작했다. 그리고 수녀가 이름을 잘 알고 있는 궁중의 귀족과 귀부인의 비밀 이야기 등도 털어놓았고, 왕비와 버킹검 공과의 연문까지 넌지시 비쳤다――상대에게 말을 시켜 보려는 속셈에서였다.
 수녀는 다만 잠자코 미소를 지으며 듣고 있을 뿐, 좀체 입을 열려고는 하지 않았다. 그러나 이런 이야기를 재미있어 한다고 짐작한 밀레이디는 계속해서 이야기했다. 그리고 무심히 화제를 추기관 쪽으로 옮겨 갔다.
 내심 약간 불안한 것은 수녀가 왕의 편인지 추기관파인지 아직 모른다는 점이었다. 한편 수녀 쪽에서도 한층 신중한 자세로 이 여행 중의 부인이 추기관의 이름을 말할 때마다 공손히 머리를 숙여 보일 뿐이었다.
 밀레이디는 이 수녀원에 있으면 지루할 것이라고 생각했다. 그래서 한 번 다부진 모험을 해서 단번에 실마리를 잡기로 결심했다. 이 수녀원장의 의향을 분명히 파악하기 위해서 처음에는 무심히, 그러나 점점 세밀하게 파고 들어가 추기관의 욕을 하기 시작했다. 이 재상의 에기용 부인과 마리옹 드로름, 또한 그밖의 호색적인 부인과의 정사를 꺼내어 이야기하면서.
 수녀는 전보다 열심히, 그리고 조금씩 마음을 움직이면서 미소 지었다.
 『좋다. 내 이야기에 흥미가 생긴 모양이다. 이 사람은 추기관파라

하더라도 그렇게 심취하고 있지는 않은 것 같다.』

그래서 이번에는 추기관이 적으로 돌아 버린 인간에게 가하는 매서운 박해에 관해 이야기했다. 수녀는 그에 대해 찬의도 반대도 나타내지 않고 다만 십자만을 그을 뿐이었다.

이것으로 밀레이디에게는 이 수녀가 추기관보다는 오히려 왕의 편이라는 것을 대강 알 수 있었다. 그래서 더욱 목소리를 높여 말했다.

「나 따위는 그런 이야기의 내막은 전혀 알 수 없는 것입니다만.」 겨우 수녀는 입을 열었다. 「그래도 이렇게 궁중에서 멀리 떨어지고 세속의 일과는 동떨어진 경지에 있는 사람에게도 지금 당신이 말씀하신 것과 같은 실례는 종종 보게 되는 것 같습니다. 지금 이 수녀원에서 맡아 가지고 있는 젊은 여자분이 추기관님의 불만을 사서 학대를 받았다는 이야기였으니까요.」

「여기 있는 젊은 여자분? 어머, 가엾게도! 불쌍하군요.」 하고 밀레이디는 말했다.

「그렇습니다. 정말 불쌍한 사람이지요…… 감옥, 무서운 협박, 학대, 온갖 고초를 받아 왔으니까요. 하지만 틀림없이 추기관님에게는 그렇게 하실 만한 무슨 확실한 이유가 있겠지요. 그 젊은 사람은 얼핏 보기에는 마치 천사와 같은 사람이지만, 얼굴 모양으로 사람을 판단하는 것은 좋지 않으니까요.」

『재미있군. 이곳에서 무슨 중대한 사건을 찾아낼 수 있을지도 모른다. 이곳은 신경을 써야 할 곳이다.』

밀레이디는 속으로 이렇게 중얼대면서 청순 그 자체인 것 같은 표정을 짓고 있었다.

「네, 나도 알고 있습니다. 용모에 현혹되지 말라는 말은 세간에서 흔히 하는 말이지요. 하지만 하느님께서 창조하신 아름다운 그러한 것을 제외하고 도대체 무엇을 믿어야 할까요? 나 같은 경우 어차피 그것 때문에 평생을 기만 당하는 일은 각오하고라도 역시 얼굴을 보고 동정을 느낄 수 있는 사람에게라면 언제든지 마음을 허락할 생각입니다.」
 「그럼, 그 부인도 죄가 없는 사람이라고 생각하시나요?」
 「추기관님이 책망하시는 것은 죄만이 아니거든요. 나쁜 짓을 한 것보다는 도리어 착한 일을 했다는 것으로 더욱 혹독하게 책망하는 경우도 있으니까요.」
 「너무 뜻밖의 일이라 놀랐습니다.」
 「뭐가 말인가요?」 밀레이디는 시치미를 떼고 말했다.
 「당신의 말투가 말입니다.」
 「내가 하는 말이 어째서 다르다는 것인가요?」 밀레이디는 다시 미소를 지으면서 물었다.
 「당신은 추기관님과 가까운 분이고, 여기에도 그분의 부탁으로 오셨으니까요. 그런데도……」
 「그분의 욕을 하니까……」 밀레이디는 수녀의 말을 가로채고는 말했다.
 「적어도, 좋게는 말씀하시지 않았어요.」
 「즉, 나는 그분의 측근 따위는 아니고…… 말하자면 나도 희생물의 하나이니까요.」 하고 길게 한숨을 토했다.
 「그럼, 그 부탁하신 편지는…….」
 「그것은 나를 임시로 이 감옥 대신의 장소에 가두어 두기 위한 명령서인데, 언젠가 심복인 누군가가 나를 데려가기 위해 올 것입니다.」
 「그렇다면 당신은 왜 도망치시지 않았죠?」
 「어디로 도망가면 좋을까요? 추기관님의 손이 닿지 않는 곳이 이 땅에 있다고 생각하시나요? 잠깐 그분이 손을 뻗으려고만 하면 곧 끝나는 것이니까요. 내가 사내였다면 그래도 어떻게든 해보겠지요. 하지만 여자의 몸으로, 대체 무엇을 할 수 있을까요? 이곳에 맡겨져 있다는 그 젊은 분도 도망가려고 한 적이 있었나요?」
 「아니오. 하지만 그 사람에게는 다른 사정도 있으니까요. 아무래도 사랑을 하고 있어서 그 때문에 이 나라를 떠날 수 없는 것이 아닌가

하고 나에게는 생각됩니다만.」

「그래요?」밀레이디는 또 한숨을 토했다.「사랑을 하고 있다면 아직 완전히 불행한 것은 아니군요.」

「그럼 역시 당신도 그런 불운한 분이었나요?」수녀원장은 점점 마음이 이끌리면서 상대방을 뚫어지게 쳐다보았다.

「네……」밀레이디는 고개를 끄덕였다.

수녀는 무언가 지금까지와는 다른 불안이 마음 속에 솟아난 것 같은 표정으로 잠시 밀레이디의 얼굴을 지켜보고는

「당신은 혹시 우리들의 종파를 반대하는 분은 아닌지?」하고 더듬으면서 말했다.

「내가? 신교도는 아닌가고 말씀하시는 건가요? 천만의 말씀을. 하느님께 맹세하고 말씀드립니다. 나는 진실한 구교도예요.」

「그렇다면 이젠 안심하십시오.」수녀는 부드럽게 미소지으면서 말했다.「이곳에 계셔도 고통스런 일은 당하지 않도록 하겠습니다. 당신의 칩거 생활을 되도록 기분좋게 해 드리기 위해서 충분히 노력하겠어요. 그리고 그 또 한 사람의, 역시 무언가 궁중의 분쟁 때문이겠지만, 불행한 처지에 놓여 있는 여자분과도 만나게 해 드리지요. 정숙하고 좋은 분이니까요.」

「그분, 이름은?」

「어느 아주 신분이 높은 분으로부터 케티라는 이름으로 맡겨졌습니다. 다른 이름이 있는지 어떤지는 잘 모르겠군요. 굳이 알려고 하지 않았으니까요.」

「케티라구요? 정말 그게 틀림없습니까?」

「네, 그런 이름으로 오신 것은 틀림없습니다. 당신은 그분을 알고 계십니까?」

밀레이디는 그 여자는 전의 자기 몸종인지도 모른다, 그렇게 생각하고 속으로 빙긋이 웃었다. 그 계집애라면 자기의 가장 싫은 추억과 직결되어 있다. 그래서 복수의 욕망이 얼굴에 심상치 않은 표정을 짓게 했으나 그것은 일순간이었고, 이 어떠한 표정도 자유

자재로 떠올릴 수 있는 여인은 곧 원래의 조용하고 온화한 표정으로 돌아갔다.

「…… 그럼, 언제 그 여자분을 만날 수 있을까요? 난 벌써 그분을 동정하게 되었기 때문에 만나기를 고대하고 있습니다만.」 밀레이디가 물었다.

「오늘밤이라도. 아니, 지금 당장이라도 좋습니다. 다만 당신은 나흘이나 계속해서 여행하셨다고 하고 오늘 아침도 다섯 시에 일어나셨지요? 그러니까 좀 쉬셔야 해요. 좀 주무세요. 식사 때 깨울 테니까요.」

이상한 사건을 좋아하는 밀레이디는 이번 일에서 받은 자극으로 흥분되었고 심신이 긴장되어 있어서 별로 자고 싶은 마음이 없었으나 수녀원장의 권고에 얌전히 따랐다. 요 14,5일 동안은 실로 여러 가지 걱정을 경험해 왔기 때문에 강인한 몸은 차치하고라도 마음은 휴식을 바라고 있었다.

그래서 수녀가 나간 후, 케티라는 이름을 듣고 치솟듯이 일어난 복수의 욕망에 기분좋게 흔들리면서 자리에 누웠다. 만일 사명을 완수했을 경우에 추기관이 약속해 준, 거의 무제한이라 해도 좋을 보상 문제에 대해 생각해 보았다. 그 사명은 훌륭하게 완수했다. 그러니까 다르타냥은 이제 자기의 손 안에……

단지 한 가지 마음에 걸리는 것이 있었다. 그것은 남편, 즉 페르 백작에 대한 것이었다. 죽었다고 생각했던 사람, 적어도 다른 나라에 가 있을 거라고만 믿고 있던 사람이 아토스라는 사내가 되어 나타났다. 더구나 다르타냥의 가장 친한 친구로서 말이다.

그러나 다르타냥의 친구라고 한다면, 그 청년이 왕비의 편을 들어 추기관의 계획을 실패케 한 몇 차례의 행동에 어떻게든 도움을 주었을 것임에 틀림없었다. 다르타냥의 친구라면 그 역시 추기관의 적인 것이다. 그렇다면 저 젊은 총사를 여지없이 처치해 버리는 복수의 여파에 아토스도 교묘하게 말려들게 할 수 있을 것 같았다.

이러한 상상을 하는 것만으로도 밀레이디는 여간 기분이 좋지 않았다. 그래서 그러한 생각에 기분좋게 흔들리면서 곧 잠에 빠지고 말았다.

——밀레이디는 침대 머리맡에서 들려오는 상냥한 목소리에 눈을 떴다. 보니까 아까의 수녀원장과 그 곁에 금발의 혈색이 좋은 한 젊은 여자가 사람이 그리운 듯한 눈길로 이쪽을 바라보고 있었다. 이 여자의 얼굴은 전혀 기억이 없었다. 두 사람의 젊은 여인은 형식적인 인사를 교환하면서 서로를 눈으로 살폈다. 모두 아름답다. 그러나 그 아름다움은 완전히 다른 성질의 것이었다. 밀레이디는 자신 쪽이 기품에 있어서 상대방보다 뛰어나다는 것을 깨닫자 방긋 웃어 보였다. 젊은 수녀의 몸차림은 이러한 모습의 경쟁에 있어서는 결코 유리한 것이 아니었다.

원장 수녀는 두 사람을 소개하고 인사가 끝나자 자기는 성당에 가야 한다고 하면서 밖으로 나갔다.

젊은 수녀도 밀레이디가 잠자리에 있는 것을 보고 뒤따라 나가려는 것을 밀레이디가 붙들었다.

「모처럼, 이렇게 만나 뵙게 되었다고 생각했는데 벌써 그런 식으로 나가 버릴 생각이에요? 나 여기 있는 동안 당신을 만나는 것을 여러 가지 면에서 즐거움으로 기대하고 있었어요.」

「하지만 나는, 지금은 때가 좋지 않다고 생각했어요. 잠들고 계셔서 피곤하실 거라고 생각하고……」

「괜찮아요. 잠들어 있는 사람은 무엇을 바라겠어요? 기분좋게 깨어나기를 바라고 있지 않겠어요? 그런 기회를 주셨으니까 좀더 나에게 즐거움을 주세요.」

이렇게 말하면서 상대방의 손을 잡고는 침상 곁의 안락의자 쪽으로 끌어당겼다.

「정말. 난…… 왜 이렇게 운이 나쁠까요. 요 반년 동안 무엇 하나 기분을 전환시킬 만한 것도 없이 살아온 데다 이제야 겨우 당신과 같은 좋은 이야기 상대가 생기자마자 곧 이 수도원을 나가게 되다니.」

「어머, 당신은 곧 나가시나요?」

「그렇게 되었으면 하고 생각하고 있습니다만.」수습 수녀는 노골적인 기쁨을 감추려고도 하지 않고 말했다.

「당신은 추기관님 때문에 고초를 겪으신 분이라고 들었기에 그런 면에서 우리들은 곧 친해질 수 있을 거라고 생각했었는데.」밀레이디는 계속해서 말했다.

「아까 원장님께 말씀을 들었습니다만, 그럼 당신 역시 저 고약한 사제님들 때문에 고역을 치루셨나요?」

「쉿! 이런 장소에서 그분에 대해 그런 식으로 말해선 안 됩니다. 나의 불행은 모두 지금 당신이 말한 것 같은 것을 지껄인 데서 일어났다고 할 수 있으니까요. 내가 우리 편이라고 생각하고 말한 그 여자에게 배신을 당한 거지요. 당신도 역시 남에게 배신을 당하셨겠죠?」

「아니예요. 나의 경우는 어떤 분에게 몸을 바쳐 도와드렸기 때문입니다. 상대 분은 내가 더할 나위 없이 소중히 생각하고 몇 개의 목숨을 바쳐도 아깝지 않다고 생각하고 있는 부인……」

「그 사람이 당신을 죽게 내버려 둔 것이겠지요. 틀림없이.」

「나도 그렇게 생각하고 있었어요. 그러나 이,삼 일전에 결코 그렇지 않다는 것을 확실히 깨달았어요. 그래서 지금은 매우 행복하답니다. 그분에게 잊혀졌다고 생각하는 것은 정말 괴로운 일이었기 때문이지요. 하지만, 부인. 당신은 나와는 달리 자유로운 몸이겠지요? 도망가려면 얼마든지.」

「어디로 가라고 말하는 거예요. 친구도 없고, 돈도 없고, 내가 아직 간 적이 없는 시골 어딘가에라도?」

「하지만 친구는 어디서든지 곧 생기게 마련이지요. 당신과 같이 그렇게 아름다우시고 상냥한 분이라면.」

「그런 건 거의 기대할 수 없는 일이에요. 나는 이처럼 외톨이이고 언제나 고통만 당하고 있으니까요.」밀레이디는 부드러운 미소와 함께 얼굴에 천진 난만한 표정을 지어 보였다.

「어쨌든 들어 보세요. 우리들은 하느님께 의지하면서 희망을 가지고 살아가지 않으면 안 됩니다. 그렇지요? 무언가 착한 일을 해두면 반드시 하느님의 뜻에 도달할 때가 있으니까요. 지금 이렇게 나하고 만나신 것도 무언가 도움이 될 일이 있을지도 모릅니다. 그야 나 같은 건 보잘것 없고 아무 힘도 없는 사람이지만. 하지만…… 이곳을 나가기만 하면 밖에는 내 편이 되어 줄 훌륭한 사람들이 많이 있어요. 그 사람들은 나를 구출하기 위해 진력해 주었듯이 당신을 위해서도 여러 가지로 힘써 줄 것으로 생각합니다.」

「저, 내가 외톨이라고 말한 것은 신분이 높은 사람 중에 아무도 아는 분이 없다는 뜻이 아니예요.」 밀레이디는 수습 수녀의 고백을 듣기 위해 먼저 자신에 관해 이야기를 하기 시작했다. 「하지만 그런 사람들은 모두 추기관에게는 겁을 먹고 있어서 틀렸어요. 왕비님조차도 저 무서운 재상에 대해서는 어떻게 하실 재간이 없으시니까요. 왕비님은 정말 상냥한 분이시지만 그래도 어쩔 수 없이 자신에게 충절을 다한 사람들을 죽게 내버려주는 것을 여러 번 보아 왔으니까요.」

「왕비님은 버려둔 것처럼 하고 계시지만 그것을 그대로 믿어서는 안 됩니다. 우리들이 고통을 받게 되면 그분은 그 이상으로 걱정을 하고 계십니다. 그리고 전혀 생각지 않고 있을 때 결코 잊지 않고 있다는 증거를 보여 주시는 경우가 흔히 있으니까요.」

「그렇겠지요, 틀림없이. 그분은 그렇게 좋은 분이시니까.」

「당신은 왕비님을 아십니까? 그 아름답고 품위가 있으신 왕비님을. 그렇게 말씀하시는 것으로 보아서는…….」 수습 수녀는 기쁨에 들떠서 말했다.

「즉…… 직접 만나뵙지는 못했습니다만 측근에서 시중들고 있으면서 왕비에게 편들고 있는 사람들을 많이 알고 있지요. 퓨랑주 씨라든가, 영국에서는 뒤잘 씨와도 알고 있었고, 또 트레빌 경도 알고 있습니다.」

「저, 트레빌 님을! 당신은 트레빌 님을 알고 계시는군요.」

「네, 네, 아주 잘…… 이라고 할 정도로.」
「근위 총사의 지휘자이신?」
「그렇지요.」
「어머, 그렇다면 이제 곧 아시게 되겠지만 우리들…….」 수습 수녀는 소리를 높였다. 「우리들 이젠 정말 친밀한 교제를 할 수 있을 거예요. 이젠 친구라 해도 좋을 정도니까요. 트레빌 경을 아신다면 그분의 저택에 가신 적이 있겠지요?」
「네, 몇 차례나.」 이야기가 잘 풀려나가는 것을 본 밀레이디는 가는 데까지 가 볼 셈으로 말했다.
「그분의 저택에서 총사 여러분들을 조금은 만나셨겠지요?」
「그 저택에 오는 사람은 거의 모두 만났어요. 스뷔니 씨. 쿠르튀브롱 씨, 페뤼삭 씨 등은 잘 알고 있지요.」
수습 수녀는 입을 다물고 있다가 상대가 말을 중단하고 잠자코 있자,
「혹시 아토스라는 이름의 귀족을 모르시나요?」 하고 말했다.
밀레이디의 얼굴은 자신이 누워 있는 욧잇처럼 창백해졌다. 자제심이 강한 여자인데도 무의식중에 앗 하고 소리를 치고는 상대방의 손을 꼭 쥐고 얼굴을 물끄러미 바라보았다.
「왜 그러시죠? 내가 혹시 기분을 상하게라도 했나요?」
상대방은 겁을 먹으면서 묻는다.
「아니, 그렇지 않아요. 다만 그 사람의 이름을 듣는 것이 너무나 뜻밖이었기 때문에. 하지만 나도 그 사람이라면 잘 알고 있거든요. 게다가 당신의 말투로 보아서 매우 잘 알고 계시는 것 같아서. 그런 분을 이곳에서 만나게 되다니 매우 놀랍군요.」
「나는 너무나 잘 알고 분이지요. 그분만이 아니고 친구분들인 폴토스 님이나 아라미스 님도…….」
「어머 정말? 그분들이라면 나도 알고 있지요.」 밀레이디는 뭔가 차가운 것이 욱 하고 가슴 속에서 치밀어 올라오는 것을 느꼈다.
「그렇게 친숙한 사이라면 그분들이 친절하고 좋은 분이라는 것도

잘 아시겠군요. 왜 그분들의 도움을 청하지 않으시죠?」
「왜냐하면, 즉 나는 그분들과 직접적인 교제가 없거든요. 나는 그 사람들의 친구의 한 사람인 다르타냥이라는 사람으로부터 항상 소문을 듣고 있었을 뿐이니까요.」
「당신이 다르타냥 님을 알고 계신다구요!」 이번에는 수습 수녀 쪽에서 밀레이디의 손을 꼭 쥐고는 얼굴을 구멍이 뚫어질 정도로 쳐다보았다.
그리고는 밀레이디의 표정이 이상한 것을 깨닫고는 이렇게 말했다.
「저 대단히 미안합니다만 그분과는 어떻게 아시는 사이죠?」
「그냥 단순한 친구일 뿐이지요.」 밀레이디는 당혹해 하면서 대답했다.
「거짓말이죠. 당신은 그분의 애인이었지요?」
「당신이야말로 그런가보죠?」 밀레이디는 분명히 응수했다.
「내가요?」
「네, 당신이 말예요. 난 당신이 누구인지 이제야 겨우 알았습니다. 당신은 보나슈 부인이죠.」
젊은 여자는 놀라움과 공포에 사로잡혀 뒤로 주춤주춤 물러섰다.
「자, 이젠 숨기지 말고 분명히 대답해 줘요.」
「네…… 말씀 그대로예요. 마님.」 수습 수녀는 대답했다. 「우리들은 연적 관계인가요?」
밀레이디의 얼굴은 순간 험악하게 일그러졌다. 보통의 경우라면 보나슈 부인은 겁에 질려 도망갔겠지만 그때는 질투로 자기를 잊고 있었다.
「보세요, 마님.」 이 여자에게 이런 면이 있었는가 하고 생각될 정도로 보나슈 부인은 집요하게 상대를 추궁해 갔다. 「당신은 이전에 그 사람의 여인이었던가요, 아니면 지금도 그러신가요?」
「아니, 아닙니다. 그런 것은 결코, 결코 아닙니다.」 밀레이디는 그 진실성에 조금도 의심이 가지 않을 만큼 강하게 부정했다.

「그럼 그 말씀을 믿겠습니다.」 보나슈 부인은 말했다. 「그렇다면 왜 그렇게 놀라셨나요?」
「어머, 모르셨던가요?」 밀레이디는 겨우 마음의 혼란에서 돌아와 안정을 되찾고 있었다.
「어떻게, 내가 알 수 있겠습니까? 나는 아무것도 모릅니다.」
「다르타냥 씨는 나하고 친한 사이이니까 그 사람은 나를 말상대로 삼아 여러 가지 속에 있는 말을 고백할 수도 있지 않겠어요?」
「글쎄요, 그게 사실인가요?」
「당신은 내가 무슨 일이든 다 알고 있다는 것을 모르고 있군요. 당신이 생 제르맹의 외딴집에서 유괴되었다는 것, 그때 그 사람의 절망과 친구들의 걱정, 그리고 탐색 등 나는 모든 걸 다 알고 있어요. 그렇게 이야기로만 들어왔던 당신과 딱 마주쳤으니 어떻게 놀라지 않을 수 있겠어요? 그 사람이 그렇듯 진심으로 사랑하고 있고, 나도 전부터 만나고 싶어했던 당신인데요. 콩스탕스 씨, 그런데 이제야 겨우 만나게 되었군요. 당신이 계신 곳을 마침내 알아냈군요.」
밀레이디는 두 손을 내밀었다. 보나슈 부인도 상대의 말을 완전히 신뢰하게 되었고, 좀전에 연적으로 그릇된 추측을 했던 이 여자가 이제는 착한 마음을 가진 친절한 친구로서 느껴지기 시작했다.
「정말 죄송해요. 죄송해요. 난 그 사람을 지나치게 생각한 나머지 그만……」
상대의 어깨에 기대면서 이렇게 말했다.
두 여인은 한동안 껴안은 채 있었다. 만약 밀레이디의 힘이 그 마음에 타고 있는 증오와 같을 정도로 강한 것이었다면 보나슈 부인은 상대의 팔 안에서 도저히 살아서는 빠져 나올 수 없었을지도 모른다. 밀레이디는 음흉한 미소를 지었다.
「귀여운 사람. 정말 귀엽고 아름다운 사람이에요, 당신은! 난 이렇게 당신을 만나게 된 것이 얼마나 기쁜지 몰라요. 좀더 자세히 당신의 얼굴을 보여 줘요.」 이렇게 말하면서 밀레이디는 구멍이 뚫어질 정도로 상대의 얼굴을 들여다 보았다. 「그래요, 분명히, 당신이에요. 그 사람이 말한 그대로의 당신이라는 것을 이제야 알았어요. 이젠 됐어요. 잘못 보지는 않을 테니까.」

 보나슈 부인은 이렇게 말하는 상대의 아름다운 이마 뒤로 그 얼마나 무서운 생각이 도사리고 있는가를 깨닫지 못했다. 그래서 요사스럽게 빛나고 있는 눈 속에서도 다만 호의와 동정밖에는 읽을 수가 없었다.

「그렇다면 내가 맛본 그 괴로운 생각도 충분히 짐작해 주시겠군요. 그 사람이 자신의 고통을 당신에게 고백했다고 말씀하시는 이상. 하지만 그 사람을 위해서 고생하는 것은 오히려 행복이에요.」

 밀레이디는 기계적으로 대답했다.

「그래요, 행복이구말구요.」 마음 속으로는 다른 것을 생각하면서. 「그리고 이젠 나의 괴로운 생활도 마침내 끝날 날이 가까워졌습니다. 내일이나, 아니 오늘밤쯤 난 그 사람과 다시 만나게 될 테니까요. 그렇게 되면 지난 고생은 이제 없었던 것과 같은 거예요.」

「오늘밤 아니면 내일쯤이라고요?」 퍼뜩 꿈에서 깨어난 것처럼 밀레이디는 반문했다. 「뭐라구 하셨죠? 그 사람에게서 무슨 소식이라도 왔나요?」

「그 사람이 직접 오는 거예요.」

「그 사람이? 다르타냥이, 여기에?」

「그렇다니까요.」

「하지만 그것은 불가능한 일이에요. 그 사람은 지금 추기관님의 군대를 따라 라 로셀에 가 있어요. 그 도시가 함락되기 전에는 돌아올 수가 없는 거예요.」

「당신은 그렇게 생각하시겠지요. 틀림없이. 하지만 나의 다르타냥님에게 불가능한 일이 있을까요? 그 마음이 숭고하고 믿음직한 사람에게……..」

「아니요, 난 당신이 말하는 걸 통 믿을 수가 없어요.」

「좋습니다. 그럼 이걸 읽어 보세요.」 자랑과 기쁨으로 마음이 들떠있는 젊은 여인은 한 통의 편지를 밀레이디에게 내밀었다.

『슈블즈 부인의 필적!』하고 밀레이디는 곧 속으로 중얼거렸다. 『이 방면에 무언가 연락이 있을 것이 틀림없다고 주목하고 있던 터다.』
그래서 번들거리는 눈초리로 그 짧은 서면을 읽어내려 갔다.

『귀여운 사람——
채비를 하고 기다리고 있으세요. 그 친구가 머잖아 당신을 만나러 갈 테니까 말예요. 그 사람이 당신을 만나러 가는 것은 당신을 지금 숨어 있는 곳에서 데리고 나오기 위한 것이에요.
그러니까 출발할 채비를 하고 절대로 이쪽의 일 따위는 걱정하지 마세요.
그 가스코뉴 태생의 다정한 사람은 이번에도 평소와 다름없이 용감하고 충실한 기상을 보여 주었어요. 그 사람에게 앞서의 통지에 대해 어딘가에서 매우 기쁘게 생각하고 있다고 전해 주어요.』

「그렇군요, 잘 알았습니다.」밀레이디는 말했다.「그럼 그 통지라는 것이 무엇인지 당신은 알고 있나요?」
「아뇨. 하지만…… 또 추기관님의 음모인지 뭔지를 왕비님께 알려드린 게 아닌가 생각합니다만.」
「그렇겠지요. 틀림없이.」밀레이디는 보나슈 부인에게 편지를 돌려 주면서 이렇게 말하고는 얼굴을 떨군 채 잠시 무슨 생각에 잠긴 듯이 보였다.
마침 그때 말이 달려오는 소리가 들려왔다.
「어머, 그분일까, 이렇게 빨리.」보나슈 부인은 창가로 뛰어갔다.
밀레이디는 이 기습에 꺾인 듯이 침상 위에서 움직이지 않았다. 뜻하지 않은 사건이 이렇듯 연달아 일어났기 때문에 그녀의 머릿속은 몹시 혼란스러웠다.
「그 사람! 그 사람이라구! 정말 그럴까?」
눈을 지그시 앞쪽에다 못박은 채 침상 위에 누워 있었다.

「아니, 틀렸군요, 역시.」 보나슈 부인이 말했다. 「내가 모르는 사람이에요. 그래도 여기로 오는 것 같아요. 네, 그래요, 말이 속도를 늦췄어요. 보세요, 문 앞에서 멎고 초인종을 누르고 있어요.」

밀레이디는 침상에서 벌떡 일어났다.

「분명히, 그 사람은 아니지요?」

「네, 이젠 분명히……」

「잘못 본 게 아녜요?」

「천만의 말씀. 그 사람 모자의 깃털 장식, 외투 자락을 보기만 해도 나는 정확하게 알 수 있어요. 네, 그 사람의 것이라면……」

「어쨌든 그 사람은 이곳의 누군가를 찾아온 사람일 테지요. 그렇죠?」

「네, 벌써 안으로 들어왔습니다.」

「당신을 만나러 온 것이 아니라면 나든가 어느 쪽일 거야.」

「어머, 꽤나 마음이 쓰이는 모양이군요.」

「그래요. 나는 당신만큼 안심하고 있을 수 없으니까요. 추기관 쪽에서 어떤 일이 일어날는지 모르니까요.」

「쉿! 누군가 이리로 옵니다.」 보나슈 부인이 제지했다.

곧 문이 열리고 원장 수녀가 들어왔다.

「부로뉴에서 오셨다는 것은 당신이었던가요?」 그렇게 말하고 밀레이디에게 물었다.

「네, 저예요. (가급적 냉정을 잃지 않으려고 하면서 대답했다.) 누가 왔습니까?」

「이름을 말씀하시지 않습니다만 추기관님의 용무라 하고 어떤 남자분이……」

「나를 만나고 싶다던가요?」

「부로뉴에서 도착하신 부인을 만나고 싶다고 하십니다.」

「들어오게 해 주세요. 아무쪼록.」

「걱정이에요. 무슨 나쁜 일이 생긴 건 아닐까요?」 보나슈 부인은 안색이 달라졌다.

「그럴지도 모르지요.」

「그럼 잠시 나는 저쪽에 가 있겠습니다. 그분이 돌아가시면 다시 찾아 뵙겠습니다. 괜찮으시다면.」

「괜찮다니…… 꼭 와 주세요.」

수녀와 보나슈 부인은 밖으로 나갔다.

밀레이디는 혼자 남아서 눈을 입구 쪽에다 못박고 있었다. 잠시 후 계단에 커다란 박차소리가 메아리쳐 왔고 이윽고 발소리가 다가오더니 문이 열렸다. 그곳에 한 사나이가 나타났다.

밀레이디는 저도 모르게 환호성을 올렸다. 그 사내는 예하의 심복 로슈폴 백작이었던 것이다.

62. 두 종류의 악마

「아니……」 로슈폴도 밀레이디도 동시에 부르짖었다. 「당신이었나요?」

「그렇습니다. 접니다.」

「어디서 오셨죠?」 밀레이디가 물었다.

「라 로셸에서 왔습니다. 당신은?」

「영국에서.」

「버킹검은?」

「죽었거나 중상이거나 둘 중 하나입니다. 내가 아무 일도 못하고 그곳을 떠나려고 하는 순간 광신자인 사내가 그를 암살했습니다.」

「그것은…… (로슈폴은 미소했다.) 다행이군요. 예하도 분명히 만족하실 겁니다. 알려드렸나요?」

「부로뉴에서 편지를 드렸습니다. 그런데 당신은 어떻게 이곳에?」

「추기관님이 걱정을 하셔서. 당신의 안위를 확인하기 위해 보내셨습니다.」

「난, 어제 겨우 도착했어요.」

「그럼 어제부터 무얼 하셨나요?」

「시간을 헛되이 소비하진 않았습니다.」

「아니, 그럴 줄 알았지요.」
「여기서 내가 누구를 만났는지 아시겠어요?」
「아니.」
「맞춰 보세요.」
「맞추다니, 어떻게…….」
「왕비가 감옥에서 구출하신 그 여자…….」
「다르타냥의 애인 말입니까?」
「그래요. 보나슈의 처예요. 추기관님이 숨은 장소를 모르고 계셨던…….」
「허어. 이건 아까의 것에 못지않은 요행이군. 정말 추기관님은 운이 좋은 분이야.」
「그 여자와 마주쳤을 때 내가 얼마나 놀랐는지 아시겠지요?」
「저쪽은 당신을 알고 있나요?」
「모르고 있지요.」
「그럼 전혀 모르는 타인으로서 당신을 대하고 있는 셈이군요.」
밀레이디는 방긋 웃고는——.
「나, 그 사람의 대단한 친구예요.」
「원 참, 그런 요술을 부릴 수 있는 사람은 정말 당신 말고는 없을 거예요, 백작부인!」
「정말 그렇게 한 것이 좋았어요. 지금 어떤 일이 일어나고 있는지 아시겠어요?」
「글쎄.」
「내일이나 모레, 왕비의 지시로 이곳에 그 여자를 마중하러 오는 자가 있을 거예요.」
「정말입니까? 그래, 그게 누군가요?」
「다르타냥과 그 일당!」
「정말 그놈들, 아무래도 바스티유 감옥에 처넣지 않으면 안 되겠군.」
「왜 지금까지 그렇게 하지 않았는지 몰라.」

「할 수 없지요. 추기관님이 그 패거리에 대해선 너그러이 봐주고 계시니까. 왠지 그 까닭을 모르겠지만……」
「그래요?」
「그렇다구요.」
「그렇다면 추기관님에게 이렇게 말해 주세요. 아시겠어요? 빨간 비둘기집에서의 우리들 밀담이 그 네 사람의 패거리에게 완전히 도청당했다고 말입니다. 추기관님께서 돌아가신 후 그 일당 중의 한 사람이 내게로 와서 내가 받았던 허가증을 강탈해 갔다는 것. 그리고는 또한 내가 영국으로 간다는 것을 그들이 윈텔 경에게 통지하고 있었다는 것. 전에 보석 문제 건을 실패하게 했던 것처럼 이번에도 짐짓 나의 사명을 방해하려고 했다는 것. 이 네 사람 중에서 다르타냥과 아토스, 이 두 사람이 강적이라는 것. 또 한 사람인 아라미스는 슈블즈 부인의 애인으로서 이 사내는 살려 두는 편이 후사를 위해 좋을 거라는 것. 그리고 폴토스는 완전히 바보이고 허풍쟁이로서 머리가 돌지 않는 멍텅구리이기 때문에 그다지 염려하지 않아도 된다고……」
「하지만, 이 네 사람은 지금 라 로셀의 진중에 있을 텐데요.」
「나도 좀전까지 그렇게 생각하고 있었지요. 그런데, 보나슈의 처가 경솔하게 보여 준 슈블즈 부인의 편지에 의하면 이 네 사람은 그 여자를 데려가기 위해 그곳을 출발한 것 같아요.」
「이거 놀랍군. 어떻게 하시겠습니까?」
「추기관님은 뭐라구 말씀하셨나요?」
「당신으로부터 구두나 편지로 보고를 받고는 곧 파발마로 돌아오라, 그 보고에 따라 다시 지시하시겠다는 것이었습니다.」
「그럼 나는 이곳에서 기다리고 있지 않으면 안 되나요?」
「여기든가, 이 근처든가」
「당신과 함께 갈 순 없나요?」
「아니, 명령은 확실한 것이니까요. 그곳 진영 부근에서는 당신을 알고 있는 사람의 눈에 띌 우려가 있어요. 그러한 당신이 곁에 있다는 것은 추기관님에게 여러 가지로 폐가 미치게 되니까.」
「알았습니다. 그럼, 이곳이나 이 근처에서 기다리고 있겠어요.」
「단, 그 기다리고 있는 장소를 가르쳐 주도록 하세요.」
「아마 이곳에 계속 머물러 있지는 못할 거예요.」
「왜요?」
「나의 원수들이 언제 들이닥칠지 모르는 일이지 않습니까?」
「과연 그렇군. 그렇다면…… 그 여자는 추기관님의 손에서 드디어 도망치게 되겠군요.」
「뭘요…….」 밀레이디는 그 특유의 엷은 웃음을 흘렸다. 「당신은 내가 그 여자의 친구라는 사실을 잊으셨군요.」
「응, 그렇지. 그럼 돌아가서 추기관님에게 보고할 때 그 부인에 관해서는…….」
「안심하고 계시라구 하세요.」
「그것 뿐인가요?」
「그렇게 전하면 아실 거예요.」
「짐작하시겠지요. 그럼 지금부터 내가 할 일은?」
「곧 떠나시는 거예요. 이 보고는 충분히 서두를 가치가 있는 것 같으니까요.」
「내가 타고 온 마차는 리리외에서 망가졌어요.」
「그거 잘 됐군요.」
「어째서 잘 됐다는 겁니까?」
「그 마차를 내가 쓸 수 있을 테니까요.」
「그럼 난 어떻게 돌아가죠?」
「말을 타고.」
「남의 일이라고 아무렇게나 말을 하시는군. 그곳까지는 천 팔백 리 길입니다.」
「그것이 뭐가 대단하죠?」
「좋아요. 계속 달리지요. 그런 다음에는?」
「그리고는…… 리리외를 지나갈 때 당신의 마차를 내 용무때문이라고 부하에게 말하고 이곳으로 보내 주세요.」
「알았습니다.」
「당신은 무슨 추기관님의 명령서와 같은 것을 가지고 계시죠?」
「나는 전권을 위임받고 있습니다.」
「그 서면을 이곳 원장께 보이시고, 이제 곧 나를 맞으러 오는 사람과 함께 내가 이곳을 떠난다는 것을 말씀해 주세요.」
「좋아요.」
「원장에게는 나를 냉혹하게 다루는 투로 말씀하시도록.」
「무슨 까닭으로?」
「이곳에선 내가 추기관님에게 학대받고 있는 사람으로 되어 있으니까요. 저 보나슈의 처를 안심시킬 필요가 있기 때문에.」
「좋아요. 그럼 보고서를 하나 만들어 주시지 않겠습니까?」
「하지만 말씀드린 그대로예요. 당신은 기억력이 좋으신 분이니까 내가 말한 대로 전해 주시면 되는 거예요. 종이 쪽지는 쉽게 분실되니까요.」
「하긴 지당하신 말씀입니다. 그렇다면 이제는 재회의 장소를 알아두는 일만 남았군.」
「그래요…… 잠시만 기다려 주세요.」
「지도가 필요하십니까?」
「아니, 이 지방이라면 속속들이 알고 있어요.」
「당신이? 도대체 언제 이곳에 오셨습니까?」
「난 이 고장에서 자랐으니까요.」
「정말입니까?」
「자기가 자란 고장, 그런 것이 도움이 되는 경우도 있군요.」
「그럼, 어디에서……」
「잠시 생각하게 해 주세요. 네, 그럼…… 아르망티에르라면?」
「뭐라구요, 아르망티에르?」
「리스 강변의 작은 도시지요. 강 하나만 건너면 다른 나라로 갈 수 있거든요.」

「그거 안성 맞춤이군. 그래도 위험이 닥친 경우가 아니면 강을 건너서는 안 됩니다.」
「네, 알겠습니다.」
「그런데 만일 위험이 있을 경우에는 어떻게 만나지요?」
「당신, 부하는 꼭 필요하신가요?」
「아니, 필요없습니다.」
「사람은 믿을 수 있나요?」
「네, 시험은 끝났으니까요.」
「그럼, 그 사람을 나에게 빌려 주세요. 아무에게도 알려지지 않았을 테니까. 나 자신이 출발할 때 그 사내를 남겨 두겠습니다. 당신을 안내한다는 명목으로.」
「그럼 우리의 재회지는 아르망티에르로 결정된 겁니다.」
「네, 아르망티에르.」
「그 도시의 이름을 이 종이 쪽지에 기록해 주세요. 괜찮겠지요? 도시의 이름정도라면 별로 화근이 되진 않을 테니까.」
「글쎄. 어떨는지. 하지만 좋아요. 어차피 나만의 일일 테니까.」 밀레이디는 작은 종이 쪽지에 그 이름을 쓰면서 말했다.
「고맙소……」 로슈폴은 그것을 받아접어서 모자의 안쪽에 넣었다. 「뭐, 괜찮아요. 어린아이처럼 이 쪽지를 분실할 경우를 대비해서 길을 가는 동안에도 줄곧 그 도시의 이름을 입 속으로 반복하면서 갈 테니까요. 그럼 이제 다른 용무는 없는 거죠?」
「그렇다고 생각합니다만.」
「다시 한 번 정리해 봅시다. 버킹검은 살해되었든가 빈사의 상태. 그리고 당신과 추기관과의 밀담을 네 사람의 총사가 도청했다는 것. 당신이 포츠머드에 도착하는 것을 윈텔 경은 미리 알고 있었다는 것. 다르타냥과 아토스는 바스티유 감옥에 보낼 것. 아라미스는 슈블즈 부인의 애인. 폴토스는 바보. 보나슈 부인을 발견했다는 것. 가급적 빨리 마차를 당신에게 보낸다. 나의 부하를 빌려 준다. 원장이 눈치채지 않도록 하기 위해 당신은 추기관에게 박해를 받고 있는 사람으로 말한다는 것. 리스 강가의 아르망티에르. 이것이 전부였던가요?」

「당신은 정말 기억하는데 천재로군요. 저…… 그리고 또 하나…….」

「뭔가요?」

「이 수도원의 뜰과 이어진 아름다운 숲이 있는 것을 보았습니다. 그 숲속만은 내가 산책해도 좋다고 말해 주세요. 경우에 따라서는 뒷문을 통해 밖으로 나가지 않으면 안 될지도 모르니까요.」

「정말 빈틈이 없군요.」

「당신은 한 가지 잊고 계신 것이 있어요.」

「뭐죠?」

「나에게 돈이 있는지 없는지 묻는 것을 말예요.」

「하긴 그렇군요. 얼마나 필요하신가요?」

「당신이 가지고 있는 금화를 몽땅.」

「오백 피스톨 정도는 될 겁니다.」

「나도 그 정도는 가지고 있어요. 합해서 천 피스톨이군요. 그 정도면 어떤 일이 일어난다 해도 끄떡없어요. 자, 꺼내 주세요.」

「건네드리겠습니다.」

「고마워요. 곧 출발하시겠어요?」

「한 시간쯤 후에. 잠시 식사를 하고 그 사이에 바꿔 탈 말을 마련해 오도록 할 테니까요.」

「그게 좋겠어요. 그럼. 안녕히…….」

「잘 있으시오, 부인」

「추기관님께 안부 전해 주세요.」

「사탄에게도.」

밀레이디와 로슈폴은 미소를 교환하고 작별했다.

1시간이 지난 뒤에 로슈폴은 출발하였고 5시간 후에는 아라스를 통과했다.

독자는 이 사내가 다르타냥의 눈에 띄었던 상황, 그리고 그 만남에

의해 불안을 느낀 네 사람의 총사가 여행의 발길을 더욱 재촉하게
되었던 경위에 대해서는 이미 알고 있을 것이다.

63. 물방울

　로슈폴이 밖으로 나가자 곧 보나슈 부인이 돌아왔다. 밀레이디는 생글생글 웃는 낯을 보이고 있었다.
　「어떻게 되셨습니까? 걱정하셨던 것은? 오늘밤이나 내일에라도 추기관의 사자가 당신을 체포하려고 오는 것인가요?」
　「누가 그런 말을 했지요?」
　「방금 그 사자의 입으로 말하는 것을 들었습니다.」
　「이리로 와서 내 곁에 앉아요.」 밀레이디가 말했다.
　「네, 그럼.」
　「아무도 엿듣고 있지 않은지 잘 살펴봐야 돼요.」
　「왜 그렇게 경계하시는 거죠?」
　「이제 곧 알게 될 거예요.」
　밀레이디는 일어나 입구 쪽으로 가서 문을 열고 복도를 내다본 다음 보나슈 부인 곁으로 돌아와 앉았다.
　「그렇다면…… 그 사람은 아주 멋지게 연극을 한 거예요.」
　「누구 말인가요?」
　「원장에게 추기관의 사자라고 말하고 간 사람이지요.」
　「연극이라고 말씀하셨나요?」
　「그래요.」

「그럼, 그 사람은······.」
「그 사람은 (밀레이디는 목소리를 낮추어) 나의 오빠예요.」
「당신의 오빠?」 보나슈 부인은 소리를 높였다.
「알겠어요? 이 비밀을 알고 있는 것은 당신뿐이에요. 만일 당신이 이것을 누군가 다른 사람에게 누설하면 그땐 내 목숨이 위태로워져요. 그리구 어쩌면 당신도.」
「어머, 그런······.」
「자, 들어 보세요. 이렇게 된 거예요. 나의 오빠는 다른 방도가 없으면 힘으로라도 나를 구출하려고 이곳에 왔던 거예요. 그런데 도중에 역시 나에게 오고 있는 추기관의 사자를 만나 그 뒤를 밟아 왔다는 거예요. 그리고 인기척이 없는 호젓한 곳에서 검으로 사자를 협박하고는 가지고 있는 서면을 건네달라고 하자 사자가 대항하려고 했기 때문에 그만 살해하고 말았다는 거예요.」
「어쩜!」 보나슈 부인은 몸서리를 쳤다.
「하지만 달리 방도가 없잖아요. 그래서 오빠는 힘으로 하자던 당초의 계획을 수정하기로 하고 서면을 빼앗아 자기가 추기관이 보낸 사자로 가장하고 이곳에 온 것이에요. 그래서 지금부터 한두 시간 지나면 추기관의 명령이라고 말하고 마차로 나를 데리러 오기로 되어 있어요.」
「그랬군요. 그럼 그 마차는 오빠께서 보내시는 건가요?」
「그렇지요. 그뿐만이 아니에요. 그 당신이 받은 편지 말예요. 슈블즈 부인이 보냈다는······.」
「그것은?」
「가짜 편지예요.」
「어머, 어떻게?」
「네, 가짜예요. 당신을 맞으러 왔을 때 당신이 아무 말도 하지 않도록 하기 위해서, 즉 함정인 셈이죠.」
「하지만 여기에 오는 것은 다르타냥 님이 아니신가요?」
「그게 그렇지가 않아요. 그 사람과 그 동료들은 라 로셸의 전쟁 때문에 발이 묶여 올 수가 없으니까요.」
「어떻게 당신은 그런 것을 잘 알고 있죠?」
「나의 오빠는 이곳으로 오는 도중에 총사 모습으로 변장한 추기관의 부하들을 만났다고 했어요. 이곳에 와서 입구로 당신을 불러내어 친한 사람들이 마중을 왔다고 생각하고 나온 당신을 납치해서는 파리로 데리고 간다는 계획이었죠.」
「어머나! 어떻게 하면 좋을까요. 이렇게 갖가지 무서운 일의 소용돌이에 휩쓸리다 보니 머리가 이상해지는 것 같군요. 만약 이런 일이 계속된다면 난 미쳐버릴 거예요…….」 보나슈 부인은 이마에 두 손을 대고 말했다.
「잠깐.」
「뭔데요?」
「말발굽 소리가 들려요. 오빠가 떠나는 가봐요. 난 작별 인사를 하고 싶으니까, 이리로 와요.」
밀레이디는 창을 열고 보나슈 부인을 불렀다.
로슈폴의 달려가는 모습이 보였다.
「안녕, 오빠!」 밀레이디는 소리쳤다.
기사는 얼굴을 들고 두 사람의 젊은 여자의 모습을 보자 달려가면서 밀레이디에게 손을 흔들었다.
「다정한 조르주 오빠…….」 창을 닫으면서 밀레이디는 얼굴 가득히 애정과 우울이 뒤섞인 표정을 지으면서 중얼거렸다.
그리고는 무언가 자신의 일신상의 문제에 관한 생각에 잠긴 채 하면서 자리로 가 앉았다.
「부인. 생각하시는 데 방해가 되어서 미안합니다만. (보나슈 부인은 곁에서 말했다.) 저, 난 어떻게 하면 좋을까요? 당신이 뭐든 잘 알고 계시니까 내가 어떻게 해야 할지 가르쳐 주세요. 들을 테니까요.」
「글쎄요. 내가 잘못 알고 있는지도 모르겠어요. 정말 다르타냥씨 일행이 당신을 구출하러 오는지도 모르고.」
「아니예요. 너무 달콤한 이야기예요. 그런 꿈 같은 행복은 나에겐 과분한 것이니까요.」
「그렇다면, 아시겠지만…… 이것은 시간의 문제예요. 이를테면 서로 앞을 다투어 뛰는 경주와 같은 거예요. 당신 편 사람들이 빠르면 당신은 구출될 것이고, 만약 추기관의 앞잡이가 경주에서 이긴다면 당신은 절망…….」
「네, 그렇구말구요. 도저히 구출될 희망이 없습니다. 어떻게 하면 좋을까요?」
「아주 쉬운 방법이 한 가지 있긴 한데……. 쉽고 남에게 의심받지 않는…….」
「어떤 방법인가요? 부디 가르쳐 주세요.」
「이 근처의 어딘가에 숨어서 당신을 마중하러 온 사람이 누구인가 충분히 확인할 수 있을 때까지 기다리는 거예요.」
「하지만 어디서 기다리고 있으면 좋을까요?」
「뭐, 그 문제는 걱정할 게 없어요. 나도 오빠가 다시 한 번 와 줄 때까지 여기서 이,삼십 리 떨어진 곳에 숨어서 기다리고 있을 생각이니까. 그러니까 당신을 함께 데리고 가 드리죠. 그리고 그곳에 둘이 숨어서 기다리기로…….」
「하지만, 나는 이곳을 떠날 수 없습니다. 마치 갇혀 있는 것이나 마찬가지 처지니까요.」
「나는 추기관의 명령으로 데리고 가는 것이니까 당신이 좋아서 나를 따라간다고는 아무도 의심하지 않겠지요.」
「그래서요?」
「그래서 말이에요. 만일 마중 온 마차가 입구에 닿으면 당신은 나에게 작별 인사를 하기 위해 와서는 마차의 발판에 오르는 거예요. 그때 마중온 오빠의 종에게는 내가 미리 말해 둘 테니까 곧 마부에게 신호해서 그대로 달려가 버리는 거죠.」
「그런데, 다르타냥 님이 불쑥 이곳에 오신다면, 그분이?」
「그런 경우에도 염려 없어요. 이렇게 하면 되니까요.」
「어떤 식으로?」

「간단한 것이지요. 오빠의 종을 이곳에 다시 보냅니다. 믿을 수 있는 사람이니까요. 변장하고 이 수도원의 맞은편에 숙소를 정하게 하는 거죠. 만일 찾아온 것이 추기관 쪽 사람이라면 모르는 척하고, 다르타냥 씨 일행이면 곧 우리가 있는 곳으로 그분들을 안내하도록 하는 거죠. 어때요?」

「그 부하는 그분들을 알고 있나요?」

「알고 있을 거예요, 틀림없이. 우리 집에서 다르타냥 씨와 만난 적도 있을 테니까.」

「아, 그렇겠군요. 그래요. 그럼 이젠 됐어요. 안심입니다. 그래도 너무 멀리는 가지 않도록 해요, 네?」

「기껏 칠,팔십 리 떨어진 곳으로 가도록 해요. 우선 국경 근처로. 만일의 경우에는 이 나라에서 탈출해 버리면 되니까요.」

「그때까진 무엇을 하고 있죠?」

「기다리고 있는 거죠?」

「그런데 그 사람들이 나를 마중하러 오면?」

「오빠의 마차가 먼저 도착할 거예요.」

「만일 내가 곁에 없을 때 당신을 마중하러 오면 어떻게 하죠. 식사하고 있는 사이에라도?」

「그러면 그때를 대비해서 이렇게 해 줘요.」

「어떻게?」

「원장님께 당신이 나와 함께 식사할 수 있도록 허가를 받는 거죠.」

「허가해 주실까요?」

「그렇게 하더라도 불편은 없을 거예요?」

「그렇군요, 그게 좋겠습니다. 그렇게 하면 우리들은 잠시도 떨어지지 않고 있을 수 있을 테니까요.」

「그럼 그분에게 가서 부탁하고 와요. 나는 약간 머리가 아파 뜰에 나가 산책을 하고 올 테니까요.」

「그렇게 하세요. 그럼 이번엔 어디서 만나죠?」

「역시 이곳에서. 한 시간 후에.」

「이곳에서 한 시간 후. 정말 당신은 좋은 분이에요. 고맙습니다.」
「어떻게 당신에게 잘하지 않을 수 있겠어요? 당신이 그렇게 예쁘고 귀여운 사람이 아니었대도 당신은 나의 소중한 친구와 잘 아는 사람이니까요.」
「다르타냥 씨도 틀림없이 당신에게 진심으로 사례해 줄 것으로 생각합니다.」
「그렇게 해 주신다면 나도 만족이지요. 그럼 이것으로 의논은 끝난 거죠? 밖으로 나가요.」
「당신은 뜰에 계시겠어요?」
「네.」
「이 복도를 곧바로 가면 작은 계단을 통해서 나갈 수 있어요.」
「알았어요. 고마워요.」
두 젊은 여인은 방긋이 웃으면서 헤어졌다.
밀레이디가 말한 것은 거짓이 아니었고 사실 머리가 무거웠다. 잡다하게 정리도 하지 않은 채 세운 계획이 머릿속에서 뒤얽혀 충돌하고 있었다. 그러한 생각을 정리하기 위해 혼자 있고 싶었다. 앞으로의 전망은 막연했다. 그러나 아직은 몽롱한 여러 가지 생각에 확실한 형태를 주고 명확한 방침으로 매듭을 짓기 위해서는 약간 조용한 안정이 필요했다.
가장 중요하다고 생각되는 것은 어쨌든 보나슈 부인을 이곳에서 데리고 나가서 어딘가 안전한 장소에 숨겨 두고, 만일의 경우에는 인질로 이용한다는 것이었다. 밀레이디도 실상은 적 쪽이 자기와의 항쟁에서 보여 주고 있는 필사적인 노력을 알고 있어서 이 싸움의 결말에 조금씩 불안을 느끼기 시작하고 있었다.
그 결말이 드디어 박두했다는 것, 그리고 그것은 틀림없이 한바탕 소동을 면치 못하게 된다는 것을 그녀는 가까워진 태풍에 대한 예감처럼 느끼고 있었다.
그래서 우선 중요한 것은 반복해서 말하는 것 같지만 보나슈 부인을 손아귀에서 놓치지 않는 것이었다. 보나슈 부인은 두 말할 것도 없이 다르타냥의 생명과도 같은 것이었다. 아니 그 사내의 목숨 이상인 것이다. 청년이 사랑하고 있는 여자의 생명이니까. 만일 형세가 불리한 처지에 빠졌을 때에는 이것을 이용할 수가 있다.

우선 다음의 몇 가지 점은 분명했다──보나슈 부인은 아무런 의심도 갖지 않고 자신을 따라온다는 것. 그리고 아르망티에르에 가 버리면 다르타냥이 베튄에 오지 않았다고 믿게 하는 것은 쉬운 일이다. 늦어도 14,5일 후에는 로슈폴이 돌아온다. 이 14,5일 사이에 네 사람에게 복수하는 방법을 여러 가지로 마련해 둔다. 지겹고 따분할 걱정은 없겠지. 이 여자와 같은 성격의 여성이 바랄 수 있는 최상의 기분 전환이 있으니까──회심의 복수 계획을 짜 놓을 것.

생각에 잠기면서도 주위에다 눈을 돌려 뜰의 지형을 모두 머릿속에 기억해 두었다. 밀레이디는 탁월한 전술가와도 같았다. 승리와 패배를 동시에 예측하고 전기(戰機)를 보아 언제라도 전진하고 또 후퇴할 채비가 되어 있었다.

1시간 후 상냥한 소리가 밀레이디를 불렀다. 보나슈 부인이었다. 사람 좋은 원장은 물론 허가해 주었다. 게다가 두 사람이 함께 식사하는 따위의 일은 그렇게 큰 문제가 아니었던 것이다.

안뜰까지 왔을 때 문 앞에서 멎는 마차 소리가 들렸다.

밀레이디는 귀를 기울였다.

「들으셨나요?」

「네, 마차 소리.」

「오빠의 마차가 우리를 마중하러 온 거예요.」

「어머……」

「자, 기운을 내요.」

수도원의 입구에서 방울소리가 났다. 밀레이디의 귀에 틀림이 없었다.

「빨리 당신 방으로 가세요. 가지고 가고 싶은 물건 따위가 있을 것 아니예요?」 밀레이디는 이렇게 말했다.

「편지가 있어요. 그 사람의……」

「좋아요. 그럼 그것을 가지고 곧 내게로 와요. 서둘러 식사를 합시다. 어쩌면 밤 사이 여행을 해야 할 테니까 든든히 먹어두지 않으면……」
「큰일났어요. 나, (보나슈 부인은 가슴에 손을 대고) 벌써부터 가슴이 울렁대서 걸을 수가 없는 걸요.」
「기운을 내요 ! 자, 기운을. 이제 곧 구출되는 것이니까 말예요. 당신이 지금 하는 것은 그 사람을 위하는 일이라는 것을 잊지 말고.」
「네, 그래요. 모두가 그 사람을 위해서. 그 말 한 마디로 난 기운이 생겼어요. 그럼 곧 뒤따라서.」
 밀레이디가 재빨리 방으로 돌아가자 로슈폴의 종이 와 있었기 때문에 곧 지시를 내렸다.
 문이 있는 곳에서 기다릴 것. 만일 총사의 일행이 나타나면 마차를 곧 출발시켜 수도원의 뒤로 돌아 숲의 저쪽에 있는 작은 마을에서 밀레이디가 오는 것을 기다릴 것. 그럴 경우 밀레이디는 뜰을 지나 도보로 그 마을까지 간다. 전에도 말한 바와 같이 밀레이디는 그 근방의 지리에 밝았다.
 그리고 총사들의 모습이 보이지 않을 경우에는 예정대로 일을 진행시킨다. 즉 보나슈 부인이 작별 인사를 하는 것처럼 해 보이고 마차에 태워 그대로 데리고 가 버린다는 것이다.
 보나슈 부인이 들어왔기 때문에 밀레이디는 상대방의 의심을 일소해 버릴 생각으로 종에게 좀전에 내린 지시의 마지막 부분을 되풀이해서 말했다.
 밀레이디는 마차의 상태에 대해 약간 물어 보기도 했다. 삼두마차로서 마부가 이것을 조종하고 로슈폴의 종이 말을 타고 선두에 선다는 것이었다.
 보나슈 부인이 아직도 의심하고 있지 않을까 하고 걱정했던 것은 밀레이디의 기우에 지나지 않았다. 상대방은 여자의 몸으로 그런 거창한 계획을 꾸미리라고 의심하기에는 너무나 순진했다. 그리고 윈텔 백작부인 따위의 이름은 원장으로부터 듣기는 했으나 한 번도 들어 본 적이 없었던 이름이었다. 그래서 이 한 여자가 자기 일생의 불행에 그렇듯 커다란, 숙명적인 인연을 가지고 있으리라고는 꿈에도 생각할 수가 없었던 것이다.

「이렇게 모든 준비가 돼 있어요. (종이 밖으로 나가자 밀레이디는 말했다.) 원장은 전혀 눈치를 채지 못하고, 추기관 쪽에서 마중 온 것으로만 생각하고 있어요. 이제 그 사람이 마지막 채비를 할 테니까 그 사이에 약간 배를 채우고 포도주를 한 모금 마신 다음 출발하는 거예요.」

「네, (보나슈 부인은 마음이 공허한 듯 힘없이 대답했다.) 네, 떠나기로 하죠.」

밀레이디는 자신의 맞은편에 앉도록 재촉하고 에스파냐 산 포도주의 작은 잔과 닭고기를 권했다.

「자, 만사는 우리들에게 유리하게 될 것으로 생각지 않아요? 이제 곧 밤이 되죠. 우리는 새벽 무렵이면 그 숨을 장소에 도착해 있을 거예요. 자, 기운을 내서 좀 드세요.」

보나슈 부인은 기계적으로 두서너 술 뜨고는 입술을 잔에다 댔다.

「안 돼요, 그래선. 이렇게 해요, 나처럼.」 이렇게 말하고 밀레이디는 자신의 잔을 힘차게 입으로 가져갔다.

그녀는 입술에 잔을 대려는 순간 그 손의 동작을 퍼뜩 멈추었다. 거리 쪽에서 빠른 속도로 접근해 오고 있는 말발굽소리 같은 것이 들려 왔기 때문이었다. 생각할 여유도 없이 곧 말의 울음소리까지 들려 왔다. 이 소리는 아름다운 꿈을 태풍소리가 망쳐놓듯 밀레이디를 기쁨에서 깨어나게 하고 말았다. 밀레이디는 파랗게 질린 얼굴로 창가로 뛰어갔다. 보나슈 부인도 부들부들 떨면서 일어섰고 의자를 붙들고는 가까스로 쓰러지려는 것을 견디고 있는 상태였다.

아직은 아무것도 보이지 않았다. 다만 빨리 달려오는 말발굽소리가 차츰 다가오고 있을 뿐이었다.

「어떻게 된 일일까요. 저것은 무슨 소리죠?」 보나슈 부인은 얼빠진 사람처럼 중얼거렸다.

「우리 편 사람인지, 아니면 적인지. 당신은 잠자코 있어요. 내가 확인해 볼 테니까.」 밀레이디는 무서운 침착성을 보이면서 말했다.

안색이 변한 보나슈 부인은 밀레이디가 시키는 대로 우두커니 서 있었다.

소리는 점점 커졌고 말은 이제 백 오십 보 정도의 거리까지 접근해 왔다. 모습이 보이지 않는 것은 모퉁이를 돌아오는 중이었기 때문이었다. 그러나 이젠 마침내 똑똑하게 들리는 말발굽소리에서 말의 수까지도 셀 수가 있었다.

밀레이디는 전신의 주의력을 모아서 소리나는 쪽을 내다보고 있었다. 주위는 가까스로 사람의 그림자를 분별할 수 있을 정도였다.

언뜻 길의 모퉁이에 장식 끈이 달린 모자와 깃털 장식이 광채를 발하면서 나타났다. 두 사람, 다섯 사람——모두 여덟 사람의 기사였다. 그 중 한 사람은 다른 동료들과 말의 길이 두 배 정도의 간격을 두고 선두에서 달려 오고 있었다.

밀레이디는 목을 조이는 것 같은 신음소리를 냈다. 선두에서 뛰어오고 있는 사내가 다르타냥이라는 것을 확인했기 때문이었다.

「걱정이에요. 어떻게 된 거죠?」 보나슈 부인은 물었다.

「추기관의 경호사 제복이에요. 더 이상 우물쭈물 하고 있을 시간이 없어요. 도망갑시다, 빨리.」 밀레이디는 독촉했다.

「네네, 도망가요.」 보나슈 부인도 말은 그렇게 했지만 공포때문에 한 걸음도 떼어놓을 수가 없었다.

기마의 일행은 창 밑을 지나갔다.

「빨리 와요. (밀레이디는 상대의 팔을 잡아 밖으로 끌어내리려고 했다.) 뜰을 따라 아직은 들키지 않고 도망갈 수 있으니까. 열쇠는 내가 가지고 있어요. 그렇게 우물쭈물해선 안 돼요. 오 분만 늦어도 끝장이에요.」

보나슈 부인은 걸으려고 애를 썼지만 두 걸음 정도 걷고는 털썩 무릎을 꿇고 말았다.

밀레이디가 일으켜 세우려고 했지만 뜻대로 되지 않았다.

그때 총사들의 모습을 보고 달리기 시작한 마차 소리가 들렸고 이어 두세 방의 총성이 울려 퍼졌다.

「어떻게 하겠어? 나와 함께 가겠어?」 밀레이디는 말했다.

「큰일났어요. 보시다시피 난 이제 힘을 낼 수가 없어요. 당신 혼자서라도 도망가세요.」

「나만 도망가라구! 당신을 내팽개치구? 아니, 안 돼요. 그렇게 할 순 없어요. 그런 짓은.」 밀레이디는 매섭게 쏘아붙였다.

그리고는 급히 몸을 일으켰다. 그녀의 눈이 이상한 빛을 발했다. 곧 테이블로 달려 가서 황급히 자기의 반지 가장자리를 열고는 그 안의 내용물을 보나슈 부인의 잔에 떨구었다. 그것은 빨간 빛을 띤 작은 알약이었는데 술잔에 넣자마자 곧 녹아 버렸다.

밀레이디는 그 잔을 보나슈 부인에게 내밀고는

「자, 이것을 마셔요. 이 술을 마시면 기운이 날 테니까. 어서.」 하고 말했다.

보나슈 부인은 아무런 의심도 없이 그 술잔을 받아 입으로 가져갔다.

「이런 식으로 복수할 생각은 아니었어. 하지만 지금은 이 방법 외에는 달리 방법이 없는 걸.」 잔을 테이블 위에 내려 놓으면서 악마적인 미소를 머금고 중얼거렸다.

그리고는 급히 서둘러서 방을 빠져 나갔다.

보나슈 부인은 멍청히 그 뒷모습을 바라보고 있었다. 꿈 속에서 누군가에게 쫓기면서 아무리 애를 써도 걸을 수 없는, 그런 상태였다.

몇 분이 지났을까. 입구 쪽에서 무서운 소리가 들려왔다. 보나슈 부인은 금방이라도 밀레이디가 다시 돌아올 것으로 생각했으나 돌아오지는 않았다.

심한 공포 때문인지 몇 번이고 식은 땀이 타는 듯이 뜨거운 이마에 솟아났다.

의식이 몽롱한 가운데 철격자의 삐그덕 대는 소리가 어렴풋이 들렸고 장화와 박차의 울림이 계단에서 들려 왔다. 두런거리는 사람의 목소리가 점점 가까워졌다. 그 소리 속에 자기의 이름을 부르는 것 같은 소리가 들렸다.

보나슈 부인은 큰소리로 환성을 지르며 입구 쪽으로 뛰어갔다. 다르타냥의 목소리를 들었던 것이다.

「다르타냥, 다르타냥 님. 당신인가요? 이쪽이에요. 이쪽……」 하고 보나슈 부인은 목청껏 불렀다.

「콩스탕스! 콩스탕스! 어디 있는거요? 도대체, 어디에?」청년은 부르짖었다.

바로 그때 방문이 밖에서 미는 힘에 밀려서 열렸다. 몇 사람의 사내가 방으로 쾅 하고 뛰어들었다. 보나슈 부인은 꼼짝도 하지 않고 안락의자에 쓰러져 있었다.

다르타냥은 들고 있던, 아직도 연기를 토하고 있는 권총을 내던지고 애인 앞에 무릎을 꿇었다. 아토스도 권총을 혁대에 꽂았고 폴토스와 아라미스는 뽑아들고 있던 검을 칼집에 꽂았다.

「오오, 다르타냥 님. 그리운 다르타냥 님. 끝내 와 주셨군요. 거짓말이 아니었군요. 역시 당신은……」

「그래요, 콩스탕스. 이제야 겨우 두 사람이 함께 있게 된 거라구.」

「그 부인이, 당신은 오지 않는다고 그렇게 말했지만 난 마음 속으로 기대하고 있었어요. 도망치고 싶지 않았어요. 아아, 잘 됐어요. 난 얼마나 기쁜지……」

『그 부인』이라는 말에 유연하게 앉아 있던 아토스가 벌떡 일어섰다.

「그 사람? 그 사람이라니 누구 말이오?」다르타냥이 물었다.

「좀전까지 함께 있던 친구 말예요. 내 문제를 걱정하고 나쁜 사람들로부터 보호해 주려고 했던 사람 말예요. 당신들을 추기관 쪽 경호사로 착각하고 도망쳤어요.」

「친구라니, 당신…… (다르타냥은 애인의 베일보다 더 창백한 얼굴로 말했다.) 대체 어떤 사람이오?」

「그 사람의 마차가 입구에 있지 않던가요? 당신이 알고 있는 여자분이에요. 당신이 나에 대한 모든 것을 그 사람에게 털어놓았다고……」
「이름은? 그 사람의 이름은? 모르시나요, 그 이름은?」
「아니요, 알고 있어요. 남이 말하는 것을 들었으니까. 잠깐 기다려요…… 어머, 이상해요. 왜 이럴까요. 머리가 멍해지고 눈이 잘 보이지 않아요.」
「이봐, 모두 이리로 와 주게나, 빨리. 손이 이렇게 차갑다구. 몸이 안 좋은 모양이야. 저런, 정신을 잃어버렸잖아.」
 폴토스가 커다란 목소리를 있는대로 질러 구원을 호소하고 있는 사이에 아라미스는 테이블로 다가가 물을 한 컵 가져오려고 했다. 그러나 그 식탁 앞에 서서 잔 하나를 지그시 바라보고 있는 아토스의 심상치 않은 모습에 우뚝 멈춰 섰다. 머리칼을 곤두세우고 눈은 정신나간 사람처럼 빛을 잃고 무언가 무서운 생각에 사로잡힌 사람처럼 아토스는 중얼거렸다.
「음. 아니지, 그런 일은 있을 수가 없다. 그런 무서운 짓은 하늘도 용서하지 않을 테니까.」
「물을. 빨리 물을!」 다르타냥이 부르짖었다.
「가엾게도. 정말 가엾은 여자로군.」 아토스의 음성은 착 가라앉아 있었다.
 보나슈 부인은 다르타냥이 입맞춤을 하자 힘없이 눈을 떴다.
「아, 정신이 들었군. 고마워. 정말, 고마워.」 청년은 미친 듯이 좋아했다. 아토스가 곁에서 말을 걸었다.
「제발 말해 주십시오. 이 빈 잔은 누가 마신 겁니까?」
「나…… 예요.」 여자의 음성은 곧 꺼져버릴 듯 힘이 없었다.
「한데, 이 잔 속에 술을 넣은 것은 누구입니까?」
「그 부인…….」
「누군가요, 그 부인이란?」
「네, 생각났습니다. 윈텔 백작부인…….」
「뭐라고?」

네 사람은 동시에 소리쳤지만 그 중에서 아토스의 목소리가 한층 더 비통하게 들렸다.
 마침 그때, 보나슈 부인의 안색은 갑자기 변하여 고뇌의 빛이 짙어졌고 거친 숨결과 함께 아라미스와 폴토스의 팔 안에 쓰러지고 말았다.
 다르타냥은 형언할 수 없는 고통스러운 표정으로 아토스의 손을 꼭 쥐었다.
 「어떻게 된 일인가. 귀공 생각으로는……」 말을 채 끝맺기도 전에 오열이 터져 나왔다.
 「나는 모든 경우를 생각하고 있어.」 아토스는 탄식을 하지 않으려고 피가 나올 때까지 입술을 깨물고 있었다.
 「다르타냥! 다르타냥 님! 당신, 어디 있어요? 내 곁을 떠나지 말아요. 난 이제 죽을 것만 같아요.」
 다르타냥은 아토스의 손을 놓고 연인 곁으로 달려갔다.
 그 아름답던 얼굴은 완전히 처참한 모습으로 바뀌었고 맑았던 눈도 점차 흐려지고 있었다. 몸은 경련으로 떨렸으며 이마에는 식은땀이 흘렀다.
 「이봐, 평생의 소원이다. 누군가 도와줄 사람을 불러 주게. 폴토스, 아라미스, 뛰어가 주게.」
 「소용없는 일이야. 그 여자가 넣은 독에는 해독제가 없으니까.」 아토스는 말했다.
 「저, 구원을…… 불러 줘요. 누군가 살려 줘요…….」 보나슈 부인은 헛소리처럼 중얼거렸다.
 그리고는 전신의 힘을 모아 청년의 머리를 두 손으로 안고 한순간 자기의 혼이 그 눈 속에 완전히 들어가 버린 것 같은 눈길로 지그시 바라보고는 흐느껴 울면서 청년의 입술에 자신의 입술을 포갰다.
 「콩스탕스! 콩스탕스!」 다르타냥은 목청껏 불렀다.
 보나슈 부인의 입에서 한숨이 새어나와 다르타냥의 입술을 스쳐

지나갔다. 그것은 그토록 순진하고 사랑스러웠던 여자의 영혼이었다

 다르타냥이 안고 있는 것은 싸늘한 시체에 불과했다.
 청년은 별안간 울음을 터뜨렸고 싸늘해진 애인의 시체 옆에 쓰러지고 말았다.
 폴토스도 울었다. 아라미스는 주먹을 허공으로 치켜 올렸고 아토스는 십자를 그었다.
 이때 한 사나이가 방문 앞에 나타났다. 안에 있는 사람들에 못지않을 정도로 안색이 변한 채 주위를 돌아보면서 보나슈 부인의 시체와 다르타냥의 실신한 모습을 바라보았다.
 참담한 비극이 지나간 직후 마음이 공허해진 순간에 때마침 들어온 셈이다.
 「역시 착각은 아니었군. 여기 계신 분은 다르타냥 님. 그리고 당신은 친구인 아토스, 폴토스, 아라미스의 제씨들이군요.」
 이름이 불려진 사람들은 뜻밖이라는 표정으로 이 갑자기 나타난 사람을 보았지만 세 사람 모두 낯익은 얼굴이라고만 생각했을 뿐 소리내어 말하지는 않았다.
 「여러분. 당신들도 나와 마찬가지로 어떤 여자의 뒤를 쫓고 계시지요. 그 여자는 분명히 이곳에 있었던 게 틀림없습니다. 내 눈앞에 이렇게 시체가 누워 있는 것을 보면……」
 세 사람은 잠자코 있었다. 단지 얼굴만이 아니고 그 음성마저 전에 어딘가에서 만난 사내라는 기억을 일깨워 주었지만 과연 어디서 어떤 식으로 만났던 것인지는 생각나지 않았다.
 그 사나이는 다시 말을 이었다.
 「여러분, 여러분은 당신들에 의해 두 번이나 목숨을 건진 사람을 인정하지 않으시는 것 같으니까 내 자신이 이름을 말하기로 하겠습니다. 나는 그 여자의 시숙인 윈텔 경입니다.」
 세 사람은 깜짝 놀라 소리를 질렀다.
 아토스는 벌떡 일어나 손을 내밀었다.

「잘 오셨습니다. 당신은 우리들 편입니다.」
「나는 그 여자보다 다섯 시간 후에 포츠머드를 출발했고, 부로뉴에는 그녀보다 세 시간 늦게 도착했습니다. 생 트메르에서는 이십 분 늦어서 놓쳤고, 리리외에서는 종적을 잃고 말았습니다. 그래서 그 뒤부터는 물어물어서 짐작으로 찾아 왔습니다만 도중에 당신들이 달려 가고 있는 것을 보게 되었지요. 나는 다르타냥 씨의 모습을 보고 소리쳐 불렀지만 대답조차 해 주지 않더군요. 뒤를 쫓을까 했지만 내 말은 상당히 지쳐 있었기 때문에 도저히 당신들을 따라잡을 수 없었습니다. 한데, 그토록 서둘러 오셨는데도 역시 한 발 늦었던 것 같군요.」
「보시다시피 이렇습니다.」 아토스는 윈텔 경에게 보나슈 부인의 시체와 폴토스와 아라미스가 정신을 차리게 하느라고 애쓰고 있는 다르타냥을 가리키면서 말했다.
「두 사람 모두 사망했습니까?」 윈텔 경은 냉정하게 물었다.
「아니, 다르타냥은 단지 기절했을 뿐입니다.」
「그거 다행이군.」
그때 마침 다르타냥이 눈을 떴다.
그러자 곧 폴토스, 아라미스의 만류에도 불구하고 연인의 몸 위에 엎드린 채 미친 사람처럼 울부짖었다.
아토스는 일어나 침착한 발걸음으로 젊은 친구 곁으로 다가가서 안아 일으켰다. 그리고는 늠름한 목소리로 말했다.
「보게나, 사내답게 행동하는 거야. 죽은 사람을 위해 울며 슬퍼하는 것은 여자나 하는 짓이야. 사내는 원수를 갚는 거라구.」
「그래, 그렇다. 원수를 갚기 위해서라면 나는 어디든지 갈 테다.」
다르타냥은 이렇게 말했다.
이 복수의 희망으로 불행한 친구가 약간 기운을 차린 것을 기화로 아토스는 폴토스, 아라미스 두 사람에게 원장을 불러 오라고 신호했다.
두 사람은 마침 복도에서 이런 사건이 연달아 터져 어리둥절해 있는 수녀를 만났다. 곧 다른 수녀 몇 사람이 호출되어 이 사람들은 수도원의 일상에서는 생각조차 할 수 없는 다섯 사람의 사내들과 마주앉게 된 것이다.

「수녀님. 이 불행한 부인의 유해에 대한 처리는 당신들에게 맡기겠습니다. (아토스는 다르타냥의 팔을 힘주어 꼭 안으면서 말했다.) 이 사람은 천사와 같은 사람이었습니다. 부디 당신들의 자매의 한 사람으로서 장사지내 주십시오. 우리들도 언젠가는 무덤 앞에 명복을 빌기 위해 올 테니까요.」

다르타냥은 아토스의 가슴에 얼굴을 묻고 오열했다.

「그래, 실컷 울라구. 실컷 울어. 사랑과 젊음과 생명으로 가득한 마음이니까. 나도 귀공처럼 울고 싶은 심정이야.」

이렇게 말하면서 아토스는 친구를 밖으로 데리고 나갔다. 마치 아버지와 같이 부드럽고 사제와 같이 위로하면서, 세상의 온갖 고통을 체험한 사람답게 태연 자약한 태도로.

각기 부하를 거느린 다섯 사람은 말의 고삐를 잡고 베튄시를 향해 갔다. 그리고 저녁 무렵에 도시의 근교에 도착한 일행은 거리의 허술한 여관으로 들어갔다.

「그래, 그 여자의 뒤는 쫓지 않는 건가?」 다르타냥이 말했다.

「그러기엔 이미 늦었어. 하지만 나에게도 생각이 있으니까.」 아토스는 대답했다.

「도망가 버릴 거야. 틀림없이. 놓친다면 아토스, 귀공의 죄야.」

「그 여자의 문제는 내가 맡는다.」 하고 아토스는 말했다.

다르타냥은 친구의 말은 신뢰하고 있기 때문에 그 이상 따지지 않고 여관에 들어갔다.

폴토스와 아라미스는 아토스의 자신 만만한 말의 뜻을 모르기 때문에 서로 얼굴을 마주보았다.

윈텔 경은 다르타냥의 고민을 덜어 주기 위해 그렇게 말했을 것이라고 생각했다.

여관에 다섯 개의 방이 비어 있다는 것을 확인하자 아토스는 이렇게 말했다.
 「그렇다면 각자 자기 방으로 가기로 하지. 다르타냥은 울기 위해서든 잠을 자기 위해서든 혼자 있을 필요가 있을 거야. 다음은 일체 내가 맡을 테니까 안심들 하라구.」
 「하지만…….」 하고 윈텔 경이 입을 열었다. 「백작 부인에 대해 무슨 조치를 강구한다면 그것은 나도 관여해야 할 문제가 아닐까요. 그 여인은 나의 제수니까.」
 「나에게는 아내가 됩니다.」 아토스는 분명히 대답했다.
 다르타냥은 빙긋이 웃었다. 아토스가 이런 비밀을 외부에 누설하는 이상 그가 복수하는 데 충분히 자신을 가지고 있는 것이 틀림없다고 느껴졌기 때문이다. 폴토스와 아라미스는 얼굴을 마주보면서 안색이 달라졌다. 윈텔 경은 아토스의 정신이 돈 것은 아닌가고 생각했다.
 「모두 방으로 들어가 주게나. 나를 혼자 있게 해 주었으면 하네. 남편인 이상 내가 처치해도 좋을 것이라는 것을 이제 아셨겠지요 ? 다르타냥, 귀공이 아직 분실하지 않았다면 저 도중에서 만났던 사내의 모자에서 떨어진 종이쪽지를 이리 주게. 도시의 이름이 적혀 있던 그것 말이야…….」
 「응, 그래, 알았다구. 그 도시 이름을 적은 것은…….」
 「알았나. 하늘에는 언제나 신이 계시다는 것을…….」 아토스는 말했다.

64. 붉은 외투의 사나이

 아토스의 자포 자기적인 기분 대신 생겨난 것이 한 곳에 집중된 것 같은 고통이었다. 이 새로운 고통이 평소의 이 사내가 가지고 있는 두뇌의 기능을 더욱 예민한 것으로 만들었다.
 그는 모두에게 맹세한 말, 떠맡은 책임에 관해 생각하고나서 가장 늦게 방으로 들어갔다. 그리고는 이 여관 주인에게 이 지방의 지도를 한 장 주문하고 그 위에 엎드리고는 지나가는 길에 대해 여러 가지를 물어 보았다. 그런 결과 베튄에서 아르망티에르로 가는 데에는 네 개의 길이 있다는 것을 알게 되었다. 그는 부하들을 불렀다.
 프랑세, 그리모, 무스크톤, 바장이 나타났고 아토스의 명확하고 또 엄숙한 명령을 받았다.
 이 네 사람은 다음날 각기 다른 길로 아르망티에르를 향해 떠났다. 네 사람 중에서 가장 영리한 프랑세는 총사들이 총을 쏘자 당황한 몸짓으로 도망쳤던 로슈폴의 부하가 동반하고 있던 마차가 간 길을 갔다.
 아토스가 이렇게 부하를 먼저 출발시킨 것은 이 패거리들을 고용한 이래 각자가 도움이 될 만한 재능을 가지고 있다는 것을 알고 있었기 때문이다. 게다가 부하들이라면 통행인들에게 여러 가지 것을 묻더라도 주인들만큼 눈에 띄지 않고, 또 이야기 상대로도 마음

편하게 여겨질 것이다. 그뿐만 아니라 밀레이디는 주인 쪽은 모두 잘 알고 있으나 부하들의 얼굴은 모르고 있다. 그런데 부하 쪽에서는 밀레이디를 확실히 기억하고 있었던 것이다.

 네 사람은 그 다음날 11시에 회합할 계획이었다. 만일 밀레이디가 숨어 있는 장소를 알게 되면 세 사람은 감시하기 위해 남아 있고 한 사람만이 아토스에게 돌아와 보고한 다음 안내역을 맡는다는 것이다.

 이 정도의 협의를 마치자 부하들은 밖으로 나갔다.

 그런 다음 아토스는 의자에서 일어나 검을 차고 외투에다 몸을 감싸고는 여관을 나섰다. 10시경이었다. 밤 10시라면 시골에서는 좀체 오가는 사람이 없을 시각이었다. 그러나 아토스는 사람을 만나 무언가 물어보고 싶은 것이 있는 모양이었다. 겨우 한 사람의 통행인을 발견하고 그에게 접근하고는 두세 마디 말을 붙였다. 사내는 겁먹은 표정으로 뒤로 물러섰다. 그리고는 잠시 주저하는 빛을 보이다가 손가락으로 가리켰다. 아토스는 그의 손에 반 피스톨을 쥐어주고 자기와 함께 가 달라고 부탁했으나 사내는 거절했다.

 그가 가르쳐 준 방향으로 한참을 걸어가자 네거리가 나왔다. 그곳에서 아토스는 어찌할 바를 모르는 사람처럼 걸음을 멈추었다. 그러나 어쨌든 네거리는 길가는 사람을 만나기 쉬운 장소인 만큼 가만히 기다리고 있었다. 이윽고 야경 도는 사내가 왔다. 아토스는 아까와 같은 질문을 반복했다. 야경꾼은 역시 겁에 질린 안색을 나타내고 동행하는 것은 사양하겠다고 했다. 그리고 그곳에서 앞쪽을 가리켰다.

 아토스는 그 방향으로 나가 도시의 변두리까지 왔다. 친구들과 함께 도착했던 곳과 정반대쪽이었다. 그곳에서 다시 어느 쪽으로 가야 할지 고민하게 되었다.

 다행히 거지 하나가 지나가다가 동정을 요구하면서 아토스의 곁으로 다가왔다. 아토스는 은화를 꺼내 보이면서 목적한 장소까지 안내하라고 했다. 거지는 약간 망설였으나 어둠 속에서 반짝이는 은화에 끌려 마침내 결심하고는 앞장 서서 걷기 시작했다.
 하나의 모퉁이에 도착하자 멀리 보이는 외딴집을 가리켰다. 아토스가 그쪽으로 다가가기 전에 거지는 보수를 받고는 쏜살같이 멀어져 갔다.
 아토스는 그 집의 갈색으로 퇴색한 벽 속에서 입구를 찾기 위해 주위를 한 바퀴 돌았다. 창이나 문틈으로 빛 하나 새어 나오지 않았고 인기척도 없었다. 무덤처럼 음침하고 조용했다.
 세 번 노크했지만 응답은 없었다. 그래도 세 번째에 안에서 발소리가 다가왔다. 겨우 입구가 절반쯤 열리고 키가 크고 얼굴이 창백한, 머리와 수염이 검은 사내가 나타났다.
 아토스는 이 사나이와 두세 마디 주고 받은 후 키가 큰 사내는 총사에게 들어와도 좋다는 투의 몸짓을 했다. 아토스는 냉큼 그 허락에 따랐고 그의 뒤에서 입구는 닫혀졌다.
 이렇게 먼 데까지 아토스가 고생하면서 찾아 온 그 사내는 자기의 실험실과 같은 방으로 안내했다. 그 방에서 이 사내는 해골이 산산조각 난 것을 철사로 잇는 작업을 하고 있었다. 몸통은 벌써 완성되어 있었고 머리만이 탁자위에 놓여져 있었다.
 그밖의 방의 상태는 이 집 주인이 자연과학을 연구하고 있는 사람이라는 것을 말해 주고 있었다. 뱀을 넣고 그 종류를 기록한 종이를 붙인 병, 나무로 깎은 것 같은 모습을 하고 있는 박제한 도마뱀. 또한 많은 종류의 식물과 약초 다발이 천장에 매달려 방구석에 늘어져 있었다.
 가족은 아무도 없었고 하인도 없었다. 이곳에는 그 키가 큰 사나이 혼자서 살고 있었다.
 아토스는 지금 하나하나 나열한 물건에다 무관심한 시선을 던지고는 주인이 권하는 대로 그 옆에 앉았다.
 그리고 자신이 찾아온 목적과 용건을 설명했다. 그 용건에 대해 조금 말하자 선 채로 듣고 있던 주인은 무서운듯 몸을 움츠리고는 거절했다. 그러자 아토스는 호주머니에서 두 줄 정도의 글귀에 하나의 서명과 도장이 찍혀 있는 작은 종이 쪽지를 꺼내어 사내에게 보였다. 사내는 그 짧은 글귀를 읽고 서명과 도장이 진짜라는 것을 확인하고는 이것이라면 걱정없다, 떠맡겠습니다 하는 투로 몸을 굽혔다.

아토스는 이것만으로 충분했다. 일어서서 목례를 하고 곧 집을 나와서는 아까 왔던 길을 되짚어서 여관으로 돌아왔다. 그리고는 방에 틀어박혔다.

날이 밝자 다르타냥이 들어와서 앞으로 어떻게 할 것인지에 대해 상의했다.

「기다리는 거야.」 아토스의 대답은 단지 그것뿐이었다.

얼마 후에 수도원에서 총사들에게 장례는 오늘 정오에 치르겠다고 알려 왔다.

독살자에 대해서는 그 후의 소식은 모르나 아무튼 뜰로 해서 도망친 것 같다, 모래 위에 발자국이 남아 있고 뒷문은 잠겨 있으나 열쇠가 없어졌다는 이야기였다.

지정된 시간에 윈텔 경과 네 사람은 수도원으로 갔다. 종이 일제히 울렸고 성당의 문은 열려 있었다. 합창석의 격자는 닫혀져 있었다. 그 합창석 사이에 수습 수녀의 옷을 입은 시체가 안치되어 있었다. 합창석의 양측, 그리고 수도원을 향해 열려 있는 격자 뒤에는 카르멜파 신도들이 늘어서서 속세의 사람들에게 모습을 보이지 않고 또 보지도 않으면서 엄숙한 의식에 귀를 기울이고 사제의 찬가에 합창하고 있었다.

성당 입구에서 다르타냥은 다시 용기가 꺾이는 것 같았기 때문에 눈으로 아토스를 찾았으나 그의 모습은 어디에도 없었다.

복수하겠다는 맹세를 한시도 잊지 않은 아토스는 혼자 뜰 쪽으로 들어갔다. 그리고, 모래 위에 나있는, 여자의 것인 듯한 발자국을 따라 숲의 입구까지 왔다. 이어서 입구를 지나 숲속으로——.

그러자 상상했던 대로 하나하나 맞아떨어졌다. 그 마차가 도망친 길은 숲을 우회하고 있었다. 아토스는 지면에다 시선을 박은 채 한동안 그 길을 따라갔다. 마차에 동승하고 있던 사내가 입은 것인지, 아니면 말의 상처에서인지는 모르지만 핏자국이 나 있었다. 이십 마장 정도 따라가서 대략 페스튀베르와 가까운 지점에서 지금까지의 것보다 큰 핏자국이 나 있고 말발굽이 어지럽게 흩어져 있었다. 이 장소와 숲 사이, 황폐한 지면의 약간 뒤쪽에 있는 마당에 나 있던 것과 같은 작은 발자국이 보였다. 마차는 한 번 이곳에서 멈춘 것 같았다.

즉 이곳에서 밀레이디는 숲에서 나와 마차에 탔던 것으로 생각된다.

이 정도의 증거를 포착한 아토스는 만족하여 여관으로 돌아왔다. 그러자 프랑셰가 이제나저제나하고 기다리고 있었다.

모두가 다 아토스의 예상대로였다.

프랑셰는 명령받은 길을 지나다가 아까 아토스가 발견한 그 핏자국을 보았고, 또 말이 멈췄던 것 같은 장소도 발견했다. 그러나 그는 좀더 앞으로 나가 페스튀베르의 마을에서 한 술집에 들어갔는데 묻기도 전에 그곳에 있던 어떤 사나이가 이런 이야기를 하는 것을 듣게 되었다——전날 밤 8시 반경 마차로 여행하는 부인을 따라가던 한 사내가 부상을 당했는데, 상처가 깊어 더는 갈 수가 없어 이곳에 머물지 않으면 안 되게 되었다는 것이었다. 그리고 이 사고는 숲속에서 도둑을 만나 일어났다는 이야기였고, 결국 사내는 마을에 머물고 여자만 말을 바꾸어 타고는 여행을 계속했다는 것이다.

프랑셰는 그 마차의 마부를 찾아냈다. 마부는 부인을 푸로메르까지 보냈는데 손님은 그곳에서 아르망티에르를 향해 갔다고 말했다. 프랑셰는 곧 사잇길을 택해 아침 7시에는 아르망티에르에 도착했다.

여관은 단 한 집, 역전 여관밖에 없었다. 프랑셰는 일자리를 찾는 척하고 여관으로 들어갔다. 여관집 사람과 10분도 채 이야기하기 전에 전날 밤 11시경 한 사람의 여자가 도착해서 숙박하였고 여관집 사람을 불러 자기는 당분간 이 근처에 있고 싶은데, 하고 말했다는 것을 알았다.
 프랑셰는 그 이상 깊이 파고들 필요도 없었다. 약속해 두었던 집합 장소에 달려가니 다른 세 사람도 정확하게 와 있었다. 그래서 이 세 사람을 여관의 출입구에서 각각 망을 보게 하고 자기는 아토스에게 알려 주기 위해 달려 왔다고 했다. 프랑셰의 보고가 끝났을 때 다른 총사들이 돌아왔다.
 모두의 얼굴은 하나같이 어두웠고 경직된 것처럼 보이기까지 했다. 평소 유들유들한 아라미스의 얼굴도 역시 마찬가지였다.
 「그래, 어떻게 하기로 했지?」 다르타냥이 말하자
 「기다리는 거야.」 아토스의 대답은 종전과 같았다.
 각자 자기 방으로 돌아갔다. 밤 8시에 아토스는 말을 준비하라고 이르고 윈텔 경과 친구들에게 출발채비를 할 것을 요구했다.
 채비는 눈깜짝 할 사이에 이루어졌다. 각자 무기를 다시 점검하고 장비를 갖췄다. 아토스가 맨 나중에 내려오자 다르타냥은 벌써 말을 타고 초조하게 기다리고 있었다.
 「우선, 침착하라구. 아직 한 사람이 부족하니까.」
 아토스가 이렇게 말했기 때문에 네 사람은 의아한 표정으로 주위를 돌아보았다. 도대체 누가 부족한 것인지 짐작할 수가 없었던 것이다.
 그때 프랑셰가 타고 갈 말을 끌고 왔기 때문에 아토스는 가볍게 말에 올라타고는
 「잠시 기다려 주게. 곧 돌아오겠다.」
 이렇게 말하고는 말을 몰고 사라졌다.
 15분쯤 지나, 아토스는 얼굴을 가면으로 감추고 붉은 외투를 걸친 한 사내를 데리고 돌아왔다.
 윈텔 경과 세 사람의 총사들은 의아한 표정으로 서로 얼굴을 마주보았다. 나타난 사내의 신원을 알고 있는 사람은 아무도 없었지만 이렇게 일을 진행시키고 있는 것이 아토스인 이상 일에 틀림이

있을 까닭은 없다고 누구나 생각하고 있었다.

　9시가 되자 기마의 일행은 프랑셰를 안내역으로 하여 그 마차가 지나간 길을 더듬어 나가기 시작했다.

　제각기 다른 생각에 잠긴 채 절망처럼 어둡고 가책과 같이 침통하게——묵묵히 전진하고 있는 여섯 사람의 모습은 그야말로 음울한 것이었다.

65. 재　　판

 태풍이 몰려 올 듯한 어두운 밤이었다. 간간이 커다란 먹구름이 별빛을 가리면서 하늘을 달리고 있었고, 달은 아직 모습을 나타내지 않고 있었다.
 이따금씩 지평선 저쪽에서 빛나는 번갯불에 비쳐 하얗고 쓸쓸하게 나 있는 길이 보였고, 빛이 사라지면 다시 암흑으로 바뀌고 말았다.
 걸핏하면 선두로 나와 계속 달려가려고 하는 다르타냥을 아토스는 그때마다 불러서 대열로 돌아오게 했다. 그러나 다르타냥은 곧 다시 대열을 이탈하고마는 것이었다. 청년의 머리에는 앞으로만 가야겠다는 생각밖에 없는 것 같았다.
 부상했다는 사내가 머물고 있는 페스튀베르 마을은 그냥 지나쳐 이윽고 리슈블의 숲을 따라 갔다. 에르리외에 도착하자 줄곧 일행을 안내해왔던 프랑셰가 길을 왼쪽으로 꺾었다.
 윈텔 경, 그리고 폴토스와 아라미스도 몇 차례 붉은 외투를 걸친 사내에게 말을 걸어보려고 했다. 그러나 그때마다 사내는 잠자코 머리만 숙일 뿐이었다. 그래서 모두는 이 낯선 사내가 침묵을 지키려고 하는 것도 무슨 까닭이 있는 것이리라 짐작하고 그때부터는 말을 거는 것을 삼갔다.
 한편 태풍은 점점 가까워졌고 번갯불이 자주 일어났고 천둥까지 들리기 시작했다. 뇌우의 전조인 바람이 기사들의 머리와 모자의 깃털장식을 나부끼게 했다.
 일행은 과감하게 빠른 속도로 말을 몰았다.
 프로메르를 약간 지난 곳에서 폭풍우는 시작되었다. 기어코 모두 외투를 뒤집어썼다. 아직 삼십 리는 더 가야 했다. 세찬 빗속을 헤치고 일행은 계속 전진했다.
 다르타냥은 모자를 벗고 외투도 걸치지 않고 있었다. 빗물이 타는 듯한 이마와 뜨거운 전율로 산란해진 몸을 때려 주는 것이 도리어 기분이 좋았다.
 고스카르를 지나 정거장에 도착하려고 할 때 나무 그늘에 숨어 있던 한 사나이가 어둠 속에서 길의 한복판으로 뛰쳐나와 손가락을 입에 댔다.
 아토스는 그리모라는 것을 알았다.
「왜 그래? 그 여자는 아르망티에르를 떠나갔나?」 다르타냥이 곁에서 말했다.
 그리모는 그렇다는 몸짓을 했다. 다르타냥은 이를 갈았다.
「잠자코 있게, 다르타냥. 모든 것은 내가 맡는다고 했다. 그리모에겐 내가 묻겠다. 그럼 어디 있느냐, 그 여자는?」
 그리모는 리스 강 쪽을 가리켰다.
「혼자서?」
 아토스가 재차 묻자 그리모는 고개를 끄덕였다.
「모두 듣게나. 그 여인은 혼자서 이곳으로부터 오십 리 떨어진 곳까지 갔다. 강이 있는 방향이다.」
「좋다. 그리모, 안내하라.」 다르타냥이 말했다.
 그리모는 쏜살같이 달려 일행의 길안내를 맡았다.
 약 오백 보쯤 가자 작은 도랑이 나타났다. 그들은 도랑을 걸어서 건넜다.
 번갯불로 앙걍게임의 마을이 보였다.
「저곳인가?」

아토스가 묻자 그리모는 아니라는 투로 고개를 가로저었다.
「좋아, 잠자코 있으라.」 아토스가 말했다.
그대로 계속 전진했다. 그러나 또 번갯불이 번쩍했고 그리모가 손을 뻗쳤다. 옆으로 번쩍인 파란 섬광에 드러난, 강가의 도선장에서 조금 떨어져 있는 작은 외딴집이 눈에 들어왔다.
하나의 창에서만 밝은 빛이 새어나오고 있었다.
「알았다!」 아토스가 말했다.
마침 그때 도랑 속에 엎드려 있던 한 사내가 일어섰다. 무스크 톤이었다. 손가락으로 불이 밝혀진 창을 가리키면서.
「저기 있습니다.」라고 말했다.
「바장은?」 아토스가 물었다.
「내가 창을 감시하고 있는 동안 바장은 입구를 지키고 있었습니다요.」
「좋아, 너희들은 모두 쓸 만한 놈들이야.」
아토스는 말에서 뛰어내려 고삐를 그리모에게 맡기고 다른 사람들에게는 입구 쪽으로 돌아가라고 신호하고는 자기 혼자 창문으로 다가갔다.
그 작은 집은 두세 자 정도 높이의 생울타리로 둘러 쳐져 있었다. 아토스는 울타리를 넘어 창 바로 곁에까지 다가갔다. 창문은 있었으나 커튼이 드리워져 있었다.
램프 불빛에 검은 외투를 뒤집어 쓰고 불씨만 남아 있는 불 옆의 의자에 앉아 있는 한 여인의 모습이 보였다. 허름한 탁자위에 팔 꿈치를 괴고 상아처럼 하얀 두 손으로 얼굴을 받치고 있었다.
얼굴은 잘 보이지 않았지만 아토스의 입가에는 차가운 미소가 떠올랐다. 찾고 있는 상대임에 틀림없었던 것이다.
이때 말이 울었다. 머리를 치켜세운 밀레이디가 유리창에 얼굴을 갖다대자 바로 눈앞에 아토스의 창백한 얼굴이 있었다. 아, 하고 밀레이디는 놀라 소리쳤다.
아토스는 발각되었다고 생각하자 곧 무릎과 손으로 창을 밀었다.

창이 열리면서 유리가 박살이 났다.
 복수의 신과 같은 몰골로 아토스는 방으로 뛰어들었다.
 밀레이디는 입구로 뛰어가 급히 문을 열었다. 그러자 아토스보다 더 창백하고 더 흉포한 얼굴을 한 다르타냥이 문턱 위에 버티고 서 있지 않은가.
 밀레이디는 날카롭게 비명을 지르고 뒤로 물러섰다. 다르타냥은 여자가 도망갈 것 같아 허리의 권총을 뽑았다. 아토스는 손을 쳐들었다.
「총은 거두어라. 이 여자는 죽이는 것보다 먼저 재판을 하지 않으면 안 된다. 우선 잠시 기다려. 귀공이 만족할 만큼 꼭 복수한다. 모두 들어오게.」
 아토스의 목소리에는 위엄이 깃들어 있었고 그 태도는 신께서 파견한 재판관처럼 힘이 있었다. 그래서 다르타냥은 얌전히 그의 말에 순종했다. 다르타냥의 뒤를 따라 폴토스, 아라미스, 윈텔 경과 그 붉은 외투의 사내가 들어왔다.
 네 사람의 부하는 충직하게 입구와 창문을 지키고 있었다.
 밀레이디는 이 무서운 광경을 기도로 물리치려는 듯이 두 손을 뻗으면서 의자 위에 쓰러졌다. 그러나 시숙의 모습을 보자 다시 비명을 질렀다.
「당신들은! 무슨 용무가 있습니까?」
「우리들은 샤로트 박송을 찾고 있다. 예전에는 페르 백작 부인이었고, 이어서 쉐필드 남작부인, 즉 윈텔 경 부인이라고도 불렸던 여자를.」
 아토스는 이렇게 말했다.
「그것은…… 나로군요…… (여자는 공포에 떨며 모기만한 소리로 중얼댔다.) 그래서 나를 어떻게 하려는 겁니까?」
「우리는 당신을, 당신이 범한 죄에 대해 심판하려는 거다. 당신은 얼마든지 자신을 변호해도 좋다. 변호할 수 있다면. 다르타냥, 귀공이 먼저 죄목을 들어 보게.」

다르타냥은 앞으로 나왔다.
「신과 사람 앞에, 나는 이 여인이 어젯밤 콩스탕스 보나슈를 독살한 죄를 고발한다.」
이렇게 말하고 폴토스와 아라미스 쪽을 돌아다보았다.
「우리들은 그것을 증언한다.」 두 사람은 곧 대답했다.
다르타냥은 또 계속했다.
「신과 사람 앞에, 나는 이 여인이 가짜 편지를 첨부해서 빌로아에서 보낸 포도주로 나를 독살하려 했던 죄를 고발한다. 때문에 나대신 브리즈몽이란 사내가 죽었다.」
「우리들은 증언한다.」 폴토스와 아라미스가 말했다.
「신과 사람 앞에, 나는 이 여인이 나를 왈드 백작의 암살자로 만들려고 한 죄를 고발한다. 이 고발의 진실을 증언할 사람은 이곳에 없으니까 내 자신이 그것을 증언한다……. 이것으로 나의 말은 모두 끝났다.」
다르타냥은 방의 저쪽으로 가서 폴토스, 아라미스와 나란히 섰다.
이번에는 남작의 차례였다.
「신과 사람 앞에서 나는 이 여인을 버킹검 공의 암살자로서 고발한다.」
「뭣이, 버킹검 공이 암살됐다구?」 모두 이구 동성으로 말했다.
「그렇소. 암살되었습니다. 당신들의 경고 편지에 의해 나는 이 여자를 체포하게 해서 나의 심복인 자에게 감시하도록 시켰습니다. 한데 이 여인은 그 감시인을 유혹했고 단도까지 건네주어 그것으로 공작을 암살하도록 시켰던 것입니다. 어쩌면 펠톤은 지금쯤 자신이 범한 흉악한 죄의 대가로서 목이 잘렸을지도 모릅니다.」
지금까지 알려져 있지 않았던 죄악을 듣고는 재판을 행하고 있는 사람들도 술렁거렸다.
「그것만이 아니오. (윈텔 경은 말을 계속했다.) 당신을 상속인으로 정한 나의 동생은 전신에 파란 반점을 남긴 채 기괴한 모습으로 죽었소. 그대에게 묻겠는데 내 동생은 어떻게 죽었지?」

「무섭군!」폴토스와 아라미스는 탄성을 질렀다.
「버킹검 공의 암살자, 펠톤을 죽인 하수인, 내 동생의 살해자로서 나는 당신의 처형을 요구하는 바요. 만일 다른 사람이 손을 쓰지 않는다면 내 자신이 판결을 내릴 작정이오.」
이렇게 말하고 윈텔 경은 다음 사람에게 차례를 양보하고 자신은 다르타냥의 곁으로 갔다.
밀레이디는 창백한 얼굴을 두 손으로 감싸고 눈이 어두워질 만큼 혼란해진 생각을 정리하려고 애쓰는 것 같았다.
마침내 아토스가 뱀을 보고 온몸을 떠는 사자와 같이 몸을 부르르 떨고는 입을 열었다.
「나의 차례인데…… 나는 이 여인이 아직 처녀였을 때 가족의 반대를 무릅쓰고 아내로 삼았던 것이다. 나는 이 여인에게 자신의 재산과 가문의 이름도 부여했다. 그런데 어느 날 나는 이 여인의 몸에 죄의 낙인이 찍혀 있는 것을 발견했다. 왼쪽 어깨에 백합꽃의 낙인이 찍혀 있었던 것이다.」
「그럼…… (밀레이디는 일어섰다) 나를 죄인이라고 한다면, 나의 죄를 선고한 재판관을 데려와 주십시오. 그런 형벌을 나에게 가한 형리가 있다면 보여 주세요.」
「조용히! (한 사람의 목소리가 대답했다.) 그에 대답할 사람은 납니다.」
붉은 외투의 사내가 조용히 앞으로 나왔다.
「누굽니까. 당신은 누구?」밀레이디는 공포로 숨이 막혔고 그 흩어진 머리는 창백한 이마 위에 살아 있는 것처럼 곤두서 있었다.
모두의 눈은 한결같이, 이 아토스를 제외하고는 누구에게도 정체가 알려지지 않은 사나이에게로 쏠렸다.
아토스 자신도 몹시 놀란 것 같았다. 이 사내가 이제 바야흐로 종결지으려고 하고 있는 이 무서운 사건에 어떤 역할로서 관여하고 있는지 아토스 자신도 모르고 있는 것 같았다.
그 사나이는 침착한 걸음걸이로 밀레이디에게 다가가 탁자를 사이에 두고 마주하고는 쓰고 있던 가면을 벗었다.

밀레이디는 한동안 이 검은 두발과 구레나룻으로 선이 그어진 창백하고 무감동 그 자체인 것 같은 얼굴을 살펴보고 있다가 갑자기—.

「앗! 아니야. (일어서서 벽이 있는 데까지 물러서서 소리쳤다.) 아니야. 이것은 악마의 얼굴이다! 이것이 아니다. 누, 누구 없나요!」

목쉰 소리로 부르짖으면서 벽 쪽을 돌아보았다. 그 벽에 도망칠 길을 뚫기라도 하려는 듯이—.

「당신은 누굽니까?」

거기에 있던 사람들이 일제히 물었다.

「그것은 이 여자에게 물어 주세요. 보시다시피 나를 기억해 낸 것 같으니까요.」 붉은 외투의 사나이는 그렇게 대답했다.

「릴의 처형 담당자! 릴의 처형 담당자!」 밀레이디는 미치광이와 같은 공포에 사로잡혀 쓰러질 것 같은 몸으로 겨우 벽에 달라붙었다.

일동도 흠칫 놀라 뒤로 물러섰고, 다만 붉은 외투의 사내만이 방 한가운데 버티고 서 있었다.

「살려 줘요! 용서해 주세요, 용서해 줘요!」 울부짖으면서 밀레이디는 털썩 무릎을 꿇었다.

미지의 사내는 모두가 조용해지기를 기다렸다가

「어때요. 말한 그대로지요. 이 여자는 내가 누구인지 알고 있습니다. 과연 나는 릴 시의 처형 담당자였습니다. 내 신상 이야기를 하지요.」

그 이야기를 이제야 듣게 되는구나 하고 모두의 시선은 이 사내에게로 집중됐다.

「이 여자는 처녀 시절에도 오늘과 다름없는 빼어난 미모의 여인이었습니다. 그 무렵 탕블마르의 베네딕트파 수도원의 수녀였지요. 이 여자는 그 수도원에 근무하던 한 젊은 사제를 유혹했습니다. 상대가 성자일지라도 이 여자에게 당하지 않을 수가 없었을 것입니다.

 두 남녀의 수도에 대한 맹세는 신성하였고 범할 수 없는 것이었기 때문에 이러한 정교를 계속한다는 것은 머지않아 몸을 망치는 것이었습니다. 그래서 여자의 권유로 둘은 외국으로 탈출하기로 결심했습니다만, 타국에 가서 숨어 살려면 돈이 필요했지요. 그러나 두 사람 모두 돈을 가지고 있지 않았기 때문에 사제는 성기(聖器)를 훔쳐 팔았습니다. 그러나 막상 도망갈 단계가 되었을때 두 사람은 체포되었던 것입니다.

 팔 일 후, 여자는 옥리의 아들을 부추겨서 도망쳤습니다. 젊은 사제는 십 년의 형과 낙인형을 언도받았습니다. 아까 이 여자가 말한 바와 같이 나는 릴의 형리였습니다. 그래서 나는 그 죄인에게 죄의 낙인을 찍지 않으면 안 되었습니다. 그 죄인은, 여러분 놀라지 마십시오, 다름아닌 내 동생이었습니다.

 그래서 나는 이 동생을 타락시키고 죄에 빠뜨린, 죄가 더욱 무거운 여자는 적어도 동생이 받은 형벌을 똑같이 받아야 한다, 그렇게 해 줄 것을 마음 속으로 다짐했습니다. 그래서 짚이는 데가 있었기 때문에 여자의 뒤를 쫓아가 붙잡았습니다. 그리고 묶어놓고 내가 동생에게 찍은 것과 같은 낙인을 찍은 것입니다.

 그리고 릴에 돌아온 다음날 이번에는 동생이 감옥에서 도망쳤습니다.

 그래서 나는 공모한 것으로 몰렸고 동생이 자수할때까지 대신 내가 감옥에 들어가게 되었던 것입니다. 동생은 이러한 과정을 몰랐기 때문에 여자와 만나 베리로 도망가서 그곳의 사제직을 얻었습니다. 여자는 누이동생이라고 속이고.

 얼마 후 그곳 영주가 이 가짜 누이동생을 보고 사랑에 빠져 버렸습니다. 그는 너무나 사랑하는 나머지 결혼하겠다고까지 말했습니다. 그래서 여자는 자기를 위해 일생을 망쳐 버린 사내를 이윽고 장차 같은 처지에 놓이게 될 사내와 바꾸어 끝내 페르 백작 부인이 되었습니다……」

일동의 눈은 지금 실명(實名)이 밝혀진 아토스 쪽을 향했다. 아토스는 형리가 한 말에 조금도 거짓은 없다는 투로 고개를 끄덕였다.
 「내 동생은 절망한 나머지 제정신을 잃고 여자 때문에 명예와 행복을 빼앗긴 저주스러운 생활에서 벗어나기로 결심하고 고향으로 돌아갔습니다. 그리고 내가 감옥살이를 하고 있다는 것을 알자 곧 자수하였고 그날 밤 감옥의 통풍용 창에 목을 매고 죽었습니다.
 나를 체포했던 사람들도 약속을 지켜 시체 검사가 끝나자 나를 곧 방면시켰습니다.
 이상이 내가 고발하는 이 여자의 죄상입니다. 낙인된 이유도 이런 것입니다.」
 「다르타냥, (아토스가 목소리를 바꾸어 새삼스럽게 불렀다.) 귀공은 이 여인에게 어떤 형을 요구하는가?」
 「사형.」다르타냥은 대답했다.
 「윈텔 경. 당신은 이 여인에게 어떤 형을 요구하십니까?」
 「사형.」윈텔 경도 이렇게 말했다.
 「폴토스와 아라미스. 결국 당신들은 판사인데 이 여자에게 어떤 형을 주겠습니까?」
 「사형……」두 총사는 육중한 음성으로 말했다.
 밀레이디는 악 하고 부르짖고는 형을 언도하는 사람들 쪽으로 무릎을 꿇은 채 다가갔다.
 아토스는 그쪽에다 한 손을 들고 말했다.
 「샤로트 박송, 페르 백작 부인, 밀레이디 윈텔. 당신이 뿌린 죄악은 하늘에서는 신, 지상에서는 우리 인간의 참고 견디는 한도를 벗어난 것이다. 뭔가 기도하는 말을 알고 있다면 하는 것이 좋다. 당신의 형은 이미 결정되어 죽지 않으면 안 되니까.」
 조금도 희망의 여지를 주지 않는 이 선고를 듣고 밀레이디는 벌떡 일어나 무언가 말하려고 했지만 이미 힘이 없었다. 거역할 수 없는 준엄한 손으로 머리를 붙들려 인간을 떠밀고 가는 운명과 같은 힘으로 세차게 끌려가는 것처럼 느꼈다. 이젠 반항도 하지않고 외딴집을 나왔다.

  윈텔 경, 다르타냥, 아토스, 폴토스, 아라미스가 그 뒤를 따랐고 부하들도 주인을 따랐다. 망가진 창과 열려진 채로 있는 입구, 탁자 위에서 음산하게 연기를 내면서 타고 있는 등불이 잠시전까지만 해도 이곳에 사람이 있었다는 흔적으로 남아 있었다.

66. 처   형

　대략 한밤중이었다. 낮의 날처럼 날카롭게 이지러진 달이 초저녁의 태풍에 씻겨 아주 맑게 보이면서 아르망티에르의 작은 도시 뒤켠에 솟아 있었다. 집들의 검은 반영상(半影像)과 투명해 보이는 높은 종루의 앙상한 그림자가 파란 미광 속에 부각되어 있었다. 정면 저쪽에 리스 강의 주석을 펴놓은 것 같은 수면이 보였다. 강의 건너편 언덕에는 수목의 검은 그림자가 태풍 후에 움직이는 구름으로 저녁노을처럼 빛나는 하늘에 우뚝 솟아 있었다. 왼쪽으로는 폐옥이 된, 날개바퀴가 움직이지 않는 낡은 물레방아간이 있고 그쪽에서 이따금씩 부엉이의 단조로운 울음소리가 들려왔다. 음울한 일행이 가고 있는 길 양쪽에는 들판의 이곳저곳에 모습을 나타내고 있는 낮은 관목은 유독 이 음침한 시간에 쭈그리고 앉아 매복하고 있는 이상한 모양의 소인(小人) 같았다.
　그리고 아직도 이따금 수평선을 옆으로 들이치는 커다란 번갯불이 치달았고, 나무끝의 검은 그림자 위를 구불거리면서 무서운 칼날로 쨰듯이 하늘과 수면을 둘로 가른다. 무거운 공기 속에는 바람 한 점 없었다. 죽음의 침묵이 주위를 억누르고 있었으며 비가 멎은 땅은 습기로 미끄러지기 쉽고 생기를 되찾은 풀은 일제히 강한 향기를 내뿜고 있었다.

두 사람의 부하가 밀레이디의 곁에서 두 팔을 붙들고 인도해 갔다. 형리가 뒤에서 걸었고, 윈텔 경, 다르타냥, 아토스, 폴토스, 아라미스가 그 뒤를 따르고 있었다.

 프랑셰와 바장이 일행의 맨 뒤에 서서 걸어갔다.

 선두의 두 사람은 밀레이디를 강 옆으로 데리고 갔다. 여인은 굳게 입을 다물고 있었다. 그러나 눈은 말하는 것 이상으로 많은 이야기를 했고 마주보는 한 사람 한 사람에게 무언가 간절히 애원하고 있었다.

 밀레이디는 일행과는 조금 떨어져서 걸어가고 있었기 때문에 부하에게 속삭였다.

「만일 나를 도망치게 해 준다면 한 사람에게 천 피스톨씩 드리겠어요. 하지만 이대로 당신들 주인의 손에 나를 넘겨준다면 이 근처엔 내 편이 많이 있으니까 그들은 곧 당신들에게 원수를 갚으려고 덤벼들 거야.」

 그리모는 약간 망설였고 무스크톤은 부들부들 떨었다.

 밀레이디의 목소리를 듣고 아토스는 냉큼 곁으로 다가갔다. 윈텔 경도 왔다.

「부하들을 떼어 놓읍시다. 말을 건 것 같으니까 이젠 안심할 수 없습니다.」

 프랑셰와 바장이 그리모들과 바뀌었다. 물가에 오자 처형 담당자는 밀레이디의 손발을 묶었다.

 그러자 그녀는 주위의 정적을 찢고 울부짖었다.

「비겁한 놈들! 너희들이야말로 저주받을 살인자가 아닌가? 한 명의 여자를 죽이는데 열 사람이나 덤벼들고! 정신들 차리라구. 지금 날 살리기 위해 아무도 오지 않지만 반드시 복수가 있을 테니까.」

「당신은 여자가 아니야. (아토스가 말했다.) 당신은 인간의 종류가 아닌 거야. 지옥에서 도망쳐 나온 악마라구. 그래서 원래의 장소로 돌아가 주길 바라는 거야.」

「아, 행실이 바른 여러분. 말해 두지만 나의 머리칼 한 개라도 다쳐 보라구. 그 사람은 내 목숨을 빼앗은 살인자가 될테니까.」
「처형 담당자는 살인자가 되지 않고도 생명을 빼앗을 수 있지요.」 붉은 외투의 사나이는 허리의 큰 칼을 두드리면서 말했다. 「즉, 최후의 재판관입니다. 독일인들이 말하는 Nachrichter(독일어로 역시 형리(刑吏)를 뜻한다.)이지요.」
 이렇게 말하면서 밀레이디의 몸을 묶었다. 요란하게 울부짖는 여인의 비명소리가 두세 번 어둠을 뚫고 숲 저쪽으로 꼬리를 끌면서 사라졌다.
「나에게 죄가 있다면, 당신들이 말하는 따위의 죄를 범했다고 한다면, 버젓한 재판소로 데려다 줘요. 당신들은 그런 재판을 할 수 있는 재판관도 아무것도 아니니까.」
「그래서 내가 런던의 처형장으로 갈 것을 권했는데 왜 당신은 싫다고 했던 거지?」 윈텔 경이 말했다.
「죽는 게 싫으니까 그렇죠. 나는 아직 이렇게 젊으니까……」 밀레이디는 몸을 뒤틀면서 부르짖었다.
「당신이 베튄에서 독살한 여자는 당신보다 더 젊었지. 그런데도 죽었어.」 이번에는 다르타냥이 말했다.
「나, 수도원에 들어갈께요. 그리고 수녀가 되겠어요……」
「당신은 전에도 그런 수녀님이었지. 그런데 도망쳐서 나의 동생을 그렇게 만들지 않았는가.」
 밀레이디는 두려움으로 소리질렀고 맥없이 무릎을 꿇고 말았다.
 형리는 밀레이디를 안아 일으켜 작은 배가 있는 쪽으로 데리고 가려 했다.
「무서워! 날 강에 가라앉히려고 하는 거예요?」
 여인이 지른 소리에는 왠지 폐부를 찌르는 것이 있었기 때문에 처음에는 가장 복수심에 불탔던 다르타냥도 나무 그루터기에 앉아 고개를 떨구고는 두 손으로 귀를 덮었다. 그래도 밀레이디의 째지는 듯한 소리가 귓전에 울려 왔다.
 다르타냥은 일행 중에서 가장 젊었지만 이제는 용기가 꺾여서

「아, 난 이렇게 참혹한 모습은 차마 볼 수가 없어. 이 여인이 이와 같은 죽음을 당하는 게 난 싫어.」

이 말을 들은 밀레이디는 희망의 희미한 빛을 언뜻 보는 것 같은 느낌이 들었다.

「다르타냥 님, 내가 당신에게 상냥하게 대했던 것을 기억하나요!」

청년은 일어서서 비실비실 여인 쪽으로 다가가려고 했다.

그러자 아토스가 일어서서 검을 뽑아들고 길을 막았다.

「귀공이 한 발이라도 더 접근한다면 나와 칼부림을 해야 돼.」

다르타냥은 무릎을 꿇고 기도했다.

「자, 어서 소임을 완수해 주시오.」 아토스는 형리에게 소리쳤다.

「알았습니다. 나는 자신이 올바른 가톨릭 교도라는 것과 같은 확신을 가지고 이 여인을 처형하는 소임이 올바르다는 것을 믿습니다.」

「잘 말했오.」

아토스는 그런 다음 밀레이디 쪽으로 한 발 다가갔다.

「당신이 나에게 저지른 악한 짓은 용서해 준다. 나의 장래를 손상시키고 명예를 짓밟고 사랑을 더럽히고 캄캄한 절벽에 떨어뜨려 내세의 희망마저 잃게 했던 죄, 그 일체를 용서하는 거다. 조용히 죽으시오.」

다음에 윈텔 경이 나왔다.

「나는 동생의 독살, 버킹검 공의 암살죄를 용서하겠다. 또한 펠톤을 자멸시켰고 나에게도 위해를 가하려고 했던 것도 모두 용서하겠다. 조용히 죽으시오.」

「그리고, 나는……」 하고 다르타냥이 말했다. 「귀족답지 않은 기만 행위로 당신의 분노를 샀던 죄를 당신께 사죄한다. 그 대신 나의 애인을 죽이고, 또 나에게 여러 차례 복수하려고 획책했던 것을 용서해 드리겠소. 나는 당신의 최후에 대해 슬프게 생각하오. 조용히 죽으시오.」

「I am lost! (이젠 끝장이다.) I must die.(죽지 않으면 안 된다.)」
밀레이디는 영어로 중얼거렸다.
 그리고 벌떡 일어나서는 자신의 둘레에 빛을 뿜는 것 같은 눈초리를 던졌다. 그러나 아무것도 보이지 않았다. 귀를 기울였으나 들리는 것도 없었다. 자기를 둘러싸고 있는 것은 적 뿐이었다.
「어디서 죽는 거죠?」이렇게 물었다.
「저쪽 언덕에서……」하고 형리가 대답했다.
 마침내 여자를 작은 배에 태우고는 자기도 발을 올려 놓으려고 하는 형리의 손에 아토스는 약간의 돈을 쥐어 주면서 말했다.
「자, 이것은 소임에 대한 보수요. 만사는 재판의 법식대로 했다는 것이 이것으로도 분명할 것이오.」
「좋습니다. 그럼, 나도…… 이것은 나의 직업을 수행하는 것이 아니고, 의무를 완수하는 것이라는 점을 이 여인에게 알려 주겠습니다.」이렇게 말하고는 받은 돈을 강물에다 던졌다.
 죄인과 형리를 태운 배는 리스 강의 왼편 언덕을 향해 멀어져 갔다. 다른 사람들은 오른쪽 언덕에 남아 모두 무릎을 꿇었다.
 도선장의 밧줄을 따라 마침 수면에 감도는 파란 구름에 빛나면서 배는 조용히 미끄러져 갔다. 이윽고 저편 언덕에 닿자 불그스레한 지평선 위로 사람의 그림자가 검게 떠올랐다.
 배 속에서 밀레이디는 발을 묶고 있는 끈을 용케 풀어 버렸다. 그리고 언덕에 닿자마자 날쌔게 뛰어내려 도망치기 시작했다.
 지면이 젖어 있었기 때문에 경사진 곳까지 오자 발이 미끄러져 무릎을 꿇었다.
 어쩌면 미신 같은 생각이 머리에 떠올랐는지도 모른다. 하늘도 이제는 자기에게 도움을 거부하고 있는 것이다. 이런 직감이 머리에 떠올라 이제는 쓰러진 채로 머리를 떨구고는 두 손을 깍지 낀 채 꼼짝도 하지 않았다.
 그때 형리가 천천히 두 팔을 올리는 것이 보였다. 달빛에 큰 칼이 번쩍 하고 빛남과 동시에 두 팔이 내려갔다. 그러자 바람을 가르는 칼소리와 함께 비명이 들렸고 검은 몸체가 땅에 쓰러졌다.

그런 다음 형리는 붉은 외투를 벗어 지면에다 펴고는 그 위에 시체를 눕히고 잘린 목을 곁들여서 감쌌다. 그리고는 보자기를 어깨에 메고 배에 올랐다.

강의 한복판에서 배를 멈추고 시체를 물 속에 가라앉히면서
「신의 심판을 내리소서.」하고 큰 소리로 말했다.

시체는 곧 물 밑으로 가라앉았고 수면은 본래의 고요한 상태로 돌아갔다.

3일 후 네 사람의 총사는 파리로 돌아왔다. 벌써 휴가는 다 끝나가고 있었다. 그날 밤 언제나처럼 트레빌 경을 찾아가자 사람 좋은 대장은 이렇게 말했다.

「어때, 모두 여행은 즐거웠었나?」

「더할 나위 없이…….」하고 아토스가 모두를 대신해서 대답했다.

결 말

다음날 6일, 왕은 라 로셀로 돌아간다는 추기관과의 약속을 지켜 파리를 떠났다. 수도는 버킹검 공의 변사 소문으로 들끓고 있는 중이었다.

이 사람의 신변에 많은 위험이 도사리고 있다는 것은 전부터 알고 있었지만 왕비는 공의 부음을 듣고 쉽사리 믿고 싶지가 않았다. 그래서 자기도 모르게「거짓말이야. 그 사람으로부터 나에게 편지가 와 있는 걸.」하고 중얼거릴 정도였다.

그러나 그 사실을 믿지 않으면 안 되게 되었다. 다음날 찰스 1세의 명에 의해 영국에 억류되어 있던 라 폴트가 버킹검 공의 유품을 가지고 왕비에게 돌아왔기 때문이다.

왕의 기쁨은 컸다. 이젠 그것을 숨기려고도 하지 않고 왕비 앞에서 노골적으로 나타내 보이기도 했다. 마음 약한 사람의 상례로서 루이 13세는 조심한다는 것을 모르는 사람이었다.

그러나 곧 왕은 기분이 좋지 않게 되었다. 이 사람은 아무튼 오랫동안 기분좋은 얼굴을 하고 있지 못하는 성격인 것이다. 진영으로 돌아가면 또 지겹고 답답한 생활이 시작된다. 그렇게 생각은 했지만 그래도 돌아가기로 했다.

추기관은 왕에게는 매력을 지닌 뱀과 같은 것이었고 그 앞에 나가면 가지에서 가지로 도망치기는 하면서도 아주 도망치지는 못하는 작은 새와 흡사했다.

그래서 라 로셀로 돌아가는 여행이 왠지 모르게 우울했던 것도 무리는 아니었다. 특히 네 사람의 총사들이 평소와는 다른 모습을 보여 주고 있는 것에 대해 모두는 의아하게 생각했다. 네 사람은 어둡고 침울한 눈길로 고개를 떨군 채 나란히 걷고 있었다. 아토스만이 이따금씩 그 넓은 이마를 불쑥 치켜올렸다. 그의 눈 속에서는 빛이 확 일고 입 언저리에는 쓰디쓴 미소가 떠오르곤 했지만 곧 다시 다른 동료와 마찬가지로 생각에 잠기는 모습으로 돌아가 버렸다.

중간 지점에 도착해서는 왕을 숙소에 호송하고는 곧 네 사람 모두 숙소나 그다지 사람이 가지 않는 술집에 들어가 카드 놀이도 하지 않고 술도 마시지 않은 채 주변에 신경을 쓰면서 소근소근 작은 소리로 이야기하는 것이었다.

어느 날 왕이 까치 사냥을 하기 위해 머물렀을 때 네 사람은 거기에 동행하지 않고 여느 때와 마찬가지로 가로변의 술집에 들어가 쉬고 있었다. 그러자 라 로셀 쪽에서 말을 타고 달려온 한 사내가 잠시 숨을 돌리기 위해 한 잔 하려고 입구에 멈추었다. 그리고 술집 안을 흘끔흘끔 살펴보고는 테이블 앞에 있는 네 사람을 보고 있었는데
「아니, 거기 있는 것은 다르타냥 씨가 아닌가?」하고 말했다.

다르타냥은 얼굴을 드는 순간 환성을 질렀다. 말을 건 사나이는 전부터 자신에게 붙어 있는 악마라고 말하고 있는, 그 망에서의 ──이어서 포소와이율 거리, 아라스 거리에서의 수수께끼와 같은 사나이였다.

다르타냥은 곧 검을 뽑아 들고 입구로 달려갔다.

그런데 상대는 도망가려고도 하지 않고 말에서 내려 다르타냥을 향해 뚜벅뚜벅 걸어오는 게 아닌가.

「오, 이제야 겨우 당신을 만났군. 이번엔 도망치게 내버려 두진 않을 테다.」 청년은 힘주어 말했다.

「아니, 난 그럴 기분이 아니오. 오늘은 당신을 찾고 있었소. 폐하의 어명으로 당신을 체포하겠소. 그 검을 나에게 건네주기 바라오. 절대 대항하지 말고. 목숨에 관계되는 일이니까 충고해 두는 바요.」

「당신은 대체 어떤 사람이오?」 다르타냥은 검을 내렸으나 상대에게 넘겨주지는 않고 물었다.

「나는 슈발리외 드 로슈폴. 리슐리외 추기관의 근시입니다. 당신을 예하에게 연행하라는 명령을 받고 있소.」

「슈발리외 경, 우리들은 이제부터 예하에게 가는 길입니다.」 앞

으로 나서면서 아토스가 말했다.「다르타냥이 이제부터 곧장 라 로셸로 간다고 약속하면 되겠지요.」
「나는 이 사람을 경호사의 손에 넘기지 않으면 안 됩니다. 그 사람들이 진영까지 압송할 것이오.」
「그 역할은 우리들이 틀림없이 맡겠습니다. 우리들은 귀족으로서 맹세합니다. 다르타냥은 절대 우리들의 곁을 떠나지 않을 테니까요.」
로슈폴은 뒤를 흘깃 돌아보았다. 그러자 폴토스와 아라미스가 입구와 자기 사이의 중간에 버티고 서 있었다. 네 사람의 사나이에게 앞뒤를 봉쇄당한 상황을 보고는 이렇게 말했다.
「그렇다면 먼저 다르타냥 씨가 검을 나에게 건네주고 자신도 맹세를 한다면 당신들이 자진해서 다르타냥 씨를 추기관님 곁으로 데리고 가겠다는 약속으로 받아드리리다.」
「…… 맹세합니다. 자, 검을 받으십시오.」 다르타냥이 말했다.
「실은, 그렇게 하는 편이 나로서도 좋지요. 나는 여행을 계속하지 않으면 안 되기 때문에.」
로슈폴이 이렇게 말하는 것을
「만일 밀레이디를 만나기 위해 가신다면 헛수고일 것입니다. 만나실 순 없을 테니까요.」 아토스는 냉정히 가로막았다.
「그 사람이 어떻게 되었습니까?」 로슈폴은 성급하게 물었다.
「진영으로 되돌아가는 것이 좋겠소. 그러면 자연히 알게 될 테니까.」
로슈폴은 잠시 생각하고나서 이곳에 추기관이 왕을 영접하기로 되어 있는 슈제르까지는 겨우 하루 거리라는 것을 생각하고는 아토스의 권고에 따라 모두와 동행하기로 결정했다.
아무튼 되돌아간다는 것은 체포한 사람을 자신이 감시할 수 있기 때문에 헛일은 아닐 것이라고 생각했던 것이다.
그래서 일행은 다시 출발했다——.
다음날 낮 3시경에 총사 일행은 슈제르에 도착했다. 추기관은 이미 도착하여 루이 13세를 기다리고 있었다. 왕과 그 재상은 서로 기

66. 처　　형

분좋은 말을 주고받으며 전 유럽을 부추겨 프랑스에게 대적하게 하려던 끈질긴 적으로부터 나라를 구출한 이번의 요행을 축하했다. 그런 후 로슈폴로부터 다르타냥을 체포했다는 보고를 받고 빨리 만나고 싶은 마음에 추기관은 거의 완공돼 가고 있는 방파제는 다음날 보여드리기로 약속하고 왕의 곁을 물러났다.

저녁때 라 피에르 다리의 숙소로 돌아오자 문 앞에 무장한 세 사람의 총사와 함께 검을 차지 않은 다르타냥이 서 있는 모습이 보였다.

오늘은 무방비가 아니었기 때문에 추기관은 그들을 매서운 눈초리로 노려 보고는 다르타냥을 손짓으로 불렀다. 다르타냥은 그의 지시에 따라 앞으로 나왔다.

「우리들은 여기서 기다리고 있겠네. 다르타냥!」 아토스는 추기관이 들으라는 듯이 고함쳤다.

추기관은 그 말을 듣고 이맛살을 찌푸리고는 잠시 발을 멈추었으나 잠자코 안으로 들어갔다.

다르타냥은 추기관의 뒤를 따라 들어갔고 그 뒤의 입구는 경호사가 지켰다.

추기관은 서재로 쓰고 있는 거실로 들어가 로슈폴에게 청년을 들여보내라고 신호했다.

로슈폴은 공손히 물러났다.

다르타냥은 혼자 추기관 앞에 섰다. 리슐리외와의 회견은 이것으로 두 번째였다. 나중에 그의 말에 의하면 이것이 마지막이 될 것으로 체념하고 있었다고 했다.

리슐리외는 난로 선반에 기대어 서 있었다. 다르타냥과의 사이에는 테이블이 하나 놓여져 있었다.

「그대를 체포하도록 명령한 것은 바로 날세.」

추기관은 먼저 이렇게 말했다.

「알고 있습니다.」

「그 이유를 알고 있나?」

「아닙니다. 왜냐하면 제가 체포당해도 좋은 유일한 이유를 아직 예하께서는 모르고 계시기 때문이지요.」
 리슐리외는 청년의 얼굴을 지그시 바라보았다.
「그래, 그렇다면 그것은 무슨 일인가?」
「먼저, 예하께서 저의 죄상을 말씀해 주신다면 그 후에 저도 제가 한 일을 말씀드리겠습니다.」
「자네가 고발된 것은 자네보다 훨씬 고위직에 있는 사람의 목을 위태롭게 한 죄 때문이야.」
「그렇다고 하시면?」 다르타냥의 침착한 응답에는 추기관도 약간 놀라는 눈치였다.
「왕국의 적과 내통한 죄, 국가의 기밀을 소상하게 폭로한 죄, 군의 통수권자의 계획을 좌절시킨 죄…….」
「그러한 죄로 저를 고발한 사람은 대체 누구일까요?」 다르타냥은 밀레이디의 진언일 것이라고 생각했다. 「국가의 재판에 의해 낙인 형을 받은 여자. 프랑스의 사내와 영국의 사내에게 이중으로 결혼하고 있던 여자. 그 두 번째의 남편을 독살했고 저까지 독살하려고 했던 그 여자겠지요?」
「지금 무슨 말을 하고 있는 거냐? 그것은 어떤 여자를 말하는 건가?」
「밀레이디 윈텔입니다. 그렇습니다. 윈텔 부인임에 틀림없습니다. 예하는 그 부인에게 밀명을 내릴 때 그러한 죄악을 모르고 계셨던 것입니다.」
「윈텔 부인이 그와 같은 죄를 범하고 있는 것이 사실이라면 머지 않아 그에 상당하는 조치를 취하겠다.」
「이미 조치했습니다.」
「누가 했다는 거냐?」
「저희들이…….」
「감금되어 있나?」
「죽었습니다.」

「죽었다? (추기관은 자신의 귀를 믿을 수 없다는 듯이 되풀이했다.) 뭐라구, 죽었다구? 지금 그렇게 말했나?」

「그 여자는 세 번이나 저를 암살하려고 했으나 저는 지금까지 줄곧 용서하고 있었습니다. 하지만 그 여자는 끝내 제가 진심으로 사랑하는 어떤 부인을 죽였습니다. 그래서 저와 제 친구들은 그 여자를 붙들어 재판했고 그런 다음 처형했던 것입니다.」

다르타냥은 베튄 수도원에서 보나슈 부인이 독살된 전말과, 마침내 외딴집에서 재판을 하고 리스 강변에서 처형했던 일에 관해 소상히 이야기했다.

추기관은 온몸을 떨었다. 이 사람으로서는 좀체로 없는 일이었다.

그런데 갑자기 추기관의 음울했던 얼굴이 무언가 은밀한 생각에 활기를 되찾은 듯 조금씩 밝아지더니 곧 완전히 밝은 표정으로 바뀌었다.

「그렇다면 결국 자네들은…… 직책을 가지고 있지도 않는 자가 멋대로 재판하고 처형하는 것은 살인과 다를 게 없다는 것을 염두에 두지도 않고 사람을 재판한 셈이군.」 그렇게 말하는 준엄성과는 걸맞지 않는 어떤 온화함이 그 목소리에 느껴졌다.

「예하, 맹세코 말씀드립니다만, 저는 단 한 순간도 예하 앞에서 자신의 목숨을 비호하려는 생각은 가지고 있지 않습니다. 처형하신다면 달게 받겠습니다. 죽는 것을 무서워할 만큼 생명에 집착을 가지고 있지는 않으니까요.」

「아니, 그건 알고 있다. 역시 자네는 무사다운 정신을 가진 사내다.」 추기관의 목소리는 거의 자애를 느끼게 할 만큼 부드러웠다. 「그러니까 자네는 머지않아 재판을 받고 처형도 받게 될 것이라고 해도 놀라지 않겠군.」

「저 아닌 다른 사람이라면 예하의 사면장을 의젓이 호주머니에 가지고 있다라고 말씀드릴지도 모르겠습니다만. 저는 다만, 삼가 지시를 기다리겠습니다, 라고 대답할 뿐입니다.」

「뭐, 나의 사면장?」 리슐리외는 뜻밖이라는 표정으로 반문했다.

「그렇습니다……」
「그럼 누가 서명한 것인가? 폐하의 것인가?」추기관은 경멸을 담은 말투로 말했다.
「아닙니다. 예하의 서명입니다.」
「나의? 바보 같은 소리.」
「예하 자신이 필적을 확인해 주십시오.」
다르타냥은 아토스가 밀레이디에게서 빼앗아, 호신용으로 자기에게 주었던 그 귀중한 종이 쪽지를 내밀었다.
추기관은 그것을 받아 들고 천천히 한 자씩 읽어 내려갔다.

『이 종이 쪽지를 소지한 자가 한 짓은 나의 명령에 의해 또한 국가의 이익을 위해 한 것이다.

1629년 12월 3일
리슐리외』

추기관은 이 짧은 글귀를 읽고나자 종이 쪽지를 다르타냥에게 돌려주려고도 하지 않고 깊은 생각에 잠겼다.
『어떤 형벌로 나를 죽일 것인가, 그것을 생각하고 있는 거군. 좋다, 귀족의 죽는 법을 보여 주겠다.』다르타냥은 속으로 중얼거렸다.
젊은 총사의 기분은 용감하게 죽기에는 더할 나위 없는 상태였다.
리슐리외는 생각에 잠긴 채 종이 쪽지를 손 안에서 만지작거리고 있었다. 이윽고 고개를 들고는 상대의 성실하고 꾸밈이 없고 총명한 듯한 얼굴 위에 그 독수리와 같은 눈을 지그시 박고는 아직도 눈물 흔적이 남아 있는 얼굴 위에서 최근 한 달 사이에 체험한 고뇌의 흔적들을 읽었다. 그리고 이 이십일 세의 청년의 장래에 대해 또 그 발랄한 기민성과 용기에 대해 생각했다.
한편, 밀레이디의 죄악상과 무서운 것을 모르는 힘, 악마적인 마음은 그 자신도 음산하게 느껴왔던 것이다. 그런 여자와의 몹쓸

66. 처　　형

인연으로부터 해방되게 된 것에는 왠지 마음이 가벼워지는 것을 느꼈다.

――추기관은 다르타냥이 선뜻 건네준 종이 쪽지를 천천히 손끝으로 찢었다.

『이젠 끝장이다.』다르타냥은 모든 것을 체념했다.

그리고 마치 마음 속으로『주여, 뜻대로 하옵소서.』하고 기도하는 사람처럼 추기관 앞으로 몸을 굽혔다.

추기관은 테이블 쪽으로 걸어가서 선 채로 이미 글자가 적혀 있는 양피지 위에 무언가 첨가해서 기입하고는 거기에다 자신의 도장을 찍었다.

『내가 받을 형벌인 것이다. 저것은 바스티유 감옥의 답답함과, 재판으로 시간을 소비하는 것을 방지해 주는 것이겠지. 어쨌든 친절한 마음씨에 감사의 인사를 올려야겠군.』다르타냥은 이렇게 생각했다.

그러자 추기관은 청년에게 말했다.

「이것을 받게나. 지금 내가 서명했던 것을 받았으니까 대신 다른 것으로 돌려 주겠다. 여기에는 이름이 없는데 자네 자신이 직접 기입하게.」

다르타냥은 종이 쪽지를 받아 읽었다.

그것은 총사대 부대장의 사령장이었다.

다르타냥은 추기관의 발밑에 엎드렸다.

「예하, 저의 생명은 예하에게 바치겠습니다. 어떻게든 처분해 주십시오. 그러나 총사대 부대장의 직함은 저의 신분에 걸맞지 않는 것입니다. 저의 세 사람의 친구가 저보다는 훨씬 적합할 것으로…….」

「언제나 그렇지만 기분좋은 젊은이군. 다르타냥. (추기관은 다정하게 청년의 어깨를 두드렸다. 이 꿋꿋한 사람의 마음을 겨우 풀어주고 납득시킨 것으로 만족했던 것이다.) 이 사령장은 귀관이 좋도록 사용해도 좋은 것이다. 다만 여기에 이름은 기입하지 않았지만 내가 당신에게 주는 것이니까, 그것을 잊지 않도록.」
「절대로 잊는 일은 없을 것입니다. 절대…….」
추기관은 돌아보면서 큰소리로 불렀다.
「로슈폴!」
아마도 문 뒤에 숨어서 엿듣고 있었던 것으로 생각되는 백작은 곧 들어왔다.
「로슈폴. 나는 여기 있는 다르타냥을 앞으로 나의 지기 속에 추가할 작정이다. 그러니까 여기 와서 인사하기 바란다. 그리고 만일 생명을 소중하다고 생각한다면 두 사람 모두 앞으로는 점잖게 굴도록…….」
로슈폴과 다르타냥은 잠시 서로를 껴안았다. 곁에서 추기관이 날카로운 눈으로 두 사람의 거동을 지켜보고 있었다.
얼마 후 두 사람은 함께 방에서 나왔다.
「또 재회하기로 합시다. 어떻습니까?」
「언제든지 좋으실 때에.」 다르타냥은 말했다.
「반드시 기회가 있을 것입니다. 머지않아서」 로슈폴도 대답했다.
「왜 그러나?」 리슐리외가 문에서 얼굴을 내밀었다.
두 사람은 빙긋이 웃고 악수하고는 예하에게 인사를 했다.
「걱정하고 있었어.」 아토스가 이렇게 말했다.
「돌아왔다구. 모든 걸 용서받구. 아니, 과분한 은혜를 입구 말야.」
「이야기해도 좋을 게 아닌가.」
「좋구말구. 오늘밤에.」
저녁때가 되어 다르타냥은 약속한 대로 아토스의 집으로 갔다. 아토스는 에스파냐 산 포도주를 한창 들이키고 있는 중이었다. 이것은 이제 매일밤 습관적으로 치르는 행사였다.
다르타냥은 추기관과의 면담의 전말을 이야기하고 그 사령장을 호주머니에서 꺼냈다.
「아토스, 이것을 받아 주게. 이것은 당연히 귀공의 것이니까.」
아토스는 언제나와 같이 온화하고 품위있는 미소를 지었다.

「이것은…… 아토스에게는 과분한 것이지만 페르 백작으로서는 아무렇지도 않을 거야. 이 사령장을 받으라구. 귀공의 것이다. 자, 생각해 보라구. 그것을 손에 넣기 위해 얼마나 많은 희생을 지불했는가를…….」

다르타냥은 아토스의 방을 나와 폴토스에게로 갔다.

그러자 이 사나이는 화려한 자수로 장식한 훌륭한 옷을 입고 거울에 자기의 모습을 비춰보고 있는 중이었다.

「오, 귀공이군. 이 옷은 어떤가? 어울리나?」

「썩 좋군. 하지만 나는 귀공에게 훨씬 더 어울리는 옷을 입도록 권고하려고 왔다구.」 다르타냥은 이렇게 말했다.

「어떤 옷인데?」

「총사대 부대장의 제복이야.」

다르타냥은 놀라는 폴토스에게 까닭을 설명하고 사령장을 보였다.

「자, 여기에다 귀공의 이름을 써 주게나. 그리고 앞으로 나에게는 좋은 대장이 되어 주길 바라네.」

폴토스는 사령장을 힐끗 보고나서 그것을, 뜻밖이라는 표정을 짓고 있는 다르타냥에게 되돌려 주었다.

「응, 확실히 고마운 일이군. 하지만 나는 이와 같은 모처럼의 은전을 오래 즐길 수가 없다네. 우리들이 베튄에 가 있는 동안 나의 공작 부인의 남편이 죽은 거야. 그래서 그 고인의 돈궤가 머지않아 내 손에 굴러들어 올 것 같구. 난 그 미망인과 결혼하게 되었거든. 이것은 즉 결혼식의 예복일세. 그러니 그 사령장은 귀공이 받아 두게나.」

청년은 다음으로 아라미스의 방으로 갔다.

아라미스는 이마를 기도서에 묻고 기도대 앞에 무릎을 꿇고 있었다.

추기관과의 대담 내용을 이야기하고 그 앞에 사령장을 내밀었다.

「보라구. 우리들을 인도하는 빛이었고 보이지 않는 수호자였던 귀공이 꼭 이 사령장을 받아 주길 바라네. 귀공의 총명함과 저 언제나

적절한 조언, 그것을 보더라도 귀공이 가장 적임자니까.」
「유감스럽지만…… 앞서의 사건 이래 나는 인생에 대해, 특히 검과 더불어 사는 생활에는 아주 정나미가 떨어져 버렸어. 이번에야말로 이 결심은 움직이지 않을 걸세. 전쟁이 끝나면 나는 성 라자르파 수도원에 들어갈 작정이네. 이 사령장은 받아 두라구. 다르타냥. 무사의 생활은 귀공에게 가장 걸맞거든. 틀림없이 귀공은 용감 무쌍한 대장이 될 걸세.」

다르타냥은 우정에 울먹거렸고 기쁨으로 가슴을 울렁대면서 아토스의 방으로 돌아왔다. 아토스는 여전히 테이블 앞에 앉아 말라가주의 마지막 한 잔을 기울이고 있었다.

「틀렸다구, 모두에게 거절당했어.」

「즉…… 귀공이 받는 것이 가장 어울리니까 그런 거야.」

아토스는 이렇게 말하고 펜을 들어 사령장에다 다르타냥의 이름을 기입하고는 건네주었다.

「이렇게 해서 나는 이제 친구도 없게 되었군. 친구도 모든 것도…… 다만 이젠 괴로운 추억이 있을 뿐.」

청년은 그렇게 말하면서 두 손으로 자신의 얼굴을 감쌌다. 그러자 두 줄기 눈물이 볼을 타고 흘러 내렸다.

「귀공은 아직 젊다. 괴로운 추억도 사노라면 즐거운 추억으로 바뀔 때가 있을 걸세.」 아토스가 곁에서 이렇게 말했다.

에 필 로 그

영국 함대와 버킹검 공이 약속한 파견군의 원조가 수포로 돌아가자 라 로셀은 1년에 걸친 공방전 끝에 투항했고 1628년 10월 28일, 마침내 성은 함락되었다.

그해 12월 23일, 왕은 파리로 귀환했다. 시민은 마치, 같은 프랑스인을 토벌한 것이 아니고 적국에 승전이라도 한 것처럼 환희하면서 개선 행렬을 맞았다. 왕을 위시한 행렬은 포부르 생 자크에서 녹색 개선문을 통해 수도에 들어왔다.

다르타냥은 새로운 직책에 취임했다. 폴토스는 대를 떠났고 그 다음해 코크날 부인과 결혼했다. 대망의 돈궤에는 칠십만 리블의 돈이 들어 있었다.

무스크톤은 화려한 제복을 받았고 금빛으로 칠한 마차 뒤에 탄다는, 오랜 욕망을 충족시킬 수가 있었다.

아라미스는 한동안 로렌으로 여행한 후 소식을 끊었고 친구에게도 소식을 전하지 않게 되었다. 후일 슈블즈 부인이 그 연인에 대해 두세 사람에게 전한 바에 의해 아라미스는 낭시의 성당에 들어갔다는 것을 알았다.

아토스는 1631년까지 다르타냥의 지휘 아래 근무하고 있었다. 그 시기에 투렌으로 여행한 후 루송에서 약간의 유산인 토지를 물려받았다는 것을 구실로 대를 떠났다.

그리모는 아토스를 따라갔다.

다르타냥은 로슈폴과 세 번 결투를 하였고 세 번 다 상대에게 상처를 입혔다.

「이 다음엔 당신을 죽일지도 모르겠군.」 상대를 일으키기 위해 손을 내밀면서 말하자 부상한 상대는 이렇게 말했다.

「이쯤해서 그만두는 편이 서로를 위해 좋을지 모르겠군요. 나는 당신이 생각하고 있는 것보다 당신에게 호감을 가지고 있는 사람이란 말요. 처음 만났을 때에도 추기관님에게 한 마디만 하면 당신의 목을 치게 할 수도 있었단 말이오.」

두 사람은 이번에는 한 점의 격의도 없이 밝은 마음으로 서로를 껴안았다.

프랑셰는 로슈폴의 호의로 경호사대의 상사 자리를 얻었다.

보나슈 씨는 아내가 어떻게 되었는지 전혀 몰랐고 또 마음에 두지도 않은 채 평온하게 살고 있었다. 그러던 어느 날 불쑥 무례하게도 추기관에게 문안을 드리기 위해 찾아 왔었다. 추기관은 앞으로 생활하는 데 불편이 없도록 해 주겠다고 사람을 통해 전하도록 했다.

과연 그 다음날 루브르 궁에 가기 위해 저녁때 집을 나선 보나슈 씨는 두 번 다시 포소와이율 거리에 모습을 나타내지 않게 되었다. 소식통에 따르면 이 사내는 인심이 후한 예하가 비용을 대주어 어느 근사한 성 안에서 살게 되었고, 그곳에서 부양받으면서 살고 있다는 이야기였다.

— 끝 —

■ 해 설

　알렉상드르 뒤마(Alexandre Dumas Père, 1802~1870)는 문학사에 기록되어 있는 상식으로는 소설가로서보다는 오히려 낭만주의 연극 《앙리 3세와 그 궁정》과 《앙토니》를 쓴 극작가로서 높이 평가되어 왔다. 그러나 오늘날 뒤마는 어디까지나 소설가이다. 《삼총사》, 《몽테크리스토 백작》을 쓴 인물로서 줄기찬 생명력을 유지하고 있다.
　19세기는 〈역사〉의 시대였다. 기조, 체리, 미슐레 등의 일류 사학자가 배출되었을 뿐 아니라 문학에도 역사의 영향이 강하게 나타났다. 영국의 역사 소설가 스코트의 유행은 당시의 문학적 대사건이었다. 프랑스에서도 뷔니, 메리메, 위고 등이 연달아 역사 소설을 썼다.
　연극 쪽에서도 셰익스피어와 실러의 역사극이 번역되어 자극을 주었다. 프랑스의 낭만주의·역사 연극의 제일탄을 쏜 것은 알렉상드르 뒤마였으며, 그의 《앙리 3세와 그 궁정》(1829)은 위고의 《에르나니》보다 1년이나 앞서 있다. 이어서 《샤를 7세》(1831), 《네르탑》(1832) 등 역시 역사극이 상연되었고, 또한 지방에서 낭만주의 문학이 낳은 전형적인 성격 앙토니(Antony)가 등장하는 동명의 희곡을 발표하여 큰 반응을 불러일으켰던 것이다.

　《삼총사》를 썼을 때 그는 이미 42세였다. 희곡 외에도 기행문, 소설을 썼는데 그 왕성한 필력은 세상을 압도하고 있었다. 그러나 《삼총사》는 뒤마에게 새로운 분야를 개척하게 했던 것이다. 집필의 동기는 당시 많은 모험 소설풍 읽을거리로 인기를 얻고 있던 우제니 쉐가 〈데바〉지에 연재한 《파리의 비밀》의 히트였다. 경쟁 의욕에 불탄 뒤마는 1844년 3월 14일부터 7월 14일까지 4개월에 걸쳐 《삼총사》를 〈세기(世紀)〉에 연재하여 대성공을 거두었다. 신문 연재 형식(Roman-feuilleton)의 유행이 소설을 위해 획기적으로 독자층을 넓힌 것은 19세기의 커다란 문화 현상으로서 발자크나 졸라도 신문 소설을 썼다. 《삼총사》는 완결하여 단행본으로 낸 후에도 인기가 계속되어 속편(《20년 후》, 《브라즐론 자작》)까지 저술되었는데 오늘날까지 거의 발표 당시와 다름없는 인기가 지속되고 있다. 이런 종류의 문학으로서는 드문 현상일 것이다.

사실, 뒤마의 작가적 생명이 오늘날까지 유지되고 있는 것은 《삼총사》와 약간 늦어서 거의 같은 시기에 씌어진 《몽테 크리스토 백작》 두 작품이다. 이중 후자는 훨씬 구상이 웅대하며 전기(傳奇) 소설로서의 갈등·변화가 풍부하고 인간 집념의 무시무시한 분규를 전개하는 비범한 재능으로 독자를 사로잡는다. 《삼총사》는 무리가 없고 순수하다. 이것도 루이 13세 시대의 파란을 포함한 역사 자료를 배경으로 하여 변전하는 흥미는 있으나 구성의 단순성이 빛나고 있다. 갈등의 커다란 고비는 왕비의 장식용 끈의 에피소드 정도이고 그 이외에는 그다지 복잡한 파란은 없다. 이 소설의 매력은 어디까지나 충분히 개성을 가지고 구별 묘사된 네 사람의 총사들을 결합하고 있는 부러울 정도의 우정, 그리고 제각기 인간적인 약점을 가지고 있으면서도 위기에 처하면 사내답고 산뜻하게 행동하는 그 상쾌함 속에 있다고 생각된다. 특히 중심 인물인 다르타냥의 가스코뉴 인 특유의 유머, 지방 소귀족의 아들이 재치와 용감성만을 가지고 사회의 험난한 파도를 헤치고 수시로 돈 키호테와 같은 실패를 반복하면서 결국에는 언제나 시원시원하게 자기의 운명을 개척해 나가는 과정에서 독자는 보통의 읽을거리 문학에서는 찾아볼 수 없는 매력을 발견하게 된다.

또한 프랑스 17세기의 역사에 대해 약간의 지식과 관심을 가진 사람들은 작가에게 엄밀한 역사적 진실을 지나치게 요구하는 일

없이 이 시대의 큰 문제점이나 사실의 윤곽을 재치있게 이 청년들의 이야기 속에 엮어 나가는 수완에 공감하면서 즐길 수가 있다.

뒤마는 〈서문〉에서 이 소설의 재료를 왕립 도서관에서 발견한 〈다르타냥의 각서〉와 따로 〈페르 백작의 각서〉에서 얻은 것처럼 말하고 있으나 이것은 사실이 아니다. 그가 이 청년 기사의 이야기를 구상하게 된 계기는 그가 여행 중 마르세유 도서관에서 빌려 본, 쿠르틸스 드 상드라(Courtilz de Sandras, 1644~1712)가 18세기 초에 쓴 《다르타냥 회상록》이었던 것이 오늘날 잘 알려져 있다. 쿠르틸스는 젊었을 때 군인으로서 네덜란드와 영국에 종군하였고 군대를 떠난 후에는 작가가 되어 회상록 형식의 소설을 많이 썼다. 또 그는 루이 14세를 비방하는 팜플렛을 써서 바스티유에 투옥된 적도 있는 것 같다. 그가 쓴 글은 언제나 〈나〉라고 칭하는 인물이 자기의 파란 만장한 생애를 이야기한다는 형식으로 그가 살았던 시대의 역사적 삽화를 약간 윤색해서 그려내고 있다. 《다르타냥 회상록》(Mémoires de M. d'Artagnan, 1700)도 그중의 하나이다. 아토스, 폴토스, 아라미스의 이름도 이 안에 나와 있고 밀레이디의 이름도 얼핏 기록되어 있다. 주인공은 여기에서도 베아룬의 소귀족 아들이며 트레빌 대장을 찾아 파리에 올라와 총사대에 들어가서 여러 가지 모험에 부닥친다.

그런데, 이 다르타냥은 역사상에 실재했던, 더구나 상당한 활약으로 여러 가지 문헌에 이름을 남기고 있는 인물인 것이다. 마자랭 재상의 신뢰를 받았고, 유명한 프롱드 내란에도 종군했다. 국왕 루이 14세의 신임도 두터웠고 우수한 무인으로서 각지의 전투에 참가, 1667년에 총사대장으로 승진했는가 하면, 이어서 백작이 되었는데 6년 후에 네덜란드 지방의 전투에서 많은 공을 세우고 전사했다. (오늘날 파리의 마르젤브 광장에 서 있는 다르타냥상은 뒤마의 소설이 저술된 후에 만들어진 것이지만). 쿠르틸스는 다르타냥이 죽은 삼십 년쯤 후에 이 회상록을 썼기 때문에 그는 다르타냥과 다른 등장

인물을 직접, 혹은 간접적으로 알고 있었는지도 모른다.

소설의 역사에서 생각하면 쿠르틸스의 《가짜 회상록》이라고 흔히 말해 온 이 이야기 형식은 여러 가지 흥미 진진한 문제를 간직하고 있다. 그에 앞서 17세기의 소설은 서사시적 형식의 극히 평범한 이야기 형식으로 씌어지고 있었다. 회상으로서 〈나〉가 말하는 것은 실감을 주기 위한 수법이다. 18세기 초부터 이와 같은 실록풍으로 말하는 1인칭 소설이 많이 나타났다. 18세기 프랑스 소설은 편지체가 아니면 회상 형식이다. 쿠르틸스는 이 후자의 선구자였다. 루사쥐의 《질 브라스》, 마리보의 《마리안의 일생》, 라베 프레보의 《어느 귀족의 회상》 등은 모두 같은 수법을 취하고 있다.

아무튼 뒤마는 이 《다르타냥 회상록》을 바탕으로 하여 19세기풍의 보다 잘 구성되고 명쾌한 대화를 가진 근대 소설을 시도한 것이다. 많은 인물의 초상과 삽화를 여기에 차용해 왔다는 것이 대조에 의해 밝혀졌지만, 다만 뒤마의 경우 시기를 약간 거슬러 올라가서 리슐리외 재상을 작품에 등장시켰다. 루이 13세와 이 추기관 재상 또는 왕비 안느 도트리슈와의 3파 관계를 갈등으로서 도입했다. 앞에서 기술한 바와 같이 다르타냥은 마자랭의 시대, 루이 14세의 시대에 활약한 인물이었다. 이와 같은 변화·전이(轉移)를 위해 필요했던 것이리라. 뒤마는 다른 많은 자료와 함께 쿠르틸스가 쓴 또 하나의 작품 《로슈폴 회상록》까지도 함께 이용했다.

다르타냥 이야기는 여기에서 보여주고 있는 인물 성격으로서 하나의 주목할 만한 특징을 가지고 있다. 18세기 소설에서 흔히 묘사된 주인공과의 공통점이 눈에 띄는 것이다. 전세기의 소설 주인공은 대개 귀족이고 가장 이상화되어 있었다. 18세기가 되자 사회와 함께 소설의 인물도 시민화되어 간다. 고상한 맛은 없지만 자신의 기지와 재능을 밑천으로 출세하는 인물의 성격이 차츰 나타나기 시작한다. 다르타냥은 귀족이지만 시골의 소귀족 아들로서 지위도 재산도 없다. 쿠르틸스의 《회상록》의 처음에서 그는 다음과 같이 말하고 있다.

『귀족으로서 명문 집안에서 태어났다고 하더라도 그다지 자랑거리는 안 될 것이다. 출생 따위는 우연한 결과, 또는 신의 뜻에 불과한 것이다.』

이러한 말은 앞의 루사쥐, 마리보 등의 소설 인물이 자주 입에 올리는 대사이기도 하다. 출생과 가문에 의존하지 않고 재기와 용감성만을 무기로 하여 차츰 상승해 간다. 뒤마는 19세기 작가이기 때문에 쿠르틸스와 같은 18세기 소설가의 발상을 그대로 이어받았다고는 할 수 없으나 우리의 인상으로 뒤마가 쓴 《삼총사》의 다르타냥도 원래의 〈회상록〉에서 자기 생애의 모험을 이야기하고 있는 총사대장의 기질을 약간은 간직하고 있는 것 같이 느껴진다.

뒤마의 왕성한 창작 활동에 몇 사람의 협력자가 있었다는 것은 너무나 유명하다. 특히 오귀스트 마케가 《삼총사》와 《몽테 크리스토 백작》을 위해 귀중한 조력, 협력을 했던 사실은 곧잘 문제가 되고 있고, 심지어는 뒤마의 독창성을 의심하는 사람까지 나타났다. 오늘날에는 시몽(G. Simon)과 클로아르(H. Clouard) 등의 연구가들의 조사에 의해 지나치게 과장된 협력은 부정되고 있다. 마케는 매우 헌신적이면서 유능한 협력자였던 것 같으나, 그가 열심히 추출했거나 제공한 소재를 우리들이 읽는 것과 같은 발랄한 작품으로 완성한 재능은 어디까지나 뒤마 자신인 것이다. 마케 자신도 『나의 스승, 나의 친구』의 탁월한 재능을 칭송하는 말을 남겨 놓고 있을 정도이다.

뒤마의 열렬한 애독자는 19세기 이래 각국에 분포하고 있다. 이른바 성실한 시인, 작가, 학자 중에 그와 같은 지지자가 많다는 것은 흥미롭다. 사카레, 하이네, 로제티, 스티븐슨 등은 그 중에서도 가장 저명한데, 하이네는 이렇게 말하고 있다.

『알렉상드르 뒤마는 시인으로서는 원래 빅토르 위고에 견줄 수 없다. 그러나 다만…… 그는 프랑스 인이 Verbe라 부르고 있는 열정의 직접적인 표현을 구사할 수 있는 재능을 가지고 있다. 많은 점에 있어서 그가 위고보다 훨씬 프랑스적이다.』

이 말대로 뒤마의 독창적인 매력은 언어의 기세라고 번역할 수 밖에 없는 Verbe이다. 풍부한 역사적 재료를 자유로이 구사하여 언제나 명랑하고 막힘이 없는, 끊임없이 샘솟아 잠시도 멎을 줄 모르는 즐거운 화술에 의해 종횡으로 이야기를 진행시켜 나가는 힘에 우리는 매료된다. 여기서 사용되고 있는 역사적 재료가 반드시 옳은 것이 아니고 문체는 대칭(對稱)과 뉘앙스를 무시한 과감한 것일지라도──우리들은 방문한 집의 밝은 객실에서 크고 살집이 좋은 손으로 악수를 받고 명랑한 너털웃음을 듣는 것과 같은 기쁨, 친근감, 그런 것을 책을 펼쳐듬과 동시에 느끼게 된다. 역자가 처음으로 이 소설가의 흥미로운 점에 대해 배웠던 것은 고등학생이었을 때 당시 애독하고 있던 케벨 박사의 소품집의 일절에서였다. 이미 오래 전의 일이지만 그리운 추억이다. 프랑스 문학에도 깊은 교양을 가진 이 노철학자는 많은 작가들에 대해 말하면서 다음과 같이 말하고 있다──.

『라마르틴의 시에 접하는 일은 나에게는 드문 일이다. 빅토르 위고를 펴 보는 것도 어쩌면 일 년에 한 번 정도일 것이다──나로서는 오래 전부터 친숙한, 좋은 벗이라고 해야 할 알렉상드르 뒤마(내가 말하는 것은 부친인 뒤마이다.)의 문을 두드리는 것은 밤(하루의 일을 끝마친 후)이 가장 많다. 프랑스 인은 아직껏 그를 능가할 만한 기지가 샘솟듯하는 사교가, 청중을 황홀하게 하는 설화자, 동시에 그보다도 더욱 사랑할 만한, 더욱 품위 있는 문학자를 가진 적이 없다…….

그의 리슐리외(《삼총사》), 또는 루이 18세(《몽테 크리스토 백작》) 등──이러한 인물을 그 이상으로 진실하게, 또 생생하게 그려낼 수 있는 전문적, 학구적인 사가가 과연 있을까!──지금의 나는 어느 프랑스 작가와 접하더라도 그와 접하고 있을 때만큼 행복하고

해 설 423

순진한, 시원시원한 시간을 보낼 수는 없다. 그리고 그는, 나의 실제로 없어서는 안 될 유일한 프랑스 작가인 것이다.』

☆　　　　☆

알렉상드르 뒤마는 1802년 파리의 북쪽 에느 지방의 소도시 빌레르 코트레(Villers-Cotterets)에서 출생, (부친은 귀족으로서 나폴레옹에게 봉사한 장군. 조모는 흑인) 1870년, 즉 보불전쟁이 발발하던 해에 디엡 근처의 퓌에서 죽었다. 《춘희》의 작가 뒤마 피스는 그의 사생아이다. 그가 남긴 저작은 소설, 회상록, 기행문 등 257권과 희곡 25권 등 많은 양이다. 주요 소설로는──《슈발리외 드 메종 루쥐》, 《삼총사》, 《몽테 크리스토 백작》, 《20년 후》, 《브라즐론 자작》, 《검은 튤립》, 《마르고 왕비》, 《카피탠 팡필》 기타. (이 중에서 《20년 후》와 《브라즐론 자작》은 앞에서도 말했듯이 《삼총사》의 속편이다.)

한편 이 역서(개정판)에서 사용한 텍스트는 Classiques Garnier (1968)본이다.

세계명작학술문고 일신 그랜드 북스

① 여자의 일생	㊿ 싯다르타
② 데미안	㊺ 이방인
③ 달과 6펜스	㊾㊾ 무기여 잘 있거라(ⅠⅡ)
④ 어린 왕자	㊿㊿ 지와 사랑(ⅠⅡ)
⑤ 로미오와 줄리엣	㊼㊼ 생활의 발견
⑥ 안네의 일기	㊾⑥⓪ 생의 한가운데(ⅠⅡ)
⑦ 마지막 잎새	⑥①⑥② 인간 조건(ⅠⅡ)
⑧ 젊은 베르테르의 슬픔	⑥③ 이반 데니소비치의 하루
⑨⑩ 부활(ⅠⅡ)	⑥④⑥⑤ 25시(ⅠⅡ)
⑪⑫ 죄와 벌(ⅠⅡ)	⑥⑥~⑥⑧ 분노의 포도(ⅠⅡ)
⑬⑭ 테스(ⅠⅡ)	⑥⑨ 나의 생활과 사색에서
⑮⑯ 적과 흑(ⅠⅡ)	⑦⓪~⑦② 누구를 위하여 종은 울리나(ⅠⅡ)
⑰⑱ 채털리 부인의 사랑(ⅠⅡ)	⑦③ 주홍글씨
⑲⑳ 파우스트(ⅠⅡ)	⑦④ 슬픔이여 안녕
㉑㉒ 셜롬홈즈의 모험(ⅠⅡ)	⑦⑤ 80일간의 세계일주
㉓ 이솝 우화	⑦⑥ 물과 원시림 사이에서
㉔ 탈무드	⑦⑦ 람바레네 통신
㉕㉖ 한국 민화(ⅠⅡ)	⑦⑧~⑧⓪ 인간의 굴레(Ⅰ~Ⅲ)
㉗ 철학이란 무엇인가	⑧① 독일인의 사랑
㉘ 역사란 무엇인가	⑧② 죽음에 이르는 병
㉙ 인생론	⑧③ 목걸이
㉚㉛ 정신 분석 입문(ⅠⅡ)	⑧④ 크리스마스 캐럴
㉜ 소크라테스의 변명	⑧⑤ 노인과 바다
㉝ 금오신화·사씨남정기	⑧⑥⑧⑦ 허클베리 핀의 모험(ⅠⅡ)
㉞ 청춘·꿈	⑧⑧ 인형의 집
㉟ 날개	⑧⑨⑨⓪ 그리스 로마 신화(ⅠⅡ)
㊱ 황토기	⑨① 인간론
㊲ 백범 일지	⑨② 대지
㊳ 삼대(上)	⑨③⑨④ 보봐리 부인(ⅠⅡ)
㊴ 삼대(下)	⑨⑤ 가난한 사람들
㊵ 조선의 예술	⑨⑥ 변신
㊶㊷ 조선 상고사(ⅠⅡ)	⑨⑦ 킬리만자로의 눈
㊸ 백두산 근참기	⑨⑧ 말테의 수기
㊹ 선과 인생	⑨⑨ 마농 레스꼬
㊺㊻ 삼국유사(ⅠⅡ)	⑩⓪ 젊은이여, 시를 이야기하자
㊼ 욕망이라는 이름의 전차	⑩① 피아노 명곡 해설
㊽ 리어왕·오셀로	⑩② 관현악·협주곡 해설
㊾ 도리안그레이의 초상	⑩③ 교향곡 명곡 해설
㊿ 수레바퀴 밑에서	⑩④ 바로크 명곡 해설

판형 / 4·6판 ＊면수 / 평균 256면

세계명작학술문고 ·일신 그랜드 북스

⑩⑤ 혈의 누	⑩⑤ 한중록
⑩⑥ 자유종·추월색	⑤① 구운몽
⑩⑦ 벙어리 삼룡이	⑤② 양치는 언덕
⑩⑧ 동백꽃	⑤③ 아들과 연인
⑩⑨ 메밀꽃 필 무렵	⑤④⑤⑤ 에밀(ⅠⅡ)
⑪⓪ 상록수	⑤⑥⑤⑦ 팡세(ⅠⅡ)
⑪①⑪② 아들들(ⅠⅡ)	⑤⑧⑤⑨ 짜라투스트라는 이렇게 말했다(ⅠⅡ)
⑪③ 감자·배따라기	⑥⓪ 광란자
⑪④ B사감과 러브레터	⑥① 행복한 죽음
⑪⑤ 레디 메이드 인생	⑥② 김소월 시선
⑪⑥ 좁은문	⑥③ 윤동주 시선
⑪⑦ 운현궁의 봄	⑥④ 한용운 시선
⑪⑧ 카르멘	⑥⑤ 英·美명 시선
⑪⑨ 군주론	⑥⑥⑥⑦ 쇼펜하워 인생론
⑫⓪⑫① 제인 에어(ⅠⅡ)	⑥⑧⑥⑨ 수상록
⑫② 논어 이야기	⑦⓪⑦① 철학이야기
⑫③⑫④ 탁류(ⅠⅡ)	⑦②⑦③ 백경
⑫⑤ 에반제린 이녹 아든	⑦④⑦⑤ 개선문
⑫⑥⑫⑦ 폭풍의 언덕(ⅠⅡ)	⑦⑥ 전원교향곡·배덕자
⑫⑧ 내훈	⑦⑦ 소나기(外)
⑫⑨ 명심보감과 동몽선습	⑦⑧ 무녀도(外)
⑬⓪ 난중일기	⑦⑨ 표본실의 청개구리(外)
⑬① 대위의 딸	⑧⓪ 사랑방 손님과 어머니(外)
⑬② 아버지와 아들	⑧① 순애보(上)
⑬③ 나의 라임오렌지나무	⑧② 순애보(下)
⑬④ 갈매기의 꿈	⑧③ 유리동물원(外)
⑬⑤⑬⑥ 젊은 그들(ⅠⅡ)	⑧④⑧⑤ 무영탑
⑬⑦ 한국의 영혼	⑧⑥⑧⑦ 대도전
⑬⑧ 명상록	⑧⑧ 태평천하
⑬⑨ 마지막 수업	⑧⑨⑨⓪ 실락원(ⅠⅡ)
⑭⓪ 잠 못 이루는 밤을 위하여	⑨① 베니스의 상인
⑭① 페스트	⑨② 사랑의 기술
⑭② 크눌프	②⓪⓪ 무정
⑭③⑭④ 빙점(ⅠⅡ)	②⓪①②⓪② 흙
⑭⑤ 페이터의 산문	②⓪③ 유정·꿈
⑭⑥ 적극적 사고방식	②⓪④②⓪⑤ 사랑
⑭⑦ 신념의 마력	②⓪⑥②⓪⑦ 단종애사
⑭⑧ 행복의 길	②⓪⑧ 무명
⑭⑨ 카네기 처세술	②⓪⑨ 이차돈의 사

판형 / 4·6판 ✶ 면수 / 평균 256면

당신을 영원한 감동의 세계로 안내할

完訳版 世界 名作100選

1 누구를 위하여 종은 울리나	E. 헤밍웨이	25 백 경	허먼 멜빌
2 폭풍의 언덕	에밀리 브론테	26 죄와 벌	도스토예프스키
3 그리스 로마신화	T. 불핀치	27 28 안나 카레니나 ⅠⅡ	톨스토이
4 보바리 부인	플로베리	29 닥터 지바고	보리스파스테르나크
5 인간 조건	A. 말로	30 31 카라마조프가의 형제 ⅠⅡ	도스토예프스키
6 생의 한가운데	루이제 린저	32 마지막 잎새	O. 헨리
7 분노의 포도	존 스타인 백	33 채털리부인의 사랑	D. H. 로렌스
8 제인 에어	샤일럿 브론테	34 파우스트	괴 테
9 25時	게오르규	35 데카메론	보카치오
10 무기여 잘 있거라	E. 헤밍웨이	36 에덴의 동쪽	존 스타인 백
11 성	프란시스 카프카	37 신 곡	단 테
12 변신 / 심판	프란시스 카프카	38 39 40 장 크리스토프 ⅠⅡⅢ	R. 롤랑
13 지와 사랑	H. 헤세	41 마 음	나쓰메 소세키
14 15 인간의 굴레 ⅠⅡ	S. 모옴	42 전원교향곡·배덕자·좁은문	A. 지드
16 적과 흑	스탕달	43 44 45 레 미제라블	빅토르 위고
17 테 스	T. 하디	46 여자의 일생·목걸이	모파상
18 부 활	톨스토이	47 빙 점 48 (속)빙 점	미우라 아야꼬
19 20 바람과 함께 사라지다 ⅠⅡ	마가렛 미첼	49 크눌프·데미안	H. 헤세
21 개선문	레마르크	50 페스트·이방인	A. 카뮈
22 23 24 전쟁과 평화 ⅠⅡⅢ	톨스토이	51 52 53 대 지 ⅠⅡⅢ	펄 벅

일신서적출판사

121-110 서울·마포구 신수동 177-3호
공급처 : ☎ 703-3001~6, FAX. 703-3009

당신을 영원한 감동의 세계로 안내할

完訳版 世界 名作100選

54	안네의 일기	안네 프랑크	83	오만과 편견	제인 오스틴
55	달과 6펜스	서머셋 모음	84	설 국	가와바타야스나리
56	나 나	에밀 졸라	85	일리아드	호메로스
57	목로주점	에밀 졸라	86	오디세이아	호메로스
58	골짜기의 백합(外)	오노레 드 발자크	87	실락원	J. 밀턴
59 60	마의 산 I II	도스토예프스키	88	나의 라임오렌지나무	바스콘셀로스
61 62	악 령 I II	도스토예프스키	89	서부전선 이상없다	E. 레마르크
63 64	백 치 I II	도스토예프스키	90	주홍글씨	A. 호돈
65 66	돈키호테 I II	세르반테스	91 92 93	아라비안 나이트	
67	미 성 년	도스토예프스키	94	말테의 수기(外)	R. M. 릴케
68 69 70	몬테크리스토백작 I II III	알렉상드르 뒤마	95	춘 희	알렉상드르 뒤마
71	인간의 대지(外)	생텍쥐페리	96	사랑의 기술	에리히 프롬
72 73	양철북 I II	G. 그라스	97	타인의 피	시몬느 보브와르
74 75	삼총사 I II	알렉산드르 뒤마	98	전락·추방과 왕국	A. 카뮈
76	크리스마스 캐럴	찰스 디킨스	99	첫사랑·아버지와 아들	투르게네프
77	수레바퀴 밑에서(外)	헤르만 헤세	100	아Q정전·광인일기	루 쉰
78	셰익스피어의 4대 비극	셰익스피어	101 102	아메리카의 비극	드라이저
79 80	쿠오 바디스 I II	솅키에비치	103	어머니	고리키
81	동물농장·1984년	조지 오웰	104	금색야차(장한몽)	오자키 고요
82	도리안 그레이의 초상	오스카 와일드	105 106	암병동 I II	솔제니친

일신서적출판사

121-110 서울·마포구 신수동 177-3호
공급처 : ☎ 703-3001~6, FAX. 703-3009

삼 총 사 II

■ 저　자 / 알렉상드르 뒤마
■ 역　자 / 박　수　현
■ 발행자 / 남　　　용
■ 발행소 / 一信書籍出版社

주소 : 121110 서울 마포구 신수동 177-3
등록 : 1969. 9. 12. NO. 10-70
전화 : 영업부 703-3001~6
　　　편집부 703-3007~8
　　　FAX 703-3009
대체구좌 / 012245-31-2133577

ⓒ ILSIN PUBLISHING Co. 1990.　값 10,000원